HEYNE

Das Buch

Der Planet der Stilk weist einige Besonderheiten auf: Zum einen liegt seine Achse in der Bahnebene, wodurch seine Tageszeiten den Jahreszeiten entsprechen. Der lange Mittag ist zugleich ein ausgedehnter Sommer, in dem die Sonne den Ozean zu einer dickflüssigen Salzlake, der Grume, eindickt. Dann beginnt ein langer Herbst, dem ein grausam kalter, dunkler Winter folgt, bevor die Sonne wieder über dem Horizont erscheint. Die zweite Besonderheit ist tödlich: Die Sonne Phu und der Riesenplanet Rax bilden ein Binärsystem. Rückt Rax zu nahe an den Planeten der Stilk heran, zieht er diesen aus seiner Bahn um Phu und nimmt ihn in die ferne Dunkelheit mit, wo Temperaturen knapp über dem absoluten Nullpunkt herrschen. Erst nach vierzig Jahren kehrt er wieder in die Nähe von Phu zurück ... Als Menschen auf dem Planeten der Stilk landen, sehen sie die bevorstehende Katastrophe voraus und verlassen die Welt Hals über Kopf, denn eine Hilfe für die Bewohner ist völlig illusorisch. Sie sind dem Tod geweiht. Aber wie haben die Stilk die zurückliegenden extremen Kälteperioden überlebt? Hat die Natur ihrer Welt auf rätselhafte Weise Vorsorge getroffen?

Mit »Träume von Pallahaxi« hat Michael Coney einen Roman geschrieben, wie er in der Science Fiction nur ganz selten vorkommt – ein Abenteuer auf einem fernen Planeten, so stimmig und berührend erzählt, als würde es diese Welt wirklich geben.

Der Autor

Michael Coney wurde 1932 in Birmingham geboren. Er übte eine Reihe unterschiedlichster Berufe aus, bevor er in den siebziger Jahren nach Kanada übersiedelte und sich als Schriftsteller selbstständig machte. Mit seinen grandiosen Schilderungen außerirdischer Welten wurde er schnell zu einem der zentralen Science-Fiction-Autoren der Siebziger und Achtziger. »Träume von Pallahaxi« ist sein bedeutendstes Werk. Coney starb 2005.

MICHAEL CONEY

TRÄUME VON PALLAHAXI

Roman

Deutsche Erstausgabe

WILHELM HEYNE VERLAG
MÜNCHEN

Titel der englischen Originalausgaben
HELLO SUMMER, GOODBYE
I REMEMBER PALLAHAXI
Deutsche Übersetzung von Bernhard Kempen

FSC
Mix
Produktgruppe aus vorbildlich bewirtschafteten Wäldern und anderen kontrollierten Herkünften
Zert.-Nr. SGS-COC-1940
www.fsc.org
© 1996 Forest Stewardship Council

Verlagsgruppe Random House FSC-DEU-0100
Das für diesen Band verwendete
FSC-zertifizierte Papier *Holmen Book Cream*
liefert Holmen Paper, Hallstavik, Schweden.

Deutsche Erstausgabe 11/2009
Redaktion: Wolfgang Jeschke

www.heyne.de
Printed in Germany 2009
Karten: Iris Daub
Umschlagbild: Lee Gibbons
Umschlaggestaltung: Nele Schütz Design, München
Satz: C. Schaber Datentechnik, Wels
Druck und Bindung: GGP Media GmbH, Pößneck

ISBN: 978-3-453-52543-6

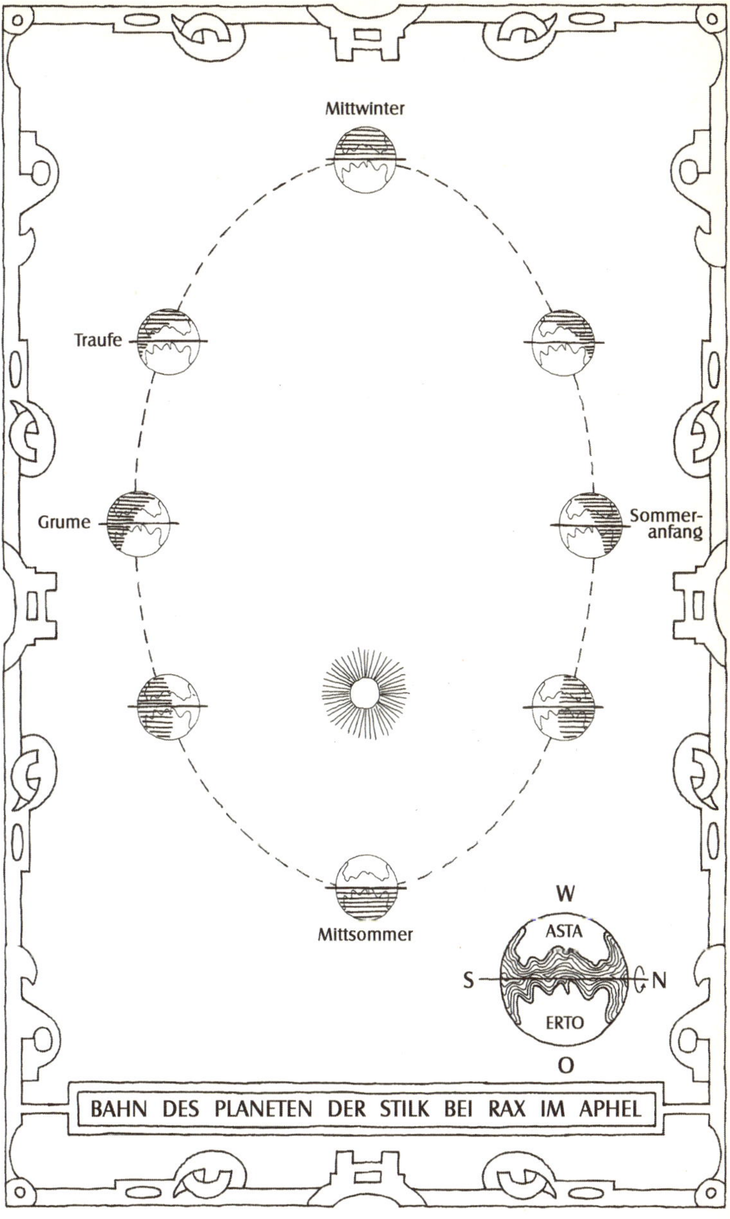

BAHN DES PLANETEN DER STILK BEI RAX IM APHEL

NÖRDLICHES POLARMEER
Fluss
Noss
Residenz
Yam
Totney
Moor
Pallahaxi
MITTLERER OZEAN
ASTA
ERTO
Alika
Ibana

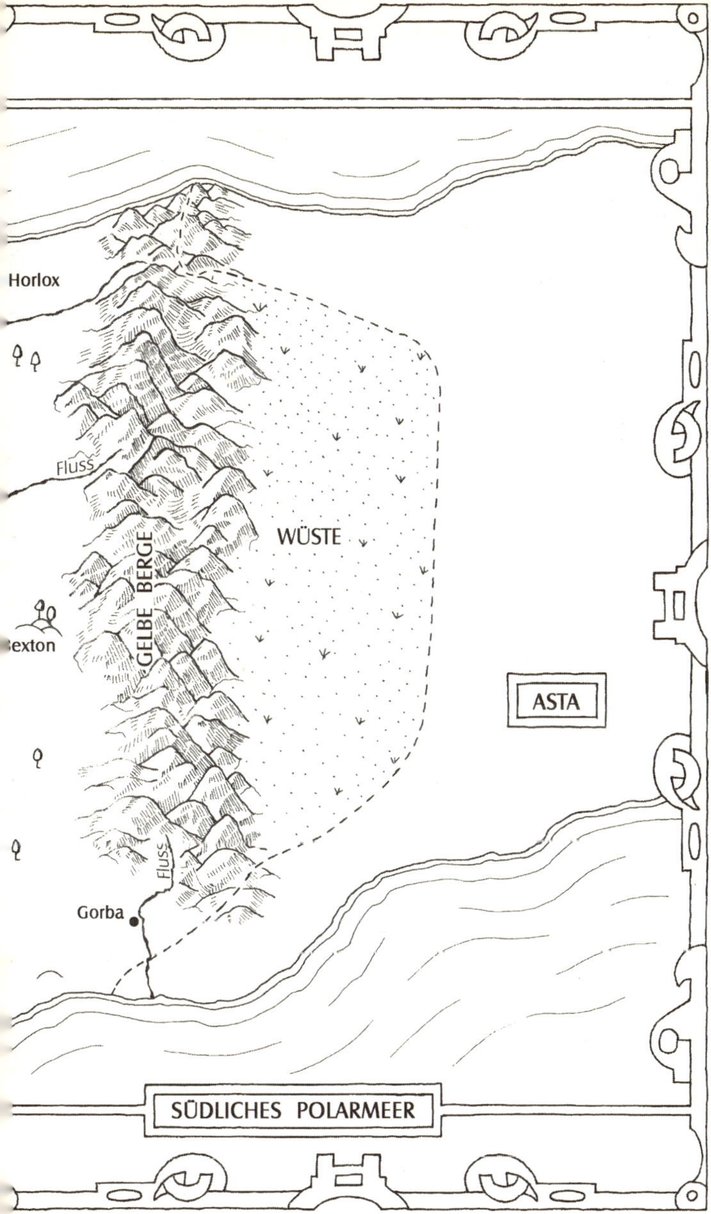
Horlox
Fluss
WÜSTE
GELBE BERGE
exton
ASTA
Fluss
Gorba
SÜDLICHES POLARMEER

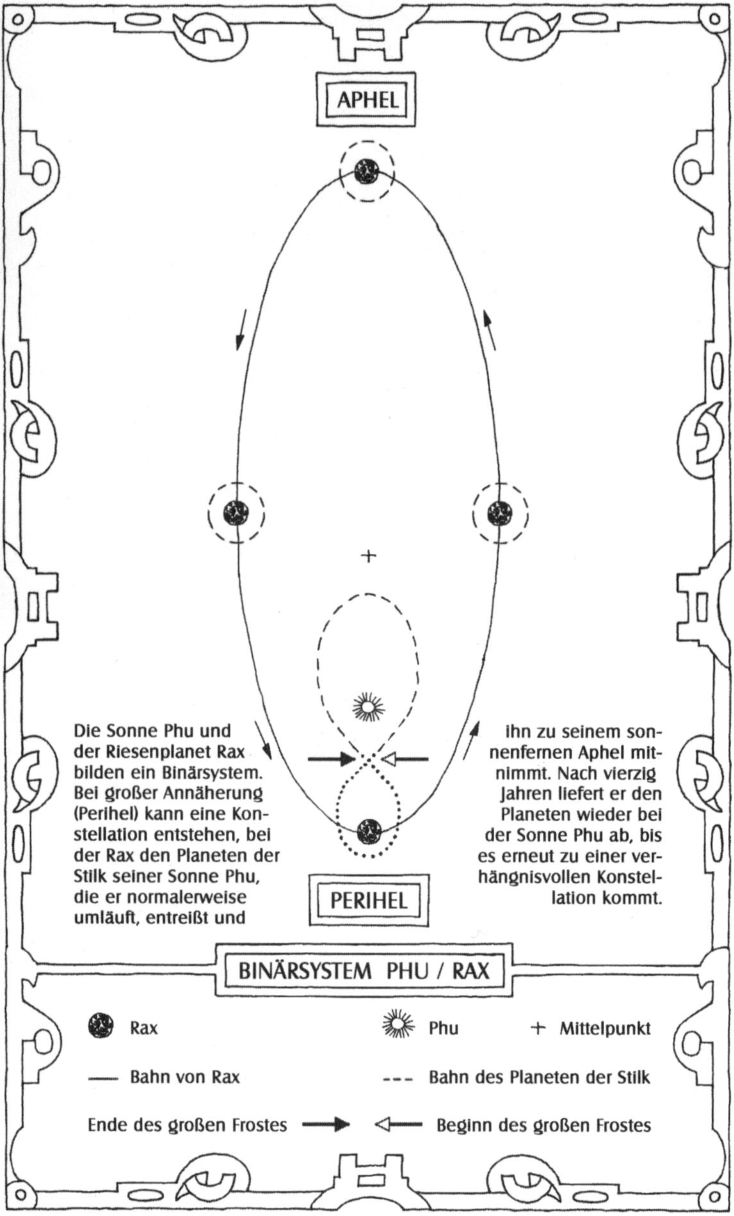
APHEL
Die Sonne Phu und der Riesenplanet Rax bilden ein Binärsystem. Bei großer Annäherung (Perihel) kann eine Konstellation entstehen, bei der Rax den Planeten der Stilk seiner Sonne Phu, die er normalerweise umläuft, entreißt und
ihn zu seinem sonnenfernen Aphel mitnimmt. Nach vierzig Jahren liefert er den Planeten wieder bei der Sonne Phu ab, bis es erneut zu einer verhängnisvollen Konstellation kommt.
PERIHEL
BINÄRSYSTEM PHU / RAX
Rax
Phu
Mittelpunkt
Bahn von Rax
Bahn des Planeten der Stilk
Ende des großen Frostes
Beginn des großen Frostes

ERSTES BUCH

DER SOMMER GEHT

1

Ich denke oft an den Tag in Alika zurück, als mein Vater, meine Mutter und ich hin und her flitzten und auf der Veranda einen Haufen mit Sachen zusammentrugen, die für unseren Urlaub in Pallahaxi gedacht waren. Obwohl ich gerade erst in die Pubertät eingetreten war, wusste ich bereits genug über Erwachsene, um ihnen während dieses alljährlichen Ereignisses möglichst aus dem Weg zu gehen, denn aus irgendwelchen Gründen kam es dabei immer wieder zu Paniksituationen. Meine Mutter hetzte mit hektischen Bewegungen und starrem Blick herum und fragte ständig, wo sich bestimmte Dinge befanden, um sich im nächsten Moment selber die Antwort zu geben. Mein Vater stapfte würdevoll die Kellertreppe herauf und hinunter und schleppte kanisterweise Destill für seinen kostbarsten Besitz heran, den Motorwagen mit eigenem Antrieb. Immer wenn der Blick meiner Eltern auf mich fiel, sah ich keine Liebe in ihren Augen.

Also ging ich ihnen aus dem Weg, während ich dennoch darauf achtete, dass meine eigenen Sachen nicht vergessen wurden. Ein kleiner Teil des unsortierten Haufens enthielt bereits meinen Schleuderball, mein Ringeln-Spielbrett, mein Miniaturmodell eines Grume-Skimmers und mein Fischernetz. Während eines verstohlenen Besuchs am Motorwagen hatte ich den Käfig mit meinen Tratten hinter den Rücksitz geschoben. In diesem Moment kam Vater mit einem weiteren Kanister aus dem Haus und blickte mich finster an.

»Wenn du dich nützlich machen willst, könntest du den Tank füllen.« Er stellte den Kanister neben dem Wagen ab und reichte mir einen Messingtrichter. »Aber verschütte nichts. Das Zeug ist heutzutage ziemlich kostbar.«

Damit spielte er auf die Verknappung an, die eine Folge des Krieges war. Ich hatte den Eindruck, dass er kaum auf irgendetwas anderes anspielte. Während er zum Haus zurückging, schraubte ich den Deckel ab und sog schnuppernd den berauschenden Duft des Destills ein. Das Zeug hatte mich schon immer fasziniert. Es wollte einfach nicht in meinen jungen Kopf hinein, dass eine Flüssigkeit – insbesondere eine, die so große Ähnlichkeit mit Wasser hatte – tatsächlich *brennen* konnte. Auf den Vorschlag eines Freundes hatte ich einmal versucht, es zu trinken. Dieser Freund hatte mir auch erzählt, dass Destill eine ähnliche Grundlage wie Bier, Wein und all die anderen aufregenden und verbotenen Getränke hatte, die in Tavernen ausgeschenkt wurden.

Also hatte ich mich eines Nachts in den Keller geschlichen und einen heißen Ziegelstein an mich gedrückt, um die Furcht zu vertreiben. Dann hatte ich einen Kanister geöffnet und davon getrunken. Wenn ich danach ging, wie das Destill in meinem Mund und meiner Kehle brannte, wunderte es mich gar nicht, dass sich damit ein Dampfmotor antreiben ließ. Aber ich konnte mir nicht vorstellen, dass es den Leuten Spaß machte, das Zeug zu trinken. Mir wurde schwindlig und übel, und ich musste mich eine ganze Weile stöhnend an der Hauswand abstützen, während die Kälte mir das Rückgrat hinaufkroch. Dass ich zitterte, hatte mindestens genauso viel mit meiner Angst wie mit meiner Übelkeit zu tun. Es war Winter, und der kalte Planet Rax beobachtete mich wie ein böses Auge. In Alika können die eisigen Nächte des Winters sehr grausam sein.

Aber mit Pallahaxi hatte ich schon immer Sommer und Wärme verbunden, und dorthin wollten wir an jenem Tag fahren. Ich steckte die Tülle des Trichters in den Tank des Motorwagens und neigte den Kanister, worauf das Destill heraussprudelte. Von der anderen Straßenseite sahen mir drei kleine Mädchen zu. Ihre schmutzigen Münder standen vor Ehrfurcht und Neid angesichts des wunderbaren Fahrzeugs offen. Schwungvoll stellte ich den leeren Kanister ab und hob den nächsten an. Ein Mädchen warf einen Stein, der gegen den glänzenden

Lack schlug, dann rannten sie alle schreiend die Straße entlang davon.

Hinter den Häusern auf der anderen Straßenseite erhoben sich die hohen Turmspitzen des Parlamentsgebäudes, wo der Regent den Vorsitz über das Repräsentantenhaus hatte. Dort arbeitete mein Vater in einem schmuddeligen kleinen Büro als Sekretär des Ministers für Öffentlichkeitsarbeit. Mein Vater war ein Parl, und der Motorwagen war ein Statuszeichen seines Amtes. Deshalb hatten die Kinder so wütend reagiert. Dafür hatte ich durchaus Verständnis, aber ich fand es verfehlt, die Wut am Wagen auszulassen und nicht an meinem Vater.

Ich drehte mich zu unserem Haus um. Es war ein großer Bau aus dem gelblichen Gestein der Umgebung. Meine Mutter huschte hinter einem Fenster vorbei, während sie panisch nach etwas Unerfindlichem suchte. Im Garten schnappten ein paar Blumen nach flüchtigen Insekten, und ich erinnere mich gut daran, dass ich mich fragte, warum der Garten in diesem Jahr so vernachlässigt wirkte. Überall war Spreizkraut, das prächtig gedieh und auch die letzten Blauschoten mit smaragdgrünen Garotten erwürgte. Es hatte etwas Erbarmungsloses, wie sich das Unkraut sichtbar ausbreitete, und plötzlich erschauderte ich, als ich mir vorstellte, dass es nach unserer Rückkehr aus dem Urlaub das Haus überwuchert haben würde. Dann würde es nachts durch die Täfelung kriechen und uns im Schlaf strangulieren.

»Druv!«

Mein Vater ragte vor mir auf und hielt mir einen weiteren Kanister hin. Als ich schuldbewusst zu ihm aufblickte, zuckte er die Achseln, wobei sein Gesicht einen seltsamen Ausdruck zeigte. »Schon gut, Druv.« Auch er betrachtete das Haus. »Ich übernehme das. Du kannst gehen und deine Sachen holen.«

In meinem Zimmer schaute ich mich schnell um. Ich war schon immer der Ansicht gewesen, dass ich nur wenige Dinge nach Pallahaxi mitnehmen musste. Schließlich war es eine andere Welt, wo man ganz andere Sachen machen konnte. Ich hörte, wie Mutter im Nebenzimmer kramte.

Auf dem Fenstersims stand der Glaskrug, in dem sich mein Eiskobold befand. Ich hatte ihn schon fast vergessen. Nun sah ich ihn mir genau an und bildete mir ein, ich könnte einen feinen Kristallfilm auf der Oberfläche der zähen Flüssigkeit sehen. Ich suchte, bis ich einen Stock gefunden hatte, und tippte damit vorsichtig den Eiskobold an. Keine Reaktion.

Während des vergangenen Winters, als die Sonne geschrumpft in die Ferne des Himmels geflohen und Rax bei Nacht als furchterregender kalter Stein sichtbar gewesen war, waren alle Kinder der Umgebung ganz verrückt auf Eiskobolde gewesen. Wie bei vielen solchen Wellen der Begeisterung war nicht ganz klar, wie es angefangen hatte, aber plötzlich hatte jeder einen Glaskrug voll gesättigter Salzlösung und schüttete jeden Tag etwas mehr von den seltsamen Kristallen hinein, die aus der Sumpfebene an der Küste stammten, wo die Eisteufel wohnten.

»Ich hoffe doch sehr, dass du dieses furchtbare Ding nicht mitnehmen willst«, rief Mutter entsetzt, als ich mit dem Kobold aus meinem Zimmer kam.

»Ich kann ihn jetzt unmöglich zurücklassen. Er ist fast so weit.« Als ich Mutters ängstlichen Tonfall bemerkte, erklärte ich ihr die Angelegenheit etwas genauer. »Ich habe ihn ungefähr zur gleichen Zeit angesetzt wie Joelo aus unserer Nachbarschaft, und sein Kobold ist vor zwei Tagen lebendig geworden, und dabei hätte er fast einen Finger verloren. Schau mal!« Ich schwenkte das Glas unter ihrer Nase, worauf sie zurückwich.

»Verdammt! Nimm das verfrorene Ding weg!«, schrie sie, und ich starrte sie voller Erstaunen an. Ich hatte meine Mutter noch nie zuvor fluchen gehört. Ich bemerkte, dass mein Vater sich näherte, und stellte den Kobold schnell auf einen Tisch in der Nähe. Dann wandte ich mich ab und beschäftigte mich mit einem Kleiderhaufen in der Ecke.

»Was ist hier los? Weswegen hast du geschrien, Fayet?«

»Ach … ach nichts. Druv hat mich für einen Moment erschreckt, das ist alles. Es hat wirklich nichts zu bedeuten, Burt.«

Ich spürte Vaters Hand auf meiner Schulter und drehte mich widerstrebend zu ihm um. Seine kalten Augen starrten genau in meine. »Ich möchte eins klarstellen, Druv. Wenn du nach Pallahaxi mitkommen willst, musst du dich benehmen, verstanden? Ich habe schon zu viele andere Sachen im Kopf und kann mich nicht auch noch um dich kümmern. Geh und bring deine Sachen zum Wagen.«

Ich hatte es schon immer als ungerecht empfunden, dass mein Vater in der Lage war, mir einfach so seinen Willen aufzuzwingen. In der Pubertät ist man auf dem Höhepunkt seiner Intelligenz, und ab da geht es bergab. So war es auch mit meinem Vater geschehen, sagte ich mir verbittert, während ich den Motorwagen belud. Der eingebildete alte Narr wusste genau, dass er mir intellektuell nicht gewachsen war, und deshalb verlegte er sich auf die Taktik der Gewaltandrohung. Aber das bedeutete letztlich, dass ich unsere kleine Auseinandersetzung gewonnen hatte.

Das Problem war nur, dass mein Vater sich dieser Tatsache gar nicht bewusst war. Er lief ständig zwischen verschiedenen Zimmern und der Veranda hin und her und beachtete mich nicht weiter, während ich mich bemühte, Schritt zu halten. Jedoch erfolglos, denn der Stapel von Kisten wurde immer größer. Es verschaffte mir eine gewisse Befriedigung, seinen Kram grob in den Gepäckraum des Wagens fallen zu lassen, wohingegen ich meine Sachen sorgfältig auf den freien Sitz stellte. Zwischendurch fragte ich mich, warum es mir gefiel, meiner Mutter von Zeit zu Zeit einen Schrecken einzujagen, und kam zu dem Schluss, dass ich sie vermutlich unbewusst für ihre Dummheit bestrafen wollte. Ihr Aberglaube war für sie eine Waffe, die sie bei einem Streit wie eine Keule der unwiderleglichen Tatsachen einsetzte.

Wir alle fürchten uns vor der Kälte. Diese Furcht ist völlig natürlich und hat sich zweifellos entwickelt, um uns vor der Nacht und dem Winter und dem zu warnen, was die Kälte einem antun kann. Doch Mutters Angst vor der Kälte ist unvernünftig und höchstwahrscheinlich vererbt. Wenn ich sie darauf anspreche, schürzt sie die Lippen und sagt: »Es wäre mir wirklich lieber, wenn du mich *niemals* danach fragen würdest, Druv.« In gewisser Weise ist diese kleine Bekundung vollkommen, was den Inhalt, die Betonung und Mutters verletzten, geheimnisvollen Gesichtsausdruck betrifft. Es ist die reinste Theatralik.

Damit meint sie, dass man ihre Schwester weggesperrt hat. Das ist eine ganz einfache Sache, die vielen Leuten passiert, aber Mutter ist es gelungen, die Angelegenheit mit Tragik und Dramatik zu überfrachten. Niemand hat wegen der Sache mit Tante Zu mehr gelitten als ich, trotzdem war ich in der Lage, den damaligen Schrecken größtenteils zu vergessen und alles von der humorvollen Seite zu sehen.

Ich hatte immer gedacht, dass Tante Zu etwas für meinen Vater übrighatte. Jedenfalls konnte sie ihn überreden, ihr seinen Motorwagen zu borgen – was eine außergewöhnliche Leistung war, mehr als alles, was meine Mutter je erreicht hatte. Tante Zu, die unverheiratet war, wollte mit mir vor ein paar entfernten Verwandten angeben. Mit ihrer einspännigen Lox-Kutsche wäre es eine sehr lange Fahrt gewesen, also borgte sie sich einfach den Motorwagen. Es war Winter.

Wir hatten den Rückweg etwa zur Hälfte hinter uns gebracht, als uns in einer völlig unbewohnten Gegend das Destill ausging. Der Motorwagen kam stockend und zischend zum Stehen.

»Ach du liebe Güte«, sagte Tante Zu bedauernd. »Jetzt müssen wir laufen, Druv. Ich hoffe, deine kleinen Beine sind schon kräftig genug dazu.« Ich erinnere mich noch genau an die Worte, die sie sagte.

Also marschierten wir los. Ich wusste, dass wir es niemals vor Anbruch der Dunkelheit bis nach Hause schaffen würden, und ich wusste, dass mit der Dunkelheit die Kälte kam und dass wir nicht die richtige Kleidung trugen. Ich war intelligent genug – obwohl sie ständig so herablassend zu mir sprach –, um die Möglichkeiten gegeneinander abzuwägen und einzusehen, dass sie Recht hatte. Wir konnten nicht beim Motorwagen bleiben. Obwohl Vater eine hohe Position in der staatlichen Verwaltung hatte, konnte nicht einmal er sich ein geschlossenes Fahrzeug leisten, wie es der Regent benutzte.

»Ach du liebe Güte«, sagte Tante Zu etwas später noch einmal, als die Sonne unterging und Rax' düstere Scheibe am Horizont glitzerte. »Es wird kalt.«

Wir kamen an einer Gruppe äsender Lorin vorbei, die in den Ästen hockten, während sie geräuschvoll kauten. Ich weiß noch, wie ich überlegt habe, ob ich mich, wenn es richtig kalt wurde – schrecklich kalt –, an einen von ihnen ankuscheln könnte, um mich in seinem langhaarigen Pelz zu wärmen. Lorin sind harmlose, freundliche Geschöpfe, und in der Umgebung von Alika werden sie hauptsächlich als Begleiter für die Lox genutzt. An kalten Tagen sind die Lox manchmal vor Angst träge und halb gelähmt, doch die Anwesenheit von Lorin hat einen beruhigenden Einfluss auf sie. Manche Leute sagen, es wäre etwas Ähnliches wie Telepathie. An jenem Abend blickte ich sehnsüchtig zu den Lorin hinüber und beneidete sie um ihr seidiges Fell und ihr entspanntes, friedfertiges Naturell. Obwohl ich noch jung war, wusste ich, worum es im Leben ging, und auf jeden Fall wusste ich genug, um ein klein wenig Angst vor Tante Zu zu haben …

Rax war über die Bäume emporgestiegen und reflektierte sein falsches Licht, das keine Wärme hatte. »Ich wünschte, ich hätte daran gedacht, meinen Pelzmantel mitzunehmen«, murmelte Tante Zu.

»Wir könnten uns an die Lorin ankuscheln«, schlug ich nervös vor.

»Wie kommst du nur auf die Idee, ich könnte geneigt sein, mich einem solchen Tier zu nähern?«, gab Tante Zu zurück. Ihre Furcht nährte ihre schlechte Laune. »Glaubst du, ich wäre nicht besser als ein Lox?«

»Entschuldigung.«

»Warum läufst du so schnell? In diesem Mantel muss dir ziemlich warm geworden sein. Meine Kleidung ist recht dünn.«

Ich hätte genauso große Angst haben müssen wie sie, denn wir waren noch sehr weit von zu Hause entfernt, und trotz meines Mantels biss die Kälte wie scharfe Zähne in meine Haut. Ich steckte die Hände in die Taschen und hastete weiter, ohne zu sprechen. Als Kind dachte ich primitiver, und im Hinterkopf hatte ich immer noch die Idee mit den Lorin. Wenn mir nichts mehr helfen konnte – einschließlich Tante Zu –, würden sich die Tiere um mich kümmern.

Sie taten es immer …

»Gib mir deinen Schal, damit ich ihn mir um die Hände wickeln kann, Druv. Ich habe keine Taschen.«

Ich blieb stehen und zog mir den Wollschal vom Hals. Ich reichte ihn Tante Zu und sagte immer noch kein Wort. Ich wollte ihr keinen Anlass geben, an dem sich ihre Angst entfachen konnte. Als wir die Kuppe eines Hügels erreichten, konnte ich in weiter Ferne Lichter sehen. Aber sie waren viel zu weit entfernt. Der Winterwind pfiff um meine nackten Beine, und das Blut floss eisig kalt meinem Herzen entgegen. Ich hörte, wie Tante Zu vor sich hinmurmelte.

»Phu … Phu«, betete sie zum Sonnengott. »Phu, mir ist kalt. Wärme mich, wärme mich … hilf mir!«

Neben der Straße verliefen niedrige Hecken, die aus dornigen, empfindungslosen Pflanzen bestanden. Die Lorin wussten um unsere Furcht, sie spürten sie mit ihrer Eigenart und blieben in unserer Nähe. Ihre zottigen Köpfe waren blassblaue Flecken im Raxlicht, während sie uns neugierig beobachteten und darauf warteten, dass die Kälte den Lack der Zivilisation von unseren zitternden Körpern platzen ließ.

»Du musst mir deinen Mantel geben, Druv. Ich bin älter als du, und ich vertrage die Kälte nicht so gut.«

»Bitte lass uns zu den Lorin gehen, Tante Zu.«

»Druv, ich habe es dir schon einmal gesagt! Ich werde mich auf gar keinen Fall in die Nähe dieser abscheulichen Wilden begeben. Gib mir deinen Mantel, du ungehorsamer kleiner Junge!« Ihre Hände bearbeiteten mich wie Krallen.

»Lass mich los!« Ich wehrte mich, aber sie war viel größer, zäher und kräftiger als ich. Sie stand hinter mir und zerrte am Mantel, und ich spürte die Hartnäckigkeit ihrer Furcht.

»Davon werde ich deinem Vater erzählen, du kleines Miststück. Er wird schon wissen, was er mit dir zu tun hat. Jetzt gib mir … endlich … diesen … Mantel!« Sie unterstrich ihre Worte jeweils mit einem heftigen Ruck, und plötzlich stand ich in meiner Unterwäsche da und spürte, wie meine Körperwärme verdampfte. Tante Zu plapperte weiter vor sich hin, als sie sich die Ärmel des Mantels um die Schultern knotete. Ich sah das Licht von Rax in ihren Augen aufblitzen, und sie musterte mich heimtückisch. »Jetzt gib mir auch noch deine Hose, und dann werde ich deinem Vater nichts sagen, Druv.«

Ich rannte los, aber ich hörte, dass sie dicht hinter mir war. Ihr Atem ging keuchend, und gleichzeitig schrie sie mich an. Dann schlug plötzlich die eisige Härte der Straße gegen mich, und Tante Zu war auf mir, zerrte an meiner Kleidung und stieß ein wirres, kreischendes Geplapper aus. Meine Furcht hatte mich in einen traumartigen Zustand abdriften lassen, und bald war mir kaum noch bewusst, dass ich nackt war, hörte kaum noch ihre Schritte, die sich von mir entfernten. Während ich dalag, bemerkte ich, dass die Lorin mich aufhoben, und benommen wurde mir der Grund für die Wärme in meinem Geist klar. Dann trugen sie mich fort, umarmten mich und trösteten mich mit Gemurmel, das ich nur halb verstand.

Als ich einschlief, verblasste in meinem Kopf das Bild von Tante Zu, wie sie schreiend die Straße im Raxlicht entlangtaumelte.

Am nächsten Tag hatten die Lorin mich nach Hause gebracht. In der Wärme der Sonne Phu lieferten sie mich nackt auf unserer Türschwelle ab. Dann zogen sie sich zurück, um sich ihren eigenen Angelegenheiten zu widmen. Als ich wieder zu mir kam, sah ich noch ein paar von ihnen. Einer hockte auf einem Lox und versuchte das Tier zwischen den Deichseln eines Jauchekarrens anzustacheln, sich in Bewegung zu setzen. Ein anderer kauerte auf einem Acker und düngte die Pflanzen. Ein dritter baumelte an den Ästen eines Obo-Baums und mampfte Winternüsse. Ich öffnete die Tür und ging ins Haus. An jenem Tag badete meine Mutter mich mehrmals. Sie sagte, dass ich stank. Erst sehr viel später erfuhr ich, dass man Tante Zu weggesperrt hatte.

Später erinnerte ich mich an den Jauchekarren, ein Gefährt, das man nur selten zu Gesicht bekommt, und ich fragte meine Mutter, warum wir den Dünger nicht auf die Felder brachten, sondern ihn in die städtische Grube schütteten. Ich erwähnte die Tatsache, dass wir die Lorin dazu anregten, sich auf unseren Äckern zu erleichtern.

»Was sollen diese widerlichen Fragen!«, tadelte sie mich. »Du weißt ganz genau, dass das eine völlig andere Sache ist. Außerdem wäre es mir lieber gewesen, wenn du dich von den Lorin ferngehalten hättest.«

Zurück zum Tag unserer Abreise nach Pallahaxi. Schließlich hatten wir alle unsere Sachen auf den Motorwagen geladen, der nun verlockend nach Destill roch. Mein Vater legte stets großen Wert darauf, den Tank nach einer Fahrt wieder zu leeren, nachdem er ihn eines Morgens leer vorgefunden hatte und den Verdacht hegte, die Lorin hätten den Inhalt ausgetrunken. Das Fahrzeug wird nur selten benutzt. Die meiste Zeit steht es draußen vor dem Haus und verkündet mittels der Erto-Flagge an der Seite stumm die hohe gesellschaftliche Stellung meines Vaters.

Ich kehrte noch einmal ins Haus zurück, weil ich mich von meinem Zimmer verabschieden wollte, doch dann lauerte meine Mutter mir auf. Sie bestrich Brot mit Winternusscreme, und eine Tasse mit Cochasaft stand auf dem Tisch.

»Druv, ich möchte, dass du noch etwas isst, bevor wir fahren. In letzter Zeit hast du nicht viel gegessen.«

»Mutter«, sagte ich geduldig. »Ich habe keinen Hunger. Wir haben sowieso nie die Sachen da, die ich mag.«

Das nahm sie als Kritik an ihrer Fähigkeit, einen Haushalt zu führen. »Wie kann man von mir erwarten, dass ich mit dem wenigen Geld, das ich bekomme, alle Mäuler stopfe? Und dann diese Rationierungen! Du hast keine Ahnung, was los ist. In den Läden gibt es nichts zu kaufen, gar nichts. Vielleicht solltest du irgendwann selber einkaufen gehen, junger Mann, statt den ganzen Urlaub lang Trübsal zu blasen. Dann wüsstest du, wie es ist.«

»Ich habe doch nur gesagt, dass ich keinen Hunger habe, Mutter.«

»Essen ist Treibstoff für den Körper, Druv.« Vater stand in der Tür. »Genauso wie Destill den Motorwagen antreibt. Ohne Nahrung wird dein Körper den Betrieb einstellen. Dir wird kalt, und schließlich stirbst du. In meiner hohen Position können wir uns mit Lebensmitteln eindecken, auf die andere, die weniger Glück haben als wir, verzichten müssen. Mach dir bewusst, wie gut wir es haben.«

So schaffte es mein Vater immer wieder, mich mit wenigen knappen Worten wahnsinnig vor Wut zu machen, während er mir jegliche Möglichkeit der Gegenwehr verweigerte. Ich fragte mich, ob ihm überhaupt bewusst war, was er tat. Er musste doch begreifen, wie sehr es mir missfiel, wenn er simple Tatsachen vortrug, die mir längst bekannt waren, wenn ich mir während des Urlaubs oberlehrerhafte Vergleiche zwischen Körpern und Maschinen anhören musste. Und wenn er mir sagte, wie gut ich es hatte, konnte ich das erst recht nicht ausstehen. Ich kochte leise vor Wut, während wir eine Mahlzeit aus gebratenem Fisch und Trockenobst zu uns nahmen.

Meine Mutter hatte mir die ganze Zeit skeptische Blicke zugeworfen, und ich glaubte, dass sie wusste, wie es in mir aussah. Ich hätte es besser wissen müssen. Nach dem letzten Seitenblick – der beinahe etwas Gerissenes hatte – wandte sie sich an meinen Vater.

»Ob wir diesen Sommer wohl dieses kleine Mädchen wiedersehen? Wie war noch gleich ihr Name, Burt?«

Vater antwortete geistesabwesend. »Die Tochter des Leiters der Fischfabrik, Konch? Sie hieß Goldlippe oder etwas in der Art. Ein anständiges Mädchen, wirklich ein anständiges Mädchen.«

»Nein, Burt. Ein *kleines* Mädchen. Druv und sie waren so gute Freunde. Schade nur, dass ihr Vater ein Tavernenwirt ist.«

»Aha? Dann erinnere ich mich wohl doch nicht an sie.«

Ich murmelte etwas und verließ eilig den Tisch, bevor Mutter ihr eigentliches Vorhaben in die Tat umsetzen konnte. Sie wollte mich zweifellos nach dem Namen des Mädchens fragen und aufmerksam mein Gesicht beobachten, wenn ich antwortete. Ich stürmte die Treppe hinauf zu meinem Zimmer.

Das Mädchen war nicht klein gewesen. Sie war nur ein wenig kleiner als ich und fast im gleichen Alter, und ihr Name – den ich niemals vergessen werde, solange ich lebe, – war Pallahaxi-Braunauge.

Ich stand am Fenster meines Zimmers und beobachtete eine Gruppe Kinder, die rund um den öffentlichen Radiator auf der anderen Straßenseite spielten, und dabei dachte ich an Braunauge. Ich überlegte, was sie wohl den ganzen Winter lang in ihrer Zauberstadt Pallahaxi gemacht hatte – und ob sie irgendwann auch einmal an mich gedacht hatte. Ich fragte mich, ob sie sich an mich erinnerte, wenn wir uns wiedersahen. Die Tage der Kinderzeit vergehen langsam, und in einem ganzen Jahr passiert sehr viel. Außerdem hatten Braunauge und ich uns trotz der Bemerkung meiner Mutter nur flüchtig kennengelernt. Erst in den letzten Tagen des Urlaubs waren wir dazugekommen, miteinander zu sprechen. So schüchtern können Kinder in diesem Alter manchmal sein.

Aber seitdem war kein Tag vergangen, an dem ich ihr Gesicht nicht vor meinem geistigen Auge gesehen hatte, die süßen Grübchen in ihren Wangen, wenn sie lächelte – was sie oft getan hatte –, das schimmernde Braun ihrer großen Augen, wenn sie traurig war –, was sie einmal war, als wir uns voneinander verabschiedet hatten, während meine Eltern mit einer Mischung aus Nachsicht und Erleichterung zugesehen hatten. Sie war die Tochter eines Tavernenwirts, und sie wohnte in einem Haus, in dem die Leute *tranken*. Ich wusste, wie froh meine Eltern gewesen waren, dass der Urlaub vorbei war.

Das Letzte, was ich aus meinem Zimmer mitnahm, war ein kleiner grüner Armreif. Braunauge hatte ihn eines Tages verloren, und ich hatte ihn aufgehoben, aber ohne ihn ihr wiederzugeben. Ich wollte ihr den Reif als Begrüßungsgeschenk geben, weil ich mich immer noch zu schüchtern fühlte, um einfach auf sie zuzugehen. Ich steckte das Schmuckstück in meine Hosentasche und ging wieder nach unten zu meinen Eltern, die zum Aufbruch bereit waren.

Als ich durch die Küche ging, bemerkte ich einen Glaskrug, der leer war. Ich hob ihn auf, untersuchte ihn und schnupperte daran.

Mutter hatte meinen Eiskobold weggeschüttet.

2

Die letzten Vorbereitungen wurden schweigend ausgeführt. Vater entzündete feierlich die Brenner, während ich immer noch darunter litt, wie heimtückisch mein Eiskobold entsorgt worden war. Ich beobachtete die Angelegenheit aus der nötigen Distanz und hoffte insgeheim, dass ihm das Ding um die Ohren flog. Es kam zum üblichen gedämpften *Fuff*, als sich das verdunstete Destill entzündete. Kurz darauf stieg Dampf von den Stangen und Zylindern auf, und das Zischen im Kessel verkündete, dass der Motorwagen fahrbereit war. Wir stiegen ein: Vater und Mutter nebeneinander auf den vorderen Sitzen und ich hinter ihnen neben dem Kessel. Die angenehme Wärme linderte meine Wut, denn es war nahezu unmöglich, sich auf dem Rücksitz eines Motorwagens für längere Zeit schlecht zu fühlen. Bald fuhren wir durch die Nebenstraßen von Alika, wo uns die Leute schweigend beobachteten. Niemand winkte, wie sie es in den Vorjahren getan hatten.

»Verfrorene Parls!«, rief ein kleines Mädchen ohne Arme.

Wir kamen am letzten öffentlichen Radiator vorbei, einem kleinen Heizgerät aus senkrechten Röhren, von denen eine feine Dampfwolke aufstieg, die offenbar aus einem Leck austrat. Dann waren wir auf dem unbesiedelten Land. Vater und Mutter unterhielten sich, aber ich konnte nicht verstehen, was sie sagten, weil die Kolben genau hinter mir zischten und stampften. Ich beugte mich vor.

»War es hier, wo man Tante Zu gefunden hat?«, brüllte ich.

Natürlich wusste ich, dass man sie hier gefunden hatte. Die Leute haben darüber geredet. Anscheinend hatte man einen Suchtrupp losgeschickt, ein paar tapfere Seelen, die sich mit dicken Pelzen und warmen Ziegelsteinen gewappnet hatten und deren Bäuche zweifellos mit Destill gefüllt waren, wie ich mir gut vorstellen konnte. Tante Zu hatte man nur hundert Schritt von der Sicherheit des öffentlichen Radiators entfernt gefunden. Sie hatte einen Anemonenbaum umarmt und versucht, den glatten Stamm hinaufzuklettern, um auf der Suche nach Wärme in die fragwürdige Zuflucht seines Bauches zu kriechen. Es heißt, sie hätte pausenlos geschrien und die Finger so tief in das zähe Fleisch des Baumes gegraben, dass man es mit Stöcken aufhebeln musste. Sie war nackt gewesen, hatte mein Informant mir erschaudernd anvertraut. Zu diesem Zeitpunkt zirkulierte die Geschichte bereits an der Schule. Der Baum hatte ihr die Kleidung vom Rücken gerissen und verzehrt, aber Tante Zu war zu schwer gewesen, um von ihm emporgehoben zu werden, und zu schwach, um selbst hinaufklettern zu können.

»Es wäre mir lieber, wenn du deine Tante nicht erwähnen würdest, Druv«, sagte Mutter. »Es gibt Dinge, an die man sich nicht ständig erinnern sollte. Schaut mal, welch hübscher Anblick!«

Hügel wellten sich vor uns wie langsame Meereswogen, wenn die Grume ihren Höhepunkt erreicht hatte. Stellenweise waren Äcker zu sehen, auf denen Wurzelgemüse angebaut wurde, aber größtenteils war das Land eine freie Fläche, auf der in der ständigen Sonne des frühen Sommers friedlich Lox grasten. Nach dem langen Winter sah alles frisch und grün aus, und noch strömten die Bäche und Flüsse. Später würden sie unter der Hitze austrocknen. In der Nähe zog eine Gruppe von vier Lox einen schweren Pflug durch den Boden. Zwischen ihnen gingen aufrecht zwei Lorin, um gelegentlich ihre glatten Flanken zu tätscheln und sie zweifellos mental zu ermutigen. Auf dem Pflug hockte ein Farmer auf einem wackligen Sitz und stieß bedeutungslose Farmerrufe aus. Wie auch viele andere Leute, die ihr Leben unter der Sonne Phu verbrachten, war er mutiert. In seinem Fall konnte er sich eines weiteren Arms auf der rechten Körperseite rühmen. In der Hand schwang er eine Peitsche.

Wir kamen an vereinzelten kleinen Dörfern vorbei und nahmen von Zeit zu Zeit an winzigen Hütten Wasser auf, wo uns die Farmerfrauen misstrauisch aus niedrigen Türrahmen beäugten, hinter denen sich undeutlich Kinder tummelten. Hier waren die Mutationen häufiger, und Vater beglückwünschte einen Mann zu seiner vielfingrigen Hand.

Der Mann setzte die Arbeit an der Pumpe fort und ließ in rhythmischen Stößen Wasser hervorsprudeln. »Ich schätze, Phu hat es gut mit mir gemeint«, keuchte er. »Das Leben auf diesem Land ist hart. Ein Mann braucht jede Hilfe, die er bekommen kann.« Seine Finger tanzten über die Maschinen des Motorwagens, überprüften hier einen Stift und zogen dort eine Schraube fest. Er steckte einen alten Ledertrichter in den Wassertank und neigte vorsichtig den Eimer.

»Ich vermute, auch in dieser Gegend herrscht Knappheit an vielem, wegen des Krieges …«, sagte Vater mit überraschender Zurückhaltung. Hier auf dem primitiven Land war er ausnahmsweise nicht in seinem Element. Durch die offene Tür der Hütte erhaschte ich einen kurzen Blick auf einen Lorin, der tatsächlich auf einem Stuhl saß, wie es schien.

»Welcher Krieg?«, fragte der Mann.

Ich dachte sehr lange über diese Frage nach, während wir unsere Reise durch das Ödland der Äquatorialregion fortsetzten und die Sonne ihre Kreise immer näher am Horizont zog. Unterwegs verlor ich das Gefühl für die Zeit, weil im ständigen Sonnenlicht des frühen Sommers ein Standardtag auf den nächsten folgte. Nur meine regelmäßige Müdigkeit erinnerte mich daran, dass die Zeit weiterhin verging. Das Einzige, was existierte, schienen die Wüste zu sein, eine gelegentliche Wühltratte, der Sitz unter mir und das Schnaufen des Dampfmotors.

Dann gab es eine Unterbrechung der Eintönigkeit, als wir auf einen Fischlaster stießen, der am Straßenrand liegengeblieben war. Davor hockten niedergeschlagen zwei Männer. Wie es für sie typisch war, saßen ein paar Lorin um das Fahrzeug herum, nachdem sie mitten in der leeren Wüste materialisiert waren, und imitierten sinnlos die verzweifelte Haltung der Männer.

Mein Vater murmelte meiner Mutter etwas zu, und für mich bestand kein Zweifel, dass er überlegte, einfach vorbeizufahren. Doch dann bremste er im letzten Moment und kam mehrere Schritt hinter dem Laster zum Stehen. Es stank furchtbar nach Fisch.

»Ich kann Sie bis Bexton mitnehmen«, rief er über die Schulter den Männern zu, die bereits herbeigelaufen kamen. »Dort können Sie jemanden benachrichtigen. Leider müssen Sie auf dem Treibstofftank Platz nehmen, weil es drinnen zu eng ist.«

Die Männer bedankten sich brummend, kletterten hinter mir auf den Motorwagen, und schon setzten wir uns wieder in Bewegung. »Hallo, Junge«, rief einer von ihnen mir durch das Labyrinth der glänzenden Stangen zu.

»Was ist mit dem Laster passiert?«, brüllte ich zurück. Es gefiel mir nicht, dass sie in meine Privatsphäre eingedrungen waren, und ich dachte mir, dass sich der Mann vielleicht über meine Frage ärgerte.

Er grinste bedauernd und stieg über das Trittbrett nach vorn, wo er sich einfach neben mich setzte und mich zwang, näher an den Kessel heranzurücken. Ich starrte geradeaus, weil ich mich über mich selbst ärgerte, ihn zu einem Gespräch eingeladen zu haben. Ausnahmsweise hatten meine Eltern Recht behalten. Es lohnte sich nicht, Vertretern dieser Klasse freundlich entgegenzutreten.

»Das verfrorene Ding ist verstopft«, erklärte er auf seine bodenständige Art. »Weil's kein Destill gibt.« Er blickte zu den Kanistern auf dem Tank. »Außer für ein paar Verfrorene, die Glück haben. Wir haben den Laster umbauen lassen, damit er auf Holz fährt. Also muss man ein verfrorenes großes Feuer unter dem Kessel machen und darf nicht vergessen, ständig Holzscheite nachzulegen. Das haben wir alles völlig richtig gemacht, aber in der Fischfabrik haben sie Mist gebaut. Man hat vergessen, uns Bürsten mitzugeben, mit denen wir die Röhren ausputzen können. Sind schließlich sehr lange und dünne Röhren. Und jetzt sind alle mit verfrorenem Ruß verstopft, und der verfrorene Laster fährt nicht mehr.«

»Es besteht kein Grund, dass Sie pausenlos fluchen.«

»Ein eingebildeter kleiner Verfrorener, was? Dein Vater ist bestimmt irgend so ein Parl, darauf wette ich. Kann gar nicht anders sein, wenn er einen solchen Motorwagen hat.« Sein Blick wanderte immer wieder zu den Kanistern hinüber, und seine Gegenwart wurde allmählich unerträglich, bedrohlich. Meine Eltern saßen vorn, ohne etwas zu bemerken, und diskutierten über Rationierungen.

»Vater hat einen bedeutenden Posten«, sagte ich mit Entschiedenheit, um meine Angst zu überspielen. Der Wortlaut war nicht meiner, ich wiederholte nur, was ich bei vielen Gelegenheiten von meiner Mutter gehört hatte. Zum ersten Mal kam mir in den Sinn, dass ich gar nicht genau wusste, was die Worte wirklich bedeuteten. Ich stellte mir mehrere Bergspitzen vor, von winterlichem Schnee bedeckt. Vater saß auf dem höchsten Gipfel, während seine Untergebenen auf den niedrigeren hockten. Die Allgemeinheit kauerte sich in den Tälern zusammen, voller Ehrfurcht vor der Erhabenheit der Berge.

»Davon bin ich überzeugt, mein Junge. Sitzt bestimmt jeden Tag am selben Schreibtisch – außer einmal im Jahr, wenn er mit euch allen in Urlaub fährt, an die Küste, um die Grume zu beobachten, und ihr wohnt bestimmt in einem Hotel, das Seeblick heißt.«

»Wenn Sie es unbedingt wissen wollen: Mein Vater besitzt ein Ferienhaus in Pallahaxi.«

»Das kann ich mir vorstellen.« Er lächelte mich mit schwarzen Zähnen an, während seine Augen kalt blieben. »Jetzt würde ich dich gerne was fragen. Was glaubst du, was ich den ganzen Tag lang mache?«

»Sie fahren einen Fischlaster.«

»Und das ist alles, was man dazu sagen kann? Nein, mein Junge. Ich kriege die Welt zu sehen. Oder zumindest kriege ich das Land Erto zu sehen, alles davon, nicht nur den kleinen Zipfel zwischen Alika und Pallahaxi. Ich bin schon die ganze Küste runtergefahren, von der alten Fischfabrik in Pallahaxi bis nach Horlox im Norden und Ibana im Süden, wo Erto auf Asta trifft und die Grenzwachen stehen – oder standen, bevor der verfrorene Krieg dafür sorgte, dass man gar nicht mehr weiß, wo die Grenze verläuft. Und ich bin die alte Grenzstraße entlanggefahren, nach Norden und nach Süden, im Schatten des Großen Zentralmassivs, wo die Sonne Phu wie ein Glutofen am Himmel hängt und keine zwei Tiere gleich aussehen. Und auch keine zwei Männer oder Frauen. Du kennst dich mit Geographie aus, Junge?«

Ich wusste, was man mir beigebracht hatte, aber ich wusste auch, dass jetzt nicht der richtige Zeitpunkt war, um mein Wissen zum Besten zu geben. Dieser grobe Kerl würde allem widersprechen, was ich sagte. Es ist schwierig für jemanden wie mich, der noch nicht viel gereist ist, sich den Globus bildlich vorzustellen, den Planeten, auf dem wir leben. Ich hatte gelernt, dass er wie ein Ball ist, den man in der Hand hält. Der Ball ist die Welt, und die Hand ist die kontinentale Landmasse. Dieser Kontinent ist entlang der Fingerknöchel in zwei Hälften geteilt, wobei die Knöchel das Große Zentralmassiv und gleichzeitig die Grenze zwischen Erto und Asta darstellen. Die eine Hälfte (der Handrücken) ist Asta, und die andere (die Finger) stellen das tief eingeschnittene Land Erto dar. Dieser Hand-Kontinent reicht fast ganz um den Globus herum und lässt drei Ozeane frei: die riesigen Polarozeane und den langen schmalen Ozean, der die beiden miteinander verbindet und durch den im Sommer die Grume fließt. Das kann ich mir gerade noch bildlich vorstellen.

Der Fischlasterfahrer redete weiter. »Ich bin schon in Eis und Schnee stecken geblieben, ohne Treibstoff und nur mit dem winzigen Rest Wärme, die noch im Kessel war. Die Kälte fraß sich durch alle Ritzen meiner Kleidung, so dass jeder andere wahnsinnig geworden wäre. Aber ich habe es überlebt. Ich bin durch die Sümpfe gefahren, wo der Laster bis zu den Achsen versank und ein Eisteufel nach den Rädern schnappte – und meinem Fuß. Aber ich habe mir ein paar Lorin und Lox organisiert und den Laster aus dem Matsch gezogen. Auf der Küstenstraße wurde ich von Grummern angegriffen, auf die ich mit einer Schaufel eingeschlagen habe, bis die ganze Umgebung weiß von Federn und rot von Blut war und die letzten Überlebenden schreiend geflüchtet sind. Wie findest du das, mein Junge?«

»Ich glaube, Sie bilden sich genauso viel ein wie mein Vater«, antwortete ich verdrossen.

Plötzlich lachte er – vor Belustigung laut brüllend, so dass mir sein widerlicher Fischatem ums Gesicht wehte. »Du hast völlig Recht, mein Junge. Du hast den Nagel auf den Kopf getroffen. Wichtig ist nur, was ein Mann über sich selbst denkt, und nicht, was andere über ihn denken. Ich bin mir sicher, dass dein Vater auf seine Art ein guter Mann ist, auch wenn er ein Parl ist. Also dann. Sind wir Freunde?« Er hielt mir seine Pranke unter die Nase, und ich sah zum ersten Mal, dass er nur zwei Finger an jeder Hand hatte – wie eine riesige Zange, die am Handgelenk ansetzte. Damit hätte man niemals die kontinentale Landmasse veranschaulichen können. Ich schüttelte das seltsame Ding, aber eher aus Neugier als aus Freundschaft.

Unterdessen hatte sein Gefährte, der sich zweifellos ausgeschlossen fühlte, den kleinen Kopf zwischen gefährlich stampfenden Maschinenteilen hindurchgeschoben, um sich am Gespräch beteiligen zu können. Eine Verbindungsstange zuckte einen Fingerbreit von seiner Kehle entfernt hin und her. Nur jemand mit einem so langen Hals wie er war zu einem solchen Kunststück in der Lage.

So ging die Reise weiter, und allmählich genoss ich die Gesellschaft meiner seltsamen Reisegefährten. Der große Mann neben mir stellte sich als Pallahaxi-Patscher und sein Freund als Juba-Langer vor. Gemeinsam sponnen sie ihre Abenteuergeschichten weiter, bis vor uns die ersten Häuser auftauchten und die flitzenden Vögel am Himmel darauf hindeuteten, dass wir Bexton erreicht hatten. Ich mag es nicht, wenn man mich für einen

Dummkopf hält, und ich hoffte, sie nahmen nicht an, dass ich ihnen alles glaubte, was sie mir erzählten. Das sagte ich ihnen.

Patscher drückte mir mit gegabeltem Griff die Schulter, als der Motorwagen langsamer wurde. »Es geht um die Bedeutung hinter der Geschichte, mein Junge. Eine Geschichte wird zu einem bestimmten Zweck erzählt, und auch die Art und Weise, wie sie erzählt wird, hat einen Zweck. Die Wahrheit der Geschichte spielt keine Rolle. Merk dir das.«

Wieder schüttelten wir uns die Hände, sie bedankten sich bei meinem Vater für die Mitfahrgelegenheit, und dann gingen sie in Richtung des Nachrichtenpostens davon, einer kleinen Hütte, die weiß vom Kot der Botenvögel war.

Ich hatte mich nicht auf die Ankunft in Bexton gefreut. Bevor wir Alika verlassen hatten, war gerüchteweise von einer Reisesperre wegen des Krieges die Rede gewesen, und ich hatte schon halb mit einer Nachricht für uns gerechnet, in der es hieß, dass wir hier umkehren mussten. Es erleichterte mich, dass Vater den Nachrichtenposten nicht weiter beachtete, sondern über die staubige Hauptstraße weiterfuhr, zur einzigen Speisegaststätte der Stadt, während über uns die Flügel der Botenvögel klatschten.

Bexton ist eine kleine Stadt, kaum mehr als eine Ansammlung von Behausungen und Läden, die ihre Existenz ausschließlich dem Nachrichtenposten und dem Umstand zu verdanken hatten, dass der Ort am Rand der Gelben Berge lag, die die Wüste von der fruchtbaren Küstenebene trennten. Die Hügel vor uns waren braun und kahl und von der Erosion modelliert, doch dahinter lag Weideland mit Städten und Flüssen. Ich konnte es kaum abwarten, wieder etwas Grünes zu sehen.

Zu dieser Stunde des Tages herrschte große Betriebsamkeit in Bexton. Leute bevölkerten die Straßen und blickten in Schaufenster, in denen Zeitungen, Lebensmittel in Konserven und skurril geformte Exemplare von Lorin-Kunst auslagen. Die meisten warteten auf die Dampfbusse, die in Kürze abfahren würden. Der Hauptzweck dieser Fahrzeuge war der Transport von Botenvögeln zum nächsten Nachrichtenposten innerhalb des Kommunikationsnetzwerks, aber aus Gründen der Wirtschaftlichkeit wurden sie gleichzeitig zur Passagierbeförderung genutzt. Vater kaufte eine Zeitung, doch in dieser abgelegenen Gegend war sie eher ein Stapel zusammengehefteter Nachrichtenartikel und keine Zeitung, wie wir sie aus Alika kannten. DER BEXTON-MERKUR nannte sich das Flugblatt großspurig, DIREKT VOM BEIN DES BOTENVOGELS. Wir betraten eine Stuva-Bar und verzehrten eine karge Mahlzeit aus dünner Brühe, Gemüse und Trockenobst. Wasser war rationiert. Zuerst dachte ich, dass wir gar keins bekommen würden, doch dann sah ich, wie Vater dem Kellner seine Karte zeigte, einem seltsamen bepelzten Mann, der aber durchaus freundlich war.

Vater las in der Zeitung und stieß ein verärgertes Schnaufen aus. »Hier steht gar nichts über die Eröffnung der neuen Fischfabrik!«

»Vielleicht wurde es in der gestrigen Ausgabe gemeldet, Burt«, sagte Mutter und blickte sich besorgt um. Ich konnte sie gut verstehen, denn Vater hatte die Neigung, Aufmerksamkeit auf sich zu ziehen. Alle Besucher der Stuva-Bar schienen in unsere Richtung zu blicken.

»Das wird Mestler gar nicht gefallen. Die Meldung hätte heute rausgehen sollen. Warum wird so etwas immer wieder verpatzt? Das würde ich gerne wissen. Rax!« Zum Glück verstummte er dann und starrte in sein Glas Wasser.

»Denk an etwas anderes, Liebling. Wir sind im Urlaub«, murmelte Mutter beschwichtigend.

Ich fühlte mich zu einem Kommentar genötigt, vermutlich angeregt durch die Niedergeschlagenheit meines Vaters. »Ich verstehe nicht, warum das so wichtig ist. Es spielt doch gar keine Rolle, ob die Leute davon erfahren oder nicht.«

Um Vaters Augen bildeten sich Fältchen, und sein Unterkiefer arbeitete rhythmisch. »Willst du damit andeuten, das Parlament und ich wüssten nicht, wie wir unsere Geschäfte zu erledigen haben, Druv?«

Genau das hatte ich andeuten wollen, aber es war nicht das, was ich gesagt hatte. Vaters Intelligenz ließ nach, er war älter als ich und in seinen Denkweisen festgefahren, und er hatte sich daran gewöhnt, sich auf der Würde seiner Position auszuruhen. Kurz gesagt: Er hatte die Fähigkeit verloren, mit vernünftigen Argumenten umzugehen. Ich hatte ihn dort, wo ich ihn haben wollte, und jetzt konnte ich sachlich und logisch weiterargumentieren, um seine Ansichten zu widerlegen.

Aber ich hatte nicht mit Mutter gerechnet. »Das war eine *nette* Mahlzeit«, sagte sie mit Nachdruck und nahm die Zeitung vom Tisch, wohin Vater sie in gespielter Wut geworfen hatte. »Oh, schau mal! Hier steht, dass unsere Streitkräfte Gorba eingenommen haben. Wie nett!«

»Aber das ist doch nur eine Zeitungsmeldung, Mutter«, sagte ich verzweifelt. »Es wäre genauso gut möglich, dass Gorba gar nicht in der Nähe der Front liegt. Vielleicht existiert es nicht einmal. Ich jedenfalls habe noch nie davon gehört.«

»Aber ich.« Mutter lächelte nachsichtig auf ihren altklugen Sohn herab. »Ich war einmal mit meinen Eltern da, als ich noch ein kleines Mädchen war. Es war sehr schön. Eine sehr alte Stadt, die an einem Fluss liegt, mit einem hübschen Phu-Tempel aus reizenden grünen Ziegelsteinen …«

So schwelgte sie noch eine Weile weiter und ließ die Schärfe des Streits auf wirksame Weise abstumpfen, während Vater seine Gelassenheit wiedergewann und mir einfach nur langweilig wurde. Es kam mir nie in den Sinn, die Wahrheit ihrer Erzählung anzuzweifeln, und ich hatte schon fast vergessen, weswegen ich mich hatte streiten wollen. Wenig später las Vater wieder in der Zeitung und befriedigte sein zwanghaftes Bedürfnis, über aktuelle Ereignisse auf dem Laufenden zu bleiben, wie es sich für Persönlichkeiten geziemte, die einen bedeutenden Posten in der Verwaltung innehatten.

Aber das alles konnte einen nicht vom Denken abhalten. Ich erinnerte mich plötzlich daran, wie ich Vater einmal eine Zeitung vorgelegt hatte, die schon drei Tage alt war – statt der aktuellen Ausgabe. Er hatte sie mit großem Interesse gelesen, die Meldungen aus dem Gerichtssaal, die politischen Neuigkeiten, die jüngsten Nachrichten von der Front. Erst als er die Sportseiten erreichte, wurde ihm bewusst, dass er sich offenbar auf eine nicht mehr ganz frische Mahlzeit gestürzt hatte. Ich bemerkte sein leichtes Stirnrunzeln, als er die Schleuderball-Ergebnisse überflog, bis seine Miene tiefste Verwirrung zeigte und er schließlich zur Titelseite zurückblätterte, um einen Blick auf das Datum zu werfen. Ich war damals ein wenig enttäuscht von seiner Reaktion gewesen.

Es folgte kein wütendes Gebrüll, und er knüllte auch nicht frustriert die Zeitung zusammen, um sie ins Feuer zu werfen, keine Tirade der Verzweiflung, weil er unwiederbringliche kostbare Momente vergeudet hatte, aber bezeichnenderweise auch kein Eingeständnis, wie bedeutungslos die Meldungen des Tages letztlich waren, und auch kein Schwur, von nun an keinem gedruckten Wort mehr Glauben zu schenken. Stattdessen zuckte er die Achseln, legte die Zeitung weg und starrte geistesabwesend aus dem Fenster. Bald schloss er die Augen und nickte ein.

Trotzdem war es für mich eine tröstliche Erinnerung, als wir uns erhoben und in der Stuva-Bar von Bexton warteten, während Vater um den Preis der Mahlzeit feilschte.

Das Tageslicht wurde schwächer, als wir die Hügel hinunterfuhren und die Küstenebene erreichten. Auch das Verhalten der Leute änderte sich. Hier sahen wir mehr lächelnde Gesichter und mehr Anzeichen für aufrichtige Freundlichkeit, wenn wir anhielten, um Wasser aufzunehmen. Es war, als hätte das mühelose Leben an der Küste eine entspanntere Wesensart hervorgebracht. Im sanften Dämmerlicht gingen die Leute gelassen ihren Geschäften nach, während die Sonne knapp unter dem Horizont kreiste und einen rötlichen Vorhang über den Himmel warf.

Hier war es natürlich kälter, aber der Sommer war nicht mehr weit entfernt, und die Kühle war nur vorübergehend. Zarte Dampfschwaden stiegen von den öffentlichen Radiatoren in den

Dörfern auf, und alte Männer lehnten sich mit dem Rücken gegen die Röhren. Wenn wir vorbeifuhren und sie das Emblem auf der Seite des Motorwagens sahen, nickten sie respektvoll. Lox zogen einzeln oder zu zweit Karren mit landwirtschaftlichen Erzeugnissen von den fruchtbaren Feldern zu den Sortierzentren. Hier gab es keine Anzeichen für Knappheit. Lorin schwangen sich durch die Äste der Gelbball-Bäume und warfen die süßen Früchte zielgenau in die aufgestellten Sammelwannen. Auf anderen Feldern zeigte sich bereits das üppige Grün des Sommergemüses.

Flüsse verliefen über längere Strecken parallel zur Straße, und dort füllten wir den Tank des Motorwagens so oft wie möglich auf. Selbst in dieser angenehmen Gegend verharrten die Blicke der Leute auffallend lange auf den Destillkanistern. Jetzt waren nur noch wenige übrig – gerade genug, um uns nach Pallahaxi zu bringen, wie Vater uns mit sichtlichem Stolz auf die Genauigkeit seiner Berechnungen erklärte.

Schließlich erreichten wir die Küste mit den Fischerdörfern, und nun schob sich der Rand der Sonnenscheibe für einen längeren Zeitraum über den Horizont, während wir über die Straßen auf den Klippen holperten und den mit Blut bespritzten Ozean beobachteten. Wenn man die Wellen sah, die in rosafarbene Gischt zerstoben, und das Rauschen und Donnern hörte, konnte man sich nur schwer die Veränderung vorstellen, die mit der Ankunft der Grume im Spätsommer einherging. Das Meer selbst ist zeitlos, obwohl es dem Kreislauf der Jahreszeiten ausgesetzt ist.

Später bog die Straße wieder ins Binnenland ab und folgte einer weiten Flussmündung, auf der Boote mit tiefen Rümpfen Schleppnetze hinter sich herzogen. Um die erste Brücke über den Fluss hatte sich eine kleine Stadt ausgebreitet, wo wir zum letzten Mal anhielten, um Wasser aufzunehmen. Wir stiegen die Flussböschung hinunter, tauchten Eimer ins Brackwasser, füllten es in den Tank und fuhren dann weiter. Die Leute hielten in ihrer Arbeit inne, um uns zuzuwinken.

Schließlich kamen wir an einer einprägsamen Landmarke vorbei, einer uralten Steinfestung auf einem Hügel, und wenig später rollten wir durch die schmale Straße, und vor uns tauchte ein vertrauter Hafen auf. Dort wimmelte es von Booten, Seevögeln und geschäftigen Leuten zwischen aufgehängten Netzen, und es roch nach Fisch und Salz. Wir hatten Pallahaxi erreicht.

3

Pallahaxi ist um eine Meeresbucht herum erbaut. Die Häuser bestehen hauptsächlich aus dem einheimischem Gestein der Küstenfelsen und ziehen sich steil vom Hafen die Klippen hinauf, nur nicht auf der Landseite, wo die Bucht in ein Tal übergeht. Im Laufe der Zeit war das kleine Fischerdorf zu einer mittelgroßen Stadt angewachsen, und die Häuser hatten sich bis ins Tal hinein ausgebreitet. Vor etwa zehn Jahren hatte man eine Fischfabrik errichtet, die für weiteres Bevölkerungswachstum gesorgt hatte. Ursprünglich war der Hafen groß genug für den Bedarf der Umgebung gewesen, aber der verstärkte Schiffsverkehr hatte zu der Notwendigkeit geführt, die westliche Begrenzung des Hafens um eine lange Mole zu erweitern, wodurch eine noch größere Wasserfläche eingeschlossen wurde. Fischereifahrzeuge konnten nun direkt an einem Kai auf der Mole entladen werden, von wo der Fang mit einer kleinen Dampfeisenbahn durch die schmalen Straßen bis zur Fischfabrik befördert wurde. Außerdem gab es am inneren Hafen einen kleinen Markt für Fischer, die ihre Ware privat verkauften.

Nach der Ankunft in Pallahaxi interessierte es mich am meisten, die neue Fischfabrik zu sehen, die mein Vater erwähnt hatte. Sie lag etwas weiter außerhalb der Stadt, noch hinter der Landzunge, die als Fingerkap bekannt war. Offenbar wäre es unpraktikabel gewesen, die alte Fischfabrik weiter auszubauen. Zudem waren die Maschinen völlig veraltet, wie mein Vater mir erklärte.

Ich spürte deutlich eine Spannung zwischen meinem Vater und mir, wenn es um diese eigentlich banale Angelegenheit ging. Plötzlich ärgerte ich mich über die neue Fischfabrik. Die alte kannte ich schon sehr lange und sogar die Gesichter vieler Arbeiter, die dort beschäftigt waren. Ich hatte beobachtet, wie die Fischerboote entladen wurden, und die technische Raffinesse der Eisenbahn und der anderen Maschinen bewundert. Die Fischfabrik war wie ein alter Freund. Und nun sagte mein Vater, dass sie veraltet sei und man sie in absehbarer Zeit abreißen würde, um Platz für Wohnhäuser zu schaffen. Sie sei ein Schandfleck, sagte er. Wenn die Boote ihre Fracht an der Fischfabrik entladen wollten, würden sie gar nicht mehr in den Hafen fahren müssen, sondern konnten weiter nördlich an der Flussmündung in der Nähe des Fingerkaps anlegen. Als wäre das alles nicht schon schlimm genug, befand sich die neue Fischfabrik außerdem in Staatsbesitz, und mein Vater hatte dort irgendeinen Beraterposten inne. Also arbeitete er auch während seines Urlaubs.

Zwei Tage nach unserer Ankunft unternahm ich einen Spaziergang um die Klippen und betrachtete die neuen Gebäude vom Aussichtspunkt auf einer Felsspitze. Ohne in irgendeiner Weise beeindruckt zu sein, kehrte ich zu unserem Sommerhäuschen auf der Südseite der Stadt zurück. Allmählich verspürte ich das Kribbeln der Langeweile. Im Häuschen war niemand. Vater besuchte die neue Fischfabrik und meine Mutter die Geschäfte. Ich setzte mich auf die Veranda und blickte über die weite Fläche der Pallahaxi-Bucht. Auf der rechten Seite konnte ich gerade noch den Leuchtturm am Ende der Mole erkennen. Genau im Westen, nur knapp unter dem Horizont, lag Asta. Ich glaube, die große Nähe zum Feind verlieh dem Leben in Pallahaxi eine gewisse Würze.

Das Ferienhäuschen war ein recht einfacher Holzbau auf einer abschüssigen Wiese knapp unter den Klippen. Hier gab es noch weitere Hütten in unterschiedlichen Formen und Größen. Dazwischen grasten Lox und rieben sich die Rücken an den Holzbrettern. Auf der Veranda des Nachbarhauses saß ein Lorin, der mich unverschämt nachahmte. Ich wollte ihn gerade verscheuchen, als ich einen Mann sah, der sich vom anderen Ende der Wiese näherte. Sein Augen waren starr auf mich gerichtet, während er ging. Es stand außer Zweifel, dass ich sein Ziel war. Es war zu spät, um sich in die Sicherheit des Hauses zu flüchten.

»Hallo, mein junger Freund!«, rief er mir aus einiger Entfernung zu.

Ich beachtete ihn nicht und blieb unbeeindruckt sitzen, während ich mit den Füßen im Sand spielte und mir wünschte, dass er wieder verschwand. Doch sein Anblick und seine Sprechweise hatten mir bereits alles verraten. Mittelgroß und stämmig, das Gesicht gutmütig und behaart, forscher Gang. Allem Anschein nach war er der Typ Mann, der – wie meine Mutter sagen würde – »wunderbar mit Kindern umgehen kann«. Wenn er genügend Opfer fand, würde er Wanderungen und Schleuderballspiele organisieren und den Kindern sagen, dass sie ihn Onkel nennen sollten. Und sämtliche Mütter – ganz besonders meine – würden entzückt zusehen und sich gegenseitig versichern, wie nett dieser Mann war und wie sehr die Kinder ihn liebten.

Dabei würde der verfrorene Kerl beim Schleuderball betrügen und dafür sorgen, dass immer die kleinsten Kinder und die Mädchen gewannen und ich verlor.

»Das ist ein sehr trauriges Gesicht für einen wunderbaren Tag wie diesen.« Er stand vor mir, und schon bevor ich aufblickte, wusste ich, dass er über das ganze Gesicht grinste.

»Hm.«

»Du dürftest Alika-Druv sein. Es freut mich, deine Bekanntschaft zu machen, mein junger Freund. Ich bin ein Freund deines Vaters. Gestatte, dass ich mich vorstelle.« Mit seinem freundlichen, runzligen Grinsen zog er meinen Blick auf sich und zwang mich, aufzustehen und seinen Griff um meinen Unterarm zu erdulden. »Mein Name ist Horlox-Mestler.«

Er kam von weither, da Horlox tief im Binnenland lag, fast an der Grenze zu Asta. Für einen kurzen Moment hatte sein Name einen vertrauten Klang, dem ich jedoch nicht auf die Spur kam. »Was kann ich für Sie tun?«, fragte ich.

»Ich hatte gehofft, deinen Vater anzutreffen.«

»Er ist nicht hier.«

»Oh. Darf ich fragen, wo er sich aufhält?«

Seine unbeirrte Höflichkeit brach meinen letzten Widerstand. Ich hatte das Gefühl, eine Lektion in gutem Benehmen erteilt zu bekommen. »Er ist wahrscheinlich in der neuen Fischfabrik«, sagte ich, als ich mich zusammenriss und mir tatsächlich Mühe gab. »Es tut mir leid, dass ich Ihnen ansonsten nicht weiterhelfen kann. Ich vermute, dass er demnächst wieder hier sein wird. Darf ich Ihnen ein Glas Cochasaft anbieten?«

»Verbindlichsten Dank, mein junger Freund, aber leider habe ich nicht allzu viel Zeit. Ich muss weiter.« Er musterte mich mit plötzlicher Verschmitztheit. »Gelangweilt?«

»Vielleicht.«

»Bald wird die Grume kommen. Ein Junge wie du sollte ein Boot haben. Mit einem Boot kann man sehr viel Spaß haben, wenn die Grume fließt. Also gut. Dann treffe ich deinen Vater vielleicht bei der Fischfabrik, wenn ich mich beeile. Auf Wiedersehen.« Er entfernte sich mit wippenden Schritten. Ich blickte ihm nach, ohne mich entscheiden zu können, ob er mir vielleicht doch sympathisch war.

Ich ging ins Häuschen und blieb vor der Wand stehen, an die Mutter eine Landkarte geheftet hatte. Kleine Fähnchen markierten die Standorte der Streitkräfte von Erto, wie sie täglich in den Zeitungen bekanntgegeben und unermüdlich von den Erwachsenen diskutiert wurden. Rote Pfeile stellten die Richtungen dar, in die die Truppen vorstießen. Wir schienen überall auf dem Vormarsch zu sein, aber meine Skepsis war inzwischen so groß geworden, dass es mich kaum überrascht hätte, wenn feindliche Soldaten an unsere Tür klopften. Ich zog meine Badehose an und ging zum Strand hinunter.

Mich überkamen sentimentale Gefühle, als ich auf den vertrauten Kieselsteinen der von Klippen geschützten Bucht stand. Hier hatte ich im vergangenen Jahr zum ersten Mal Braunauge angesprochen. Ich schloss die Augen und strengte mich an, ihr eine mentale Botschaft zu senden, wie es angeblich die Lorin machten. *Ich bin hier, Braunauge,* dachte ich. *Komm zu mir, zum*

Strand. Als ich die Augen wieder öffnete, war sie immer noch nicht da …

Es war in jener eigenartigen Jahreszeit gewesen, zwischen dem Schwinden der Grume und dem Einsetzen der Traufe, als wir uns schließlich begegnet waren. Ich hatte einen seltsamen Fisch entdeckt, der an der Oberfläche trieb, und Braunauge, die ich schon seit einiger Zeit aus dem Augenwinkel beobachtet hatte, war herübergekommen, um ihn sich anzusehen. Wir legten das Tier auf die Steine und knieten uns davor hin, um es zu begutachten, und endlich konnten wir unter dem Vorwand eines gemeinsamen Interesses unsere Schüchternheit überwinden und miteinander reden. Für den Rest des Tages saßen wir am Strand, und am nächsten Tag erkundeten wir zusammen die Klippen. Am übernächsten Tag waren meine Eltern nach Alika zurückgefahren, nach Hause. Ich hatte nicht fahren wollen.

Aber nun war Braunauge nicht da, und mein erster Schritt ins eiskalte Wasser jagte mir einen angstvollen Schauder über den Rücken, so dass ich nach einer Weile zum Ferienhäuschen zurückging, wo ich feststellte, dass sowohl mein Vater als auch meine Mutter wieder da waren.

Sie begrüßten mich auf bedeutungsvolle Weise, wie es Eltern tun, wenn sie gerade über einen gesprochen haben. Wir nahmen am Essenstisch Platz. Sie fragten mich, was ich gemacht hatte, und ich sagte es ihnen, worauf sie einen längeren Blick austauschten.

Mein Vater hatte den letzten Bissen seines reifen Gelbballs verzehrt, und nun benetzte er mit ritueller Förmlichkeit seine Finger und trocknete sie ab. Dann räusperte er sich. »Druv … es gibt da etwas, das ich mit dir besprechen möchte.«

»Aha?« Das klang nach einer ernsten Sache.

»Wie du weißt, habe ich verschiedene Pflichten übernommen, die im Zusammenhang mit meiner Funktion als höherer Staatsbeamter stehen und die ich praktischerweise während unseres Urlaubs hier in Pallahaxi erfüllen kann. Normalerweise beanspruchen diese Pflichten nur einen kleinen Teil meines Tages, doch in diesem Jahr ist es bedauerlicherweise anders, wie ich heute erfahren habe.«

»Ich habe vergessen dir zu sagen, dass ein Mann nach dir gefragt hat. Sein Name war Mestler.«

»Horlox-Mestler hat mich gefunden und mit mir gesprochen. Ich hoffe, du hast dich ihm gegenüber höflich verhalten, Druv. Er bekleidet eine hohe Stellung.«

»Hm.«

»Wie es aussieht, werde ich der neuen Fischfabrik von nun an recht viel Zeit widmen müssen. Wir werden nicht so häufig als Familie zusammensein, wie ich gehofft hatte. Du wirst einen großen Teil des Urlaubs allein verbringen müssen.«

Ich schwieg und bemühte mich, einen angemessen niedergeschlagenen Eindruck zu machen.

»Außerdem wäre es ungerecht, von deiner Mutter zu erwarten, dass sie dir jederzeit zur Verfügung steht. Du bist ein Junge, der nicht so schnell Freunde findet, womit ich keineswegs sagen will, dass daran etwas falsch wäre. Es gibt Leute, mit denen du dich auch gar nicht anfreunden solltest. Allerdings ...« Er hielt inne und blickte nachdenklich auf einen Punkt etwa drei Schritte hinter mir, während er versuchte, den Faden wiederzufinden. »Es ist nicht meine Gewohnheit, dir Geschenke zu kaufen«, fuhr er schließlich fort, »da ich überzeugt bin, dass man etwas für das geben sollte, was man bekommt.«

»Hm.«

»Trotzdem möchte ich nicht, dass du hier vor Langeweile Trübsal bläst. Womöglich stellst du dann irgendwelchen Unsinn an. Deshalb schlage ich vor, dass ich dir ein Boot kaufe.«

»Das ist verfroren gut von dir, Vater!«, rief ich voller Erstaunen.

Er brachte ein Lächeln zustande und ging nicht auf meinen sprachlichen Ausrutscher ein. »Auf Silbernackens Werft habe ich ein geeignetes Fahrzeug gesehen. Einen kleinen Skimmer. Eigentlich müsstest du damit zurechtkommen, wenn dir die Schifffahrt nicht völlig fremd ist.«

Mutter lächelte mich freundlich an. »Ist das nicht reizend von deinem Vater, Druv?«

»Vielen Dank, Vater«, sagte ich pflichtschuldig.

»Du kannst das Boot jederzeit abholen«, teilte er mir mit. »Geh einfach zu Pallahaxi-Silbernacken und sag ihm, wer dein Vater ist.«

Am nächsten Morgen erhob ich mich vom Frühstückstisch und blickte aus dem Fenster. Der Himmel war im gleichen rosafarbenen Zwielicht getönt, ein Stück neben der Veranda grasten die gleichen Tiere, aber es war trotzdem ein ganz anderer Tag. Heute würde ich das Boot von Silbernacken holen. Das schummrige Meer erstreckte sich aufregend bis zu den schwarzen Buckeln des Landes auf der anderen Seite der Bucht. Heute würde ich dieses Meer erkunden. Ich zog mir eine Jacke an.

»Warte auf mich, wenn du zur Stadt runtergehen möchtest, Druv. Ich muss dort ein paar Dinge einkaufen. Wir können zusammen gehen.« Mutter blickte von ihrer Stuva-Tasse auf und lächelte mich geistlos an.

Ich hätte ihr fast gesagt, dass sie verfrieren sollte, tat es dann aber doch nicht. Vater beobachtete mich und wartete auf einen Anlass, mir beim ersten Anzeichen von Unfreundlichkeit das Boot zu streichen.

Meine Mutter ist klein, und ich bin recht groß für mein Alter, so dass wir unmöglich miteinander Schritt halten können. Sie trottet neben mir her, die Beine wie Kolben stampfend, und besteht darauf, sich bei mir unterzuhaken, was dazu führt, dass wir wie zwei Betrunkene über die Straße wanken. Zudem redet sie unablässig, wobei sie ständig zu mir aufblickt, freundlich lächelt und den allgemeinen Eindruck erweckt, zwischen uns würde eine ganz besondere Art von Freundschaft bestehen. Unwillkürlich bete ich, dass die Leute glauben, sie sei eine alte Prostituierte, die ich irgendwo aufgelesen habe, und um das zu bestärken, bemühe ich mich um einen beschämten Gesichtsausdruck – was mir unter den gegebenen Umständen überhaupt nicht schwerfällt.

Als wir die Stadt erreicht hatten, schien meine Mutter noch nicht gewillt zu sein, mich loszulassen. Gemeinsam besuchten wir ein Geschäft nach dem anderen, wo sie jedes Mal ihre Parl-Karte zückte, wenn irgendjemand wegen der Rationierungen nicht bereit war, sie zu bedienen. Wenig später schleppte ich mich mit einem Berg von Einkäufen ab und war sehr erleichtert, als Mutter einen Loxkarren mietete, der das Zeug nach Hause bringen sollte.

»Dann gehe ich jetzt weiter«, sagte ich, als die letzte Tüte sicher verstaut war.

»Oh nein, noch nicht, mein Junge. Jetzt brauche ich unbedingt eine Tasse Stuva. Unten am Hafen gibt es eine sehr nette Gaststätte, aber ich möchte sie nicht allein aufsuchen. Man trifft dort immer wieder ziemlich seltsame Leute.«

Auf dem Weg zur Stuva-Bar kamen wir am Hotel Goldener Grummer vorbei, und ich bemühte mich, nicht zu offenkundig auf die Fenster zu starren, weil Mutter wusste, wer dort wohnte, und mich verstohlen beobachtete. Ich erhaschte einen Blick auf Pallahaxi-Anli, die Mutter von Braunauge, wie sie mit einem Mann sprach, der so stark behaart war, dass ich ihn anfangs für einen Lorin hielt. Aber mich sah sie nicht. Wahrscheinlich hätte sie mich sowieso nicht wiedererkannt, weil ich ihr letztes Jahr nur einmal kurz begegnet war.

Nachdem wir eine Weile in der Stuva-Bar gesessen hatten, winkte Mutter jemandem auf der anderen Seite des Gastraums zu, wobei sie Laute des Wiedererkennens und der Begrüßung ausstieß. Wenn Vater außer Sichtweite ist, dreht sie durch und entwickelt ein ähnliches Geschick wie er, Aufmerksamkeit auf sich zu lenken. Es war mir zutiefst peinlich, als sich zwei Leute erhoben und zu uns herüberkamen. Die Frau war genauso groß und alt wie meine Mutter, und der Junge an ihrer Seite etwa genauso groß und alt wie ich. Zweifellos glaubte jeder Besucher der Stuva-Bar, dass wir so etwas wie unheimliche Spiegelbilder waren. Mutter stellte die beiden als Dreba-Gwilda und Dreba-Wolff vor und erwähnte, sie hätte sie gestern kennengelernt.

Wolff war ein eisglatter Verfrorener, und mir war sofort klar, dass meine Mutter der Ansicht war, er hätte anständige Manieren und wäre ein guter Freund für mich. Ich hegte sogar den Verdacht, dass die Begegnung abgesprochen war. Gwildas Mann war zweifellos ein Parl.

Wolff lächelte mich zahnlückig an. »Ich habe gehört, dass du heute ein Boot bekommst, Druv.«

»Hm.«

»Auch ich fahre für mein Leben gern zur See. Zu Hause habe ich eine Schlup mit tiefem Rumpf. Konnte sie leider nicht hierher mitbringen. Bei der Grume wäre es ziemlich sinnlos. Dein Boot dürfte eher ein flacher Skimmer sein, oder?«

»Hm.«

»Natürlich kannst du jetzt noch nicht damit in See stechen. Damit würde man Schwierigkeiten geradezu herausfordern. Du wirst warten müssen, bis die Grume da ist.«

»Ist dir schon mal aufgefallen, dass deine Nase eine seltsame Form hat?«

»Ich werde mitkommen, wenn du das Boot abholst. Dann könnte ich es mir etwas genauer ansehen. Mit den Leuten von Pallahaxi kann man gar nicht vorsichtig genug sein. Allesamt Diebe. Natürlich wurden sie durch die vielen Urlauber verdorben.«

An dieser Stelle unterbrach Mutter ihr angeregtes Gespräch mit Gwilda. »Das ist ja unglaublich nett von dir, Wolff. Du bist bestimmt begeistert, einen so nützlichen Freund gefunden zu haben, Druv. Dann macht euch auf den Weg, ihr beiden.«

Wir gingen nebeneinander die Straße entlang, und irgendwie kam ich mir neben Wolff unsauber und unreif vor. »Wusstest du, dass Pallahaxi ursprünglich von den Astanern gegründet wurde?«, fragte er. »Diese Stelle liegt Asta am nächsten, auf dieser Seite der Welt. Pallahaxi wurde im Jahr der Renaissance 673 von einem astanischen Häuptling kolonisiert. Sein Name war Yubb-Gaboa. Jahrhunderte später stürmten die Horden von Erto von den Gelben Bergen herab und trieben die Astaner zurück ins Meer.«

»Konnten sie nicht schwimmen?«

»Geschichte ist ein spannendes Thema, Druv. Ich stelle immer wieder fest, dass ich umso mehr über mich selbst und die Leute um mich herum lerne, je mehr ich über unsere Vorfahren weiß. Findest du nicht auch?«

»Hm.«

»Da wären wir. Silbernackens Werft. An wen müssen wir uns wenden? Wo ist dein Boot?«

»Woher soll ich das wissen? Ich war noch nie hier.«

Wolff marschierte wie selbstverständlich in das riesige Gebäude, und ich folgte ihm. Es war wie eine Scheune, und drinnen roch es nach Holzspänen und Teer. Überall lagen Boote in verschiedenen Stadien der Fertigstellung herum. Viele Männer arbeiteten hier, beugten sich über Werkbänke oder krochen unter Bootsrümpfen herum. Laut hallte der Lärm der Hämmer, Sägen und Seemannsflüche wider. Niemand beachtete uns. Wolff tippte irgendeinem Mann auf die Schulter. Er fuhr herum und stierte uns aus einem Auge an. Eine große Narbe zog sich über eine Gesichtshälfte von der Stirn bis zum Kinn herab.

Ich wandte den Blick ab, weil mir übel wurde. Angeborene Verunstaltungen bemerken wir in Alika kaum noch, weil man sie überall sieht, aber die Folgen eines Unfalls sind eine ganz andere Geschichte. Ich sah einen anderen Mann, dem ein Finger fehlte. Wahrscheinlich hatte er ihn bei der Arbeit verloren. Der Krach stürmte von allen Seiten auf mich ein, und ich fühlte mich von Gebrechen und Schrecken überwältigt. Dann stupste Wolff mich an.

»Da drüben«, sagte er. »Alles in Ordnung mit dir? Du hast eine komische Gesichtsfarbe. Komm mit!«

Ich fand mich in einem kleinen Büro wieder, und als die Tür hinter mir zuschlug, war ich schlagartig vom Lärm abgeschnitten. An einem Schreibtisch saß ein Mann, der sich sofort erhob, als er uns sah. Er schlurfte auf uns zu in einer Körperhaltung, die auf primitive Weise bedrohlich wirkte. Zuerst dachte ich, er würde eine Pelzjacke tragen, doch dann erkannte ich, dass er bis zur Hüfte nackt war – und vielleicht sogar auch noch tiefer. Ich hatte nie zuvor einen so stark behaarten Mann gesehen. Außerdem hatte er ein eigenartiges konvexes Gesicht. Das Kinn schien sich schräg bis zur Nase hinaufzukrümmen, und seine Stirn ging in gerader Linie in den Nasenrücken über, wie bei einem Fisch. Während ich ihn fassungslos angaffte, sprach Wolff ihn ruhig an.

»Sie müssen Pallahaxi-Silbernacken sein. Ist das Boot für Alika-Druv schon bereit?«

Der Wilde – der den Eindruck erweckt hatte, als wollte er uns in Stücke reißen – blieb schlagartig stehen. Unter der Gesichtsbehaarung öffnete sich ein breiter Mund.

»Aber ja, Jungs. Natürlich steht es bereit. Niemand soll je behaupten, Silbernacken würde mit einem Boot nicht rechtzeitig fertig. Folgt mir, folgt mir!«

Er führte uns durch die Werft bis zum Wasser. Dort lag, ein paar Schritt von den schwappenden Wellen entfernt, das schönste Boot, das ich jemals gesehen hatte. Außen war es blau angestrichen und innen lackiert. Es schien im Zwielicht des frühen Sommers zu schimmern. Es hatte einen flachen Rumpf und einen hohen Mast, und es sah schnell aus, so konstruiert, dass es über die Oberfläche der Grume dahingleiten konnte. Es war etwa vier Schritt lang und klein genug, um es einhändig segeln zu können, aber gleichzeitig groß genug für mindestens drei weitere Passagiere. »Sieht in Ordnung aus«, sagte Wolff.

»Das beste kleine Boot in ganz Pallahaxi«, tönte Silbernacken. »Ich werde euch zeigen, wie man die Segel hisst.«

»Nicht nötig«, sagte Wolff. »Ich hatte schon des Öfteren mit Booten zu tun.«

»Viele Burschen, die genau diese Worte zu mir sprachen, haben es später bitter bereut«, rief Silbernacken nachsichtig und widmete sich dem Boot. Der Mann wurde mir immer sympathischer, zumal ich den Eindruck hatte, dass Wolff in ihm seinen Meister gefunden hatte. Bald flatterte ein hellblaues Segel in der leichten Brise. Schade, dass wir noch eine Weile auf die Grume warten mussten.

Wolff musterte das Segel. »Lateinertakelung«, murmelte er und hob ein Stück lackiertes Holz auf. »Das ist das Kielschwert.«

»Nein!«, rief Silbernacken. »Offensichtlich weißt du gar nichts über Grume-Skimmer, mein Junge. Das gehört zum Dingi da drüben. Skimmer haben kein Kielschwert. Schau dir bitte die Form des Rumpfes an. Siehst du die Kiele, die sehr flach sind, zwei an den Seiten und einen in der Mitte? Mehr braucht man für einen Skimmer nicht. Wie es scheint, kennst du dich in diesem Teil der Welt gar nicht aus. Wenn die Grume kommt, wird das Wasser *zäh.*« Er machte eine Handbewegung, als wollte er eine waagerechte Fläche glattstreichen. »Der Grund ist die Verdunstung.«

»Ich bin recht gut mit Pallahaxi vertraut. Ich komme häufig hierher.«

»Ein Urlauber, was?« Silbernacken grinste Wolff mit freundlicher Miene an. »Dachte ich's mir doch. Gut, dass ich mir die Mühe gemacht habe, alles zu erklären. Dieses Boot ist für die Grume gebaut. Wenn ihr heute damit rausgefahren wärt, hättet ihr euch in große Schwierigkeiten manövriert.« Er legte eine Hand auf Wolffs Schulter und lachte schallend. Insgeheim dankte ich ihm dafür.

»Heute haben wir nur sehr wenig Seegang«, stellte Wolff kühl fest und schaute blinzelnd auf die grünliche Wasserfläche des Hafens hinaus. Dann wandte er sich wieder dem Boot zu. »Für solches Wetter hat es genug Freibord. Ich glaube, wir werden damit in See stechen, Druv.«

Ich fühlte mich zwischen zwei Persönlichkeiten hin und her gerissen, auf die ich keinen Einfluss hatte. »Meinst du nicht, dass wir damit noch etwas warten sollten, Wolff?«, fragte ich matt.

Silbernacken sah uns abwechselnd an. »Wem gehört das Boot denn nun? Man hat mir gesagt, es wäre für Druv, aber jetzt scheint Wolff das Kommando übernommen zu haben.«

Wolff warf mir einen hochmütigen Blick zu. »Willst du damit sagen, dass du Angst hast?«

Ich spürte, wie mein Gesicht glühte, als ich mich bückte und nach dem Schandeck griff. Wolff hob das Boot auf der anderen Seite an, und gemeinsam schoben wir es ins Wasser. Wir stiegen ein, das Segel blähte sich in der leichten Brise, und schon entfernten wir uns vom Ufer. Dann sah ich Silbernackens haarigen Rücken hinter einem großen umgedrehten Boot verschwinden. Er blickte sich nicht mehr zu uns um.

In den folgenden aufregenden Momenten hatte ich Silbernacken schnell vergessen, als wir zwischen festgemachten Fischkuttern, Ausflugsbooten und Dingis dahinglitten, die sich im inneren Hafen tummelten, und Pallahaxi aus einer ganz neuen Perspektive sahen. Schneetaucher beobachteten uns von den Mastspitzen, am Westufer hielten die Männer in ihrer Arbeit inne, um uns zuzuwinken. Offenbar spürten sie – wie man so etwas eben spürt –, dass wir uns auf einer Jungfernfahrt befanden. Am Ostkai wurden kleinere Fischerboote direkt vor der großen Markthalle entladen, und Hunderte von Schneetauchern drängelten sich auf dem Flachdach. Durch eine Lücke sah ich kurz den Goldenen Grummer, wo jemand an einem Fenster ein Tischtuch ausschüttelte. Wenn ich am Segel vorbeilugte, konnte ich die Öffnung des äußeren Hafens erkennen. Die Eisenbahn schnaufte gemächlich über die Mole. Von der Lok stieg eine weiße Dampfwolke auf, und kurz darauf war die schrille Pfeife zu hören, als wir einen hohen Steindamm passierten und auf das tiefblaue Wasser des äußeren Hafens hinausglitten.

Dann sagte Wolff: »In diesem Boot scheint ziemlich viel Wasser zu sein.«

4

Ich sass auf der Heckbank an der Ruderpinne, während Wolff mittschiffs hockte und die Segelleine hielt. Wir hatten den äußeren Hafen erreicht und verließen den Schutz der Klippen. Der Wind frischte auf und trieb uns schnell auf den Leuchtturm am Ende der Mole zu. Hier war die See etwas kabbelig, und immer wieder schwappte eine Welle über die niedrige Bordwand.

»Dann schöpf es aus, Wolff«, spielte ich meine Autorität als Kapitän aus.

Er zappelte nervös herum. »Wir haben nichts, womit wir Wasser schöpfen könnten.«

»Es sind ja auch nur ein paar Tropfen.«

»Es wird immer mehr. Das Boot ist leck. Sieh mal!«

Als ich mich in eine neue Position brachte, standen plötzlich meine Füße unter Wasser, und kalte Angst kroch mein Bein hinauf. Wir sanken. Das Wasser war eisig kalt. Ich blickte mich hektisch nach Hilfe um. Wir waren ziemlich weit vom nächsten Boot entfernt. Wir würden es nicht überleben, wenn wir untergingen. Zuerst kam der schleichende Wahnsinn, wenn unsere Körper langsam ausgekühlt wurden, bis unsere Gehirne erfroren und wir starben.

Nachdem ich mir die schlimmstmöglichen Folgen ausgemalt hatte, war ich wieder in der Lage, mich praktischeren Angelegenheiten zu widmen. »Wir werden es nie bis zur Mole schaffen«, sagte ich. Links von uns ragten die Klippen hoch und schwarz auf. »Vielleicht könnten wir dorthin paddeln und aus dem Wind rauskommen. Schau mal, da ist ein Strand. Dort könnten wir landen. Bis dahin ist es nicht weit.«

»Womit sollen wir denn paddeln?«, fragte Wolff hilflos. Seine Aufgeblasenheit war verflogen, und er schien plötzlich geschrumpft zu sein. Er kauerte auf der Mittelbank, hatte die Arme um den Oberkörper geschlungen und zitterte, während ihm das Wasser um die Füße schwappte. Ich konnte das Weiß in seinen Augen sehen. Er zuckte heftig zusammen, als ein Schneetaucher an uns vorbeisauste und platschend ins Wasser tauchte. Das Boot schwankte träge.

»Wir werden das Ruder benutzen. Du holst das Segel ein, und ich nehme das Ruder ab.«

Ich drehte mich herum und tastete im eisigen Wasser nach der Mutter, mit der der Bolzen befestigt war. Das Boot schaukelte gefährlich, als Wolff sich ohne Vorwarnung von hinten auf mich warf, so dass ich mit dem Gesicht gegen den Heckbalken schlug. Ich versuchte mich zu befreien, musste mich gegen eine feuchte Last wehren, bekam einen schmerzhaften Schlag auf den Hinterkopf und sah dann Wolffs wahnsinnige Augen, die genau in meine starrten. Die Kälte hatte ihn erwischt, früher als erwartet. Ich bekam einen Arm frei und schlug ihm mit aller Kraft ins Gesicht. Er stöhnte und wich zurück, tastete nach der Bordwand, und als er den Schwerpunkt verlagerte, schaffte ich es, ihm ein Knie in die Magengrube zu rammen.

Er keuchte, und ich sah die Panik in seinen Augen, als er sich erneut auf mich warf. Er schlug wild um sich und kreischte wie ein Seevogel. Wieder fiel ich zurück und lag quer über der Bordwand. Ich drehte den Kopf weg, um seinen Hieben auszuweichen, und sah die längliche schwarze Gestalt eines Raubfisches, der unter uns durchs Wasser glitt. Ich war mir sicher, dass sein kaltes Auge mich fixierte, als er vielleicht einen halben Schritt unter der Oberfläche vorbeischwamm. Ich beugte mich wieder vor, und Wolff schlug mich noch einmal. Dann packte ich seinen Arm und zog, bis wir uns auf dem Boden des Bootes rauften. Irgendwann gelang es mir, mich auf ihn zu setzen. Sein Widerstand erlahmte, als ich seinen Hals umklammerte und seinen Kopf rückwärts ins Wasser drückte, das während unseres Kampfes noch höher gestiegen war.

»Druv!«, krächzte er. »Lass mich los, du Verfrorener! Reiß dich zusammen. Es gibt nichts, weswegen du in Panik geraten müsstest.«

»Geh zum Rax!« Ich ließ nicht locker, war mir aber nicht mehr so sicher. Der wahnsinnige Blick war aus seinen Augen verschwunden, und plötzlich fragte ich mich, ob ich ihn wirklich gesehen oder mir alles nur eingebildet hatte. »Und warum hast du mich angegriffen?«

»Du hast *mich* angegriffen, weißt du nicht mehr? Du hast mir ins G-gesicht geschlagen!«

»Erst nachdem du dich auf mich gestürzt hast.«

»Ich habe mich nicht auf dich gestürzt. Das Segel ist etwas schnell runtergekommen, was mich aus dem Gleichgewicht gebracht hat. Dann bist du plötzlich durchgedreht.«

»Was redest du da?« Ich dachte einen Moment lang darüber nach, während Wolff verzweifelt zu mir hochstarrte und das Wasser immer höher stieg. Anscheinend hatte es ein Missverständnis gegeben. Ich ließ ihn los, worauf er zu seinem Sitz zurückkroch und wir uns misstrauisch beäugten. Das Segel lag als zerknüllte Masse zwischen uns. Als ich wieder das ansteigende Wasser bemerkte, wachte ich aus meiner Erstarrung auf. »Versuch doch selbst, das verfrorene Ruder abzunehmen«, sagte ich gereizt.

Wir tauschten die Plätze, und Wolff hantierte unter dem Heck. Er stieß ein ängstliches Winseln aus, als sich die Kälte in seine Hand fraß. Wenig später richtete er sich wieder auf. »Ich kann es nicht bewegen.« Er klang, als würde er jeden Moment losheulen wollen. »Ich kriege das verfrorene Ding nicht los. Es klemmt.« Er blickte sich um. Wir fuhren unter den kahlen schwarzen Klippen dahin, und ich konnte mir nicht vorstellen, dass irgendjemand uns gesehen hatte. »Wir sind verloren!«, jammerte Wolff.

Ich lenkte mich mit einer Überlegung ab. Das Boot war inzwischen zur Hälfte mit Wasser gefüllt, während das Gewicht von uns beiden dafür sorgte, dass das Wasser außen fast bis zur

Oberkante der Bordwand stand und gelegentlich hereinschwappte. Was würde als Nächstes geschehen? Würde das Meer von allen Seiten wie ein geschlossener Wasserfall hereinströmen und uns zum Grund hinunterdrücken? Oder würde sich ein Gleichgewicht einstellen, so dass das Boot, obwohl es voller Wasser war, weiter an der Oberfläche trieb?

Die Lösung kündigte sich an, als Wolff einen bestürzten Schrei ausstieß, und es stellte sich heraus, dass sie irgendwo zwischen diesen zwei Möglichkeiten lag. Der Skimmer lief mit beängstigender Plötzlichkeit voll, aber er versank nur langsam, und schon nach kurzer Zeit sank er nicht mehr tiefer, obwohl er nun ganz unter Wasser war. Das Einzige, was noch aus dem Wasser ragte, waren Wolff und ich, vom Brustkorb aufwärts, und der Mast. Trotz der lähmenden Kälte und der daraus resultierenden Furcht fand ich noch die Zeit zu hoffen, dass niemand mich in dieser absurden Situation beobachtete.

»Wolff«, sagte ich vorsichtig. »Beweg dich nicht zu schnell, um das Ding nicht aus dem Gleichgewicht zu bringen. Setz dich einfach auf die Bank unter dir, und dann paddeln wir zum Ufer rüber. Verstanden?«

Gleichzeitig tastete ich im Wasser herum, bis ich die Ruderbank am Heck zu fassen bekam. Dann machten wir uns heftig zitternd daran, ein unsichtbares Boot voranzutreiben. Die Sache war ziemlich ungewöhnlich, und während wir uns abmühten, fragte ich mich, ob mit meiner Theorie vielleicht etwas nicht stimmte. Aber wenn ich danach ging, wie der Dreck auf der Wasseroberfläche in Richtung Heck trieb, schienen wir uns tatsächlich zu bewegen. Schließlich lief der Skimmer auf Grund, worauf wir ausstiegen und ihn den Strand hinaufzogen.

»Du wirst einige Erklärungen abgeben müssen«, sagte Wolff. »Dein Vater will bestimmt wissen, warum du mit dem Boot hinausgefahren bist.«

Ich ging nicht darauf ein, sondern versuchte unsere Situation einzuschätzen. Die Klippen ragten etwa fünfzehn Schritt vom Ufer entfernt steil auf. Wir standen auf einem sehr kleinen Kiesstrand, der vielleicht dreißig Schritt lang war. Die Klippen waren zerklüftet und hätten einem Experten keinerlei Probleme bereitet, aber ich hatte Höhenangst und den leisen Verdacht, dass es Wolff genauso ging. Auf jeden Fall gefiel mir die Vorstellung nicht, dass er die Steilwand hinaufkletterte, einen Rettungstrupp holte und sich als Held feiern ließ. Ich verzichtete ganz darauf, die Möglichkeit einer Kletterpartie zu erwähnen, sondern zeigte stattdessen auf ein großes kreisrundes Loch in der Klippe, das sich in etwa zwei Schritt Höhe befand und aus dem eine namenlose Substanz tröpfelte.

»Was ist das?«

Wolff betrachtete es voller Abscheu. »Das ist eine Kloake.«

»Für eine Kloake ist es ziemlich groß, nicht wahr? Groß genug, um zu zweit hindurchzukriechen.«

»Stimmt, aber vergiss es. Ich krieche nicht in irgendwelchen Kanalisationsröhren herum, Alika-Druv.«

Ich beschloss, unsere Umgebung etwas genauer zu erkunden. Der schmale Strandstreifen, der vom Meer und den Klippen begrenzt wurde, verursachte mir allmählich klaustrophobisches Unbehagen. Ich lief bis zum östlichen Ende und stieg auf einen großen Felsblock, der ins Meer hineinragte. Ich dachte, ich würde vielleicht einen Weg um die Steilwand herum sehen, aber das Durcheinander aus Felsen setzte sich fort – zwischen den Blöcken war tiefes Wasser und darüber hohe Klippen, die mit einer Schicht Guano von den zahllosen Nestern der Schneetaucher überzogen waren.

Ich wagte mich bis zum Rand des Meerwassertümpels vor und blickte hinein. Der Teich war klar und grün – und anscheinend leer. Ich wollte mich bereits abwenden, als ich glaubte, am Boden zwischen wogenden grünen Wedeln eine Bewegung gesehen zu haben. Ich suchte nach einem Stock, um es anzustupsen, als etwas Weißes an mir vorbeischoss. Ein Schneetaucher hatte die Bewegung ebenfalls bemerkt. Unwillkürlich zuckte ich zusammen, da der Vogel sehr nahe an meinem Kopf vorbeigeflogen war, aber ich hörte kein Platschen.

Als ich die Augen öffnete, hatte sich der ganze Teich getrübt und glitzerte. Die Beine des Vogels ragten heraus – das Tier war im Moment des Eintauchens erstarrt. Die Füße mit den Schwimmhäuten paddelten in der Luft, ohne etwas zu bewirken, dann zuckten sie krampfartig, bis ihre Bewegung schließlich erstarb. Ich erschauderte. Das alles war so plötzlich geschehen, und ich hatte für einen kurzen Moment überlegt, eine Hand ins Wasser zu tauchen. Ich nahm einen Stein und warf ihn. Er hüpfte über die harte, glitzernde Oberfläche, sprang über einen Felsblock und fiel auf der anderen Seite ins Meer. Ich hörte, wie Wolff mich aus einiger Entfernung rief, aber ich starrte weiter mit morbider Faszination auf den Teich. Ich wollte die Sache bereits auf sich beruhen lassen, als sich die seltsame kristalline Struktur unvermittelt auflöste und wieder zu klarem Wasser wurde. Der Schneetaucher schaukelte auf den Wellen, aber er war tot. Dann sah ich, wie ein dünner blauer silbrig gesprenkelter Faden vom Grund des Teiches emporstieg, sich behutsam um den Vogel wickelte und ihn unter die Oberfläche zog.

Erschüttert stieg ich über den Felsblock zurück, um nachzusehen, was Wolff machte. Er stand inmitten einer Gruppe von Kindern, die sich scheinbar aus dem felsigen Boden materialisiert hatten. Sie untersuchten das Boot.

»Da drüben ist ein Eisteufel«, begrüßte ich sie. Dann verstummte ich und starrte die Kinder an, als sie sich zu mir umdrehten. Es waren ein kleinerer Junge und zwei Mädchen.

Eins der Mädchen war Pallahaxi-Braunauge.

Ihr Blick verriet, dass sie mich wiedererkannte, dann wandte sie sich schüchtern ab. Sie sagte nichts, und mir fiel auch nichts ein, was ich hätte sagen können, außer mit einem Brummen die Anwesenheit der Gruppe zur Kenntnis zu nehmen. Das andere Mädchen war größer und machte einen recht selbstbewussten Eindruck – so etwas wie das weibliche Gegenstück zu Wolff. Der kleine Junge war einfach nur ein kleiner Junge: verlottert, schmutzig und keiner weiteren Beachtung würdig.

Er war der Erste, der sprach. »Wie soll ein Boot auch schwimmen, wenn man die Spundlöcher offen lässt?«, rief er mit schriller Stimme.

Beschämt beugte ich mich über den Skimmer. Der Junge hatte Recht. Im Heck erkannte ich zwei Abflusslöcher, in die normalerweise Spundzapfen gesteckt wurden. Bei unserem überstürzten Aufbruch von der Werft hatte ich vergessen, danach zu schauen. Ich warf Wolff einen vorwurfsvollen Blick zu. Er starrte geradeaus und errötete leicht. »Du bist der Kapitän«, sagte er distanziert. »Du hättest daran denken müssen, deinen Kahn zu überprüfen, bevor du damit in See stichst, Alika-Druv.«

»Anscheinend seid ihr *Urlauber*«, sagte das große Mädchen und legte ihre ganze Verachtung in dieses Wort. »Ahnungslose Urlauber, die mal Seemänner spielen wollten.«

»Gestrandete Seemänner«, fügte der kleine Junge hinzu.

»Halt die Klappe, Blinz! Auf jeden Fall habt ihr Glück, dass wir in der Nähe waren. Nicht wahr, Braunauge? Wir kennen uns hier nämlich aus. Wir leben hier, das ganze Jahr lang. Nicht wahr, Braunauge?« Ich warf einen verstohlenen Blick zu Braunauge, und sie sah immer noch so wunderschön wie der rosa getönte Zwielichthimmel aus. Ich hätte mir gewünscht, dass die anderen nicht da wären – aber selbst wenn sie und ich allein gewesen wären, hätte ich nicht den Mut aufgebracht, ein Gespräch anzufangen. Offenbar bemerkte sie nicht, dass ich sie ansah. Sie beobachtete einen großen Fischkutter, der seinen Fang in einen Eisenbahnwaggon auswürgte. Dabei fragte ich mich, ob sie mich vielleicht gar nicht so sehr mochte, wie ich sie mochte. Aber immerhin hatte sie mich wiedererkannt.

»Richtig«, sagte Blinz, der auf irgendetwas herumkaute.

»Würdest du jetzt bitte mal still sein, Blinz! Also …« Das große Mädchen sah uns triumphierend an. »Wahrscheinlich rechnet ihr jetzt damit, dass wir für euch die Suppe auslöffeln, die ihr euch eingebrockt habt.«

»Sie sind aus dem Kanalisationsrohr gekrochen, Druv«, sagte Wolff misstrauisch. »Wie Tratten.«

»Noch so ein Wort, und wir lassen euch hier verhungern oder vor Kälte wahnsinnig werden. Und wenn ihr euch allein in die *Regendrainage* wagt, werdet ihr nie wieder herauskommen. Die Leitungen sind ein Labyrinth.«

»Ich kannte mal einen Jungen, der sich darin verlaufen hat«, flötete der unbeirrbare Blinz, obwohl er den Mund voll mit etwas Undefinierbarem hatte. »Er ist tagelang herumgeirrt und irgendwann durchgedreht. Als man ihn schließlich gefunden hat, war er ein Sklelett mit ausgebleichten Knochen, und die Vögel hatten ihm die Augen ausgepickt.«

Das große Mädchen schwieg eine Weile, während sie dieses lebhafte, wenn auch nicht ganz stimmige Bild verarbeitete. Schließlich nickte sie anerkennend. »Ich kenne die Geschichte. Erinnerst auch du dich daran, Braunauge?«

Braunauge hatte die ganze Zeit aufs Meer hinausgeblickt. »Lass sie in Ruhe, Bändchen, du siehst doch, dass sie nass und kalt sind, wenn wir sie nicht bald von hier wegbringen, werden sie sterben, ich weiß nicht, ob du das willst, aber ich will es *nicht.*« Sie rasselte die Worte wie einen einzigen Satz ohne Unterbrechung herunter, und ihr Gesicht war gerötet.

Bändchen sah sie streng an und zuckte dann die Achseln. »Blinz, stopf Tang in die Löcher und bring das Boot zurück. Ihr beiden folgt mir.« Sie kletterte zum Kanalisationsrohr hinauf und war im nächsten Augenblick verschwunden.

Wolff folgte ihr als Erster, dann ich, und Braunauge übernahm die Nachhut. Ich schaute zurück und sah, wie Blinz gekonnt das Segel hisste, und streckte eine Hand aus, um Braunauge beim Einstig in die Röhre zu helfen, obwohl sie es allein bestimmt viel besser geschafft hätte. Als wir weitergingen, ließ ich nur zögernd ihre Hand los, um sie beim geringsten Vorwand sofort wieder ergreifen zu können. Gleichzeitig lockerte Braunauge ihren Griff, und ich fragte mich, ob sie dasselbe dachte wie ich oder ob ich viel zu viel in die Ereignisse des vergangenen Sommers hineininterpretiert hatte. Dazwischen hatte ein langer Winter gelegen, in dem ich sehr viel Zeit gehabt hatte, mir etwas einzubilden, und Braunauge genauso viel Zeit gehabt hatte, mich zu vergessen.

In der Röhre konnten wir nicht aufrecht stehen, aber wir kamen einigermaßen gut voran. Wir gingen gebeugt, in einer Haltung, die entfernt an die der Lorin erinnerte. Vor uns gab Bändchen pausenlos mit hallender Stimme Warnungen von sich, welche bösen Folgen es hätte, wenn wir im Tunnelsystem einen falschen Weg einschlügen, und die ganze Zeit hörte ich zu meinen Füßen scharrende Geräusche und leises Quieken – oder glaubte es zu hören. Obwohl Bändchen immer wieder darauf hinwies, dass der Tunnel eine Regendrainage war, bestätigte meine Nase die Einschätzung von Wolff. Es handelte sich um einen Abwasserkanal, und der Gestank kam eindeutig von dem schmalen Rinnsal, das durch die Röhre plätscherte. Da der Querschnitt des Tunnels ungefähr kreisförmig war, konnte ich es vermeiden, in den Dreck zu treten, wenn ich mit gespreizten Beinen ging.

Außer Bändchen, die die Rolle der Anführerin übernommen hatte, sprach niemand. Irgendwann blieb sie an einer Stelle stehen, wo von oben Tageslicht hereindrang. Hier war der Gestank besonders intensiv.

»Wir befinden uns genau unter dem größten Fischhändler der Stadt«, gab Bändchen bekannt. »Ihr habt Glück, dass sie in diesem Moment nicht gerade den Laden ausspülen, weil dann nämlich das ganze Wasser in einem Sturzbach durch diese Röhre rauschen würde. Wir nehmen jetzt den Tunnel rechts von uns. Wenn ihr nach links gehen würdet, müsstet ihr euch auf große Schwierigkeiten gefasst machen.«

Sie verzichtete auf eine Erklärung, welche Alpträume im linken Tunnel lauerten, und wir erkundigten uns nicht danach, weil wir mittlerweile gelernt hatten, wie müßig solche Fragen waren. Wir wankten schweigend weiter und mussten uns noch tiefer bücken, weil die raue Tunneldecke uns immer näher kam.

»Vor Jahren, als ich noch ein Kind war, gab es hier mal einen Einsturz«, hörten wir die gnadenlose Stimme von vorn. »Danach hat sich alles gestaut. Rax, wie das gestunken hat!«

Ich knallte gegen Wolff, der plötzlich stehengeblieben war. Er stieß mir verärgert seinen Ellbogen in den Bauch. »Wir haben angehalten«, keuchte er mit hörbarer Nervosität.

»Hier lasse ich euch allein«, verkündete Bändchen ohne eine Spur von Bedauern. »Ich wohne ein Stück weiter, und ich soll mich von Braunauges Viertel fernhalten, wegen der *Betrunkenen.* Ich würde euch gern anbieten, mit zu mir zu kommen, damit ihr euch waschen könnt, aber das würde meinen Eltern nicht gefallen. Sie sind da etwas *eigen*, falls ihr versteht, was ich meine.«

Braunauge meldete sich leise von hinten zu Wort. »Wenn ihr mit zu mir kommen und euch saubermachen wollt, hätte ich damit kein Problem.«

»Danke«, sagte ich. Wolff schwieg.

Sie drängte sich an uns vorbei und kletterte eine Reihe eiserner Dornen hinauf, die man in die Wand eines senkrechten Schachts geschlagen hatte. Eine Weile hantierte sie herum, dann erweiterten sich die Ritzen über uns plötzlich zu einem hellen Rechteck. Braunauge zog sich durch das Loch nach oben und blickte zu uns herunter. »Kommt rauf!«, sagte sie.

Wir kamen im vielleicht erstaunlichsten Raum heraus, den ich je gesehen hatte. Er war lang und niedrig, und an den Steinwänden standen große Fässer und Bottiche aus Holz, das braun und alt war. Alles wirkte geheimnisvoll und verboten, wie eine Illustration aus Mutters Büchern. Eine flackernde Lampe verbreitete mattes Licht. Ich war vom Bösen umgeben, und es fühlte sich wunderbar an. In einer Ecke sah ich einige Kanister, die mir vertraut vorkamen. Ich untersuchte sie und stellte fest, dass sie tatsächlich Destill enthielten. Doch dieses Zeug war nicht für die Verwendung als Treibstoff gedacht, sondern für die sinnlos Betrunkenen, die ihr Leben mit Zechgelagen in der Bar des Goldenen Grummers vergeudeten – um meine Mutter zu zitieren. Die Luft war vom betörenden Aroma der Spirituose erfüllt, und ich war entzückt.

»Ein Bierkeller«, stellte Wolff gelassen fest, ohne Sinn für die Romantik des Ganzen. »Weshalb hat er Zugang zur Kanalisation?«

»Um die Fässer ausspülen zu können«, erklärte Braunauge.

»Für mich sieht das eher wie ein Schmugglerversteck aus. Ich sollte dir sagen, dass mein Vater Zöllner ist und hierher versetzt wurde, weil der Schmuggel seit dem Beginn des Krieges in großem Umfang zugenommen hat. Woher habt ihr das Destill? Es stammt aus Asta.«

Es überraschte mich nicht, dass Wolffs Vater genauso wie meiner ein Parl war. Was mich schockierte, war der Umstand, dass Wolff so viel Anteil an der Arbeit seines Vaters nahm, dass er Braunauge derart rücksichtslos in die Enge trieb.

»Lass sie in Ruhe!«, fuhr ich ihn an. »Wo sind deine verfrorenen Manieren geblieben, Wolff? Wir sind hier Gäste. Dieses Destill wurde zu einer Zeit eingelagert, als noch niemand etwas von einem Krieg ahnen konnte. Jeder hat es getan. Auch mein Vater. Auch er ist ein Parl.«

Wolff zuckte tatsächlich leicht zusammen. »Nun ja, es ärgert mich nur, dass die Leute mit dem Feind Geschäfte machen«, murmelte er. »Das ist Verrat.«

»Tut mir leid, Wolff, aber das ergibt für mich keinen Sinn. Der Krieg wurde an einem ganz bestimmten Tag erklärt. Willst du damit sagen, dass es an einem Tag ein sauberes Geschäft war, Destill zu importieren, und am nächsten Tag Verrat? Und was ist mit den Leuten, die zu diesem Zeitpunkt noch mit ihren Booten unterwegs waren?«

Ich hatte bereits festgestellt, dass man Wolff gut mit logischen Argumenten fertigmachen konnte, und auch diesem hatte er nichts entgegenzusetzen. Braunauge warf mir einen dankbaren Blick zu, während Wolff mir einen Vortrag über die ethischen Aspekte der Kriegsführung und den historischen Hintergrund des derzeitigen Krieges hielt.

5

Wolff und ich saßen in Decken gehüllt auf gut gepolsterten Stühlen mit hohen Lehnen, während Pallahaxi-Anli uns mit Suppe fütterte, die anscheinend mit einem Schuss Wein verfeinert war. Wir befanden uns in einem Hinterzimmer des Goldenen Grummers und warteten darauf, dass unsere Eltern uns abholten. Jedes Mal, wenn Anli geschäftig durch die Tür zur Bar kam, hörten wir laute Unterhaltungen und Gelächter, und noch eine ganze Weile danach hing der Geruch nach Spirituosen und Rauch in der Luft.

Die Einrichtung des Zimmers war für mich eine Überraschung. Obwohl vor uns ein Feuer brannte, war es nur ein zufälliges Element der fast unglaublichen Ordentlichkeit, die hier herrschte. Ornamente erhoben sich aufrecht wie Wachen, ehrfurchtgebietend und unnahbar. Spiegel reflektierten gegenseitig Unendlichkeiten von strahlender Sauberkeit. Alles schien sorgfältig im rechten Winkel zu allem anderen angeordnet zu sein. Es gab sogar ein religiöses Motiv: An der gegenüberliegenden Wand stand ein Renaissance-Regal. Eine Statue des Sonnengottes Phu in Gestalt des Großen Lox zog die Welt aus dem Griff des toten Riesen Rax, der durch einen Eisteufel mit zahllosen Tentakeln symbolisiert wurde. Mir fiel auf, dass viele der Ornamente in diesem Zimmer ähnliche religiöse Themen aufgriffen, und ich war nicht in der Lage, diese Tatsache mit den Geräuschen sündiger Ausschweifungen im Nebenraum in Einklang zu bringen.

Braunauge trat ein, gefolgt von Wolffs Mutter und einem Mann, von dem ich vermutete, dass er sein Vater war, weil er die stets misstrauische Miene zur Schau trug, wie sie einem Zollbeamten zu Gesicht stand. »Du bist ein Dummkopf, Wolff«, blaffte er ohne Vorrede. »Du warst schon immer ein Dummkopf und wirst immer einer bleiben.«

»Dass ich meinen Sohn eines Tages in einer gemeinen Taverne auflesen muss«, jammerte seine Mutter leise, aber nicht leise genug. Anli, die in diesem Moment eintrat, bekam es mit. Sie machte den Eindruck, als hätte man sie geschlagen.

»Hier ist seine Kleidung«, sagte sie ruhig und reichte sie herüber. »Ich habe sie durchgewaschen. Sie ist wieder sauber und trocken.«

»Du hast jetzt keine Zeit, sie anzuziehen, Wolff«, sagte seine Mutter, die widerstrebend das Bündel annahm und es dann mit den Fingerspitzen hielt. »Du wirst diese Decke tragen müssen oder was auch immer das ist. Draußen wartet ein Loxkarren.« Mit dem Ausdruck der Dankbarkeit lächelte sie Braunauge und ihre Mutter an. »Verbindlichsten Dank, dass Sie sich um ihn gekümmert haben.«

»Ich kann doch nicht mit einer Decke auf die Straße gehen!«

Ohne den Protest seines Sohnes zu beachten, packte Wolffs Vater seinen Sohn am Arm und zerrte ihn durch die Tür nach draußen. Im nächsten Moment waren sie alle verschwunden.

Braunauge, Anli und ich sahen uns gegenseitig an. Offenbar verunsicherte uns das plötzlich entstandene Vakuum. »Konntest du Druvs Eltern Bescheid sagen, Schatz?«, fragte Anli schließlich.

»Sie werden etwas später kommen.«

»Wenn meine Sachen trocken sind, kann ich sie anziehen und gehen«, sagte ich schnell.

»Natürlich nicht«, erwiderte Anli entschieden. »Dann könnte es geschehen, dass ihr euch unterwegs verpasst. Du bist herzlich eingeladen, eine Weile hierzubleiben. Schließlich ist es noch früher Abend. Ich habe viel zu tun, aber ich bin mir sicher, dass Braunauge gerne bei dir bleibt. Nicht wahr, Schatz?«

Braunauge nickte, den Blick zu Boden gesenkt, und als Anli ging, schloss sie hinter sich die Tür.

Braunauge nahm auf dem Stuhl Platz, der bis vor kurzem von Wolff besetzt gewesen war, und sah mich unverwandt an. Ihr

Gesicht zeigte den Ansatz eines Lächelns und Grübchen. Ich grinste zurück, aber irgendwann musste ich den Blick abwenden, damit es nicht den Eindruck erweckte, wir würden einen kindischen Wettkampf austragen, wer den anderen am längsten anstarren kann. Ich betrachtete ihre Hände, die reglos und gefaltet in ihrem Schoß lagen. Es waren hübsche Hände, klein und gepflegt und weiß, und ich erinnerte mich, dass ich vor kurzer Zeit, am früheren Nachmittag, eine davon gehalten hatte. Ich wünschte, ich hätte den Mut, sie noch einmal zu halten, aber Braunauge saß zu weit weg. Schließlich konnte ich schlecht quer durch den Raum stürmen und nach ihrer Hand greifen.

Sie trug ein sauberes weißes Kleid mit irgendwelchen rosafarbenen und blauen Blumen darauf, wodurch sie beinahe engelhaft und lieblich und unerreichbar wirkte. Fast wäre sie mir in schmuddeligen Jeans und Pullover lieber gewesen, die sie zuvor getragen hatte. Ihre Knie waren reizend und ihre Schuhe hübsch. Wie es schien, hatten wir schon seit längerer Zeit nichts mehr gesagt, und wenn das so weiterging, würden wir nie wieder etwas zueinander sagen.

»Gefällt dir mein Kleid?«, fragte sie und gab mir damit gewissermaßen die Erlaubnis, sie weniger verstohlen betrachten zu dürfen.

»Ja. Es ist hübsch.«

»Meine anderen Sachen musste ich ausziehen, weil sie schmutzig waren.«

»Das kann ich mir vorstellen. Äh ... ich hoffe, du bekommst keine Schwierigkeiten, weil du mich hierhergebracht hast. Uns, meine ich. Wolff und mich.« Im unteren Brustbereich spürte ich einen heftigen Pulsschlag, der mich etwas atemlos machte.

»Ist Wolff dein Freund?«

»Ja«, sagte ich, froh über ein konkreteres Gesprächsthema. »Ich meine, nein. Ich habe ihn erst heute kennengelernt. Ich glaube, meine Mutter hat es angezettelt. Sie versucht ständig, angemessene Freunde für mich zu finden.« Ich bemühte mich zu lächeln, falls sie Verbitterung aus meinen Worten heraushörte.

Ich wollte nicht, dass Braunauge glaubte, ich wäre ein Verfrorener, der nur Verachtung für seine Mutter übrig hatte.

Doch sie lächelte nur zurück, und dann trat erneut Schweigen ein.

»Eigentlich mag ich Wolff gar nicht besonders«, sagte ich verzweifelt. »Es war sein Fehler, dass wir heute Schiffbruch erlitten haben, weißt du.«

Wieder lächelte sie und spielte mit etwas, das an ihrer dünnen Halskette hing. Es blitzte im Licht auf, und ich erkannte, was es war. Ein Kristall, möglicherweise aus einem Eiskobold kultiviert, ähnlich wie der, den meine Mutter weggeschüttet hatte. Aber dieser wirkte echter, als hätte man ihn aus einem toten Eisteufel gefertigt, womit er ein Zeichen für den Tod des Bösen war. Der Anblick bestürzte mich. Es hatte etwas Entmutigendes, wenn ein Mädchen ein religiöses Symbol an einer Halskette bei sich trug.

Sie folgte meinem Blick und errötete leicht. »Mutter mag es, wenn ich ihn trage«, erklärte sie. Mit einer Hand glättete sie die Vorderseite ihres Kleides, und der dünne Stoff wölbte sich über den warmen Rundungen knospender Brüste. Zutiefst verlegen wandte ich schnell den Blick ab. »Mutter ist sehr fromm, was so etwas betrifft«, fuhr sie fort. »Ich meine, schau dir nur all die Sachen in diesem Zimmer an. Ich hoffe … ich hoffe, du glaubst jetzt nicht …«

»Meine Mutter ist genauso«, versicherte ich ihr, während sie mir leidtat. »Sie glaubt an alles. Manchmal scheint sie sogar nach Sachen zu suchen, an die sie glauben kann – vor allem in letzter Zeit, seit der Krieg schlimmer geworden ist –, obwohl sie sich verzweifelt darum bemüht, ihren Frieden zu machen, bevor die Astaner sie zu fassen kriegen. Sie hat genauso ein Renaissance-Regal wie das hier, und sie hat eine Kriegslandkarte, in die sie Nadeln steckt, und mir ist nicht ganz klar, woran sie mehr glaubt. Ich bin mir nicht sicher, ob ich an das eine oder das andere glaube«, fügte ich hinzu.

Sie musterte mein Gesicht mit ernster Miene. Wenn sie ernst war, wirkte sie ein klein wenig traurig. »Aber dein Vater ist ein Parl«, sagte sie leise. »Und du wohnst im Binnenland, in Alika. Hier in Pallahaxi sind wir Asta viel näher – früher hatten wir hier oft astanische Seemänner zu Gast, in Friedenszeiten. Wir wissen, dass Krieg ist. Wir können seine Spuren überall um uns herum sehen. Wir sehen Blitze in der Nacht, draußen auf dem Meer, es gibt keine öffentlichen Verkehrsmittel mehr, so dass wir Loxkarren benutzen oder zu Fuß gehen müssen. Und es gibt nicht mehr viel zu essen, jedenfalls nicht für den größten Teil der Bevölkerung.«

»Ich habe heute Fisch in rauen Mengen gesehen.«

»Irgendwann hat man davon genug, und selbst Fisch wird jetzt rationiert. Das meiste geht inzwischen an die neue Fischfabrik und wird von dort ins gesamte Binnenland geschickt.«

Eigentlich wollte ich gar nicht über diese Dinge reden. Wir verschwendeten unsere Zeit, diese Gelegenheit, miteinander allein zu sein. Doch wenn wir das Thema beendeten, fanden wir vielleicht nichts anderes, worüber wir uns unterhalten konnten. Ich fragte mich, was schiefgelaufen war, und dachte mir, dass es vermutlich meine Unerfahrenheit war. Wir hatten ein durchaus intimes Gespräch begonnen, doch dann waren wir irgendwie vom Weg abgekommen. Vielleicht sollte ich ihr so schnell wie möglich sagen, dass ich sie hübsch fand. Wieder pochte es in meiner Brust, und ich wusste, dass ich es niemals schaffen würde, diese Worte auszusprechen.

»Ich glaube … äh. Mein Vater arbeitet für die neue Fischfabrik. Vielleicht bleiben wir dieses Jahr deswegen länger hier. Ich finde es nett in Pallahaxi. Und du?«

»Ich dachte, dein Vater arbeitet in Alika.«

»Gestern sagte er, dass er hier viel zu tun hat.« Warum unterhielten wir uns über meinen verfrorenen Vater?

»Also bist du möglicherweise für einen recht langen Zeitraum hier. Es wird dir in Pallahaxi gefallen, wenn der Nebel und der warme Regen kommen. Selbst im Winter ist es hier deutlich wärmer als im Binnenland.«

Und dann, als ich gerade dachte, dass sich unser Gespräch in sinnvolleren Bahnen bewegte, öffnete sich die Tür, und der raue

Lärm aus der Bar schwappte ins Zimmer. Ein gerötetes Gesicht tauchte auf, das immer noch die Spuren des professionellen Lächelns eines Gastwirts aufwies. Ich erkannte den Mann als Pallahaxi-Wanst, Braunauges Vater.

»Hallo, junger Alika-Druv«, begrüßte er mich. »Ich hoffe, ich störe euch nicht bei irgendwas.« Er zwinkerte übertrieben. »Wir brauchen dringend ein paar zusätzliche Hände, und deswegen muss ich dir Braunauge entführen. Tut mir leid, aber du weißt ja, wie das ist.« Er zögerte. Hinter ihm wirbelten Rauchwolken, und Stimmen grölten in animalischer Ausgelassenheit. »Vielleicht möchtest du dir was anziehen und in die Bar mitkommen. Ich bin mir sicher, dass deine Eltern nichts dagegen hätten.«

»Ich hole deine Sachen, Druv«, sagte Braunauge und eilte nach draußen. Dann erinnerte ich mich wieder an den grünen Armreif. Ich sollte ihn ihr jetzt zurückgeben.

Später saß ich in einer Ecke des Barraums und beobachtete das Geschehen. Ich musste feststellen, dass es ganz anders war, als ich erwartet hatte. Einiges stimmte – der Mief und der Rauch, das raue Gelächter und die lauten Unterhaltungen –, aber irgendwie fehlte die Aura des Bösen, das *Bedrohliche*. Stattdessen sah ich nur einen Raum voller Leute, die anscheinend eine Menge Spaß hatten. Es war rätselhaft. Ich saß da und nippte an einem Glas mit irgendetwas, das Braunauge mir gebracht hatte, während ich versuchte, das alles zu verstehen.

»Hallo, Junge!«, grölte eine Stimme.

Ich zuckte zusammen und blickte auf. Ein großes Gesicht hatte sich zu mir herabgebeugt, und eine groteske Hand packte meine Schulter. Schwarze Zähne, die zu einem Grinsen gefletscht waren. Ich starrte benommen und nervös zurück, bevor sich die Erscheinung in etwas auflöste, das ich wiedererkannte. Plötzlich kam ich mir idiotisch vor. Es war der Lasterfahrer, den wir in Bexton abgesetzt hatten. Wie war noch gleich sein Name? Patscher. Hinter ihm reckte sein Gefährte den gelenkigen Hals, um in meine Richtung zu blicken, während er mit leerer Miene über ein Glas mit etwas Dunklem hinweglächelte.

»Ich dachte, Sie wären in Bexton«, stieß ich dümmlich hervor, da ich nicht in der Lage war, etwas Intelligenteres zu äußern.

Patscher wankte um den Tisch herum und setzte sich neben mich auf die Bank. Er rückte unangenehm nahe an mich heran, um auf der anderen Seite Platz für seinen Freund zu schaffen. Beide rauchten lange schwarze Stumpen, die entsetzlich stanken. Ich blickte mich hilfesuchend um, aber Braunauge war auf der anderen Seite des Raumes und trug eine Handvoll Krüge, aus denen Schaum schwappte. Sie sah viel zu sauber und reizend aus, um sich zwischen all diesen ungehobelten Körpern bewegen zu können, und plötzlich fühlte ich mich niedergeschlagen.

Patscher brüllte mir ins Ohr. »Man hat uns zurückgerufen. Mussten den verfrorenen Laster im Stich und seinem Schicksal überlassen. Parls sind wir jetzt, Langer und ich, genauso wie dein Vater. Die Regierung hat jetzt alle Fischereibetriebe übernommen – nicht nur die neue Fabrik. Wegen des nationalen Notstands, wie sie sagen. Keine Zeit, um kaputte Laster zu holen. Lasst ihn stehen und nehmt euch einen neuen, sagen sie. Wir müssen die Leute füttern, der Bevölkerung Fisch in den Hals stopfen, bis sie wie Grummer aussehen, was, Druv?« Er lachte brüllend, und ich vermutete, dass er *betrunken* war.

Quer durch den Raum erspähte ich Horlox-Mestler. Er war anständig gekleidet, schien sich aber inmitten dieser unflätigen Menge wohlzufühlen. Er sah mich und hob eine Hand zum ernsten Gruß. Ich fragte mich, in welchem offiziellen Verhältnis er und mein Vater zueinander standen. Ich hatte den Eindruck, dass Mestler meinen Vater irgendwie davon überzeugt hatte, mir das Boot zu kaufen. Nun wünschte ich mir, er würde zu mir kommen und mich vor dem groben Patscher retten. Braunauge war jetzt am Tresen und nahm weitere volle Krüge von ihrem Vater entgegen. Von ihrer Mutter war nichts zu sehen.

»Sie haben nicht gefragt«, sagte Patscher zusammenhanglos. »Rax, nein, sie haben keine verfrorene Frage gestellt. So läuft das nicht. Sie sagten nur: Ihr arbeitet jetzt für uns, alle Lasterfahrer, das ist eure Parlamentsarbeit. Sie fragen nicht, sondern sie sagen einem einfach, was Sache ist.«

Langer beugte sich hinter seinem Gefährten vor, um mich direkt anzusprechen. »Sklaverei«, sagte er. Nachdem er seine Erkenntnis von sich gegeben hatte, ließ er sich wieder auf seinen Platz sinken und starrte wie zuvor in seinen Krug.

»Sag mir eins, mein junger Freund, sag mir eins. Wo sind die Soldaten? Wo sind die Soldaten, die uns beschützen werden, wenn die astanische Flotte in den Hafen von Pallahaxi gesegelt kommt? Und das wird sie, weil Pallahaxi ihrem verfrorenen Land am nächsten liegt, zumindest auf dem Seeweg.« Patscher hatte in gespieltem Erschrecken die Augen weit aufgerissen, als er auf die imaginäre Flotte starrte, die nur er sah, und mit einer unbestimmten Bewegung der gegabelten Hand darauf zeigte. Sie schien irgendwo zwischen uns und dem Tresen vor Anker gegangen zu sein.

»Die Grume kommt«, gab Langer zu bedenken. »Wenn die Grume kommt, können sie *zu Fuß* in Pallahaxi einmarschieren, ohne Probleme.«

Der Lärm der Gespräche und des Gelächters stürmten auf mich ein, und mir schien kaum noch genug Luft zum Atmen zu bleiben. Von einer Seite drückte sich Patscher gegen mich und von der anderen eine große, zappelige Frau, die nach Fleischeintopf roch. Ich musste schlucken, weil mir übel wurde. Plötzlich stand Braunauge vor mir und sah mich besorgt an. »Nanu, hallo«, murmelte Patscher glucksend. »Was hast du mir mitgebracht, kleines Mädchen?«

»Druv, wir haben schrecklich viel zu tun. Würdest du …« Sie zögerte. »Würde es dir etwas ausmachen, uns ein wenig zu helfen?«

Ich verspürte eine überwältigende Erleichterung und stand auf. »Sehr gerne«, sagte ich aufrichtig. »Was soll ich tun?«

»Die Sachen hinter dem Tresen werden knapp. Vielleicht könntest du ein paar Flaschen aus dem Keller holen. Du weißt ja, wo er ist.«

»Selbstverständlich.«

Draußen war es wunderbar kühl, und ich ließ mir Zeit damit, die Lampe zu entzünden, um die frische Luft zu genießen. Dann machte ich mich auf den Weg durch den düsteren Gang und die Treppe hinunter.

Als ich die Kellertür öffnete, wehte mir unerklärlicherweise ein kalter Luftzug entgegen, und die Lampe ging aus. Ich tappte weiter, hielt die Lampe mit einer Hand fest und tastete mich mit der anderen voran. Ich erinnerte mich an eine Kiste, die in der Mitte auf dem Boden stand und als Tisch diente, und zu den zahlreichen Dingen, die in diesem Keller lagerten, gehörten auch Streichhölzer, wie ich gesehen hatte. Trotz meiner Vorsicht erreichte ich die Kiste schneller als gedacht und stieß mit dem Schienbein dagegen. Einen Moment lang hüpfte ich herum und rieb mir stöhnend die Stelle. Dann sah ich ein Rechteck aus Licht hinter der Kiste.

Die Luke zur Kanalisation war geöffnet. Ich meinte mich erinnern zu können, dass Braunauge sie geschlossen hatte, nachdem Wolff und ich in den Keller gekommen waren, und ich konnte mir keinen Grund vorstellen, warum man sie danach noch einmal hätte öffnen sollen. Es sei denn, Braunauges Vater hatte hier saubergemacht. Aber er hätte bestimmt nicht vergessen, die Bodenluke zu schließen. Diebe hätten auf diesem Weg hereinkommen können.

Oder Schmuggler.

Nun flackerte das Licht, das von unten kam, wurde heller, und bald darauf fiel der rechteckige Lichtschein auch an die niedrige Decke. Jemand kam durch die Kanalisation herauf. Meine Phantasie lief Amok. Wenn Schmuggler mich hier fanden, würden sie mich abstechen. Ich ging so leise wie möglich zur Tür zurück, aber vor Angst hatte ich die räumliche Orientierung verloren und stieß auf ein Fass, wo ich die Tür vermutet hatte. Das Licht wurde immer heller, und ich starrte regungslos und wie hypnotisiert darauf. Eine Hand, die eine Lampe hielt, schob sich durch die Bodenluke. Der ganze Keller wurde schlagartig erleuchtet, und ich suchte im Schatten hinter einem großen Fass Deckung. Leise zog ich mich weiter zurück, bis ich gegen die Wand stieß. Dann setzte ich mich vorsichtig auf den Boden – vielleicht gaben auch einfach nur meine Knie nach – und lugte unter dem Fass hindurch, das auf einem stabilen Holzgestell lagerte. Die Hand war wieder verschwunden, und die Lampe stand allein auf dem Steinboden. Zum ersten Mal bemerkte ich vier Destillkanister neben der Luke.

Dann tauchten zwei Hände auf. Sie waren groß und behaart und packten die Kante. Ein Mann zog sich durch das Loch nach oben. Er war riesig und trug dunkle, zerlumpte Kleidung, und sein Gesicht war mit Fell überzogen wie bei einem Lorin. Ich erkannte ihn, bevor er sich aufrichtete und ich unter dem Fass hindurch nur noch seine Beine sehen konnte.

Es war Silbernacken. Seine Füße rührten sich eine Weile nicht, und ich spürte, dass er horchte. Vielleicht entsprachen seine Instinkte seiner animalischen Erscheinung, so dass er ähnlich wie ein Lorin auf meine Gegenwart aufmerksam geworden war. Ich machte mich noch kleiner, versuchte nicht zu atmen und mit Stein und Holz eins zu werden. Endlich bewegte er sich wieder und schritt barfüßig durch den Keller zur Tür. Dort blieb er noch einmal stehen und stieß einen leisen Pfiff aus.

Danach wartete er eine Weile und pfiff schließlich erneut, leise wie ein Botenvogel. Ich hörte eine Bewegung hinter der Tür, und Silbernacken zog sich in den Keller zurück, als nun ein anderes Beinpaar auftauchte, ebenfalls barfüßig, aber nicht behaart – die Beine einer Frau. Es folgte ein geflüstertes Gespräch, von dem ich nur vereinzelte Worte aufschnappte. Die Stimme der Frau konnte ich fast überhaupt nicht hören, doch dann verstand ich Silbernackens Antwort:

»*Ysabel*, vor der Grume.«

Nun schwiegen die beiden für längere Zeit, während sich die Beine nahe gegenüberstanden. Sie berührten sich, und Silbernacken und die Frau gaben leise Geräusche von sich, bei denen ich spürte, wie mein Gesicht warm wurde. Ständig wiederholte ich für mich: Ihr sollt mich hier nicht finden, ihr sollt mich hier nicht finden …

Endlich wandte Silbernacken sich ab und stieg in das Loch. Er nahm die Lampe mit und war kurz darauf verschwunden, nachdem er die Luke hinter sich geschlossen hatte. Dann war es wieder still im Keller, und da die Frau offenbar gegangen war, kam ich steif aus meinem Versteck hervorgekrochen. Ich tastete herum, fand schließlich die Streichhölzer und entzündete meine Lampe. Eine Zeit lang dachte ich über die Situation nach, aber mir fiel nichts ein, was ich hätte tun können, außer ganz einfach eine Kiste mit Flaschen nach oben zu tragen.

Der Lärm schlug mir entgegen wie eine Wand, als ich mit gesenktem Kopf durch die Tür zur Bar wankte und mich ganz darauf konzentrierte, die Kiste nicht fallen zu lassen und an nichts anderes zu denken.

Eine kühle Hand berührte meinen Arm, und als ich aufblickte, sah ich, dass Braunauge mich anlächelte. »Bring sie hinter den Tresen, Druv«, sagte sie.

Ich tat es. Ich stellte die Kiste neben einen Haufen leerer und richtete mich auf. Dann sah ich, dass ich Braunauges Eltern gegenüberstand. Keiner der beiden sagte etwas. Es war ein unbehagliches Schweigen.

»Druv hat uns etwas Nachschub gebracht«, sagte Braunauge fröhlich. »Ist das nicht nett von ihm?« Unschuldig und reizend lächelte sie mich mit ihren Grübchen an.

Ich fühlte mich schmutzig. Ich wandte den Blick von den erschreckten, suchenden Augen ihres Vaters ab, nur um festzustellen, dass ich nun Anli betrachtete, deren Gesicht blass mit unnatürlich roten Lippen war, während ihre Hände eine braune Flasche so fest umklammert hielten, dass die Haut weiß geworden war.

»Alles bestens«, murmelte ich unbehaglich und versuchte mich davonzuschleichen.

Jemand rief nach Bier, wodurch der Bann glücklicherweise gebrochen wurde. Anli wandte sich ab, und ich hörte ein lautes

Klirren von Glas gegen Glas, das schon im nächsten Moment gedämpft wurde, während sie eingoss. Wanst lachte brüllend über irgendeinen Witz und zerrte an einer Bierpumpe. Braunauge griff sich mehrere Krüge auf einmal und trug sie zu einem Tisch auf der anderen Seite des Raumes. Als sie an einem besonders rauen Gesellen vorbeikam, sah ich, wie er seinen Arm um ihre Hüfte schlang. Sie entwand sich ihm züchtig und verteilte das Bier in einer lautstarken Gruppe, als wäre nichts geschehen. Eine Zeit lang starrte ich den Kerl an und verspürte gleichzeitig Mordlust und Hilflosigkeit, doch dann war ich mir gar nicht mehr sicher, welcher Mann es gewesen war. Irgendwie sahen sie alle gleich aus, und dann war Braunauge wieder am Tresen und grinste mich an. Sie dachte sich überhaupt nichts dabei, offenbar war sie so etwas gewohnt. Zum ersten Mal wurde mir klar, wie wenig ich sie kannte und wie sehr sich ihr Leben von meinem unterschied.

Ansonsten kann ich mich kaum noch an den weiteren Abend erinnern. Es stellte sich eine gewisse Routine ein, während ich mehrere Male den Keller aufsuchte, um den Getränkevorrat hinter dem Tresen aufzustocken, und mehrere Male wollte ich Männer schlagen, die Braunauge auf eine Art und Weise ansahen, die mir gar nicht gefiel, und die ganze Zeit gingen das Gelage, das Gebrüll und das Gelächter weiter, was ich jedoch kaum noch bemerkte.

Später dagegen bemerkte ich sehr wohl die plötzliche Stille, als die Tür heftig aufgerissen wurde. Dort erhob sich eine Gestalt mit einem Gesicht wie Rax und starrte durch die Rauchschwaden zu mir – mein Vater.

6

Ich stand für einen unabsehbar langen Zeitraum unter Hausarrest und sah niemanden außer meinen Eltern oder vereinzelten Bewohnern der anderen Ferienhäuser in der Nachbarschaft. Doch die meisten dieser Leute waren so erwachsen, dass man sie eigentlich nur noch als senil einstufen konnte, und nicht als Gesellschaft für einen eingesperrten Jungen geeignet. Während der Phase meiner Inhaftierung tauchte die Sonne über dem Horizont auf, und das Zwielicht wurde heller, bis die Tage schließlich genauso lang wie die Nächte waren. Das Meer funkelte einladend, und von der Veranda aus konnte ich die Segel der kleinen Dingis beobachten, die wie weiße Federn auf der blauen Wasserfläche dahintrieben, gelegentlich gestört durch ein brummendes Dampfschiff. Es wurde Mittsommer, und die Gezeiten ließen nach. Das Wetter blieb zuverlässig warm und ruhig, während sich die Natur auf die Grume vorbereitete.

Während meiner Gefangenschaft hatte ich jede Menge Zeit, um über meine Verfehlungen nachzudenken, und erinnerte mich immer wieder an meines Vaters leidenschaftlichen, von elterlichem Zorn gespeisten Vortrag, als wir mit dem Motorwagen vom Goldenen Grummer zum Häuschen auf den Klippen zurückfuhren und Mutter an seiner Seite vor sich hin wimmerte.

»Ich hätte nie gedacht, dass einmal der Tag kommen würde, an dem ich gezwungen bin, meinen Sohn eigenhändig aus einer gewöhnlichen Taverne zerren zu müssen, wo ich mitansehen muss, wie er sich in Gesellschaft ungehobelter Rüpel aus dem gemeinen Volk dem Trinken hingibt.«

Das war die Grundaussage seiner Tirade, die ich höchst ungerecht fand. Wenn er nicht in die Bar gestürmt wäre und mich gewaltsam gepackt hätte, wäre ich völlig freiwillig mitgekommen – ich hatte mich sogar schon von meinem Platz erhoben, als ich ihn in der Tür stehen sah. Aber er hatte mir keine Chance gelassen und mich in einen entwürdigenden Kampf verwickelt, der genau vor Braunauge, ihren Eltern und der gesamten Kundschaft der Gaststätte stattgefunden hatte. In gewisser Weise wurden dadurch meine früheren Theorien über meinen Vater bestätigt. In einer kritischen Situation lässt er sich stets zur Anwendung körperlicher Gewalt herab.

Am folgenden Tag war mein Vater auf seltsame Weise schweigsam. Es war, als hätte man zwischen uns beiden eine dicke Glasscheibe aufgestellt. Wir konnten uns sehen, aber es war unmöglich, ein Gespräch zu führen. Damit hätte ich überhaupt kein Problem gehabt, wenn meine Mutter es nicht auf sich genommen hätte, das Kommunikationsvakuum zu füllen.

»Verstehst du, wir wussten nicht, wo du warst, Druv. Man hat dich gesehen, als ihr mit dem Boot hinausgefahren seid – anscheinend trotz guter Ratschläge, es nicht zu tun –, und als das Boot zurückkam, warst du nicht mehr an Bord. Wir hatten schrecklich große Angst. Ich dachte schon, dein Vater würde vor Kummer wahnsinnig werden. Nimmst du denn gar keine Rücksicht auf unsere Gefühle?«

»Pallahaxi-Braunauge hat euch aufgesucht, um euch zu sagen, wo ich bin.«

»Das hat sie offensichtlich nicht getan. Wir wussten nichts und haben nichts von dir gehört und wussten nicht, was wir tun sollten, bis ich mich an Dreba-Gwilda wandte und sie mir sagte, dass sie soeben ihren Sohn Wolff aus der Gaststätte abgeholt hätte und dass du dich dort zusammen mit dieser Schlampe aufhältst.«

»Meinst du damit etwa Braunauge, Mutter?«, fragte ich mit eiskalter Stimme, aber ich hatte zu früh reagiert. Mutter hatte immer noch die Oberhand.

»Ich meine damit diese Kellnerin, mit der du glaubst, dich abgeben zu müssen, gegen den Rat, den dein Vater und ich dir erteilt haben.« Sie zerknautschte theatralisch ihr Gesicht. »Ach, Druv, Druv, was tust du uns da nur an? Womit haben wir das verdient? Denk wenigstens an deinen armen Vater, wenn du schon keine Rücksicht auf mich nehmen willst. Du hast Schande über ihn gebracht, du hast ihn vor all seinen Kollegen erniedrigt.«

So ging es mehrere Tage lang weiter, bis meiner Mutter schließlich keine Variationen des Themas mehr einfielen und sie in vorwurfsvolles Schweigen verfiel. Erleichtert fühlte ich mich nun in der Lage, die ganze bedauernswerte Angelegenheit in einem etwas vernünftigeren Licht zu betrachten. Die schlimmen Seiten waren mir inzwischen bewusst; nun wollte ich über die guten Dinge nachdenken, die sich aus dem Zwischenfall ergeben hatten. Erstens hatte ich Braunauge wiedergesehen, und wie es schien – obwohl ich es mir kaum genauer auszumalen wagte –, mochte sie mich. Ich hielt es für durchaus möglich, dass sie meinen Eltern absichtlich nicht mitgeteilt hatte, wo ich war, damit ich noch etwas länger in ihrer Nähe bleiben konnte, und ich hielt mich an dieser Idee fest. Natürlich konnte sie auf keinen Fall die Reaktion meiner Eltern vorhergesehen haben. So blieb mir nur die Hoffnung, dass die unangemessen heftige Szene, die mein Vater mir in der Bar gemacht hatte, ihrem Bild von mir nicht geschadet hatte.

Als nächster faszinierender Punkt war da Silbernacken. Für mich bestand kein Zweifel, dass der Mann Spirituosen aus Asta schmuggelte und damit den Goldenen Grummer versorgte – vielleicht sogar alle Gaststätten von Pallahaxi. Ich war höchst begeistert von dieser Erkenntnis und bedauerte es nur, dass ich sie niemandem anvertrauen konnte. Vater hatte Silbernacken in Gesprächen mit Mutter mehrere Male erwähnt – anscheinend sollte der haarige Bursche irgendeinen Transportauftrag für die Regierung übernehmen –, und trotzdem unterhielt er vor den Nasen der Parls Handelsbeziehungen zum Feind. In meinen Augen war er damit in den Rang eines romantischen Helden aufgestiegen.

Also hatte ich ein paar angenehme Gedanken, die mir während der langsam verstreichenden Tage Gesellschaft leisteten. Schließlich bat mein Vater mich eines Morgens beim Frühstück darum, ihm das Salz zu reichen, und meine Mutter nahm das Stichwort auf und legte mir frische Kleidung hin. Nachdem Vater sich auf den Weg zur Arbeit gemacht hatte, warf sie mir ein paar nachdenkliche Blicke zu und sprach mich zu guter Letzt an.

»Heute Vormittag wirst du Besuch von einem Freund bekommen, Druv.«

»Hm?«

»Ich habe gestern Dreba-Gwilda getroffen, und wir haben eine große Überraschung für dich vereinbart. Ihr netter Sohn Wolff kommt zu dir, und ihr werdet gemeinsam in die Stadt gehen. Ist das nicht wunderbar?«

»Rax! Es war Wolff, der mich in diese verfrorenen Schwierigkeiten gebracht hat! Wolff ist ein Dummkopf, Mutter.«

»Unsinn, Druv. Er hat sehr gute Manieren. Und unterlass bitte diese Flüche. Ich hoffe, dass du nicht in Wolffs Gegenwart fluchst. Ich muss jetzt gehen. Ich wünsche euch viel Spaß miteinander, Schatz.« Sie lächelte mich breit und herzlich an, suchte ihre Sachen zusammen und machte sich auf den Weg zu den Geschäften.

Wolff traf mitten am Vormittag ein, lässig gekleidet, aber trotzdem auf eine Weise gepflegt, zu der ich niemals imstande wäre – nicht dass ich je geneigt gewesen wäre, es ihm nachzumachen, ganz und gar nicht. »Hallo, junger Alika-Druv«, begrüßte er mich munter.

»He, was hast du an dem Tag deinen Eltern erzählt?«

Er schaute beleidigt drein. »Das ist jetzt alles Vergangenheit, Druv. Am heutigen Datum beginnt eine neue Ära deiner Erziehung und Freizeitgestaltung. Alles wurde für einen Fischkutterausflug mit unserem gemeinsamen Freund Silbernacken vorbereitet, damit wir erfahren, wie das gemeine Volk seinen Lebensunterhalt bestreitet.«

Seine pseudo-erwachsene Art schien sich seit unserer letzten Begegnung weiterentwickelt zu haben, aber die Vorstellung, mit einem Boot hinauszufahren, gefiel mir. Mir hätte alles gefallen, was darauf hinauslief, mich möglichst weit von unserem Ferienhäuschen zu entfernen. »Nimmst du Angelsachen mit?«, fragte ich. »Ich muss erst mein Zeug suchen.«

»Angelausrüstung wird zur Verfügung gestellt«, sagte er. »Glaub mir, Druv, alles ist bestens organisiert. Unsere Eltern haben einige Verbindungen zu diesem Silbernacken, und sie scheinen uns beide zusammenbringen zu wollen – warum auch immer. Vielleicht glauben sie, dass wir gute Kumpel abgeben würden.« Sein Gesicht hatte sich zu einem sarkastischen Lächeln verzogen, das mir überhaupt nicht gefiel.

Wir machten uns auf den Weg hinunter zum Hafen. Als wir die Stelle erreichten, wo die steile Straße über den äußeren Hafen hinausragt, blieb Wolff stehen und lehnte sich gegen die Mauer, um auf die ankernden Boote zu blicken. »Ich sollte dir vielleicht sagen, dass ein paar merkwürdige Dinge passiert sind, während du von der Bildfläche verschwunden warst, Druv.« Schneetaucher kreisten über und neben uns, indem sie die Aufwinde ausnutzten. Gelegentlich legten sie die Flügel zusammen und stürzten senkrecht in die Tiefe, um für einen Moment unter der leicht gewellten Wasseroberfläche zu verschwinden. »Jetzt schau mal nach unten«, sagte er und zeigte in den Abgrund.

Ich beugte mich über die Mauer. Die mit Vogelnestern gespickte Klippe fiel steil zum Strand ab, an dem wir Schiffbruch erlitten hatten. Ich konnte sogar den Tümpel erkennen, in dem der Eisteufel lauerte. Im Moment war das Wasser verlockend ruhig, aber jederzeit bereit zu kristallisieren, wenn das Geschöpf entschied, dass Beute in der Nähe war. »Was ist damit?«, fragte ich.

»Ich habe ein paar Erkundigungen über diese Regendrainage eingezogen.«

»Die Kloake, meinst du.«

»Es wäre mir lieber, wenn du sie nicht so nennen würdest. Diese Regendrainage zieht sich in einem weit verzweigten System unter dem größten Teil der Stadt entlang. Meine Theorie lautet folgendermaßen: Im Dunkel der Nacht kommen die Boote von der Landspitze da drüben herüber und steuern quer durch die Bucht auf die Küste unter eurem Ferienhaus zu.« Er zeigte darauf. »Dann halten sie sich in der Nähe der Klippen, bis sie diesen Strand erreichen, wo sie ihre Fracht entladen. Von dort wird das Zeug durch die Tunnel weiterbefördert.«

»Redest du etwa immer noch von diesem Schmugglerunsinn?«, fragte ich unsicher.

»Ich glaube kaum, dass diese Leute Milch liefern.«

»Was macht dich so verfroren sicher, dass sie überhaupt etwas liefern?«

Er blickte mich verschmitzt an. Mir war vorher noch nie aufgefallen, wie eng seine Augen zusammenstanden. »Weil ich sie dabei beobachtet habe.«

»Beobachtet?«, murmelte ich. Vor kurzem hatte ich entschieden, dass es besser wäre, die Schmuggelei völlig unerwähnt zu lassen. Es war nicht Silbernacken, um den ich mir Sorgen machte, weil ich davon überzeugt war, dass der behaarte Mann auf sich selbst aufpassen konnte. Es waren Wanst und Anli, um die ich Angst hatte – und damit natürlich auch um Braunauge. Ich war mir sicher, dass Braunauge nichts von den Schmuggelgeschäften wusste, denn sie hätte mich in jener Nacht wohl kaum in den Keller geschickt, wenn eine Lieferung erwartet wurde. Aber ihre Eltern waren darin verwickelt, und eine Aufdeckung der kriminellen Aktivitäten hätte in jedem Fall auch Folgen für sie.

»Ich habe in dieser Sache ermittelt, seit mir im Keller des Goldenen Grummers ein erster Verdacht kam. In der Regel wird da unten alle drei Nächte ein Boot entladen. Ich werde es jederzeit am gelben Ruderhaus wiedererkennen. Und an diesem Punkt brauche ich deine Hilfe. In der Nacht der nächsten Lieferung werden wir uns an diesem Gezeitentümpel verstecken und die Aktion aus nächster Nähe beobachten. Wir werden dein Boot nehmen, um damit zum Strand zu fahren.«

»Das wirst du, verfroren nochmal, nicht tun!«

Er wandte sich ab, und wir gingen weiter nach unten. »Denk darüber nach, Druv«, sagte er nebenbei. »Es wird auf jeden Fall eine spannende Übung sein. Viel besser, als die ganze Sache an meinen Vater zu übergeben, damit offizielle Ermittlungen aufgenommen werden, meinst du nicht auch? Außerdem könnte ich mich täuschen. Aber gut, wir sollten jetzt über etwas anderes reden. Hast du in letzter Zeit dieses Mädchen aus dem Grummer wiedergesehen? Wie war noch gleich ihr Name?«

»Red keinen verfrorenen Unsinn! Du weißt genau, wie sie heißt, und du weißt genau, dass ich seit Tagen niemanden gesehen habe!«

»Sind wir heute etwas gereizt?«, fragte er beiläufig, als wir den Fischmarkt überquerten und Silbernackens Werft betraten. Selbstbewusst erkundigte er sich nach dem Eigentümer, der im nächsten Moment auftauchte und uns zum Ufer führte. Ein kleines Dampfschiff, bereits befeuert und mit weißen Wölkchen am Sicherheitsventil, lag ruhig am Kai neben der Gleitbahn. Ich schaute mich nach meinem Boot um und entdeckte es unter einer Plane. Offenbar war es gut in Schuss.

»Ein Dampfschiff«, stellte ich fest. Dampfschiffe hatten für mich kaum einen höheren Rang als Motorwagen.

Silbernacken spürte meine Ablehnung. »Ein gutes Gefährt«, sagte er schnell und mit einer Spur von Ehrfurcht, die mich überraschte. »An Bord werden wir sicher sein. Also alles einsteigen, bitte!«

»Einen Moment«, sagte Wolff. »Es kommen noch ein paar mehr.« Er blickte sich erwartungsvoll in Richtung Stadt um.

»Du hast nichts von weiteren Begleitern gesagt«, beklagte ich mich. »Ich dachte, wir würden nur zu dritt angeln fahren. Auf dem Schiff ist doch gar kein Platz für mehr Leute.«

»Da sind sie«, sagte Wolff.

Ein schick gekleidetes junges Mädchen kam auf uns zugelaufen und stieg sorgfältig über den Müll hinweg, der auf der Gleitbahn herumlag. An der Hand hielt sie einen kleineren Jungen, der ähnlich gepflegt war. Zuerst erkannte ich sie nicht wieder, doch als sie näher kamen, konnte ich hinter den Fassaden Pallahaxi-Bändchen und ihren jüngeren Bruder Blinz ausmachen.

»Wolff!«, flüsterte ich eindringlich. »Was, zum Rax, macht sie hier? Ich kann ihren Anblick nicht ertragen! Bist du völlig wahnsinnig geworden?«

»Hallo, meine Liebe«, sagte Wolff elegant, ohne auf mich einzugehen. Er nahm Bändchens Hand und half ihr an Bord. Blinz folgte mit einem grimmigen Stirnrunzeln, und Silbernacken legte ab. Die Dampfmaschine schnaufte, und wir glitten zwischen den festgemachten Schiffen hindurch. Es waren merklich weniger im Vergleich zum letzten Mal, als ich den Hafen gesehen hatte. Viele der Boote mit tieferem Kiel waren bereits an Land geholt worden, bevor die Grume kam.

Silbernacken war in der Anfangsphase des Ausfluges in bester Laune, als er am Ruder saß, eine uralte Pfeife rauchte und Geschichten über das Meer erzählte. Im Großen und Ganzen waren es die gleichen Geschichten, die der Lasterfahrer Patscher erzählt hatte, nur dass die Ereignisse nicht an Land, sondern auf See stattfanden und es nicht um Erdbeben und Überflutungen, sondern um Stürme und Mahlströme ging. Unterdessen hatte sich das Publikum in zwei Fraktionen aufgespalten. Wolff und Bändchen saßen auf einer Seite des Cockpits und hörten dem Erzähler nur flüchtig zu, während sie Angelleinen auswarfen und so leise miteinander murmelten, dass ich sie nicht verstehen konnte, wohingegen Blinz und ich uns widerwillig zur Gegenpartei zusammengeschlossen hatten. Blinz lauschte Silbernacken mit kritiklos offenem Mund, und ich ärgerte mich still über die Dreistigkeit von Wolff. Nicht dass ich je eine gute Meinung von ihm gehabt hätte, aber es hatte mich doch überrascht, dass er so tief sinken konnte.

»Und schau dir jetzt mal den Himmel an, junger Bursche«, sagte Silbernacken an Blinz gewandt, da er nunmehr das aufmerksamste Mitglied seines Publikums war. »Wenn man die Sonne Phu dort scheinen sieht, kann man sich überhaupt nicht vorstellen, wie es in diesem Moment im Süden ist. Ich war da, ich kann es dir sagen. Gewaltige Wolken und Nebel und das Meer so zäh, dass man fast drauf laufen kann. Die Verdunstung, weißt du. Und wenn du in seichtere Gewässer kommst, packt ein Eisteufel dein Schiff und lässt es ein halbes Jahr lang nicht mehr los, nicht bevor der Regen kommt. Vor Jahren, als ich noch viel jünger war, habe ich oft auf der Grume gearbeitet. Wir haben im Südlichen Ozean gewartet, während die Sonne so nahe schien, dass sie den Mastkorb versengte und um uns herum das ganze Meer verdampfte. Schließlich gab es nur noch eine einzige Stelle auf dem ganzen Ozean, wo man durch die Wolken blicken konnte, und zwar genau am Pol. Also warteten wir dort und wären fast an der Hitze und Luftfeuchtigkeit gestorben, während sich über uns die Wolken in einer großen Spirale zusammenzogen und die Sonne nach Norden wanderte. Und als wir gar nichts mehr sehen konnten, zerrte das Wasser an uns, und wir wurden wie ein Loxkarren von der Strömung nordwärts gezogen. So folgten wir der Grume …«

Blinz kaute Winternüsse und hatte die Augen weit aufgerissen.

»Was ist mit Schmuggel?«, mischte sich Wolff plötzlich ein. »Hattest du in deiner Zeit oft mit Schmugglern zu tun, Silbernacken?«

Unser Heck wackelte ein wenig, obwohl das Fahrwasser bis jetzt eine gerade Linie gewesen war, und ich fragte mich, ob Wolff es bemerkte. Eigentlich konnte er nichts von Silbernackens Geschäften mit dem Goldenen Grummer wissen.

»Schmuggler?« Ich erkannte die Besorgnis in den kleinen Augen unter der haarigen Stirn. »Schmuggler? Ja, ich habe schon Geschichten von Schmugglern gehört.«

»Zeig mir jemanden, der noch nicht davon gehört hat«, trällerte Bändchen. Ich sah sie mit säuerlicher Miene an. Es war schwierig, sie mir so vorzustellen, wie ich sie das letzte Mal gesehen hatte – schmutzig und zerlumpt, durch eine Kanalisationsröhre kriechend. Sie saß neben Wolff, würdigte ihn aber kaum eines Blickes. Eigentlich schaute sie überhaupt niemanden an, sondern schien sich damit zu begnügen, das Meer zu betrachten und gelegentlich still in sich hineinzulächeln, während sie den privaten Gedanken einer heranreifenden Frau nachhing. Bei unserer ersten Begegnung hatte sie mir besser gefallen: auf unangenehme Weise herrisch, aber wenigstens authentisch.

Wir hatten das Fingerkap umrundet, und die schroffen schwarzen Klippen fielen zum flacheren Land der Flussmündung ab, wo die neue Fischfabrik stand. Hier waren die Wellen höher, und das Schiff schwankte merklich, während es dahinschnaufte. Wir hatten zwei Leinen ausgeworfen, aber noch keinen Fisch gefangen.

»Nun?«, sagte Wolff in die Pause.

Silbernacken entspann ein langes und umständliches Garn, dessen Moral darauf hinauslief, dass sich Schmuggel nicht auszahlte – und schon gar nicht in Kriegszeiten. Während er sich dem Ende seines Vortrags näherte und eine große haarige Pranke vor ihm herumfuchtelte, um zu demonstrieren, wie die Missetäter am Galgen baumelten, zitterte seine Stimme bewegt, und seine Darbietung nahm den Charakter eines Schuldbekenntnisses, einer Beichte an. Er schloss damit, dass seine fiktive Frau in ihr Taschentuch schluchzte, während die Lorin seinen autobiographischen Helden zum Begräbnisplatz karrten. Er sah mich immer wieder an, als wollte er eine Bestätigung haben, dass er eine gelungene Show abzog. Mir war unbehaglich warm, und ich fragte mich, ob er wusste, wie viel ich wusste – und ob er wusste, dass ich niemandem davon erzählen würde. Dann erhob er sich, entschuldigte sich und bat mich, das Ruder zu übernehmen, weil er sich ein wenig ausruhen musste. Er zwängte sich über die schmale Treppe in die winzige Kabine und schloss die Tür hinter sich. Wir anderen warfen uns gegenseitig verunsicherte Blicke zu. Wie es schien, hatten wir den Kapitän aus der Fassung gebracht.

Dann gerieten wir in einen Fischschwarm, und eine Zeit lang herrschte große Aktivität, als die anderen drei die Angelleinen einholten, die zappelnden Fische unter Gespritze von Blut und Schuppen von den Haken nahmen, die Leinen erneut auswarfen und die Prozedur schon im nächsten Moment wiederholen mussten. Mir fiel auf, dass Bändchen in der Aufregung ihre Affektiertheit abgelegt hatte und an der Seite von Wolff und Blinz arbeitete, eifrig und mit rot tropfenden Händen. Ich musste mich anstrengen, mich auf die Steuerung des Schiffs zu konzentrieren, und ärgerte mich ein wenig, dass sie jetzt den ganzen Spaß hatten. Ein kleines Dampfdingi lag genau auf unserem Kurs. Von der Besatzung war nichts zu sehen, und anfangs dachte ich, dass es ziellos dahintrieb, doch als wir näher kamen, erkannte ich eine Angelrute, die über die Bordwand ragte.

Jetzt waren wir der Flussmündung und der neuen Fischfabrik sehr nahe. Obwohl die Klippen nicht mehr so hoch und steil wie am Fingerkap waren, gab es immer noch recht viele Felsbrocken am Ufer, an denen die Wellen zu weißer Gischt aufgeschäumt wurden. Wieder kam es mir vor, als würde das Dampfdingi in diese Richtung treiben, und ich vermutete, dass der Skipper eingeschlafen war. Ich stieß ein paar kurze Töne mit dem Horn aus.

Bändchen hielt damit inne, einen Fisch vom Haken zu zerren. »Musst du unbedingt wie ein kleines Kind herumspielen?«

Ich zeigte auf das Dingi, das jetzt nur noch zwanzig Schritt entfernt war. Sie vergaßen ihre Angeln und standen da, um das treibende Boot zu betrachten. Wir wurden langsamer, als ich drosselte. Dann sahen wir einen Mann, der auf den Bodenplanken lag, den Kopf auf das Kissen seiner Hände gelegt.

»Er hatte einen Herzinfarkt«, mutmaßte Blinz. »Er hat geangelt und einen richtig großen Burschen an der Leine gehabt, und dann war die Aufregung zu viel für ihn, so dass er tot umgefallen ist.«

»Halt die Klappe, Blinz!«, befahl Bändchen. »Mach dich lieber nützlich. Hol Silbernacken!«

»Geh längsseits«, sagte Wolff, als ich gerade dabei war, längsseits zu gehen.

Blinz kam aus der Kabine zurück und sah rosa und etwas eingeschüchtert aus. »Ich kriege Silbernacken nicht wach«, sagte er. »Und er riecht komisch.«

Es hatte etwas Unwirkliches, wie wir plötzlich selbst für alles verantwortlich waren. Noch vor wenigen Augenblicken hatten wir fröhlich Fische gefangen, und nun mussten wir uns ohne Vorwarnung mit zwei Leichen auseinandersetzen. Ich fragte mich irritiert, ob es Verwesungsgeruch war, was Blinz in der Kabine wahrgenommen hatte. Die Druckanzeige des Kessels war runtergegangen, und ich war mir nicht sicher, was man dagegen tun konnte. Das kleinere Boot stieß regelmäßig gegen unsere Bordwand, und Wolff und Bändchen schauten mich an, als würden sie Befehle von mir erwarten. Praktischerweise hatten sie sich diesen Moment ausgesucht, um das Kommando abzugeben. Das Wasser war unruhig, und die Klippen schienen recht nahe zu sein. Der Wind frischte auf und drehte uns herum.

»Mir ist übel«, sagte Blinz.

»Bändchen«, sagte ich entschieden, »du gehst runter und versuchst Silbernacken zu wecken. Blinz, du gehst auf die Leeseite. Wolff, hol den Bootshaken und stups den Mann vorsichtig damit an.« Als sie aufsprangen, um meine Befehle zu befolgen, wurden mir die Vorteile klar, Verantwortung zu haben. Nachdem er seine Anweisungen erteilt hat, kann sich der Befehlshaber entspannen. Ich lehnte mich zurück und ließ alles weitere geschehen.

Blinz erbrach sich über die Bordwand. Bändchen warf ihm einen kurzen Blick zu und starrte mich dann streitlustig an. »Weck Silbernacken doch selber! In dieser Kabine hat eine Frau nichts zu suchen.«

Unterdessen hatte Wolff den Bootshaken geholt und bemühte sich, das Gleichgewicht zu halten, während das Schiff in der Dünung schaukelte. Er drückte dem Fremden das spitze Ende der Stange in die Rippen.

Jegliche Sorge um den Gesundheitszustand des Mannes verflüchtigte sich, als er vor Schmerz aufschrie. Er rappelte sich auf und hielt sich den Brustkorb, dann stieß er wüste Beschimpfungen aus, die genauso plötzlich verstummten, wie sie begonnen hatten. Schlagartig waren alle still, und alle starrten sich mit aufgerissenen Augen an, als die Boote gegeneinanderstießen.

Wir sahen zu, wie der Fremde seine Angelrute nahm und schnell mit seltsamen, spatelförmigen Fingern die Leine einholte. Mit sparsamen Bewegungen überprüfte er seine Geräte, setzte sich ans Ruder und drückte die Drossel nach vorn. Er schaute sich nicht mehr zu uns um. Der Motor schnaufte hektisch, und hinter dem Heck kochte das Wasser auf. Langsam nahm das Dampfdingi Fahrt auf, legte sich in eine weite Kurve und steuerte dann auf die Flussmündung zu.

Wir schauten uns gegenseitig an, und ich wusste, dass wir alle Angst hatten. Eine ganze Weile sagte niemand etwas, bis Wolff schließlich in beinahe meditativem Tonfall aussprach, was alle dachten:

»Seltsam, dass er in astanischem Dialekt geflucht hat.«

Blinz war weniger zurückhaltend. »Er war ein Spion«, sagte er entschieden. »Ein dreckiger astanischer Spion.«

7

»IHM NACH!«, drängte der junge Blinz, während ich unentschlossen mit der Drossel hantierte.

»Worauf wartest du?«, fragte Wolff.

Das Dingi zog sich schnell zurück. Zweifellos erreichte es eine größere Höchstgeschwindigkeit als Silbernackens Fischkutter. Es wäre zweifellos reizvoll gewesen, sich sofort an die Verfolgung zu machen, aber ich dachte, dass eine derartige Vorgehensweise zu kurzsichtig war. Man verfolgte niemanden, wenn man nicht die Absicht hatte, ihn zu fangen – und ich konnte mich absolut nicht mit der Vorstellung anfreunden, einen Spion aus Asta gefangen zu nehmen, der verzweifelt und vielleicht sogar bewaffnet war. »Wir sollten ihn in Ruhe lassen«, sagte ich. »Wir können ihn später melden.«

»Du willst ihn entkommen lassen?«, fragte Wolff fassungslos. »Wo bleibt dein Patriotismus, Alika-Druv? Wir sollten wenigstens versuchen, etwas mehr herauszubekommen. Wir holen den Kerl ein und stellen ihn zur Rede. Und wenn mit ihm alles in Ordnung ist, gibt es auch keine Schwierigkeiten.«

»Vorhin hast du keine besonderen Anstalten gemacht, ihn zur Rede zu stellen.«

»Es war ein ziemlich ungünstiger Moment, Alika-Druv. Man kann nicht vernünftig mit jemandem reden, dem man gerade in die Rippen gestochen hat. Außerdem waren wir alle von der Situation überrascht. Man rechnet nicht damit, in diesen Gewässern einem astanischen Spion von Angesicht zu Angesicht gegenüberzustehen.«

»Schneller, schneller!«, rief Blinz, der herumsprang und das Boot zum Wanken brachte. »Der verfrorene Mistkerl entkommt!«

»Geh runter und hör dir an, was Silbernacken dazu sagt«, schlug ich verzweifelt vor.

Wolff verschwand in der Kabine. Blinz tobte und schrie immer noch. Bändchen beobachtete mich nachdenklich. Ich wusste, dass sie mir vorwerfen würde, ich hätte Angst gehabt, also beschäftigte ich mich damit, getrocknete Rindenstücke und kleine Holzscheite in den kleinen Ofen zu werfen. Das Feuer war heruntergebrannt, was den Druckabfall im Kessel erklärte.

Wolff stand plötzlich hinter mir. »Silbernacken ist betrunken«, sagte er in völlig sachlichem Tonfall. »Er ist nicht in der Verfassung, irgendwelche Entscheidungen zu treffen.«

Ich richtete mich auf und blickte über das Meer. Das einzige Gefährt in Sichtweite war das sich entfernende Boot des Spions. Zum Mittsommer ist es auf See immer verhältnismäßig ruhig. Die Schiffe mit tiefen Kielen werden an Land geholt, und das Wasser ist noch nicht für Skimmer geeignet. »Dann müssen wir den Kutter nach Pallahaxi zurückbringen«, sagte ich schließlich.

»Seit wann bist du hier der Kapitän, Alika-Druv?«

»Silbernacken hat mir das Ruder übergeben, bevor er nach unten ging, falls du dich erinnerst.«

»Wir verlieren immer mehr Zeit! Er entkommt uns.« Blinz war völlig außer sich.

»Hört mal alle zu«, wandte sich Wolff an Bändchen und Blinz. »Wer ist dafür, dass wir den Spion verfolgen?«

»Ich! Ich!«, rief Blinz.

Bändchen nickte zurückhaltend.

»Wir sind die Mehrheit«, stellte Wolff zufrieden fest. »Tritt zur Seite, Alika-Druv. Hiermit enthebe ich dich des Kommandos.«

»Das ist Meuterei!«

Er packte meinen Arm und zerrte mich von der Drossel weg – dem Symbol meiner Befehlsgewalt. Zum Schein wehrte ich mich ein wenig, war mir aber der Tatsache bewusst, dass alle anderen gegen mich waren. Widerstrebend verließ ich das *Cockpit*, schob mich an der Kabine vorbei und ging aufs Vordeck, um zu schmollen. Ich setzte mich hin und betrachtete die Küste, dankbar, dass das Kabinendach mich vor den Meuterern verbarg. Ich hasste sie still und innig – Wolff mit seiner hochnäsigen Art, Bändchen mit ihrem herrschsüchtigen Charakter. Rax, dachte ich, die beiden hatten sich verdient.

Ich spürte, wie das Boot stärker vibrierte, als Wolff den Motor auf volle Kraft stellte. Ich blickte nach vorn und sah, wie das Dampfdingi zwischen den niedrigen Landzungen des Flussdeltas verschwand. Es schien langsamer geworden zu sein. Ich hörte Blinz' aufgeregte Rufe. Der Spion zog sich ins Binnenland zurück, und ich fragte mich, wohin er unterwegs sein mochte. Was auch immer seine Gründe waren, sich in ertonischen Gewässern aufzuhalten, irgendwo musste er eine Basis haben, von der aus er operierte. Das kleine Dingi würde auf dem offenen Meer nicht überleben. Es musste Verräter in dieser Gegend geben.

Bald verschwand unser Opfer zwischen den Fischkuttern, die im Flussdelta ankerten. Ich fragte mich, wie die Fischfabrik beliefert werden sollte, wenn die Grume kam. Nachdem der Wasserstand gesunken war, würden sich nur noch die kleinsten Skimmer auf den Flussarmen fortbewegen können. Auf den Landzungen standen rechteckige Gebäude. Zu diesem Zeitpunkt dachte ich, es wären lediglich Beobachtungsposten, die die Fischfabrik vor einem Überraschungsangriff schützen sollten.

Plötzlich stiegen von allen Beobachtungsposten sehr schnell dicke Rauchwolken auf, und wenig später schallte das Stampfen großer Maschinen über das Wasser. Es war sogar über dem Tuckern unseres Kutters hörbar. Wir waren jetzt fast zwischen den Landzungen, wo Leute standen, auf uns blickten und gestikulierten. Sie wollten, dass wir stoppten. Ich sprang auf und machte mich auf den Weg nach achtern. Ich hatte nur sehr wenig Vertrauen in unseren neuen Kapitän.

Als ich ins Cockpit hinunterstieg, fand ich eine Szene totaler Anarchie vor. Blinz, dessen kleines Gesicht wilde Entschlossenheit zeigte, klammerte sich an die Drossel, die er geöffnet und auf volle Kraft voraus gestellt hatte, während Wolff sich abmühte, seine Hand wegzuziehen und gleichzeitig zu steuern. Bändchen schrie ihren Bruder an, aber das steigerte nur die Entschlossenheit des Jüngeren, um jeden Preis weiterzufahren.

»Blinz, sie wollen, dass wir anhalten! Lass endlich los, du verfrorener Kerl! Du steuerst uns mitten in die Felsbrocken hinein!«

Das alles ging mich nichts an. Wenn sie das Boot zu Schrott fahren wollten, war das ihr Problem und nicht meins. Ich wollte mich gerade hinsetzen, als ich sah, wie Blinz plötzlich vor Schreck die Augen aufriss. Sein Unterkiefer klappte herunter, und er zerrte hektisch an der Drossel. Als das Schiff langsamer wurde, blickte ich nach vorn.

Etwas hob sich vor uns aus dem Meer, etwas Riesiges und Schwarzes, das mit Tang überwuchert war, aus dem Wasser strömte. Im ersten Moment des Erschreckens dachte ich nur an Silbernackens unheimliches Seemannsgarn über unbekannte Gewässer und die fremdartigen Geschöpfe, die dort hausten. Vor uns erhob Ragina ihr Haupt, die Königin der Eisteufel und sagenhafte Geliebte des toten Planeten Rax. Es kam mir nicht in den Sinn, mich zu fragen, warum sich ein so königliches Ungeheuer mit vier Kindern und einem kleinen Boot abgeben sollte. Das Ding wurde zu einem schaukelnden Tentakel, der uns den Weg versperrte.

Das Boot legte sich stark auf die Seite, als Wolff das Ruder losließ. Wir wurden im Cockpit durcheinandergeworfen, und damit war der Bann gebrochen. Wir fuhren parallel zu einem dicken rostigen Kabel, von dem vertikale Ketten ins Wasser hingen. Das Ganze war zwischen den zwei Gebäuden auf den Landzungen gespannt und offenbar dazu gedacht, die Flussmündung und demzufolge die Fischfabrik vor fremden Invasoren zu schützen. Aber das andere Boot hatten sie durchgelassen … Die Rauchwolken stammten von Dampfwinden, die das Gebilde vom Meeresgrund hochzogen, wenn sich ein verdächtiges Wasserfahrzeug näherte.

»Jemand kommt«, sagte Blinz nervös.

Ein schnelles Boot legte von einem Kai an einer der Landzungen ab. Während Wolff unseren Kutter wendete und wieder aufs offene Meer hinaussteuerte, sah ich mehrere Männer auf dem Vordeck des Boots, die an einer großen und kompliziert aussehenden Maschine arbeiteten. Plötzlich waren wir in eine weiße Wolke gehüllt, und ich hörte ein seltsames Geräusch, einen zischenden Knall. Wasser kochte ein paar Schritt vor unserem Bug auf.

»Das ist eine Dampfkanone!«, keuchte Wolff erschrocken. »Rax … wir müssen anhalten!« Er drosselte den Motor, und wir trieben ruhig auf dem Wasser dahin, während das Kanonenboot schnell näher kam. Wolffs Gesicht war gerötet, und seine Angst verwandelte sich in Verärgerung. »Was gibt ihnen das Recht, auf uns zu schießen? Das würde ich gerne wissen! Wir sind hier in Erto! Haben diese Leute den Verstand verloren? Darüber werde ich mit meinem Vater reden!«

»Tu das, Wolff«, erwiderte ich sarkastisch. »Aber jetzt rede lieber mit diesen Leuten, damit wir heil aus dieser Sache herauskommen. Du weißt genauso gut wie ich, dass die Fischfabrik Sperrgebiet ist. Die Männer auf diesem Kanonenboot dürften uns für astanische Spione halten.«

Er bedachte mich mit einem bösen Blick, der sich in ein schmeichlerisches Lächeln verwandelte, als das Kanonenboot längsseits ging. Ich bemerkte, dass Blinz, Bändchen und ich uns instinktiv auf der Vorderseite des Cockpits zusammengedrängt hatten, so dass Wolff allein mit dem Ruder in der Hand im Heck stand.

»Das ist ja nur eine Horde Kinder«, hörte ich jemanden rufen. Dann schaukelte der Kutter, als ein Mann an Bord sprang. Er trug die dunkelblaue Uniform der ertonischen Marine und baute sich bedrohlich mitten im Cockpit auf. »Also gut«, sagte er. »Wessen Boot ist das hier?«

»Es gehört Pallahaxi-Silbernacken«, sagte Wolff eilfertig. »Er liegt betrunken in der Kabine, so dass wir übernehmen mussten. Wir sind zu Ihnen gekommen, weil wir Sie um Hilfe bitten wollten.«

Es kam zu einem kurzen Handgemenge vor der Kabinentür, als der Marinemann, der nichts davon zu halten schien, seine Zeit mit vielen Worten zu verschwenden, uns zur Seite drängte und zur Kabine hinunterstieg, um Wolffs Aussagen zu überprüfen. Blinz starrte Wolff anklagend an.

»Was ist mit dem Spion?«, flüsterte er laut. »Du hast ihm nichts von dem Spion erzählt!«

»Sei still!«, zischte Wolff zurück. »Wir können jetzt nicht mit einer neuen Geschichte kommen, und so ist es besser. Das mit dem Spion würden sie uns niemals glauben, aber wir können wenigstens beweisen, dass Silbernacken betrunken ist.«

Der Mann kehrte aus der Kabine zurück und wischte sich pingelig die Hände an einem Tuch sauber. »Also gut«, sagte er. »Ist euch bekannt, dass das Flussdelta für die Dauer des Krieges Sperrgebiet ist? Wir haben hier Wichtigeres zu tun, als für einen Haufen dummer Blagen Kindermädchen zu spielen. Ist euch klar, dass ihr euch in Todesgefahr begeben habt, als ihr einfach so vor unseren Kanonen herumgeschippert seid? Was wäre gewesen, wenn ihr die Barriere gerammt hättet?«

»Ja, aber wir dachten, alles wäre in Ordnung«, plapperte Wolff, der durch die Art des Marineoffiziers völlig demoralisiert war.

Ich selber war nicht demoralisiert. Ich war wütend. Dieser Kerl war genau der verfrorene hochnäsige Typ Mann, der mir viel zu oft begegnete, der Typ, der – genauso wie Wolff – davon ausging, dass alle außer ihm selber Idioten waren. Er war an Bord unseres Kutters gekommen, ohne um Erlaubnis zu fragen, und nun war er der Meinung, uns Vorträge halten zu müssen. Durch den roten Vorhang meiner Wut nahm ich allmählich wahr, dass ich sprach.

»Wir waren nicht in Todesgefahr, weil Ihr Kapitän so vernünftig gewesen wäre, uns über die Sachlage in Kenntnis zu setzen, bevor er uns versenkt hätte – selbst wenn Sie es nicht getan hätten. Das Gleiche gilt für die Kanonen auf den Landzungen. Und ich bin mir sicher, dass die Winden beim ersten Anzeichen einer

Annäherung angeworfen werden, damit auch der dümmste Trottel genug Zeit hat, der Barriere auszuweichen. Und wenn Sie anderer Meinung sind, kann ich nur sagen, dass Sie den Beweis genau hier vor Ihrer verfrorenen Nase sehen. Wir sind alle noch am Leben. Wir waren nie in Gefahr.«

Der Offizier betrachtete mich kalt, von oben herab und unerschütterlich, und plötzlich erkannte ich, dass auch das nur eine Pose war, dass er ein geschlagener Mann war – dass ihm nur noch sein Alter und seine Uniform geblieben waren. Darunter war er einfach nur eine intelligente Lebensform, genauso wie ich selbst, aber mir unterlegen.

Wolff ließ sich von meinem moralischen Auftrieb mittragen. »Und ich glaube, ich sollte Ihnen sagen, dass der Vater meines Freundes hier einen sehr bedeutenden Posten in der Fischfabrik bekleidet. Sein Name ist Alika-Burt.«

Verfrorener Mistkerl, Wolff, dachte ich. Verstehst du nicht, dass ich meinen Vater hier nicht brauche? Ich brauche meinen Vater nicht!

»Stimmt das?« Der Mann sah mich immer noch an.

Ich glaube, dass es in unserem Leben einen Zeitpunkt gibt, in dem unsere Persönlichkeit wie ein Eisteufel kristallisiert, wenn jemand nach all den Unsicherheiten, äußeren Einflüssen, Abhängigkeiten und Unverantwortlichkeiten der Kindheit zu der Entscheidung gelangt: Dies ist der Weg, den ich gehen will. Ich habe alles gesehen, habe mir die Ansichten meiner Eltern und Lehrer angehört, und obwohl ich einräume, dass es Fakten gibt, die mir nicht bekannt sind, ist meine Persönlichkeit jetzt so weit ausgeprägt, dass ich mich nicht von neuen Fakten aus der Bahn werfen lasse. Sie werden mein Wissen über die Welt erweitern, aber sie werden nichts an meiner Einstellung zur Welt oder an meiner Vorstellung über meine Rolle in dieser Welt ändern. Endlich weiß ich genug über andere Leute, um zu wissen, wann ich richtig liege.

Also stritt ich die Tatsache nicht ab, dass mein Vater einigen Einfluss in der Fischfabrik hatte, weil das nicht mehr als kindliche Widerspenstigkeit gewesen wäre, die fehlende Einsicht, dass man die Waffen benutzen musste, die man zur Verfügung hatte. Vor mir stand ein großer Mann in Uniform, dem Symbol des Erwachsenseins, dem Symbol der Autorität – und er konnte nur ein *geschlagener* Mann sein. Und als ich ihn geschlagen hatte, war ich dadurch um die erdrückende Last erleichtert worden, die die Entwicklung meiner Persönlichkeit von der Wiege an behindert hatte.

»Es stimmt. Mein Vater ist Alika-Burt. Mein Name ist Alika-Druv. Und wenn Sie jetzt Ihren Hintern von hier wegbewegen, können wir unsere Fahrt fortsetzen. Ich bin durchaus in der Lage, allein mit diesem Kutter zurechtzukommen.«

Er zuckte die Achseln, und in seinen Augen stand ein seltsamer Ausdruck, als er murmelte: »Dessen bin ich mir ganz sicher. Eine angenehme Weiterfahrt.« Er sprang über die Bordwand auf das Kanonenboot, das im nächsten Moment abdrehte und davonraste. Die Konfrontation war so schnell vorbei, dass es fast den Eindruck machte, das alles wäre nie geschehen – aber nur fast …

Ich ging nach achtern, und Wolff trat sofort beiseite, um mir das Ruder zu überlassen. Er betrachtete mich voller Respekt. Ich wusste, dass es nicht lange anhalten würde, aber in diesem Moment brachte er mir Respekt entgegen. »Das war eine beeindruckende Vorstellung, Alika-Druv«, sagte er.

Auf dem Rückweg zum Hafen diskutierten wir über den Spion. Blinz plädierte für eine Expedition im Dunkel der Nacht, um die Umgebung der Fischfabrik nach dem geheimnisvollen Fremden abzusuchen. Bändchen wies auf den Fehler in seiner Argumentation hin: In der Nacht schlief der Spion wahrscheinlich in seinem Bett und wäre aus diesem Grund nur schwer ausfindig zu machen. Wolff hatte einen besseren Vorschlag.

»Warum fragst du nicht einfach deinen Vater, ob irgendwelche Leute in der Fischfabrik einen astanischen Dialekt haben, Druv?«

Diese Lösung gefiel mir – zum Teil deshalb, weil sie mir die Gelegenheit bot, meine neu entdeckte Reife auszuprobieren. Ich würde ganz einfach eine Erklärung verlangen, von Mann zu Mann. Vielleicht tadelte ich meinen Vater sogar dafür, dass er mich mit einem betrunkenen Skipper losgeschickt hatte.

Nachdem ich uns gekonnt in den Hafen von Pallahaxi manövriert und den Kutter am Kai festgemacht hatte, vereinbarten wir, uns am nächsten Morgen wiederzusehen. Es war später Nachmittag, und es wurde schnell dunkler, als Wolff, Blinz und Bändchen gingen und ich die Schiffswerft betrat. Ich wollte mich vergewissern, dass mit meinem Skimmer alles in Ordnung war, denn ich hatte mehrere Tage lang nicht danach schauen können.

Während ich den Rumpf untersuchte und mir wegen ein paar Kratzern im Lack Sorgen machte, kam Silbernacken herangewankt und rieb sich mit riesigen, haarigen Fäusten die rot geränderten Augen. »Du hättest mich wecken sollen, Junge«, sagte er. »Wann haben wir angelegt?«

»Vor nicht allzu langer Zeit.«

»Ich habe geschlafen.«

»Sie waren betrunken.«

»Hör auf, Junge.« Er sah mich mit erschrockener Miene an. »Es ist nicht sehr nett, so was überall herumzuerzählen!«

»Vergessen Sie's.« Ich wollte weggehen, aber er hielt mich am Arm fest.

»Du wirst deinem Vater doch nichts davon sagen, Junge!«

»Ich wüsste nicht, warum ich das tun sollte. Und ich denke, ich werde ihm auch nicht sagen, dass Sie geschmuggeltes Destill an den Goldenen Grummer liefern.« Schon im nächsten Moment wünschte ich mir, ich hätte es nicht ausgesprochen.

»Komm doch bitte mal mit in mein Büro, Druv«, sagte er ruhig, ließ meinen Arm los und gab mir so die Gelegenheit, selbst zu entscheiden.

Ich folgte ihm.

»Setz dich«, sagte er, als er hinter seinem Schreibtisch Platz nahm und einen stinkenden Stumpen entzündete. »Wir beide müssen über ein paar Sachen reden.«

»Ich wüsste nicht, worüber.«

Er sah mich unverwandt an. Offenbar hatte er sich wieder zusammengerissen. »Wie du meinst«, sagte er. »Aber ich habe ein paar Dinge auf dem Herzen, die ich loswerden muss. Als Erstes möchte ich, dass du dich hier mal umschaust. Ein nettes kleines Unternehmen, nicht wahr?«

»Ich kann mir vorstellen, dass Sie ganz gut davon leben können.«

»Falsch. Mit diesem Unternehmen mache ich seit Jahren nur Verluste. Und dann kamen letztes Jahr die neuen Fischereigesetze, mit denen der Staat die Anzahl der kleinen Boote verringern will. Und wohl auch, um den Schmuggel zu erschweren. Aber ich habe einfach nicht die Mittel, um große Kutter zu bauen, so dass ich mich mit kleinen Booten zu Freizeitzwecken begnügen muss, wie zum Beispiel deinem Skimmer, und gelegentlich bekomme ich ein paar Reparaturaufträge. Kannst du mir so weit folgen?«

»So weit ja.«

»Gut. Also muss ich mir nebenbei etwas dazuverdienen, mit verschiedenen ... äh ... Lieferaufträgen, damit ich den Kopf über Wasser halten kann. Wir leben in schweren Zeiten, es ist Krieg – und in Friedenszeiten kannte ich viele Seemänner aus Asta, gute Leute, also habe ich jede Menge Kontakte. Wir importieren ein paar Dinge für den täglichen Bedarf, wir liefern ein paar Dinge, die sie gut gebrauchen können, und alle sind glücklich. Außerdem gebe ich diesen Nebenjob sowieso demnächst auf, weil dein Vater mir eine Stelle mit guter Bezahlung angeboten hat. Wenn du jetzt Geschichten herumerzählst, könnte er seine Meinung ändern.«

»Ich bin mir nicht sicher, ob mein Vater einen Verräter anstellen sollte.«

Plötzlich sprang er auf. Er wirkte gar nicht bedrohlich, sondern nur erschöpft und verzweifelt. »Dein Vater ist ein Parl, und ich gehe davon aus, dass du ähnlich denkst. Aber jetzt hör mir mal zu, Junge. Hier in Pallahaxi würden wir gar nicht wissen, dass Krieg ist, wenn der Staat uns nicht mit Rationierungen und verfrorenen Vorschriften und fiesen kleinen Geheimnissen auf die Nerven gehen würde. Wir treiben immer noch Handel mit Asta, obwohl wir es jetzt nur noch still und leise tun können. Wir produzieren immer noch genauso viel Fisch und Getreide wie immer, aber das Parlament sagt uns, dass wir das alles nicht mehr benutzen dürfen, und nimmt es uns weg. Die Städte im Binnenland hungern, heißt es. Aber dann würde ich gerne wissen, wie sie vor dem Krieg über die Runden gekommen sind. Mir scheint, dass dieser Krieg nur vom Parlament geführt wird und nicht von uns. Warum lassen sie uns nicht einfach in Ruhe und kämpfen allein gegen die Astaner? Das verstehe ich nicht!«

Seine Stimme war immer lauter geworden, und ich starrte ihn verwundert an. »Es ist gut, dass nicht jeder so denkt wie Sie«, sagte ich und zitierte eine der Lieblingsphrasen meines Vaters.

Er packte meine Schulter. »Aber jeder tut es, mein Junge, jeder«, flüsterte er. »Du wirst feststellen, dass das Parlament hier in Pallahaxi keine Freunde hat.«

Ich stellte ein paar ernsthafte Überlegungen an, während ich langsam zum Ferienhaus zurückging. Ich war in Hochstimmung, und ich brauchte einige Zeit, um den Grund dafür zu finden. Als ich auf den Treppenstufen an der Klippe stehen blieb und über den Hafen und die Boote blickte, die dort vor Anker lagen, auf die Häuser am gegenüberliegenden Hang mit der alten Fischfabrik mittendrin, auf die Leute, die arbeiteten oder spielten oder untätig am Kai saßen, wusste ich plötzlich, was es war.

Ich liebte Pallahaxi auf bedingungslose Weise, die ganze Stadt, die Boote, das Leben, die Atmosphäre. Und wenn Pallahaxi gegen das Parlament und die Einschränkungen war, die es verkörperte, dann war auch ich dagegen. Ich glaube, in meinem zunehmenden Bewusstsein meiner Person als Individuum hatte ich etwas gebraucht, mit dem ich mich identifizieren konnte. Wahrscheinlich hatte ich erkannt, dass niemand völlig allein durchs Leben gehen kann. Aber jetzt hatte ich es gefunden: Pallahaxi. Während ich weiter die Klippen hinaufstieg, kam ich an einer alten Frau vorbei. Sie wirkte verhärmt, erschöpft und müde, aber unbesiegt, und plötzlich symbolisierte sie für mich die ganze Stadt unter dem Joch des Parlaments. Ich hätte am liebsten ihren Arm genommen und gesagt: Mutter, ich bin auf eurer Seite!

Doch ich erkannte, dass sie trotz aller Symbolik eine ganz normale Frau war und vielleicht von einer unverheirateten Tochter dominiert wurde, während sie sich ständig über ihre Arthritis beklagte und unter nächtlicher Inkontinenz litt. Also ließ ich meine Hände, wo sie waren.

Meine Eltern wollten über sämtliche Einzelheiten des Ausflugs informiert werden, aber ich gab ihnen nur einen zensierten Bericht, in dem ich Silbernackens Verfehlungen ausließ. Dann stellte ich die große Frage. »Vater, wir sind unterwegs einem Angler begegnet, der mit astanischem Dialekt sprach. Er fuhr mit seinem Boot den Fluss hinauf, und wir wollten ihm folgen, um mehr über ihn in Erfahrung zu bringen, aber man hat uns nicht durchgelassen. Was könnte ein Astaner in der Nähe der neuen Fischfabrik zu suchen haben?«

Er lächelte mit enttäuschender Entspanntheit. Offenbar war er bei bester Laune. »Dann arbeitet er wohl dort, Druv. Wir haben mehrere Flüchtlinge angestellt, Leute, die in Erto geboren wurden und zum Zeitpunkt der Kriegserklärung in Asta lebten, die es geschafft haben, das Land zu verlassen, bevor sie interniert werden konnten. Einige von ihnen hatten seit ihrer Kindheit in Asta gelebt, aber sie mussten trotzdem fliehen, um sich einer Inhaftierung zu entziehen.«

»Sie haben alles verloren, was sie hatten«, ergänzte meine Mutter. »So gemein sind diese Astaner.«

8

Nach dem Frühstück am nächsten Morgen machte ich mich auf den Weg zum Kai. In den letzten paar Tagen war der strahlende Sonnenschein dem leichten Dunst gewichen, der die baldige Ankunft der Grume ankündigte, aber es war trotzdem ein schöner Tag, und ich hoffte unwillkürlich, dass er außerdem ereignislos sein würde. Ein paar frühe Botenvögel umflatterten den hohen Turm des Nachrichtenpostens, und am Ufer hatten sich Schneetaucher auf dem Dach des Fischmarktes aufgereiht. Es waren weniger Seevögel als sonst, weil viele bereits die bevorstehende Grume gespürt hatten und nach Norden geflogen waren. Auf dem Fischmarkt war nicht allzu viel los, aber ich blieb einen Moment lang stehen, um zu beobachten, wie der Auktionator einen größeren Fang verkaufte. Wie üblich war ich nicht in der Lage, seinen Schnellfeuerjargon zu verstehen, und wenig später zog ich weiter. Schon bald, wenn die Grume floss, wären die Tage nicht mehr lang genug, um die großen Mengen Fisch zu versteigern, und die Auktionen würden bis spät in die Nacht andauern. Man würde Lampen entzünden und tragbare Radiatoren aufstellen, und bleichgesichtige Käufer aus dem fernen Binnenland würden mit einem Kopfnicken ihre Gebote abgeben und Lieferungen nach Alika, Horlox und Ibana organisieren.

Natürlich nur, wenn das Parlament mit seinem unersättlichen Drang nach Kontrolle nicht die ganze Sache übernahm, Quoten festsetzte und dafür sorgte, dass eine Hälfte des Fangs in irgendeinem vergessenen Lagerhaus vergammelte.

Hinter dem Fischmarkt steht ein Denkmal, das an ein längst vergessenes Ereignis erinnern soll. Ich habe nie verstanden, warum das Parlament so darauf erpicht ist, Denkmäler für diese, jene und sonstige unwichtige Ereignisse oder Personen zu errichten, aber der Obelisk in Pallahaxi ist zumindest wunderbar als Treffpunkt geeignet. Jeder weiß, wo er steht, auch wenn man gar nicht weiß, warum er dort steht. Mit dem Blick aufs Wasser und mit dem Rücken zu mir ans Geländer gelehnt standen dort Wolff, Bändchen, Blinz – und Braunauge. Plötzlich verspürte ich wieder diese Atemlosigkeit und wusste, dass ich mich erneut zum Idioten machen würde. Ich versuchte mich daran zu erinnern, dass ich gestern mit mir ins Reine gekommen war und nun eigentlich in der Lage sein müsste, mit solchen Begegnungen zurechtzukommen.

»Hallo«, sagte ich, während ich mich ihnen von hinten näherte. Wolff und Bändchen beachteten mich natürlich gar nicht, da sie gerade in eine private Unterhaltung vertieft waren, aber Blinz drehte sich zu mir um – und Braunauge.

Sie lächelte mich an, und Blinz sagte: »Also gut. Sind wir alle bereit?«

»Bereit wozu?«

»Wir wollten doch diesen stinkenden Spion fangen, oder? Seine Spur verfolgen.«

»Es gibt keinen Spion«, sagte ich und erzählte ihm dann, was mein Vater gesagt hatte. Aber er wollte sich nicht überzeugen lassen.

»Auch egal«, sagte er. »Wir haben beschlossen, einen Spaziergang ums Fingerkap zu machen, damit wir gleichzeitig ein bisschen herumschnüffeln können.«

»Es hat keinen Sinn, dorthin zu gehen«, erwiderte ich gereizt.

Wolff drehte sich beiläufig um und nahm zum ersten Mal meine Anwesenheit zur Kenntnis. »Mach, was du willst«, sagte er. »Wir gehen trotzdem. Komm, Bändchen.« Er nahm ihren Arm und schlenderte mit ihr davon.

»Komm mit, Druv«, sagte Blinz. Da ich nicht wusste, wie Braunauge zu dieser Sache stand und ich auf keinen Fall ausgeschlossen werden wollte, ging ich mit.

Die Straße zum Fingerkap führt am Hafen entlang, bevor sie steil in den bewaldeten Bereich darüber ansteigt. Wir machten eine kurze Pause am kleinen Strand auf der Leeseite der Mole und beobachteten die Fischer, die ihre tiefkieligen Boote vor der Grume in Sicherheit brachten. Die Prozedur war ungewöhnlich. Etwa zwanzig Männer teilten sich in zwei Gruppen auf und packten das schwimmende Boot auf beiden Seiten. Auf ein Signal hin zogen sie, stemmten die Beine in den Boden und rutschten immer wieder mit den Füßen auf den runden Steinen aus, die unter ihnen wegrollten. Dann hievten sie das Boot auf mehrere kurze Baumstämme, die parallel zum Ufer angeordnet waren. Ein paar Lorin halfen mit. Ihnen klebte das nasse Fell an den stämmigen Beinen. Theoretisch sollte das Boot natürlich über die Rundbalken bis zum vorgesehenen Lagerplatz oben auf dem Strand rollen, aber so funktionierte es eigentlich nie. Aufgrund der Größe der Steine drehten sich die Stämme nicht, sondern blieben, wo sie waren, und sanken unter dem Gewicht des Boots sogar immer tiefer im Strand. Ich hatte dabei jedes Mal den Eindruck, dass es ohne die Stämme besser klappen würde, aber die ganze Sache war längst zu einer Tradition geworden. Die Männer trugen besondere Kleidung und sangen Lieder, während sie das Boot zogen, und Zuschauer hatten sich am Hafen aufgereiht.

Eines Tages würde jemand auf die Idee kommen, einen Priester dazuzuholen, damit er den Sonnengott Phu um eine erfolgreiche Grume bat, und dann wäre die gesamte Prozedur endlich rund.

Ich schaute mir lieber an, wie die größeren Schiffe an Land geholt wurden. Dazu benutzte man eine simple, aber sehr praktische Methode, die mir mehr zusagte. Man verlegte Behelfsgleise, die von der Strecke zur alten Fischfabrik abzweigten, die Dampfmaschine wurde an den Bug des Schiffs gekoppelt, und mit hektischem Schnaufen und kreischenden Rädern zog sie das Wasserfahrzeug rücksichtslos bis zur gewünschten Position.

Wir stiegen weiter hinauf, bis wir im Schatten der Bäume waren, wo die Straße zu einem Pfad degenerierte. Ein paar Lorin beobachteten uns von den Ästen und warnten uns mit Geschnatter, wie sie es immer taten, wenn wir den fleischfressenden Pflanzen zu nahe kamen, den gefährlichen Anemonenbäumen, die in dieser Region weit verbreitet waren. Manche sagen, sie seien ursprünglich Geschöpfe des Meeres gewesen, aber nachdem sie immer wieder auf dem Trockenen gelandet waren, wenn in der Grumezeit der Wasserstand gefallen war, hatten sie sich an das Leben auf dem Land angepasst und irgendwann die meisten Küstenregionen erobert. Sie sind viel größer als die Binnenland-Variante. Anscheinend sind sie entfernt mit den Eisteufeln verwandt.

Wolff stieß einen Ruf aus und blieb stehen, während er zum Hafen hinunterblickte, der immer noch durch die Bäume sichtbar war. »Seht mal! Da unten, das Boot mit dem gelben Ruderhaus!« Er zeigte darauf. »Das ist das Boot, von dem ich euch erzählt habe, das von den Schmugglern benutzt wird!«

Wir verließen den Pfad und gingen durch die Bäume näher an den Rand der Klippen heran, die von hier aus in einem steinernen Katarakt aus mächtigen Felsblöcken bis zum blauen Wasser tief unten abfielen. Das betreffende Boot lag im äußeren Hafen vor Anker, ungefähr an der Mitte der Mole. Während wir zusahen, tauchte eine Gestalt aus dem Ruderhaus auf, ging nach vorn und holte die Ankerkette ein. Das Geschehen wirkte sehr entfernt, auch im übertragenen Sinne. Schließlich legte die winzige Gestalt den Anker auf das Deck und kehrte ins Ruderhaus zurück. Dampfwölkchen stiegen vom kurzen Schornstein auf, dann schob sich das Boot zwischen den anderen Wasserfahrzeugen hindurch und steuerte den Strand an, wo die Einholer arbeiteten.

»Das war Silbernacken«, hauchte Blinz ehrfürchtig. »Silbernacken ist ein Schmuggler!«

Wolff wandte sich ab wie jemand, der genug gesehen hatte. »Erinnerst du dich, was ich gesagt habe, Druv?«

»Er kann nichts schmuggeln, wenn sein Boot auf dem Trockenen liegt«, gab ich zu bedenken.

Er bedachte mich mit einem mitleidigen Blick. »Du glaubst doch nicht etwa, dass eine Kleinigkeit wie die Grume einen solchen Mann aufhalten könnte, oder? Er macht bestimmt schon seinen Skimmer bereit, glaub mir. Und wenn er das tut, werden wir auf ihn warten. Wir werden ihn auf frischer Tat ertappen, wenn er sein Zeug auslädt.« Unvermittelt blickte er sich zu Braunauge um. »Was meinst du dazu?«

Sie errötete, aber ich war mir sicher, dass sie nichts über die Verbindung zwischen ihren Eltern und Silbernacken wusste. Mir war schon mehrmals aufgefallen, dass sie immer errötete, wenn sie unerwartet angesprochen wurde. »Glaubst du wirklich, dass er ein Schmuggler ist?«, fragte sie leise.

»Dessen bin ich mir völlig sicher, Mädchen. Völlig sicher.« Er nahm wieder Bändchens Arm und kehrte zum Pfad zurück.

Braunauge und ich folgten ihnen schweigend, während Blinz entzückt um uns alle herumsprang. »Silbernacken ist ein Schmuggler«, sang er immer wieder, bis Bändchen ihn grob anfuhr, dass er die Klappe halten sollte. Vorübergehend eingeschüchtert, ließ er sich zurückfallen, schlurfte mit den Füßen und pfiff vor sich hin.

Ich beobachtete Bändchen und Wolff, wie sie Arm in Arm vorausgingen, die Köpfe zusammengesteckt und sich leise unterhaltend. Bändchen trug ein kurzes Kleid, das viel von ihren unbestreitbar hübschen Beinen zeigte, und irgendwann wurde mir bewusst, dass ich ihre Kniekehlen betrachtete, während wir gingen.

»Bändchen sieht sehr hübsch aus, nicht wahr?«, sagte Braunauge.

Ich verpatzte es. Es wäre die ideale Gelegenheit gewesen, Braunauge auf Bändchens Kosten ein Kompliment zu machen, aber ich brachte nicht den Mut dazu auf. »Ich glaube, sie sieht ganz nett aus«, murmelte ich.

»Magst du große Mädchen? Ich wünschte, ich wäre so groß wie Bändchen.«

Ich drehte mich zu ihr um. Sie schaute lächelnd zu mir auf. Ihre Augen waren warm und wunderschön, und sie hatte wieder ihre reizenden Grübchen. Ich zögerte. Ich glaube, ich wollte sagen, dass ich Mädchen mochte, die wie Braunauge aussehen, aber Wolff war verstummt und hätte es vielleicht gehört.

»Da unten wird ein neuer Kai gebaut«, sagte er. »Schaut mal.«

Wir hatten die Spitze der Landzunge umrundet, und der Pfad machte eine Schleife, die bis an den Rand der Klippe führte. Tief unter uns arbeiteten Männer, schaufelten Erde, fuhren Steine mit Loxkarren ab, schwangen Hacken und schlugen auf die Felswand ein. Eine Schotterstraße schlängelte sich vom Kai am Fuß der Klippe entlang und verschwand schließlich unter einem Überhang.

»Das Wasser ist hier recht tief«, stellte Bändchen fest. »Sie müssen sehr viele Steine gebraucht haben, um diese Straße zu bauen. Wozu das alles?«

Wolff schwieg. Er wusste es nicht.

»Wenn die Grume kommt, können die großen Fischkutter nicht mehr durch das Flussdelta bis zur neuen Fischfabrik fahren«, erklärte ich. »Dieser Kai wird gebaut, damit sie hier entladen werden können. Dann transportiert man den Fisch mit Loxkarren zur Fischfabrik. Vielleicht errichtet man sogar eine Bahnstrecke. Da draußen vor der Küste«, sagte ich und zeigte darauf, »verläuft die Pallahaxi-Rinne, die bis aufs offene Meer hinausführt. Dort wird das Wasser nie zu seicht, nicht einmal in der Grumezeit, so dass die Boote jederzeit aus dieser Richtung kommen und hier anlegen können.«

»Ich weiß alles über die Rinne«, sagte Wolff.

»Schaut mal da draußen«, sagte Braunauge.

Die klare blaue Wasserfläche wurde an mehreren Stellen durch braune Felsen und weiße Gischt unterbrochen, wo gestern noch nichts gewesen war. Der Meeresspiegel senkte sich rapide. Bald würde die Grume eintreffen.

Wir stiegen den Steilhang des Fingerkaps hinunter, und die Bäume wurden lichter. Vor uns breitete sich das offene Land aus.

In weiter Ferne konnten wir gerade noch die Gelben Berge erkennen, wo die Wüste begann, und von dort rollten die grünen und fruchtbaren Hügel auf uns zu. Davor verengte sich das Delta zu einem Fluss, der in glänzenden Windungen im diesigen Sonnenlicht lag, bis er zwischen den Hügeln im Binnenland verschwand. Die neue Fischfabrik lag genau unter uns, ein unordentlicher Haufen aus Gebäuden und aufgewühlter Erde. Eine neue Straße zog sich wie eine Narbe rechts um uns herum bis nach Pallahaxi. In der Nähe bemerkte ich eine Ansammlung von großen Lorin-Löchern in einer grasbewachsenen Böschung. Solche Löcher findet man überall im weichen Boden rund um Pallahaxi. Angeblich bilden sie Labyrinthe, die bis in fünfzig Schritt Tiefe reichen. Ein paar Fischkutter bewegten sich in der Flussmündung, und wir konnten winzige Gestalten erkennen, die zwischen den Gebäuden und am Flussufer herumliefen. Von Fahrzeugen stiegen Staubwolken auf.

»Es ist wie ein Gemälde«, sagte Braunauge bezaubert. Ich fragte mich, wie oft sie von ihren Eltern und der Arbeit im Grummer fortkam, wie oft sie die Gelegenheit hatte, das Land, in dem sie lebte, wirklich zu sehen.

Es war tatsächlich wie ein Gemälde und demzufolge ein wenig unwirklich. Unwillkürlich fragte ich mich, ob diese winzigen Gestalten tatsächlich Leute waren – ob sie tatsächlich dachten und urinierten und sich mit ihren Frauen und Kindern stritten – oder ob sie lediglich eine bewegliche Kulisse waren, an der ich mich erfreuen konnte. Ich fühlte mich mächtig, wenn ich sie von meiner hohen Warte aus beobachtete, während sie sich ahnungslos abmühten. Ich hatte das Gefühl, dass ich sie mit einem Gedankenstrich auf einen Schlag auslöschen konnte …

Später liefen wir durch das Flusstal und hielten an einem kleinen Geschäft an, um etwas zu essen zu kaufen. Der Laden gehörte einer alten Frau, die aussah, als wäre sie schon genauso lange wie der Fluss dort. Sie war knorrig und völlig behaart, wie es alte Leute oft waren. Sie sah aus wie Silbernackens Mutter, und Wolff und Bändchen behandelten sie ohne Respekt, nannten sie Oma und machten abwechselnd Witze über ihr Aussehen und ihren Laden. Ich muss zugeben, dass es dort durchaus etwas sauberer hätte sein dürfen.

Aber das war kein Grund, sich über die alte Frau lustig zu machen, und ich schämte mich für die beiden, als sie sie ohne Ende quälten. Doch dann dachte ich: Wenn ich allein mit einem Mädchen wie Bändchen zusammen wäre und sie beeindrucken wollte, hätte ich mich vielleicht genauso verhalten. Also empfand ich nur noch Verbitterung für uns drei. Braunauge konnte ich überhaupt nichts vorwerfen, weil sie zu unschuldig war, und Blinz auch nicht, weil er zu jung war.

»Hört mal«, sagte ich schließlich. »Könntet ihr jetzt mal mit dem Herumalbern aufhören, damit wir etwas zu essen bekommen?« Braunauge sah mich mit dankbarem Blick an, aber es nützte nichts. Ich war genauso schuldig wie die anderen beiden – oder wäre es unter anderen Voraussetzungen gewesen.

Wir aßen Trockenfisch und Gelbbälle und spülten sie mit einem Getränk hinunter, das die alte Frau selbst herstellte. Braunauge, unsere Expertin in solchen Angelegenheiten, versicherte uns, dass es nichtalkoholisch war und uns demzufolge nicht für den Rest des Nachmittags aus dem Verkehr ziehen würde. »Man spürt es daran, wie es sich in der Kehle anfühlt«, bemerkte sie kenntnisreich.

Anschließend wurden Wolff und Bändchen wieder ernst und diskutierten über den Zweck unserer Expedition, als würde das noch eine Rolle spielen.

»Wollt ihr die Umgebung der Fischfabrik erkunden oder habt ihr vor, den ganzen Nachmittag herumzuspielen?«, fragte Wolff uns mit strenger Miene.

»Erkunden!«, rief Blinz enthusiastisch, wobei er kleine Winternusskrümel versprühte.

»Ich bin auch dafür«, sagte Braunauge.

»Also gut.« Wolff stieg auf einen Baumstumpf und blickte auf das Land hinaus. »Die Fischfabrik ist da drüben. Ich kann die Schornsteine erkennen. Der Fluss liegt zwischen uns und der

Fischfabrik. Und vor dem Fluss befindet sich etwas, das wie ein Sumpf aussieht.«

»Ich habe Geschichten über diesen Sumpf gehört«, bemerkte Bändchen.

»Wir gehen zum Fluss«, entschied Wolff. »Vom Ufer aus können wir die Fischfabrik beobachten, ohne in das Sperrgebiet einzudringen und wieder mit Druvs verfrorenem Vater angeben zu müssen. Dann können wir am Flussufer entlang weiter landeinwärts vorrücken und Informationen sammeln, bis wir die Straße nach Pallahaxi erreichen. Dann gehen wir nach Hause. Einverstanden?«

Wir murmelten zustimmend. Also verließen wir die Straße und bewegten uns durch das Grasland auf den Fluss zu. Hier gab es nur wenige Bäume. Die Vegetation bestand hauptsächlich aus niedrigem, harmlosem Gestrüpp und etwas weiter aus hohem Schilf. Bald wurde der Untergrund schwammig, und wenig später mussten wir von einem Grasbüschel zum nächsten hüpfen und mit den Armen wedeln, um das Gleichgewicht zu halten, während zwischen dem Gras Wasser glänzte.

»Moment«, sagte Wolff, als wir eine Stelle erreicht hatten, die wieder etwas trockener war. »Wir kommen vom Kurs ab. Wir müssen in diese Richtung.« Er zeigte nach links.

»Dort werden wir nasse Füße bekommen«, gab ich zu bedenken. »Auf dieser Seite ist der Boden trockener.«

Wolff sah mich mit gespieltem Erstaunen an. »Hast du Angst davor, nasse Füße zu bekommen, Alika-Druv?«

Ich hatte sehr lange gebraucht, um meine Lektion zu lernen, aber jetzt wusste ich, worauf es ankam. »Ja, ich habe Angst, nasse Füße zu bekommen«, sagte ich entschieden. »Stört dich das?«

»Na gut, in diesem Fall gehen wir einfach hier entlang und du dort entlang.«

»Ich gehe mit dir, Druv«, sagte Braunauge grinsend.

Blinz blickte besorgt von einer Fraktion zur anderen. »Und was soll ich jetzt machen?«

»Du hast die freie Wahl, Blinz«, sagte Wolff.

»Danke schön.« Er runzelte unglücklich die Stirn, weil er spürte, dass Wolff ihn nicht als Begleiter haben wollte, obwohl er lieber bei seiner Schwester geblieben wäre. »Verfriert doch, alle zusammen!«, sagte er plötzlich und stapfte in eine ganz andere Richtung los. »Dann gehe ich eben alleine!«

Braunauge und ich gingen auf dem trockeneren Boden weiter, und die Stimmen der anderen wurden leiser. Bald waren sie im hohen Schilf auch nicht mehr zu sehen. Vor uns floss ein kleiner Bach. Ich sprang hinüber und hielt dann Braunauge meine Hand hin. Sie nahm sie und sprang ebenfalls – und diesmal gab ich darauf acht, sie nicht wieder loszulassen. Hand in Hand liefen wir durch das struppige Gras und die Büsche und bewegten uns ungefähr in östlicher Richtung. Ich überlegte, was ich als Nächstes tun sollte. Das Gespräch war auf genau dieselbe Weise verstummt, wie es immer geschah, wenn wir miteinander allein waren.

»Ich bin froh, dass du heute mitgekommen bist, Druv«, sagte sie schließlich, als ich kurz davor stand, wütend auf meinen Kopf einzuschlagen, weil er keine einzige Idee hervorbrachte. »Ich hatte mir Sorgen um dich gemacht. Ich habe dich so lange nicht gesehen, und ich dachte, dass du vielleicht Schwierigkeiten bekommen hast, du weißt schon, wegen des Abends neulich.«

»Mein Vater hält nichts von Alkohol. Außer im Tank des Motorwagens.«

»Meine Mutter hat sich Vorwürfe gemacht. Sie wusste nicht, dass dein Vater so ist.«

Es war unglaublich. Wir hielten uns an den Händen, aber wir sprachen über unsere Eltern. Tiere hatten dieses Problem nicht. Weil sie nicht sprechen konnten.

»Ich mache meinem Vater schwere Vorwürfe.«

»Weswegen?«

Ich hatte es vergessen. Ich hatte den Faden verloren. Ich ließ ihre Worte in der Luft hängen und wandte ihr den Blick zu, damit ich ihr Gesicht sehen konnte, während wir weitergingen.

Sie sah zu Boden, mit ernster Miene. Ihre Beine – ich entfernte mich ein wenig, um sie besser sehen zu können –, ja, sie waren viel hübscher als die von Bändchen. Sie waren kräftiger und wirkten gesünder.

Als ich sie betrachtete, stolperte ich über einen Ast, und ihre Hand griff meine fester. Wir blieben stehen und sahen uns gegenseitig an. Ihre Augen blickten in meine, und ihr Gesicht hob sich ein winziges Stück, als sie mich ansah und ansah, während sich meine Innereien in zitternden Matsch verwandelten. Ich wollte etwas sagen, aber ich wusste, wenn ich es versuchte, würde ich nicht mehr als ein Stöhnen hervorbringen, und dann würde sie mich auslachen.

»Ich … ich bin froh, dass wir hier sind«, sagte sie. »Es ist nett, nicht wahr? So zusammen zu sein, meine ich.«

»Mir gefällt es auch«, brachte ich mit Mühe heraus.

»Ich hatte mir Sorgen gemacht, die anderen würden die ganze Zeit um uns sein. Du auch?«

»Welch ein Glück, dass sie kein Problem damit haben, nasse Sümpfe zu bekommen«, brabbelte ich wie ein Idiot. »Nasse Füße, meine ich.«

»Druv …«, sagte sie und schluckte dann, worauf mir endlich klarwurde, dass sie genauso nervös war wie ich. »Ich … ich mag dich, Druv. Ich meine, ich mag dich wirklich.«

Ich starrte sie an und fragte mich, wie sie es geschafft hatte, das zu sagen – und hoffte, dass sie wusste, dass ich genauso empfand. Ich öffnete ein paarmal den Mund und schloss ihn wieder, dann zerrte ich an ihrer Hand, und wir gingen weiter. In der Nähe standen ein paar Büsche, und während wir vorbeiliefen, bildeten die Äste drei Kreuze, die genau in einer Linie mit einem großen Baum in der Ferne waren. Ich werde diese Stelle nie vergessen.

Bald verwandelte sich mein Entzücken über das, was sie gesagt hatte, in Ärger über mich selbst, weil ich es nicht geschafft hatte, die Sache weiterzuverfolgen. Ich war mir nicht ganz sicher, was ich hätte tun sollen, aber alles wäre besser gewesen, als wie ein Idiot dazustehen und das Reden einzig und allein dem Mädchen zu überlassen.

Aber wir hielten uns immer noch an den Händen, und im Gehen drückte ich ihre, und sie drückte zurück, was mich wieder sehr glücklich machte. Wir erreichten einen großen seichten See, der sich zwischen Schilf und Gebüsch hindurchschlängelte, und wir standen eine Weile einfach nur da, um ihn zu betrachten und nichts zu sagen. Diesmal jedoch war es ein etwas entspannteres Schweigen, weil wir beide viel zum Nachdenken hatten.

Dann veränderte sich mit einem Mal alles.

Ich glaube, Braunauge sah es zuerst. Ihr Griff um meine Hand wurde fester, und sie keuchte leise auf – und genau in diesem Moment sah ich, wie die Oberfläche des Sees erzitterte.

Es kam von der Seite herüber, wo ein Ausläufer des Sees aus unserem Blickfeld verschwand. Es war ein eisiger Schimmer, der sich über das Wasser legte, es streckte einen funkelnden Kristallarm aus, dann noch einen, worauf sich die Lücke sofort mit karoförmigen Keilen aus Glitzerjuwelen füllte. Es breitete sich aus, während der See die ganze Zeit ächzte und knarrte und dann plötzlich still, unbeweglich und fest wie ein Kristall war.

Wir hörten einen fernen Schrei, schrill und angsterfüllt, dann einen eindringlichen männlichen Ruf.

»Im See ist ein Eisteufel!«, rief Braunauge. »Er hat jemanden erwischt!«

9

Die gesamte Oberfläche des Sees glitzerte nun wie poliertes Silber in der Nachmittagssonne. Die Risse der Kristallbildung waren verschwunden, der See war nun eine homogene Masse. Nur dass irgendwo unter all dem Schimmer der Eisteufel lauerte … Als ich meine Füße bewegte, hörte ich knackende Geräusche. Der Boden, der vor wenigen Augenblicken noch feucht und schwammig gewesen war, hatte nun feste Konsistenz angenommen und funkelte genauso kalt durch das Gras. Wieder hörten wir Wolff rufen.

»Komm«, sagte ich und zerrte Braunauge mit. Wir achteten darauf, nur auf die Büschel aus zähem Gras zu treten, und vermieden die gläserne Härte, die überall sonst war, um den Eisteufel nicht auf uns aufmerksam zu machen. Schließlich fand ich mich in einer Sackgasse wieder und stand schwankend auf einem isolierten Grasbüschel. Der nächste war viel zu weit entfernt, um ihn mit einem Sprung erreichen zu können. Ich blickte mich um und sah Braunauge, die ebenfalls einen unsicheren Stand hatte. »Was sollen wir machen?«, fragte ich sie. »Kannst du zurückgehen?«

»Ich könnte …« Sie drehte sich um und schaute in die Richtung, aus der wir gekommen waren. Ein ferner Schrei von Bändchen war zu hören. »Aber ich glaube nicht, dass es etwas nützen würde, Druv. Der Eisteufel hat hier sämtliches Wasser gefroren. Wir kommen nie von hier weg, wenn wir uns nicht auf die Eisfläche wagen.«

»Wie gefährlich ist das?«

»Die Leute sagen, dass es ungefährlich ist, solange man ruhig weitergeht und der Eisteufel mit etwas anderem beschäftigt ist, sagen sie … Wenn er uns fangen wollte, müsste er das loslassen, was er bereits gefangen hat.«

»Na gut. Ich gehe zuerst.«

Ich trat auf den kristallenen See. Er fühlte sich steinhart an. Ich bückte mich und berührte zögernd die Oberfläche. Sie war kalt, aber nicht erschreckend kalt. Sie war auch nicht glatt, ganz und gar nicht wie richtiges Eis. Ich nickte Braunauge zu, und sie stieg von ihrem Grasbüschel, wobei sie meine Hand fest mit ihrer umklammert hielt. Ich erinnere mich, in der idiotischen Sentimentalität meines jugendlichen Alters gedacht zu haben: Wenn wir untergehen, gehen wir gemeinsam unter.

»Wo sind sie?«, fragte Braunauge. »Ich glaube, Wolff hat von irgendwo dort drüben gerufen.« Sie zeigte auf eine Stelle, wo eine Ausbuchtung des Sees hinter dem Schilf aus unserem Blickfeld verschwand. Der Weg kam mir recht weit vor. »Außerdem ist das Wasser dort zuerst fest geworden. Hinter dieser Biegung.«

Wir gingen los. Wir traten vorsichtig auf, um das lauernde Ungeheuer nicht zu stören, und unterhielten uns flüsternd. Nach einer Weile erreichten wir das andere Ufer und folgten einem gewundenen, glitzernden Pfad durch Dornendickicht und Schilf. Wolff schrie erneut, und plötzlich sah ich ihn und Bändchen hinter einem Busch, etwa dreißig Schritt weiter.

Bändchens Gesicht war weiß vor Schmerz, und Wolff hockte neben ihr. Er blickte auf, als wir uns näherten. »Der Eisteufel hat ihren Fuß gepackt«, sagte er.

Sie saßen auf der Oberfläche des Sees, mehrere Schritt vom nächsten Grasbüschel entfernt. »Was habt ihr hier draußen gemacht?«, fragte ich. »Ihr wisst doch, dass es hier Eisteufel gibt. Ich habe euch gesagt, dass wir auf dem Trockenen bleiben sollten.«

»Ja, gut, wir haben nicht daran gedacht. Aber jetzt ist es zu spät für Vorwürfe. Wir sollten darüber nachdenken, was wir tun können, statt Moralpredigten zu halten.«

Natürlich hatte er Recht. Ich ging neben ihm in die Knie. Bändchens rechter Fuß steckte fest im erstarrten Wasser. Das

Bein war knapp über dem Fußknöchel abgeschnitten, und durch den Kristall konnte ich matt ihren Fuß sehen, der immer noch im roten Schuh steckte. Der Druck musste beträchtlich sein, und es überraschte mich, dass sie nicht lauter jammerte.

»Was machen wir jetzt?«, fragte Wolff.

Alle sahen mich an, und ich verstand nicht, warum man ausgerechnet von mir erwartete, eine Lösung hervorzuzaubern. »Braunauge«, sagte ich, »würdest du dich eine Weile um Bändchen kümmern? Ich muss mich kurz mit Wolff unterhalten.« Ich dachte mir, dass wir auf diese Weise frei über die hoffnungslose Situation reden konnten, ohne dem leidenden Mädchen noch mehr Angst zu machen.

Wolff und ich zogen uns ins Gebüsch zurück. »Vor kurzem habe ich beobachtet, wie dasselbe mit einem Vogel passiert ist«, sagte ich und beschrieb dann den Tod des Schneetauchers. »Das heißt, solange Bändchen sich bewegt, weiß der Eisteufel, dass sie lebt, und wird ihr nichts tun. Ich glaube, dass seine Tentakel nicht besonders stark sind – nicht einmal bei einem so großen Eisteufel wie diesem. Es sind nicht mehr als dünne Fäden, die sich um die tote Beute wickeln und sie dann nach unten ziehen.«

»Bäh«, sagte Wolff und erschauderte. Sein Gesicht war blass und verschwitzt. »Sollten wir zur Fischfabrik gehen und Hilfe holen? Dort gibt es bestimmt Männer mit Hacken. Sie könnten Bändchen herausbrechen.«

»Das würde nicht funktionieren. Sobald der Eisteufel merkt, dass er den Griff verliert, würde er das Wasser verflüssigen und im nächsten Moment wieder kristallisieren lassen. Dann würde er Bändchen besser zu fassen bekommen und vielleicht auch noch ein paar Männer erwischen.«

»Was machen wir also?«

Ich überlegte. Es gab einen möglichen Ausweg, aber ich war mir nicht sicher, ob Bändchen dazu in der Lage wäre. Zumindest wäre es einen Versuch wert. Ich erklärte Wolff, was ich im Sinn hatte, und er schien genauso große Zweifel zu hegen wie ich.

Wir kehrten zu den Mädchen zurück. Braunauge blickte hoffnungsvoll auf, doch als sie unsere Gesichter sah, wandte sie die Augen ab. Wolff setzte sich neben Bändchen und nahm ihre Hand.

»Bändchen«, setzte ich an, »ich möchte, dass du etwas ausprobierst. Ich möchte, dass du so ruhig wie irgend möglich bist. Beweg dich nicht, überhaupt nicht, so lange du kannst. Dann wird der Eisteufel glauben, dass du tot bist. Verstanden?«

Sie nickte. Auf ihren Wangen schimmerten Tränen.

»Und sobald er dich loslässt und der See wieder flüssig wird, springst du zurück. Da drüben ist ein festes Grasbüschel, und du könntest es bis dorthin schaffen, bevor der Eisteufel merkt, was los ist, und den See erneut kristallisiert. Wir werden dort warten und dich auffangen, wenn du kommst.«

Sie sah Wolff an. »Er meint, ich soll hier warten, bis der Eisteufel seine Tentakel nach mir ausstreckt, Wolff?«

Wolff sah mich an. »Richtig. Sind alle bereit?«

Wir zogen uns auf sicheren Boden zurück und ließen sie dort sitzen. Sie blickte zu uns herüber und versuchte tatsächlich zu lächeln, während sie die Arme um den Oberkörper schlang und sich zu völliger Bewegungslosigkeit zwang. Als ich sie beobachtete, wurde mir klar, dass sie es niemals schaffen würde. Die Kälte kroch aus dem harten See in ihren Körper, und ganz gleich, wie sehr sie sich bemühte – und sie bemühte sich sehr –, konnte sie nichts gegen das Zittern tun, das automatisch mit der Furcht kam, die mit der Kälte verbunden war. Bändchen mochte sich noch so sehr einreden, dass sie keine Angst hatte, ihr Körper beharrte darauf, Angst zu haben, und zitterte, um es ihr zu beweisen … Wir beobachteten sie und sorgten uns um sie, wir raunten ihr aufmunternde Worte zu, und wir erzählten Witze, aber es nützte nichts. Sie blieb im gnadenlosen Griff des kristallisierten Wassers gefangen.

»Es hat keinen Sinn«, murmelte sie schließlich. Sie schlug ihre ausgekühlten Arme um sich und rührte sich.

Mir fiel keine andere Lösung ein. Der Eisteufel würde sie erst loslassen, wenn sie völlig still war, und sie würde erst dann völlig still sein, wenn sie tot war. Selbst wenn wir es übers Herz brachten, sie bewusstlos zu schlagen, würde das Geschöpf im See immer noch ihren Atem und Herzschlag spüren. In diesen Dingen hatte es Erfahrung. Davon lebte es.

Wir standen um sie herum, und von Zeit zu Zeit machte Wolff einen undurchführbaren Vorschlag, um uns dann Vorwürfe zu machen, weil wir ihn nicht annehmen wollten. »Aber wir müssen doch irgendwas tun«, sagte er wütend, nachdem wir seinen Plan verworfen hatten, den See mit einer Dampfkanone unter Beschuss zu nehmen. »Oder wollt ihr sie hier sterben lassen? Habt ihr eine bessere Idee? Es ist auf jeden Fall besser, alles Mögliche auszuprobieren, als einfach aufzugeben!«

Überraschend sagte Bändchen: »Wolff, würdest du bitte mal die Klappe halten, damit wir nachdenken können?«

Ungefähr da kam mir eine neue Idee. Ich konnte den anderen nicht alle Einzelheiten erklären, weil es vielleicht eine blöde Idee war. Und ich war mir nicht sicher, dass sie meinem Plan zustimmen würden, ganz gleich, ob er funktionierte oder nicht. Zumindest Wolff würde ihn als defätistisch verurteilen, als den Versuch, sich an einen Strohhalm zu klammern, als Ausgeburt eines kranken Geistes.

»Ich glaube, ich kann sie hier herausholen«, sagte ich vorsichtig. »Aber wenn es funktionieren soll, müssen Braunauge und du weggehen und uns hier eine Weile alleinlassen, Wolff.« Ich wandte den Blick vom Schmerz in den Augen meines Mädchens ab.

Wolff war verblüfft, aber erleichtert, weil ihm plötzlich alle Verantwortung abgenommen wurde. Natürlich musste er sich trotzdem pro forma absichern. »Ich hoffe, du weißt, was du tust, Alika-Druv«, sagte er. »Wenn du versagst und Bändchen stirbt, werde ich dich persönlich dafür verantwortlich machen.«

Nach dieser Drohung nahm er Braunauges Arm und ging mit ihr davon.

Bändchen schwieg, als ich mich neben sie setzte, und nach einer Weile ließ sie von der Betrachtung ihres kaum sichtbaren Fußes ab und blickte zu mir auf. »Und jetzt?«

»Glaubst du, dass du vielleicht für sehr lange Zeit ruhig bleiben und mir einfach vertrauen kannst?«

»Ich … ich weiß nicht. Was hast du vor, Druv?«

»Es würde nicht funktionieren, wenn ich es dir sage, weil du dann vielleicht hoffst, dass es passiert, und so viel sollte man wohl nicht erwarten. Es ist eine Sache, die manchmal passiert, wenn man in Schwierigkeiten steckt, das ist alles. Vorausgesetzt, man hat nicht so große Angst, dass man es sich herbeisehnt.«

»Oh.« Wieder versuchte sie zu lächeln. »Dann solltest du es mir vielleicht nicht sagen. Äh … Druv …?«

»Ja?«

»Bitte komm näher und leg deinen Arm um mich. So ist es besser … Mach dir keine Sorgen, Braunauge kann uns nicht sehen. Oh …« Sie zuckte zusammen und griff nach ihrem Fußknöchel. »Es tut weh, Druv. Es tut furchtbar weh.« Sie verkrampfte sich in meinen Armen, bis sie sich erschaudernd wieder entspannte. »Hier ist es so kalt.«

»Sprich über irgendwas, Bändchen. Versuch nicht so viel über den Schmerz nachzudenken. Erzähl mir von dir. Vielleicht hast du genug Zeit, um mir deine ganze Lebensgeschichte zu erzählen.« Ich bemühte mich, das bleiche Gesicht an meiner Seite anzulächeln. »Fang zumindest damit an.«

»Du magst mich nicht besonders, nicht wahr? Ich weiß, dass es hauptsächlich meine Schuld ist, aber du kannst verfroren irritierend sein, Druv. Ist dir das klar?«

»Ich weiß, aber lass uns nicht über Hass reden. Stell dir lieber vor, dass du ein Tier bist, das in Schwierigkeiten steckt. Tiere hassen nicht. Sie machen niemandem Vorwürfe, weil ihnen der Fuß wehtut. Sie hassen nicht einmal den, der die Falle aufgestellt hat.«

Sie weinte ein wenig, dann sagte sie: »Es tut mir leid, Druv. Du hast Recht. Es ist nicht deine Schuld, dass ich hier feststecke. Es liegt nur an mir und diesem Idioten Wolff. Rax! Wenn ich hier lebend rauskomme, werde ich dem verfrorenen Kerl sagen, was ich von ihm und seiner blöden langen Nase halte!«

»Bändchen!«, sagte ich tadelnd. »Es wird nur dann funktionieren, wenn du frei von Hass bist.« Aber sie hatte Recht. Wolff hatte wirklich eine ziemlich lange Nase. »Ist dir jemals aufgefallen, wie eng seine Augen beieinanderstehen?«, fragte ich interessiert.

»Mehrfach.« Sie kicherte sogar, doch dann trübten sich ihre Augen wieder, als die unbeabsichtigte Bewegung neuen Schmerz brachte.

»Bändchen«, sagte ich schnell. »Ich finde dich sehr nett. Es stimmt, dass ich dich nicht besonders mochte, als wir uns das erste Mal begegnet sind, aber nachdem ich dich etwas besser kennengelernt habe, finde ich, dass du sehr hübsch bist … und nett.« Es klang etwas lahm in meinen Ohren, und ich fragte mich, woher ich den Mut genommen hatte, es zu sagen. Doch dann erkannte ich, woran es lag. Im Grunde interessierte es mich gar nicht besonders, was sie von *mir* hielt.

»Eigentlich bist du ganz in Ordnung, Alika-Druv.« Ihre Augen waren blau. Sie dachte längere Zeit nach und sagte dann: »Wenn ich jemals von hier wegkomme, weißt du, werde ich … werde ich versuchen, besser zu sein. Vielleicht … Vielleicht würden mehr Leute mich mögen, wenn sie wüssten, wie ich wirklich bin. Ich weiß, dass ich einen schlechten ersten Eindruck mache, genauso wie du. Aber danach … Würdest du mir etwas versprechen, Druv?«

»Hm«, sagte ich unverbindlich.

»Wenn ich hier rauskomme und du findest, dass ich wieder unausstehlich werde, du weißt schon, wenn ich gemein bin und andere rumschubse, würdest du es mir dann sagen?«

»Gut.«

Ich war mir sicher, dass sie es ehrlich meinte, und wir unterhielten uns noch eine Weile, eng aneinandergekauert und gelegentlich zitternd. Ein paarmal versuchte sie zu lachen, und dann weinte sie wieder – aber nur leise und wegen der Schmerzen, weil sie nicht anders konnte. Ich fand, dass sie sich in dieser Situation sehr tapfer verhielt. Sie war viel zu gut für Wolff. Und dann kamen endlich die Lorin.

Ich sah nicht, wie sie eintrafen. Mir wurde nur allmählich bewusst, dass sie uns von der anderen Seite des Sees aus beobachteten. Es schienen mindestens acht zu sein, die reglos im Schatten eines niedrigen Baumes standen. Aber bei Lorin konnte man sich nie ganz sicher sein. Sie sind so zottig, dass sie in einiger Entfernung miteinander zu verschmelzen scheinen.

Ich machte mir Sorgen, dass Bändchen vielleicht Schwierigkeiten mit der Situation hatte. »Bändchen«, sagte ich leise, »da drüben sind einige Lorin, und ich glaube, sie werden uns helfen. Darauf hatte ich gewartet. Ich hoffe, dass du nicht anfängst zu schreien oder dich zu wehren, falls sie herüberkommen und dich berühren.«

Sie schluckte und betrachtete die vagen Gestalten unsicher. »Wie viele sind es? Es scheinen recht viele zu sein. Sind sie gefährlich? Was werden sie tun?«

»Entspann dich einfach, wenn sie dich berühren, mehr nicht. Bleib ganz ruhig und lass sie herankommen.«

Ich hielt sie fest, um ihr Zittern zu unterdrücken, und sie vergrub ihr Gesicht in meiner Kleidung. Die Lorin beobachteten uns eine Weile, und dann traten sie gemeinsam auf die kristalline Oberfläche des Sees und näherten sich uns. Sie kamen immer näher, und ich glaube, Bändchen spürte ihre Nähe, weil ihr Zittern nachließ und sie einen Arm um mich schlang und mich drückte – und ich war ruhig genug, um es genießen zu können.

»Druv«, flüsterte sie. »Sind sie da? Ich habe jetzt nicht mehr so große Angst. Tut mir leid, dass ich so kindisch war.«

»Sie sind da«, sagte ich.

Sie standen im Kreis um uns herum und blickten auf uns herab, doch unter der dichten Behaarung ihrer Gesichter konnte ich keine Gefühlsregung erkennen. Ich spürte nur die Ruhe ihrer Präsenz und die Hoffnung, die sie vermittelten. Ich trat zurück, und sie gingen zu Bändchen.

Sie beobachtete die Lorin, wie sie sich um sie herum hinhockten, und in Bändchens Augen war kein Abscheu, keine Verachtung. Als sie ihre Hände auf sie legten, zuckte sie nicht zusammen. Sie sah mich stumm mit fragender Miene an, als sie sich enger um sie scharten und sie mit ihren Armen umschlossen.

»Lass sie einfach machen«, sagte ich. »Entspann dich und sei ohne Sorge. Leg dich schlafen.«

Nach einer Weile schlossen sich ihre Augen, und ihr Körper erschlaffte, gestützt von den Armen der Lorin. Ich zog mich zu den trockenen Grasbüscheln zurück und wartete in Sicherheit, beschwor den Frieden der Lorin und spürte ihn, bis auch ich mich schläfrig fühlte. Die Lorin waren jetzt völlig bewegungslos, sie hatten den Kopf auf die pelzige Brust gelegt, als sie sich um Bändchen gruppierten, ein stummes Tableau auf dem glitzernden See. Ich setzte mich …

Das Nächste, woran ich mich erinnere, ist der See, der flüssig ein Stück unter meinen Füßen schwappte, und die Lorin, die planschend auf mich zukamen und Bändchens reglosen Körper trugen, während hinter ihnen frustriert ein schlanker Tentakel hin und her wedelte. Sie legten das Mädchen neben mir ab, und der Größte von ihnen blickte mir für einen langen Moment in die Augen. Dann waren sie verschwunden.

Ich wandte mich Bändchen zu. Sie lag völlig still da, das Gesicht bleich, aber ruhig. Nachdem ich mich schuldbewusst umgeschaut hatte, legte ich eine Hand auf ihre weiche Brust, konnte aber keinen Herzschlag, keine Atmung spüren. Nicht einmal Körperwärme …

Vielleicht ließ ich meine Hand länger dort liegen, als ich hätte tun sollen. Jedenfalls war da nach einer Weile ein schwaches Pochen in ihrem Brustkorb, und ein Zittern lief durch ihren Körper. Ihre Farbe wurde schnell gesünder, als der Herzschlag immer stetiger ging und sie wieder zu atmen begann. Ich zog schnell meine Hand zurück, als die Wärme zurückkehrte und sie die Augen öffnete.

»Oh …« Sie sah mich mit einem schwachen Lächeln an und berührte sich kurz, als würde sie sich an etwas erinnern, und ich spürte, wie mein Gesicht warm wurde. »Was ist passiert, Druv? Wie bin ich hierhergekommen?«

»Die Lorin haben dich aus dem See gezogen«, sagte ich knapp und stand auf. Die Zeit unserer Intimität war nun vorbei. Wir hatten einen gemeinsamen Moment erlebt, und wir hatten uns dadurch besser kennengelernt, und ich glaube, dass wir beide froh darüber waren – aber nun war die Situation wieder normal geworden. »Gehen wir und suchen die anderen«, sagte ich.

Sie sprang auf, vollständig erholt, ohne Anzeichen eines Schocks, unversehrt bis auf einen Kranz blauer Flecken rund um ihren Fußknöchel. So war es mit den Lorin. »Wie lange habe ich geschlafen?«

»Du bist praktisch sofort aufgewacht, nachdem sie dich neben mir abgelegt haben.«

»Oh. Äh … danke, Druv.« Sie nahm meine Hand. »Freunde?« Sie meinte es ernst.

»Hm.« Ich grinste verlegen.

Wir liefen durch den Sumpf und hielten uns an die trockenen Stellen.

»Ich hoffe, du kannst dich Braunauge gegenüber besser ausdrücken«, sagte sie lachend und sah mich schelmisch von der Seite an. »Andernfalls dürfte sie sehr enttäuscht sein.«

Ich spürte, wie mein Gesicht glühte. »Wie kommst du darauf, dass ich … äh .. Warum glaubst du …?«

Plötzlich sahen wir Braunauge und Wolff am Flussufer stehen, und ich ließ Bändchens Hand los, als hätte ich mich daran verbrannt.

»Deswegen komme ich darauf, du … äh«, ahmte sie mich lachend nach.

Nach den Erklärungen und ein paar kritischen Blicken von Braunauge – die offenbar etwas eifersüchtig auf die Intimität war, in die Bändchen und ich gezwungen worden waren – setzten wir unseren Weg am Flussufer entlang fort. Es war später Nachmittag, und die Sonne stand schon tief, so dass wir auf weitere Erkundungen verzichteten und versuchten, Pallahaxi vor Anbruch der Dunkelheit zu erreichen.

Eine Rauchsäule stieg von der Fischfabrik auf, während ein paar Fischerboote am Kai lagen und ihren Fang entluden. Mehrere tiefkielige Schiffe waren bereits aufs Ufer gezogen worden, und einige standen im seichten Wasser und waren mit Stützen gesichert, damit sie nicht umfielen, wenn der Fluss austrocknete. Ein Dampflaster verließ schnaufend das Gelände und wirbelte eine Staubwolke auf, als er auf die Straße nach Pallahaxi einbog.

Nach einer kurzen Phase des Misstrauens hielt Braunauge wieder meine Hand, und als wir uns hinter die beiden anderen zurückfallen ließen und ich ihr klarmachte, dass mir ihre Gesellschaft viel lieber als die von Bändchen war, drückten ihre Finger mich fester, und sie plauderte munter drauflos. Ich beobachtete das Paar vor uns mit einer gewissen Belustigung. Wolff hatte Bändchens Arm genommen und beugte sich zu ihr hinüber, während sie gingen, und ich sah, dass seine Nase tatsächlich sehr lang war – und spitz obendrein. Er sah wie ein großer, schlaksiger Vogel aus. Das sagte ich zu Braunauge, und sie musste lachen.

Etwas später sagte sie: »Aber du findest nicht, dass Bändchen sehr hübsch ist?«

Mir schien, dass ich diese Frage schon einmal gehört hatte, doch diesmal wollte ich die richtige Antwort geben. Ich wunderte mich, woher mein plötzliches Selbstvertrauen kam.

»Sie ist durchaus hübsch, so wie eine Puppe hübsch ist«, sagte ich in kritischem Tonfall. »Aber dich finde ich viel hübscher, Braunauge.«

Als sie mich ansah, wurden ihre Augen immer größer, bis der Sonnengott Phu daraus zu strahlen schien, und sie lächelte zufrieden mit tiefen Grübchen. »Findest du wirklich?«, murmelte sie. Sie drückte meine Hand, bis ich spürte, wie meine Gelenke knackten.

In diesem glücklichen Moment wurden wir von Wolff unterbrochen, wie er es sich inzwischen zur Gewohnheit gemacht hatte. »Schaut mal dort, ihr beiden«, sagte er. »Was haltet ihr davon?«

Es waren mehrere, und sie waren groß und mit Planen bedeckt. Sie standen in gleichmäßigen Abständen am Flussufer. Als ich mich umdrehte, sah ich, dass sich die Reihe fast bis zum Ende der Landspitze fortsetzte. Ich hatte nicht die leiseste Ahnung, worum es sich handelte, aber ich spürte, dass es etwas Unheimliches, etwas Gnadenloses hatte, wie sie am Ufer aufgestellt waren.

»Ich werde meinen Vater danach fragen«, sagte ich skeptisch. Aber ich konnte mir gut seinen leeren Gesichtsausdruck vorstellen, wenn er behauptete, nicht zu wissen, wovon ich sprach. Wenn wir es hätten wissen sollen, wären die Dinger nicht verhüllt gewesen.

Die ganze Zeit diskutierten wir über das Mysterium, während wir nach Pallahaxi zurückgingen, wo wir es sofort vergaßen, als wir erfuhren, dass Blinz noch nicht heimgekehrt war.

10

Bändchens Haus lag im Norden der Stadt, weitab vom Hafen. Unterwegs lud sie uns ein, bei ihr etwas zu trinken. Uns allen war heiß, und wir hatten Durst, und ihr Haus war am nächsten. Ich glaube, Wolff ärgerte sich ein wenig, dass die Einladung auch an Braunauge und mich ging. Das Haus war sehr klein, und es setzte seinem Stolz schwer zu, weil nun so offenkundig wurde, dass er mit der Tochter eines mittellosen Fischers angebandelt hatte. Aber schon bald dachten wir überhaupt nicht mehr an solche Dinge.

Bändchens Vater stellte uns im winzigen Wohnzimmer zur Rede. »Jetzt erklärt mir, wie ihr ihn verlieren konntet. Er ist noch ein Kind. Ihr wart für ihn verantwortlich!«

Er hieß Pallahaxi-Kraftprotz, und der Name war sehr passend. Er wirkte sehr bedrohlich, als sein Zorn das gesamte Zimmer auszufüllen schien.

»Du weißt doch, wie abenteuerlustig er ist«, warf die Mutter, Pallahaxi-Una, ein. »Du weißt doch, dass man ständig auf ihn aufpassen muss.«

»Mutter, er ist einfach abgehauen!«, rief Bändchen hilflos.

»Das sagtest du schon. Ich verstehe nur nicht, warum ihr nicht nach ihm gesucht habt. Warum seid ihr ohne ihn zurückgekommen?«

Bändchens Gesicht war blass, sie zitterte und stand kurz davor, in Tränen auszubrechen. »Wir dachten, er wäre vorausgegangen, verstehst du? Wir dachten …«

»Ihr dachtet? Ihr dachtet? Das Problem mit euch ist, dass ihr überhaupt nicht denkt!«, tobte Kraftprotz in unheimlicher Nachahmung eines Lieblingsspruchs meines Vaters. »Hör mir gut zu, mein Mädchen, ich werde dir jetzt eine Tracht Prügel verabreichen. Du hast schon sehr lange darum gebettelt, und nun wirst du sie bekommen, bei Phu!«

Jetzt weinte Bändchen, und Wolff stand schweigend mit peinlich berührter Miene daneben. Jemand musste etwas tun.

»Bändchen wurde von einem Eisteufel gepackt!«, platzte es verzweifelt aus mir heraus. »Wir haben eine Ewigkeit gebraucht, um sie wieder freizubekommen, und wir dachten wirklich, dass Blinz vorausgegangen war!«

»Was sagst du da?« Eine außergewöhnliche Veränderung ging mit dem Gesicht des großen Mannes vor, als er nun seine Tochter betrachtete. »Wo hat er dich erwischt, mein Mädchen? Bist du verletzt worden? Wie ist das passiert?«

»Er ... er hat meinen Fuß gepackt«, schluchzte sie. »Aber jetzt ist alles wieder gut, wirklich!«

Kraftprotz kniete vor ihr und streichelte zärtlich mit rauen Händen die blauen Flecken an Bändchens Fuß. »Mein armes kleines Mädchen«, murmelte er. »Tut es sehr weh, mein Schatz? Es tut mir leid ... dass ich dich angeschrien habe.« Er zog ihr vorsichtig den Schuh aus. »Setz dich, mein Schatz.« Als er aufblickte, sah ich, dass seine Augen feucht waren. »Una, hol bitte etwas warmes Wasser.«

Sie badeten Bändchens Fuß und rieben ihn mit Salbe ein, trösteten sie und machten ein widerliches Getue um sie. Jetzt wurde mir etwas klarer, warum Bändchen so geworden war, wie sie war. Wenn man mit Eltern zusammenlebt, die einem ständig sagen, dass man hübsch und klug ist, kann ich mir vorstellen, dass man nach einer Weile selber davon überzeugt ist.

Kraftprotz, der wie ausgewechselt war, bedankte sich anschließend mehrmals bei mir für meinen Anteil an der Rettung seiner Tochter und versprach mir alles, was ich mir von ihm wünschte. Obwohl ich, wie er sich ausdrückte, der Sohn eines verfrorenen Beamtenarsches war. Schließlich widmeten wir uns wieder dem Problemfall Blinz – der immer noch nicht zurückgekehrt war – auf etwas ruhigere Weise als zuvor.

»Der verfrorene Bengel ist wahrscheinlich unten auf der Werft und lungert mit diesem Nichtsnutz Silbernacken herum«, mutmaßte Kraftprotz. »Ich habe schon immer gesagt, dass er dort viel zu viel Zeit verbringt. Ich werde runtergehen und nachsehen. Du, Braunauge, schaust im Grummer nach. Druv und du – wie war noch gleich dein verfrorener Name? Wolff –, ihr geht zu euch nach Hause und seht dort nach. Dann treffen wir alle uns hier wieder. Einverstanden?«

Es war dunkel, als ich durch die Stadt ging und den Hügel neben dem Hafen hinaufstieg. Ich machte mir immer größere Sorgen. Ich konnte mir keinen Grund vorstellen, warum Blinz meinen Eltern einen Besuch abstatten sollte – und ich war mir ziemlich sicher, dass Silbernacken in der Achtung des Jungen gefallen war, seit es zum Zwischenfall mit der Dampfkanone gekommen war. Also hielt ich es für ebenso unwahrscheinlich, dass er sich auf der Werft aufhielt.

Ich hatte keine Ahnung, wo er sein könnte. Allmählich fragte ich mich, ob er vielleicht gar nicht nach Pallahaxi zurückgekehrt war, sondern mit einem gebrochenen Bein irgendwo am Fluss lag – oder noch schlimmer, im Griff eines Eisteufels oder eines Anemonenbaums.

Wie ich erwartet hatte, fand ich ihn nicht in der Nähe unseres Ferienhauses. Aber meine Eltern waren da und saßen im Wohnzimmer. Ich hatte mich schon oft gewundert, was meine Eltern taten, wenn sie miteinander allein waren. Eigentlich konnten sie sich dann nur langweilen. Ich stellte mir vor, dass sie über den Krieg diskutierten und mein Vater meiner Mutter dabei half, auf der Landkarte die richtigen Stellen für die Nadeln zu finden.

»Wir haben uns schon gefragt, was mit dir passiert ist«, sagte Mutter. »Wir machen uns Sorgen um dich, weißt du, Druv.«

»Ich wollte nur kurz vorbeischauen, um zu sehen, ob Pallahaxi-Blinz hier ist«, erklärte ich. »Er wird vermisst. Dann muss ich zurückgehen, um weiter bei der Suche zu helfen.«

»Das wirst du auf gar keinen Fall tun.« Vaters Stimme hatte den unnachgiebigen Tonfall angenommen, den ich nur allzu gut kannte. »Ich lasse nicht zu, dass mein Sohn nachts in der Gegend herumstreicht und nach dem Gör eines einfachen Fischers sucht. Du wirst hierbleiben, Junge, und zu Bett gehen.«

»Was hast du gegen Fischer?«, fragte ich leidenschaftlich. »Du könntest deine verfrorene Fischfabrik vergessen, wenn es keine Fischer gäbe!«

Mutter stieß etwas verspätet ein erschrockenes Keuchen aus, als sie bemerkte, dass ein ausgewachsener Streit im Anzug war. »Dein Vater hält Fischer für sehr schätzenswerte Leute, Druv«, zwitscherte sie. »Genauso wie ich. Aber das bedeutet nicht, dass wir finden, ihre Sprösslinge seien geeignete Spielgefährten für dich, mein Schatz.«

»Spielgefährten! Rax! Hältst du mich für ein verfrorenes Krabbelkind, Mutter?«

»Ich lasse nicht zu, dass du gegenüber deiner Mutter solche Flüche aussprichst, Druv!«

»Dann tut es mir leid, Vater, weil ich von nun an sagen werde, was ich denke, vereist und zugefroren!«

»Ach, Phu … Ach, Phu …«, jammerte meine Mutter.

»Es reicht«, sagte Vater grimmig. »Jetzt reicht es wirklich. Diesmal bist du zu weit gegangen. Du weißt einfach nicht, was sich gehört, nicht wahr? Ich kann nur vermuten, dass du diese Art von Benehmen von deinen Freunden gelernt hast, weil du es auf keinen Fall von deiner Mutter oder mir haben kannst. Jetzt geh auf dein Zimmer und bleib dort. Wir werden uns später noch einmal sprechen.«

Mir war klar, dass ein Widerspruch keinen Sinn gehabt hätte, weil er körperlich stärker war als ich. Mutter heulte auf geräuschvolle und widerliche Weise. Ich ging auf mein Zimmer und hatte dabei das Gefühl, dass ich dort vielleicht sehr viel Zeit verbringen würde. Ich öffnete das Fenster und blickte nach draußen. Ich war in Versuchung, hinauszuklettern und abzuhauen, aber ich ließ es sein, weil ich damit nichts erreicht hätte. Dann sah ich Lichter, die sich näherten, und beobachtete, wie ein Motorwagen leise über das Gras herangeschnauft kam.

Zuerst dachte ich, es wäre Bändchens Vater, der mich abholen wollte, aber dann wurde mir klar, dass er auf keinen Fall Zugang zu einem Motorwagen haben konnte. Es musste einer der verfrorenen Kollegen meines Vaters aus der Fischfabrik sein. Das Fahrzeug hielt vor dem Haus, wo einmal kurz die Pfeife ertönte. Ich zog mich hinter den Vorhang zurück, als ich hörte, wie die Haustür geöffnet wurde. Vater ging zum Motorwagen hinüber, aus dem ein Mann stieg, der ihn ruhig begrüßte. Ich erkannte Horlox-Mestler.

Die beiden hatten etwas Verstohlenes. Ich fragte mich, warum sie nicht ins Haus gingen, und gelangte zu dem Schluss, dass sie vermutlich nicht wollten, dass Mutter mitbekam, was sie zu besprechen hatten.

»Du hast natürlich von der Suche nach dem Jungen Blinz gehört«, sagte Mestler dann.

»Mein Sohn hat davon erzählt«, sagte Vater genauso ruhig. »Er wollte mitmachen, aber ich habe ihn davon abgehalten.«

»Warum?«

»Nun ja …« Die Frage verwirrte meinen Vater. »Ich meine, es hätte doch seltsam ausgesehen … der Sohn eines Parlamentariers …«

»Burt, du bist ein Narr, und du hast keine Ahnung von Kindern«, fuhr Mestler ihn zu meinem Entzücken an. »Es sieht seltsam aus, wenn er *nicht* an der Suche teilnimmt. Unser Verhältnis zu den Stadtbewohnern ist auch so schon schlecht genug. Du solltest wenigstens so vernünftig sein, deinen Sohn demonstrieren zu lassen, dass uns das Leben und die Bedürfnisse des gemeinen Volkes nicht völlig gleichgültig sind.«

»Das wird nicht leicht sein …«, murmelte Vater. »Er war auf unausstehliche Weise grob.«

»Das ist dein Problem. Wie dem auch sei, darüber wollte ich eigentlich gar nicht mit dir reden. Ich fürchte, es gibt schlechte Neuigkeiten. Die *Ysabel* wurde aufgehalten.«

»Schon wieder? Rax! Wenn das so weitergeht, wird sie es nie vor der Grume schaffen!«

»Das ist der Grund für meine Sorge. Wahrscheinlich müsste sie am neuen Kai entladen werden, und das wäre gar nicht gut für uns. Jedenfalls möchte ich, dass du gleich morgen früh alles für diesen Fall vorbereitest. Es darf keine Pannen geben. Sorg dafür, dass die Straße an den Klippen so schnell wie möglich fertig wird.«

»Natürlich, natürlich.«

Plötzlich gluckste Mestler. »Schau mich nicht so erschrocken an, Burt. Es wird schon alles gutgehen. Du wirst sehen.« Er stieg wieder in den Motorwagen und tuckerte davon.

Wenig später trat Vater in mein Zimmer. Ich blickte mit ausdrucksloser Miene zu ihm auf.

»Ich habe mir einige Gedanken über deine widerwärtige Grobheit gemacht«, sagte er hölzern, »und bin zu der Schlussfolgerung gelangt, dass ich dir möglicherweise mildernde Umstände zugutehalten kann. Aus Sorge um deinen Freund hast du nicht mehr gewusst, was du sagst. Du bist noch jung, und der Jugend mangelt es an Selbstbeherrschung und Disziplin. Wenn du älter wirst, glaube ich, dass du allmählich erkennst …«

»Versuchst du mir damit zu sagen, dass du mir erlaubst, nach einem kleinen Jungen zu suchen, der vielleicht mit einem gebrochenen Bein in Kälte und Dunkelheit liegt?«

Er schluckte schwer. Er öffnete den Mund und schloss ihn wieder. Schließlich gewann er sein Sprachvermögen zurück. »Mach, dass du hier rauskommst«, platzte es aus ihm heraus.

Vor Bändchens Haus traf ich auf eine größere Versammlung. Die Leute hielten Fackeln, die ihre Gesichter in flackerndes rötliches Licht tauchten, während sie Pallahaxi-Kraftprotz zuhörten. Ich ging zu Braunauge und hielt in der Dunkelheit ihre Hand, dann hörten wir gemeinsam zu, was Bändchens Vater vom oberen Fenster des Hauses der Menge mitteilte.

»Ich würde sagen, wir haben hier etwa fünfzig Leute«, rief er, »und ich danke euch allen, dass ihr hergekommen seid. Wir haben eine Nachricht zur neuen Fischfabrik geschickt und sie gebeten, uns eins ihrer Fahrzeuge zur Verfügung zu stellen.«

»Es wird auch Zeit, dass sie mal was für uns tun!«, rief ein Mann, begleitet von zustimmendem Gemurmel.

In diesem Moment kamen zwei Lox um die Ecke gestapft, die einen großen Karren zogen, der von einem Lorin gelenkt wurde. Weitere folgten, bis die enge Straße verstopft war. Die Tiere standen geduldig mit hängenden Köpfen im flackernden Licht.

»Bis dahin werden wir diese Gefährte benutzen, die uns freundlicherweise von der alten Fischfabrik geliehen wurden«, fuhr Kraftprotz fort. »Wir wollen keine Zeit vergeuden, also lasst uns alle aufsteigen und losfahren!« Er verschwand hinter dem Fenster, und Sekunden darauf kam er durch die Vordertür und schob sich hastig mit ausdrucksloser Miene durch die Menge. Seine Frau und Bändchen folgten ihm, und gemeinsam kletterten sie auf den führenden Karren, gefolgt von mehreren Umstehenden.

»Komm, Druv«, sagte Braunauge und zog mich mit. Wir stiegen auf den nächsten Karren, der streng nach Fisch roch, und setzten uns auf Kisten, die an den Innenwänden des Fahrzeugs standen. Andere gesellten sich zu uns, und bald drängten sich etwa fünfzehn Personen zusammen, dankbar, dass sie sich gegenseitig wärmten. Die Luft war bereits nächtlich kühl, und ich bemerkte mehrere Leute, die den öffentlichen Radiator in der Nähe nur widerstrebend verließen. Der tote Planet Rax glitzerte steinig in der Schwärze am Himmel. Mir war deutlich bewusst, dass Braunauge sehr nahe neben mir saß, und nach einer Weile legte ich meinen Arm um sie. Auf der anderen Seite des Karrens sah ich weiße Zähne, die grinsend aufblitzten, und flackernder Fackelschein fiel auf Braunauges Vater Wanst, der uns nachsichtig beobachtete.

Dann zogen die Lox, und der Karren setzte sich mit einem Ruck in Bewegung und warf uns gegeneinander. Wir rumpelten durch die engen Straßen und hatten bald die Hauptstraße erreicht, die aus der Stadt herausführte. Die Lorin hatten den Lox die Dringlichkeit der Angelegenheit vermittelt, und die Tiere bewegten sich mit ungewohntem Tempo, die zottigen Köpfe nach vorn gestreckt. Zwei brennende Fackeln steckten an unserem

Karren, und ein paar weitere lagen am Boden, um später benutzt zu werden, wenn die Suche begann. Doch für den Moment hatten wir genug Licht. Der rötliche Schein wurde von den Fenstern um uns herum gespiegelt, die wie zahlreiche Augen leuchteten, und plötzlich wurde ich mir der Kälte bewusst und zitterte. Braunauge sah mich fragend an und kuschelte sich dann enger in ihren dicken Loxhaarmantel. Ich legte meinen Arm fester um sie, worauf sie still lächelte. Doch dann schienen wir uns gleichzeitig daran zu erinnern, wie ernst die Situation war, und ich schämte mich ein wenig für meine abschweifenden Gedanken, als ich mir vorstellte, wie Blinz irgendwo in der Kälte umherirrte.

Dann sagte ich mir, dass meine Gefühle für Braunauge keinerlei Einfluss auf Blinz' Notlage hatten, und es ging mir wieder etwas besser.

Die Krallen der Lox schlugen in den Schotter der Straße, als wir den langgezogenen Hügel hinauffuhren und Pallahaxi verließen. Der Lorin rückte näher an die Zugtiere heran, während er sie mental zu ermutigen schien. Ich sah Silbernacken im Karren vor uns sitzen und bemerkte die flackernde Spiegelung, als er sich eine Flasche an die Lippen setzte. Ich blickte von ihm zum Lorin und war verblüfft über die Ähnlichkeit. Dann erinnerte ich mich an eine recht unwahrscheinliche Geschichte, die ich neulich gehört hatte. Demnach hatte man Silbernackens Mutter vor Jahren in der Nähe des Fingerkaps an der Seite eines Lorin gesehen.

Endlich erreichten wir die Spitze des Hügels, und unter uns wurden die Lichter der Fischfabrik sichtbar, die noch recht weit entfernt zu sein schien. Die vier Karren hielten nebeneinander an, und Kraftprotz stand mit einer brennenden Fackel in der Hand auf.

»Hier werden wir anfangen«, rief er. »Wir fächern uns auf und rücken hügelabwärts bis zum Fluss vor. Wir versuchen, eine möglichst gerade Reihe zu bilden.« Obwohl seine Stimme ruhig klang, war seinem Gesicht die Anspannung anzusehen. »Seid vorsichtig, wenn ihr den Sumpf erreicht. Dort gibt es Eisteufel. Ich möchte, dass ein paar Leute von jedem Karren jeweils eine kleine Gruppe bilden, die als Vorhut umherstreifen soll. Achtet auf Rufe oder sonstige Dinge, die euch seltsam vorkommen. In Kürze werden die Fahrzeuge von der neuen Fischfabrik hier sein, und dann können wir uns in Bewegung setzen.«

Der Bote kehrte auf einem Lox von der neuen Fischfabrik zurück. Er sagte etwas zu Kraftprotz.

»Was!«, brüllte der Mann. »Was?« Dann wandte er sich an die anderen, und im Fackelschein wirkte sein Gesicht ausgemergelt. »Sie sagen, sie können uns keine Fahrzeuge geben«, keuchte er. »Die Wachen sagen, dass sie dazu keine verfrorene Befugnis haben! Was für ein verfrorenes Land ist das hier?«

»Fahren wir rüber und hauen dort alles kurz und klein!«, schrie ein einäugiger Mann und wurde von einem begeisterten Chor unterstützt.

»Nein!«, rief Kraftprotz. »Vergesst nicht, weswegen wir eigentlich hier sind. Zuerst suchen wir nach meinem Sohn. Dann …« Seine Stimme wurde so leise, dass ich die Worte kaum noch verstand. »Dann kümmern wir uns um die Fischfabrik …«

Ich weiß noch, dass mir in diesem Moment in den Sinn kam, wie glücklich Blinz sich schätzen konnte, solch einen Vater zu haben. Es gab niemanden, der besser geeignet gewesen wäre, die Suche zu organisieren. Es lag nicht nur daran, dass er persönlich betroffen war, er schien außerdem die natürliche Fähigkeit zu besitzen, dafür zu sorgen, dass Dinge erledigt wurden, und die Leute durch die Macht seiner Persönlichkeit und vielleicht auch durch etwas körperliche Einschüchterung seinem Willen zu unterwerfen. Später erzählte mir Braunauge, dass Kraftprotz zwar kein öffentliches Amt bekleidete, aber in der Stadt trotzdem großen Respekt genoss und immer wieder kleinere Führungsrollen übernahm.

Braunauge, Bändchen und ich wurden in der Mitte der verstreuten Linie aufgestellt und sollten in Richtung der Stelle gehen, wo wir Blinz zuletzt gesehen hatten. Als ich nach links blickte, sah ich, dass sich die Reihe der Fackeln fast bis zum Fingerkap erstreckte, und auf der rechten Seite reichte sie bis weit ins Binnenland. Während die Suchtrupps sich organisierten, waren weitere Freiwillige aus der Stadt gekommen, so dass wir inzwischen über hundert Leute sein mussten. Auch unten im Flusstal bewegten sich Lichter, wo andere Gruppen mit Loxkarren eine planlose Suche durchführten.

Wir rückten langsam hügelabwärts vor, die Fackel hoch erhoben, bis uns die Arme schmerzten. Von Zeit zu Zeit glaubten Braunauge und ich eine zusammengekauerte Gestalt im Gebüsch zu sehen, aber wenn wir näher kamen, entpuppte es sich jedes Mal als ein schlafender Lorin, als ein Lox oder ein Dornendickicht. Ich dachte an die Lorin. Wenn jemand Blinz finden konnte, dann sie mit ihrer unheimlichen Fähigkeit, die Emotionen von Leuten in Not zu spüren.

Später kamen wir langsamer voran, als sich die Linie durch den Sumpf auf das Flussufer zubewegte. Wir passierten die Stelle, wo Braunauge und ich uns zum ersten Mal unsere Gefühle füreinander offenbart hatten, und bald waren wir dort, wo Bändchen in die Falle des Eisteufels getappt war. Die ganze Zeit traten wir mit größter Vorsicht auf, während der tanzende Fackelschein auf dem Wasser glitzerte. Wir sahen nichts und hörten nichts bis auf gelegentliche Rufe und die Antworten aus der Reihe der Suchenden. Endlich erreichten wir den Fluss. Ich trat zu Braunauge, und gemeinsam blickten wir über die träge Strömung der dunklen Flussmündung zu den Lichtern der Fischfabrik auf der anderen Seite. Ein Stück weiter sah ich Wolff und Bändchen zusammen am Ufer stehen.

Plötzlich hörte ich einen Ruf von Wolff. Er beugte sich vor und wies Bändchen auf etwas hin.

»Was hast du gefunden?«, rief ich.

Er drehte sich zu mir um. »Die Schale eines Gelbballs. Sie ist ...« Er wandte sich wieder an Bändchen, worauf sie sich leise unterhielten und auf etwas zeigten. »Kommt mal rüber!«, rief er dann.

Wir gingen zu ihnen, und Wolff zeigte auf den Schlamm. Der allmählich sinkende Wasserspiegel hatte am Ufer des Flusses einen breiten Streifen aus schwarzem Matsch freigelegt, und an dieser Stelle konnte man Spuren sehen, Fußabdrücke im Schlamm. Ich trat näher heran, verließ die Uferböschung und versank im Matsch, während ich die Fackel hochhielt. Dann sah ich eine einzelne lange Furche, die bis zum dunklen Wasser führte, und parallel dazu eine Reihe kleiner, tiefer Abdrücke.

Ganz offensichtlich hatte jemand hier ein Boot ins Wasser gezogen, war eingestiegen und losgerudert. Wohin? Das Ziel konnte nur die Fischfabrik gewesen sein.

»Das könnten Blinz' Fußabdrücke sein«, sagte Bändchen. »Zumindest sind sie klein genug. Und es würde ihm ähnlich sehen, in der Nähe der Fischfabrik herumzuschleichen, obwohl er wusste, dass er das nicht tun sollte.«

»Was habt ihr gefunden?«, rief jemand ein Stück flussaufwärts. Eine Reihe zuckender Lichter kam in unsere Richtung marschiert. Die Suchtrupps hatten sich gesammelt, um sich neu zu organisieren. Bald scharte sich eine große Menge um uns. Kraftprotz traf ein, kämpfte sich zu uns durch und starrte mit wilder Entschlossenheit auf die Spuren, als könnte er sie dadurch zwingen, ihr Geheimnis preiszugeben.

»Er muss in der Fischfabrik sein«, sagte er schließlich. »Er hat hier ein Boot gefunden, seiner Neugier nachgegeben und ist hinübergerudert. Also gut.« Er stapfte flussaufwärts los. »Auf zur verfrorenen Fischfabrik, Leute!«, rief er, und die Reihe der brennenden Fackeln folgte ihm am Ufer entlang.

Die Brücke, mit der die Straße nach Pallahaxi den Fluss überquert, war noch ein gutes Stück entfernt, aber Kraftprotz legte ein beachtliches Tempo vor, und schon bald hatten wir das andere Ufer erreicht und marschierten in einem großen Pulk auf die neue Fischfabrik zu. Jetzt lag Hoffnung in der Nachtluft, und ich glaube, wir alle waren davon überzeugt, schon bald Blinz wiederzusehen, der auf einem Haufen von Säcken im Kesselhaus eingeschlafen war.

Endlich schimmerten der hohe Drahtzaun und die Warnschilder, die vor dem Betreten des Sperrgebiets warnten, im Licht unserer Fackeln. Wir hielten an, und Kraftprotz schlug mit einem Knüppel gegen das große Tor. »Lasst uns rein! Lasst uns rein!«

Ein Wachmann kam aus dem winzigen Verschlag neben dem Zaun. Er starrte uns an, die Augen im hellen Schein zusammengekniffen. »Was wollt ihr?«

»Tu nicht so überrascht!«, rief Kraftprotz. »Du musst uns schon auf der Straße gehört haben. Mach auf und lass uns rein! Mein Junge ist da drinnen.«

»Hier drinnen ist kein Junge«, erwiderte der Wachmann.

»Du bist nicht aus Pallahaxi, nicht wahr? Ich kenne dich nicht – aber wenn du mich kennen würdest, wüsstest du, dass ich die Angewohnheit habe, zu bekommen, was ich haben will. Jetzt mach das Tor auf, und ich werde die Fahrzeuge nicht mehr erwähnen, die ihr uns nicht zur Verfügung stellen wolltet.«

»Hier ist der Zutritt verboten. Ich habe den Befehl, niemanden ins Sperrgebiet einzulassen.«

»Jetzt hör mir mal zu, Mann!«, brüllte Kraftprotz. »Öffne das Tor und lass uns rein, bevor ich das verfrorene Ding in Grund und Boden stampfe! Hast du mich verstanden?«

Für einen Moment wurde es still, und ich spürte, wie Wolff an meinem Ärmel zupfte. »Das gefällt mir nicht«, flüsterte er. »Mein Vater arbeitet für den Staat. Damit möchte ich nichts zu tun haben. Und auch du solltest vernünftig sein. Wir sehen uns morgen … vielleicht.« Er schlich sich davon, und ich blickte ihm angewidert nach. Bändchen bemerkte gar nicht richtig, wie er verschwand. Sie beobachtete erwartungsvoll ihren Vater.

»Bist du taub?«, rief Kraftprotz, und als er keine Antwort erhielt: »Also gut. Du wolltest es so haben, Mann. Wo sind die Lox? Wir werden sie an dieses verfrorene Tor binden, damit sie es einreißen.« Im Hintergrund der Menge entstand Bewegung. Sie teilte sich, um den Männern Platz zu machen, die die Lox nach vorn führten.

»Wo sind die Lorin geblieben?«, fragte ich Braunauge mit einem unguten Gefühl. Wenn Blinz auf dem Gelände der Fischfabrik war, hätten die Lorin ihn eigentlich spüren müssen. Aber von ihnen war nichts mehr zu sehen. Die Lox waren unruhig und blickten sich nach links und nach rechts um, als sie vor dem Tor standen.

»So, jetzt reicht es!«, rief der Wachmann. Eine Reihe uniformierter Männer hatte sich auf dem Gelände in Stellung gebracht. Sie hatten Spanngewehre dabei, die sie auf die Menge richteten.

»Jeder, der sich auf das Tor zubewegt, wird sein blaues Wunder erleben«, sagte der Wachmann kalt. »Ihr habt euren Spaß gehabt, und jetzt geht wieder nach Hause. Alle.«

Ich dachte schon, Kraftprotz würde losstürmen und versuchen, das Tor mit bloßen Händen niederzureißen, als ich sah, wie sich seine Nackenmuskeln spannten und seine Hände sich zu Fäusten ballten. Seine Frau griff nach seinem Arm, und Bändchen lief zu ihnen, um sich zwischen ihn und das Tor zu stellen.

Er stand für mehrere lange Sekunden reglos da und starrte über ihre Köpfe hinweg auf den Wachmann. Dann entspannte er sich, zuckte die Achseln und wandte sich ab. Ich sah im Fackelschein sein Gesicht, als er an mir vorbeiging. Sein Mund stand offen, und in seinen Augen war eine schreckliche Leere.

11

IN DEN FOLGENDEN TAGEN spürte ich ein wachsendes Gefühl der Verbundenheit unter den Bewohnern von Pallahaxi. Es war durchaus möglich, dass es schon immer da gewesen war und ich es erst jetzt bemerkte, nachdem ich einige Leute aus der Stadt etwas besser kennengelernt hatte. In den früheren Sommern waren meine Eltern immer bei mir gewesen, und wir waren mit dem Motorwagen herumgefahren, hatten Strände besucht, an organisierten Bootsausflügen teilgenommen und kaum mit jemandem gesprochen außer den Bewohnern der anderen Ferienhäuser in der Nachbarschaft – die allesamt genauso wie wir Urlauber waren.

Trotzdem war ich mir ziemlich sicher, dass die Leute auf beinahe instinktive Art enger zusammenrückten, als wären sie verletzt worden und wüssten, dass noch weitere Verletzungen folgen mussten und sie jetzt gegenseitige Unterstützung brauchten. Der Phu-Tempel war deutlich stärker frequentiert, aber nicht weil die Leute plötzlich religiös geworden waren, sondern weil sie zusammen sein wollten. Die Zeitung druckte nicht mehr nur die eingehenden Nachrichten ab, sondern berichtete über Versammlun gen in der Stadt und veröffentlichte Leserbriefe, in denen die Entscheidungen des Parlaments diskutiert wurden. Die Leute umarmten sich, wenn sie sich trafen, sie hörten auf, ihre Wut über die Rationierungen an den Ladenbesitzern auszulassen, und sympathisierten stattdessen mit ihnen. An den Abenden saßen sie vor ihren Häusern und plauderten mit Nachbarn, nachdem sie jahrzehntealte Fehden beigelegt hatten.

Ich hatte davon gehört, dass die Leute in schwierigen Zeiten häufig auf ähnliche Weise enger zusammenrücken, so dass es mich nicht allzu sehr überraschte. Was mich jedoch irritierte, war die Frage: Gegen wen verbündeten sie sich? Die logische Antwort wäre gewesen: gegen den Feind, gegen Asta. Aber es wurde so gut wie nie über den Krieg gesprochen. Man gab Asta nicht die Schuld an den Rationierungen, sondern der Regierung. Die Verknappung von Destill als Treibstoff, die Vergrößerung der Sperrgebiete, der gelegentliche Verlust eines Schiffes auf See, jede Katastrophe, jede Entbehrung wurde dem Staat zu Lasten gelegt.

Während des Waffenstillstands, der nun zwischen meinen Eltern und mir herrschte, sprach ich mit meinem Vater darüber.

Er wurde sehr nachdenklich. »Mir ist bewusst, was deine Freunde in der Stadt empfinden, Druv«, sagte er schließlich mit bemerkenswerter Zurückhaltung. »Natürlich sind wir deswegen sehr besorgt. Die Fischfabrik ist ein wichtiges Projekt, und im Augenblick würden viele Städte im Binnenland ohne die Vorräte, die wir ihnen liefern, nicht überleben. Hier gibt es Saboteure aus Asta, die es hauptsächlich auf die Fischfabrik abgesehen haben, so dass wir strengere Sicherheitsmaßnahmen ergreifen mussten. Aber das gemeine Volk sieht nur, dass es unter Entbehrungen leidet, und sucht naturgemäß nach einem Sündenbock. Asta liegt ein gutes Stück hinter dem Horizont, aber die Regierung ist näher, also gibt man der Regierung die Schuld. Das ist bedauerlich, aber so denken die Leute nun einmal.«

Ich hatte ihn mit nicht gelinder Überraschung beobachtet. Zum allerersten Mal hatte er mit mir gesprochen, als wäre ich ein Erwachsener. Es fühlte sich gut an. »Vielleicht wären die Leute etwas freundlicher, wenn sich die Fischfabrik in Sachen Blinz etwas hilfreicher verhalten hätte«, sagte ich vorsichtig.

»Ein sehr unglücklicher Zwischenfall. Die verantwortlichen Wachleute haben bereits einen strengen Verweis erhalten. Wir haben eine gründliche Suche durchgeführt, aber der junge Bursche wurde nirgendwo auf dem Gelände der Fischfabrik gefunden.« Es klang fast so, als wollte er sich entschuldigen. »Trotzdem unterstreicht die Angelegenheit meinen Standpunkt, Druv.

Zwischen dem Ozean im Westen und den Gelben Bergen im Binnenland erstreckt sich eine riesige Landfläche. Warum geht das gemeine Volk automatisch davon aus, dass der Junge im hungrigen Maul der Fischfabrik verschwunden sein muss?«

Das klang durchaus sinnvoll, aber gleichzeitig erweckte es in mir die schreckliche Vorstellung, wie Blinz bei der Erkundung einer riesigen Maschine das Gleichgewicht verlor und in rotierende Klingen stürzte, um schließlich in Dosen abgefüllt wieder zum Vorschein zu kommen …

Seit der Konfrontation vor dem Tor zur Fischfabrik hatte Wolff sich rar gemacht. Gelegentlich sah ich ihn mit seiner Mutter, wenn sie zusammen in der Stadt spazierengingen und Vorräte in solchen Mengen einkauften, dass ich nicht den Wunsch verspürte, in der Öffentlichkeit zuzugeben, dass wir miteinander bekannt waren. Ich verstand einfach nicht, warum die Regierung ihren Angestellten nicht erklärte, dass es keinen guten Eindruck beim gemeinen Volk machte, wenn man überall seine Karte zückte und sich nicht um Rationierungen scherte.

Unterdessen donnerten immer wieder die Laster durch die Stadt und über die Straßen ins Binnenland, um die Städte zu beliefern, denen es nicht so gut ging wie uns. Ich verbrachte viel Zeit mit Braunauge, und wir besuchten Bändchen häufig in ihrem Haus – anfangs, um unser Mitgefühl zu zeigen und nachzufragen, ob man etwas von Blinz gehört hatte, dann, als die Tage ins Land gingen und die Hoffnung dahinschwand, um zu trösten und zu versuchen, sie von ihren Sorgen abzulenken. Die Familienmitglieder standen sich sehr nahe und litten sehr darunter. Bändchen machte sich Vorwürfe und wurde immer schweigsamer, und Kraftprotz machte sich ebenfalls Vorwürfe wegen der Worte, die er uns am Abend von Blinz' Verschwinden an den Kopf geworfen hatte, wodurch für Bändchen alles nur schlimmer geworden war.

Wenn wir an den Abenden in Bändchens Zimmer saßen und versuchten, sie aufzumuntern, während sie auf dem Bett saß und durch uns hindurchstarrte, gingen die Besucher im Haus ein und aus. Das Schlafzimmer lag auf der Vorderseite des Hauses, so dass ich die Leute gut sehen konnte. Manche hatten Päckchen dabei, in denen sich Lebensmittel oder Spirituosen als Geschenk für die leidtragende Familie befanden. Doch andere – in den meisten Fällen Männer – kamen mit leeren Händen. Sie näherten sich mit zielstrebigen Schritten, manchmal zu zweit oder zu dritt, und Kraftprotz führte sie ins Wohnzimmer, um hinter ihnen die Tür zu schließen – und sie nur zu öffnen, wenn seine Frau weitere Getränke bringen sollte. Oftmals empfing er zwölf oder noch mehr Leute auf einmal, und an einem Abend zählte ich sogar über zwanzig. Auch Braunauges Eltern waren bei dieser Gelegenheit anwesend, und anschließend wollte sie von den beiden wissen, worum es gegangen war, ohne eine zufriedenstellende Antwort zu erhalten. Wir fragten Bändchen danach, aber sie wusste es auch nicht und interessierte sich auch nicht dafür.

Es machte den Eindruck, als hätte man eine Arbeitsgruppe gebildet, aber wir hatten keine Ahnung, welches Ziel sie verfolgen mochte.

In der Zwischenzeit traf die Grume ein.

Eines Tages führten wir Bändchen zum Kai hinunter. Es war nicht einfach, sie aus dem Haus zu locken, aber als wir erst einmal den Hafen erreicht hatten, schien das geschäftige Treiben ihre Stimmung zu bessern. Inzwischen waren alle tiefkieligen Wasserfahrzeuge eingeholt worden, und im Hafenbecken tummelten sich ausschließlich bunt bemalte kleine Skimmer. Der Meeresspiegel war deutlich gesunken, und die Wasseroberfläche wogte träge und schwer wie geschmolzenes Blei.

Ich machte das Tau meines Skimmers vom Poller los und zog daran. Die Tropfen fielen sehr langsam von der Leine, zäh wie Sirup, während das kleine Gefährt auf uns zuglitt. Wir stiegen ein, und ich hisste das Segel. Als sich das Boot in Bewegung setzte, breiteten sich müde Wellen um uns herum aus und erstarben schon nach kurzer Zeit. Der Wind nahm uns mit, und wir glitten langsam auf die Mündung des Hafens zu. Alle Schneetaucher waren jetzt fort. Mit ihrer leichten Schwimmfähigkeit waren sie nicht an das dichte Wasser der Grume angepasst und hätten nicht unter die Oberfläche tauchen können. Außerdem brachte die Grume neue Feinde mit.

Die Grummer waren eingetroffen, nachdem sie der Grume fliegend aus dem Süden gefolgt waren. Viele der großen weißen Vögel hockten auf dem Dach des Fischmarkts und beäugten gierig, wie die Boote entladen wurden. Als wir durch die Lücke in den äußeren Hafen fuhren, näherte sich ein Grummer im Tiefflug und streifte die Oberfläche mit hängenden Füßen, während die Flügelspitzen kleine Wellen erzeugten. Dann landete der Vogel schwer auf dem langsamen Wasser und legte die großen Flügel auf dem breiten Rücken zusammen, um uns mit kaltem Blick zu beobachten, als wir vorbeitrieben. Ich starrte ihn fasziniert an. Für mich waren diese Vögel das Symbol für Pallahaxi, und sie verkörperten die ganze Bedeutung unserer Sommerferien.

Als hätte sie meine Gedanken gelesen, fragte Braunauge mit traurigem Blick: »Wann wirst du nach Hause fahren, Druv?«

»Rax! Sprich jetzt nicht davon. Es dauert noch eine ganze Weile. Außerdem hat mein Vater alle Hände voll mit der neuen Fischfabrik zu tun.«

Ich wagte es nicht zu sagen, aber im Hinterkopf hatte ich das Gefühl, dass wir vielleicht nie mehr heimfuhren, dass wir für immer in Pallahaxi bleiben würden. Diese Vorstellung war fast zu wunderbar, um länger darüber nachdenken zu können. Jedenfalls sprachen meine Eltern gar nicht mehr von Alika, obwohl meine Mutter um diese Zeit normalerweise damit anfing, wie schön es wäre, bald wieder zu Hause zu sein. Unwillkürlich hoffte ich, dass mein Vater alle möglichen Schwierigkeiten mit der neuen Fischfabrik hatte, die einen permanenten Aufenthalt in Pallahaxi erforderlich machten.

Bändchen sah mich ernst an. »Vielleicht bleibst du ja auch hier, Druv.«

Ich wünschte, sie hätte es nicht ausgesprochen. Damit forderte man das Schicksal heraus. Aber es war gut, diese Worte zu hören, und ich antwortete mit einer unverbindlichen Erwiderung, während Braunauge hoffnungsvoll lächelte.

Das träge Wasser war plötzlich mit funkelnden Silberflecken gesprenkelt, als ein Schwarm kleiner Fische von den veränderten Verhältnissen an die Oberfläche gedrückt wurde und zwischen den Booten herumzappelte, verfolgt von schnappenden, sich windenden Glubsen. Einige Grummer näherten sich, und ein sehr großer Vogel schnappte sich einen gestrandeten Glubs, als er sich auf der Oberfläche wand und es nicht schaffte, in die Sicherheit unter Wasser zurückzukehren.

»Hallo, Kinder!« Der Ruf kam von einem Skimmer in der Nähe, der halb mit Fisch beladen war. Am Ruder stand die unverkennbare Gestalt von Silbernacken. Die zwei Mitglieder seiner Besatzung waren eifrig damit beschäftigt, weite Netze auf beiden Seiten des Kutters auszuwerfen und damit die gestrandeten Fische einzusammeln, während sie weiterfuhren. Die Bucht von Pallahaxi ist besonders gut zum Grume-Fischen geeignet, weil viele Nachzügler sie nicht rechtzeitig verlassen können, wenn die Grume nordwärts wandert und den größten Teil der Meereslebewesen vor sich hertreibt.

Wir blickten uns gegenseitig an, und ich dachte an Spione, Schmuggler und zwangsläufig auch an Blinz, allesamt Themen, die wir auf diesem therapeutischen Ausflug für Bändchen vermeiden wollten. Ich sah sie an. Sie lächelte schwach, und ihr Blick ging an mir vorbei. Sie schaute zum Strand unseres Schiffbruchs hinüber, wo die Regendrainage mündete. Wir zogen an Silbernacken vorbei und damit auch an diesem düsteren Moment, wie ich hoffte.

Schließlich erreichten wir das Ende der Mole mit dem kleinen Leuchtturm und fuhren auf die offene See hinaus. In der Bucht wimmelte es von Fischen, die wie wehender Flitter auf der Oberfläche tanzten, und die Grummer kreisten in einer weißen Wolke am Himmel, stießen immer wieder herab und erfüllten die Luft mit ihrem hungrigen Geschrei. Zwischen ihnen trieben die Skimmer mit vollen Segeln und ausgebreiteten Netzen, um die reiche Ernte der Grume einzufahren.

Es war noch früh, aber schon jetzt sah es danach aus, dass es eine Rekordgrume werden sollte. In den nächsten Tagen würden auch die größeren Fische nach oben gezwungen werden, die riesigen Flügler und Flachmäuler, die gefährlichen Snint. Um diese Zeit würden die säugetierähnlichen Grume-Reiter aus dem Süden eintreffen und mit ihren Flossen über die Oberfläche hüpfen. Dann würde es zu blutigen Kämpfen auf dem zähen Wasser kommen. Als Letzte würden sich die Bellets einfinden, die schlanken Raubtiere mit den scharfen Zähnen, die alles fraßen, was von der Grume zurückgelassen wurde. Wirklich alles. Demzufolge war es unklug, schwimmen zu gehen, wenn sich die Grume zurückzog …

Bändchen wirkte nun deutlich fröhlicher, als sie interessiert die Aktivitäten beobachtete und mit erstaunten Rufen auf die seltsamen Geschöpfe hinwies, die der Ozean ausspuckte. Plötzlich zeigte sie auf etwas. »Was ist das?«

Auf dem Meer war ein großes Schiff zu sehen, das eine Rauchwolke hinter sich herzog. Es war noch weit entfernt, steuerte aber auf die Bucht zu. »Es ist ein tiefkieliges Schiff«, sagte ich, als sich der Schneesturm der wirbelnden Grummer für einen Moment lichtete und ich einen besseren Blick hatte. »Es hat sich verspätet. Wahrscheinlich muss es an Land gezogen werden.«

»Wo?« Braunauge blickte neugierig auf den Ozean hinaus. »Es wird niemals in die Nähe der Flussmündung kommen. Dort ist es jetzt zu seicht. Und der Festlandssockel fällt vor dem Delta steil zur Rinne ab. Also muss man es in den inneren Hafen schleppen, zwischen all die privaten Fischkutter und anderen Boote, und dann wird dort kaum noch Platz für etwas anderes sein. Es könnte eine Menge Ärger geben, wenn sie das Schiff einholen wollen.«

Es war interessant, wie wir stillschweigend davon ausgingen, dass das Schiff »ihnen« gehörte und es nur Schaden für Pallahaxi bedeuten konnte.

»Es wäre besser, wenn die Astaner es versenken, bevor es hier eintrifft«, sagte ich.

Als wir in Bändchens Haus zurückgekehrt waren, wandte sie sich an uns und sagte: »Danke.«

»Wofür?«, fragte Braunauge. »Du bist herzlich willkommen, uns jederzeit zu begleiten, nicht wahr, Druv?«

»Hm«, sagte ich.

»Aber ich möchte niemandem im Weg sein«, sagte Bändchen, den Blick auf mich gerichtet.

Ich war in eine neue Krise hineingeraten, ohne dass ich ihre Vorzeichen bemerkt hätte. Bis zu einem gewissen Grad hatte ich mich jetzt gegen die Erwachsenenherrschaft durchgesetzt, mehr Selbstvertrauen gewonnen und allmählich verinnerlicht, dass ich in Wirklichkeit genauso viel wert war wie jeder andere – zuvor hatte ich mir nur eingeredet, dass es so war. Aber jetzt stellte sich die Frage, wie weit ich gehen wollte? War es in Ordnung, auf anderen Leuten herumzutrampeln?

Wollte ich der Grund sein, warum Bändchen sich einsam und elend fühlte, weil ich lieber Egoist war und die ganze Zeit mit Braunauge zusammen sein wollte?

Impulsiv griff ich nach Bändchens Hand. »Bitte komm mit uns, sooft du möchtest«, sagte ich. »Wir haben dich gern dabei.«

Ihr ganzes Gesicht leuchtete, und zum ersten Mal seit dem Verschwinden von Blinz sah sie wieder glücklich aus.

Später an diesem Abend fragte Kraftprotz uns: »Kommt ihr mit zum Tempel?« Er und Una zogen gerade ihre Mäntel an.

Ich sah ihn erstaunt an. »Ich gehe nie in irgendwelche Tempel«, erwiderte ich.

Er lachte. »Ach, du wirst nichts über den Sonnengott Phu oder den Großen Lox oder etwas in der Art hören, Junge. Es ist eine Versammlung von Leuten aus der Stadt. Ein Vertreter der Regierung wird ebenfalls anwesend sein.«

»Hoffentlich nicht mein Vater.«

»Nein. Ich weiß nicht, ob du dem Mann schon mal begegnet bist. Er scheint ein ganz vernünftiger Kerl zu sein. Sein Name ist Horlox-Mestler.«

Als wir den Tempel erreichten, hatte sich bereits eine beachtliche Menge versammelt, in der ich viele vertraute Gesichter sah. Bezeichnenderweise waren die Leute auf der behelfsmäßigen Bühne hauptsächlich diejenigen, die ich beobachtet hatte, wie sie in Kraftprotz' Haus ein und aus gegangen waren. Bändchen, Braunauge und ich setzten uns ins Publikum, aber Kraftprotz stieg auf die Bühne und hämmerte schließlich auf den Tisch, um die Anwesenden zur Ordnung zu rufen.

»Bewohner von Pallahaxi«, rief er. »Wir haben uns heute Abend getroffen, weil uns viele Entscheidungen des Parlaments nicht gefallen. Jetzt ist Horlox-Mestler zu uns gekommen, ein Parl, der so nett ist, sich von uns unter Beschuss nehmen zu lassen. Da ich nicht so gut im Reden bin, lasse ich jetzt Mestler weitermachen.«

Er setzte sich unter vereinzeltem Applaus, und Horlox-Mestler erhob sich, um das Publikum nachdenklich zu mustern. »Zunächst muss ich Ihnen sagen, dass diese Veranstaltung keinen offiziellen Status hat ...«

Kraftprotz sprang auf und war vor Wut rot angelaufen. »Hören Sie damit auf, Mestler!«, tobte er. »Ihre Ausflüchte interessieren uns nicht, genauso wenig wie irgendein verfrorener Status. Wir haben sie hierhergeholt, um ein paar Sachen zu klären. Also tun Sie das!« Er setzte sich wieder, und diesmal antwortete das Publikum mit donnerndem Beifall.

Mestler lächelte matt. »Es tut mir sehr leid, das war mein Fehler. Kraftprotz hat Recht. Diese Veranstaltung findet hier und jetzt statt. Die Frage des Status ist ohne Belang.« Er hielt kurz inne, dann fasste er den bisherigen Verlauf des Krieges zusammen. Das alles kannte ich schon von meinem Vater, so dass meine Gedanken abschweiften. Ich lenkte mich damit ab, meine Hände neben dem Stuhl herabbaumeln zu lassen, bis ich irgendwann Braunauges Hand auf der einen Seite und Bändchens auf der anderen hielt, was genau das war, worauf ich gehofft hatte.

»Die jüngsten Neuigkeiten lauten also, dass wir den Vormarsch der Astaner an den meisten Fronten aufgehalten haben«, sagte Mestler nach einer Weile. »Doch sie konnten nach Süden durchbrechen. Einige strategisch wichtige Städte wurden von ihren Truppen eingenommen, und wir dürfen nicht die Augen vor der Möglichkeit verschließen, dass es zu einer Invasion über das Meer kommt. Und in diesem Fall könnte Pallahaxi gefährdet sein.«

»Wo sind also die Gewehre?«, rief jemand.

»Für die Stadt wird ein angemessener Schutz organisiert, dessen können Sie sich gewiss sein«, antwortete Mestler. »Obwohl Sie natürlich verstehen müssen, dass wir nicht in der Lage sind, Ressourcen von der Front abzuziehen. Im Augenblick werden die Gewehre von den tapferen Männern benötigt, die darum kämpfen, unser aller Land zu retten!«

Er machte wieder eine Pause, aber falls er Applaus erwartete, wurde er enttäuscht. Vielmehr kam es zu skeptischem Gemurmel. Ein Mann im Hintergrund fasste zusammen, was die meisten über diese Sache dachten. »Rax! Was interessiert mich unser aller Land? Was wird aus Pallahaxi?«

»Die strategische Situation von Pallahaxi ist kritisch und wird genauestens beobachtet«, fuhr Mestler fort. »Es gab Berichte über feindliche Agenten, die in der Nähe der Fischfabrik tätig wurden, und da die Fischfabrik für die Kriegsführung von entscheidender Bedeutung ist, könnte es demnächst notwendig sein, das Sperrgebiet zu erweitern. Aber wir hoffen nicht, dass es dazu kommt.«

Dann prangerte er die Leute an, die die Sache selber in die Hand nahmen, ohne an das Gemeinwohl zu denken, die des Nachts in Scharen durch das Land zogen und damit astanischen Spionen Deckung gaben, die illegale und heimliche Treffen vereinbarten und damit dem Parlament zusätzliche Probleme bereiteten, während die Zeit lieber dazu genutzt werden sollte, den Krieg zu unterstützen. Kurz gesagt, ging er in die Offensive und sprach die ganze Zeit in leisem, überzeugendem Tonfall, wobei sein joviales Lächeln seinen Worten den Stachel nahm.

Ich würde nicht behaupten, dass er das Publikum auf seine Seite brachte, aber wenigstens stürmte niemand die Bühne. Kraftprotz blickte finster drein, und seine Spießgesellen unterhielten sich flüsternd, aber keiner von ihnen machte Anstalten, Mestler zu unterbrechen.

»Und nach langen und schmerzhaften Überlegungen bedauert das Parlament, dass es keine andere Lösung gibt, als diese unpopuläre Maßnahme zu ergreifen«, sagte Mestler gerade. Wieder schien ich nicht richtig zugehört zu haben, denn ich wusste nicht, wovon er sprach. Das Publikum raunte verärgert.

»Wer gibt Ihnen das Recht dazu?«, rief Braunauges Vater vom Tisch auf der Bühne. »Eine solche Vorschrift könnte mein Geschäft in den Ruin treiben. Ist dieses Werk nun eine Fischfabrik oder eine verfrorene staatliche Behörde?«

»Wir befinden uns im Kriegszustand, und wir sind ermächtigt, Notfallmaßnahmen anzuordnen«, teilte Mestler ihm mit. Das Publikum reagierte immer missmutiger.

»Was für Maßnahmen?«, fragte ich Braunauge flüsternd.

»Eine Ausgangssperre.«

»Was? Wovor haben sie Angst?«

»Ich glaube, vor Bändchens Vater und seinen Anhängern … Druv, das würde bedeuten, dass wir am Abend nicht mehr nach draußen gehen dürften.« Ihre Miene war verzweifelt.

Überall im Publikum waren Leute aufgesprungen und schrien, und ich sah, dass der Tempelhüter nervös wurde. Der Tempelschmuck wäre in Gefahr, wenn es zu einem Aufstand kam. Ein Kristall wäre eine sehr praktische symbolische Waffe, um sie auf Mestler zu schleudern.

Dann trat Schweigen ein, erstauntes Schweigen, als eine Gruppe bewaffneter Männer in Uniform hinter der Bühne auftauchte und sich hinter Mestler in Stellung brachte. Der Parl sprach in die Stille.

»Nein, wir haben nicht vor, das Kriegsrecht zu verhängen. Es werden nur einige Soldaten in der Stadt stationiert, um der hiesigen Polizei zu helfen und offensichtliche Verteidigungsmaßnahmen durchzuführen. Glauben Sie uns, dass wir wissen, was wir im Fall eines astanischen Angriffs auf diese Stadt zu tun haben, um Sie zu schützen. Ich danke Ihnen.«

»Warten Sie einen Moment!« Kraftprotz war verdutzt aufgesprungen. Irgendwie hatte er die Initiative verloren, und die Versammlung war zu einer Niederlage geworden. »Wir sind durchaus in der Lage, uns selbst zu verteidigen! Wir brauchen diese Schlägertypen nicht!«

Mestler bedachte ihn mit einem traurigen Blick. »Was wollen Sie, Pallahaxi-Kraftprotz? Sie haben sich beklagt, weil die Regierung Sie nicht ausreichend schützt – jetzt geben wir Ihnen den Schutz, den Sie gefordert haben, aber Sie sind immer noch nicht zufrieden. Allmählich gewinne ich den Eindruck, dass Sie nicht viel mehr als ein notorischer Unruhestifter sind …«

12

Am nächsten Morgen besuchte ich Braunauge, und wir nahmen uns vor, zum Fingerkap hinaufzugehen, um die Ankunft des großen Schiffs zu beobachten. Von diesem hohen Aussichtspunkt würden wir einschätzen können, ob es den Hafen ansteuerte oder, wie Braunauge vermutet hatte, den neuen Kai.

»Im Grummer sprachen die Gäste davon, dass es gestern Abend am Kap vor Anker gegangen ist«, sagte sie. »Vielleicht hat es irgendwelche kriegswichtigen Vorräte geladen. Jemand meinte, es wäre auf dem Meer von astanischen Einheiten angegriffen worden, wobei die Maschinen beschädigt wurden. Deshalb hat es sich verspätet. Eigentlich hätte es vor der Grume hier sein sollen.«

Wieder einmal wunderte ich mich darüber, wie der Goldene Grummer als Umschlagplatz für Nachrichten und Geheiminformationen diente. Die Neuigkeiten, die Braunauge mir berichtete, waren in den meisten Fällen viel aktueller und genauer als die Zeitungsmeldungen, die mein Vater so aufmerksam verfolgte.

Wir gingen zu Bändchen und bemitleideten sie dafür, wie man ihren Vater bei der Versammlung behandelt hatte. Aber sie schien bei recht guter Laune zu sein und wirkte dankbar für die Ablenkung, da Kraftprotz immer noch tobte und davon sprach, eine Miliz zusammenzustellen. Wir ließen Una mit dieser Bürde allein und machten uns über die Hauptstraße auf den Weg zum Hafen. Dann diskutierten wir eine Weile über die Versammlung, ohne auf Bändchen Rücksicht zu nehmen, bis wir das Thema schließlich fallen ließen. Es sah danach aus, dass die Ausgangssperre am heutigen Abend in Kraft treten sollte, was Braunauge überhaupt nicht gefiel. Der geschäftliche Verlust, den ihr Vater dadurch erleiden würde, wäre beträchtlich.

Wolff stand in der Nähe des Denkmals, ausnahmsweise ohne seine Mutter, und starrte ins Leere. Bedauerlicherweise bemerkte er uns und kam herübergeeilt, mit einem entspannten Lächeln und ohne eine Spur von Verlegenheit. Schließlich war er uns mehrere Tage lang aus dem Weg gegangen, so dass ich schon gehofft hatte, wir würden ihn gar nicht mehr wiedersehen.

»Genau die Leute, die ich sehen wollte«, begrüßte er uns fröhlich und nahm wie selbstverständlich Bändchens Arm, als er sich uns anschloss. Sie sah ihn mit ausdrucksloser Miene an, und plötzlich erinnerte er sich. »Äh … gibt es irgendwas Neues über den kleinen Blinz?«

»Nichts«, sagte Bändchen sehr leise.

»Eine wirklich schlimme Sache. Wisst ihr, ich habe sehr viel darüber nachgedacht, und dabei ist mir eine Idee gekommen. Könnte es sein …«

»Davon wollen wir jetzt wirklich nichts hören, Wolff«, fuhr ich ihn an, als ich sah, wie sich Bändchen unglücklich auf die Unterlippe biss. »Reden wir über etwas anderes.« Es war schon mehr als zwanzig Tage her, seit Blinz verschwunden war, und es hatte keinen Sinn, das Thema noch einmal auf die Tagesordnung zu setzen.

Er blickte an seiner langen Nase entlang auf mich herab und täuschte aristokratisches Erstaunen vor. »Das verwundert mich sehr, Alika-Druv. Wenn das Leben eines Kindes auf dem Spiel steht, würde ich meinen, dass *jeder* Vorschlag nachdenkenswert ist. Schließlich war ich dabei, als Blinz gestattet wurde, sich allein zu entfernen, und ich mache mir deswegen durchaus Vorwürfe – wie auch du es tun solltest. Mir scheint, dass rein egoistische …«

Er ließ den Satz unvollendet, als Bändchen sich von ihm losriss und geräuschvoll schluchzend ihr Gesicht an meine Schulter drückte. »Um Phus willen, Druv, tu etwas, damit er aufhört!«, jammerte sie verzweifelt. »Ich ertrage das nicht!«

Ich war nicht darauf vorbereitet, mit einer solchen Situation zurechtzukommen. Ich stand auf dem betriebsamen Kai des Hafens von Pallahaxi und hielt ein schluchzendes Mädchen in den Armen, während die Umstehenden mir neugierige Blicke zuwarfen – vor allem Braunauge, deren Sympathie für Bändchen sich zusehends verflüchtigte. Ich wusste nicht, was ich tun oder sagen sollte. Ich war lediglich in der Lage, einen Gesichtsausdruck zu wahren, der, wie ich hoffte, Ernst und Besorgnis im richtigen Mischungsverhältnis vermittelte. Mit einer reglosen Hand hielt ich immer noch die kalten Finger von Braunauge, während mein anderer Arm zaghaft um Bändchens Schultern lag.

Mein einziger Trost war die Tatsache, dass Wolff die Sache viel mehr Unbehagen bereitete als mir. Sein Mund stand offen, und sein Gesicht hatte die Farbe gewechselt. »Äh …«, stammelte er. »Äh … das tut mir furchtbar leid, Bändchen. Ich wusste nicht … ich meine …«

An diesem Punkt gelang es mir endlich, die Zuschauer zu vergessen und das richtige Maß an Entrüstung aufzubringen. Schließlich war ich Bändchens Held und Beschützer und musste sie gegen diesen Rüpel verteidigen. In moralischer Hinsicht hatte ich die Oberhand. An Wolffs Stelle hätte ich sogar versucht, so schnell wie möglich von hier zu verschwinden. »Halt einfach die Klappe, Wolff«, sagte ich zu ihm. »Das Problem mit dir ist, dass du …«

Dann sah ich, wie sich meine Mutter näherte, mit Einkäufen beladen.

Ich drehte Bändchen herum und ließ sie los. »Nichts wie weg von hier«, sagte ich eindringlich, verstärkte meinen Griff um Braunauges Hand und schob Bändchen mit unfeinem Druck auf ihren Hintern an. Wolff lief neben uns her und war völlig verwirrt. Ich glaube, ich war der Einzige, der meine Mutter gesehen hatte. Am Ende des Kais bogen wir um eine Ecke und auf die Straße zum Fingerkap ein.

»Bitte, das alles tut mir schrecklich leid«, keuchte Wolff. Er dachte, wir wären vor ihm davongelaufen.

Als wir zwischen den an Land liegenden Booten in Sicherheit waren, hielt ich an. Auch die anderen blieben stehen und sahen mich verdutzt an. »Alles klar«, sagte ich. »Meine Mutter war im Anmarsch. Ich habe keine Angst vor ihr, und du kannst dir irgendwelche Kommentare ersparen, Wolff. Aber ich wollte nicht, dass sie mich mitten in einer unangenehmen Szene sieht. Ich habe keine Lust auf das Verhör, das unweigerlich folgen würde. – Alles in Ordnung mit dir, Bändchen?«

Sie lächelte mich unter Tränen an. »Mir geht es wieder gut, Druv. Danke.«

»Wenn du uns begleiten willst, verzichtest du bitte auf weitere idiotische Bemerkungen, Wolff. Verstanden?«

»Hm«, machte er beschämt.

»Wir wollen zum Fingerkap gehen, um das große Schiff zu beobachten. Bist du einverstanden, dass er mitkommt, Bändchen?«

»Ich habe nichts dagegen«, sagte sie leise.

Auf diese Weise schloss sich Wolff wieder unserer kleinen Gruppe an und akzeptierte bereitwillig die rangmäßige Herabsetzung.

Dann standen wir auf dem Kap und blickten auf das helle, träge Meer hinaus. Die Oberfläche war mit tanzenden Fischen gesprenkelt, und die Grummer stießen immer wieder herab, füllten die Schnäbel mit lebender Beute, stiegen auf und schluckten, bis sie sich erneut vom Aufwind hochtragen ließen, ungefähr in der gleichen Höhe wie wir auf dem Kap. Dann legten sie sich auf die Seite, segelten im Spiralflug nach unten und gingen erst knapp über den öligen Wellen wieder in die Waagerechte, wobei sie so dicht über die Oberfläche dahinglitten, dass ihre Füße sie gelegentlich berührten, während sie sich eine neue Ladung Fisch in den Schnabel mit dem durchhängenden Kehlsack schaufelten.

Das Schiff hatte den Anker gelichtet und bewegte sich auf uns zu, obwohl es immer noch fast tausend Schritt vom Ufer entfernt war. Es wurde auf ungewöhnliche Weise von vier Dampfern geschleppt – zwei auf jeder Seite, wobei die Taue so angebracht waren, dass die Schlepper genauso viel Zug nach links und rechts wie nach vorn ausübten.

Bändchen erklärte es uns. »Das ist ein tiefkieliges Schiff, das in die Grume geraten ist, versteht ihr? Das dichte Wasser hebt es weiter als sonst über die Oberfläche, wodurch es kopflastig wird. Deswegen wurden die Schlepper gerufen. Sie ziehen von beiden Seiten, damit es aufrecht schwimmt und nicht kentert. Seht ihr den Mann im Krähennest?« Sie zeigte auf eine vertraut wirkende Gestalt, die auf einer Plattform auf halber Masthöhe kauerte. »Er hat ein Lot dabei, um die Krängung zu messen, und dirigiert die Schlepper. Wenn sich das Schiff zu sehr nach einer Seite neigt, signalisiert er den beiden Schleppern auf der einen Seite, locker zu lassen, während die auf der anderen Seite fester ziehen sollen – bis das Schiff wieder im Gleichgewicht ist. Und die ganze Zeit wird es langsam zum Kai geschleppt. Wenn das Schiff nahe genug herangekommen ist, wird man es auf einer Seite an Land vertäuen und mit Winden heranholen.«

»Das scheinst du schon ein paarmal beobachtet zu haben, Bändchen«, sagte Wolff in freundlichem Tonfall.

»Mehrmals. Häufig holen sie meinen Vater, damit er die Sache vom Krähennest aus lotst, aber nicht heute. Es ist ein Parl-Schiff, und für *sie* würde er niemals arbeiten.« In diesen Worten lag tief empfundene Verachtung, aber Wolff ließ sich dadurch nicht beirren, sondern stellte weitere Fragen und legte generell eine widerwärtige Rücksichtnahme und Höflichkeit an den Tag.

Nach einer Weile sagte ich zu Braunauge: »Lass uns einen kleinen Spaziergang machen.«

Wir ließen die anderen auf der Klippe zurück und schlenderten zwischen den Bäumen hindurch. Braunauge hatte schon längere Zeit nichts mehr gesagt, aber sobald wir außer Hörweite waren, wandte sie sich in ätzendem Tonfall an mich. »Komisch, wie sie sich an *dich* gehängt hat!«

Ich hatte ein ungutes Gefühl in der Magengegend. »Was meinst du damit?«

»Ich meine, dass es komisch ist, wie sie sich an dich angek-kuschelt hat, als sie am Kai geheult hat. Und sie kommt immer mit, wenn wir irgendwohin gehen. Und du scheinst dich die ganze Zeit immer nur mit ihr zu unterhalten.« Sie schniefte, und mir wurde verzweifelt klar, dass sie kurz davorstand, in Tränen auszubrechen. Heute war eindeutig nicht mein Tag. »Und glaub nicht, ich hätte nicht gesehen, wie du gestern Abend bei der Versammlung ihre Hand gehalten hast.«

Ich setzte mich ins Gras und zog sie zu mir herunter. Es war ein warmer Vormittag, und in der Nähe waren nur Bäume. Sie saß aufrecht da, den Kopf gesenkt, und ihre Hand lag passiv in meiner. »Ich hätte dich nicht gefragt, ob du mit mir spazieren gehst, wenn ich sie in meiner Nähe haben wollte«, erklärte ich.

Wieder schniefte sie, ihre Schultern erzitterten kurz, dann strich sie sich plötzlich das Haar aus den Augen und sah mich unverwandt an. »Ich glaube, ich verliere dich, Druv«, sagte sie mit überraschend ruhiger Stimme. »Es ist nicht deine Schuld, also glaube ich, dass es meine sein muss. Ich kann Bändchen eigentlich gar keinen Vorwurf machen. Aber ich glaube, dass ich dich immer mehr verliere, und ich weiß nicht, was ich dagegen tun kann.«

»Du verlierst mich nicht«, murmelte ich unglücklich.

»Hör mir zu. Da ist etwas mit euch beiden, mit dir und Bändchen. Ich weiß es genau. Irgendwie bist immer du derjenige, der sie aus Schwierigkeiten herausholt oder für sie da ist, wenn sie unglücklich ist … Ihr scheint sehr viel miteinander gemeinsam zu haben. Es ist … als wärt ihr dafür bestimmt, zusammen zu sein. Mit uns beiden ist nie etwas geschehen. Wir spazieren nur herum und halten Händchen, und es passiert nichts, was uns einander näherbringt.«

»Was willst du damit sagen? Wir können doch nicht erzwingen, dass etwas passiert.«

Sie antwortete nicht. Sie schaute mich mit ruhigem Blick an, und dann nahm ihr Gesicht einen Ausdruck an, der so nachdenklich, so berechnend wirkte, dass es meiner Braunauge gar nicht mehr ähnlich sah. Sie entzog mir ihre Hand, strich ihr Kleid glatt und legte sich ins Gras. Ihr Gesichtsausdruck hatte sich wieder geändert, und nun wirkte sie ein wenig schläfrig. Es verunsicherte mich, wie sie mich ansah, und als sie die Arme hob und hinter dem Kopf verschränkte, den sie ein wenig zurückbeugte, musste ich den Blick abwenden. Ich glaube, ich errötete.

»Schau mich an, verfrorener Druv«, flüsterte sie.

Ich betrachtete sie zögernd, und es war, als wäre sie ein tiefer See, und ich wusste nicht, was darin lauerte. Ich hatte Angst davor und war gleichzeitig fasziniert davon. Ihre Augen blickten immer noch in meine, immer noch mit dieser leichten Schläfrigkeit. Ihre Lippen waren voll und leicht geöffnet, und ich sah, wie sich dahinter ihre Zunge bewegte.

Sie trug ein blaues Kleid und hatte keine Halskette umgelegt. Meine Augen streiften flüchtig die hypnotische Schönheit ihrer jungen Brüste und wanderten weiter zu ihrer Hüfte, und mit großem Wagemut streckte ich eine Hand aus und berührte sie außen an der Hüfte, wo der kleine Gürtel sie umschlang. Ihre Hüften und ihr Kleid waren plötzlich mit ihren Rundungen ausgefüllt. Ich streichelte zärtlich den Stoff, während mein Blick weiterzog, bis dorthin, wo ihre braunen Schenkel unter dem Blau hervorkamen. Ich fragte mich müßig, ob es falsch war, dass ich empfand, was ich immer stärker empfand. Dann entschied ich, dass es richtig sein musste, weil ich instinktiv wusste, dass Braunauge es nicht anders haben wollte. Ich betrachtete die Grübchen in ihren Knien und die vollen Waden, dann kehrte ich von ihren kleinen weißen Schuhen zu ihrem Gesicht zurück. Nun lag ein entspanntes Lächeln auf ihren Lippen.

»Ist es nett, ein so hübsches Mädchen wie mich zu haben, Druv?«, fragte sie leise.

»Braunauge«, murmelte ich. »Ich …«

»Dann küss mich bitte, Druv«, flüsterte sie.

Ich beugte mich über sie und drückte ungeschickt meine Lippen auf ihre. Sie legte die Arme um meinen Nacken, und dann passierte etwas in meiner Brust. Plötzlich waren unsere Lippen viel weicher und viel näher, und ich spürte, wie ihre Zunge meine berührte, während sie einen langgezogenen Laut des Entzückens ausstieß.

Als ich irgendwann dachte, dass der Moment gekommen war, mich wieder aufzusetzen, schaute sie unsicher zu mir auf. Sie wollte etwas sagen, aber sie brauchte eine ganze Weile, bis sie es schaffte.

»Druv«, sagte sie endlich. »Versprichst du mir, dass du nicht lachen wirst?«

»Hm.«

»Ich möchte dir etwas sagen, aber es ist etwas, das eigentlich nur Leute sagen, die viel älter sind«, begann sie hastig. »Also könnte es vielleicht komisch klingen. Druv ...?«

»Ja?«

»Ich werde dich lieben, solange ich lebe, Druv.«

Als wir zu den anderen zurückkehrten, saßen sie ein Stück auseinander und starrten aufs Meer, ohne sich zu unterhalten. Bändchen blickte mit offensichtlicher Erleichterung auf, als sie hörte, dass wir zurückkamen.

»Was habt ihr beiden die ganze Zeit ... Oh ...« Ihre Miene änderte sich, als sie uns musterte, dann schlich sich ein Lächeln auf ihr Gesicht. Wolff starrte weiterhin auf das Schiff unter uns. Es war dem Kai ein gutes Stück näher gekommen, und nun erkannte ich den Mann im Krähennest.

Es war Silbernacken.

»Ich schätze, er ist der beste Mann, den sie kriegen konnten«, sagte Bändchen, nachdem ich darauf hingewiesen hatte. »Schließlich kennt er sich sehr gut in diesen Gewässern aus. Wenn er nur nicht so unzuverlässig wäre.«

Wir beobachteten, wie sich das Schiff weiterbewegte. Es war das größte Wasserfahrzeug, das ich jemals gesehen hatte, ein Zweimaster, obwohl jetzt alle Segel eingeholt waren. Eine beschädigte Spiere und nicht zu identifizierende Trümmer am Heck bezeugten den bewaffneten Angriff der Astaner. Mittschiffs stand ein hoher Schornstein, der beiderseits von riesigen Schaufelrädern flankiert wurde. Auch sie waren beschädigt. Gesplittertes Holz baumelte daran, während sie sich langsam drehten. Auf dem Deck befanden sich mehrere Dinge, die von weißem Segeltuch verhüllt wurden, und die Frachträume waren vermutlich voll beladen. Trotzdem schwamm das Schiff viel zu hoch und viel zu kopflastig auf der Grume.

»Sie haben Schwierigkeiten«, sagte Bändchen plötzlich mit seltsamem Tonfall.

Gestalten gestikulierten auf dem Deck und winkten Silbernacken zu. Eine gefährliche Krängung hatte sich entwickelt, und die Schlepper, die auf die Untiefen achten mussten, waren zu langsam, um sie auszugleichen. Das große Schiff neigte sich, bis ein Schaufelrad halb eingetaucht war und Silbernacken am schiefen Mast über dem Meer hing. Hektisches Schnaufen kam von den beiden Steuerbord-Schleppern, als sie sich anstrengten, das Schiff wieder aufzurichten. Wir hörten schwache Rufe vom Kai unter uns.

Das Schiff schien eine Ewigkeit im gefährlichen Ungleichgewicht dazuhängen, während das träge Wasser langsam hinter den zwei Schleppern aufgewühlt wurde.

»Es hat zu viel Deckfracht«, murmelte Bändchen. »Zieht, verfroren nochmal!«, feuerte sie die Schlepper an. »*Zieht!*«

Sie war die Tochter eines Fischers und bangte um Schiffe und ihre Besatzungen. Ein solches Verantwortungsgefühl konnte man von mir nicht erwarten. Also machte ich mir keine allzu großen Vorwürfe, als ich feststellte, dass ich hoffte, das Schiff würde kentern. Die ganze Sache war so aufregend, dass es geradezu enttäuschend gewesen wäre, wenn das Schiff sicher anlegte.

Langsam und widerstrebend richtete es sich wieder auf, und Wasser floss in dicken Tropfen vom beschädigten Schaufelrad. Die Taue strafften sich auf der anderen Seite und hielten das Schiff fest, und Bändchen stieß ein erleichtertes Stöhnen aus …

Die Katastrophe nahm mit träger Unausweichlichkeit ihren Lauf. Einer der Backbord-Schlepper schien im Wasser zu zappeln, die Schraube wühlte das Wasser auf, und gleichzeitig wurde ein Pfeifsignal ausgestoßen. Das lange Tau, das von einem Poller am Bug gehalten wurde, war gerissen – oder der Poller selbst war unter den gewaltigen Kräften aus der Verankerung gebrochen worden. Das schwere Tau segelte durch die Luft auf das große Schiff zu und wand sich wie eine zustoßende Schlange, aber viel langsamer. Es war ein übles Knirschen zu hören, als der Schlepper rückwärts einen Felsen rammte und die Schraube in den Granit biss. Dann kam der splitternde, reißende Schrei, als das fliegende Tau durch Seile und Segeltuch schnitt, sich über das Deck schlängelte, während Männer in alle Richtungen davonstoben, und sich schließlich um den Mast wickelte, der wie ein Baum gefällt wurde und in einem Gewirr aus Seilen, Drähten und Segeltuch niederging. Als sich der Mast zur Wasseroberfläche neigte, löste sich die Gestalt Silbernackens mit einem unbeholfenen Sprung. Er tauchte ein und gleich im nächsten Moment wieder auf, um mit kräftigen Zügen zum Kai zu schwimmen.

Unterdessen neigte sich das Schiff immer mehr zur Seite, und diesmal gab es nichts, was es retten konnte. Bändchen wandte den Blick ab, und ich sah, dass Tränen in ihren Augen standen. Für sie repräsentierte dieses Schiff alle Schiffe der Welt, und jeder der Männer hätte ihr Vater sein können. Ich legte meinen Arm um sie und hielt sie, während wir die Szene beobachteten. Ich wusste, dass Braunauge damit kein Problem hatte, jetzt nicht mehr.

Die Deckfracht auf der Backbordseite löste sich, und schwere Maschinenteile kamen ins Rutschen und krachten gegen die Fracht auf der Steuerbordseite. Das Schiff krängte noch mehr, und Männer sprangen ins Meer, als die Fracht über die Seite kippte und mit trägem Platschen in der Grume landete. Ich sah, dass die Unterseite des Rumpfs, die aus dem Wasser gehoben wurde, grün angestrichen und mit Seetang und Muscheln bewachsen war.

Nun war die Tragödie auch bis zu mir vorgedrungen – vielleicht durch Bändchens zitternden Körper auf meinen übertragen. Braunauge hielt meine Hand, während sie verzweifelt nach unten starrte, und Wolff hatte einen seltsamen Gesichtsausdruck gezierter Abscheu aufgesetzt, als wäre das Drama zu viel für seine zarte Seele. So sahen wir zu, wie das Schiff kenterte, und bald war nur noch der lange, gekrümmte grüne Rumpf sichtbar – und die Schlepper, die hilflos danebenstanden.

Die Mehrheit der Besatzung schwamm in Richtung Kai, schnell und mühelos, getragen vom Auftrieb der Grume. Ihnen drohte keine Gefahr. Die einzige Tragödie war der Verlust des Schiffes. Einige der Männer wurden von den Schleppern aufgelesen, wo sie unverzüglich begannen, wütend und streitlustig zu gestikulieren. Inzwischen hatten sich die Grummer eingefunden und kreisten über dem Geschehen, und ich dachte daran, wie gut es war, dass die Grume noch im Anfangsstadium war. Zum Zeitpunkt der höchsten Dichte wären bereits die tödlichen Grume-Reiter über die Oberfläche hüpfend herbeigeeilt. Und später wären die Raubtiere gekommen …

Wir hörten ein tiefes Grollen, das direkt aus dem schweren Ozean zu kommen schien. Das Rückgrat des gekenterten Schiffs brach in einem Geysir aus Dampf und Trümmern, als das Wasser die Maschinen erreichte und die Kessel platzten. Holz, Metallteile und andere Gebilde, die erschreckend organisch wirkten, wurden durch die Luft geschleudert. Ich sah zu, wie ein großer Kolben mindestens eine Sekunde lang auf dem höchsten Punkt seiner Flugbahn verharrte, etwa auf gleicher Höhe wie das Fingerkap, bevor er nach unten fiel und geradezu sanft und fast ohne einen Spritzer eintauchte.

Riesige langsame Blasen stiegen wie das Stöhnen eines Sterbenden auf, als der lange Rumpf des Schiffs unter der Oberfläche verschwand und unwiderruflich auf den Grund der Pallahaxi-Rinne sank.

13

Ich war in einem Alter, in dem die Sorgen der Erwachsenenwelt um mich herum nur wenig Einfluss auf meine Gedanken hatten. Obwohl ich dieser Welt in praktischer Hinsicht auf Gedeih und Verderb ausgeliefert war, achtete ich kaum auf klimatische Veränderungen, machte mir nur selten die Mühe, meine Eltern nach dem Grund zu fragen, wenn sie in Grabesstille mit finsteren Mienen durch das Haus schlichen. Was auch immer geschehen war, ich war mir sicher, dass die Krise bald vorübergehen würde. Ein Aspekt dieser Haltung war die Skepsis, mit der ich die Kriegslandkarte meiner Mutter betrachtete. Obwohl sie fast in Tränen ausbrach, wenn sie eine ertonische Fahne weiter zurückstecken musste – um einen Teil unseres Landes den Astanern zu überlassen –, war es für mich nur eine Fahne, nicht mehr und nicht weniger. Ich hatte keinen Sinn für die Symbolik, die ein Streifen buntes Papier verkörperte.

Als sich nach jenem Tag auf dem Fingerkap die Ereignisse überstürzten, war ich jedoch gezwungen, die Existenz dieser anderen Welt zur Kenntnis zu nehmen – und die Tatsache, dass sie auch mich hier und jetzt betraf.

Am Morgen, nachdem das Schiff gesunken war, kam ein früher Besucher zu uns, und bereits das hätte mich aufmerksam machen sollen. Aber ich genoss noch die Wärme meines Betts, und durch das Fenster hatte ich einen weiten Blick über die Bucht. Es interessierte mich nicht, welche Diskussionen am Frühstückstisch geführt wurden. Ich hörte, dass ein Motorwagen eintraf, dann Stimmen an der Haustür und später von unten, aber ich achtete nicht weiter darauf. Ich lag da und träumte von Braunauge und den Worten, die wir uns am Vortag gesagt hatten.

Schließlich zog ich mich an und ging nach unten. Meine Eltern saßen am Tisch und wirkten ernst, und der Besucher war Horlox-Mestler. Er lächelte mir fröhlich zu. Als sie das Gespräch wieder aufnahmen, hatte ich den deutlichen Eindruck – und das war keineswegs etwas Ungewöhnliches –, dass man bei meinem Eintreffen geschickt das Thema gewechselt hatte. Es war um Dinge gegangen, die nicht für junge Ohren geeignet waren.

Im Moment diskutierten sie über den Zeitpunkt und den Ort, an dem eine nicht genauer benannte Veranstaltung stattfinden sollte. Mein Vater liebte es, ein angeregtes Gespräch mit einem anderen Erwachsenen zu führen, ohne jemals das eigentliche Thema zu erwähnen, was mich vor Spannung fast wahnsinnig machte.

»Auf dem Fischmarkt wird es am späteren Vormittag ruhiger zugehen«, sagte er gerade. »Der erste Fang wird dann bereits abverkauft sein.«

»Der Abend wäre am besten gewesen«, erwiderte Mestler nachdenklich. »Aber wir können natürlich nicht die von uns selbst verhängte Ausgangssperre unterlaufen. Nein, es wird am Vormittag stattfinden müssen.«

»Im Tempel?«

»Das würde ich auch meinen. Eine Versammlung unter freiem Himmel hat immer etwas … Würdeloses.«

»*Worum geht es* bei der Versammlung?«, fragte ich.

Vater schien überhaupt nicht auf mich zu reagieren. »Das sehe ich genauso.« Er wischte sich gründlich die Lippen ab und erhob sich. »Ich werde mich um die Ankündigung kümmern und das Tempelpersonal instruieren.«

»Ich komme später nach«, sagte Mestler, der sitzen blieb. »Ich habe keine Eile. Vor solchen Ereignissen sammle ich gern meine Gedanken. Dann werde ich nicht so leicht von Zwischenrufern überrascht.«

»Zwischenrufer?« Vaters Miene war sehr ernst geworden. »Bei Phu, ich hoffe doch, dass es keine Zwischenrufer geben wird!«

»Jetzt hör aber auf, Burt«, sagte Mestler glucksend. »Es gibt immer Zwischenrufer. Das gehört zum Spiel.«

Murrend ging mein Vater, und wenig später hörte ich das Schnaufen des Motorwagens. Mestler wandte sich mir zu. »Vielleicht kann ich dich später in die Stadt mitnehmen, Druv. Mein Wagen steht vor dem Haus.«

»Oh, das ist wirklich sehr nett von Ihnen, Horlox-Mestler«, sagte meine Mutter, bevor ich antworten konnte. »Bedank dich bei Horlox-Mestler, Druv.«

»Hm«, sagte ich.

»Ich habe dich neulich im Tempel gesehen, mit der jungen Pallahaxi-Braunauge und Bändchen«, sagte Mestler mit einem leichten Augenzwinkern.

»Er verbringt sehr viel Zeit mit ihnen«, beklagte sich Mutter. »Ich habe pausenlos auf ihn eingeredet, aber es nützt nichts. Er hört einfach nicht auf mich. Die Tochter eines Gastwirts und die Tochter eines politischen Agitators.«

»Vergiss Wolff nicht, Mutter«, warf ich ein. »Den Sohn eines Parl.«

Mestler lachte unumwunden. »Machen Sie sich keine Sorgen um den Jungen, Fayet. Er soll sich seine Freunde selber aussuchen. Außerdem kann es nicht schaden, wenn Ihr Sohn Bekannte aus dem gemeinen Volk hat. Das könnte sich sogar als nützlich erweisen.«

Diese letzte Bemerkung gefiel mir ganz und gar nicht, also wahrte ich ein reserviertes Schweigen, während meine Mutter über Verknappungen und Rationierungen sprach – Themen, von denen sie keine Ahnung hatte. Doch Unwissenheit war noch nie ein Hindernis für Unterhaltungen gewesen.

Später stiegen Mestler und ich in seinen Motorwagen, der sogar noch beeindruckender war als das Fahrzeug meines Vaters, und fuhren in die Stadt. Der Ausrufer stand am Fuß des Denkmals und hatte seine tragbare Dampfpfeife dabei und bereits angefeuert. Als wir vorbeikamen, zog er am Hebel der Maschine, und der schrille Ton hallte im ganzen Hafenbecken wider. Dann kündigte er mit seiner schallenden Stimme die Versammlung an. Ich bemerkte überall mürrische Gesichter. Die Leute ahnten, dass eine von staatlicher Seite einberufene Veranstaltung nur unangenehme Konsequenzen bedeuten konnte.

Mestler fuhr nicht zur Fischfabrik, sondern bog auf die Straße zum Fingerkap ein, und bald holperten wir über den Weg, der zwischen den Bäumen hindurchführte, während tief unten das Wasser schimmerte. Ich ärgerte mich. Ich hatte vorgehabt, in der Stadt auszusteigen und zu Braunauge zu gehen, aber Mestler hatte mir keine Gelegenheit dazu gegeben. Er hielt nicht weit von der Stelle an, wo Braunauge und ich gestern gesessen hatten, dann winkte er mir auszusteigen, und gemeinsam gingen wir zur Klippe, um auf das Meer hinauszuschauen. Die Grummer waren jetzt noch zahlreicher als zuvor, und ich erkannte mehrere kleine Skimmer auf der Oberfläche. Ihre Besatzungen suchten in der Tiefe nach Anzeichen des Wracks. Auf dem neuen Kai war nur wenig los. Der Kran bewegte sich nicht, und ein paar Männer hockten um einen Loxkarren herum.

»Also kennst du Kraftprotz recht gut«, sagte Mestler unerwartet.

»Hm.«

»Wie ich hörte, ist er der beste Seemann in der näheren Umgebung … Ich will ganz offen zu dir sein, Druv. Wir stecken in Schwierigkeiten. Dass die *Ysabel* gestern gesunken ist, stellt die Regierung vor große Probleme. Auf der Versammlung wirst du mehr darüber hören.«

Ysabel. Der Name klang vertraut.

»Wir wollen sie heben«, fuhr er fort. »Dazu brauchen wir einen Mann, der sich bestens in den hiesigen Gewässern und mit der Grume auskennt. Wir brauchen einen erstklassigen Seemann – aber noch mehr brauchen wir jemanden, der Mannschaften zusammenstellen kann, der Blasentaucher überzeugen kann, nach unten zu gehen, der die Gezeiten, die Dichte des Wassers und Strömungen einschätzen kann. Wir brauchen Kraftprotz.«

Ich wusste nicht, warum, aber mir kam ein merkwürdiger Gedanke. Mestler hatte keine Ahnung, dass ich aus nächster Nähe beobachtet hatte, wie die *Ysabel* gesunken war. Wahrscheinlich glaubte er, dass die einzigen Zeugen – abgesehen von den unmittelbar beteiligten Leuten – die paar Fischer waren, die sich gerade in der Nähe aufgehalten hatten, aber zu weit entfernt gewesen waren, um Genaueres erkennen zu können.

»Wenn ich bedenke, wie Kraftprotz auf der letzten Versammlung behandelt wurde, kann ich mir nicht vorstellen, dass er den Parls helfen würde«, sagte ich entschieden.

Mestlers Augen wurden größer. Seine verwirrte Miene sah beinahe witzig aus. »Was ist los?«, fragte er. »Was ist nur los? Wenn er dem Parlament hilft, hilft er sich selbst und ganz Pallahaxi. Woher kommt plötzlich diese feindselige Haltung? Ist den Bewohnern von Pallahaxi bewusst, wer der Feind ist? Sind auf einmal alle verrückt geworden?«

»Wenn Sie es nicht wissen, weiß ich es erst recht nicht«, murmelte ich. Ich wollte wieder in die Stadt. Ich wollte weg von Mestler, weil ich glaubte, dass er mich überreden wollte, meinen Einfluss auf Kraftprotz zu nutzen.

»Die Grume …«, murmelte Mestler, der sich wieder beruhigt hatte. »Das ist es, was allem zugrunde liegt. Deshalb glauben die Leute hier, dass sie anders als all die anderen sind. Die Grume schweißt sie zusammen, ihr ganzer Lebensstil ist von diesem einen Phänomen geprägt …« Er starrte auf den schweren Ozean, während es fast den Anschein hatte, als würde er ein Selbstgespräch führen. »Im Binnenland gibt es entweder Wüste, Landwirtschaft oder Industrie. Bis zum Kriegsausbruch konnte die Produktion von Motorwagen in Horlox kontinuierlich gesteigert werden. Wusstest du das? Es war die größte Industrie in Erto. Aber wir haben es nie geschafft, hier ein Zuckerwerk zu errichten, so dass wir unser Destill fast vollständig aus Asta importieren mussten. Und als der Krieg begann … In meiner Heimatstadt verloren sehr viele Leute ihren Arbeitsplatz. Wusstest du das?«

»Ich weiß eigentlich gar nichts über das, was in dieser Gegend passiert«, sagte ich knapp. Es ging mir immer wieder auf den Geist, wie Erwachsene ständig von schwierigen Zeiten faseln.

Er betrachtete mich aufmerksam. »Du weißt also nichts? In gewisser Weise bist du Pallahaxi viel näher als deiner Heimatstadt. Ich frage mich, woran das liegt? Die Grume scheint euch allen hier irgendwie ins Blut übergegangen zu sein.« Er lächelte, und widerwillig fühlte ich mich geschmeichelt, dass er mich zu den Bewohnern von Pallahaxi rechnete. »Ich könnte schwören, wenn sich jemand aus Pallahaxi um diese Jahreszeit schneidet, fließt das Blut träger als sonst aus der Wunde. Trotzdem verharren sie in Unwissenheit. Sie nehmen die Grume so, wie sie ist, und sie halten nie inne, um über die Gründe und Folgen nachzudenken.«

»Warum sollten sie?«, erwiderte ich verärgert. »Die Grume ist eine Tatsache. Sie geschieht einfach. Alles andere spielt doch gar keine Rolle.«

Unter uns zog ein großer Skimmer langsam über das Wasser, die Ausleger für die Netze wie Arme zum Willkommen ausgebreitet. Er schlängelte sich vorsichtig zwischen den Felsen hindurch, wechselte dann mit trägen Segeln den Kurs und steuerte schließlich durch die Rinne das offene Meer an. Der Mann am Ruder war Kraftprotz, und ich fragte mich, was er dort machte, weitab von seinen gewohnten Fischgründen.

»Du enttäuschst mich, Druv. Du sprichst wie die Leute von hier, als wäre die Grume schon immer da gewesen. Vergiss nicht, dass alles einen Anfang gehabt haben muss. Irgendwann in der Vergangenheit gab es noch keine Grume. Das Wasser blieb immer so, wie es war, und der Meeresspiegel war das ganze Jahr lang ungefähr gleich hoch.«

Das war nur schwer vorstellbar, was ich ihm sagte. »Unsere Welt kreist auf einer elliptischen Umlaufbahn um die Sonne Phu«, zitierte ich, was ich gelernt hatte. »Im Sommer sind wir Phu recht nahe, und der Ozean verdunstet, wodurch sich die Grume bildet. In der Traufe kommt der Regen, wenn das Wasser in der Atmosphäre kondensiert. Im Winter ist es kalt, weil die Sonne weiter entfernt ist. Eine ganz einfache Sache.«

»Warum fließt die Grume dann vom Süden nach Norden? Warum ist der Himmel klar, obwohl er durch die Verdunstung bewölkt sein sollte?«

»Woher soll ich das wissen?«

»Eigentlich solltest du es wissen, Druv – weil du früher einmal neugierig genug warst, um es herauszufinden. Also ...« Er zog ein Stück Papier und einen Kohlestift aus der Tasche. »Unsere Welt rotiert um eine Achse, die in der Ebene der Umlaufbahn um die Sonne Phu liegt, so dass diese Achse zweimal im Jahr in Richtung Sonne zeigt.«

Auf die untere Hälfte des Zettels zeichnete er einen Kreis, der Phu darstellte, und mehrere kleinere Kreise auf einer elliptischen Bahn um die Sonne. Sie stellten unsere Welt während der verschiedenen Jahreszeiten dar. »Natürlich stimmen die Größenverhältnisse nicht«, räumte er ein, »aber es geht mir ums Prinzip.«

Kraftprotz' Boot war inzwischen sehr weit entfernt, und ich interessierte mich trotz allem immer mehr für die Astronomielektion. Vielleicht war Mestler ein guter Lehrer, oder – was wahrscheinlicher war – er erklärte mir etwas, das ich schon immer hatte wissen wollen, aber nie weiter verfolgt hatte, weil ich zu faul dazu gewesen war.

Er nummerierte die verschiedenen Positionen des Planeten durch. »An Position eins ist Mittwinter«, sagte er. »Das ist der Punkt, an dem die Welt am weitesten von der Sonne entfernt ist. Hinzu kommt, dass die Achse, wie gesagt, auf der Ebene der Umlaufbahn liegt.« Er zog Nord-Süd-Linien durch die Kreise. »Das bedeutet, dass die Sonne zu Beginn des Sommers – an Position drei – auf unseren Südpol scheint, während etwa achtzig Tage später der Nordpol beschienen wird. Verstehst du?«

Ich musterte den Zettel mit den Zeichnungen und versuchte mir die Sache bildlich vorzustellen. Es wäre einfacher gewesen, wenn ich ein paar Schleuderbälle zur Hand gehabt hätte. Aber so leicht wollte ich nicht aufgeben. »Ich verstehe«, sagte ich.

»Also passiert Folgendes: Zu Beginn des Sommers scheint die Sonne kontinuierlich auf den Südpol, was zu einer beträchtlichen Verdunstung führt. Deshalb kommt es zu einem großen Gezeitenstrom durch den engen Isthmus des Mittleren Ozeans von Norden nach Süden, wodurch der gesunkene Meeresspiegel des Südlichen Ozeans wieder aufgefüllt wird. Um Mittsommer herum – an Position fünf – sind die Tage in Pallahaxi dann wieder genauso lang wie die Nächte, am Südpol hat die Hitze bereits etwas nachgelassen, und es stellt sich ein Gleichgewichtszustand ein. Die kreisförmig wehenden Winde sorgen dafür, dass die gewaltigen Wolkenformationen in der Polarregion bleiben. Dann dreht sich die Welt allmählich herum und wendet sich mit dem Nordpol der Sonne zu.«

Jetzt begriff ich, worauf Mestler hinauswollte. »Also verdunstet nun stattdessen der Nördliche Ozean«, sagte ich. »Aber wenn das Wasser durch den Mittleren Ozean und an Pallahaxi vorbeifließt, um den jahreszeitlichen Wechsel auszugleichen, ist es kein normales Wasser. Es ist bereits zu einem großen Teil verdunstet. Also ist es zähflüssiger. Das ist die Grume.«

Mestler grinste zufrieden. »Das Thema ist äußerst faszinierend. Es gibt immer noch viele Punkte, die wir nicht verstehen.« Er zeigte wieder auf seine Zeichnung. »Jedenfalls erreicht die Grume ihren Höhepunkt an Position sieben. Danach entfernt sich die Welt wieder von der Sonne und kühlt rasch ab, und die Wolken ziehen sich zusammen. An Position acht beginnt die Traufe und setzt sich fort, bis der trockene Winter beginnt. Dann fängt alles wieder von vorne an.«

Ich blickte aufs Meer. Trotz des gesunkenen Meeresspiegels war das Wasser immer noch sehr tief, wo die Pallahaxi-Rinne weit in den Mittleren Ozean hinausführte. »Ich kann mir einfach nicht vorstellen, dass die Verdunstung einen so großen Einfluss auf die Wassermenge hat. Es gibt doch so *viel* davon.«

Mestler nickte. »Aber dies ist der Mittlere Ozean. Er ist tief und schmal, und es heißt, dass er durch ein gewaltiges Erdbeben entstand, zu einer Zeit, als unser Kontinent noch die gesamte

Welt umschloss. Als er aufriss, wurde Erto von Asta getrennt, und es gab plötzlich eine Verbindung zwischen dem Nördlichen und dem Südlichen Ozean. Wusstest du, dass der Küstenverlauf von Asta große Ähnlichkeit mit dem auf unserer Seite hat? Man könnte beide fast nahtlos wieder zusammenfügen. Die Polarozeane jedoch gab es schon immer, und sie sind flach wie Bratpfannen. Durch den ständigen Sonnenschein trocknen sie fast vollständig aus. Und das, was zurückbleibt, ist die Grume.«

Ein großer Schwarm aus Grummern näherte sich auf schweren Flügeln aus dem Süden. Kurz vor den Klippen gingen sie tiefer, suchten die Wasseroberfläche ab und fraßen sich gierig voll. Ich dachte eine Weile nach. Dann sagte ich: »Aber das alles spielt doch gar keine Rolle, nicht wahr? Sie können nicht beweisen, was Sie mir erzählt haben, und dieses Wissen nützt mir nichts. Wir haben nicht bewiesen, dass es falsch ist, unwissend zu sein. Die Grume kommt trotzdem.«

Er grinste auf seine fröhliche Art. »So ist das Leben. Also meinst du, dass ich nur meine Zeit vergeude, wenn ich versuche, Hilfe von Kraftprotz zu bekommen?« Er sah mich an, als würde er ein unwiderrufliches Urteil erwarten.

Ich nahm den Zettel und steckte ihn in die Tasche, wobei ich hoffte, dass er es nicht bemerkte. »Sie können es gerne versuchen«, sagte ich. »Aber Sie werden nichts erreichen.«

Ich ging zum Goldenen Grummer und suchte nach Braunauge. Inzwischen hatte ich mir angewöhnt, ohne Hemmungen in den Barraum zu treten, wo ich ein paar Gäste vorfand, die über die Versammlung diskutierten. Braunauge war gerade beschäftigt, also setzte ich mich und hörte zu. Ihr Vater schien der Wortführer der Gesprächsrunde zu sein.

»Ich weiß nicht, warum sie es eine Versammlung nennen«, sagte er gerade mit Inbrunst. »Es wird doch genauso wie letztes Mal ablaufen. Der verfrorene Horlox-Mestler wird sich auf die Hinterbeine stellen und Mist erzählen, den wir schlucken müssen, und am Ende wird er irgendwelche neuen Vorschriften aus dem Hut zaubern und sich im Schutz seiner Leibwache zurückziehen. Es wird keine Diskussion geben, und keiner von uns wird die Gelegenheit erhalten, Fragen zu stellen. Eigentlich habe ich überhaupt keine Lust hinzugehen. Wir sollten die verfrorene Sache einfach boykottieren.«

»Dabei fällt mir ein«, murmelte ein älterer Mann, »dass ich heute noch gar nichts von der Militärpolizei gesehen habe.«

Wanst fand sofort seine gute Laune wieder und lachte schallend. »Das kann ich mir vorstellen. Sie halten sich zurück, weil sie Angst haben, ihre Gesichter zu zeigen. Ein paar Jungen haben sie gestern Nacht aufgemischt, und seitdem wurden sie nicht mehr gesehen.«

Patscher, der Lasterfahrer, sah besorgt aus. »Vielleicht soll es in der Versammlung darum gehen. Was ist eigentlich mit unserer eigenen Polizei? Hat sie nichts unternommen, um es zu verhindern?«

»Sie war zum betreffenden Zeitpunkt nicht in der Nähe. Ich sage euch, in diesen Tagen wären alle Parls gut beraten, sich nicht in der Öffentlichkeit blicken zu lassen.« Wanst blickte zu mir. »Dich natürlich ausgenommen, Druv. Du bist wie einer von uns.« Seine Frau Anli lächelte mir beruhigend zu.

»Aber ich bin ein Parl. Das ist mir eben erst klargeworden«, murmelte Patscher. »Ich arbeite jetzt für sie.«

»Dann solltest du dich lieber bewaffnen. Wir …« Wanst trat mit entschlossener Miene hinter dem Tresen hervor, als Braunauge den Raum betrat. »Wir können genauso gut für den Rest des Abends dichtmachen. Der verfrorene Horlox-Mestler hat uns wieder mal die Gäste verjagt …«

Im Tempel spielten sich fast die gleichen Szenen ab wie beim letzten Mal, nur dass ich diesmal nicht Bändchens Hand hielt, obwohl sie neben mir saß. Wir hatten in der ersten Reihe Platz genommen, und ich fing den tadelnden Blick meines Vaters auf, als er von der Höhe der Bühne herabschaute und bemerkte, dass Braunauge sehr nahe neben mir saß und wir uns an beiden Händen hielten. Ich konnte beinahe hören, wie er dachte, dass dies weder die rechte Zeit noch der rechte Ort für solche Dinge war.

Mestler ließ uns nicht lange warten. Die Hände auf dem Rücken verschränkt und mit ungewöhnlich ernster Miene schritt er zur Kanzel. »An diesem Morgen habe ich keine guten Nachrichten für Sie«, begann er.

Falls er glaubte, Pallahaxi würde dankbar auf seine Aufrichtigkeit reagieren, wurde er schwer enttäuscht. »Dann halten Sie die Klappe und gehen Sie nach Hause!«, rief jemand. »Wir haben auch ohne Sie genug Probleme, Mestler!« Es folgten allgemeine Unruhe, Geraune und weitere Zwischenrufe.

»Also fange ich gleich mit dem Schlimmsten an!«, brüllte Mestler zurück, als er ausnahmsweise einmal die Beherrschung verlor. »Keiner von uns kann irgendetwas dagegen tun, also setzen Sie sich und hören Sie mir zu!« Er blickte sich kampflustig im Saal um.

Nach einiger Zeit war es verhältnismäßig ruhig geworden, und er setzte seine Ansprache fort. »Wie Sie alle wissen, ist gestern das Dampfschiff *Ysabel* vor dem Fingerkap gesunken. Zum Glück gab es kaum Opfer unter den Seemännern. Wie ich schon bei einer anderen Gelegenheit erwähnte, hat Ihr Parlament stets nur das Allgemeinwohl im Sinn und weiß die großen Bemühungen von Ihnen allen in diesen schweren Zeiten sehr zu schätzen. Zum Dank für diese Loyalität fühlt sich das Parlament selbstverständlich verpflichtet, Pallahaxi gegen die astanischen Horden zu verteidigen. Und das war auch unsere Absicht.« Er blickte traurig in die Runde. »Das war auch unsere Absicht.«

Bändchen beugte sich zu mir herüber und flüsterte: »Doch bedauerlicherweise …« Darüber musste ich laut glucksen, was mir einen strengen Blick von meinem Vater einbrachte.

»Doch bedauerlicherweise wurden unsere Hoffnungen zunichte gemacht«, fuhr Mestler fort. »Sie sind mit dem Schiff *Ysabel* auf den Grund der Pallahaxi-Rinne gesunken. Ja, meine Freunde. An Bord der *Ysabel* befanden sich die Waffen, die Munition, die Kriegsvorräte, mit denen wir gehofft hatten, diese unsere Stadt verteidigen zu können.« Er hielt inne und betrachtete das Publikum mit erschöpfter Miene, damit das Ausmaß der Katastrophe in die dicken Schädel der Bewohner von Pallahaxi eindringen konnte.

Kraftprotz meldete sich zu Wort. »Wollen Sie damit sagen, dass wir sonst nichts haben, womit wir uns verteidigen könnten?«

»Nein. Glücklicherweise wird Ersatz geliefert. Aber er wird über die Straßen transportiert, und das wird viele Tage dauern. Viele Tage.«

»Wie viele?«, fragte jemand laut.

»Ach … etwa dreißig.« Mestler sprach eilig weiter und erstickte ein paar enttäuschte Zwischenrufe. »Unsere Industriearbeiter leisten Großartiges, aber wie ich bereits sagte, wird der größte Teil der Produktion an der Front gebraucht. Und auch hier gibt es bedauerlicherweise schlechte Neuigkeiten. Der Feind ist an vielen Stellen durchgebrochen und steht zur Zeit unmittelbar vor den Toren von Alika!«

Plötzlich war ich zum ersten Mal unmittelbar vom Krieg betroffen, und ich sah das Haus, in dem ich geboren wurde, von feindlichen Truppen besetzt. »Heißt das, unser Parlament könnte in Gefangenschaft geraten?«, fragte Wanst voller Hoffnung. »Ich meine, soweit ich weiß, ist Alika unsere Hauptstadt. So wird es uns gelehrt. Also vermute ich, dass die Parlamentarier nun mit Waffen ausgerüstet wurden und bereit sind, heldenhaft unser aller Land zu verteidigen.«

Der Heiterkeitsausbruch, mit dem Wansts bissige Bemerkungen begrüßt wurden, ließ keinen Zweifel daran, wie das Publikum über diese Angelegenheit dachte.

Horlox-Mestlers Gesicht wurde tiefrot. »Ja, habt nur euren Spaß, ihr Verfrorenen!«, brüllte er. »Amüsiert euch, solange ihr es noch könnt! Aber ihr werdet nicht mehr lachen, wenn die Astaner über die Gelben Berge kommen und in euer Land strömen!«

Kraftprotz ging zur Bühne und trat sehr nahe an den Parlamentarier heran, so dass Mestler nervös vor ihm zurückwich.

»Wenn das geschieht, werden wir nicht davonlaufen«, sagte er ruhig.

14

DIE TAGE VERGINGEN, und die Grume wurde dichter, bis die alten Männer sagten, während sie ihr Bier im Goldenen Grummer schlürften und weise nickten, dass es die dichteste Grume aller Zeiten war. Unmengen von Fisch wurden im Hafen und an der Mole entladen, so dass sich niemand – außer aus Prinzip – über den gewaltigen Anteil beklagte, der an die neue Fischfabrik weitergeleitet wurde. Die meisten dieser Lieferungen wurden über den neuen Kai am Fingerkap abgefertigt, außer Sichtweite der Stadtbewohner, obwohl auch vom Hafen einige Laster zur Fischfabrik fuhren. Das Flussdelta war schon seit einiger Zeit ausgetrocknet.

Trotz allgemeiner Befürchtungen sah man in Pallahaxi kaum etwas von der Militärpolizei. Gelegentlich zeigte die Truppe buchstäblich die Fahne und marschierte im Pulk die Hauptstraße entlang, in rote Uniformen gekleidet, die ganz anders als das düstere Blau der Wachen der Fischfabrik waren. An der Spitze der Formation wurde eine hohe Stange getragen, an der der Silberne Lox von Erto flatterte. Obwohl es von unserem Nationalwappen heißt, dass es neben religiösen Bedeutungen vor allem Stärke und Ausdauer repräsentiert, war es bei den Bewohnern von Pallahaxi recht unbeliebt, und es wurde im Allgemeinen als Beleidigung betrachtet, dass es bei diesen bedauerlichen Gelegenheiten gezeigt wurde. Versuche wurden unternommen, eine Gegendemonstration zu organisieren, aber am Ende wurde nichts daraus, als offensichtlich wurde, dass Kraftprotz dagegen war.

»All die Uniformtragerei und Herummarschiererei im Gleichschritt, als wären alle geistig gleichgeschaltet«, murmelte er. »Das ist die Art der Parls und solcher Leute. All das Herumgehüpfe und Gefeiere, von dem man aus Alika hört. Wollen wir etwa genauso sein?«

Als jemand schüchtern vorschlug, dass Pallahaxi wenigstens eine eigene Fahne haben sollte, die man alternativ hissen konnte, wenn die Erto-Flagge gezeigt wurde, sagte er: »Wir brauchen keine Fahne oder andere falsche Symbole. Der Name unserer Stadt muss genügen – damit wissen die Leute, wer wir sind und wie wir sind. Wir leben und arbeiten hier, und manchmal mögen wir uns und helfen uns gegenseitig aus – aber das reicht. Wir sind und bleiben Individuen, und daran soll sich auch nichts ändern.« Plötzlich grinste er. »Dadurch werden wir für die Parls unangreifbar.«

Obwohl ich Kraftprotz mochte, gab es Momente, in denen ich mich Horlox-Mestlers Meinung anschließen musste, dass er zu engstirnig dachte und seine Ansichten die eigentlichen Probleme in den Hintergrund drängten. Ich hatte nicht einmal Mestlers Vorschlag erwähnt, die *Ysabel* zu heben, weil ich mir denken konnte, welche Antwort ich darauf zu hören bekam.

Doch dann traten zwei Ereignisse ein, die Pallahaxi bewusst machten, dass die Stadt zu einer kriegführenden Nation gehörte und dass die Eroberung durch astanische Truppen keine gute Alternative zur gegenwärtigen, verhältnismäßig wohlwollenden Herrschaft der Parls wäre.

»Alika ist gefallen«, sagte mein Vater eines Morgens beim Frühstück, als er ein einzelnes, unheilverkündendes Nachrichtenblatt las, das er direkt vom Posten gekauft hatte.

Meine Mutter brach in geräuschvolles Schluchzen aus, stand vom Tisch auf und stürmte aus dem Zimmer.

Einen Moment lang saß ich reglos da und fragte mich, ob sie zur Kriegskarte gegangen war, um Alika mit einer astanischen Flagge zu markieren, oder ob sie sie nun still und leise ganz verschwinden ließ, um sich auf intensivere Gebete zu verlegen. Dann hatte ich wieder die Vision von Astanern, die in meinem Zimmer schliefen, und mir wurde klar, dass diese Nachricht nicht witzig war. So sehr ich Pallahaxi auch liebte, Alika war die Stadt, in der ich geboren war und wo ich fast mein ganzes Leben verbracht hatte. Nun würde es nie mehr wie früher sein. Selbst wenn wir eine Gegenoffensive starteten und die Astaner vertreiben konnten, würden sie für immer Spuren hinterlassen. Es war bereits zu heftigen Kämpfen gekommen, und es war durchaus möglich, dass unser Haus gar nicht mehr existierte.

Ich dachte darüber nach, wie meine Mutter diese Nachricht mit ihrer Ankündigung von vor wenigen Tagen in Einklang brachte, dass der Sonnengott Phu auf unserer Seite stand. Ich spielte mit dem Gedanken, ihr zu bedenken zu geben, dass Phus Gunst mit den Gezeitenströmen in Zusammenhang stand, als ich mich an Mestlers Astronomiestunde erinnerte, aber ein unerwarteter Anfall von Mitleid hielt mich davon ab.

Stattdessen nahm ich mir Vater vor. »Was unternimmt das Parlament dagegen?«, fragte ich. »Wo ist der Regent?« Vor meinem geistigen Auge sah ich das Bild seiner erhabenen Anwesenheit auf einem Loxkarren, der durch die Wüste gen Bexton zockelte, gefolgt von den Repräsentanten in ihren Roben und geringeren Karren.

»Das Parlament hat sich zurückgezogen«, sagte er. »Ich kann es dir verraten, weil es ohnehin bald jeder wissen wird. Pallahaxi wurde vorübergehend zum Regierungssitz ernannt. Wir dürfen uns geehrt fühlen, Druv. Eine gewisse Person, die dem Repräsentantenhaus angehört, wird bei uns Unterkunft finden, und mit geeigneten Wohnungen in der ganzen Stadt wird man ähnliche Vereinbarungen treffen. In der neuen Fischfabrik wurde eine Suite für den Regenten vorbereitet.«

Irgendwie hatte das für mich etwas Amüsantes, aber ich machte mir viel größere Sorgen, dass ein Fremder in unserem Haus wohnen sollte. Wir hatten kein Extrazimmer, denn es war nur ein Ferienhäuschen. Ich wollte niemanden in der Nähe haben, zu dem ich höflich sein musste. »Rax!«, murmelte ich. »Er kann mein Zimmer haben. Ich werde in den Grummer ziehen.«

Zu meiner Überraschung kam es zu keinem Wutausbruch. Stattdessen musterte mein Vater mich nachdenklich. »Möglicherweise wäre das die beste Lösung«, sagte er schließlich. Natürlich war er daran interessiert, störende Einflüsse zu vermeiden, wenn hier ein Repräsentant wohnte. »Ich werde dort eine Suite für dich requirieren. Du wirst eine angemessene Unterkunft erhalten.«

»Darum werde ich mich selbst kümmern, wenn es dir nichts ausmacht, Vater«, sagte ich schnell.

»Wenn du meinst.« Sein Gesicht hatte einen abwesenden Ausdruck angenommen, und er schien sich bereits auszumalen, wie er den Repräsentanten beeindrucken konnte, nachdem ich aus dem Weg geschafft war.

Pallahaxi war als neuer Regierungssitz auserwählt worden, weil die Stadt auf dem Landweg am weitesten von Asta entfernt war und demzufolge das letzte Ziel der feindlichen Horden sein würde. Ich fragte mich, was unsere eigenen Horden in diesen Tagen tun mochten, denn in letzter Zeit hatten wir nur wenige gute Nachrichten erhalten. Ich hatte immer wieder festgestellt, dass verbale Informationen verzerrte mentale Bilder zur Folge haben konnten, und ich litt gerade unter einem solchen Bild, als ich an jenem Morgen in die Stadt ging. Ich stellte mir vor, wie die astanischen Horden uns ins Meer trieben, als Ausgleich für die Niederlage, die sie an derselben Stelle etwa um das Jahr der Renaissance 1000 erlitten hatten. Sie würden schreiend am Strand stehen und mit Spanngewehren herumfuchteln, während wir in immer tieferes Wasser hinauswateten und um uns herum spritzend die Kugeln einschlugen.

Doch als noch am gleichen Tag die zweite Krise eintrat, kam sie aus einer Richtung, an die das Parlament allem Anschein nach überhaupt nicht gedacht hatte …

Ich ging direkt zum Goldenen Grummer und teilte Braunauge die Neuigkeit mit, dass ich von nun an im Gasthaus wohnen würde – natürlich nur, wenn ihre Eltern einverstanden waren. Wir standen im geometrischen Zimmer hinter der Bar, und sie schlang mir die Arme um den Hals, um mir einen langen, langen Kuss voller Entzücken und mit viel Besitzanspruch zu geben. Etwa zu diesem Zeitpunkt traten Anli und Wanst ein, die ihre Jubelschreie gehört hatten. Braunauge machte sie unverzüglich mit der Neuigkeit vertraut.

»Hm, ich weiß nicht recht«, sagte Wanst zweifelnd und sah mich an.

»Bist du dir sicher, dass dein Vater es so gesagt hat, Druv?«, fragte Anli. Abgesehen von seiner Anwesenheit auf der Bühne im Tempel bezog sich ihre lebhafteste Erinnerung an meinen Vater auf das widerwärtige Gerangel in der Bar vor einiger Zeit. Bei dieser Gelegenheit hatte er keinen Zweifel daran gelassen, was er von Wanst, Anli, Braunauge, den Gästen und selbst von der Architektur des Gebäudes hielt.

»Vater braucht mein Zimmer, weil ein Repräsentant bei uns wohnen soll«, erklärte ich. »Was mich betrifft, würde ich hier gern wie ein ganz gewöhnlicher Gast wohnen, wirklich.«

Wanst lächelte breit. »In diesem Fall bist du uns herzlich willkommen. Aber du wirst kein gewöhnlicher Gast sein. Sorg dafür, dass er das allerbeste Zimmer bekommt, Braunauge.«

Sie führte mich die Treppe hinauf, die trotz des guten Teppichs aufregend knarrte, und dann durch einen gewundenen, verwinkelten Gang zu einer massiven Tür mit glänzendem Messingknauf. Sie stieß sie auf und trat zur Seite, um mich erwartungsvoll zu beobachten, während ich hineinging.

Das Erste, was ich sah, war ein Bett, in dem ein komplettes Lox-Gespann hätte schlafen können. Mit seiner Breite und messingbeschlagenen Opulenz beherrschte es das ganze Zimmer. Rechts davon stand eine schwere, dunkle Kommode mit Schubladen, und vor der anderen Wand ein Kleiderschrank mit Türen. Ich ging zum Fenster und blickte hinaus. Von hier aus konnte ich über den Fischmarkt auf die Boote im inneren Hafen schauen. Daneben erhob sich der Hügel unter Bäumen und grauen Hausdächern bis zum Himmel und wurde diagonal von der Straße zum Fingerkap zerschnitten. Ich sah einen Mann, der einen Loxkarren die lange Steigung hinaufführte, und einen Lorin, der auf dem Rücken des Lox hockte.

Ich drehte mich zu Braunauge um. »Das ist ein wunderbares Zimmer«, sagte ich. »Ich kümmere mich darum, dass deine Eltern gut dafür bezahlt werden.«

»Ich glaube nicht, dass sie sich darüber Gedanken machen«, erwiderte sie. »Sie freuen sich, dass du bei uns wohnst.«

Wir setzten uns aufs Bett und hüpften ein paarmal auf und ab, bevor wir uns küssten. Irgendwie fielen wir dabei auf den Rücken, und da es sich bequemer anfühlte, blieben wir so liegen. Dann sagte Braunauge: »Meine Beine werden steif, wenn sie so über die Bettkante hängen.« Also ließ ich sie für einen Moment los, und sie kroch ganz aufs Bett. Ich folgte ihr, und wir legten uns nebeneinander. Ich spürte die gesamte Länge ihres Körpers an meinem, als wir uns wieder küssten.

»Ich liebe dich, Braunauge«, sagte ich zum ersten Mal.

Sie sah mich an, während ich halb auf ihr lag, und ihr Gesicht war unbeschreiblich schön. Sie lächelte und sagte: »Das trifft sich gut, Druv, da wir anscheinend gerade miteinander im Bett sind.«

Ich lächelte zurück, aber ich glaube, dass sich mein Gesicht leicht verfärbte, als mir die Doppeldeutigkeit ihrer Worte klarwurde. Ich küsste sie noch einmal, um vor ihr zu verbergen, was ich dachte, doch dann musste ich feststellen, dass mein Körper mich bereits verraten hatte und Braunauge bemerkt haben musste, was mir durch den Kopf ging. Sie drückte sich einen Moment lang fest an mich, bewegte sich ein klein wenig an mir, und dann rückten wir gleichzeitig voneinander ab, während sie mich mit besorgter Miene ansah. »Hör mal, Druv«, sagte sie leise. »Vielleicht sollten wir lieber aufstehen, hm? Wir … wir sollten so etwas nicht tun. Dazu sind wir noch nicht alt genug.«

Hastig kletterten wir vom Bett herunter, bis wir voreinander standen und uns gegenseitig anstarrten. Dann hörte ich Schritte auf den knarrenden Treppenstufen.

»Außerdem waren wir gar nicht *im* Bett«, sagte ich. »Wir waren nur *auf* dem Bett.« Dann lachten wir, und der peinliche Moment war vorbei.

Anli kam ins Zimmer. »Na, ihr beiden seht ja sehr glücklich aus«, stellte sie auf besorgniserregende Weise fest. »Gefällt dir dein Zimmer, Druv?«

»Es ist das beste, das ich je gesehen habe. Sind Sie sich wirklich sicher, dass ich es haben kann?«

»Wenn es gut genug für den Regenten ist, ist es auf jeden Fall gut genug für dich«, sagte sie lachend.

Braunauge grinste mich an. »Ich habe es dir nicht gesagt, weil ich dich nicht abschrecken wollte. Der Regent hat hier einmal geschlafen, als er in Pallahaxi war.«

»Oh …« Ich betrachtete das Bett mit neuer Ehrfurcht. Ich überlegte, woran der Regent gedacht haben mochte, als er darin gelegen hatte, und was er geträumt haben mochte, als er darin geschlafen hatte. Ich fragte mich, ob man Wächter vor der Tür postiert hatte. Ich überlegte, ob er vielleicht gedacht hatte, dass Braunauge das hübscheste Mädchen von ganz Erto war – und dann ging mir durch den Kopf: Wenn ja, würde ich ein Attentat auf den verfrorenen Drecksack verüben …

»Natürlich erinnere ich mich kaum noch daran«, sagte Braunauge. »Damals war ich erst drei.« Da lachte ich.

Später, nachdem Anli und Braunauge irgendein privates Mutter-Tochter-Gespräch geführt hatten, machten Braunauge und ich einen Spaziergang über den Fischmarkt und zum Denkmal. Die Pflastersteine waren schlüpfrig von Fischschuppen und Wasser, so dass wir uns an den Händen hielten, damit keiner von uns hinfiel.

»Die Fische werden größer«, stellte sie fest. »Man kann das Stadium der Grume an der Größe der Fische erkennen.« Männer liefen mit gefährlich aussehenden Pieken herum, spießten damit Fische auf und warfen sie in Körbe. Dann gingen wir am Kai entlang.

»Was hat deine Mutter zu dir gesagt?«, fragte ich sie.

Braunauge blieb stehen, legte die Arme auf das Geländer und blickte über das Wasser, das unter uns zähflüssig schwappte. Darauf schwamm die übliche Mischung aus seltsamen Dingen: abgerissene Seilstücke, Netzkorken, tote Fische, nasses Papier. Selbst der Müll im Hafen von Pallahaxi hatte etwas Romantisches. Braunauge hatte sich inzwischen einen gelben Pullover und Jeans angezogen, und für mich gab es keinen Zweifel, dass sie nie zuvor hübscher ausgesehen hatte. Ich überlegte, ob die Liebe so etwas machte.

»Mutter sagte, es wäre nicht richtig, dass ich mit dir im Schlafzimmer war«, antwortete sie. »Also sagte ich, dass ein Schlafzimmer doch nur irgendein Zimmer ist. Worauf sie meinte: Nun ja, nicht ganz, mein Schatz …« An dieser Stelle ahmte Braunauge überzeugend den besorgten Tonfall ihrer Mutter nach. »Auf jeden Fall lief es darauf hinaus, dass ich ihr versprochen habe, dein Zimmer nicht zwischen Sonnenuntergang und Sonnenaufgang zu betreten, was offenbar die gefährlichen Stunden sind.«

»Hm.« Ich war enttäuscht.

»Aber meine Mutter ist ein schlichtes Gemüt und hat vergessen, mich aufzufordern, ihr zu versprechen, dass *mein* Zimmer nicht von *dir* betreten werden darf.«

»Gut.« Jetzt wollte ich das Thema wechseln. Ich hatte das Gefühl, dass sich alles, was in dieser Richtung lag, immer mehr meinem Einfluss entzog. »Was wollen wir heute machen?«

»Bei Bändchen vorbeischauen?«

»Warum machen wir nicht mal was ohne Bändchen? Ich glaube, Wolff trifft sich heute mit ihr, also ist sie ausgelastet. Lass uns mit meinem Skimmer rausfahren.«

Braunauge stimmte begeistert zu, und wir gingen zu Silbernackens Werft. Von ihm selbst war nichts zu sehen, so dass wir uns sofort auf den Weg durch die Holzspäne und umgedrehten Boote zur Gleitbahn machten. Bald darauf hatten wir das Segel des Skimmers gesetzt und trieben durch den Hafen. Braunauge lag im Bug, während ich am Ruder saß. Wir schienen die ganze

Zeit nur Augen füreinander zu haben, und immer wieder musste ich abrupt den Kurs korrigieren, um niemanden umzufahren.

Leute winkten uns vom Kai aus zu und riefen von anderen Booten unsere Namen, und zum ersten Mal wurde mir klar, wie auffällig wir waren. Die Leute *bemerkten*, dass der Sohn eines Parl und die Tochter eines Gastwirts ständig gemeinsam unterwegs waren. Zu früheren Zeiten hätte mich das in tiefste Verlegenheit gestürzt, doch nun stellte ich fest, dass ich es genoss, dass ich sogar stolz darauf war, wenn man mich zusammen mit meinem wunderschönen Mädchen sah.

Wir erreichten den äußeren Hafen und fuhren parallel zur Mole. Dann fiel mir auf, dass etwas mit Braunauges Kleidung anders war. Es hatte irgendetwas mit dem gelben Pullover zu tun.

»Äh … Braunauge«, begann ich vorsichtig, »darin siehst du irgendwie … aufregend aus.«

Plötzlich grinste sie breit und blickte an sich hinab. Ich spürte meinen Pulsschlag im Hals, und mein Herz pochte. »Findest du wirklich?«, fragte sie glücklich. »Ich dachte mir, dass er dir gefallen könnte. Deshalb habe ich den Pullover angezogen. Eigentlich ist er viel zu klein für mich. Nächstes Jahr werde ich ihn wohl gar nicht mehr … Äh … Druv … Glaubst du, dass es überhaupt ein nächstes Jahr für uns gibt? Ich liebe dich so sehr, dass es mir Angst macht.«

»Ich werde den ganzen Winter hierbleiben«, sagte ich zuversichtlich. »Ich werde immer hier sein, nachdem jetzt …« Damit kehrten die Gedanken zurück.

»Das mit Alika tut mir leid«, sagte sie leise.

»Schon gut. Mein Zuhause ist jetzt hier …« Doch mein Kopf war von der Unvermeidlichkeit des Abschieds überzeugt. Jedes Jahr waren wir im Sommer nach Pallahaxi gekommen, und jedes Jahr waren wir anschließend wieder nach Hause gefahren, bevor die Traufe begann. So war es immer gewesen. Ich konnte mir vorstellen, wie mein Vater meine Proteste ignorierte und mich unter Anwendung von Gewalt zu irgendeinem Außenposten in der Wildnis schleifte, wie er es immer getan hatte, wenn unsere Diskussionen einen toten Punkt erreicht hatten.

Am Ende der Mole wendeten wir und nahmen Kurs auf das Fingerkap. Viele Fischkutter waren unterwegs, und drei große Skimmer von ungewöhnlicher Form waren in See gestochen. Ständig mussten wir uns ducken, wenn Grummer über uns hinwegsegelten, die nur Fische im Blick hatten und auf nichts anderes achteten. Wir blieben nahe unter den Klippen und sahen zu, wie die Felsen vorbeizogen.

»Druv …«, sagte Braunauge nach einer langen und angenehmen Schweigepause. »Ich glaube, in Pallahaxi baut sich irgendeine Organisation auf. Ich dachte mir, dass ich es dir sagen sollte. Heute früh haben die Leute im Grummer davon gesprochen, dass die Repräsentanten hier einquartiert werden sollen, und viele meinten, dass das nicht funktionieren würde. Sie sagten, wenn diese Parls in der Stadt sind und mit ihren Privilegien keine Rücksicht auf die Rationierungen und die Ausgangssperre nehmen müssen und in unseren Häusern wohnen, könnten bald einige von ihnen tot sein. Ich weiß, dass es schrecklich ist, so etwas zu sagen.«

»Wird es so schlimm?« Die anderen Stadtbewohner sprachen in meiner Gegenwart nie so offen, da sie anscheinend davon ausgingen, ich würde alles meinem Vater weitererzählen.

»Ich glaube, die Sache ist ernst. Ich meine, mir selbst sind die Repräsentanten völlig egal, aber du hast gesagt, dass einer im Ferienhaus deiner Eltern wohnen wird. Ich möchte mir nicht vorstellen, dass deinen Eltern irgendetwas zustößt, um deinetwillen.«

Darauf hätte ich mit zahlreichen zynischen Bemerkungen antworten können, aber ich verzichtete darauf. Braunauge war viel zu nett, um so etwas zu verstehen.

»Schau mal dort!«, sagte ich und zeigte darauf. »Bei den Felsen.« Am Ufer schwamm etwas Großes, das langsam von den Wellen bewegt wurde.

»Oh …« Braunauge wandte den Blick ab.

Ich fuhr näher heran. In dieser Gegend waren die Felsen scharfkantig, und obwohl das Wasser sehr ruhig war, hatte ich die Vision, wie das Boot von einer Zacke aufgerissen wurde. Das Ding trieb mit dem Kopf nach unten auf dem dichten Wasser.

»Das ist ein Lorin«, sagte ich.

»Wie schrecklich ... Was sollen wir tun, Druv?«

Ich dachte angestrengt darüber nach, als ein seltsames Pfeifen zu hören war. Dann zerbrach ein Teil der Felswand mit lautem Knall und kam donnernd herunter. Die Trümmer stürzten mit gedämpftem Platschen ins Meer, das sich schon im nächsten Moment wieder beruhigt hatte. Ich fuhr herum und sah drei Dampfskimmer, die wir schon vorher gesehen hatten und inzwischen näher herangekommen waren. Sie fuhren an der Außenseite der Mole entlang. Weiße Wölkchen stiegen von den Dampfkanonen an Deck auf.

Es waren astanische Kriegsschiffe. Sie nahmen Pallahaxi unter Beschuss.

Es waren Schaufelraddampfer wie die *Ysabel*, aber damit hörte die Ähnlichkeit auch schon auf. Diese astanischen Schiffe waren Skimmer. Der besseren Manövrierbarkeit halber hatten sie keine Segel, sondern zwei übergroße Schaufelräder auf beiden Seiten. Plötzlich drehten sie sich alle gleichzeitig fast um die eigene Achse und steuerten wieder das offene Meer an. Mit den wirbelnden Schaufelrädern schienen sie beinahe wie Motorwagen über die Oberfläche zu fahren. Ihre Schornsteine stotterten in schnellem Schnaufen, und Säulen aus blassem Rauch schossen senkrecht nach oben, als sie beschleunigten, nach Süden abdrehten und zurück in Richtung Hafen stürmten, während wieder der dumpfe Donner ihrer Kanonen hörbar wurde.

Auch wenn sie von Astanern erbaut waren – es waren wunderbare Maschinen. Jedes Gefährt war mit zwei hohen Schornsteinen und mittschiffs mit großen Deckaufbauten ausgestattet. Die Motoren mussten gewaltig sein. Als Skimmer hatten sie kaum Freibord, aber bei vollem Tempo schien es, als würden die Rümpfe kaum noch das Wasser berühren. Auf dem Vorderdeck erhob sich ein kurzer Mast, an dem die unheilverkündende astanische Flagge wehte: eine goldene, stilisierte Zuckerpflanze auf rotem Hintergrund. Das Deck starrte vor Dampfkanonen.

Ich konnte erkennen, wie Männer hastig an diesen großen Waffen arbeiteten, als die Astaner einen zweiten Vorstoß unternahmen. Ich fragte mich, warum der Feind nicht langsamer wurde und in aller Ruhe die Stadt beschoss. Doch dann wurde mir klar, dass die Astaner jeden Augenblick mit Gegenfeuer rechnen mussten. Ich sah sogar eine große Kugel, die über uns hinwegflog. Sie schlug nicht weit von dem treibenden Kadaver des Lorin in die Felswand, aber diesmal folgte keine Steinlawine.

Braunauge zuckte zusammen. In ihren Augen stand keine Furcht, nur tiefe Besorgnis, als sie sah, wie die Geschosse über den äußeren Hafen hinweggingen und in der Stadt verschwanden. »Niemand kann etwas dagegen tun«, sagte sie hilflos. »Warum gibt man uns keine Waffen, Druv?«

»Bald, haben sie gesagt«, murmelte ich und fühlte mich in gewisser Weise mitverantwortlich, da ich immerhin der Sohn eines Parls war. »So etwas braucht nun einmal Zeit, Braunauge.«

»Wenn der Goldene Grummer getroffen wird, werde ich Mestler erwürgen!«, rief sie aufgebracht.

Dann war der Angriff vorbei. Die Skimmer rasten aufs Meer hinaus und rammten dabei mehrere kleine Fischerboote. Bald verloren sie sich im Dunst und waren nur noch eine ferne, brutale Erinnerung auf dem ruhigen Wasser. Die Grummer stießen wieder herab, die Fische wanden sich glitzernd. Der Feind war fort.

Die Schäden waren nur geringfügig. Am späteren Nachmittag gab es eine spontane Versammlung am Denkmal, und es wurde berichtet, dass als einzige Verluste zwei zertrümmerte Loxkarren in der Nähe der alten Fischfabrik zu beklagen waren, außerdem drei gesunkene Fischerboote auf dem Meer und zwei weitere im inneren Hafen, das Dach von Olabs Bäckerei, in das eine Kanonenkugel geschlagen war – und sehr viel Stolz der Bewohner von Pallahaxi. Auf der Versammlung ging es leidenschaftlich zu, und es wurde darüber gesprochen, zur neuen Fischfabrik zu marschieren, aber schließlich traf Kraftprotz mit seinem Boot im Hafen ein und schaffte es, die Leute zu beruhigen. »Die rechte Zeit wird kommen«, sagte er unheilvoll.

Bändchen traf uns kurz vor der Ausgangssperre, während alle bereits zu ihren Häusern eilten. »Hört mal, hat jemand von euch Silbernacken gesehen?«, fragte sie. »Vater sucht schon den ganzen Tag nach ihm, seit ich ihm gesagt habe, dass er als Lotse auf der *Ysabel* war.«

»Äh … wir haben ihn gesehen«, antwortete ich unbehaglich.

»Daran erinnere ich mich nicht, Druv«, sagte Braunauge verwirrt. »Wo?«

»Er … äh … die Leiche unter der Klippe. Das war kein Lorin, Braunauge. Da bin ich mir ganz sicher. Sie hat sich im Wasser gedreht, und ich habe das Gesicht von der Seite gesehen. Es war Silbernacken.«

Die Mädchen starrten mich entsetzt an. »Was sollen wir jetzt tun, Druv?«, fragte Bändchen.

»Ich werde Mestler zur Rede stellen.« Plötzlich hatte ich einen schrecklichen Verdacht – und ich erinnerte mich daran, dass Mestler nicht wusste, dass wir Augenzeugen des Untergangs der *Ysabel* gewesen waren.

15

Als die Grume ihren Höhepunkt erreichte, stand die Regierung vor einem praktischen Problem, was die Durchsetzung der Ausgangssperre betraf. Offenbar hatte vorher niemand daran gedacht. Die Parls stammten aus dem Binnenland, aus Alika im Süden oder Horlox im Norden. Selbst Mestler war trotz seiner guten astronomischen Kenntnisse nicht in den Sinn gekommen, dass jetzt die Zeit kam, wo die Sonne ständig schien, wo es nicht mehr dunkel wurde und der Grund für die Ausgangssperre wegfiel. Und es gab auch keine geheimen Stunden mehr, in denen die Parls heimlich kommen und gehen und Waren geliefert werden konnten. Nun donnerten die Laster im Hellen durch die Stadt, und die Militärpolizei konnte ihre Geheimaufträge nicht mehr im Schutz der Dunkelheit ausführen.

Verständlicherweise ließen sich Mestler und seine Männer in den Tagen nach dem Angriff der Astaner nicht in der Öffentlichkeit blicken. In der Stadt kursierten die wildesten Gerüchte, und es verging kaum ein Standardtag ohne eine spontane Versammlung am Denkmal. Einige forderten von Kraftprotz, dass er eine Abordnung zur neuen Fischfabrik führte – die nun allgemein als Stützpunkt der Parls bekannt war –, aber der Fischer blieb hartnäckig. Damit würde man nichts erreichen. Ihm war klar, dass man eine Versammlung vor dem Werkstor sofort unter Androhung von Waffengewalt auflösen würde.

Ich besuchte mehrmals meine Eltern und fand sie in zunehmend ernster Stimmung vor. Beim zweiten Mal hielt sich ein Fremder im Haus auf. Vater stellte ihn mir als Zeldon-Trahn vor, und ich glaubte ihn flüchtig von meinen gelegentlichen Besuchen im Parlamentsgebäude von Alika wiederzuerkennen.

»Sind schon alle anderen Repräsentanten eingetroffen?«, fragte ich. »In der Stadt habe ich noch keine Fremden gesehen.«

Vaters Miene verhärtete sich. »Du wirst sie auch kaum zu Gesicht bekommen. Zu meinem Bedauern ist die Feindseligkeit unter deinen Freunden in Pallahaxi so groß, dass anständigen Männern abgeraten werden sollte, die Stadt zu betreten. Zeldon-Trahn ist hier bei uns in Sicherheit – aber kannst du dir vorstellen, dass ein Parlamentarier durch die Straßen spaziert, während dieses Tier Kraftprotz frei herumläuft? Wohl kaum. Sie müssen in der Fischfabrik untergebracht werden – unter großen Entbehrungen, wie ich hinzufügen möchte.«

»Ach was, Burt«, sagte Trahn lächelnd. »So schlimm ist es gar nicht.«

»Ich schäme mich dafür, mit dieser Stadt in Zusammenhang gebracht zu werden. Die Bewohner sind nicht mehr als unwissende Rüpel ohne jeglichen Respekt für ihre Herrscher!« Vater starrte mir ins Gesicht und stand kurz vor einem Wutanfall, wobei er Trahns Anwesenheit völlig vergessen zu haben schien. »Horlox-Mestler spricht heute zu ihnen, aber ich habe zu ihm gesagt, dass es reine Zeitverschwendung und obendrein ein höchst gefährliches Unterfangen ist. Aber leider …« Er riss sich wieder zusammen und zwang sich zu einem Lächeln. »So ist Mestler nun einmal. Der Mann ist ohne jede Furcht, wenn es um die Erfüllung seiner Pflichten geht.«

Wir sprachen noch eine Weile, und ich gewann den Eindruck, dass Trahn ein durchaus angenehmer, aufmerksamer Mann war, der erkannte, was wirklich hinter Vaters alberner Demagogie steckte. Später unterhielt ich mich in der Küche kurz mit meiner Mutter und fragte sie nach der Kriegskarte, aber sie war nicht gewillt, über dieses Thema zu diskutieren, und nach einer Weile ging ich mit dem Gefühl einer gewissen Erleichterung.

Ich hörte das Signal der Dampfpfeife des Ausrufers, während ich zur Stadt hinunterging, und als ich den Fischmarkt erreichte, stand Mestler auf einer umgedrehten Kiste, von der aus er eine inoffizielle Rede vor der kleinen Menge hielt. Er hatte den Prunk des Tempels aufgegeben und versuchte es nun mit einem bodenständigeren Ansatz. Gleichzeitig verzichtete er auf große Ankündigungen und wandte sich an ein kleineres Publikum, das seine Botschaften per Mundpropaganda in der übrigen Stadt verbreiten sollte. Auf diese Weise verhinderte er eine organisierte Opposition und die damit verbundenen Unannehmlichkeiten.

Die Akustik unter dem Dach des Fischmarkts war nicht gut, und ständig kamen von den Seiten Grummer hereingeflogen, die die Leute zwangen, sich besorgt zu ducken, und sich lauthals um den Besitz von Fischresten stritten. Trotzdem waren alle in der Lage, den Tenor von Mestlers Ansprache zu verstehen.

Wie es schien, war es zu unvermeidlichen Verzögerungen gekommen, was die Versorgung Pallahaxis mit Munition betraf, weil die Astaner wichtige Industriestädte im Binnenland überrannt hatten. Das war in Anbetracht des kürzlich erfolgten Angriffs durch die astanischen Kriegsschiffe höchst bedauerlich, aber Mestler versicherte den Stadtbewohnern, dass die Regierung alles in ihrer Macht Stehende unternahm, um den Engpass zu beseitigen. Die Regierung war unserer großartigen Stadt sehr dankbar für ihren Beitrag zur Kriegsführung und wollte in Anerkennung dessen gewisse Sicherheitsmaßnahmen lockern, deren Unbeliebtheit man erkannt hatte, obwohl sie seinerzeit notwendig gewesen waren. Die Ausgangssperre war von nun an aufgehoben, und die Militärpolizei wurde zurückgezogen.

»Ich dachte, Sie hätten gesagt, die Polizei wäre zu unserem Schutz hier!«, rief jemand, aber es war zu spät. Mestler lächelte und nickte und war bereits von der Kiste heruntergestiegen, um sich zu seinem wartenden Motorwagen zu begeben.

Ich lief ihm hinterher, drängte mich durch die Menge, die den Wagen umstand, und fragte: »Könnte ich kurz mit Ihnen reden, Horlox-Mestler?«

Er hatte sich bereits gesetzt, als er aufblickte und mich bemerkte. Er lächelte, sagte etwas zu seinem Fahrer und winkte mir, einzusteigen und mich neben ihn zu setzen. Bald fuhren wir durch die Straßen von Pallahaxi, während die Leute buhten, zischten und Steine warfen. Ich zitterte und war entsetzt über die konzentrierte Feindseligkeit, von der ich umgeben war. Ich entschied, dass es vielleicht doch keine so großartige Sache war, ein Parl zu sein. Eine Weile noch schlugen Steine auf die Holzkarosserie, dann hatten wir die Stadt hinter uns gelassen.

Mestler sagte dem Fahrer, dass er anhalten sollte, dann wandte er sich mir zu. »Ich glaube kaum, dass du zur Fischfabrik mitkommen möchtest«, sagte er lächelnd. »Was kann ich also für dich tun, mein Junge?« Seine Augen funkelten freundlich, als er mich mit seiner Nett-zu-Kindern-Persönlichkeit anstrahlte. Der Widerstand der Städter hatte ihn kaum berührt und war offenbar schon längst vergessen. Meine Mutter hätte gesagt: Wie nett von Horlox-Mestler, dass er die Mühe auf sich nimmt, sich mit dir zu unterhalten, Schatz.

»Hören Sie mir zu«, sagte ich grob. »Haben Sie Silbernacken gesehen?«

Es folgte eine Pause, und ich hörte, wie der Auspuff eines Lasters hinter uns rauer klang, als er die ebene Hauptstraße verließ und sich die Steigung des Hügels hinaufkämpfte. Hier gab es nur wenige Häuser, aber ich sah eine alte Frau, die uns durch das Fenster einer baufälligen Hütte auf der anderen Straßenseite beobachtete.

»Silbernacken war ein Freund von dir, nicht wahr?« Das Funkeln in Mestlers Augen war verschwunden.

»Nicht unbedingt ein Freund. Aber ich kannte ihn. Einen Moment mal!« Erst jetzt wurde mir bewusst, dass wir die Vergangenheitsform benutzten, und ich fragte mich, ob Mestler mir eine Falle gestellt hatte. »Warum sagen Sie ›war‹? Wollen Sie damit andeuten, dass er tot ist?« Ich glaube, dass ich genau den richtigen erschrockenen Tonfall in meine Stimme legte.

Der Laster ließ die Pfeife ertönen, als er den Hügel hinauf und in unsere Richtung tuckerte, aber er hatte mehr als genug Platz zum Überholen. Mestler runzelte leicht die Stirn.

»Hast du die Liste nicht gesehen? Sie hängt am Tempel aus. Silbernacken war eins der bedauernswerten Todesopfer, die der

Untergang der *Ysabel* gekostet hat. Er hatte keine Chance. Eine schreckliche Sache.«

Jetzt pochte mein Herz wild, und meine Handflächen waren feucht. Als der Lärm des Lasters näher kam, drehte ich mich zu Mestler herum und starrte ihm ins Gesicht. Ich war bereit, aus dem Motorwagen zu springen.

Das war der Moment, als ich endgültig mit den Parls brach, mit meinen Eltern, mit der ganzen verfrorenen Mörderbande. Mestler sah es in meinen Augen, und seine Miene zeigte nun keine Freundlichkeit, keine onkelhafte Herablassung mehr. Ich öffnete den Mund, um ihn zu beschimpfen, doch plötzlich ging sein Blick an mir vorbei. Er starrte hügelabwärts und riss die Augen auf.

»Was ist los? Raus aus dem Wagen, Junge! Schnell!«

Wir verließen hastig den Motorwagen, als der Fahrer des Lasters von seinem Sitz sprang und sich zu unseren Füßen auf dem Boden abrollte. Ein Stück weiter kam ein großer Mob schweigend und zielstrebig den Hügel heraufmarschiert. Der fahrerlose Laster tuckerte an uns vorbei. Ich drehte mich um und sah, wie er weiterfuhr, aber bereits langsamer wurde. Dann driftete er mit metallisch knirschenden Rädern auf eine Seite der Straße und kam abrupt in einem Graben zum Stehen.

Der Fahrer war aufgesprungen und hatte Mestlers Ärmel mit einer deformierten Hand gepackt. »Nichts wie weg von hier!«, schrie er. Es war Patscher.

»Was ist los?«

»Der Laster!«, rief er. »Er wird in die Luft fliegen. Ich habe mir alle Mühe gegeben, Mestler, ich schwöre es bei Phu! Ich habe ihn aus der Stadt herausgebracht.«

Nach einem kurzen Blick auf den bedrohlich qualmenden Laster rannten wir zurück in Richtung Stadt und hielten erst hinter einem beruhigend großen öffentlichen Radiator an. Sofort stießen die Städter zu uns, die aus der entgegengesetzten Richtung den Hügel heraufgekommen waren. Kraftprotz hatte die Führung übernommen. Er packte Patschers Arm. »Ist dir klar, dass du mindestens drei von uns verletzt hast, als du wie ein Irrer an uns vorbeigerauscht bist?«

»Das Sicherheitsventil klemmte, als ich die Klippenstraße runterkam«, erklärte Patscher, dem fast die Tränen kamen. »Ich war schon in der Stadt, und der Druck stieg immer schneller. Ich musste weiterfahren. Ich musste aus der Stadt raus, bevor die Kiste hochgeht! Ich habe mein Leben aufs Spiel gesetzt, verstehst du?«

Kraftprotz' Miene blieb grimmig. »Wenn irgendjemand stirbt, hat sich der Einsatz deines Lebens nicht gelohnt«, sagte er leise. Er blickte den Hügel hinauf. Etwa zweihundert Schritt entfernt stieg täuschend ruhig Dampf vom verlassenen Laster auf. Er wurde mit Holz befeuert, also konnte man nichts tun außer abwarten, während das Feuer im Ofen brannte und sich der Druck aufbaute. Würde er wie ein Motorwagen mit Destill betrieben, hätte man den Brenner abschalten und das Fahrzeug vielleicht retten können. Wir beobachteten schweigend.

»Wenigstens war er auf dem Rückweg von der Fischfabrik«, sagte jemand. »Also geht außer dem leeren Laster nichts anderes zu Bruch.«

»Wollen wir hoffen, dass es so ist«, sagte Kraftprotz unheilverkündend.

Patscher zitterte heftig, und nichts erinnerte mehr an den selbstbewussten und rechthaberischen Flegel, als den ich ihn kennengelernt hatte. Schweiß tropfte ihm vom dicken Hals und hinterließ rosafarbene Spuren in der Schmutzschicht auf der Haut. Seine fetten Brüste bebten. »Lasst uns von hier verschwinden!«, jammerte er plötzlich. »Wir sind viel zu nahe!«

Mestler wirkte plötzlich alt und geschlagen. Er hatte schon seit einiger Zeit geschwiegen und Kraftprotz beobachtet. Schließlich ergriff er das Wort. »Ich glaube, es wäre besser, wenn Sie diese Leute nach Hause schicken, Kraftprotz«, sagte er leise. »Wir sollten vermeiden, dass irgendjemand verletzt wird, wenn das Ding explodiert. Ich wäre Ihnen sehr verbunden, wenn Sie dafür sorgen, dass sich die Menge auflöst.«

Zuerst schien Kraftprotz überrascht zu sein, dann kniff er die Augen zu schmalen Schlitzen zusammen. »Machen Sie sich keine Sorgen, Mestler. Wir gehen das Risiko ein. Ich glaube, die Stadtbewohner finden, dass sich das Risiko lohnt, beobachten zu können, wie ein Parl-Laster hochgeht.«

Bändchen traf ein, aber ihr Vater war viel zu sehr auf den Laster konzentriert, um es zu bemerken. Ich erzählte ihr, was los war, und sie riss aufgeregt die Augen auf. »Braunauge wird es bedauern, das hier verpasst zu haben«, sagte sie.

»Wo ist sie?«

»Im Grummer. Sie wartet dort auf dich.«

»Rax! Ich kann hier jetzt nicht weg. Der Laster könnte jeden Moment in die Luft fliegen.«

Bändchen grinste mich an. »Willst du damit sagen, dass ein einfacher Dampflaster aufregender ist als Braunauge?«

In diesem Moment kam Wolff herbeigeeilt. »Ach, da seid ihr!« Er betrachtete die Menge mit aristokratischer Verachtung. »Rax, was für ein Mob! Lass uns von hier verschwinden, Bändchen. Ich glaube, heute ist ein guter Tag für einen Spaziergang am Kai.«

Bändchen blickte ihn hochmütig an. »Wenn du glaubst, ich würde auf all das hier verzichten, nur um mit dir am Kai spazieren zu gehen, scheinst du von äußerst schlichtem Gemüt zu sein. Jedenfalls hast du dir noch nicht einmal die Mühe gemacht zu fragen, was hier vor sich geht. Ich vermute, du glaubst, wir alle stehen hier einfach nur *geistlos* herum wie irgendwelche Lox.«

Ihre Erwiderung war ein perfektes Beispiel, wie ich Bändchen kennengelernt und wofür ich sie gehasst hatte – und ich war entzückt, dass der Schlag diesmal gegen Wolff gerichtet war.

Mestler kam näher heran und griff nach unseren Armen. »Ihr beiden seid jetzt gute Jungs und geht wieder nach Hause, ja?«

»Verfrieren Sie, Mestler«, sagte ich.

Wolffs Unterkiefer klappte herunter, als er mit ungläubiger Miene abwechselnd auf mich und Mestler starrte. Bändchen kicherte und nahm meine Hand. Wolff sah es, schluckte und sagte dann: »Gewiss, Horlox-Mestler.« Er machte kehrt und lief mit schnellen Schritten den Hügel hinab.

Mestler sah mich immer noch an; in seinen Augen war wieder dieser gealterte Blick und noch etwas anderes. »Druv und Bändchen, tut es mir zuliebe«, sagte er. »Nur mir zuliebe, nicht für die Parls oder den Regenten, ja? Bittet Kraftprotz, diese Versammlung aufzulösen und alle nach Hause zu schicken.«

»Also *wirklich*, Mestler!«, trällerte Bändchen. »Ich habe nicht den *geringsten* Einfluss auf meinen Vater. Und ich bin mir ziemlich sicher …«

Ich fasste sie an den Hüften, drehte sie herum und flüsterte ihr ins Ohr: »Bändchen, bitte hör zu.«

»Ach ja?«

»Ich glaube wirklich, dass es wichtig sein könnte, dass die Leute sich von hier entfernen. Hier geht es um irgendetwas, von dem keiner von uns etwas weiß. Mestler meint es ernst. Auch ich halte ihn für einen Gauner, aber er ist keiner von den ganz schlimmen.«

»Sag mir, dass du mich hübsch findest.«

»Phu, du weißt, dass ich dich hübsch finde. Aber sag Braunauge nicht, dass ich das gesagt habe.«

»Ach du liebe Zeit, warum muss das Leben so *kompliziert* sein?« Bändchen blinzelte und wandte sich wieder Mestler zu. »Also gut, ich werde tun, was ich kann. Weil Druv mich darum gebeten hat, verstehen Sie?«

Sie ging zu ihrem Vater und zog ihn beiseite. Ich sah, dass er immer wieder zu mir schaute, während sie leise mit ihm sprach.

Mestler wirkte in sich zusammengesunken und mitleiderregend, während er die beiden beobachtete. Ich berührte ihn am Arm, worauf er erschrocken zusammenzuckte.

»So«, sagte ich. »Jetzt erzählen Sie mir, warum Sie beziehungsweise Ihre Leute Silbernacken umgebracht haben.«

Er senkte den Blick und sagte nichts. Nach einer Weile kehrte Bändchen mit ernster Miene zu uns zurück.

»Es tut mir leid, Druv«, sagte sie. »Ich habe mir wirklich Mühe gegeben. Aber Vater glaubt, dass hier etwas Merkwürdiges vor sich geht. Dass irgendetwas mit der Fracht des Lasters nicht stimmt. Er meint, dass alle hierbleiben sollten, um zu sehen, was es ist.«

»Aber da ist nichts«, murmelte ich und versuchte, nicht darüber nachzudenken …

»Trotzdem danke, Druv«, sagte Mestler. »Und auch dir, Bändchen. Dein Vater ist ein guter Mann, er ist jemand, den man lieber auf seiner Seite haben sollte, wenn man nicht weiß, wer die eigentlichen Feinde sind … Ich werde jetzt gehen. Passt aufeinander auf – und auf die nette kleine Braunauge …«

Er wandte sich um und ging fort. Es wirkte fast beiläufig, wie er sich durch die Menge bewegte, und der Abschied hatte etwas Endgültiges. Ich lief ihm hinterher und hielt ihn am Arm fest. »Mestler! Was ist mit Blinz geschehen?«

Er blickte sich um, aber ich konnte nicht sagen, ob er meine Frage gehört hatte oder nicht. Ich glaube, ich selbst hatte die Frage schon vergessen, als ich die Trostlosigkeit in seinen Augen sah. Er befreite sich aus meinem Griff, oder ich ließ ihn los, und er entfernte sich von der Menge, hügelaufwärts.

»Mestler!«, brüllte Kraftprotz. »Kommen Sie zurück! Ich will Sie hier haben!«

Er dachte, Mestler würde vor uns die Flucht ergreifen, um vielleicht in der Fischfabrik Schutz zu suchen. Doch ich wusste instinktiv, dass es eine andere Art von Zuflucht war, die Mestler suchte …

Mestler stieg in die Kabine des Dampflasters und saß still da. Er wirkte ruhig, nachdenklich und wie ein ganz normaler Mann. Auch die Menge war still geworden, während alle abwarteten und ich hörte, wie Bändchen plötzlich schluchzte und ihre Hand meine fester drückte.

Da explodierte der Kessel.

Es lief nicht so ab, wie ich erwartet hatte. Ich hatte mit einem Knall und einem Blitz und einer mächtigen Druckwelle gerechnet, die den Boden erschütterte und die Dachschindeln von der Hütte gegenüber fegte. Ich hatte mit etwas Gewaltigem, Spektakulärem gerechnet.

Stattdessen hörte ich ein plötzliches *Knacken*, auf das ein beständiges lautes Rauschen folgte, wie das Getöse eines riesigen Wasserfalls. Im nächsten Moment wurde die Straße von einer großen Dampfwolke überflutet, die wogend und kochend den Hügel herunter auf uns zu rollte. Die Menge löste sich auf und ergriff die Flucht, und Bändchen und ich rannten mit, wobei wir uns immer noch an den Händen hielten. Nach einer Weile blieben wir stehen und schauten zurück. Alles schien vorbei zu sein. Verlegen und nervös lachend stiegen die Leute wieder den Hügel hinauf.

Der Dampf hatte sich fast vollständig verflüchtigt, nur noch ein paar Wölkchen stiegen vom Kessel auf. Aus dieser Entfernung war kein Schaden zu erkennen, und Mestler saß immer noch in der Fahrerkabine. Die Normalität der Szene jagte mir einen eiskalten Schauder über den Rücken – und als ich das rhythmische Schnaufen eines Auspuffs hörte, schrie ich vor Schreck auf – glaube ich zumindest. »Er hat ihn angelassen«, wiederholte eine Frau ständig. »Er hat ihn angelassen.« Die Menge zögerte, doch dann trat Kraftprotz vor.

»Das ist nur ein anderer Laster, Männer!«, rief er. »Er kommt von der Fischfabrik!«

Es war seltsam, dass niemand den Toten am Lenkrad erwähnte. Wir scharten uns um die Ladefläche des Lasters, und ein paar Männer stiegen hinauf und banden die Plane los, nachdem sie gerufen hatten, dass etwas darunter verborgen war. Mein Blick wanderte immer wieder zum sachte dampfenden Mestler hinüber, und ich hatte das Gefühl, dass wir ihn um Erlaubnis fragen sollten. Es war nicht richtig, das Fahrzeug eines Toten zu plündern. Dann bewegte er sich, als die Männer auf dem Laster herumsprangen, und sein Kopf fiel zur Seite, so dass ich sein Gesicht sah … Er war offenbar sehr schnell gestorben, wenn er immer noch in der gleichen Haltung dagesessen hatte.

Unter triumphierenden Rufen wurde die Plane zurückgeschlagen. Die Seitenwände klappten scheppernd herunter. Große schwarze Maschinenteile kamen auf der Ladefläche zum Vorschein. »Dampfkanonen!«, schrie jemand. »Das sind unsere Dampfkanonen, Männer! Jetzt sind wir in Sicherheit vor den astanischen Schiffen!«

Kraftprotz stieg auf die Ladefläche und hob die Hand, um den Jubel zum Verstummen zu bringen. »Es sind zweifellos Dampfkanonen«, rief er. »Aber sie waren nicht für uns bestimmt. Ich möchte, dass ihr alle euch daran erinnert, was Mestler vor kurzem unten auf dem Fischmarkt gesagt hat. Er sagte, die Lieferung hätte sich verzögert, dass es noch Tage dauern würde, bis die Kanonen hier eintreffen. Also frage ich mich, für wen diese Kanonen bestimmt waren. Diese Waffen, die durch die Stadt gefahren wurden, auf einem Laster, der angeblich leer sein sollte.«

»Die Fischfabrik!«, rief ein Mann. »Bei Phu, sie denken zuerst an sich selbst, bevor sie die Stadt schützen!«

»So dürfte es sein«, sagte Kraftprotz, nachdem das angewiderte Geheul nachgelassen hatte. »Sie haben das Parlament in die neue Fischfabrik verlegt, und das Parlament muss geschützt werden, und Pallahaxi kann zum Rax gehen! So und nicht anders denken die Parls. Aber Mestler konnte die Bürde seiner Schuld nicht mehr ertragen. Er ahnte, wie wütend wir werden, wenn wir herausfinden, was wirklich gespielt wird. Also hat er Selbstmord begangen. Wenn das kein Beweis für die üblen Machenschaften des Parlaments ist, weiß ich nicht, was es sonst ist. Auf jeden Fall«, er schlug auf den langen Lauf einer Kanone, »müssen sie wegen dieser Dinger hier kein schlechtes Gewissen mehr haben. Wir werden sie auf der Mole aufstellen!«

»Aber das ganze andere Zeug ist nicht dabei«, sagte ich zu Bändchen. »Eine Kanone braucht auch eine Esse und einen Kessel. Die Rohre allein sind völlig nutzlos.«

Sie sah mich an und sagte dann etwas, das für sie erstaunlich scharfsinnig war. »Wir brauchen die *Kanonen*, Druv. Die Essen und Kessel sind *ziemlich* überflüssig, mein Guter.«

Ich grinste, und als ich das Poltern des näher kommenden Lasters hörte, trat ich vor, um den Hügel hinaufzublicken. Der

Fahrer hatte die Maschine gedrosselt, als er die Menge gesehen hatte, und nun rollte das Fahrzeug langsam auf uns zu.

»Vielleicht sollten wir auch seine Fracht etwas genauer in Augenschein nehmen«, sagte Kraftprotz. Er sprang von der Ladefläche des Lasters und trat mitten auf die Straße, die kräftigen Arme erhoben.

Der Laster hielt ein paar Schritt vor ihm an, und der Fahrer streckte nervös den Kopf heraus.

»Was ist passiert? Was ist los?«

»Nur ein kleiner Unfall«, teilte Kraftprotz dem Mann mit. »Jetzt zu dir. Was transportierst du mit deinem Laster?«

Der Fahrer befeuchtete sich die Lippen. »Äh … Konservendosen natürlich. Was zum verfrorenen Rax erwartest du von einer Fischfabrik? Fisch in Dosen für die Städte im Binnenland.« Jetzt drängten sich alle um ihn, und der Fahrer blickte immer wieder zu den freiliegenden Kanonen auf dem anderen Laster hinüber.

»Eine Dose mit Fisch würde mich jetzt sehr glücklich machen«, sagte Kraftprotz. Er kletterte auf die Ladefläche des Lasters und riss die Plane zur Seite. »Wie schade«, sagte er leise. »Du scheinst schon alles verkauft zu haben. Die Ladefläche ist leer.« Er sprang neben die Fahrerkabine und packte den verängstigten Fahrer mit seinen großen Händen. »Der Laster ist leer, du verfrorener Lügner!«

»Ich … ich schwöre, dass man mir gesagt hat, er wäre beladen!«

Patscher war vorgetreten und zitterte vor Furcht. »Und mir hat die verfrorene Bande erzählt, meiner wäre leer!«, jammerte er. »Die Parls haben uns hereingelegt!«

»Ach, halt die Klappe«, rief Kraftprotz angewidert. »Selbst der dümmste Fahrer merkt, ob sein Laster beladen oder unbeladen ist, weil es sich anders anfühlt. Ihr beiden werdet von den Parls bezahlt und seid selber zu Parls geworden. Irgendjemand soll sie fesseln und dann zum Tempel bringen. Ich werde später mit ihnen reden. Jetzt wollen wir die Kanonen auf diesen Laster umladen. Es ist unwirtschaftlich, wenn er leer durch die Gegend fährt, gerade in diesen schweren Zeiten …«

Später, als die Kanonen zur Mole abtransportiert wurden, standen Kraftprotz, Bändchen und ich neben dem zerstörten Laster von Patscher. Die Leiche von Mestler war fortgeschafft worden. Kraftprotz blickte den Hügel hinauf, wo die Straße hinter der Kuppe aus dem Blickfeld verschwand, bevor sie sich zur neuen Fischfabrik hinunterwand. Die Sonne schien hell und beständig, hoch und heiß wie seit Tagen.

»Sie behaupten, in unserem Interesse zu handeln«, sagte er leise. »Dabei bauen sie die ganze Zeit nur ihre eigene kleine Festung auf, eingeschüchtert wie Tratten in ihrem Bau. Ich frage mich, ob sie sich dort wohlfühlen, während die guten Männer sich gegenseitig umbringen. He …« Langsam breitete sich ein erfreuter Ausdruck auf seinem Gesicht aus. »Wäre es nicht großartig, einfach Frieden mit der astanischen Armee zu schließen, wenn sie zu uns kommt? Dann könnten alle zufrieden und glücklich nach Hause gehen, während die Parls allein in ihrem kleinen Fort hocken, bis an die Zähne bewaffnet, aber ohne jemanden, auf den sie schießen könnten …«

16

Nun folgten die Ereignisse so schnell aufeinander, dass ich völlig das Gefühl für Standardtage verlor, während der Glutofen der Sonne Phu am Himmel kreiste und die Grume ihren Höhepunkt erreichte. Der Goldene Grummer hatte nun ununterbrochen geöffnet, und Wanst, Anli, Braunauge und ich arbeiteten häufig im Schichtdienst und manchmal alle zusammen, wenn sehr viel los war. Von Zeit zu Zeit verkroch sich einer von uns und fiel erschöpft ins Bett, um ein paar Stunden zu schlafen, bevor er oder sie wieder zum Dienst erschien. Braunauge und ich nutzten nie die Nähe unserer Zimmer aus. Wir waren selbst für die Liebe zu müde.

Als ich einmal an ihrem Zimmer vorbeikam, hörte ich ein Geräusch und wunderte mich, weil ich sie eben noch in der Bar gesehen hatte. In diesen Tagen waren sämtliche Zimmer belegt. Parls und andere Flüchtlinge kamen aus ganz Erto und sammelten sich am Brennpunkt Pallahaxi. Wahrscheinlich war einer dieser Reisenden ins falsche Zimmer gegangen. Weil ich mir Sorgen machte, dass irgendein Rüpel meinem Mädchen auflauern könnte, klopfte ich an die Tür und trat einen Moment später ein.

Braunauges Mutter lag auf dem Bett und weinte. Ich wollte gerade wieder gehen, als sie leise nach mir rief. Also ging ich zu ihr und stand mit einem sehr unangenehmen Gefühl neben dem Bett.

»Was ist los, Anli?«, fragte ich.

Sie starrte mich mit leerem Blick an, während ihre Tränen flossen, dann griff sie nach meiner Hand. Sie fühlte sich kalt an, und sie zitterte, obwohl es im Zimmer recht warm war. Ich war mir nicht sicher, ob ihr wirklich bewusst war, wen sie vor sich hatte. Ich löste mich von ihr, deckte sie zu und ließ sie dort liegen. Einige Zeit später war sie wieder unten in der Bar, servierte Getränke, lachte und führte politische Diskussionen mit den Gästen, als wäre alles in bester Ordnung, als hätte es nie ein Problem gegeben.

Dann kam eine Phase, als sich nur wenige Gäste einfanden, und Wanst schlug Braunauge vor: »Warum nimmst du dir nicht einen freien Tag und gehst mit Druv spazieren oder segeln oder irgendetwas anderes?« Er blickte besorgt ins Gesicht seiner Tochter. »Du siehst blass aus, Mädchen. Du musst unbedingt in die Sonne. Deine Mutter und ich können uns eine Zeit lang selbst um das Geschäft kümmern.«

»Bist du dir wirklich sicher, Vater?«, fragte Braunauge, während sie mich anlächelte.

»Nun geht schon, ihr beiden«, forderte Anli uns lachend auf. »Bevor Wanst es sich anders überlegt. Aber haltet euch von der anderen Seite der Stadt fern, ja?«

»Warum?«

»Die Parls erwähnten, dass sie sich heute die Kanonen zurückholen wollen«, sagte Wanst verbittert. »Es wundert mich, dass sie den Mut dazu haben. Deshalb ist heute niemand hier. Alle sind drüben an der Mole.«

Schweigend machten wir den Skimmer fertig. Ich wusste, dass wir beide an Silbernacken dachten. Obwohl immer noch ein paar Männer zwischen den Booten auf der Gleitbahn arbeiteten, wirkte die Werft irgendwie leer ohne die haarige Gestalt und die unberechenbare Persönlichkeit ihres Inhabers. Ich fragte mich, wem die Firma jetzt gehörte, ob Silbernacken irgendwelche Verwandten hatte, die das Geschäft übernehmen würden. In mir schwelte Wut, wenn ich daran dachte, wie der Mann zum Ufer getrieben war, nachdem er alles gegeben hatte, um die *Ysabel* sicher zum Kai zu lotsen, worauf die Parls an Land ihn einfach … Was eigentlich? Hatten sie ihn erschossen, während er auf sie zugeschwommen war?

Dann hatte die langsame Strömung ihn um das Fingerkap getrieben, und sie mochten gedacht haben, dass die Raubtiere oder die Grume-Reiter die Leiche rasch entsorgen würden. Wahrscheinlich war inzwischen nichts mehr von ihm übrig. Andererseits war es denkbar, dass Silbernacken, während der Wasserpegel weiter gesunken war, irgendwo zwischen den Felsen unter der Klippe gestrandet war, stark lädiert, aber immer noch mit der belastenden Kugel aus dem Spanngewehr im Körper, die die Lüge der Parls entlarven würde, er sei in der Katastrophe »verlorengegangen«.

Schon dieser Begriff ärgerte mich. Was meinten sie eigentlich mit »verloren«? Niemand von der *Ysabel* war »verlorengegangen«. Die Todesopfer waren unter Deck gefangen und in Stücke gerissen worden, als die Kessel hochgingen. Wir wussten, was mit ihnen geschehen war. Die Grummer hatten sie gefressen. »Verloren« war ein vornehmer und optimistischer Euphemismus, der nur meiner Mutter gut zu Gesicht gestanden hätte und der implizierte, dass man sie eines Tages wiederfinden würde, worauf alles wieder gut wäre.

»Hör mal, bist du dir sicher, dass du rausfahren willst, Druv?«, fragte Braunauge besorgt.

»Tut mir leid. Ich habe nur nachgedacht, mehr nicht.« Das Segel füllte sich mit der leichten Brise. »Los geht's!«, sagte ich. Dann schoben wir das Boot an und zogen uns hinein. Das Wasser war wie Klebstoff, und im geschützten Hafen kamen wir nur langsam voran. Nachdem wir abgelegt hatten, besserte sich meine düstere Stimmung. Irgendwann wurde mir bewusst, dass ich Braunauge im Bug beobachtete, worauf ich mich noch besser fühlte. Zahlreiche Skimmer lagen vor Anker, von den Seilen und Ketten glitten lange, schwere Tropfen, während sie auf der zähflüssigen Oberfläche auf und ab schaukelten. Die meisten Fischer waren in der Stadt geblieben, um die Ankunft der Parls zu verfolgen. Ich hoffte, dass es keinen Ärger gab.

Wir glitten mit einer auffrischenden Brise in den äußeren Hafen, und nun wurde die Menge auf der Mole sichtbar. Fast die ganze Stadt schien sich versammelt zu haben. Die Leute standen in Gruppen um die drei großen Kanonen herum, die neben den Bahngleisen aufgestellt worden waren, so dass die langen Rohre tapfer aufs Meer zeigten. Schneeweiße Grummer hockten auf dem schwarzen Eisen und verteidigten mit ausgebreiteten Flügeln ihre Territorien. Die Vögel hatten keine Angst vor der großen Menge.

Mehrere Leute winkten, und ich steuerte näher heran, bis wir parallel zum Steindamm fuhren, auf dem die Mole errichtet worden war. »Wann kommen die Parls?«, rief ich.

»Bald.« Jetzt konnten wir individuelle Gesichter unterscheiden. Ich erkannte Bändchen und ihren Vater. Von Wolff war nichts zu sehen. Bändchen grinste und winkte uns aufgeregt zu. Wir winkten zurück und segelten weiter. Braunauge beobachtete mich nachdenklich, und ich hatte eine ungute Vorahnung.

»Es ist wieder passiert, nicht wahr, Druv?«, sagte sie mehrdeutig, aber offenbar in der Überzeugung, dass ich wusste, was sie meinte.

»Hm?«

»Ich meine, dass du und sie bei der Explosion des Lasters dabei wart und ich mal wieder nicht.«

»Braunauge, das ist nicht meine Schuld. Ich liebe dich.«

Ihr Blick wurde sanfter. »Ich weiß. Aber trotzdem habe ich dieses dumme Gefühl, dass ich, wenn ich immer wieder den Anschluss verliere, am Ende auch dich verlieren werde. Das geschieht nicht, oder, Druv?«

»Niemals«, sagte ich und fragte mich, warum ich mich so verfroren schuldig fühlte.

»Fahr weiter, sonst will sie noch mitkommen.« Tatsächlich lief Bändchen parallel zu uns die Mole entlang und lächelte uns dabei zu. »Auch sie hat sich verändert«, sagte Braunauge. »Seit kurzem ist sie anders, nicht mehr so herrisch. Sie ist netter geworden … Warum ist sie so verfroren nett geworden?«, jammerte Braunauge leise in plötzlicher Verzweiflung und blickte zum unbestreitbar hübschen jungen Mädchen hinauf, das so selbstbewusst neben uns herlief.

»Sie wird erwachsener und vernünftiger«, sagte ich. »Das passiert mit uns allen. Nach diesem Sommer wird keiner von uns mehr derselbe sein … und in gewisser Weise macht mir das Angst. Ich habe das Gefühl, sehr viel in sehr kurzer Zeit verloren zu haben. Aber ich habe auch viel gewonnen«, fügte ich hastig hinzu.

Die besorgten Unterhaltungen auf der Mole retteten mich vor einer schwierigen Situation. Braunauge reffte das Segel, und auf der klebrigen Oberfläche kam das kleine Boot fast unmittelbar darauf zum Stehen. Wir warteten und beobachteten die Straßenkurve auf der anderen Seite des Hafens. Neben uns wurde es unruhig. Ein sehr großer silbriger, länglicher Fisch wand sich seit kurzem auf dem Wasser, und nun brachten die Grummer den Mut zum Angriff auf. Sie umkreisten uns als schreiender Schwarm, stießen auf den Fisch hinab und schlugen mit ihren scharfen Krallen danach, bis einer der Vögel dem Kopf zu nahe kam. Der Langfisch schnappte und bekam eine flatternde weiße Flügelspitze zu fassen. Dann schaffte er es, wieder ins Wasser einzutauchen und zog den Grummer mit nach unten. Nur noch ein paar helle Federn trieben auf der Oberfläche, die sich gleich darauf wieder beruhigt hatte. Blut quoll in Fäden und Blasen nach oben, ohne sich aufzulösen.

Drei Dampflaster arbeiteten sich schnaufend die Straße am Hafen entlang und pfiffen pausenlos, um sich freie Bahn zwischen den Zuschauern zu verschaffen. Auf den Ladeflächen drängten sich uniformierte Männer, zuerst das Rot der Militärpolizei, dann die gedeckteren Farben der Wachleute von der Fischfabrik auf den folgenden beiden. Die Laster hielten am Rand der Mole neben den eingeholten tiefkieligen Schiffen, und die Männer sprangen herunter. Sie waren mit Spanngewehren ausgerüstet.

»Ich hoffe, dass niemand versucht, etwas Dummes zu tun«, sagte Braunauge. »Es gefällt mir gar nicht, wie diese Männer aussehen. Es macht den Eindruck, als *wollten* sie ihre Waffen benutzen, wie vor einiger Zeit an der neuen Fischfabrik.«

Die Stadtbewohner schrien und reckten die Fäuste, aber Kraftprotz' Stimme war deutlich zu hören, als er die Menge zur Vernunft rief. Die Soldaten hatten sich formiert und marschierten im Pulk über die Mole, gefolgt von den schnaufenden Lastern. Nur ein Mann stellte sich ihnen in den Weg, nachdem er sich von seinen Kameraden losgerissen hatte und den Soldaten entgegenrannte. Ich konnte nicht genau sehen, was danach geschah. Plötzlich war er von meinem niedrigen Blickwinkel aus nicht mehr sichtbar, während die Soldaten rücksichtslos weitermarschierten. Sie hielten an der ersten Kanone an und warteten, bis der Laster herangekommen war. Eine weitere Dampfsäule stieg hinter den Häusern auf, und bald kam die Lokomotive in Sicht, die einen mobilen Kran schob. Auf der Ladefläche unter dem Kran wimmelte es von roten Uniformen.

In verhältnismäßig kurzer Zeit wurden die Kanonen verladen, dann stiegen die Soldaten auf, und die Laster fuhren zurück, verfolgt von sinnlosen Schmährufen und Beschimpfungen. Kraftprotz stand über uns. Er hatte den Kopf gesenkt, und seine Schultern wirkten erschlafft. Bändchen ging zu ihm und legte einen Arm um ihn. Sie reckte sich auf Zehenspitzen empor und flüsterte ihm etwas ins Ohr. Er grinste sie unglücklich an, legte seinen gewaltigen Arm um ihre Schulter, und dann gingen sie gemeinsam davon.

»Hör mal, Druv …« Braunauge wand sich unbehaglich. »Es tut mir leid, dass ich all diese dummen Dinge über Bändchen gesagt habe. Ich mag sie wirklich.«

Als wir bis zum Leuchtturm gefahren waren und dann auf der Meerseite der Mole gegen die Brise aus dem Westen segelten, hatte sich die Menge zerstreut. Die Kanonen, die nur drei Tage lang die Symbole für die Entschlossenheit der Stadtbewohner gewesen waren, sich selbst zu verteidigen, mit denen Pallahaxi der Staatsgewalt eine lange Nase gedreht und seine Unabhängigkeit demonstriert hatte, waren nicht mehr da. Ich fühlte mich an die Zeit erinnert, als mein Vater mich nach dem Tumult im Goldenen Grummer zum Ferienhausarrest verurteilt hatte.

Braunauge und ich waren in bedrückter Stimmung. Die Sonne war heiß, und die Luft schwer und feucht. Nachdem die Grummer die Meeresoberfläche gründlich von kleinen Fischen gesäubert hatten, wurden nun die größeren nach oben gedrückt und lagen überall herum, heftig oder schwach zuckend, je nachdem, wie lange ihr Todeskampf bereits gedauert hatte. Verschiedenste Arten von Müll waren vom Grund nach oben getrieben: altes Holz, Tang, Schaum. Das Meer stank.

»Vielleicht war es doch keine so gute Idee, segeln zu gehen«, sagte Braunauge. »Wir können immer noch umkehren und stattdessen einen Spaziergang machen. Heute ist es hier draußen nicht so nett.«

»Lass uns noch ein kleines Stück weiterfahren«, sagte ich. »Hinter dem Kap ist es vielleicht gar nicht mehr so schlimm. Dort biegt die Strömung ab. Was wir hier sehen, ist der Dreck aus der ganzen Umgebung.« Ich hatte etwas Bestimmtes im Sinn, aber ich wollte Braunauge nicht beunruhigen. Ich wollte nachsehen, ob die Leiche immer noch unter den Klippen lag, und wenn ja, die Todesursache bestimmen …

Braunauge blickte skeptisch auf das Wasser, und ich konnte erkennen, dass ihre Gedanken in ähnlichen Bahnen verliefen. Wenn die Leiche nicht am Ufer angespült worden war, konnte sie durchaus irgendwo in unserer Nähe treiben. Jedes Mal, wenn wir gegen ein Stück Treibgut stießen, schrak Braunauge zusammen und lugte besorgt über die Bordwand.

»Druv«, sagte sie plötzlich und blickte aufs Meer. »Ich glaube, da drüben sind Grume-Reiter.« Sie zeigte auf den Horizont, wo weißes Gestöber zu erkennen war.

»Wahrscheinlich Grummer«, versuchte ich sie zu beruhigen. »Aber wir werden sowieso in der Nähe der Küste bleiben. Dann können wir jederzeit auf die Felsen springen, falls etwas passiert.« Ich steuerte das Boot näher an die Klippen heran.

Wir kamen an der Stelle vorbei, wo wir die Leiche gesehen hatten, aber jetzt war sie nicht mehr da. Ein großer schwarzer Fisch trieb nicht weit entfernt mit dem Bauch nach oben im

Wasser. Ein Grummer hatte den Kadaver für sich beansprucht und die Krallen ins glänzende Fleisch geschlagen, während er uns eifersüchtig beäugte. Bald entspannte sich Braunauge sichtlich, als wir das Fingerkap hinter uns gelassen hatten und das Wasser klarer wurde. »Er ist fort«, sagte sie mit einem langen Seufzer, als hätte sie minutenlang den Atem angehalten. »Er ist fort, fort, fort.«

»Die Parls haben ihn getötet. Ich habe Mestler darauf angesprochen, aber er wollte nichts dazu sagen. Dann war mir alles klar. Sie müssen ihn erschossen haben, kurz nachdem wir gesehen haben, wie er zum Ufer geschwommen ist. Ich vermute, die verfrorenen Kerle hatten keine weitere Verwendung für ihn.«

»Ja, aber bitte sprich nicht mehr darüber, Druv. Schau mal, gefällt dir mein Kleid?«

Ich musste über diesen naiven Themenwechsel schmunzeln. »Ja, aber was ist mit dem gelben Pullover passiert?«

»Oh …« Ihr Gesicht verfärbte sich. »Mutter hat gesagt, dass ich ihn nicht tragen soll. Sie meinte, er wäre … zu eng, weißt du. Er war wirklich zu eng.«

»Zu aufregend, hat sie gemeint. Sie scheint befürchtet zu haben, ich würde … äh …« Ich verstummte verwirrt, weil ich plötzlich in tückische Gewässer geraten war.

»Schau mal, da ist der neue Kai«, sagte Braunauge beiläufig. »Glaubst du, dass sie ihn noch häufig benutzen werden, nachdem die *Ysabel* gesunken ist?«

»Ich denke schon. Sie haben ihn bestimmt nicht nur für ein einziges Schiff gebaut. Hier wurden auch schon Fischkutter entladen … Rax! Pass auf!«

Ein Grume-Reiter hatte auf einem Felsen gehockt und sich gesonnt. Als er unseren Skimmer sah, hob er mit einem Schnauben den Kopf und glitt ins Wasser, vielleicht fünfzig Schritt von uns entfernt. Mit wirbelnden Flossen beschleunigte er rasch und sprang buchstäblich über die dichte Oberfläche auf uns zu.

»Leg dich hin, Druv!«, drängte Braunauge.

Verängstigt gehorchte ich und ließ mich nach unten gleiten, bis ich auf dem Boden des Skimmers lag. Braunauge tat dasselbe und kroch an meine Seite, während sie mich stumm mit besorgtem Blick ansah. Im Windschatten heizte sich meine Kleidung unter der Sonnenstrahlung auf, und ich kam ins Schwitzen, was allerdings nicht nur an der Hitze lag.

Ein Ruck ging durch den Skimmer, als der Grume-Reiter frontal dagegenstieß. Es folgte wütendes Gebell. Wasser regnete in öligen Tropfen auf uns, als das Geschöpf sich schnaubend und in wütender Enttäuschung gegen den dünnen Rumpf warf. Dann wurde es eine Weile ruhig, und wir hielten den Atem an, während wir darauf horchten, wie der Grume-Reiter hörbar keuchte.

Das Boot neigte sich, und ein Schatten fiel auf uns. Ich wand mich zur Seite und kuschelte mich dichter an Braunauge, als ein stumpfer Kopf über der Bordwand auftauchte, sich hin und her drehte und kurzsichtig mit täuschend sanftmütig wirkenden Augen das Innere musterte. Der nach Fisch stinkende Atem des Tieres schlug mir entgegen, und ich schluckte vorsichtig und leise. Längere Zeit blickten das Tier und ich uns gegenseitig an.

Mit einem angewiderten Schnauben zog sich dann der schwarze Kopf zurück, und das Boot erhielt einen kräftigen, entschiedenen Schlag, als sich der Grume-Reiter abstieß und davonrobbte. Wir blieben liegen und atmeten so leise wie möglich, während das Segel schlaff herabhing. Es wurde immer heißer, nachdem die leichte Brise nun offenbar ganz eingeschlafen war. Schließlich zog ich mich ein Stück hoch und wagte einen kurzen Blick über die Bordwand.

Das Meer lag flach wie ein Spiegel da. Der einsame Grume-Reiter ließ in etwa hundert Schritt Entfernung langsame Tropfen aufspritzen, als er sich an einem Kadaver ergötzte und mit wütendem Knurren die herabstoßenden Grummer vertrieb. Braunauge kam neben mir hoch, sorgsam darauf bedacht, den Grume-Reiter nicht wieder durch allzu plötzliche Bewegungen auf uns aufmerksam zu machen. »Was sollen wir jetzt tun, Druv?«, flüsterte sie. »Wenn wir versuchen, zum Kai zu paddeln, wird er uns sehen.«

Ich blickte zum Ufer und schätzte die Entfernung ein. »Wir müssen irgendetwas tun, und zwar schnell«, sagte ich. »Wir treiben immer weiter ab.« Ich schaute mich auf dem Meer um, das eine mattgraue Färbung angenommen hatte, da die Sonne vorübergehend hinter einem Dunstschleier verschwunden war. In der Nähe gab es eine große Fläche, wo das Wasser dunkler als sonst schien. Etwas weiter weg, etwa vor der Mündung des Flusses, wurde die glatte Fläche durch Wellen unterbrochen, wie Brandung, wie eine einzelne Flutwelle, die sich in unsere Richtung bewegte. »Was ist das?«, fragte ich.

Braunauges Stimme zitterte. »Das ... das sind Grume-Reiter, Druv. Ein ganzes Rudel. So treten sie normalerweise auf. Dieser hier scheint ein Einzelgänger gewesen zu sein.«

»Äh ... was werden sie tun?«

»Sie werden uns einfach überrennen ... Wie letztes Jahr, als ein Fischer einem Rudel Grume-Reiter zum Opfer fiel. Sie sind ins Boot gesprungen und haben dann ...«

Sie musste es gar nicht weiter beschreiben. Ich konnte mir bildlich vorstellen, wie die Horde aus kräftigen Raubtieren, von denen jedes so groß wie ein ausgewachsener Mann war, unser winziges Boot umzingelte und schließlich über die niedrigen Bordwände sprang ...

Unwillkürlich wanderte mein Blick nach Steuerbord, zur dunkleren Meeresfläche. Große träge Blasen stiegen auf und platzten, als würde der Ozean rülpsen, angewidert vom Dreck, der seine Haut beschmutzte.

Braunauge sprach leise weiter. »Uns bleibt nicht viel Zeit, Druv. Ich wünschte ... ich wünschte, wir hätten nicht so viel Zeit damit verbracht, uns kennenzulernen. Bitte küss mich, schnell.«

Ich beugte mich über sie und gab ihr einen langen, intensiven Kuss. Sie schlang die Arme um mich und weinte an meiner Schulter, während ich beobachtete, wie das Rudel der gefräßigen Grume-Reiter in unsere Richtung gestürmt kam. Ich hob das

Paddel vom Boden des Boots auf und hielt es mit beiden Händen. Mehr hatten wir nicht, um uns zu verteidigen, und ich wollte nicht sterben, ohne es wenigstens versucht zu haben.

Ich hatte noch nie so große Angst gehabt, und trotzdem dachte ich nur an Braunauge, dass die verfrorenen Grume-Reiter zuerst mich töten mussten, bevor sie an sie herankamen …

Der einzelne Reiter unterbrach sein Festmahl und hob den Kopf, während er hoch auf dem dichten Wasser schwamm. Er musterte das sich nähernde Rudel, dann wandte er sich ab und raste in westlicher Richtung davon, in einer Wolke aus wirbelnden Flossen und Tropfen. Ich blickte zum Ufer, doch jetzt war es viel zu weit entfernt. Wir würden es niemals schaffen, zum Kai zu gelangen, bevor das Rudel uns erreicht hatte.

Braunauge versteifte sich in meinen Armen. Sie hatte den Blick abgewandt und auf das Meer gestarrt. »Da!«, sagte sie keuchend. »Druv, schau dir das an!«

Der dunkle Schatten unter der Oberfläche nahm jetzt feste, klar umrissene Formen an. Immer mehr Blasen stiegen auf und platzten. Sie rochen nach nassem Holz, nach Tau und Teer. Ich sah genau hin und erkannte nun Decks, zerbrochene Spieren und Schotts. Alles tauchte langsam aus den Tiefen der Pallahaxi-Rinne auf und trieb auf uns zu. Es war ein unheimlicher Anblick, und ich vergaß die Grume-Reiter und alle Gefahren. Ich zitterte in abergläubischer Furcht, als die Grume die *Ysabel* vom Meeresboden emporhob …

Die gezackte Spitze eines abgebrochenen Mastes stieß in zwanzig Schritt Entfernung durch die Oberfläche, scheinbar ohne Zusammenhang mit dem übrigen Wrack, von dem es durch eine silberne Fläche getrennt war. Doch bald tauchte auch das tropfende schwarze Ruderhaus auf, formlos und mit zertrümmerten Fenstern, aber wiedererkennbar. Dann wurden die Schotts sichtbar. Sie stöhnten leise, als das zähe Wasser widerstrebend herausfloss und frische Luft in die Kabinen strömen ließ. Bald war das gesamte Oberdeck aufgetaucht, von dem das Wasser wie schwerfälliges Quecksilber abfloss.

Ich stieß das Paddel in die Grume und bewegte den Skimmer auf das nicht weit entfernte Wrack zu, während die Grume-Reiter immer näher kamen und ich bereits ihr hungriges Gebell hörte. Sie hatten uns gesehen. Ihre Formation hielt genau auf uns zu, und sie schlossen die Reihen, um ihre Beute zu überrennen. Dann stieß der Skimmer gegen das schwere Holz der *Ysabel*, und ich hielt mich daran fest, während Braunauge aufs Deck kletterte. Ich folgte ihr, ohne das Paddel aus der Hand zu legen, doch in der Eile rutschte ich aus, spürte, wie der Skimmer unter mir wegglitt. Dann stürzte ich dem Wasser entgegen, bis mein Kopf gegen den schwarzen Rumpf schlug und in Licht und Finsternis explodierte …

Meine Finger umklammerten etwas Hartes, und ich zog mich vorwärts und nach oben, immer noch halb bewusstlos, aber angetrieben von der Angst vor den Raubtieren, die sich jeden Moment auf mich stürzen mussten. Wie lange war ich bewusstlos gewesen, wie lange …? Ich hob den Kopf, während ich mich weiterkämpfte, und sah in einer Vision, wie Braunauge vor der Helligkeit des Himmels stand. Sie ragte über mir auf, mit erhobenem Paddel, und schlug zu, schlug immer wieder auf die springenden Gestalten um uns herum ein.

Ich kroch weiter, und allmählich nahm das Deck unter mir Gestalt an. Ich spürte, wie es schwankte, während es langsam von der Grume nach oben gedrückt wurde. Jetzt hörte ich auch Braunauge, wie sie in atemloser Verzweiflung schrie und mit dem Paddel um sich schlug. »Lasst ihn in Ruhe, ihr verfrorenen Biester, lasst ihn in Ruhe, lasst ihn in Ruhe …«

Ich stand wankend auf und bemühte mich, den Nebel aus meinem Kopf und meinen Augen zu vertreiben. Dann trat ich vor und nahm meiner Braunauge behutsam das Paddel aus den Händen, mit dem sie auf die reglosen Gestalten eingeschlagen hatte. Ihre Lippen formten lautlose Worte, ihre Augen blickten starr. Ich rollte drei Kadaver über die Bordwand. Wir befanden uns jetzt mindestens zwei Schritt über dem Wasser. Sie tauchten mit dumpfem Platschen ein. Die Grume-Reiter kamen sofort herangestürmt, zerrissen sie und verschlangen sie mit grunzenden Lauten. Dann zogen sie sich in Richtung Süden zurück.

Braunauge drückte die Hände gegen die Schläfen. Ihr Geist schien wieder aufzuwachen, und ihr Körper begann zu zittern. Sie war an den Beinen und an der Schulter verletzt, und ihr hübsches Kleid war zur Hälfte aufgerissen und hing ihr in Fetzen um die Hüften. Ich legte einen Arm um sie und führte sie zu einem Schott, wo ich sie drängte, sich hinzusetzen. Dann riss ich mir mein zerfetztes Hemd vom Leib, befeuchtete es und reinigte ihre Wunden so vorsichtig wie möglich. Sie hatte einen tiefen Schnitt an der Schulter, aus dem Blut sickerte, aber ihre bezaubernden Brüste waren unversehrt. Ich küsste sie zärtlich, während ich sie sauberwischte. Dann zögerte ich kurz, bevor ich entschied, dass es Dinge gab, die wichtiger als Züchtigkeit waren. Weil ihre Hüfte blutig war, ließ ich sie aufstehen und befreite sie von ihrer restlichen Kleidung. An der Hüfte hatte sie eine kleine Wunde, die ich reinigte und küsste. Dann säuberte ich ihren übrigen Körper, während ihr Lächeln zurückkehrte und sie mir übers Haar strich, während ich vor ihr kniete.

»Jetzt du«, sagte sie mit Nachdruck. Also zog ich mich aus und ließ mich von ihr waschen, langsam und sehr gründlich. Ich bemerkte gar nicht, ob ich irgendwo verletzt war oder nicht. Dann trat sie zurück, sah mich lange völlig offen an und grinste schließlich.

»Wer hat behauptet, dass wir beide niemals etwas Schlimmes erleben würden?«, sagte sie.

17

Von den abgebrochenen Masten und den verbogenen Schornsteinen tropfte Schleim, und sie waren mit Tang behangen, woraus wir die Schlussfolgerung zogen, dass die *Ysabel* kopfüber zum Meeresboden gesunken war. Als die Grume dann dichter geworden war, hatte sie sich losgerissen, und nachdem das Schiff fast sämtliche Deckfracht verloren hatte, war es zügig wieder emporgestiegen und hatte sich dabei wieder aufgerichtet.

Keiner von uns beiden hatte es eilig, Pallahaxi über diese Neuigkeit zu informieren.

Wir lagen eine Weile auf dem Deck, um uns zu erholen, während die heiße Sonne unsere Wunden trocknete und Braunauge mit den glitzernden Kristallen auf dem Körper wie ein wunderschönes Schmuckstück aussah. Es wäre völlig überflüssig gewesen, unsere Kleidung wieder anzuziehen, zumal keine anderen Schiffe in Sicht waren. Also schauten wir uns gründlich auf dem Deck um, das nun ebenfalls funkelte, als das wassergetränkte Holz trocknete. Wir schauten uns die Maschinen und die Reste der Deckfracht an, aber die meiste Zeit betrachteten wir uns gegenseitig.

Wir schafften es, die Tür zum Ruderhaus zu öffnen, zerrten ein Bündel aus feuchtem Segeltuch heraus und ordneten es mehrfach gefaltet auf dem Deck an. Als langsam Dampf aufstieg, sah ich Braunauge an, und auf ihrem strahlenden Gesicht stand ein ernster, beinahe verzweifelter Ausdruck, während sie mich musterte. Ihr Blick wanderte suchend und hungrig über meinen Körper, was mich verlegen machte. Dann kicherte sie plötzlich und griff nach mir, worauf wir uns wild und verspielt umarmten, während die Kristalle von unserer Haut regneten und wir wie Idioten lachten.

Seitdem habe ich oft gedacht, wie glücklich wir uns schätzen konnten, dass wir uns so sehr liebten. Andernfalls wäre es schwierig geworden, weil eigentlich keiner von uns beiden wusste, was wir tun sollten. Wir rauften uns im warmen, feuchten Segeltuch und lachten immer noch, wanden uns, als der Stoff an uns klebte, unbeholfen, weil wir uns nicht loslassen wollten. Wir wollten uns so viel und so gründlich wie möglich berühren. Dann hielten wir für einen Moment inne, als wir feststellten, dass wir ausgestreckt, nackt und näher als je zuvor nebeneinanderlagen, und es gab nichts, was uns daran hätte hindern können, diese wunderbare, geheimnisvolle Vereinigung zu vollziehen, wie Erwachsene es tun – nur taten wir es in kindlicher Unwissenheit.

Ich küsste Braunauges weiche, salzige Lippen, und irgendwann lag ich auf ihr, und sie bewegte sich unter mir. Ihre Beine öffneten sich, und ihre Hüfte drängte mir entgegen. Ich stieß in sie, weil das etwas war, das ich einfach tun *musste*. Doch dann sah ich, wie sie zusammenzuckte, also hörte ich sofort auf. Fast hätte ich geweint, weil ich ihr wehgetan hatte.

»Bitte, liebster Druv, mach weiter«, flüsterte sie und lächelte, während ich sah, dass eine Träne in ihrem Augenwinkel stand. Ich tat es, und plötzlich war sie warm und weich und wunderbar und kribbelnd, und es konnte nur gut sein. Bald wurden unsere Bewegungen hektischer, und die ganze Sache spielte sich unabhängig von meinem Bewusstsein ab. Ich hätte keine Möglichkeit gehabt, die Ereignisse zu beeinflussen, weil sie einfach geschahen und geschahen. Braunauge stöhnte: »Druv, Druv, oh …«, und ihre Augen blickten wild, als sie in meine starrten, und wir wollten uns immer näher sein, immer näher, bis die furchterregend wundervolle Explosion kam … und kam … und kam …

Später stand die Sonne immer noch hoch am Himmel, so dass wir nicht sagen konnten, wie lange wir dort gelegen hatten. Ich gähnte und streckte mich und spürte, wie sich Braunauge neben mir regte. Ich streichelte ihre Hüfte und küsste sie. Dann öffnete sie die Augen und lächelte und rieb sich an mir. »Druv ...?«

»Ich glaube, wir sollten allmählich zurückfahren. Auf diesem Schiff sind Sachen, die man in der Stadt gut gebrauchen kann.« Von der Deckfracht waren zwei Dampfkanonen übrig geblieben, und zweifellos befand sich in den Frachträumen weitere Kriegsausrüstung, die vermutlich sehr bald in Pallahaxi benötigt wurde.

»Oh, Rax! Ich möchte, dass du mich noch einmal liebst, Druv. Immer und immer wieder. Ich will nie mehr von hier wegfahren. He, weißt du was?« Ihr Schmollmund verzog sich zu einem Grinsen. »Jetzt wirst du mich heiraten müssen, Druv. Ich werde meinen Eltern erzählen, wie du die Situation ausgenutzt hast, und dann musst du mich heiraten. Und dann werden wir uns jede Nacht lieben, für immer. Wir werden zusammen in dem Bett schlafen, in dem auch der Regent geschlafen hat.«

»Braunauge, du wirst es doch nicht wirklich deinen Eltern erzählen, oder?«

»Ich werde es tun, wenn du mich nicht sofort noch einmal liebst.«

Ich kroch hastig aus unserem improvisierten Bett, weil ich sonst nie wieder herausgekommen wäre. Ihre gierigen kleinen Hände folgten mir unentwegt, und es gab einen Moment, wo ich fast umgekehrt wäre, aber ich schaffte es, mich zu befreien und aufzustehen. »Komm jetzt«, sagte ich.

Sie blickte widerspenstig zu mir auf. »Ich sehe doch, dass du auch willst! Du kannst mich nicht täuschen!«

»Braunauge, Schatz, natürlich will ich. Aber verstehst du nicht? Jetzt haben wir endlich die Gelegenheit, den Streit zwischen der Stadt und den Parls beizulegen. Wir müssen es den Leuten so schnell wie möglich sagen, bevor noch jemand zu Schaden kommt. Anschließend gehe ich mit dir in dein Zimmer, wenn deine Eltern arbeiten. Gut?«

»Das will ich hoffen.« Sie erhob sich und zog die Reste ihres Kleides an, während sie mich die ganze Zeit schelmisch angrinste.

»Um Phus willen.« Auch ich zog mich eilig an. Dann griff ich mir Braunauge und rückte ihr Kleid zurecht, wo sie absichtlich eine kleine Brust unbedeckt gelassen hatte, um mich wahnsinnig zu machen. Mir kam in den Sinn, dass es jetzt sechzig Tage her war, seit ich in Pallahaxi eingetroffen war und Braunauge wiedergesehen hatte. Es war schwierig, das scheue kleine Mädchen in der schmutzigen Kleidung auf dem Strand mit dieser verführerischen Sirene in Einklang zu bringen, die ganz genau erkannt hatte, welche Macht sie mit ihrer Schönheit auf mich ausüben konnte. Ich fragte mich, ob ich genauso schnell erwachsen geworden war wie sie – und ich glaubte, dass es wahrscheinlich so war.

Nun war ich in der Lage, in größeren Zusammenhängen zu denken, die Zukunft zu berücksichtigen und die Realität des Krieges zu sehen. Noch vor sechzig Tagen hätte ich niemals daran gedacht, zur Stadt zurückzueilen, um das Wiederauftauchen eines gesunkenen Schiffs zu melden. Ich hätte abgewartet, dass die Leute es von selbst merkten, während ich Schleuderball spielte oder Tratten jagte.

Wir stiegen in den Skimmer und stießen uns vom glitzernden Rumpf der *Ysabel* ab. Der Wind hatte wieder aufgefrischt, und das Segel blähte sich. Bald glitten wir um das Fingerkap, und die Mole und Pallahaxi lagen vor uns. Obwohl nichts mehr von den Grume-Reitern zu sehen war, hielt ich mich in Küstennähe. Einmal blickte ich zurück auf die *Ysabel*, die funkelnd wie eine Torte mit Zuckerguss auf der Grume schwamm. Ich fragte mich, wie lange sie an der Oberfläche bleiben würde, denn in ein paar Tagen würde die Grume nachlassen. Das Schiff würde an Auftrieb verlieren und erneut zum Grund der Pallahaxi-Rinne sinken. Bevor das geschah, konnte es entladen oder sogar an Land geschleppt werden – obwohl es vermutlich unwirtschaftlich wäre, es zu reparieren. Die Explosion der Kessel hatte den Rumpf aufgerissen.

Schließlich erreichten wir den Hafen und segelten zur Gleitbahn der Werft, die einst Silbernacken gehört hatte. Wir zogen den Skimmer aus dem Wasser, bauten den Mast ab und verstauten beides in einer Ecke des Bootshauses. Dann gingen wir zum Kai, wobei wir uns in der zerfetzten Kleidung sehr auffällig vorkamen – und davon überzeugt waren, dass jeder Idiot uns ansehen konnte, dass wir uns geliebt hatten.

Bändchen und Wolff saßen auf dem Sockel des Denkmals. Sie wirkten gelangweilt und fütterten die Botenvögel mit Brotkrümeln. Die kleinen Vögel waren verständlicherweise recht nervös und flatterten jedes Mal auf, wenn der große Schatten eines Grummers über sie hinwegstrich. Informationen von der Kriegsfront kamen in letzter Zeit immer sporadischer, weil so viele Botenvögel von Grummern geschlagen wurden, bevor sie den Nachrichtenposten von Pallahaxi erreichen konnten. Die wenigen Meldungen, die es bis hierher geschafft hatten, waren nicht sehr ermutigend gewesen – sie hatten mich in meiner Ansicht bestätigt, dass es manchmal besser war, unwissend zu bleiben.

Bändchen warf uns nur einen einzigen Blick zu und wusste Bescheid. »Ihr beiden seht aus, als hättet ihr viel Spaß miteinander gehabt«, sagte sie mit einem geheimnisvollen Lächeln. »Irgendwann musst du mir das Geheimnis verraten, Braunauge. Aber jetzt solltet ihr euch erst einmal etwas anziehen. Die Leute gucken schon.«

Ich drehte mich schuldbewusst um und dachte, dass vielleicht wieder Braunauges Brust freilag, aber sie machte einen durchaus anständigen Eindruck. Allerdings wurde mir klar, was Bändchen meinte. Mein Mädchen war ein leuchtender Blickfang, wie sie in ihren Lumpen dastand. Ihre Haut schien eine ganz neue Qualität angenommen zu haben, was nicht nur an den Grume-Kristallen lag, während ihr wunderschönes Gesicht eine Seligkeit und freudige Erfüllung ausstrahlte, die nur noch einen winzigen Schritt von totaler Selbstgefälligkeit entfernt war. Unwillkürlich musste ich sie anstarren, während sie uns aus ihrer Festung der Liebe anlächelte, und ich hörte, wie Bändchen sehnsüchtig kicherte.

Unterdessen warf der ahnungslose Wolff den Vögeln Brotkrumen zu. »Sagt mal, müssen wir den ganzen Tag lang hier rumsitzen?«, beklagte er sich.

»Ach, halt die Klappe«, fuhr Bändchen ihn an, bevor sie damit weitermachte, Braunauge zu bewundern. »Und was habt ihr gemacht?«, fragte sie. »Ich meine, was habt ihr *sonst noch* gemacht?«

»Bändchen, wir müssen dringend mit deinem Vater sprechen«, sagte ich. »Die *Ysabel* ist wieder aufgetaucht.«

»Oh … gut.« Bändchen stand sofort auf. Sie wirkte gar nicht besonders überrascht, was vermutlich daran lag, dass ein solches Phänomen an dieser Küste gar nicht so unüblich war. »Ich glaube, er ist oben am Tempel. Ich begleite euch. Ist noch irgendetwas da, das sich zu bergen lohnt?«

»Zumindest zwei Kanonen auf dem Deck. Ich vermute, dass in den Frachträumen noch mehr ist, obwohl das Schiff ein verfroren großes Loch im Rumpf hat. Aber vielleicht können wir uns damit wenigstens ein bisschen verteidigen, wenn die astanischen Kriegsschiffe zurückkommen sollten.«

»Falls die Parls uns gestatten, das Zeug zu behalten«, sagte Bändchen nachdenklich.

»Diesmal würden sie es nicht wagen, es uns wegzunehmen. Schließlich haben sie gesagt, die Fracht der *Ysabel* sei für die Stadt bestimmt gewesen.«

»Das haben sie nach dem Untergang des Schiffes gesagt«, gab Bändchen zu bedenken. Ich hoffte, dass ihr Vater nicht genauso zynisch dachte, sonst wäre meine Hoffnung auf eine Versöhnung zwischen der Stadt und den Parls vergebens.

Braunauge, Bändchen und ich machten uns über die Hauptstraße auf den Weg zum Tempel. Wolff folgte uns mit gewissem Abstand. Ich konnte mir vorstellen, dass es ihm peinlich wäre, wenn man ihn mit uns beiden in unserem derzeitigen lädierten Zustand sah, aber er wollte offenbar trotzdem nichts verpassen. Braunauge hatte kaum ein Wort gesagt, seit wir an Land gegangen waren. Sie war nur dazu in der Lage, leise vor sich hinzulächeln und eine Seligkeit auszustrahlen, die jeden anzuschreien schien, der sie betrachtete – was jeder tat, während wir auf der Hauptstraße von Pallahaxi unterwegs waren. Und die Art, wie sie meine Hand festhielt, verriet den Leuten, wer dafür verantwortlich war ... Ich überlegte schon, wie ich jetzt noch ihren Eltern unter die Augen treten konnte.

Vor dem Tempel wurden wir mit einer unangenehmen Szene konfrontiert. Kraftprotz befragte die Lasterfahrer – Patscher und den anderen Mann –, ohne sich groß um Höflichkeitsformen zu scheren. »Also gut, ihr verfrorenen Mistkerle!«, brüllte er gerade. »Jetzt sagt mir endlich, was wirklich los ist! Wenn sie den Fisch gar nicht ins Binnenland liefern, was machen sie dann damit? Ihn essen?« Er hatte sich vor den beiden aufgebaut, die gefesselt am Boden lagen.

»Ich weiß es nicht«, wimmerte Patscher, »ich weiß es wirklich nicht ... Ich habe nicht mehr getan, als meinen Laster zu fahren und keine Fragen zu stellen.« Er hatte eine zangenartige Hand aus der Fesselung befreit und hielt sie ausgestreckt hoch, als wollte er einen weiteren Fußtritt abwehren.

»Vater!«, rief Bändchen, und Kraftprotz drehte sich sofort um. Sein Gesicht verwandelte sich, als er seine Tochter sah. Ich überlegte, wie ich schon zuvor überlegt hatte, ob es möglich war, dass Eltern und Kinder sich liebten. Warum hatte ich das nie erlebt? Dann fiel Kraftprotz' Blick auf Braunauge und mich, und sein liebevolles Lächeln wurde zu gewöhnlicher Freundlichkeit, was bei einem Erwachsenen immerhin ganz angenehm war. »Druv und Braunauge haben dir etwas Wichtiges mitzuteilen«, sagte Bändchen.

»Meinen Glückwunsch«, murmelte Kraftprotz ironisch und starrte Braunauge fasziniert an, als würde er sie zum ersten Mal sehen. »Du darfst dich verfroren glücklich schätzen, Druv.«

Ich musste lachen, und Braunauge errötete nicht einmal. »Das ist es nicht, Kraftprotz«, sagte ich. »Wir waren mit meinem Skimmer drüben an der Rinne, und die *Ysabel* ist wieder hochgekommen.« Ich beschrieb ihm das Ereignis.

»Heißt das, sie ist immer noch da?«, fragte er, bevor ich alles berichten konnte. »Sie ist ganz aufgetaucht?«

»Sie wird noch weiter auftauchen, wenn ihr die Kanonen vom Deck geborgen habt.«

»Und das werden wir … das werden wir.« Er ging auf und ab und dachte angestrengt nach. »Sobald ich ein paar Männer und Boote zusammengetrommelt habe. Wir haben meinen Skimmer und einen in der Werft des armen alten Silbernacken. Außerdem die von Bordin und Großkopf … Vier Boote dürften genügen. Nur noch zwei Kanonen sind übrig, sagst du? Das ist schade …« Dann wandte er sich an seine Gefangenen. »Es wird eine ganze Weile dauern, bis ich wiederkomme, also habt ihr jetzt sehr viel Zeit zum Nachdenken. Und eins solltet ihr nicht vergessen. Als heute die Soldaten kamen, um die Kanonen zurückzuholen, haben sie sich nicht die Mühe gemacht, auch euch beide einzusammeln. Lasst euch das durch den Kopf gehen, wenn ihr zu entscheiden versucht, auf wessen Seite ihr steht.«

»Weißt du, wo mein Vater ist?«, fragte ich Kraftprotz.

Seine Augen wurden kalt. »Man hat ihn vor kurzem gesehen, wie er in Richtung der neuen Fischfabrik durch die Stadt gefahren ist. Dieser Trahn war bei ihm. Was willst du von ihm?«

»Natürlich möchte ich ihm von der *Ysabel* erzählen. Auf dem neuen Kai waren keine Parls, die das Auftauchen hätten beobachten können. Ich glaube, er weiß noch gar nicht, dass sie wieder hochgekommen ist.« Dann kam mir in den Sinn, dass es vielleicht ein Fehler war, Kraftprotz in mein Vorhaben einzuweihen.

»Kannst du nicht abwarten, bis sie es von selbst merken?«

»Kraftprotz, verstehst du nicht? Es wäre eine Chance, die Parls und die Stadtbewohner wieder zusammenzubringen. Sie haben uns die Kanonen versprochen, und jetzt sind sie da – unsere Kanonen und keine, von denen sie behaupten können, wir hätten sie gestohlen. Sie können uns helfen, die *Ysabel* zu entladen und die Kanonen aufzustellen, und uns zeigen, wie man sie bedient.

Wir können uns nicht weiter gegenseitig bekämpfen, während die Astaner hinter den Hügeln lauern!«

Er musterte mich aufmerksam, während ich sprach, und als ich fertig war, schüttelte er den Kopf. »Deine Ansichten gefallen mir, Druv, aber ich kann dein Vertrauen in die Parls nicht teilen. Aber egal, wir werden sehen. Geh los und erzähl es deinem Vater – aber mir wäre es lieber, wenn meine Tochter dich nicht begleitet. Ich sehe schon, wie wir alle uns eine verfrorene Schlacht um die *Ysabel* liefern.«

Wir liehen uns einen Loxkarren aus, und Braunauge und ich machten uns auf den Weg, den Hügel hinauf und aus der Stadt hinaus. Anfangs war das Tier langsam und widerspenstig, aber dann bemerkte ein Lorin unser Problem, ließ sich von einem Baum am Straßenrand fallen und nahm den Lox an die Hand. Er lief neben dem Zugtier her und ermutigte es zum Weitertrotten. So erreichten wir die Hügelkuppe und sahen das vor uns liegende Flusstal.

Das Delta war fast völlig ausgetrocknet. Nur noch Streifen aus braunem Schlamm zogen sich durch das Land, und der Fluss war auf einen glitzernden Faden zusammengeschrumpft. Eine einzige schmale Rauchsäule stieg von der Fischfabrik auf, an der mir mehrere neue Gebäude auffielen, die noch nicht dagewesen waren, als ich das Sperrgebiet zum letzten Mal gesehen hatte. Eine Reihe von Lastern stand reglos in der Nähe des Tors, und das trockene Flussbett war mit Skimmern und tiefkieligen Wasserfahrzeugen übersät. Die Fischfabrik machte den Eindruck, als würde sie schlafen, als wäre sie aufgegeben worden.

An dieser Stelle verließ uns der Lorin und rannte zu den Stachelbüschen am Hügelabhang, wo es mehrere Löcher gab. Der Lox wankte zufrieden weiter. Tief unten sah ich, wie sich etwas bewegte. Ein Wachmann trat aus dem Häuschen und öffnete das Tor. Ein Laster stieß eine Dampffontäne aus, und die Arbeiter strömten aus dem größten Gebäude, als ihre Schicht vorbei war. Sie stiegen auf die Anhänger des Lasters, dann fuhr der gesamte Zug mit einem lauten Pfiff an und arbeitete sich hügelaufwärts in unsere Richtung. Die plötzliche Aktivität stand in seltsamem Kontrast zur zeitlosen Ruhe der Szene.

»Liebst du mich immer noch, Schatz?«, fragte Braunauge unerwartet.

Ich starrte sie an. »Warum fragst du mich das? Natürlich liebe ich dich immer noch.«

»Oh …« Sie lächelte glücklich. »Ich wollte nur noch einmal hören, dass du es sagst. Schließlich wäre es ja möglich, dass du es dir anders überlegt hast. Meine Mutter hat mir gesagt, dass Männer häufig ihre Meinung ändern, nachdem sie … äh … du weißt schon … ein Mädchen *verführt* haben …«

Auf dem Loxkarren saßen wir bereits sehr nahe nebeneinander, doch nun rückte ich noch näher an sie heran. Dabei stellte ich fest, dass ich, wenn ich meinen Arm ganz um sie legte, durch einen Riss im Kleid ihre Brust umfassen konnte. »Vergiss nicht, wer wen verführt hat«, sagte ich.

Dann fuhr der Laster mit den Anhängern an uns vorbei, und die Arbeiter auf dem Heimweg nach Pallahaxi winkten uns zu und pfiffen. Ich fühlte mich mutig und ließ meine Hand, wo sie war. Später würden sie im Goldenen Grummer darüber tratschen, dachte ich.

Schließlich hielten wir vor dem Werkstor der Fischfabrik und stiegen ab. Der Wachmann trat vor und musterte uns misstrauisch durch den Drahtzaun. »Wir müssen mit Alika-Burt sprechen. Würden Sie ihm bitte sagen, dass wir hier sind?«, verlangte ich wichtigtuerisch. »Ich bin sein Sohn Druv, und das ist Pallahaxi-Braunauge, meine Freundin.«

Falls ich erwartet hatte, dass der Wachmann nach dieser Offenbarung unverzüglich Haltung annahm, wurde ich enttäuscht. Er murmelte etwas und ging. Viel später kam er zurück und öffnete das Tor mit klapperndem Riegel. »Folgt mir«, sagte er knapp und schloss das Tor hinter uns. Dann marschierte er mit schnellen Schritten los.

Ich hatte nur wenig Zeit, meine Umgebung wahrzunehmen, als Braunauge und ich keuchend hinter ihm her hetzten. Überall standen große Kisten, und selbst größere Objekte waren mit Planen zugedeckt. Natürlich waren die Arbeiter, die in Pallahaxi lebten, viele Male ausgefragt worden, was es mit der neuen Fischfabrik auf sich hatte, aber ihre Angaben waren kaum hilfreich gewesen. Soweit sie hatten erkennen können, war es dort praktisch genauso wie in der alten Fischfabrik. Die Maschinen waren moderner, aber das Endprodukt war immer noch dasselbe. Ich erinnerte mich an den Zwischenfall mit dem leeren Laster und fragte mich für einen kurzen Moment, was sie wohl mit diesem Endprodukt machten. Die Gebäude waren wesentlich größer, als ich vermutet hatte. Wenn man sie vom Hügel aus betrachtete, bekam man keinen richtigen Eindruck von den Ausmaßen. Oben verliefen Laufstege, und Treppen führten unter die Erde, es gab Tanks mit der Aufschrift »Destill«, andere mit der Aufschrift »Wasser«, grüne Türen, gelbe Türen und blaue Türen.

Es war eine gelbe Tür, die der Wachmann schließlich aufriss. Er trat hinein und winkte uns, ihm zu folgen. Wir fanden uns in einem kleinen Raum mit einem Fenster wieder. Außerdem gab es einen Schreibtisch und einen Stuhl, einen Botenvogelkäfig und ein hohes Regal. Ansonsten befand sich im Raum kaum etwas, das der Rede wert gewesen wäre, abgesehen von meinem Vater, der auf dem Stuhl saß und uns mit fassungsloser Wut anfunkelte.

»Ich hoffe, du hast eine gute Erklärung für diesen Auftritt«, sagte er schließlich, langsam und bedrohlich.

»Natürlich, Vater. Ich wäre nicht zu dir gekommen, wenn es nicht wirklich wichtig wäre.« Ich einfältiger, idealistischer Narr glaubte tatsächlich, es wäre eminent wichtig, den drohenden Bürgerkrieg zu verhindern. »Weißt du, Braunauge und ich …«

Aber Vater war bereits in einem klassischen Wutanfall aufgesprungen. »Ist dir bewusst, dass du mich wahrscheinlich zum Gespött dieser ganzen Unternehmung gemacht hast? Sich einfach hier einzuschleichen, halbnackt und zusammen mit dieser Schlampe! Und du wagst es sogar, in meiner Gegenwart ihren Namen auszusprechen! Du wagst es sogar, sie meiner Gegenwart auszusetzen und sie vor der ganzen Welt herumzuzeigen, obwohl sie kaum mehr als ein Kind ist? Bei Phu, ich hätte nie gedacht, dass einmal der Tag kommen würde …«

»… hinter dem Fingerkap«, hatte ich unterdessen unbeirrt weitergesprochen. »Und während sie uns angriffen, tauchte die *Ysabel* aus der Grume auf. Wir schafften es, mit dem Skimmer längsseits zu gehen, und dann hat BRAUNAUGE MIR DAS LEBEN GERETTET, und nach einer Weile haben wir uns auf dem Deck umgesehen und …«

»Was hast du gerade gesagt?«

»Ich sagte, Braunauge hat mir das Leben gerettet. Braunauge.«

»Willst du damit sagen, dass die *Ysabel* da draußen auf dem Meer schwimmt?«

»Richtig. Ich habe es den Leuten in der Stadt bereits gesagt, und sie stellen gerade einen Bergungstrupp zusammen.«

»Was hast du gesagt?«

»Ich sagte, dass ich den Leuten in der Stadt …«

»Ich habe gehört, was du gesagt hast. Ich habe es gehört.« Plötzlich schwieg er und starrte mich mit aufgerissenen Augen an. Ich brauchte einen Moment, um zu erkennen, dass er sich fürchtete. Er hatte Todesangst wegen etwas, das ich gesagt hatte. Auf einmal sah er alt aus, fast wie ein Sterbender, ähnlich wie Tante Zu, als sie mir die Kleidung ausgezogen hatte, ähnlich wie Horlox-Mestler, als er im Dampf in den Tod gegangen war. Ich spürte ein Zittern in der Magengegend, als mir dämmerte, dass dies kein üblicher Streit zwischen uns war. Diesmal war etwas schiefgegangen, auf schreckliche Weise schiefgegangen. »Warte hier«, sagte er schließlich. »Wartet einfach hier, alle beide.« Er flüchtete fast aus dem Raum und schlug die Tür hinter sich zu.

Braunauge starrte mich an, und auch sie wirkte verängstigt.

»Er ist einfach nur ein Dummkopf«, erklärte ich. »Es tut mir leid, was er über dich gesagt hat, mein Schatz.«

»Etwas stimmt nicht, Druv. Ich glaube … ich glaube, diese Kanonen waren überhaupt nicht für die Stadt bestimmt. Ich glaube, Bändchens Vater hat Recht. Sie sollten hierhergebracht werden. Aber diesmal weiß dein Vater, dass Pallahaxi darum kämpfen wird, sie zu behalten.«

»Rax! Erklär mir bitte, warum ich mich nicht aus dieser Sache raushalten konnte, Braunauge!«

»Weil du gehofft hast, dich wieder mit deinem Vater zu versöhnen, deshalb. Du hast gedacht, er würde mit dir zufrieden sein, und du wolltest, dass er mit dir zufrieden ist. Ich weiß, dass du deinen Vater hasst, Druv – aber du *willst* ihn nicht hassen.«

In diesem Moment flog die Tür auf, und zwei große, zornige Wachmänner stapften herein. »Du kommst mit uns«, sagte einer zu Braunauge und griff nach ihrem Arm.

»Lassen Sie Ihre dreckigen Finger von ihr!«, brüllte ich und sprang auf. Ich wollte mich auf ihn stürzen, aber der zweite Wachmann hielt mich fest und bog mir die Arme auf den Rücken. Ich schlug mit den Füßen um mich, aber ein Mann hatte mich im Griff, während der andere außer Reichweite war und Braunauge durch die Tür nach draußen zerrte. Sie schrie und wand sich, aber er hatte einen Arm um ihre Hüfte geschlungen und hielt ihre Fäuste mit der anderen Hand fest. Dann waren sie fort, und ich wehrte mich noch eine Weile sinnlos gegen den anderen Wachmann. Er lachte nur leise und bog meinen Arm durch, bis es in meiner Schulter knackte.

Nach einer Weile kehrte der erste Wachmann zurück. »Gut, du kannst ihn jetzt loslassen«, sagte er schwer atmend. Ich lief zur Tür.

Draußen war niemand. Ich sah Gebäude mit verschlossenen Türen, und überall war es still. Dahinter verlief der Drahtzaun. Darüber brannte die Sonne vom Himmel und stanzte schwarze Schatten in die grelle Helligkeit.

»Wo ist sie?«, rief ich. »Was habt ihr mit ihr gemacht?«

Die beiden Wachmänner entfernten sich. Ich rannte ihnen hinterher und packte sie an den Armen. Sie schüttelten mich ab, während sie unbeirrt weitergingen.

Dann hörte ich ihren leisen Ruf. »Druv! Druv!« Ich starrte in die Richtung, aus der ihre Stimme kam, aber zunächst konnte ich nichts erkennen. Ich ging an einem kleinen Schuppen vorbei.

Dann sah ich sie laufen, am Zaun entlang, und über Gräben springen, während sie in meine Richtung blickte. Sie sah mich und blieb stehen, streckte mir die Arme entgegen und weinte, während ich zu ihr rannte.

Ich zögerte und drehte mich zum verschlossenen Tor um, wo der Wachmann stand und uns grinsend beobachtete. Dann wandte ich mich wieder Braunauge zu, und ich glaube, ich weinte ebenfalls. »Was haben sie mit uns gemacht, Schatz?«, murmelte ich. »Was haben die verfrorenen Kerle uns angetan?«

Sie war außerhalb des Zauns und ich innerhalb.

Einer von uns war ein Gefangener.

18

Der Zaun war mindestens fünf Schritt hoch und bestand aus starkem Drahtgeflecht. Braunauge und ich konnten nicht mehr tun, als uns an den Fingern zu berühren. Das taten wir eine Zeit lang, wobei wir uns ansahen und wenig sagten. Ich glaube, uns war klar, dass Spekulationen recht sinnlos gewesen wären. Die Staatsgewalt, die Erwachsenenwelt hatte uns mit der gleichen unpersönlichen Endgültigkeit auseinandergerissen, die ich an den Tag gelegt hatte, als ich ein Pärchen Tratten, die ich als Haustiere hielt, voneinander getrennt hatte, weil ich nicht wollte, dass sie sich miteinander paarten. Als mein Mädchen und ich so am Zaun standen, erkannte ich zum ersten Mal, wie viel von einem armen, triebgesteuerten Tier in mir war, auch wenn sich meine Gedanken in letzter Zeit in ganz anderen Bahnen bewegt hatten. All der Blödsinn mit veränderten Einstellungen, Erwachsenwerden, dem Höhepunkt der Intelligenz – all das war bedeutungslos angesichts der Verzweiflung darüber, dass ich mein Weibchen nicht mehr erreichen konnte.

Irgendwann gingen wir zum Tor und versuchten mit dem Wachmann zu reden. Aber wie es seinesgleichen immer tun, erklärte er lediglich, dass er seine Befehle hatte.

»Wessen Befehle?«, brüllte ich ihn an. »Wer hat Ihnen diese verfrorenen Befehle erteilt?«

Vielleicht stand Mitleid in seinen Augen, vielleicht auch nicht. Ich wusste es nicht. Er sagte nur: »Die Befehle deines Vaters, Alika-Druv.«

Braunauge wirkte da draußen so allein. Niemand war in Sichtweite, nur die Gelben Berge in der Ferne, dann die Bäume, die Felder, die Hügel, das offene Land. In der Nähe erhoben sich große Haufen aufgeschütteter Erde, der Boden war schartig von den Spuren der Laster und Loxkarren, plattgetrampelt und ohne Grasbewuchs. Und dort stand Braunauge, weniger als einen Schritt entfernt, traurig und weinend. Sie streichelte meine Fingerspitzen, sah mitleiderregend in ihrem zerfetzten Kleid aus, nachdem sich das Leuchten und die Aufregung, dass sie jetzt zur Frau geworden war, verflüchtigt hatten. Sie sah aus wie ein verletztes Kind, was sie tatsächlich war, und mich schmerzte es körperlich und geistig, dass ich sie so sehr liebte.

Dann kamen die zwei Wachmänner und sagten mir, dass mein Vater mich jetzt empfangen würde. Sie nahmen mich an den Armen und führten mich fort. Ich schaute über die Schulter zu Braunauge zurück, bis ein Gebäude mir den Blick versperrte.

Sie führten mich über Treppen nach unten und durch mehrere Türen, durch Korridore, in denen Destilllampen in Wandhalterungen brannten. Schließlich klopften sie an eine weitere Tür und warteten.

Sie wurde von meiner Mutter geöffnet. Ich ging an ihr vorbei und fand mich in einem gewöhnlichen Zimmer wieder, wie das Zimmer in irgendeinem Haus – nur dass es kein Fenster gab. Es gab einen Tisch und Stühle und all die anderen üblichen Möbel, auch die üblichen Zeitungsstapel und Lebensmittelbehälter und den Zierrat und die Sachen, die ein Heim wohnlich machten. Der einzige ungewöhnliche Faktor war, dass es all das hier in der Fischfabrik nicht geben sollte.

Meine Mutter lächelte mich an. »Setz dich, Druv«, sagte sie, und ich gehorchte automatisch. »Das ist unser neues Zuhause. Gefällt es dir, Schatz?«

Ich blickte mich um und sah die Kriegskarte an der gegenüberliegenden Wand. Die astanischen Fahnen waren sehr nahe herangekommen und bildeten einen engen Ring um die Küstenregion, deren Zentrum Pallahaxi war. Mutter folgte meinem Blick, und ihr Lächeln wurde noch breiter. »Aber sie werden uns hier nicht kriegen, Druv. Hier sind wir in Sicherheit. Hier kann uns niemand behelligen.«

»Wovon, zum verfrorenen Rax, sprichst du, Mutter? Was ist mit der Stadt? Was ist mit den Leuten in Pallahaxi? Was hat das alles hier zu bedeuten?«

»Hier ist doch genug Platz für sie, nicht wahr? Manche werden umkommen. Die Guten werden gerettet.«

Sie sprach seltsam, selbst für ihre Verhältnisse. »Der Drahtzaun wird die Astaner nicht aufhalten, Mutter«, sagte ich.

Sie hatte immer noch dieses verrückte Lächeln auf dem Gesicht. »Ach, wir haben doch Waffen, jede Menge Waffen. Viele, viele Waffen.«

»Ich verschwinde von hier«, murmelte ich und wandte mich zur Tür, wobei ich sie mit einem Auge im Blick behielt. Sie unternahm keinen Versuch, mich aufzuhalten, doch als ich die Tür erreichte, schwang sie auf, und Vater kam hereingeeilt.

»Da bist du ja«, sagte er knapp. »Gut. Damit das klar ist: Durch die Tür dort geht es zu deinem Zimmer. Dort wirst du schlafen. Ansonsten kannst du dich frei bewegen, innerhalb des Zauns, solange du grüne und rote Türen vermeidest. Und geh allen anderen aus dem Weg. Irgendwelche Dummheiten, und ich muss dir Hausarrest verpassen. Das hier ist eine militärische Einrichtung, du verstehst?«

»Ich dachte, es wäre der neue Regierungssitz. Wer wird von hier aus regiert?«

»Du wirst nach und nach alle Repräsentanten kennenlernen und dich ihnen gegenüber höflich verhalten.«

»Gewiss, Vater. Und du wirst Braunauge hereinlassen?«

Seine Miene wurde störrisch. »Ich werde nicht mit dir verhandeln, Druv! Was glaubst du eigentlich, wer ich bin? Das Mädchen bleibt draußen, wo sie hingehört!«

»Gut.« Ich ging an ihm vorbei zur Tür. »Dann sag den Wachen, dass sie mich rauslassen sollen.«

»Oh Phu … oh Phu …«, jammerte Mutter.

Vater packte meinen Arm mit groben Händen. »Jetzt hör mir zu, Druv, und heb dir die Diskussionen für später auf, wenn wir

Zeit dafür haben. Ich sage dir ganz klar, dass es in der Welt, wie sie jetzt ist, zwei Arten von Leuten gibt – die Gewinner und die Verlierer. So einfach ist die Sache. Und was mich betrifft, so ist es meine Pflicht, dafür zu sorgen, dass die Mitglieder meiner Familie auf der Gewinnerseite stehen. Verstehst du nicht, dass ich es nur zu deinem eigenen Wohl tue?«

»Schließlich solltest du ein wenig Rücksicht nehmen, Druv«, jammerte Mutter. »Denk daran, wie es sich auf die Stellung deines Vaters auswirken würde, wenn du zu den ...«

»Sei still!«, brüllte Vater, und einen Moment lang dachte ich, er würde sie schlagen. Sein Gesicht war gerötet, und sein Mund verzerrt. Doch dann ließ er sehr schnell Dampf ab, zog sich von uns zurück und setzte sich. Ich starrte ihn an. Mit einem Mal wirkte er wieder völlig normal. Als er sprach, tat er es sehr leise. »Eines Tages werde ich herausfinden, warum alles, was ich versuche, mit Widerstand, Dummheit oder Unverständnis beantwortet wird«, sagte er. »Ich bestehe darauf, dass du bei uns bleibst, Druv, weil ich weiß, dass du sonst sterben wirst. Und ich will nicht, dass mein Sohn stirbt – glaubst du mir das? Und was dich betrifft, Fayet, möchte ich dir in Erinnerung rufen, dass sich hier zahlreiche Repräsentanten aufhalten und dass ich im Vergleich zum Durchschnitt ein recht kleiner Fisch bin. Und du, Druv, solltest dir bewusst machen, dass der hier zur Verfügung stehende Platz begrenzt ist, wie du dir sicher vorstellen kannst. Jeder hat Freunde oder Verwandte, die er gerne innerhalb des Zauns in Sicherheit bringen möchte, aber das ist einfach nicht möglich. Und da ich wie gesagt nur ein kleiner Fisch bin, wirst du sicher verstehen, dass ich deine ... äh ... Freundin unmöglich zu uns holen kann. Und nun«, fügte er leise hinzu und musterte uns beide abwechselnd, während ein winziges Zucken am Mundwinkel verriet, dass er kurz vor einem Nervenzusammenbruch stand, »möchte ich, dass ihr beide mir erklärt, dass ihr euch meinem Standpunkt anschließt.«

»Wenn ich daran denke, wie hart und entbehrungsreich ich für diesen Jungen gearbeitet habe ...«

»Komm mit mir, Druv«, sagte Vater mit einem breiten Lächeln und ergriff mich behutsam am Arm, doch dann zerrte er mich praktisch aus dem Zimmer und durch den Korridor. Wir gingen durch Türen, stiegen Treppen hinauf und traten schließlich ins Tageslicht. Die Sonne war nicht zu sehen, die Luft war dunstig, aber immer noch sehr warm, und nach kurzer Zeit klebte mir die Kleidung am Körper. Sofort schaute ich mich nach Braunauge um und sah sie einsam hinter dem Drahtzaun auf dem Boden hocken.

Vater prüfte schnuppernd die Luft. »Wie es aussieht, kommt die Traufe«, sagte er fröhlich. »Bei Phu, es sieht wirklich danach aus, dass jetzt die Traufe kommt. Ich muss es den Repräsentanten sagen. Unbedingt. Erinnerst du dich noch an die Traufe vor zwei Jahren, Druv, als unser Keller überflutet wurde und deine Tratten ertrunken sind? Sie konnten zwar schwimmen, aber das Wasser stieg höher als das Dach ihres Käfigs. Diese Geschichte sollte uns allen eine Lektion sein, Druv. Oh ja, eine Lektion …«

Ich stahl mich davon, weil mir übel wurde. Er folgte mir und plapperte weiter. »Das ist dein Mädchen da drüben, nicht wahr, Druv? Hübsches kleines Ding. Wirklich hübsch … gehen wir zu ihr rüber und reden mit ihr. Eine Schande, dass sie so ganz allein dahockt. Ich weiß noch, wie deine Mutter …« Plötzlich blieb er reglos stehen und starrte nach Süden. Mit einem unbehaglichen Gefühl folgte ich seinem Blick, konnte aber nichts Ungewöhnliches erkennen, nur die hohen Bäume auf dem Fingerkap und die winzigen Gestalten einiger Lorin. Als ich mich schließlich umdrehte, sah ich, dass er wieder zu Braunauge blickte. »Komm mit«, sagte er und lief mit zügigen Schritten zu ihr.

Sie blickte hoffnungsvoll zu uns auf, doch dann wurde ihre Miene wieder traurig, als ich den Kopf schüttelte.

»Junge Dame«, sagte Vater, »ich war recht grob zu Ihnen, was mir außerordentlich leidtut. Ich hoffe, Sie können mir verzeihen, was ich gesagt habe, und dass ich Sie auf diese Art und Weise von Druv trennen musste.« Er sprach ruhig und normal –

und seine Worte klangen aufrichtig. »Glauben Sie mir, dass ich gute Gründe hatte.«

Braunauge schaute ihn mit feuchten Augen an. »Es stört mich nicht, wie Sie mich genannt haben. Ich wurde schon häufiger b-beleidigt … Aber ich werde Ihnen n-niemals verzeihen, dass Sie mir Druv weggenommen haben. Das war das Schlimmste, was mir in meinem ganzen Leben passiert ist, und ich glaube, dass Sie ein sehr böser Mann sind.«

Er seufzte und beobachtete geistesabwesend die Straße nach Pallahaxi, auf der eine große Menge aufgetaucht war. Sie strömte über die Hügelkuppe und weiter in unsere Richtung. »Ich glaube, Ihr Vater wird bald hier sein«, sagte mein Vater. »Es wäre das Beste, wenn Sie mit ihm zurückgehen. Und bitte glauben Sie mir, dass es mir wirklich sehr leidtut. Aber jetzt wollen wir zum Tor gehen, Druv – und Sie kommen mit.«

Er hatte seine Selbstbeherrschung wiedergefunden. »Holen Sie Zeldon-Trahn und Juba-Liptel«, befahl er schroff einem Wachmann. »Und alarmieren Sie die Soldaten. Beeilung, schnell!« Der Wachmann rannte los. Ich glaube, er hatte in seinem Häuschen geschlafen und den sich nähernden Pöbel gar nicht bemerkt. Vater drehte sich um und blickte erneut nachdenklich zum Hügel.

Braunauge war außerhalb des Tores, und ich war innerhalb, aber nur die schweren Riegel trennten uns voneinander. Ich lief zum Tor und zerrte am untersten Riegel. Mein Vater hinderte mich daran, mit körperlicher Gewalt, aber ohne grob zu werden.

»Lass mich einfach raus hier, du verfrorener Kerl!«, schrie ich, während ich mich wehrte. »Es kann dir doch egal sein, ob ich drinnen oder draußen bin!«

Ich spürte, wie er sich anspannte. »Hast du mir nicht zugehört, Druv?«, erwiderte er ruhig und ließ mich los. Einen aufgeregten Moment lang dachte ich, er würde mich hinauslassen, doch als ich zum Tor trat, waren überall Wachen und Soldaten. Sie standen mit schussbereiten Spanngewehren da und ordneten sich hastig zu einer langen Reihe am Zaun an. Ich hörte ein Zischen und Rumpeln, und eine mobile Dampfkanone wurde herangerollt, um neben dem Tor in Stellung gebracht zu werden. Der Lauf ragte durch ein kleines Loch im Drahtzaun. Ich sah, wie Soldaten die Planen von der langen Reihe rechteckiger Objekte abzogen, die wir – vor so langer Zeit – von der anderen Seite des Flusses aus gesehen hatten. Auch diese entpuppten sich als Dampfkanonen, die in gleichmäßigen Abständen entlang der Grenze des Werksgeländes aufgestellt waren. Weitere Soldaten kamen aus den Gebäuden hervor und schoben fahrbare Kessel heran, aus denen Dampf zischte.

Ich fuhr zu meinem Vater herum und starrte ihn an. »Was geht hier vor?«, schrie ich. »Das sind Leute aus Pallahaxi! Um Phus willen, gegen *wen* kämpfen wir eigentlich?«

»Gegen jeden, der uns töten will«, sagte er und ging dann zu den Wachmännern, um ihnen Befehle zu erteilen. Ich sah Zeldon-Trahn, der sich mit einem weiteren Mann unterhielt, von dem ich vermutete, dass er Juba-Liptel war. Beide blickten auf den schnell näher kommenden Mob. Nach einer Weile hob Trahn einen Schalltrichter an den Mund.

»Es reicht!«, hallte seine Stimme über das Gelände. »Sie sind jetzt nahe genug!«

Die Hauptmasse der Menge wurde langsamer und verharrte in einiger Entfernung, aber die Riesengestalt von Kraftprotz lief unbeirrt weiter. Nach einem kurzen Kampf löste sich Bändchen von den Händen, die sie zurückhalten wollten, und rannte ihm hinterher.

Ich trat zu meinem Vater, der neben einer Phalanx von Wachmännern stand. Er musterte mich ausdruckslos. »Wenn deine Männer auf die Leute schießen«, sagte ich, »werde ich dich töten, sobald ich die erste Gelegenheit dazu erhalte.«

Er blickte wieder zu den Leuten aus Pallahaxi. »Du bist überreizt, Druv«, sagte er in leidenschaftslosem Tonfall. »Es wäre besser, wenn du zu deiner Mutter zurückgehst.«

Kraftprotz erreichte unbeschadet das Tor und blieb stehen. Er blickte mit einiger Verärgerung auf die keuchende Bändchen herab, die neben ihm stand, und sagte dann mit lauter Stimme: »Wer hat hier das Sagen?«

»Ich«, antwortete Zeldon-Trahn.

Kraftprotz machte eine kurze Pause, bevor er weitersprach. »Vielleicht können Sie uns erklären, gegen wen Sie diese Kanonen einsetzen wollen. Bisher war ich davon ausgegangen, dass die Astaner unsere Feinde sind. Aber diese Waffen scheinen auf uns gerichtet zu sein.«

Auch Trahn hatte diesen merkwürdigen Gesichtsausdruck, den Ausdruck des Todes. »Spielen Sie nicht mit mir, Pallahaxi-Kraftprotz«, gab er zurück. »Wir beide kennen den Grund für diese Farce. Sagen Sie es schon, Mann! Sagen Sie es!«

Kraftprotz griff mit beiden Händen in den Zaun, und ich sah, wie seine Finger vom Druck weiß wurden. »Also gut«, sagte er in beherrschtem Tonfall. »Wir waren an Bord der *Ysabel.* Die Fracht bestand aus Waffen und Munition zur Verteidigung von Pallahaxi, haben Sie gesagt. Also verraten Sie uns auch folgendes. Warum wurde das ganze Zeug, das sich an Bord befindet, in Asta hergestellt, Mann? Waffen und Kugeln und Ausrüstung, Konserven und Destill – alles stammt aus Asta! Warum treibt das Parlament Handel mit dem Feind?« Er wurde immer lauter, bis er brüllte. »Auf wessen Seite stehen Sie?«

Trahn schwieg, während Kraftprotz die Beherrschung verlor und am Zaun rüttelte, ohne etwas zu bewirken. Schließlich konnte Bändchen ihn losreißen. Er drehte sich um und sah sie ausdruckslos an. Dann nickte er, als sie ihm etwas zuflüsterte. Als Nächstes sprach Bändchen mit Braunauge, die energisch den Kopf schüttelte und weinte. Dann nahm Kraftprotz Braunauges Arm, und die drei schritten zur Hauptgruppe der Stadtbewohner zurück. Braunauge blickte sich immer wieder um und stolperte, als Kraftprotz sie weiterzerrte.

Ich hörte, wie ein Wachmann meinen Vater fragte: »Sollen wir jetzt das Feuer eröffnen, Alika-Burt?«

Mein Vater sagte: »Das lohnt sich nicht. Sie sind bereits tot.«

Viel später kamen sie noch einmal. Inzwischen fiel beständiger Regen, und es wurde kälter. Kleine Nebelfelder stiegen vom Fluss auf. Wir beobachteten, wie sie den Hügel von Pallahaxi herunterkamen, und über ihren Köpfen wehte eine Dampffahne. Sie teilten sich auf, bevor sie in Reichweite unserer Waffen kamen und gingen zwischen den Feldern, Gräben und Sümpfen in Stellung. Doch immer noch stieg Dampf von ihren beiden Kanonen auf. Die Parls hatten leichtes Spiel und beantworteten jede einzelne Kugel von Pallahaxi mit einem Trommelfeuer. Einmal unternahmen sie im Schutz einer neuen kurzen Nacht einen Vorstoß gegen den Zaun, aber sie wurden im Licht von Destillfackeln zurückgeschlagen, und es gab viele Tote. Lange Zeit war ich nicht in der Lage, mich dieser Seite des umzäunten Werksgeländes zu nähern, weil ich befürchtete, eine der Leichen zu erkennen. Doch eines Morgens waren alle fortgeschafft worden.

Ich verbrachte die meiste Zeit damit, am Zaun entlangzulaufen, in die Welt hinauszuschauen und zu hoffen, dass ich Braunauge erspähte, aber die Städter ließen sich jetzt nur noch selten blicken. Wahrscheinlich hätte man ihr gar nicht erlaubt, sich in die Nähe des Zauns zu wagen. Ich untersuchte die Kanonen und anderen Maschinen auf dem Gelände der Fischfabrik und stellte fest, dass ein beträchtlicher Teil aus astanischer Produktion stammte. Ich fragte meinen Vater und Zeldon-Trahn danach, aber sie waren wenig mitteilsam, was mich in meinem Verdacht bestärkte, dass Kraftprotz Recht hatte. Es war unglaublich, aber das Parlament von Erto schien irgendeinen Pakt mit Asta geschlossen zu haben. Vielleicht war der Krieg jetzt vorbei, dachte ich.

Obwohl die Leute ständig die Repräsentanten und ihren Regenten erwähnten, sah ich keinen Einzigen von ihnen, außer Zeldon-Trahn. Ich begann, an ihrer Anwesenheit zu zweifeln, und mein Gefühl wurde immer stärker, dass wir hier in einer eigenen abgeschlossenen Welt lebten, einer sinnlosen Welt, die ausschließlich aus Soldaten, Wachmännern, meinen Eltern, Trahn, Liptel, den Verwaltungsmitarbeitern und ihren Familien bestand. Ich fragte mich immer wieder, was wir hier eigentlich machten? Warum wir eigentlich kämpften?

Niemand wollte es mir sagen. Alle waren viel zu beschäftigt, viel zu nervös, bis ich eines Tages nach einer längeren Waffenpause von Zeldon-Trahn aufgefordert wurde, in sein Büro zu kommen.

»Wie ich kurz vor seinem Tod von Horlox-Mestler erfuhr, hast du eine grundsätzliche Vorstellung von unserem Sonnensystem, Druv«, sagte er freundlich, während ich mich setzte und ihn finster anstarrte. »Ich hoffe, du hast nichts dagegen, dass wir dort weitermachen, wo er aufgehört hat. Es ist sehr wichtig, dass du es verstehst. Es könnte viele deiner Fragen beantworten – vor allem die nach dem Grund unseres Aufenthalts in der Fischfabrik. Du wirst hier mit uns leben müssen, und es wird einfacher für dich, wenn du uns nicht hasst. Du könntest uns vielleicht sogar helfen.«

»Hm.«

»Also.« Er nahm einen Kohlestift und fertigte eine Zeichnung an, die der ähnelte, die Mestler fabriziert hatte. Aber sie war kleiner und ließ eine große Fläche auf dem Papier frei. »Dir ist bereits bekannt, dass unsere Welt die Sonne Phu in einem elliptischen Orbit umkreist. Das ist eine bewiesene Tatsache, obwohl man noch vor wenigen Jahren vermutete, dass Phu in einer komplizierten Spirale um uns kreist.« Er lachte glucksend. »Aber ich finde diese Vorstellung immer noch sehr faszinierend. Wie auch immer ... in letzter Zeit wurde von unseren Astronomen sehr viel theoretische Arbeit geleistet, und sie konnten die Umlaufbahn im Einklang mit den Gesetzen der Natur erklären, aber es gab immer noch zwei Faktoren, die sie irritierten.

Erstens wäre es logisch, wenn man davon ausgeht, dass unsere Welt ursprünglich ein Teil von Phu war, der sich abgespalten hat oder davongeschleudert wurde. Aber wenn das so war – warum liegt dann die Rotationsachse unseres Planeten *in* der Ebene der Umlaufbahn? Logisch wäre es, wenn er sich im rechten Winkel dazu – oder wenigstens ungefähr – um sich selbst dreht.

Und zweitens wurden unerklärliche Störungen der Umlaufbahn entdeckt.«

Er hielt inne, um einen Schluck aus einem Becher zu nehmen und mich nachdenklich zu betrachten. »Findest du dieses Thema interessant, Druv? Es sollte dich interessieren. Jedenfalls interessierten sich unsere Astronomen sehr dafür, was weitere Theorien zur Folge hatte.

Die erste Theorie postuliert, dass es zu einem fernen Zeitpunkt in der Vergangenheit keine Beziehung zwischen unserer Welt und Phu gegeben hat. Wir waren kein Teil dieser Sonne. Wir sind von anderswo gekommen, wir sind durch den Raum getrieben und wurden von Phu eingefangen.

Die zweite Theorie wurde schnell als Tatsache bestätigt. Die Störungen unseres Orbits werden vom Riesenplaneten Rax verursacht.

Und mit der Erfindung des Teleskops wurden beide Theorien zu Tatsachen. Es wurde festgestellt, dass Rax auf der gleichen Ebene umläuft wie wir. Rax und unsere Welt waren früher Teil desselben Systems – vielleicht sind wir einst sogar ein Trabant von Rax gewesen. Das bedeutet, dass wir ursprünglich nicht zur Sonne Phu gehörten …«

Er ließ mir Zeit, das alles zu verdauen. Nach einer Weile sagte ich: »Soll das heißen, dass all der Unsinn über den Großen Lox Phu, der uns den Klauen des Eisteufels Rax entrissen hat, wahr sind? Dass Phu uns aus der Umlaufbahn um Rax gerissen hat?« Diese Erkenntnis enttäuschte mich, weil sie klang, als wäre nun bewiesen, dass meine Mutter Recht behalten hatte.

»Die Geschichte ist wahr, aber das ist nur die eine Hälfte des Ganzen. Denn es ist ein zweiseitiges Verhältnis …«

»Jetzt ist die Zeit für Rax gekommen, uns zurückzuholen.«

Es folgte ein langes Schweigen, und ich zitterte, obwohl es warm im Zimmer war. Ich zitterte, als ich mir vorstellte, wie Rax kalt am Himmel stand, Jahr für Jahr, während Phu zu einem winzigen Punkt zwischen den Sternen wurde. Ewige Finsternis, ewige Kälte. Das wäre das Ende unserer Welt. War es das Ende unserer Welt?

»Wie viele Jahre?«, flüsterte ich. »Wie viele Jahre dauert es, bis wir Phu wiedersehen?«

»Nicht viele, verhältnismäßig.« Er zögerte. »Vierzig, hat man berechnet. Wir haben genug Lebensmittel, genug Brennstoff, obwohl wir mit der *Ysabel* eine komplette Ladung Destill verloren haben. Zum ersten Mal wird die Zivilisation überleben … durch uns.«

»Aber was ist mit all den anderen?« In Wirklichkeit dachte ich nur an Braunauge. Meine Braunauge, die den schrecklichen Kältetod starb, während all die Parls, mich selbst eingeschlossen, es unter der Erde warm und gemütlich hatten.

Mir war bewusst, dass ich sprach, dass Trahn antwortete, dass ich schon bald tobte und zitterte, dass meine Stimme heiser war und mein Gesicht feucht von Tränen. Nach einer Weile schien es nichts mehr zu geben, was ich hätte sagen können – wie ich es anders hätte sagen können. Ich versuchte mich zu beherrschen und dachte: Irgendwie werde ich hier rauskommen – oder Braunauge reinholen … Trahn saß da, wartete geduldig und mitfühlend, dass ich mich erholte. Schließlich sagte ich: »Also war der Krieg gegen Asta nur Schein?« Meine Stimme zitterte immer noch.

»Nein«, sagte er leise, »der Krieg war echt. Er ist wirklich geschehen, und während er geführt wurde, kamen gewisse astronomische Tatsachen ans Licht. Gewisse Berechnungen wurden eher zufällig angestellt. Danach schien es am praktischsten zu sein, den Krieg einfach fortzusetzen, das ist alles.«

»Bei Phu, davon bin ich überzeugt!« Ich verlor schon wieder die Beherrschung. »Dadurch ist es Ihnen möglich, Sicherheitsmaßnahmen zu ergreifen, zum Beispiel hier eine Festung zu errichten, gegen Ihr eigenes Volk, während Astaner und Ertoner sich gegenseitig umbringen. Und mein Vater … er hat es die ganze Zeit gewusst … Haben Sie keinen einzigen Gedanken an all die Männer verschwendet, die in Ihrem Scheinkrieg gestorben sind, die immer noch sterben?«

»Sie werden sowieso sterben. Sie sind glücklicher, wenn sie für eine gute Sache sterben ... Hör mir zu, Druv, ich weiß genau, was du empfindest«, sagte er in vernünftigem Tonfall. »Ich erzähle dir das alles, weil ich glaube, dass du die einzige Person bist, die es schaffen könnte, Kraftprotz zur Vernunft zu bringen. Ich möchte, dass er seine Leute zurückruft. Selbst du musst zugeben, dass sie nichts gewinnen, wenn sie uns angreifen.«

»Verfrieren Sie, Trahn«, sagte ich grob. »Je mehr Parls sie mit in den Tod reißen, desto glücklicher werde ich sein. Und die Leute auch. Wie Sie selbst sagten, ist es besser, für eine gute Sache zu sterben.«

»Das ist eine sehr negative Einstellung, Druv. Es hat keinen Sinn mehr, an eine Sache zu glauben.«

»Und was ist mit dem kleinen Blinz? Und Silbernacken? Ich vermute, Sie haben auch die beiden auf dem Gewissen.«

Er seufzte. »Ich möchte, dass du verstehst, dass du einer von uns bist, einer der Gewinner, ob es dir nun gefällt oder nicht. Blinz und Silbernacken haben auf unterschiedliche Weise unsere Pläne gefährdet, indem sie die wahre Natur unserer Aktivitäten erkannten. Deshalb mussten sie eliminiert werden. Ich war zu jener Zeit nicht hier, aber wenn ich Horlox-Mestler gewesen wäre, hätte ich mich zu den gleichen Maßnahmen gezwungen gesehen. Die gesamte Aktion hätte vereitelt werden können, wenn die Öffentlichkeit zu früh von unseren Absichten erfahren hätte – und das Gleiche gilt auch für den Bunkerkomplex an der astanischen Küste.«

»Das passt«, sagte ich verbittert. »Die Astaner haben sich eine gleichartige Anlage gebaut. Ich vermute, Sie haben während der Ausgangssperre lebenswichtige Vorräte ausgetauscht. Rein interessehalber gefragt: Ist es die astanische Öffentlichkeit, die in die Bunker geht, oder die astanische Regierung?«

»Sei kein Dummkopf, Alika-Druv«, sagte er in erschöpftem Tonfall. »Wenn du nicht bereit bist, uns zu helfen, geh mir aus den Augen!«

Einige Tage später griffen die Stadtbewohner erneut an, diesmal jedoch in größerer Zahl und mit mehr Waffen. Während der schwersten Kämpfe wurde mir nicht erlaubt, nach draußen zu gehen, aber ich sah genug, um zu erkennen, dass sich die astanische Armee – oder das, was nach den erbitterten Kämpfen in ganz Erto noch davon übrig war – Kraftprotz und seinen Männern angeschlossen hatte. Das war natürlich genau das, was Zeldon-Trahn befürchtet hatte. Die Schlacht dauerte mehrere Tage, bis die Schüsse sporadischer fielen und schließlich ganz aufhörten. Die Festung der Parls hatte keinen Schaden genommen. Ich versuchte mich darüber zu freuen, dass wir recht viele Soldaten verloren hatten, musste aber feststellen, dass mir die Voraussetzungen dazu fehlten. Außerdem hockten die Repräsentanten und der Regent immer noch unbehelligt in ihren Löchern unter der Erde.

»Jetzt verstehst du, warum wir diese Anlage befestigen mussten«, sagte Trahn zu mir. »Asta und Pallahaxi haben einen Pakt geschlossen, dessen logische Konsequenz eigentlich der Frieden gewesen wäre. Aber nein, sie mussten sich jemand anderen suchen, den sie angreifen konnten – wobei wir der ideale Feind sind. Und was hat es ihnen eingebracht? Was hätten sie gewonnen, wenn sie uns getötet hätten? Denk darüber nach, aber mach dir nicht die Mühe, mir die Antwort zu sagen. Ich kenne sie bereits. Außerdem weiß ich, dass es durchaus möglich gewesen wäre, dass du viele Leben gerettet hättest …«

19

ALS DIE TAGE VERGINGEN, sahen wir kaum noch Leute aus Pallahaxi. Der Nebel wurde dichter, und die Traufe verstärkte sich zu einem stetigen, kühlen Regen. Die Sichtweite verringerte sich auf etwa fünfzig Schritt. Jetzt wäre der ideale Zeitpunkt für die Männer aus Pallahaxi gewesen, gegen den Zaun anzurennen, was die Leute, die für die Verteidigung verantwortlich waren, spürten. Seit vielen Tagen wurden in geringen Abständen Wachen am gesamten Zaun postiert, aber es kam kein Angriff. In gewisser Weise überraschte mich das nicht. In diesem rauen Wetter war der bloße Gedanke an eine Verletzung unerträglich – blutend auf dem durchnässten Boden zu liegen, während sich die Kälte immer tiefer in den Körper fraß, dann die lange Phase des Wahnsinns, bis der Tod einen gnädig erlöste … Die Wachmänner trugen dicke Pelze und hatten warme Ziegelsteine dabei, die in regelmäßigen Abständen erneuert wurden.

Ich verbrachte die meiste Zeit in den Unterkünften der Soldaten und der Wachen und suchte mein Zimmer nur auf, um zu schlafen. Es fiel mir schwer, mit meinem Vater zu reden, nachdem mir das Ausmaß der Lügen bewusst geworden war, die er mir seit unserer Ankunft in Pallahaxi und bereits davor erzählt hatte. Ich erkannte, warum er sich jedes Mal so sehr aufgeregt hatte, wenn ich ihn kritisierte. Es musste ihn sehr erschreckt haben, wenn ich den Wahrheitsgehalt der Nachrichtenmeldungen oder den Krieg selbst anzweifelte. Ich fragte mich, wie viel Mutter gewusst hatte.

Der Schutzkomplex war viel größer, als ich anfangs vermutet hatte. Obwohl es viele verbotene Bereiche gab, erhielt ich bald einen groben Überblick über den allgemeinen Grundriss. Die eigentliche Fischfabrik war inzwischen stillgelegt worden, nachdem sie ihren Zweck erfüllt hatte und ihre Erzeugnisse eingelagert worden waren.

Es gab vier unterirdische Stockwerke. Der Oberfläche am nächsten waren die Unterkünfte der Wachen und Soldaten, praktisch ein rein männlicher Bereich, abgesehen von ein paar Krankenschwestern und Köchinnen. Im nächsttieferen Stockwerk war die Hauptmasse der Parls untergebracht – das Verwaltungspersonal und ihre Familien einschließlich meiner Eltern. Unter diesen Leuten waren viele Astaner, und ich erinnerte mich verbittert an meine patriotischen Empfindungen, als Wolff, Bändchen, Blinz und ich gedacht hatten, wir würden einen Spion jagen …

Darunter begannen die Bereiche, die nicht mehr für jeden zugänglich waren. Dort lebten die Repräsentanten und ihre Familien; etwa zweihundert Personen. Ich bekam sie kaum zu Gesicht, zumal sie sich niemals an die Oberfläche wagten, was angesichts des sich rapide verschlechternden Wetters wohl kein Wunder war. Wahrscheinlich war Zeldon-Trahn der einzige Repräsentant, mit dem ich jemals sprach, und nach einiger Zeit ließ selbst er sich nur noch selten im Verwaltungsbereich blicken, nachdem er die Verantwortung für die Verteidigung offenbar zum größten Teil an meinen Vater delegiert hatte. Ich wusste, dass es darunter noch ein weiteres Stockwerk gab, in dem der Regent und sein Gefolge untergebracht waren, aber weitere Informationen gab es nicht.

Die Türen, durch die man zu diesen Bereichen gelangen konnte, waren farblich kodiert, und von allen unterirdischen Stockwerken gab es unabhängige Zugänge ins Freie. Gelbe Türen durften von jedem benutzt werden, die blauen nur von Verwaltungsbeamten und höheren Rängen, grüne von Repräsentanten und rote – ich wusste nur von zwei solchen Türen – ausschließlich vom Regenten und seinen Höflingen.

Abstrakt betrachtet kam mir der Schutzkomplex manchmal wie ein Mikrokosmos der Außenwelt vor, wie ich sie einst gekannt hatte …

Ich erhielt Antworten auf ein paar weitere Fragen, wobei die Wachen und Soldaten meine wichtigste Informationsquelle waren. Blinz hatte den Fluss überquert, wie wir vermutet hatten, und war einfach so von einem Wachmann erschossen worden, der ihn für ein Tier hielt, als er Deckung gesucht hatte. Niemand wusste, ob er die wahre Natur der Fischfabrik durchschaut hatte oder nicht, auch wenn Trahn etwas anderes gesagt hatte.

Aber von Silbernacken wussten wir es. Silbernacken hatte die astanische Herkunft der Fracht an Bord der Ysabel erkannt …

Nach einiger Zeit drängte sich die Außenwelt wieder in unser Bewusstsein. Eines Tages war ein Ruf von einem Wachmann zu hören, worauf die Soldaten nach draußen stürmten. Ich folgte ihnen, war jedoch mitten in der chaotischen Menge zunächst nicht in der Lage, den Grund für die Aufregung zu erkennen. Doch dann fiel mein Blick auf mehrere Gestalten außerhalb des Drahtzauns. Ich rannte hinüber, während meine Gedanken *Braunauge!* riefen –, aber sie war nicht dabei. Etwa fünfzehn Gestalten standen in den treibenden Nebelschwaden, Erscheinungen aus einer Welt, die manche von uns fast vergessen hatten, und starrten uns wortlos an. Mein Vater hielt sich in der Nähe der Soldaten auf. Ich wartete resigniert darauf, dass er den Schießbefehl erteilte, aber er schien ganz im Bann der allgemeinen Atmosphäre unerklärlichen Entzückens zu stehen. Nach dem ersten Schock der Überraschung riefen die Soldaten den Angekommenen Fragen zu, erkundigten sich nach Neuigkeiten über Bekannte, lachten und stießen bedeutungslosen Jubel aus und klopften sich gegenseitig auf die Schultern, während die Fremden erstaunt durch den Drahtzaun starrten.

Dann begann die schweigende Gruppe damit, Planen zu entrollen und Seile und Pfosten auszupacken, und kurz darauf hatten sie primitive Zelte aufgestellt. Zwei weitere Männer trafen ein und zogen einen Handkarren hinter sich her, der mit Holzscheiten beladen war. Später brannte ein großes Feuer, um das sich die Leute scharten, die Gesichter in rötlichen Schein getaucht, während die Wärme die nackte Angst aus ihren Augen vertrieb und sie wieder in der Lage waren, zu denken und miteinander zu sprechen. Sie hatten die Bequemlichkeit ihrer Steinhäuser in Pallahaxi verlassen und waren das Risiko von Wahnsinn und Tod in ihrer gegenwärtigen unbehaglichen Umgebung eingegangen. Die Soldaten warfen ihnen über den Zaun Lebensmittel zu, und ich sah, wie mein Vater es mit zusammengepressten Lippen beobachtete.

Mit der Zeit wurden sie immer zahlreicher, und das Lager nahm die Ausmaße eines kleinen Dorfes an. Den Soldaten wurde befohlen, den Lagerbewohnern, wie sie genannt wurden, weder Lebensmittel noch Brennstoff zukommen zu lassen.

Schon bald hatten sich die meisten vertrauten Gesichter aus Pallahaxi den Lagerbewohnern angeschlossen, und eines wunderbaren, traurigen Tages traf auch Braunauge ein. Wir schafften es, uns durch den Draht zu küssen, auch wenn es unbeholfen und schmerzhaft war. Sie sagte, dass ihre Eltern bald nachkommen würden. Kraftprotz war bereits da, genauso wie Bändchen und Una und die meisten anderen. Später am selben Tag trafen Wolff und seine Eltern ein. Sie schlossen sich nicht der Hauptmasse der Lagerbewohner an, sondern standen in der Nähe des Tores und rüttelten laut rufend am Drahtzaun.

»Was wollt ihr?«, hörte ich meinen Vater fragen.

»Wir wollen natürlich hinein. Du kennst mich, Alika-Burt. Ich arbeite für die Regierung. Ich verlange, dass du mich einlässt.« Die Stimme von Wolffs Vater wurde immer nervöser, als er den unverändert harten Gesichtsausdruck meines Vaters sah.

»Ihr kommt zu spät«, sagte Vater. »Jetzt darf niemand mehr eingelassen werden. Sämtliche verfügbaren Unterkünfte sind besetzt.« Er sprach in hölzernem Tonfall.

Wolffs Mutter meldete sich zu Wort. »Hör mal, Burt, wir haben das Recht dazu. Das ist der einzige Grund, warum Klegg für die Regierung arbeitet, damit er in Zeiten wie diesen gut versorgt ist. Ich kann dir sagen, dass es nicht einfach ist, die Frau eines Parl zu sein, wenn ich mir all die scheußlichen Dinge gefallen lassen muss, die ich in den Geschäften vom gemeinen Volk zu hören bekomme …«

Bändchen trat dazu, und plötzlich mischte auch sie sich ein. »Lassen Sie sie auf keinen Fall rein, Alika-Burt. Diese Familie ist ein arroganter verfrorener Haufen.« Ich hatte Bändchen vorher gar nicht bemerkt, weil ich viel zu sehr mit Braunauges Ankunft beschäftigt gewesen war. Als ich sie jetzt ansah, war es für mich ein Schock. Sie war magerer geworden, ihr Gesicht sah kantiger und deutlich gealtert aus, und sie war schmutzig.

»Es ist eine Schande«, sagte Braunauge später, als Wolffs Familie sich unter wüsten Drohungen in den Nebel zurückgezogen hatte und Bändchen zum Zelt ihres Vaters zurückgeschlurft war. »Sie scheint eine aus dem *gemeinen Volk* geworden zu sein, weißt du.« Sie musterte mich besorgt, als sie wissentlich einen Lieblingsbegriff meiner Mutter benutzte. »Eigentlich gefällt es mir nicht, es so auszudrücken, Druv – aber so ist es. Sie scheint grob und gemein im doppelten Sinne geworden zu sein, so dass ich überhaupt nicht mehr mit ihr zurechtkomme.«

Braunauges Vater Wanst kam am nächsten Morgen an den Zaun. Es war das erste Mal, dass er das Lager sah, weil er zu den Nachzüglern gehört hatte. Er nahm Braunauge nicht allzu sanft am Arm. »Du gehst jetzt weg von diesem verfrorenen Kerl, Mädchen!«

»Aber d-das ist Druv!«

»Er ist ein verfrorener Parl, und ich will nicht, dass du dich mit ihm abgibst!«

Ich starrte ihn an. Früher waren wir immer bestens miteinander ausgekommen, und ich verstand nicht, was plötzlich in ihn gefahren war. Seine Miene war grimmig und verhärmt.

»Vater, er kann doch nichts dafür, dass er auf der anderen Seite ist!«, erwiderte Braunauge. »Man lässt ihn nicht raus!«

»Ja, aber er scheint sich auch keine allzu große Mühe zu geben. Er hat es schön warm und bekommt da drinnen für die nächsten vierzig Jahre oder so genug zu essen. Warum sollte er also abhauen?« Ich hörte zum ersten Mal, dass die Öffentlichkeit über die wahren Verhältnisse informiert war, und ich fragte mich, wie man es herausgefunden hatte. Nicht dass es eine Rolle gespielt hätte. Diese Art von Informationen ließen sich einfach nicht über längere Zeit geheim halten.

Jetzt zerrte er an ihrem Arm, während sie sich am Drahtzaun festhielt. »Lass mich los, Vater!«, rief sie. »Du warst noch nie so grob zu mir. Bitte hol Mutter, sie wird es dir sagen. Sie wird nicht zulassen, dass du ...«

Sofort entspannte sich sein Griff, und seine Miene wurde verbittert. »Deine Mutter ist tot«, sagte er kalt. »Sie starb letzte Nacht. Sie ... hat sich selbst das Leben genommen.«

»Oh ...« Braunauges Finger suchten durch den Draht nach meinen. Ihre Tränen flossen, und ich wünschte mir verzweifelt, sie halten zu können, um sie zu trösten.

»Also komm jetzt. Ich gebe den Parls die Schuld am Tod deiner Mutter, und ich lasse nicht mehr zu, dass du dich hier auf diese Weise herumtreibst. Du bist eine Verräterin an deinem eigenen Volk! Ich weiß nicht, was die anderen von dir halten!«

Braunauge hatte die Augen geschlossen, und sehr lange klammerte sie sich mit beiden Händen an den Zaun, während ich sah, wie Tränen unter ihren Wimpern hervorperlten. Dann spannte sie sich plötzlich an und fuhr herum. Sie blickte ihren Vater an, ließ den Zaun los und befreite ihren Arm aus seinem Griff.

»Jetzt hör mir genau zu!«, sagte sie mit zitternder Stimme. »Und schau dir die Leute an, die du als mein eigenes Volk bezeichnest! Da drüben unterhält sich Kraftprotz mit dem astanischen General, und noch vor wenigen Tagen hätten sie sich bei der ersten Begegnung getötet, weil das Parlament es ihnen so befohlen hat. Und dann schau etwas weiter nach hinten. Da steht Bändchen und flirtet durch den Zaun mit den Parl-Soldaten. Bald müssen die Männer vielleicht auf sie schießen, weil das Parlament ihnen den Befehl dazu gibt. Überall zwischen diesen Zelten und Hütten sind die Leute freundlich zueinander, weil ihnen im Augenblick niemand sagt, dass sie sich hassen sollen, obwohl wir alle schon bald sterben werden. Und mittendrin stehst *du*, Vater, und sagst mir, dass ich meinen Druv hassen soll und benutzt meine arme Mutter als Vorwand. Jetzt lass uns bitte in Ruhe!«

Wanst starrte sie an, zuckte die Achseln und ging zum Lager zurück. Ich weiß nicht, ob er auch nur die Hälfte von dem gehört hatte, was Braunauge zu ihm sagte, und wenn, bezweifelte ich, dass er es verstanden hatte. Er hatte lediglich gespürt, dass ihm zu viel Widerstand entgegengebracht wurde, dass der Kampf in seiner schwierigen Situation zu anstrengend geworden wäre. Braunauge blickte ihm nach, und ich hörte sie flüstern: »Tut mir leid, Vater ...«

In den folgenden Tagen fragte Braunauge mich oft nach dem Leben im Schutzkomplex, und es war typisch für sie, dass ihre Hauptsorge darin bestand, ich könnte dort unten einem unwiderstehlich attraktiven Mädchen begegnen, worauf sie auch noch das wenige verlieren würde, was ihr von mir geblieben war.

»Da unten gibt es ein paar Mädchen in den Familien der Verwaltungsbeamten«, gab ich zu, »aber ich rede nur selten mit ihnen. Ich möchte nicht ... äh ... mit ihnen auf eine Stufe gestellt werden. Bevor du gekommen bist, habe ich mich die meiste Zeit bei den Soldaten herumgetrieben und mit ihnen Karten gespielt.«

Sie blickte zum Zaun, wo Bändchen wie so oft mit den Soldaten plauderte. »Ich verstehe es nicht«, sagte sie. »Was passiert, wenn es *richtig* kalt wird und wir ... und wir alle nicht mehr da sind? Dann haben die Soldaten nichts mehr zu bewachen. Sitzen sie dann vierzig Jahre lang untätig in den Bunkern herum?«

In diesem Moment kam Kraftprotz zu uns und hörte ihre letzten Worte mit. »Natürlich nicht«, sagte er leise. »Ich weiß nicht, wie groß die Lager des Komplexes sind, aber ich weiß sehr wohl, dass es etwa sechshundert Repräsentanten und Parls und Familienangehörige sind. Die Zahl der Soldaten muss ähnlich groß sein, und sie haben ihre Schuldigkeit getan, nachdem wir tot sind …«

Darüber wollte ich nicht nachdenken. »Warum seid ihr überhaupt alle hier, Kraftprotz?«, fragte ich. »Warum geht ihr nicht nach Pallahaxi zurück? In den Häusern der Stadt ist es doch bestimmt viel wärmer.«

Er lächelte. »Dasselbe habe auch ich mich gefragt, als die Leute hierherkamen und das Lager errichteten. Ich habe sie danach gefragt, und weißt du, was sie gesagt haben? Sie sagten: Es hat doch sowieso keinen Sinn mehr, in der Stadt zu bleiben. Also bin ich nach einer Weile ebenfalls hierhergekommen, und jetzt weiß ich es. Wenn einem klar ist, dass man sterben muss, und wenn man anderswo noch Leben sehen kann, möchte man sich daran ankuscheln, in der Hoffnung, dass vielleicht etwas vom Leben an einem selbst hängen bleibt.«

Währenddessen ging die Traufe weiter, und die Tage wurden kürzer, und der Regen wurde zu Schnee. Braunauge und ich bauten uns eine kleine Hütte am Zaun, und darin saßen wir stundenlang zusammen, um uns anzuschauen und uns durch den Draht an den Fingern zu berühren, im warmen Schein eines von der Regierung stammenden Radiators. Wie alte Leute schwelgten wir in gemeinsamen Erinnerungen, obwohl wir gar nicht viel hatten, in dem wir schwelgen konnten. Zwischen uns gab es keine Geheimnisse, keine Vorwürfe wegen der Ungleichheit unserer derzeitigen Lebensumstände. Wir wussten, dass wir zusammengewesen wären, wenn wir die Chance dazu gehabt hätten, und wir wussten, dass wir diese Chance nun nie mehr bekommen würden. Also sprachen wir über die Vergangenheit und quälten uns mit leisen, intimen Erinnerungen an das einzige Mal, als wir uns geliebt hatten.

Draußen stieg der Meeresspiegel, und das Flussdelta füllte sich wieder, und die eingeholten Boote, um die sich niemand mehr kümmerte, schwammen davon und wurden mit der Strömung aufs Meer hinausgetrieben. Es gab ein paar Fälle zwanghaften

Herumrennens unter den Lagerbewohnern, als ihre Feuer herunterbrannten und die Angst sie daran hinderte, im zunehmenden Schnee nach neuem Brennstoff zu suchen. Wenn Braunauge und ich in unserer geteilten Hütte saßen, hörten wir oft die Schreie, wenn die Kälte in einen Kopf vordrang und dort Wahnsinn säte, worauf der bedauernswerte Körper instinktiv losrannte, um die Kälte abzuwehren. Darauf folgten fast unvermeidlich Erschöpfung und Zusammenbruch, bevor das gepumpte Blut wieder ein gewisses Maß an Wärme und geistiger Gesundheit herstellen konnte. Am Ende war ein Mund weniger da, der gestopft werden musste.

Das Allertraurigste war vielleicht der Auflösungsprozess, den Bändchen durchmachte. Nach dem Verlust all ihres materiellen Besitzes – tragischerweise sogar ihres hübschen Gesichts – griff sie auf die letzte Eigenschaft, den letzten winzigen Rest ihrer Persönlichkeit zurück, der Bändchen noch geblieben war: ihr Geschlecht.

In den späteren Tagen erwähnte ihr Vater sie kaum noch, und ich sprach nur ein einziges Mal mit ihr. Sie bat mich, auf die andere Seite des Geländes zu gehen, weit vom Tor entfernt, wo der Zaun auf den Fluss stieß. Es schmerzte mich, als wir am Wasser stehen blieben und sie mir einen koketten Blick durch den Draht zuwarf.

»Ich muss irgendwie rein, Druv«, sagte sie. »Du musst mir helfen. Dein Vater hat die Schlüssel zum Tor.

»Hör zu«, murmelte ich und wich ihrem Blick aus. »Sei vernünftig, Bändchen. Das Tor wird die ganze Zeit bewacht, selbst wenn ich an den Schlüssel rankommen könnte.«

»Ach, die Wachen«, erwiderte sie lässig. »Mach dir wegen der Wachen keine Sorgen. An ihnen komme ich problemlos vorbei. Sie würden alles für mich tun – schließlich gibt es da drinnen nur wenige Frauen. Ich glaube, dir ist nicht klar, welche Macht eine Frau in einer solchen Situation hat, Druv.«

»Bitte hör auf, so zu reden, Bändchen.«

»Sie sagen, sie können mich in ihren Unterkünften verstecken, und niemand würde bemerken, dass ich da bin. Schließlich möchtest du doch auch, dass ich da drinnen bei dir bin, Druv. Du hast mir einmal gesagt, dass ich hübsch bin, und ich könnte sehr nett zu dir sein, weißt du. Das würde dir doch bestimmt gefallen. Du wolltest doch schon immer mit mir ficken, nicht wahr, Druv?« Ihr Lächeln war schrecklich, ein Alptraum.

»Bändchen, ich ertrage es nicht, wenn du so sprichst. Ich kann nichts für dich tun. Tut mir leid.« Ich drehte mich um und ging davon. Ich hätte mich fast übergeben.

Ihre Stimme wurde rau und schrill. »Du verfrorener Stinker! Du bist genauso ein Parl wie alle anderen! Ich werde dir etwas verraten, Alika-Druv! Ich will überleben, und ich habe das gleiche Recht dazu wie du, und wenn ich mich *erniedrigen* muss, um zu überleben, dann werde ich es tun, bei Rax!« Sie lachte, und es klang wie das Krächzen einer alten Frau. »Du glaubst doch nicht etwa, dass ich *wirklich* mit dir ficken will! Rax, der bloße Gedanke daran widert mich an. Ihr Männer seid alle gleich, ihr seid dreckige Tiere! *Tiere!* Und euer Ego! Wie in aller Welt kommt ihr nur darauf, ich könnte euch *begehren*? Das werde ich nie verstehen!«

Ich musste es sagen, um der Vergangenheit und der Zukunft willen. Ich kehrte zu ihr zurück. »Bändchen«, sagte ich, »ich habe nie behauptet, dass du mich begehrst. Eine Zeit lang habe ich *dich* begehrt, weil ich dich schon immer ein bisschen geliebt habe. Und ich möchte gerne, dass das so bleibt.«

Für einen kurzen Moment wurde der Blick ihrer Augen weicher, und die alte Bändchen war wieder darin zu erkennen. Aber gleich darauf war der Eisteufel zurückgekehrt und verzerrte ihre Gedanken. »Liebe?«, kreischte sie. »Du weißt doch gar nicht, was Liebe ist, genauso wenig wie diese kleine Zicke Braunauge. Liebe existiert überhaupt nicht – wir haben uns nur gegenseitig etwas vorgemacht. Die einzige Realität ist das hier!« Sie ließ extravagant den Arm kreisen und deutete auf die Fischfabrik, den Zaun und den immer dichter rieselnden Schnee.

Es gab nur einen Ausweg, und ich nahm ihn. Ich entfernte mich mit zügigen Schritten und ließ sie am Zaun stehen. Sie schrie mir nach. Ihre Worte hatten mich sehr tief getroffen, und als ich in die kleine Hütte am Zaun zurückkroch, überraschte es mich fast, auf der anderen Seite meine Braunauge zu sehen, die mich liebte, die mir zeigte, dass Liebe wirklich existierte, und mir versicherte, dass sie für immer existieren würde.

20

Tage vergingen. Der Schneefall wurde feiner und ließ irgendwann ganz nach. Der Himmel klarte auf, und in der Nacht waren die Sterne wieder zu sehen, hart und kalt glitzernd. Die Sonne Phu war klein – kleiner, als ich sie je zuvor gesehen hatte, und sie schaffte es selbst zur Mittagszeit nicht mehr, die eisige Luft zu erwärmen, obwohl sie immer noch genug Licht spendete, um den Tag von der Nacht zu scheiden. Ich fragte mich, wie hell es am Tag noch werden mochte, wenn unsere Welt endgültig fest im Griff von Rax war. Nicht dass ich dann noch Tageslicht zu Gesicht bekommen würde, weil die Eingänge zum Komplex dann längst verschlossen wären, um die Wärme drinnen zu halten. Ich hätte Trahn gerne danach gefragt, aber ich hatte ihn schon lange nicht mehr gesehen, und das astronomische Wissen meines Vaters war zu dürftig.

Nachdem der Schneefall aufgehört hatte und die Luft klar war, konnte man nun wieder bis zu den Gelben Bergen blicken – obwohl sie nun weiß waren und es die nächsten vierzig Jahre bleiben würden. In der Nähe zeichneten sich die Obo-Bäume auf dem Fingerkap als silbrige Pyramiden vor dem Hellblau des Himmels ab. Dazwischen standen reglos einige Anemonenbäume. Es war eine trostlose Landschaft, und die einzigen Lebenszeichen waren ein paar Lorin, die sich gelegentlich als dunkle Flecken vor dem Schnee auf der Böschung bewegten, wo sie ihre tiefen Löcher angelegt hatten – und die armseligen Reste der Gruppe, die vor dem Zaun lagerte.

Eines Tages wurde die Plane am Eingang meiner primitiven Hütte zurückgeschlagen, und mein Vater trat gebeugt ein. Er hockte sich neben mich und sah Braunauge auf der anderen Seite des Zauns an. Zwischen uns murmelte behaglich der Radiator. »Was willst du?«, fragte ich schroff. Die Hütte war unsere Privatsphäre und nur für Braunauge und mich da, und mein Vater entweihte sie mit seiner Anwesenheit.

»Der Radiator muss hier verschwinden«, sagte er knapp.

»Verfrier dich, Vater!«

»Tut mir leid, Druv. Ich habe mich nach Kräften für dich eingesetzt. Ich bin sogar selbst gekommen, statt den Wachen zu erlauben, ihn zu holen. Aber im Komplex wird schon darüber geredet. Es heißt, hier wird Destill unwirtschaftlich verbrannt, obwohl wir ihn unten dringender brauchen. Manche Leute sprachen sogar von Günstlingswirtschaft, weil ich dir erlaubt habe, den Radiator hier draußen zu benutzen. Ich fürchte, ich muss ihn dir jetzt wegnehmen. Mach dir ein Feuer, Sohn!«

»Wie soll ich in einer Hütte ein Feuer machen, du Schwachkopf?«

»Wenn du so zu mir sprichst, wirst du gar nichts erreichen, Druv«, schrie er. Er griff nach dem Radiator, ließ ihn aber sofort wieder los, um sich fluchend die verbrannten Finger zu lecken. »Bei Phu!«, rief er wütend und gab mir die Schuld an seinem Missgeschick. »Wenn du deine Zunge nicht im Zaum halten kannst, weise ich die Wachen an, diese Hütte niederzureißen!« Damit stürmte er hinaus, und kurz danach kamen die Wachmänner.

Braunauge errichtete ein großes Lagerfeuer am Zaun, und wir trafen uns von nun an im Freien. Aber es war nicht mehr dasselbe. Alle konnten uns sehen, und das Feuer lockte andere Leute an, was viel schlimmer war. Verständlicherweise wollten sie sich daran wärmen, aber damit wurde es für Braunauge und mich schwieriger, da wir nun nicht mehr ungestört miteinander reden konnten. Die Leute hätten uns für verrückt erklärt, wenn sie einige der Dinge mitgehört hätten, die wir zueinander gesagt hatten.

In der Zwischenzeit hatten sich die Verhältnisse im Lager zusehends verschlechtert. Jeden Morgen waren weniger Leute da als am Vortag. Jede Nacht wachte jemand unterkühlt aus unruhigem Schlaf auf und geriet in Panik, um aufzuspringen und herumzurennen, bis es nicht mehr ging … Der tiefe Schnee außerhalb des festgetretenen Bereichs innerhalb des Lagers war mit den Spuren jener durchsetzt, die sich der Anstrengung, in dieser schrecklichen Kälte am Leben zu bleiben, nicht gewachsen gezeigt hatten. Doch viel schlimmer war, dass viele dieser Spuren in einem sichtbaren regungslosen Haufen endeten, der die übrigen Lagerbewohner ständig daran erinnerte, dass sie alle früher oder später diesen Weg gehen würden.

Kraftprotz blieb und wehrte sich mit reiner Willenskraft gegen die Kälte, genauso wie seine Frau Una. Braunauges Vater starb sehr schnell, nicht lange nach seinem Wutausbruch am Zaun. Es tat mir leid zu sehen, wie er fortging, und Braunauge war mehrere Tage lang untröstlich. Nachdem Bändchen einen Tag lang Brustschmerzen gehabt und Blut gehustet hatte, starb sie auf ihrer Lagerstatt, und Braunauge weinte auch um sie, aber ich empfand nur wenig Trauer. Ich hatte Bändchen schon viele Tage zuvor verloren, dort, wo der Zaun auf den Fluss stieß …

Ich hatte jedes Mal ein schlechtes Gewissen, wenn ich morgens nach einer warmen Nacht in meinem bequemen Bett zum Lager hinüberging, wo ich am Zaun die traurigen Ruinen antraf. Häufig schmuggelte ich Lebensmittel hinaus und gelegentlich eine kleine Flasche mit Destill – zum Trinken, denn das Zeug war viel zu kostbar, um es als Brennstoff zu vergeuden. Doch ich konnte tun, was ich wollte, ich hatte ständig das vage Gefühl, dass ich auf der falschen Seite stand, und ihre vorwurfsvollen Blicke, wenn sie die Geschenke aus meinen warmen Händen annahmen, verstärkten dieses Gefühl. Sie brauchten mich, weil ich ihnen diese Dinge brachte, und doch hassten sie mich, weil ich zu den Parls gehörte.

Außer Kraftprotz und Braunauge. Kraftprotz war der Anführer der Lagerbewohner, und seine riesenhafte Gestalt war überall zu sehen, wie er nach Brennstoff grub, Zelte und Hütten reparierte, Rennende verfolgte und sie über die Schulter geworfen zurückbrachte, wie er auf sie einschlug und einbrüllte, bis der Verstand in ihre betäubten Gehirne zurückkehrte, bis sich ihr Blick klärte und sie wieder lebten.

Und Braunauge … sie gab nie auf. Ich glaube, sie wäre nicht einmal losgerannt, wenn ein Eisteufel nach ihren Füßen gegriffen hätte. Sie blieb ruhig und schön, etwas magerer als sonst, aber nicht sehr, ein kleines, in Pelze gekleidetes Bündel der Vernunft mitten im allgemeinen Wahnsinn. Jedes Mal, wenn ich den Komplex verließ und zum Zaun ging, sah ich sie arbeiten. Dann blickte sie auf und lief mit einem leisen Willkommensruf zu mir, um vom Zaun aufgehalten zu werden und mit ausgebreiteten Armen dazustehen und mir lächelnd ihre Liebe zu zeigen, wie sie es immer tat.

Die Vorstellung, dass dies ein Ende haben würde, dass sie eines Morgens unwiderruflich nicht mehr da wäre, bereitete mir Alpträume. Und an jedem Morgen, wenn ich die Tür zu einem noch kälteren Tag öffnete, nahm die Angst in meiner Brust das Ausmaß körperlicher Schmerzen an, die erst nachließen, wenn ich ihre kleine Gestalt sah, wie sie auf den Zaun zulief, um mich zu begrüßen.

Und schließlich geschah es. Eines Morgens war sie fort, Kraftprotz war fort, alle waren fort. Ich rannte zum Zaun, meine Blicke suchten hektisch die verlassenen Zelte und Hütten ab, die immer noch schwelenden Feuer, die vielen Spuren im Schnee, aber niemand war mehr da. Ich schaute mich nach einer Nachricht um und dachte, dass sie sich vielleicht alle gemeinsam auf die Suche nach Brennstoff gemacht hatten. Aber sie hatten nichts dagelassen.

Sie kamen nie mehr zurück.

»Sie sind natürlich nach Pallahaxi zurückgegangen«, sagte mein Vater. »Sie hätten gar nicht erst von dort weggehen sollen. Mit sorgfältiger Rationierung hätten sie dort vielleicht noch ein weiteres Jahr überlebt, vielleicht sogar zwei.«

Mutter lächelte, und ich wusste, dass beide erleichtert waren, dass meine bedauerliche »Phase«, wie sie es nannten, nun vorbei war. »Es wohnen viele wirklich nette Leute auf unserem Stockwerk, Druv. Bisher hattest du noch gar keine Gelegenheit, sie kennenzulernen. Natürlich hat dein Vater nie etwas gesagt – aber es war doch recht *peinlich* für uns, dass du dich die ganze Zeit bei diesem gemeinen Volk aufgehalten hast. Wir sind so froh, dich wiederzuhaben, Schatz.«

Zwei Tage später fand ich in unserer Wohnung ein Mädchen vor, das etwa in meinem Alter war. Sie trank Cochasaft mit meiner Mutter. Sofort wurde mein Misstrauen geweckt, und mein Verdacht bestätigte sich, als meine Mutter das Zimmer verließ. »Ich muss mal schnell etwas erledigen«, sagte sie fröhlich. »In der Zwischenzeit kannst du dich sicher ein wenig um Yelda kümmern.«

Plötzlich alleingelassen starrte ich wütend auf das unglückliche Mädchen, das geistlos in ihren Saft starrte. Ihre Gesichtszüge erinnerten mich an Wolff, aber damit hörte die Ähnlichkeit nicht auf, denn ich stellte fest, dass sie keine Brüste hatte. Und zu allem Überfluss konnte ich seit einer traumatischen Liebesaffäre mit sechs Jahren den Namen Yelda nicht mehr ausstehen.

Das Mädchen entblößte die Zähne. »Deine Mutter ist wirklich eine nette Person.«

Immerhin brachte sie den Mut auf, ein kontroverses Thema zur Sprache zu bringen. »Ich hege den Verdacht, dass meine Mutter wahnsinnig ist«, sagte ich.

»Sie und ich haben so viel miteinander gemeinsam«, fuhr Yelda fort, ohne auf meine Bemerkung einzugehen – oder vielleicht doch. »Wir beide kochen und schneidern sehr gern. Und noch viele andere Dinge. Ich habe kaum bemerkt, dass sie so viel älter ist als ich. Sie *verhält* sich so *jung*. Wirklich!«

»So jung, dass sie fast kindisch ist.«

»Möchtest du einen Becher mit Cochasaft, Druv?«

»Ich verabscheue das Zeug, danke. Nur Idioten und Frauen trinken Cochasaft.«

»Du meine Güte, du kannst ja ziemlich grob sein«, ging Yelda plötzlich in die Offensive, und ich wich sofort zurück und gab mich geschlagen. Ich fühlte mich zu elend und müde, um mich auf einen Kampf einzulassen. »Weißt du, ich hätte nicht hierherkommen müssen. Ich kann sofort wieder gehen, wenn du möchtest, Druv. Ich spüre, dass du mich nicht magst – ich bin sehr gut darin, Leute einzuschätzen. Vom ersten Augenblick an hast du mich verabscheut. Warum?« Sie blickte mich mit zahnlückiger Feindseligkeit an.

»Yelda«, brachte ich unter Schwierigkeiten heraus, »entschuldige bitte. Ich habe dich verletzt, weil es mir sehr schlecht geht. Und zufällig kann ich meine Mutter und Cochasaft nicht leiden. Also hast du unmittelbar nacheinander zwei sehr ungünstige Themen angesprochen. Wollen wir noch einmal ganz von vorn anfangen?«

Sie war bereits aufgestanden und hatte sich zum Gehen gewandt, aber nun zögerte sie. »Also … na gut. Aber nur, wenn du mir versprichst, nett zu sein. Ich war mir nicht einmal sicher, ob ich überhaupt hierherkommen sollte, weißt du, weil die Leute so viel über dich und irgendein Mädchen geredet haben. Egal … Spielst du Ringeln? Ich habe ein Spielbrett in der Ecke gesehen. Ich bin ziemlich gut im Ringeln. Ich kann meinen Bruder jedes Mal schlagen.«

Ich schien in die Vergangenheit zurückgekehrt zu sein. Meine brustlose Spielpartnerin lächelte wieder glücklich, als sie die Steine aufstellte, und schon bald würde sie damit anfangen, sich in der Nase zu pulen oder dringend ins Bad gehen zu müssen.

Also spielten wir Ringeln, und ich wusste nicht, ob es mir Spaß machte oder nicht. Aber es gab immer wieder kürzere Zeiträume, in denen ich nicht an Braunauge dachte. Also war es ein guter Zeitvertreib, und es lag noch sehr viel Zeit vor mir, die ich vertreiben musste.

Wir sprachen über die Kinder auf unserem Stockwerk, und Yelda schien sie alle zu kennen. Viele mochte sie, aber ein paar waren einfach scheußlich, weil sie ständig an ihren Haaren zogen. »Aber dich mag ich, Druv«, sagte sie. »Jungen sind normalerweise so grob und übelriechend, aber du bist nett. Ich hoffe, du hast nichts dagegen, wenn ich wiederkomme und wir noch einmal miteinander spielen …«

Ich starrte immer noch ungläubig ins Leere, als meine Mutter zurückkehrte. »Wo ist Yelda?«, fragte sie ohne Einleitung. »Ich hoffe, du warst nicht grob zu ihr, Druv.«

»Sie ist im Bad.«

»Oh, gut. Sie ist so ein nettes Mädchen, meinst du nicht auch? Gesund und unverdorben. Genau die Art von Mädchen, die dein Vater und ich gerne an deiner Seite sehen würden.«

»Mutter, ist das wirklich dein Ernst? Ich meine, denkst du tatsächlich darüber nach, was du sagst? Weißt du nicht mehr, wer ich bin?«

Sie lächelte nachsichtig. »Natürlich, Schatz. Und es ist sehr schön, dass du wieder bei uns bist. Dein Vater und ich haben dich sehr vermisst – aber wir hatten auch sehr viel zu tun in diesen letzten zweihundert Tagen. Stell dir vor – es ist erst zweihundert Tage her, seit wir Alika verlassen haben. Wie die Zeit verfliegt … ich kann mir vorstellen, dass du deine zahmen Tratten vermisst, Schatz.«

In diesem Moment erinnerte ich mich schlagartig und mit schlechtem Gewissen daran, dass ich die Tratten unter dem Sitz des Motorwagens stehen gelassen hatte, seit ich sie in Alika aus dem Haus geschmuggelt hatte. Wahrscheinlich waren sie bereits am zweiten Tag der Reise gestorben. Es war ein Wunder, dass wir sie nicht gerochen hatten.

Ich überlegte, ob es möglich wäre, ihr Spiel mitzumachen, ihr den Gefallen zu tun, in eine Art ewige Kindheit zurückzufallen, wie ein Narr vor ihr herumzutollen, bis mein Haar ergraute und mir die Zähne ausfielen und sie vielleicht auf die Idee kam, ich wäre ein wenig zu alt für kurze Hosen.

Am späteren Abend kehrte mein Vater in die Wohnung zurück und war nach einer Versammlung aller Stockwerke ganz aufgeregt, an der, wie er voller Ehrfurcht erwähnte, auch der Regent teilgenommen hatte. Wie es schien, sollten wir alle von nun an neue Namen tragen.

»Der Geburtsort hat jetzt keine Bedeutung mehr«, sagte er. »Und die Repräsentanten sind der Ansicht, dass die Zeit für einen Neuanfang gekommen ist. Wir sitzen alle in einem Boot, haben sie gesagt, also spielt es keine Rolle mehr, woher jemand stammt.«

»Das ist richtig, Burt«, sagte Mutter. »Obwohl ich es in gewisser Weise immer als … *Auszeichnung* empfunden habe, dass wir aus der Hauptstadt kommen, weißt du.«

»Wir sind nicht die einzigen, die aus Alika stammen, Fayet«, erwiderte Vater mit einem gut gelaunten Glucksen. »Und Alika ist jetzt nur noch ein Name, ein bedeutungsloser Haufen verlassener Ruinen.«

Ich meldete mich sehr vorsichtig zu Wort, weil ich zu müde war, um es riskieren zu können, seinen Zorn zu erregen. »Und wie sollen wir uns jetzt nennen, Vater?«

»Unsere neuen Namensvorsätze werden sich auf das Stockwerk beziehen, in dem wir leben. Dadurch ist es möglich, eine Person eindeutig zu identifizieren, wenn sie sich namentlich vorstellt. Das ist viel besser und viel höflicher, wie ich finde. Im alten System konnte es leicht geschehen, dass man die Stellung einer Person falsch einschätzte. Also wird jetzt das Gefolge des Regenten, das unmittelbar unter ihm steht, den Vorsatz ›Zweitlich‹ tragen. Die Repräsentanten werden ›Drittlich‹ heißen – also werden wir unseren guten Freund Trahn jetzt nicht mehr Zeldon-Trahn, sondern Drittlich-Trahn nennen. Ich hoffe, dass du dir das merken kannst, Druv. Oder besser«, fügte er unter lautem Gelächter hinzu, »Viertlich-Druv!«

Als ich in dieser Nacht in meinem Bett lag, wurde mir bewusst, dass ich diesen Namen ständig im Geist wiederholte, bis es zu einer jener Obsessionen wurde, die einen daran hinderten, Schlaf zu finden: Viertlich-Druv, Viertlich-Druv, Viertlich-Druv …

Ich wachte mit leichten Kopfschmerzen und etwas zerschlagen auf. Dann fragte ich mich, was aus den Soldaten und Wachmännern wurde und ob man sie nun »Fünftlich« nennen würde.

Mein Vater hatte sie am Vorabend gar nicht erwähnt. Ich zog mich warm an und überlegte, mich wieder einmal draußen umzuschauen, denn es war schon einige Zeit her, seit ich das letzte Mal in der Kälte gewesen war, und die frische Luft würde mir wahrscheinlich guttun. Es war eine Nacht voller seltsamer Träume und flackernder Bilder gewesen. Im Zimmer war es kalt gewesen, und ich war immer wieder aufgewacht und hatte gedacht, dass Tante Zu vor mir stand.

Ich stieg die Treppe hinauf und blieb vor einer gelben Tür stehen. Ich zog am Griff, aber die Tür war verriegelt. Ich horchte, konnte aber nichts vom üblichen Gemurmel aus den Quartieren der Soldaten hören. Ich wurde mir eines unbehaglichen Gefühls bewusst und eilte über die Treppe zurück, bis ich im Korridor meinem Vater begegnete. »Druv!«, rief er, als er mich sah. »Hast du dich an den Türen zu schaffen gemacht?«

»Nein. Ich bin gerade erst aufgestanden.«

»Seltsame Sache … seltsame Sache …«, murmelte er fast im Selbstgespräch. »Ich weiß genau, dass Trahn mich aufgefordert hat, ihn heute früh aufzusuchen, aber die Tür ist fest verschlossen. Alle grünen Türen sind verriegelt. Ich kann keinen der Repräsentanten erreichen, was äußerst ungelegen kommt. Wir müssen über wichtige Angelegenheiten reden.« Plötzlich erschauderte er. »Es ist kalt, nicht wahr? Ich muss die Heizung überprüfen.«

»Die Türen zu den Soldatenquartieren sind auch verriegelt«, sagte ich.

Er wirkte besorgt. »Wirklich? Sind sie das? Ja, auf der Versammlung wurde etwas darüber gesagt. Im Interesse des wirtschaftlichen Brennstoffverbrauchs wäre es besser, wenn es nicht so viel Kommen und Gehen zwischen den Stockwerken gäbe … Vielleicht hat jemand den auf der Versammlung gefassten Beschluss falsch verstanden. Wir hatten eigentlich nur von den gelben Türen gesprochen. Ja, das muss es sein.« Er eilte murmelnd davon.

Ich stieg die Treppe hinauf. Obwohl ich mich in meine Pelze gehüllt hatte, zitterte ich angesichts einer Vision von Tante Zu, die ich beim Anblick des besorgten Gesichts meines Vaters gehabt hatte. Die Erinnerung an diesen schrecklichen Abend in Alika stand mir nun wieder deutlich vor Augen. Und damit stellte sich mir eine Frage. Eine Frage, die etwas mit der Bedeutung von Furcht zu tun hatte, mit der Bedeutung von Legenden.

Der Wind war kräftig, als ich die Tür hinter mir schloss und auf den Schnee und den Zaun hinausblickte. Ich bemerkte, dass das Tor offen stand und sich klappernd im Wind bewegte. Jetzt war niemand mehr da, dem es den Zutritt verwehren musste. Ich dachte über den Großen Lox nach.

Wie konnte eine Legende der Wahrheit so nahe sein? Wer war es gewesen, der sich als Erster die Geschichte ausgedacht hatte, wie der Große Lox Phu die Welt den Tentakeln des Eisteufels Rax entriss?

Um dann zu prophezeien, dass sich dieser Vorgang eines Tages umkehren könnte.

Es musste jemand gewesen sein, der die letzten schweren Zeiten überlebt hatte. Aber wie hatte er ohne technische Hilfsmittel überlebt? Er konnte keine hoch entwickelte Technik gehabt haben, weil sie Spuren hinterlassen hätte. Immerhin hatte der Große Frost vierzig Jahre angehalten.

Mir wurde bewusst, dass ich mit schnellen Schritten losgelaufen war, während die Kälte mit eisigen Fingerspitzen meinen Geist berührte, und zum ersten Mal fragte ich mich, *warum* ich so große Furcht vor der Kälte hatte. Es wurde immer gesagt, dass es ein Instinkt war. Genauso wie Schmerzen einen vor den Gefahren einer Verletzung warnten, wurde man von der Furcht vor der Gefahr des Erfrierens gewarnt. Aber warum Furcht? War die Empfindung der Kälte selbst nicht schon Warnung genug?

Vielleicht war es eine kollektive Erinnerung, die wir von denen geerbt hatten, die die Schrecken des letzten Großen Frosts überlebten.

Nun wusste ich, dass ich die anderen schließlich doch besiegt hatte, und ich lachte laut, als ich in der blendenden, schneidenden Kälte stand. Sie würden nicht überleben. Sie waren viel zu unbeholfen, viel zu egoistisch, um es da unten in ihrem künstlichen Bau aushalten zu können. Und selbst wenn sie es durch ein Wunder doch schafften, wenn ihnen die Sonne wieder auf die Gesichter schien, nachdem sie an die Oberfläche gekrochen waren und vor Erleichterung weinten, wären sie bereits schrecklich alt. Selbst ihre Kinder hätten ihre Kindheit verloren, weil sie nie mit einem Boot gesegelt waren, weil sie nie eine Wolke beobachtet oder die Grume erlebt hatten. Sie waren die Verlierer.

Als sich die Kälte in meinen Körper fraß, hatte ich die Vision eines hübschen Mädchens, das mit dem Fuß feststeckte, dann einschlief und schließlich wieder aufwachte, ohne sich erinnern zu können, geschlafen zu haben, dass Zeit vergangen war.

Und in der Gegenwart leere Hütten, leere Zelte …

Und vor langer Zeit ein kleiner Junge, der munter und glücklich auf eine Türschwelle trat, und während er geschlafen hatte, hatte er nicht geatmet, und auch sein Herz hatte nicht geschlagen …

Und er war auch nicht gealtert.

Meine Gedanken versagten allmählich, aber da war keine Furcht. Undeutlich sah ich Braunauge, immer noch jung, die mich unter der neuen Sonne anlächelte, die mich küsste, und unsere Liebe war immer noch neu. Schon bald, denn dieser Schlaf hatte kein Gedächtnis …

Dann kamen die Lorin.

ZWEITES BUCH

ERINNERUNGEN AN PALLAHAXI

1 PROLOG

An meinem siebzehnten Geburtstag wäre ich fast ertrunken. Das mag einem Menschen wie Ihnen ziemlich unbedeutend vorkommen. Wahrscheinlich denken Sie: Was kümmert mich ein Stilk mehr oder weniger? Aber für mich war es eine große Sache, fast so groß wie eine zweite, die an jenem Sommertag geschah.

Diese zweite Sache war, dass ich Noss Talis begegnete.

Und das mit dem Fast-Ertrinken? Das ist so passiert.

Das Wasser im Flussdelta lag ruhig und träge da, und die kleinen weißen Hütten von Noss schimmerten wie ein breites menschliches Grinsen entlang der Küste, und ich sang im dunstigen Sonnenlicht. Eine sanfte Brise blähte das Segel meines Skimmers, während ich flussaufwärts glitt. Im Mündungsgebiet des Yam gibt es jede Menge faszinierende Flussarme, und ich hatte große Lust, sie zu erkunden.

Die Grume war im Anzug.

Die Meeresströmung, die unsere Welt umkreist, hatte Tag für Tag dichteres Wasser vom Großen Flachmeer hergebracht, und inzwischen waren alle Boote mit tiefem Rumpf in langen Reihen aufs Ufer gezogen worden. Die Fischer hatten schwerere Gewichte an ihren Netzen und Tauen angebracht und stießen mit flachkieligen Booten in See, die wie größere Versionen meines Skimmers aussahen. Heute bestand ihr Fang aus Fischen einer anderen Art, die am Meeresgrund lebte und durch das dichtere Wasser nach oben getrieben worden war. Die Grume ist eine ganz besondere Jahreszeit.

Später würden die wilden Grume-Reiter kommen, die mit kräftigen Flossen über die Oberfläche hüpften und der Grume auf ihrem Weg rund um den Ozean der Welt folgten. Diese Raubtiere stürzten sich auf alles, was an der Oberfläche strandete. Sie griffen sogar Zumen an, die bestimmt zwanzigmal größer als sie selbst waren.

Die Grume-Reiter machten mir große Angst. Wahrscheinlich war es etwas, das einem meiner Vorfahren zugestoßen war, denn das ist die Ursache für viele unserer Ängste. Irgendwann würde ich in meinen Erinnerungen graben und es beim Sternenträumen finden und meinen Frieden damit schließen. Wir nennen so etwas einen Erinnerungsblitz, dieses ungewollte Auftauchen eines generationenalten Erlebnisses.

»Pass auf!«

Ich war in Gedanken versunken und hörte den Ruf nur mit halbem Ohr.

»Pass auf, wo du hinfährst!«

Ein Mädchen in einem tiefkieligen Ruderboot nicht weit vom felsigen Ufer unter den Hütten winkte und rief aufgeregt. *Diese Flundern scheinen zu glauben, dass ihnen das Meer rund um Noss gehört,* dachte ich. *Wahrscheinlich haben sie irgendeinen privaten Besitzanspruch auf diese kleine Bucht. Sie soll zum Rax gehen! Ich segle, wo ich will!*

Aber die Tatsache, dass sie ohne Schwierigkeiten in einem tiefkieligen Boot saß, hätte mich stutzig machen sollen. Während der Grume bekamen solche Boote zu viel Auftrieb und waren nicht mehr stabil.

Mein Skimmer wurde unerwartet deutlich schneller.

Es war ein ziemlich unangenehmer Moment. Der Wind hatte sich nicht gedreht, aber das Boot schoss los wie ein aufgeschreckter Lox. Wasser plätscherte laut unter dem stumpfen Bug. Aber Grume plätschert nicht, sie schwappt und fließt träge. Es war unheimlich.

Dann wurde das Boot plötzlich wieder langsamer, als hätte es sich im Netz eines Fischers verfangen. Ich verlor das Gleichgewicht und rutschte nach vorn. Das Boot hielt an und sank tiefer ins Wasser. Viel tiefer.

Es versank, um genau zu sein.

Der Stoff, aus dem Alpträume gemacht sind. Ich sprang auf, und das kleine Boot schaukelte heftig. Das Segel halste, legte sich um mich und machte mich blind. Ich spürte, wie kaltes Wasser an meinen Beinen hinaufkroch. Kaltes, kaltes Wasser. Unendlich kaltes Wasser, das aus den Klauen des toten Planeten Rax gedrückt wurde.

Menschen, die auf einer warmen Welt geboren wurden, verstehen unsere Angst vor der Kälte nicht. Aber ich sage Ihnen, dass diese Angst sehr real ist und sich auf uralten Erinnerungen gründet, vom Aberglauben ganz zu schweigen.

Ich hörte mich selbst, wie ich voller Furcht erstickt in der Umhüllung des Segels schrie. Ich konnte an nichts anderes mehr denken als an die eisige Hand von Rax, der nun mit widerlichen Fingern meine Genitalien ertastete. Ich konnte mich nicht rühren, weil ich mich hoffnungslos im Segel verheddert hatte. Außerdem war ich ein Bewohner des Binnenlandes, so dass ich nicht schwimmen konnte.

Wenn Sie die Sache logisch betrachten, gelangen Sie vielleicht zu dem Schluss, dass meine Geschichte an dieser Stelle enden dürfte.

»Um Phus willen, hör mit dem furchtbaren Geschrei auf und komm endlich unter dem Segel hervor!«

Es war die Stimme eines Engels, auch wenn ich das erst viel später erkannte. Zu diesem Zeitpunkt wäre mir jede Stimme willkommen gewesen.

»Ich kann mich nicht bewegen!«, rief ich zurück. Ich war gefangen. Ich war dem Tod geweiht. Dabei war ich erst siebzehn. Ein tragischer Verlust für die ganze Welt.

Das Wasser kroch verstohlen an meiner Brust herauf. Der Skimmer, der nun vollständig untergetaucht war, glitt unter mir weg. Ich kippte auf die Seite. Etwas versetzte mir einen brutalen Stoß in die Rippen. Eine Hand zog das Segel von meinem Gesicht zurück, und zwei ernste Augen blickten in meine.

»Das ist ja richtig peinlich! Vielleicht schauen Leute zu«, sagte sie. »Ich habe dich gerettet. Murmele oder stottere Worte der Dankbarkeit, wenn du unbedingt was äußern musst. Aber hör endlich mit dem Geschrei auf.«

Ich lag halb innnerhalb, halb außerhalb ihres kleinen tiefkieligen Ruderbootes. Ich befand mich immer noch in der Umklammerung des Segels, und der Mast des Skimmers lag auf meinem Brustkorb. Allmählich kam ich wieder zur Vernunft. Schließlich ist die eisige Macht des toten Planeten Rax nur Aberglaube, der von religiösen Spinnern wie meinem Onkel Borst in der Welt verbreitet wird. Die gute Sonne Phu schien mir ins Gesicht, und alles war wieder warm. Insbesondere die braunen Augen meiner Retterin. Braune Augen sind eine viel bewunderte Seltenheit in unserem Volk. Angeblich sind sie ein Segen, der uns an die legendäre Braunauge erinnern soll, die unser Volk vor langer Zeit gemeinsam mit ihrem Geliebten Druv auf recht ungewöhnliche Weise vor dem Bösen bewahrt haben soll. Jedenfalls hörte ich irgendwann mit dem Geschrei auf und war in der Lage, meine Umgebung bewusster als zuvor wahrzunehmen, vor allem die wunderschönen Augen meiner Retterin.

»Danke«, murmelte ich. Vielleicht stotterte ich auch ein wenig.

»Keine Ursache. Hör zu, wenn du einfach nach vorn kriechst, müsstest du dich von all dem Zeug befreien können. Ich halte den Mast fest, damit wir dein Boot nicht verlieren.«

Später saßen wir auf den Felsen und ließen uns von Phu trocknen. Wir hatten den Skimmer auf den Strand gezogen, wo er ordentlich neben dem Ruderboot lag. Eine Lücke im Blätterdach der hohen Meertrinker-Bäume ließ die Sonne hindurchscheinen. Ein paar Gezeitentümpel glitzerten in der Nähe, und wir hielten unsere Füße davon fern – mehr dazu später. Neben einem stand ein langbeiniger Luht und beäugte den Tümpel misstrauisch, wozu er guten Grund hatte. Menschen kennen unsere Welt überhaupt nicht. Ständig muss man Ihnen alles Mögliche erklären.

»Ich wette, du bist aus dem Binnenland«, sagte meine Retterin, die ich durch den Dunstschleier meiner Scham kaum erkennen konnte. »Ein Wühler. Trotzdem solltest du eigentlich wissen, dass man während der Grume nicht mit einem Skimmer flussaufwärts segeln sollte. Mal an das viele Süßwasser gedacht, das der Fluss mitbringt? Eben noch ist alles gut auf dem dichten Zeug, und im nächsten Moment macht es *Wusch!*« Mit einer kleinen Hand machte sie die Bewegung des Untertauchens. »Skimmer haben nicht genug Freibord, um auf normalem Wasser schwimmen zu können.«

»Ja, ja«, brummte ich und blickte über das Flussdelta, auf den blassblauen Himmel, auf alles andere. Ich hörte sie kichern.

»Aber eins muss ich schon sagen«, fuhr sie fort. »Ich habe noch nie gesehen, wie jemand so schnell untergegangen ist. Eigentlich hattest du kaum eine Chance.«

»Hm.«

»Wie heißt du?«

»Äh … Hardy. Yam Hardy.«

»Du bist aus Yam?« Sie war überrascht. Bis zu meinem Dorf ist es eine halbe Tagesreise mit dem Motorwagen und eine ganze auf dem Rücken eines Lox. »Bist du … jemand Wichtiges? Ich meine«, sagte sie mit einem entwaffnenden Grinsen, »ich bilde mir gerne ein, dass ich der Zivilisation einen großen Dienst erwiesen habe, als ich dich vor dem nassen Grab bewahrte.«

»Mein Vater ist Yam Bruno.« Ich versuchte, nicht allzu viel Stolz in meiner Stimme mitschwingen zu lassen.

»Bruno? Der Bruder eures Hauptmanns?« Sie schien wirklich beeindruckt zu sein. »Er hält sich zur Zeit hier in Noss auf, nicht wahr? Ich habe den Yam-Motorwagen gesehen.«

»Er ist gekommen, um mit den Noss-Hauptleuten zu verhandeln.«

»Worum geht es?«

»Ach, Lebensmittel, Handelsgüter, solche Dinge. Planungen. Alles auf höchster Ebene. Das würde dich gar nicht interessieren.«

»Du meinst, viel mehr weißt du auch nicht darüber.«

Ein Wechsel des Gesprächsthemas war dringend angebracht. Ich schien schon wieder in die Defensive geraten zu sein, als wäre die Rettungsaktion nicht bereits demütigend genug gewesen. Und wer war dieses Mädchen eigentlich? Während ich allmählich meine Fassung wiedergewann, kam mir zu Bewusstsein, dass sie ungefähr in meinem Alter und erstaunlich hübsch war, mit warmen braunen Augen, Grübchen in den vollen Wangen und einem Lächeln, das heller als Phu strahlte.

Allerdings war ich in einem Alter, in dem man leicht zu beeindrucken ist. Außerdem sind Männer und Frauen auf unserer Welt nicht häufig zusammen. Ich war es nicht gewohnt, einer solchen Schönheit so nahe zu sein. Das finden Sie vermutlich seltsam. »Du hast mir noch gar nicht deinen Namen verraten«, sagte ich.

Sie zögerte. »Talis«, sagte sie dann, »Noss Talis.« Schnell sprach sie weiter. »Ich weiß, dass es ein ungewöhnlicher Name ist, aber der Grund ist das hier.« Sie griff in den Halsausschnitt ihres Kleides – das aus teurem Menschenstoff geschneidert schien – und zog an einer dünnen Schnur einen Talisman hervor. Einen Kristall. Irgendein glitzerndes Ding. Ich wusste nicht viel über Edelsteine.

Ich wusste nur, dass ich in diesem Moment einen unglaublich starken Erinnerungsblitz hatte.

Ich starrte auf den Kristall und dann in ihr Gesicht, in diese unglaublich braunen Augen, und es kam mir vor, als würde ich in die tiefste Vergangenheit blicken, bis zum Anfang aller Generationen. Viele lange Jahre, unzählige Leute, die diese kleine Erinnerung weitergegeben hatten. Sie musste sehr kostbar und bedeutungsvoll sein.

Der Kristall und das hübsche Mädchen …

»Oh«, sagte sie leise und starrte mich an.

»Was?«

»Ach nichts.«

Nun war sie es, die nachdenklich über das Flussdelta blickte. Meertrinker reckten sich groß und kühl am gegenüberliegenden

Ufer in die Höhe. Das Meer lag flach hinter der Landspitze zu unserer Linken, und eine Million helle Vögel schwärmten und schrien und pflückten gestrandete Fische von der Oberfläche. Die Skimmer von Noss durchpflügten das Wasser mit ihren Netzen und holten die Ernte der Grume ein – über die mein Vater in diesem Moment verhandelte, weil unsere Getreideernte in Yam recht dürftig ausgefallen war.

Und ich saß mit einem Flunder-Mädchen auf den Felsen.

Es wurde Zeit für eine Einschätzung meiner Situation. Flundern – die Bewohner der Küste – haben eigenartige Angewohnheiten und Füße mit Schwimmhäuten. Sie beten Wellen und Seeungeheuer und ähnliche Dinge an, hatte ich gehört. Sie unterscheiden sich so sehr von uns Landbewohnern, dass manche Leute glauben, sie wären eine eigene Spezies, obwohl bei diversen diskreditierenden Gelegenheiten das Gegenteil bewiesen worden war. Ihre Männer fingen Fische, und ihre Frauen verarbeiteten sie auf unterschiedliche Art und Weise. Primitive Lebensverhältnisse. Keine Notwendigkeit, für die Zukunft zu planen. Ihr Leben wird von der jährlichen Grume geprägt, nicht von ihren persönlichen Wünschen. Es heißt, dass zu dieser Jahreszeit sogar ihr Blut dicker fließt. Mister McNeil, der Botschafter der Menschen auf unserer Welt, bezeichnet sie als Sammler und Jäger.

Wir aus dem Binnenland dagegen sind von einem ganz anderen Schlag.

Auch unsere Männer jagen. Aber es ist Intelligenz nötig, um die komplizierten Wanderrouten an Land zu verstehen, und großes Geschick, um die Beute zu erlegen. Und unsere Frauen bauen Feldfrüchte an, was sehr viel Planung erfordert. Mister McNeil sagte mir, dass die Menschen davon mächtig beeindruckt waren, als sie vor acht Generationen zum ersten Mal zu uns kamen.

Kurz gesagt: Wir sind viel *zivilisierter* als die Flundern.

Zumindest glaubte ich das bis zu meinem siebzehnten Geburtstag. Verzeihen Sie mir, aber so wurde es mir beigebracht.

Und es ärgerte mich, dass die Flundern uns Landbewohner als Wühler bezeichneten.

Ich musterte die weibliche Flunder hochmütig. »Ich muss jetzt gehen. Mein Vater wird sich Sorgen machen, wo ich abgeblieben bin. Ich denke, dass er die Verhandlungen inzwischen abgeschlossen hat.« Verspätet wurde mir bewusst, dass ich immer noch vor einem ungelösten Problem stand. »Würdest du mir mit meinem Skimmer helfen?«

»Was? Oh, natürlich.« Sie erwachte aus ihrer Trance, und gemeinsam hievten wir den Skimmer das steile Ufer hinauf. Ich zog, und Talis schob, wobei ihr herzförmiges Gesicht unter der Anstrengung rosa wurde. Schließlich kamen wir unter den Bäumen hervor und traten auf die Straße, die neben dem Fluss verlief und bis nach Yam und noch weiter führte. Sobald wir auf der Straße waren, kamen wir leichter voran, und schließlich trugen wir das Boot, jeder auf einer Seite.

»Das ist seltsam«, sagte Talis.

»Was?«

»Es kommt Wasser raus. Sieh mal.«

Eine kleine Pfütze hatte sich auf der staubigen Straße gesammelt. Ich sah, wie weitere träge Grumetropfen hineinfielen. Wir drehten das Boot um …

Skimmer sind anders als tiefkielige Boote sehr einfach konstruiert. Im Grunde sind es längliche Kisten mit flachem Boden und quer angebrachten Sitzen. Unter den Sitzen verläuft die Sicherheitsplanke, die etwa eine Handbreit vom Boden entfernt ist, um die Füße des Skippers vor einem direkten Kontakt mit dem kalten Bootsrumpf zu bewahren – und vor dem Unbehagen oder gar der Angst, die ein solcher Kontakt auslösen könnte.

»Da ist ein Loch«, sagte Talis.

Es war rund und etwa zwei Finger im Durchmesser. Ich fröstelte vor Entsetzen. »Ich wäre sowieso untergegangen, selbst wenn ich nicht in dünnes Wasser geraten wäre.«

»Anscheinend hast du einen Felsen gerammt.«

»Nein, habe ich nicht.«

»Dann hat jemand versucht, dich umzubringen.« Talis betrachtete mich mit großen runden Augen. »Jemand hat sich im Dunkel der Nacht zu deinem Boot geschlichen und ein Loch hineingebohrt. Wahrscheinlich hat er eine Maske getragen. Was für ein Spaß! Ein unbekannter Feind will dich töten. Du scheinst viel bedeutender zu sein, als du glaubst. Vielleicht hast du zufällig eine schmutzige politische Verschwörung belauscht.« Ihre unschuldige Miene verschwand. »Oder vielleicht hast du doch nur einen Felsen gerammt.«

»Ich habe keinen Felsen gerammt, Phu nochmal! Davon hätte ich doch etwas bemerkt! Nein, das Loch wurde gemacht. Entweder, bevor ich losgefahren bin, oder es ist hier in Noss geschehen. Das Boot lag längere Zeit auf dem Motorwagen, nachdem wir hier eingetroffen sind.«

Plötzlich wurde sie wieder ernst. »Niemand aus Noss würde ein Boot beschädigen. Wir leben vom Meer, und wir wissen, wie schlimm es ist, ein Leck zu haben.«

»Aber ihr könnt schwimmen.«

»Aber nicht lange. Die Kälte setzt uns genauso zu wie euch Wühlern ... äh ... Landbewohnern. Bei uns dauert es nur ein wenig länger, das ist alles. Wir haben sogar noch mehr Angst vor dem Meer als ihr, weil wir da draußen immer wieder Leute verlieren. Also lernen wir schwimmen. Niemand in Noss würde je auf die Idee kommen, ein Loch in dein Boot zu bohren.« Ihr Tonfall war tadelnd.

Vielleicht hatte sie Recht. Ich wusste es nicht. Niedergeschlagen betrachtete ich das Boot. Plötzlich war es nicht mehr wie neu. Es war verletzt worden. Vielleicht musste ich es zur Reparatur in Noss zurücklassen, weil es bei uns in Yam keine Bootsbauer gibt. Bevor wir losgefahren waren, hatte ich mit meinem Skimmer geprahlt. Jeder hatte ihn auf dem Motorwagen gesehen, als Vater und ich aufgebrochen waren. Jetzt kam ich mit einem durchlöcherten und entweihten Boot zurückgekrochen. Die Leute würden über mich lachen. Mein gelegentlicher Freund Kaunter – der insgeheim neidisch auf mein Boot war – wäre entzückt. Und mein blöder Vetter Drücker würde dumme Fragen stellen und mir sein geistloses Mitgefühl zum Ausdruck bringen. Und alle wären fest davon überzeugt, dass ich aufgrund absoluter Unfähigkeit gegen einen Felsen gefahren war.

Aber der unbekannte Feind …

Gab es wirklich einen unbekannten Feind?

Bestimmt nicht. In jenen unschuldigen Tagen bildete ich mir gerne ein, mir würde allgemeine Bewunderung und Respekt entgegengebracht. Sogar Verehrung.

Wir gingen weiter und trugen gemeinsam das Boot. Bald kamen wir an einer Ansammlung von Frauenhütten vorbei: an der Hügelböschung aufgehäufte Steine mit breiten Meerblättern als Dach. Tratten huschten zwischen Bergen von Abfall umher. Ein schroffer Kontrast zu Yams ordentlichem Frauendorf. Eine Frau stand gegen einen Türrahmen gelehnt und hielt ein Baby in den Armen.

»Bäh, Wühlerjunge!«, rief sie. »Geh Dreck kratzen!«

Talis' Kopf fuhr herum. »Geh zum Rax, Maddi!«, rief sie zurück. Dann wandte sie sich mir zu. »Tut mir leid«, sagte sie in normalem Tonfall. »Maddi hat eine große Klappe.«

»Außerdem sind es unsere Frauen, die auf den Feldern arbeiten, nicht die Männer«, erwiderte ich gekränkt. »Nicht dass daran irgendetwas falsch wäre.«

Ich bemerkte ein schelmisches Grinsen um Talis' Mundwinkel. »Du musst schon zugeben, dass es etwas seltsam ist, sein Leben damit zu verbringen, im Dreck herumzuwühlen. Aber das kann ich eigentlich gar nicht beurteilen. Ich bin einfach nur froh, dass ich als Küstenbewohnerin geboren wurde.«

Eine erstaunliche Feststellung. Ich musterte sie aus dem Augenwinkel, während wir den Skimmer trugen. Von durchschnittlicher Größe, nicht mager, aber auch nicht pummelig. Für ein Mädchen ziemlich kräftig gebaut, mit robusten Schultern und Beinen. Und für ihr Alter mit hübschen kleinen Brüsten. Als mein prüfender Blick schon in Bewunderung überging, fiel mir auf, dass sie unnatürlich sauber war, so sehr, dass sie fast leuchtete, ganz anders als bei guten Binnenlandfrauen, in deren Haut sich der Schmutz des ehrenhaften Ackerbaus festgesetzt hatte. Wahrscheinlich – sagte ich mir – stank sie nach Fisch.

Ich wusste es nicht, weil die ganze Umgebung nach Fisch stank. Ein rumpelnder Loxkarren kam vorbei und tropfte unter einer Ladung Glubse für die Trockengestelle am Hügel hinter den Frauenhütten. Talis winkte dem Mann zu, der den Lox führte. Er nickte zurück. Ein Lorin schlurfte neben ihm her, eine pelzige Hand auf den Nacken des Lox gelegt. Lox arbeiten viel besser, wenn sie von Lorin begleitet werden. Ich warf Talis einen weiteren verstohlenen Blick zu. Bei Phu, sie war wirklich hinreißend.

Dann wurde die angenehme Stille durch einen wütenden Ausruf gestört.

»Talis! Was, zum verfrorenen Henker, fällt dir ein?«

»Rax!«, fluchte Talis. »Das ist Mutter.«

Eine groß gewachsene Frau kam auf uns zu. Langes braunes Haar rahmte einen zornigen Gesichtsausdruck ein, und sie war in die Haut irgendeines Meeressäugers gekleidet, die so glatt war, dass sie nackt wirkte. Neben ihr trottete jemand her, der jung genug war, um ihr Sohn sein zu können. Er war untersetzt und stämmig und hatte ein breites, rosafarbenes Gesicht und gelbes Haar. Eine ungewöhnliche Paarung, aber schließlich hatte ich es hier mit Leuten aus Noss zu tun.

»Ich helfe ihm nur mit seinem Boot«, sagte Talis beruhigend. »Das ist Yam Hardy, Mutter.«

Talis' Mutter ging längsseits wie ein stolzer Frachtsegler, der sich in den Wind dreht. Murmelnd redete sie in gepresstem und wütendem Tonfall auf ihre Tochter ein. Ich schnappte nur ein paar Worte auf. »… werde nicht zulassen, dass du in aller Öffentlichkeit herummarschierst … ein verfrorener Wühler … Rücksicht auf unsere Stellung nehmen … sollen die Leute denken …« und so weiter.

Talis sah sie lediglich mit eingeschnappter Miene an und fügte an passenden Stellen ein »Ja, ja« ein. Ich stand verärgert daneben.

Diese widerwärtige Noss-Frau schien zu glauben, dass ihre Tochter irgendwie besser war als ich, als jemand aus dem Binnenland!

»Soll ich dir die Fresse einschlagen?«, fragte mich der junge Kerl, der sich für einen Mann der Tat zu halten schien.

»Versuch es.«

»Wenn ich dich noch einmal mit Talis erwische, werde ich es tun!«

»Nein, ich meinte, versuch es hier und jetzt.«

»Bei Phu, das werde ich tun!«

Aber er zögerte immer noch, so dass ich sarkastisch erwiderte: »Ich bin nicht so gut mit den Sitten der Noss vertraut. Bist du irgendwie der Besitzer von Talis?«

»Mein Name ist Knuff«, erklärte er, als müsste mir das etwas sagen. »Der Sohn von Wandauge. Vergiss das nie, Wühlerjunge.«

Der Sohn des Hauptmanns von Noss. Kein Wunder, dass er ein arroganter Grunzer war. Jetzt bemerkte ich, dass eins seiner Augen leicht milchig getrübt war. Knuff hatte die legendäre Behinderung seiner Männerlinie geerbt.

Inzwischen hatten Talis und ihre Mutter die einseitige Unterhaltung beendet. Die ältere Frau wandte sich mir zu. »Wenn es dir nichts ausmacht, dein Boot selber zu tragen, junger Mann, würde ich jetzt ...«

»Ach, Hardy! Da bist du ja.« Es war Vater, Phu sei Dank. Er war groß, und die Bewegung seiner schlaksigen Gliedmaßen erinnerte mich jedes Mal an einen Lorin. Auch seine ganze Art. Langsam, gelassen und liebenswert. Er sprach die widerwärtige Frau an. »Also hast du meinen Sohn bereits kennengelernt, Lonessa.«

Lonessa! Die Drachendame von Noss! Und Talis war die Tochter dieser berüchtigten Hauptfrau? Armes Mädchen. Wir stellten den Skimmer ab, und ich ging zu der kleinen Gruppe hinüber. Während Lonessa und Vater sich eine Zeit lang verbal streichelten, sah Talis mich an.

»Tut mir leid«, flüsterte sie. »Mutter ist eine arrogante Zicke. Aber eigentlich ist sie ganz in Ordnung. Und Knuff ist ein Rüpel. Man kann nicht alles haben.«

Unterdessen hatte sich Noss Lonessa mit einem strahlenden Lächeln zu mir umgedreht. Ihre Augen hatten die gleiche Farbe wie die von Talis. Das empfand ich als Frevel.

»Das ist also dein Sohn, Bruno?« Ihr Benehmen hatte sich schlagartig gebessert. »Ich hätte es ahnen müssen. Er hat deine Gesichtszüge. Ein sehr netter junger Mann.«

Vater grinste mich auf jene falsche Art an, wie es Väter tun, wenn Fremde anwesend sind. »Noss Lonessa, Noss Wandauge und ich hatten eine sehr erfolgreiche Besprechung, Hardy.« Als würde es mich auch nur ansatzweise interessieren. Wandauge ist übrigens nicht nur halb blind, sondern geht am Stock, weil er irgendwann beim Fischen einen Unfall hatte. Das ist nur ein Beispiel für die Eigenarten der Küstenbewohner. Wandauge ist Hauptmann, obwohl er ein Krüppel ist. Wenn unser Hauptmann, mein Onkel Borst – Vaters Bruder – verkrüppelt wäre, könnte er nicht mehr die Jagd anführen. Dann würde man seinen Sohn Drücker zum neuen Hauptmann ernennen. Wovor uns Phu bewahre, weil Drücker ein Trottel ist.

Und falls Drücker von einem Stampfer zerfleischt werden sollte, was vermutlich irgendwann geschehen wird, wäre Vater der nächste Hauptmann. Und dann wäre in Yam alles viel besser.

Und ich wäre der nächste Kandidat für das Amt.

Mein Traum von künftigem Ruhm wurde durch die Notwendigkeit unterbrochen, Lonessa zuhören zu müssen, die sich erdreistete, auf mich einzureden. »Dein Vater und ich geben am Beratungstisch ein gutes Team ab, Hardy. Wir beide wissen, wie wir kriegen, was wir haben wollen. Ich glaube, Yam kann beruhigt dem nächsten Winter entgegensehen. Ich finde, in diesen schwierigen Zeiten müssen wir zusammenarbeiten, nicht wahr?«

Nun ja … es waren schwierige Zeiten, daran bestand kein Zweifel. Die Ernte in Yam war sogar noch spärlicher ausgefallen als im Vorjahr, und es gab immer weniger Wild. Aber wenn ich zwischen den Zeilen las ... Hieß das, Lonessa und Vater hatten sich gegen den armen alten Wandauge verbündet? Und wenn ich mir ansah, wie nah sie neben ihm stand und wie sie ihn anlächelte, könnte man meinen ... Nein, davor schreckte meine Einbildungskraft zurück. Mein lieber alter Vater würde sich niemals auf eine sexuelle Affäre mit einer Küstenbewohnerin einlassen. Das wäre, als würde man mit einem großen, zappelnden Fisch ins Bett gehen!

Andererseits sah auch Vater ziemlich beeindruckend im prächtigen weißen Umhang aus, den er immer trug, wenn er im Namen von Yam Verhandlungen führte. Lenz, meine Mutter, hatte das Stück aus Häuten seltener Albino-Lox für ihn geschneidert. Weder in Yam noch in Noss gab es einen zweiten solchen Umhang.

»Es war ein kalter Frühling«, sagte ich artig.

»Vergangene Nacht hatte ich einen Sternentraum«, tönte Lonessa eindrucksvoll, womit sie meinte, dass sie in den Erinnerungen ihrer Vorfahren gestöbert hatte, »und ich kann dir versichern, junger Mann, dass es der kälteste Frühling war, den Noss je erlebt hat.«

Ich erschauderte unwillkürlich, als das Bild des toten Planeten Rax wieder vor meinem geistigen Auge erschien. Scheußlich, wenn eine Zivilisation auf Aberglaube gegründet ist.

Als wir gerade gehen wollten, hielt der Flegel Knuff meinen Arm fest. »Ich stehe zu dem, was ich über Talis gesagt habe, verfrorener Kerl«, murmelte er. »Und ich sage dir noch etwas. Wenn ich hier Hauptmann bin, wird Yam nicht mehr auf unsere Freundlichkeit hoffen können, das kannst du mir glauben. Wenn es nach mir geht, könnt ihr dort alle zusammen verhungern!«

Es war eine lange Heimfahrt. Das Rathaus von Noss lag genau zwischen den Dörfern der Männer und der Frauen, was eine vernünftige Anordnung war. Das bedeutete, dass ich unterwegs nichts vom Männerdorf zu sehen bekam, was bedauerlich war.

Ein Männerdorf an der Küste hat etwas Faszinierendes – obwohl ich vor Leuten aus Yam niemals zugeben würde, was ich empfand. Die zwei Bootstypen, die Skimmer und die Tiefkiele, die Netze überall auf dem steinernen Kai, die wirbelnden Wolken aus Grummern, die versuchten, Fische zu stehlen, der harte Akzent der Fischer und die seltsamen Worte, die sie für ganz normale Dinge benutzten, all das war für mich wirklich sehr exotisch.

Anders als das Frauendorf, an dem wir jetzt vorbeifuhren, sehr langsam, weil überall Kinder waren, die herumrannten und schrien und den Motorwagen einholen wollten. Frauen standen in den Türen und beobachteten uns. Auch ein paar Lorin saßen herum. Sie sind ausgezeichnete Kinderhüter, wenn eine Mutter vorübergehend nicht da ist. Der Anblick eines fahrenden Motorwagens war ein besonderes Ereignis, weil es bedeutete, dass eine wichtige Persönlichkeit unterwegs war. Ein älterer Junge starrte mich an. Er schien schon fast fünf zu sein und stand demnach kurz davor, ins Männerdorf umzuziehen. Ich bemühte mich, angemessen bedeutungsvoll zu wirken, prüfte die Wasseranzeige und blickte mit kritisch zusammengekniffenen Augen zum rauchenden Auspuff hinauf. Der Motorwagen schnaufte weiter, mit dem Skimmer auf der Ladefläche. Vater hatte den Schaden mit Gelassenheit hingenommen, möge Phu ihm gnädig sein.

»Ich denke, ein paar Scheite mehr könnten nicht schaden, Hardy«, sagte er gut gelaunt. Er war sehr gesprächig. Entweder war er damit zufrieden, wie die Geschäfte gelaufen waren, oder er war immer noch erfüllt von der Aufmerksamkeit, die Noss Lonessa ihm hatte zuteilwerden lassen. Ich zog die Klappe der Brennkammer auf. Ja, das Feuer könnte etwas Nachschub gebrauchen. Ich warf einige Stücke Treibholz hinein, das ich zuvor am Strand aufgesammelt hatte.

Ein interessantes Monstrum, der Motorwagen. Er lässt sich mit Holz befeuern, was leicht zu beschaffen, aber sperrig ist. Auf langen Reisen, wenn der Platz knapp bemessen ist, kann man ihn auch mit Destill betreiben, das durch Düsen in die Brennkammer eingespritzt wird. Destill ist schwer herzustellen, aber an Bord beansprucht es weniger Platz als Feuerholz, weil es sich in Kanistern oder sogar in Häuten transportieren lässt. Ob mit Holz oder Destill, es geht in jedem Fall darum, den Kessel zu erhitzen und Dampf zu produzieren, der einen Zylinder von der Größe eines Eimers antreibt, der wiederum die Räder in Bewegung setzt.

Vater ist zweifellos der beste Motorwagenfahrer von Yam. Es gibt nie Probleme, wenn Vater das Ruder übernimmt. Onkel Borst ist ein ganz anderer Fall. Ich kann mich an mehrere Gelegenheiten erinnern, als der Motorwagen spät nachts ins Dorf gerollt kam, gezogen von zwei Lox, Onkel Borst gedemütigt und zitternd am Lenker sitzend, weil ihm irgendwo in der Wildnis das Destill ausgegangen war.

Man braucht etwas mehr als kundige Vorfahren und gute Sternenträume, um mit einem Motorwagen umgehen zu können. Es hat wenig mit Genetik zu tun, ob man den richtigen Dreh raushat oder nicht.

Aber wahrscheinlich können Sie mir gar nicht mehr folgen. Ich vergesse ständig, dass Menschen Dinge *lernen* müssen. Wir Stilk nicht. Das Wissen liegt bereits in unserem genetischen Gedächtnis – natürlich nur, wenn einer unserer Vorfahren dieses Wissen besaß. Der Trick besteht darin, es zu finden. Durch Sternenträumen. Für Sie als Mensch muss es sehr schwierig sein, sich mit jeder Generation von neuem Wissen anzueignen, ähnlich wie wir jeden Morgen das Feuer des Motorwagens neu entfachen müssen. Kein Wunder, dass Sie Bücher, Magnetbänder und Disketten und ähnliche Sachen brauchen.

Viel später sagte Vater beiläufig: »Hübsches Kind, diese Talis.«

Mit seinem lässigen Tonfall konnte er mir nichts vormachen. Die Bemerkung war mit Bedeutung überfrachtet. Die unglaubliche Schönheit von Talis konnte ihm nicht entgangen sein, ob sie nun Schwimmhäute hatte oder nicht. Außerdem hatte sie Schuhe getragen.

Wir Stilks neigen dazu, längeren Gedankengängen zu folgen. Doch ein solcher Weg kann bei uns bis zu den Erinnerungen vieler Vorfahren führen. Und ich wusste, was Vater zu seiner Bemerkung veranlasst hatte.

Es war der Anblick von Mister McNeils Residenz am Hügel, mit dem Garten voller exotisch bunter Blumen.

Ein großes rundes, von Menschen gebautes Ding, wie ein Schirmfisch, ganz anders als die Formen normaler Häuser. Es schimmerte silbrig-rot im Licht der untergehenden Sonne Phu. Und wie ein Parasit klebte seitlich daran die baufällige Hütte des Nirgendwo-Mannes.

Dieser kleine Skandal hatte sich nicht zu meinen Lebzeiten ereignet. Aber Großvater – Yam Ernest, der vor einigen Jahren einen Messerstich in den Rücken bekommen hatte – konnte sich aus seiner Jugendzeit noch gut daran erinnern. Und ich bin mit diesen Erinnerungen vertraut, bis hin zu dem Moment, als Großvater und seine Frau an einem Sommertag gemeinsam hinter den Lox-Ställen lagen und Vater zeugten. Danach hätte Großvater sonstwelche Verbrechen begehen können, von denen ich nichts wusste. Deshalb streben wir danach, so spät wie möglich Kinder zu bekommen, um zu gewährleisten, dass möglichst viel von unseren Erinnerungen weitergegeben wird. Sie wundern sich, dass ich Ihre Sprache so gut beherrsche? Das liegt daran, dass ich alles weiß, was meine Vorfahren im Laufe der Generationen an menschlichem Vokabular gelernt haben. Wichtiges Wissen darf nicht in Vergessenheit geraten.

Das Problem ist nur, dass auch schmachvolles Wissen nicht in Vergessenheit gerät.

Als Großvater zwanzig war, nahm er einen Freund auf eine Spritztour mit dem Yam-Motorwagen mit. Er war der nächste Anwärter auf den Posten des Hauptmanns, so dass er sich so etwas erlauben konnte. Ich habe diese Ereignisse beim Sternenträumen miterlebt, und sie stehen mir genauso klar vor Augen, als wären es Erinnerungen aus erster Hand. Die Straße nach Noss, hell und staubig. Hinter dem Männerdorf die schmale

Spur, die durch Meertrinker hinaufführt, am heiligen Wald aus Anemonen- und Tassenbäumen entlang, bis hinauf zur Hügelkuppe. Das entsetzte Kreischen eines Grummers, der von einem Baum gefangen wurde. Die freie Fläche auf der Hügelkuppe, über die der Wind weht. Die dicke Grume des Meeres mit fernen Vögeln wie Schneeflocken. Die felsige Küstenlinie, die sich bis Pallahaxi hinzieht, der uralten heiligen Stadt, die wie ein Dreckklumpen am Horizont zu erkennen ist.

Und mein junger Großvater und sein Freund Hotsch, die entspannt in der Sonne plaudern.

Und bald leichte Langeweile und die Verlockung.

Wir alle haben schon einmal Destill probiert. Die ganz normale Neugier. Zuerst brennt es im Mund, doch später fühlt man sich immer besser. Noch später fühlt man sich ziemlich elend, aber wer schaut schon so weit in die Zukunft? Für uns Stilk ist die Vergangenheit viel wichtiger. Großvater hebt schmunzelnd einen Kanister mit Destill aus dem Motorwagen. Ich kann ihn spüren, als würde ich ihn in diesem Moment in der Hand halten, aus Metall und rot lackiert, von Menschen gemacht, schwer vom Inhalt, der drinnen herumschwappt. Großvater schraubt den Deckel ab und nimmt einen Schluck, um den Kanister dann an Hotsch weiterzureichen. In Großvaters Erinnerungen spüre ich die Scham über das, was danach geschehen ist. Er gab sich selbst die Schuld. Ich sehe es pragmatischer und gebe Hotsch die Schuld.

Es überrascht mich, dass Großvater diese Ereignisse nicht mit einem Geas belegt hat, unserem Tabu für Erinnerungen, in denen niemand herumstöbern soll …

Zwei Noss-Mädchen trafen keuchend auf der Hügelkuppe ein und betrachteten den Motorwagen voller Ehrfurcht. Zweifellos dachten sie, dass diese beiden jungen Männer von großer Bedeutung sein mussten, wenn sie mit einem solchen Gefährt unterwegs waren. Es waren hübsche Mädchen, die Spaß liebten und auch für einen Schluck Destill zu haben waren.

Wenig später lagen vier betrunkene junge Leute neben dem Motorwagen, lachend und schmutzige Fischerlieder singend.

Danach werden Großvaters Erinnerungen verschwommen, aber er wusste anschließend noch, dass Hotsch und eins der Mädchen sich irgendwohin zurückgezogen hatten. Danach war er schnell nüchtern geworden und erinnerte sich gut daran, wie eine Gruppe von Noss eintraf, Männer und Frauen einschließlich der Hauptfrau. Und er erinnerte sich an das Geschrei und die schweren Vorwürfe.

Und später in jenem Jahr kam eine Abordnung von Noss nach Yam, und die diplomatischen Beziehungen zwischen beiden Dörfern wurden abgebrochen.

Das Kind wurde in Noss großgezogen, im Frauendorf, wie es bei uns üblich ist. Weil es ein Junge war, zog er im Alter von fünf Jahren ins Männerdorf um. Normalerweise werden Jungen von ihren Vätern unter die Fittiche genommen, aber dieser Junge hatte keinen Vater in Noss. Auch in Yam nicht, da Hotsch das Dorf verlassen hatte, um in Alika ein neues Leben anzufangen. Also war es ein Waisenkind und eine Absonderlichkeit, das Ergebnis einer Rassenmischung, eine Missgeburt, die nur zufällig wie ein normaler Stilk aussah. Ich wusste nicht, ob er Schwimmhäute an den Füßen hatte oder nicht. Wahrscheinlich sowohl als auch. Da niemand die Verantwortung für ihn übernahm, wurde er im Dorf zu einem Problem, und als er erwachsen geworden war, ließ er sich überhaupt nicht mehr bändigen.

Fairerweise müssen wir berücksichtigen, dass sein gesamtes genetisches Wissen von männlichen Vorfahren aus Yam stammte. Diese Erinnerungen sind geschlechtsspezifisch. Er war einfach fehl am Platze und versuchte sich in einer Fischerkultur zurechtzufinden, die für ihn keine Bedeutung hatte. Nach mehreren unangenehmen Zwischenfällen warf man ihn raus.

Er verschwand für eine Weile. Manche Leute sagten, er wäre nach Pallahaxi gegangen und hätte dort viel gebetet. Dann sah man ihn eines Tages auf der Küstenstraße, und kurz danach hieß es, er hätte in der Nähe der Residenz des Menschenbotschafters Holz gehackt. Bald hatte er an der silbernen Wand einen Anbau für sich zusammengezimmert. Ein angemessener Wohnort, da er auf halbem Wege zwischen Yam und Noss liegt. Die Leute warteten darauf, dass der Botschafter ihn zum Rax schickte, aber dazu kam es nie. Jahre vergingen, die Botschafter wechselten, Mister McNeil traf ein, aber der Nirgendwo-Mann war immer noch da.

Und all das hatte meinen Vater veranlasst, zu mir zu sagen: »Hübsches Kind, diese Talis.«

Die Bemerkung war doppeldeutig gemeint. Erstens: Talis ist genauso wie du, Hardy, viel zu jung, um die verschwitzten Freuden der Sexualität genießen zu können. Und zweitens: Du solltest die Finger von ihr lassen, du verfrorener kleiner Drecksack, weil sie eine Flunder und demzufolge eine verbotene Frucht ist.

Also sagte ich: »Hm.«

Es folgte ein bedeutungsvolles Schweigen zwischen Vater und Sohn. Ich wusste genau, dass er weiter über das Thema Rassenmischung nachdachte. Angesichts der Schönheit von Talis hätte es mir nichts ausgemacht, selber darüber nachzugrübeln, aber es musste ein neues Thema her, bevor Vater trübsinnig wurde.

»Ist es wirklich so schlimm mit der Ernte und so, Vater?«

»Wie? Oh ja. Ich habe gestern mit Wanda gesprochen, und sie meinte, wir müssten in diesem Jahr mit einem Rückgang von etwa einem Viertel gegenüber dem Vorjahr rechnen.«

Yam Wanda ist unsere Hauptfrau und eine absolute Nervensäge. Aber selbst wenn man ihre Neigung zur Angstmacherei berücksichtigte, war die Lage offensichtlich ernst. Man musste sich nur die Felder des Dorfes ansehen. Der Winter war lang gewesen, der Frühling war spät gekommen, der Sommer war kühl, und das Getreide war nur halb so hoch gewachsen wie sonst.

»Und das vergangene Jahr war schlimmer als das Jahr davor«, sagte ich düster und zeigte angemessene Besorgnis für unsere Gesellschaft. Mir war aufgefallen, dass in letzter Zeit viele Leute ihre Zeit mit Gebeten im Tempel von Yam verschwendeten, was immer ein gutes Barometer für die allgemeine Stimmung war.

Wenig später bekamen wir Hunger und hielten an, um eine Tasse Stuva-Tee zu trinken, wozu wir heißes Wasser aus dem

Kessel des Motorwagens benutzten. Vater holte einen Beutel mit geräuchertem Fisch, zweifellos ein Geschenk von der vernarrten Lonessa, und wir kauten darauf herum. Dunkelheit und Kälte waren im Anmarsch, was uns große Angst eingeflößt hätte, wenn wir mit einem Lox oder zu Fuß unterwegs gewesen wären. Aber wir beendeten unsere Mahlzeit, bestiegen wieder den Motorwagen und genossen die angenehme Wärme darin, und Vater öffnete die Drossel. Der Auspuff gab sein beruhigendes rhythmisches Schnaufen von sich, und wir rumpelten im schwachen Schein der Fahrlichter dahin.

»Sie ist eine nette alte Dame, diese Lonessa«, sagte ich beiläufig, nachdem ich genügend Zeit gehabt hatte, mir den exakten Wortlaut meiner Bemerkung zu überlegen.

Ich wusste, dass Vater mir einen zutiefst misstrauischen Blick zuwarf, weil in diesem Moment die Klappe der Brennkammer offen stand, aber ich glaube, er konnte mein Gesicht nicht so deutlich sehen wie ich seins.

Dann gluckste er amüsiert. »Du bist ein frecher verfrorener Bengel, Hardy«, sagte er. »Eines Tages wird dich das in große Schwierigkeiten bringen.«

Auch ich lachte, und bald kamen wir an kleinen Gruppen von Leuten vorbei, die sich am Stadtrand von Yam um die öffentlichen Radiatoren versammelt hatten und plauderten. Wir fuhren winkend weiter, bogen mit dem Motorwagen auf den Hof von Onkel Borst ein, löschten das Feuer zu einem schmorenden Haufen und schnauften mit dem letzten Dampf im Kessel in den überdachten Schuppen.

So endete mein siebzehnter Geburtstag.

»Und was ist nun wirklich mit dem Boot passiert, Hardy?«, fragte Kaunter.

»Ja, was ist nun wirklich mit dem Boot passiert«, wiederholte der Flegel Drücker.

Ich war ihnen zwei Tage lang aus dem Weg gegangen, und am dritten Tag war ich die Straße nach Totney ein Stück entlanggegangen, um dann auf einen schmaleren Weg abzubiegen, der zu einem von Bäumen gesäumten Teich führte. Das war mein Lieblingsplatz, wenn ich allein sein wollte. Der Teich ist fast kreisrund und durchmisst weniger als zehn Schritt. Ein guter Ort zum Sternenträumen. Jeder von uns hat einen solchen Platz. Ich machte es mir unter einem Gelbballbaum bequem und zog meine Pfeife und einen Beutel mit Hatsch hervor. Die Sonne schien hell, aber meine Stelle lag im Schatten, und Summfliegen schwirrten herum, die geschickt den schnappenden Fransenblumen auswichen. Ein Schneetaucher stieß fast senkrecht in den Teich und kam unversehrt mit einem kleinen Fisch im Schnabel wieder hoch. In diesem Binnensee gab es keine Eisteufel.

Ich stopfte und entzündete meine Pfeife. Es war Zeit zum Sternenträumen.

Zuerst tauchte ich in Vaters Erinnerungen ein. Vater unterscheidet sich von den meisten anderen, weil er diese ungesunde Beziehung zu meiner Mutter Yam Lenz hat.

Jeder normale Kerl bricht den Kontakt zu einer Frau ab, sobald sie diese Sex-Sache hinter sich gebracht haben. Aber ich bin jetzt siebzehn, und Vater trifft sich immer noch oft mit Lenz, wenn auch nur heimlich. Viele Male habe ich sie am Flussufer gesehen, wo sie zusammensaßen und aufs Wasser blickten, leise miteinander sprachen und sich an den Händen hielten. Schockierend! Männer und Frauen haben nichts miteinander gemeinsam. Ein Mann gibt seine Erinnerungen auf der männlichen Linie weiter und eine Frau auf der weiblichen. Das hat zwei unterschiedliche Kulturen zur Folge.

Worüber unterhalten sich Vater und Lenz, um Phus willen? Männer interessieren sich nicht für Landwirtschaft. Frauen interessieren sich nicht für die Jagd. Und die Erinnerungen ihrer Vorfahren haben keine Berührungspunkte und betrachten die Dinge aus verschiedenen Blickwinkeln.

Vater weigert sich, es mir zu erklären. Die ganze Sache scheint ihm peinlich zu sein, was durchaus berechtigt wäre. Ich wollte diesem Rätsel auf den Grund gehen und in Vaters Erinnerungen danach suchen. Also legte ich mich an jenem warmen Morgen drei Tage nach meinem siebzehnten Geburtstag auf den Rücken und begann mit dem Sternenträumen.

Ich erinnerte mich, wie Vater Lenz kennenlernte. Sie stammte aus Totney, und er hatte sie bei einem Jagdausflug mit Großvater getroffen. Ich konnte sie vor meinem geistigen Auge sehen, wie sie am Rand des kargen Moorlandes Winternüsse sammelte. Für Vater sah sie sehr schön aus. Mein Geist war von der Wärme dieser Begegnung erfüllt – in Sternenträumen kommen immer sehr viele Gefühle an die Oberfläche. Sie verließ Totney noch am selben Tag und begleitete Großvater und Vater auf dem Rückweg. Sie ritt auf Vaters Lox. Die beiden tauschten die üblichen Nettigkeiten aus, und dann hatten sie Sex.

Und an diesem Punkt endet mein Zugang zu Vaters Erinnerungen. Die geschlechtsspezifischen Erinnerungsgene, die vom Zentrallappen unseres Gehirns produziert werden – so hat es Mister McNeil ausgedrückt –, waren an das Ei weitergegeben worden. Ich wusste nicht, was danach mit Vater und Lenz geschah. Also fand ich keine Erklärung dafür, warum sie sich weiterhin sahen. Vielleicht lag die Antwort in ihrem Werbungsverhalten, wie Mister McNeil es einmal nannte. Ich versuchte mich genauer daran zu erinnern, in möglichst vielen Einzelheiten.

Das war der Moment, als Kaunter und Drücker mit großer Lautstärke eintrafen und meinen Traum störten.

»Ich bin *nicht* mit dem verfrorenen Boot gegen einen verfrorenen Felsen gefahren!«, rief ich meine Antwort auf Kaunters nächste Frage.

»Man sagt, du wärst von einem kleinen Flundermädchen gerettet worden«, flötete Drücker mit spöttischem Gelächter.

»Wer das behauptet, ist ein verfrorener Lügner!«

»Man sagt, du hättest wie ein gefangener Grunzer geschrien. Und dass sie dir ins Gesicht schlagen musste, damit du endlich still bist. Sie war acht Jahre alt, sagt man.«

»Sie war mindestens sechzehn!« Rax! Ich hätte mir die Zunge abbeißen können!

»So so!«

Ich ging schnell in die Offensive. »Wer hat ein Loch in den Rumpf geschlagen? Das würde ich gerne wissen!«

Das brachte sie zum Schweigen. Kaunter sagte vorsichtig: »Ist das dein Ernst, Hardy?«

»Natürlich ist es mein Ernst. Rax, könnt ihr euch vorstellen, wie es ist, wenn unter einem das Boot versinkt? Wer auch immer das Boot beschädigt hat, er hätte mich damit fast getötet! Wenn ich glaube, dass es einer von euch beiden verfrorenen Drecksäcken war, würde ich ...«

»Aber es war keiner von uns«, beteuerte Kaunter eilig.

Ich hatte in den vergangenen Tagen immer wieder darüber nachgedacht. »Vater hat das Boot vor sieben Tagen mit einem Loxkarren von Noss geholt. Bis zu meinem Geburtstag stand es ein paar Tage lang vor unserer Tür. Richtigherum. Ein Loch im Boden hätten wir nie bemerkt. Es hätte jederzeit passieren können.«

»Und es könnte auch schlechte Handwerksarbeit der Noss gewesen sein«, gab Kaunter zu bedenken.

»Komm weiter!«, rief Drücker, der kleine Stücke Trockenfleisch ins Wasser geworfen hatte, in der Hoffnung, damit etwas Gemeines an die Oberfläche zu locken. »Hier macht es keinen Spaß. Lass uns zum Fluss runtergehen!«

Also machten wir uns auf den Weg zum Fluss und fanden einen vielversprechenden Teich auf einer Feuchtwiese und warfen den Rest von Drückers Fleisch hinein.

Es war ein leises Knistern zu hören, als das Wasser kristallisierte.

Ich weiß nicht, warum wir so großen Spaß daran hatten, uns selbst einen solchen Schrecken einzujagen. Schließlich standen uns noch genug reale Gefahren bevor, wie wir bald feststellen sollten. Aber wir konnten der Versuchung einfach nicht widerstehen, die Falle eines Eisteufels zuschnappen zu lassen. Das bereitete uns jedes Mal einen furchtsamen Schauder, weil auch wir auf diese Weise im kristallisierten Teich hätten feststecken können. Ich habe schon Tiere bis zur Größe eines Lox in die Falle gehen sehen, wenn sie arglos aus einem solchen Teich trinken wollten. Dann hält der Eisteufel sie fest, bis sie ersticken oder vielleicht sogar verhungern. Schließlich entkristallisiert er den Teich und verzehrt seine Beute.

»Ich werde nie verstehen, wie die Biester das machen«, sagte Drücker, während er auf die glitzernde Oberfläche starrte.

»Mister McNeil hat von einer fast gesättigten Lösung gesprochen«, sagte Kaunter. »Es ist irgendein Salz oder etwas in der Art. Viel dichter als die Grume, obwohl es nicht anders als normales Wasser aussieht. Er sagt, der Eisteufel wartet, bis etwas eintaucht, und dann kristallisiert er den Teich, indem er etwas mehr Salz aus seinem Körper ausscheidet. Danach löst er den Kristall wieder auf, indem er pisst oder etwas in der Art tut.«

Die Erklärung klang recht nüchtern, aber die Sache war spaßig. Wir schnitten Rechtecke aus Mattenkraut vom Flussufer und legten sie auf den Kristall. Nachdem wir uns ein kleines Stück zurückgezogen hatten, rannten wir los, sprangen auf das Mattenkraut und rutschten über die Oberfläche bis zur anderen Seite des Teiches, wobei wir begeistert schrien.

Gelegentlich erhaschten wir einen Blick auf den Eisteufel, wie er unter der Oberfläche lauerte, ein kopfgroßes Ding mit vielen Tentakeln, in seiner eigenen Falle gefangen, wenn auch nur für eine Weile. In den nächsten Tagen – oder Stunden oder auch Minuten – würde sich der Teich genauso plötzlich wieder in flüssiges Wasser verwandeln. Und wenn sich das Opfer dann immer noch wehrte, würde er erneut kristallisieren.

Das war das Aufregende daran, als wir an jenem Sommernachmittag hin und zurück rutschten. Wir spielten mit dem Tod, aber unsere Gewinnchancen standen gut.

Zumindest vorläufig.

Apropos mit dem Tod spielen – in Yam gab es jemanden, der diese Kunst meisterlich beherrschte.

Die Irre May war eine Missgeburt, ein Mädchen, das ohne Erinnerungen auf die Welt gekommen war. Sie würde für den Rest ihres Lebens allein sein, ohne Vorfahren, die sie führen konnten. Dieser Defekt tritt zum Glück für unsere Spezies nur gelegentlich auf, und solchen Personen wird dringend angeraten, keine Kinder zu bekommen. Infolgedessen kann May nur aus ihren eigenen Erfahrungen lernen und begeht im Alltag und im Umgang mit anderen ständig Fehler. Seit ihr Defekt festgestellt wurde, hat man ihr die üblichen Frauenarbeiten verboten, damit ihre Irrtümer keine kostspieligen Folgen haben, wenn sie zum Beispiel ein Getreidefeld in Brand steckt.

»Ich weigere mich, dieses Mädchen auf mein Gemüse loszulassen«, hatte unsere Hauptfrau Wanda vor vielen Jahren gesagt, und kurz danach wurde die Irre May zur Försterin von Yam ernannt. In religiöser Hinsicht ist das eine sehr wichtige Arbeit, aber sie ist einfach und klar, und den Pflanzen kann nicht allzu viel passieren. Andererseits jedoch kann den Försterinnen sehr viel passieren. Aber im Allgemeinen werden sie als entbehrlich betrachtet.

Unsere vorherige Försterin war von einem Anemonenbaum erwürgt worden, während sie Stecklinge für ihre Baumschule geschnitten hatte. Zum Glück hatte sie diese Frühlingsarbeit so gut wie abgeschlossen, so dass die Irre May einen ganzen Sommer Zeit gehabt hatte, sich an die Pflege der Baumschulpflanzen zu gewöhnen, bevor sie zum Erntedank am Ende der Grume ausgepflanzt wurden.

Das war vor drei Jahren gewesen, und May war jetzt sechzehn, ein wirklich hübsches Mädchen, obwohl sie immer wieder sonderbare Äußerungen von sich gab.

»Wir sollten alle Setzlinge auf einen Karren laden«, sagte sie einen Tag vor der Erntedankpilgerreise zum Molchwald zu mir, »dann werden sie auf der Reise nicht so leicht beschädigt. Wir könnten den Karren vom Motorwagen ziehen lassen. Das geht viel einfacher und schneller.«

Ich betrachtete die Baumschule und sammelte meine Gedanken. Etwa zweihundert kleine Anemonenbäumchen und die gleiche Anzahl winziger Tassenbäume wuchsen in ordentlichen Reihen auf einem der fruchtbarsten Felder, die wir hatten, nachdem es von Knallblümchen, Palpatern und Spreizkraut gesäubert worden war. Tags darauf würde der Tempelhüter hier in seinem Gewand erscheinen und die Nachzucht segnen. Dann würde jeder Dorfbewohner einen Anemonenbaum in die eine Hand und einen Tassenbaum in die andere nehmen und über die staubige Straße bis zum Molchwald pilgern, um sie dort in den Boden zu pflanzen. Und schließlich würde der Tempelhüter sie erneut segnen.

So hatte man es schon immer gemacht, so weit meine zugänglichen Erinnerungen zurückreichten.

»Dann hätten wir auch nicht mehr das unangenehme Problem mit den Anemonenbäumen, die sich an den Leuten festklammern, die sie tragen«, fügte sie hinzu.

»Das ist eine gute Idee«, erwiderte ich höflich, weil sie ein hübsches Mädchen war, auch wenn es für mich unvorstellbar war, mich mit einer Missgeburt zu paaren. »Aber ich glaube nicht, dass jetzt der richtige Zeitpunkt für einen solchen Vorschlag ist.«

»Warum nicht? Jetzt ist der beste Zeitpunkt überhaupt, einen Tag vor der Pilgerreise.«

Während ich noch darüber nachdachte, wie ich es ihr erklären sollte, ohne sie zu beleidigen, kam Onkel Borst herbeigeschlendert. Er schenkte mir kaum mehr Beachtung als einem zufällig herumsitzenden Lorin. Das erleichterte mich, denn es war nicht gut, dabei gesehen zu werden, wie man allzu freundlich mit einem behinderten Mädchen umging. Man stelle sich nur einmal vor – als rein theoretische Möglichkeit –, wir würden uns paaren, und May brächte ein weibliches Kind auf die Welt. Dann würde dieses Kind nur auf eine Generation vererbter Erinnerungen zurückgreifen können. Das war schlecht für die Spezies. May war dazu bestimmt, ihr Leben als Jungfrau zu verbringen.

»Ich hätte einen Vorschlag, Yam Borst«, sagte May, bevor ich sie daran hindern konnte.

Onkel Borst blies sich sichtlich auf. Ich ahnte, was er dachte. Jeder Vorschlag von May konnte nur auf eine Beleidigung hinauslaufen. Bildete sich dieses kleine Mädchen – ein Mädchen ohne Erinnerungen – ein, ihr könnte etwas einfallen, woran er, der Hauptmann mit zahllosen Generationen Erfahrung, noch nicht gedacht hatte? Unmöglich! Empörend!

»Ja?«, sagte er in bedrohlichem Tonfall.

Sie erklärte es ihm, während er sich im Stehen vor und zurück wiegte und sich sein Gesicht zunehmend rötete.

»Sakrileg!«, brüllte er, bevor sie die Chance erhalten hatte, zu Ende zu sprechen. »Wir haben die Pflanzen schon immer in den Händen zum Molchwald getragen, und wir werden es weiterhin tun! Nimmst du denn gar keine Rücksicht auf Traditionen, Mädchen?«

»Ich nehme Rücksicht auf die Pflanzen«, sagte sie unüberlegterweise. »Die Hälfte von ihnen stirbt unterwegs. Man kann die Wurzeln nicht so lange der Sonne aussetzen, ohne dass sie Schaden nehmen. Wenn die Lorin uns nicht helfen würden, sie gründlich zu wässern, würde keine Pflanze es überleben. Außerdem«, fuhr sie schnell fort, als er den Mund zum nächsten Wutausbruch öffnete, »fällt die Landwirtschaft in Wandas Verantwortungsbereich und nicht in deinen.«

»Für die Pilgerreise bin ich zuständig!«

»Dann rede ich mit Wanda.«

Ich erwartete, dass Onkel Borst explodierte. »Könnten wir das vielleicht wie vernünftige Stilk diskutieren?«, fragte ich bescheiden.

»Da gibt es nichts zu diskutieren! Außerdem diskutiere ich nur im Rat über solche Angelegenheiten und nicht mit einem behinderten Mädchen auf dem Acker! Hinzu kommt, dass auch der Motorwagen in meinen Verantwortungsbereich fällt. Ganz gleich, was Wanda dazu sagt, ich werde nicht erlauben, dass das Fahrzeug für ein Sakrileg benutzt wird!«

Die Irre May ließ sich überhaupt nicht von Onkel Borst beeindrucken. Zum einen lag das daran, dass er als Hauptmann keine Befehlsgewalt über sie hatte, zum anderen, weil er einfach nur lächerlich aussah, wie er sich aufblies und schnaufte, als wäre er selbst der Motorwagen und sein Gesicht das Feuer unter dem Kessel.

»Das Eltertier wird gar nicht begeistert sein«, sagte sie traurig.

Die Erwähnung dieser religiösen Gestalt, des Symbols der Fruchtbarkeit, war offensichtlich völlig fehl am Platze.

»Zum Rax mit dem Eltertier!«, brüllte Onkel Borst. Doch als ihm das Ausmaß seiner Blasphemie bewusst wurde, wechselte das Knallrot seines Gesichts zu Totenblässe, und er blickte zum Himmel auf, als würde er mit dem Erscheinen bedrohlicher Hörner rechnen.

Doch keine Vergeltung ereilte ihn, was meine Überzeugung bestätigte, dass religiöse Gestalten nur in unseren Köpfen existierten. Dieser Gedanke war für mich auf perverse Weise tröstlich. Onkel Borst wirbelte auf dem Absatz herum und stapfte davon.

Die Irre May sah mich grinsend an. »Wenn die Leute mich nicht für eine Idiotin halten würden, wäre ich froh, dass ich keine Erinnerungen habe, die meine Gehirnwindungen mit Unsinn verstopfen.«

»Ich halte dich nicht für eine Idiotin, May.«

Sie musterte mich mit ernstem Blick. »Das ist gut, denn ich kann einen Freund gut gebrauchen. Und es wäre gut, dich zum Freund zu haben. Eines Tages wirst du Hauptmann sein.«

»Nein, mein Vetter Drücker wird der nächste Hauptmann.«

»Leider kann ich nicht in die Vergangenheit schauen, aber das macht es für mich einfacher, in die Zukunft zu blicken. Drücker hat nicht das Zeug zum Hauptmann. Du wirst diesen Posten übernehmen.«

Ich beobachtete, wie unser gegenwärtiger Hauptmann voller Wut und Angst zum Dorf zurückmarschierte, und das machte mich nachdenklich. Die Zukunft ist eine beunruhigende

Sache. Wir haben so tiefe Wurzeln in der Vergangenheit, dass wir nur selten über die Zukunft nachdenken. Aber vielleicht sollten wir es tun. Aber wenn wir es tun, könnte es uns große Angst machen.

Das war ein sehr prophetischer Gedanke.

2 DEVON-STATION

DIE ERNTEZEIT KAM, und die Pilgerreise lief wie immer ab, und von Mays Vorschlag war nie wieder etwas zu hören. Wir trugen ihre kleinen Tassen- und Anemonenbäume zum Molchwald und pflanzten sie vorsichtig ein, wobei wir mehr als die Zahl der alten, abgestorbenen Bäume ersetzten. Die Lorin wuselten um uns herum und urinierten auf die Jungpflanzen. Die großen Anemonen verhielten sich ruhig. Das ist seltsam, aber so ist es immer zum Erntedankfest. Sie ziehen ihre Tentakel ein und stehen wie riesige Stümpfe da, während wir um sie herum Setzlinge pflanzen. Vielleicht wissen sie irgendwie Bescheid, dass wir zum Wohl des Waldes tätig sind. Oder die Lorin haben eine beruhigende Wirkung auf sie, wie sie es auch auf uns haben. Aber die Anemonenbäume mögen es nicht, wenn die Försterin Stecklinge schneidet.

Nach dem Erntedankfest kommt die Ernte und danach die Traufe, die Zeit der absterbenden Vegetation, des endlosen Regens, des kalten Nebels und der schlecht gelaunten Erwachsenen. Das ist die Jahreszeit, in der die Schuppen neben den öffentlichen Radiatoren mit einem Vorrat an warmen Ziegelsteinen bestückt werden. Es gibt nichts Besseres als einen warmen Ziegelstein, um die Angst zu vertreiben, wenn man im kalten Regen unterwegs ist. Während der Traufe nach meinem siebzehnten Geburtstag gab es viele Versammlungen der Dorfältesten, sowohl der Männer als auch der Frauen, und viel Kopfschütteln und Mienen der düsteren Vorahnung. Als junger Erwachsener und Neffe des Hauptmanns wurde mir erlaubt, an solchen Zusammenkünften teilzunehmen, und Vater bestand sogar darauf, dass ich es tat.

»Du solltest dabei sein«, sagte Vater eines Tages, als er sich mehrere Lagen Pelze anzog und einen Ziegelstein aus dem Ofen nahm, um auf den Lauf durch den Regen zum Bierhaus vorbereitet zu sein, wo die Versammlung stattfinden sollte. »Du weißt nie, welche Position du einmal in Yam innehaben wirst, irgendwann in der Zukunft.«

»Meine Position wird die des Vetters des Hauptmanns sein, wenn Onkel Borst stirbt.« Was für Aussichten!

Er blickte mich ungewöhnlich lange an. »Vielleicht. Jedenfalls werden wir über Rationierungen sprechen. Dazu brauchen wir den Standpunkt einer jüngeren Person.«

»Rax, Vater, diese Versammlungen sind stinklangweilig. Und Drücker wird dabei sein. Fragt ihn nach einem jüngeren Standpunkt.«

Er hielt an der Tür inne. »Denk nach, Hardy. Möchtest du wirklich, dass Drücker stellvertretend für dich spricht?«

Wo er Recht hatte, hatte er Recht. »Ich werde später vorbeischauen«, sagte ich und hoffte, dass bis dahin alle so sehr von den Diskussionen gelangweilt waren, dass sie zum Trinken und Singen übergegangen waren.

Und so kam es auch, allerdings nicht ganz so, wie ich gedacht hatte.

Die Sonne war schon längst untergegangen, als ich im Bierhaus eintraf, und dort war es so voll, dass die Leute Schwierigkeiten hatten, ihre Krüge zum Mund zu heben. Sie sangen tatsächlich, aber es waren nicht die fröhlichen Verse eines Saufliedes, wie sie Großvater Ernest vielleicht einem Noss-Mädchen vorgesungen hätte, sondern ein trauriger Klagegesang, den ich nach einer Weile als »Großer Phu, erlöse uns« wiedererkannte. Ein Choral. Wie es schien, war die Religion vom Tempel bis in die heiligen Hallen des Bierhauses herübergeschwappt. Gab es denn überhaupt keine Tabus mehr?

Und als die letzten melancholischen Töne wie vergiftete Tratten erstarben, erhob sich Onkel Borst über die Menge. Er hatte sich mit ausgebreiteten Armen auf den Tresen gestellt.

»Mein Volk!«, rief er.

Die Unterhaltungen, die gerade anfingen, verstummten wieder. In das Schweigen tönte die markante Stimme von Wanda, unserer Hauptfrau, die es mit allem peinlich genau nahm.

»Nur die Männer sind dein Volk, Borst!«

»Das war eine rhetorische Wendung. Also werde ich mich anders ausdrücken. Volk von Yam!«, rief er. Borst ist eine beeindruckende Gestalt. Er ist zwar nur mittelgroß, aber seine Haltung – aufrecht, die Beine leicht gegrätscht, das Kinn erhoben, der Blick geradeaus, als würde er in einer steifen Küstenbrise aufs Meer hinausschauen –, seine Haltung hat etwas, das seinen Worten unverzüglich große Resonanz verleiht. Er scheint den Raum, den er einnimmt, buchstäblich zu besitzen; er *gehört* dorthin, wo er sich gerade aufhält. Er dominiert. Wenn Vater versucht hätte, auf den Tresen zu springen, um sich an das Publikum zu wenden, hätte er sich den Schädel an einem Balken aufgeschlagen und wäre bewusstlos heruntergestürzt. Ein solches Unglück würde Onkel Borst niemals widerfahren – leider. »Wir müssen beten«, sagte er. Sein Gesichtsausdruck wechselte von einem Augenblick auf den anderen von herrisch zu demütig.

Die Leute senkten die Köpfe. Borst stürzte sich in die bunte Mischung aus Aberglaube, Ausflüchten und Euphemismen, die von den Bekehrten als »Einzige Wahrheit« bezeichnet wird. Glaubte Borst selber daran? Ich konnte es mir nicht vorstellen. Er mochte eine ziemliche Nervensäge sein, aber er war intelligent. Er beschwor Druv und Braunauge (bloße Legendengestalten), dass sie den Großen Lox (also die Sonne Phu) besteigen sollten, um die Welt den Fängen des Eisteufels mit den vielen Tentakeln (also des toten Planeten Rax) zu entreißen und uns mit ewigem Sonnenlicht zu segnen. Wäre Phu dieser Bitte nachgekommen, wäre es in Yam schon bald unerträglich heiß geworden. Er beschwor Ragina, die Königin der Eisteufel (der wirklichen in den Teichen), ihren legendären Geliebten Rax zu verlassen und sich mit Phu zusammenzutun. Borst schlug ein recht unwahrscheinliches Szenario vor, in dem sich Ragina wie ein Shuttle der

Menschen in den Himmel erhob, Rax ergriff und ihn an einen fernen Ort brachte, wo sie zu etwas wurden, was Mister McNeil vermutlich als Doppelsternsystem bezeichnet hätte. Er beschwor das Eltertier, besonders ertragreiche Feldfrüchte zu gebären. Das Publikum war begeistert und hob die Finger zum Zeichen des Großen Lox.

Anschließend trat er zu Vater und mir, immer noch ganz aufgeregt von seiner erfolgreichen Ansprache.

»Gute Predigt, was, Bruno?«

»Selbst unser Tempelhüter hätte es nicht besser machen können«, sagte Vater. »Obwohl ich dachte, das Eltertier hätte sich auf das Gebären von Stilk und nicht von Wurzelgemüse spezialisiert.«

Jetzt werde ich erklären, was es mit dem Eltertier auf sich hat, das manchmal auch als »Tier mit zwei Mündern« bezeichnet wird. Das ist die Version unseres Tempelhüters von Ihrer Geschichte mit Adam und Eva, nur dass wir den Vorteil haben, uns keine Gedanken darüber machen zu müssen, wer die beiden erschaffen hat. Das Eltertier war schon immer da und wird für immer da sein. Während es irgendwo ganz weit oben auf einer Wolke hockt, erfüllt es seinen Lebenszweck, Stilk hervorzubringen. Es war schon sehr lange arbeitslos, weil wir durchaus in der Lage sind, aus eigener Kraft neue Artgenossen in die Welt zu setzen. Offen gesagt, fällt es mir schwer, an seine Existenz zu glauben, aber Mister McNeil gibt sich große Mühe, sich nicht darüber lustig zu machen. Man könnte fast meinen, er würde daran glauben – obwohl er schließlich ein Mensch ist. Ich habe ihn einmal gefragt: »Warum haben die Menschen eigentlich immer noch Religionen, obwohl sie doch so viel wissen?« Darüber dachte er sehr lange nach, und als ich bereits mit einer zutiefst philosophischen Antwort rechnete, sagte er: »Wahrscheinlich aus Spaß.«

»Das Eltertier ist das Symbol der Fruchtbarkeit«, sagte Borst. »Des Überflusses.«

»Also wird jetzt alles wieder gut, nachdem wir gebetet haben?«

»Das bezweifle ich.« Die Realität meldete sich wie ein Tritt in die Magengrube zurück, und mein Onkel sah gar nicht gut aus.

»Ich habe den Anfang verpasst, Onkel«, sagte ich. »Was war das mit den Lebensmittelrationierungen?«

»Ich ziehe eine Reise zur Devon-Station in Erwägung, Bruno«, sagte er und ging wie gewöhnlich gar nicht auf mich ein. »Nach Möglichkeit vor dem Frost.«

»Erzähl Hardy von den Rationierungen, Borst«, sagte Vater, möge Phu ihm auf ewig gnädig sein.

»Im Augenblick«, sagte er ungeduldig, wobei er über mich hinwegblickte, »wird das Getreide auf eine halbe Tasse pro Person pro Tag rationiert, beziehungsweise auf die entsprechende Menge Brot. Aber was diese Reise betrifft, Bruno, hege ich die größten Hoffnungen, dass die Menschen in der Devon-Station uns ihre Unterstützung gewähren.«

»Sollten wir nicht vorher mit Mister McNeil reden?«

»Findest du?«

»So verlangt es das Protokoll, Borst«, brummte Vater.

Offenbar war er derjenige, der Borst immer wieder vor politischen Fehltritten bewahrte. Sie stritten sich nur selten und in der Öffentlichkeit schon gar nicht. Manchmal fragte ich mich, ob Borst als kleiner Junge genauso ein Idiot gewesen war wie Drücker jetzt. Wenn ja, war er irgendwann erwachsen geworden. In entschlossener Haltung und stets völlig dominant, obwohl immer noch Vaters schlaksige Gestalt neben ihm stand, gab er nun volltönend bekannt: »Wir werden Mister McNeil konsultieren!«

Und die Leute drehten sich zu ihm um und gaben ihre Zustimmung kund. Borst hatte wieder einmal Recht. Borst wahrte das Protokoll.

Yam Wanda schlich sich an. »Eine vernünftige Entscheidung, Borst. Die Menschen besitzen unbegrenzte technische Möglichkeiten. Es wäre doch Unsinn, wenn wir verhungern, obwohl wir in weniger als einer Tagesreise Entfernung Hilfe finden.«

Ich tauschte einen kurzen Blick mit Vater. Er grinste mich an.

Onkel Borst begann mit der Planung der Reise zu Mister McNeils Residenz. Borst plante sehr gern. Mister McNeil residierte weniger als eine halbe Tagesreise entfernt, aber die Reise musste geplant und organisiert werden. Nichts durfte dem Zufall überlassen bleiben.

Während der Grume sank der Meeresspiegel ein Stück, aber inzwischen war er wieder gestiegen, so dass das Wasser bis zum Noss-Flussarm reichte. Aus den Mooren strömte eine erschreckend dunkle Brühe, schnell und ohrenbetäubend, wenn die Straße nahe am Flussufer verlief. Phu war zu einem kleinen rötlichen Auge am blassen Himmel zusammengeschrumpft und gab gar keine Wärme mehr ab. Der kalte Nebel überzog unsere Kleidung mit einer Feuchtigkeitsschicht, und unser Atem dampfte wie der Auspuff des Motorwagens, während wir zu Mister McNeil fuhren. Wir kauerten uns im vorderen Teil der Kabine nahe der Brennkammer zusammen: Vater, Onkel Borst, Wanda, Drücker und ich. Onkel Borst saß am Steuer und erwies sich wieder einmal als schlechter Fahrer. Er ließ die schweren Eisenräder in jedes vorhandene Schlagloch rumsen. Wir schaukelten auf der Bodenplatte herum und klammerten uns am Metallrahmen und aneinander fest. Die Nerven lagen blank. Wir waren kein einiges Verhandlungsteam.

»Um Phus willen, Borst, lass Bruno ans Steuer!«, kreischte Wanda, als ein besonders heftiger Ruck sie fast aus dem Motorwagen geschleudert hätte.

Mein Onkel antwortete nicht, hielt den Lenker fest im Griff und starrte stur geradeaus, wie ein Sinnbild des resoluten Selbstbewusstseins.

Ich entwickelte ein obsessives Interesse für die rechte Straßenseite, die in dieser Gegend steil zum rauschenden Strom des Flussarms abfiel. Ich nutzte den nächsten Ruck aus, um auf die linke Seite des Fahrzeugs zu wechseln. Wenn ich merkte, dass wir zu weit nach rechts drifteten, konnte ich vom Motorwagen springen.

»Ich glaube, wir sind da, Borst«, sagte Vater wenig später. Ich sah flüchtig einen Weg, der im rechten Winkel von der Straße nach Noss abbog.

»Halt!«, rief Wanda. »Setz zurück! Setz zurück, du Idiot!«

Das Bremsen beherrschte Onkel Borst noch schlechter als das Fahren. Der Motorwagen kam ruckend zum Stehen, als er den Bremshebel zog. Wir alle stürzten nach vorn und griffen nach Teilen des Fahrzeugs, um uns nicht an der Brennkammer zu versengen. Immer noch voller Selbstvertrauen drehte Onkel Borst den Rückwärtshebel.

Es wäre besser gewesen, wenn er daran gedacht hätte, vorher die Dampfzufuhr zu unterbrechen. Der Motorwagen beschleunigte rückwärts, bevor er die Hände wieder an den Lenker gelegt hatte.

Alle erstarrten. Niemand sagte etwas. Hier trafen sich der Fluss und die Gezeiten, und unter uns brodelte ein tödlicher Mahlstrom.

Dann griff mein guter alter Vater nach dem Lenker und drehte ihn gerade noch rechtzeitig herum. Dann röhrten wir den Hang zu Mister McNeils Anwesen hinauf, gefolgt von einer dramatischen Ankunft in Wolken aus Dampf und wüsten Beschimpfungen.

»Möchten Sie nach Ihrer Reise ein Bier?« Falls Mister McNeil das Verhandlungsteam für einen Reinfall hielt, ließ er es sich nicht anmerken. »Oder vielleicht einen Becher Stuva?«

»Ein Kanister mit Destill wäre besser«, hörte ich Wanda murmeln, aber so leise, dass Mister McNeil es nicht hören konnte. Er serviert uns nie etwas Stärkeres als Bier und macht kein Hehl aus seiner Ansicht, dass wir nichts Destilliertes trinken sollten, obwohl ich nicht begreife, warum er meint, dass ihn das etwas angeht.

Mit einem Wink gab er uns zu verstehen, dass wir uns setzen sollten, und nahm dann selbst mit einem breiten Lächeln Platz. Das ist immer das Erste, was mir an Mister McNeil auffällt: Alles ist groß, breit oder stark. Nicht nur, was seine Körpergröße betrifft, obwohl er sogar einen Kopf größer ist als Vater. Es ist die Schwere, die Muskulösität, selbst die Lautstärke seiner Stimme, die uns auffällt. In großer Zahl können Menschen ziemlich überwältigend sein. Und sie zeigen ihre Zähne, wenn sie lächeln, was etwas erschreckend wirkt, bis man sich daran gewöhnt hat. Ansonsten gibt es nicht viele körperliche Unterschiede zwischen ihnen und uns – was ich inzwischen sehr erstaunlich finde, da wir uns auf verschiedenen Planeten entwickelt haben.

Das Zweite, was mir an Mister McNeil auffällt, ist die Freundlichkeit. Er ist ein guter Mann. Er hat nur unser Bestes im Sinn, und er ist immer bereit, uns nach Kräften zu helfen.

»Gut, Sie zu sehen.« Zum ersten Mal bemerkte ich, dass der Nirgendwo-Mann im Hintergrund saß. Was machte er hier? Bei seinem Anblick erstarrte Onkel Borst mit offenem Mund und bestürztem Gesichtsausdruck.

Vater nickte dem Nirgendwo-Mann mit einem leichten Lächeln zu. Vater lässt sich nicht so schnell aus der Fassung bringen. Drücker starrte fasziniert auf dieses lebende Beispiel des Bösen. Wanda schnupperte und blickte wieder zu Mister McNeil, als würde sie eine Erklärung von ihm erwarten. Ich fragte mich, wie er reagieren würde, und bemühte mich, meiner Miene keine Regung anmerken zu lassen. Ich hatte noch nie davon gehört, dass der Nirgendwo-Mann tatsächlich etwas Falsches getan hatte. Und persönlich bin ich der Ansicht, dass er fast genauso wie alle anderen aussieht. Selbst wenn er – wie man sagt – einen Fuß mit Schwimmhäuten und einen normalen hat, hält er stets beide bedeckt. Es ist die schlichte Tatsache seiner Existenz, was die Leute beunruhigt.

Plötzlich redeten alle auf einmal los, dann hörten alle wieder auf, und es folgte ein peinliches Schweigen. Schließlich sagte Wanda: »Ich werde den Anlass für unseren Besuch erklären.«

Der Anfang unserer Verhandlungen war unbeholfen und abrupt. Besorgt musterte ich die Dinge, die sich in diesem Raum befanden. Alles wirkte fremdartig, weil alles von der Erde stammte. In der Devon-Station war ich schon in ein paar Menschenwohnungen gewesen, aber sie waren nicht mit dieser hier zu vergleichen. Dort gab es Dinge aus der ganzen Galaxis an den Wänden und recht viele Artefakte von uns Stilk. In einer Wohnung hatte ich tatsächlich einen kompletten Skimmer mit Masten und Netzen gesehen, der an der Decke hing.

Doch in Mister McNeils Residenz gab es nichts, was von unserer Welt kam. Es war, als wollte er nicht wahrhaben, wo er sich in Wirklichkeit befand.

Und dennoch mochte er uns. Das konnte ich spüren. Nicht auf die Weise, wie man Kinder mag, obwohl er uns so sehen könnte, weil die menschliche Technologie der unseren so weit voraus ist. Auch nicht auf die Weise, wie man ein Tier mag, zum Beispiel einen Lieblingslox. Nein, er mochte uns als Personen, und das unterschied ihn von den meisten anderen Menschen, denen ich begegnet war.

Er nahm Wandas Vorschlag geschickt auf und ging zu anderen Gesprächsthemen über. Menschen betrachten es als schlechtes Benehmen, sofort zur Sache zu kommen. Zuerst sprach er über die Fortschritte im Moor und das Bergwerk, das die Menschen dort vor einigen Generationen versenkt hatten. »Erstklassiges Erz«, sagte er. »Die Angelegenheit verspricht eine höchst profitable Unternehmung zu werden.«

»Für wen?«, fragte Wanda unfreundlich.

»Für alle. Sobald das Bergwerk in die Gewinnzone kommt, wird der Profit zu gleichen Teilen zwischen Menschen und Stilk aufgeteilt. So hatten wir es vereinbart, als wir von Ihnen die Abbaurechte bekamen, und dazu stehen wir.«

»Werden wir uns von unserem Anteil menschliche Technik kaufen können?«, fragte Vater.

»Wenn Sie das möchten.« Mister McNeil hatte eine zweifelnde Miene aufgesetzt. »Aber es könnte sein, dass Sie Ihr gegenwärtiges Entwicklungsstadium vorziehen werden. Nicht alle menschlichen Errungenschaften sind gut.«

»Aber Sie verhungern nicht«, sagte Onkel Borst.

»Ist es wirklich so schlimm? Ich habe davon gehört, dass die Ernte dürftig war.«

»Dieser Profit, von dem Sie gesprochen haben«, sagte Wanda. »Davon könnten wir Maschinen kaufen, um mehr Land zu kultivieren.«

»Und Waffen und Fahrzeuge für die Jagd«, fügte Onkel Borst hinzu.

Inzwischen wirkte Mister McNeil äußerst besorgt. Wir hatten die menschliche Mimik mehrere Generationen lang studiert, und nun sah ich tiefe Sorge in seinen Augen – und noch etwas anderes. Traurigkeit?

»Sie nennen es Sternenträumen, Ihre Fähigkeit, Erinnerungen von Vorfahren wachzurufen«, sagte er. »Sie sollten gründlich sternenträumen, bevor Sie anfangen, Maschinen zu benutzen. Außerdem wissen Sie, dass wir Menschen uns an die Direktive der Nichteinmischung halten. Es könnte uns erlaubt sein, Sie in den Wissenschaften zu unterrichten, damit Sie in der Lage sind, sich irgendwann Ihre eigenen Maschinen zu bauen. Aber wir können die Einzelschritte der normalen Entwicklung einer Zivilisation nicht überspringen. Vielleicht gehört Ihre Zivilisation gar nicht zu denen, die von Fortschritt geprägt sind. Häufig gibt es in einer Gesellschaft stabilisierende Faktoren, die bestimmte Entwicklungen verhindern. Zum Beispiel Ihre starke Ausrichtung auf die Vergangenheit.« Er seufzte. Er sprach die Worte, aber sein Geist war ganz woanders.

»Wozu ist dann unser Anteil am Profit gut?«, fragte Wanda schroff.

»Wenn es zum schlimmsten Fall kommt, könnten Sie damit Lebensmittel importieren. Aber hier geht es nur um die Ernte eines Jahres. Warten Sie den Winter ab. Schauen Sie, wie es danach weitergeht.«

»Ich hatte einen Sternentraum«, sagte Vater. »Dieser Trend ist langfristig.«

»Du hast Recht, Bruno«, sagte Onkel Borst.

»Ich glaube, wir brauchen jetzt Lebensmittel, Mister McNeil«, sagte Vater ruhig. »Und wie ich hörte, geht es manchen Dörfern noch viel schlechter als unserem.«

»Das Bergwerk hat noch keinen Gewinn erwirtschaftet«, entgegnete der Mensch.

»Dann geben Sie uns die Lebensmittel als Vorschuss auf unseren künftigen Gewinn.«

»So viel haben wir nicht. Unsere Vorräte reichen nur für unsere eigene Bevölkerung, und das sind etwa sechshundert Menschen. Sie verlangen von uns, dass wir Ihren gesamten Planeten aus unseren Lagerräumen ernähren?«

»Importieren Sie Vorräte für den Notfall.«

Ich bemerkte, wie Onkel Borsts Kopf hin und her ruckte, während er der Diskussion folgte. Sein Problem ist, dass er nicht diskutieren kann. Er ist ein großartiger Redner, aber die Dramaturgie eines Verhandlungsgespräches ist einfach nicht sein Ding.

»Bleiben Sie fair, Bruno«, sagte Mister McNeil. »Sie waren in der Devon-Station, und dort haben Sie Sachen gesehen, die für Sie wie Wunder sein müssen. Also halten Sie uns Menschen für so etwas wie Zauberer. Aber das sind wir nicht. Wir sind lediglich eine Spezies von vielen galaktischen Reisenden und auch nicht besser als die Kikihuahuas.«

»Kikihuahuas?«

»Vergessen Sie's. Die können Ihnen auch nicht helfen. Sie reisen sehr, sehr langsam, die Kikihuahuas. Und selbst wir Menschen können nicht einfach so Vorräte importieren. Dazu ist Zeit und Geld nötig. Um ganz offen zu sein: Es würde viel zu lange dauern und mehr Geld kosten, als Sie haben.«

»Ich glaube trotzdem, dass Sie etwas tun könnten«, sagte Onkel Borst störrisch.

»Und was?«

»Sie sind der Experte. Sagen Sie es mir.« Das war ein typisches Onkel-Borst-Ausweichmanöver.

Und es verärgerte Mister McNeil. »Ich kann Ihnen bestenfalls vorschlagen, es in der Devon-Station zu versuchen, Borst. Ich werde den Leuten dort sagen, dass Sie kommen, wenn Sie möchten. Vielleicht können sie es Ihnen besser erklären als ich.«

»Ich habe von Anfang an gesagt, dass wir dorthin gehen sollten«, sagte Onkel Borst.

Ich hatte ein seltsames und beunruhigendes Privatgespräch mit Mister McNeil, bevor wir gingen. Mir war schon einige Male aufgefallen, dass er gelegentlich gern mit mir plauderte. Einerseits fühlte ich mich geschmeichelt, aber es war auch etwas rätselhaft.

»Sie möchten sicher noch eine Weile über alles nachdenken, bevor Sie nach Hause fahren«, sagte er zu den anderen und füllte ihre Stuva-Becher auf. »Ich werde Sie für ein paar Minuten alleinlassen. Hardy, komm doch bitte mit. Ich möchte dir ein paar neue Pflanzen zeigen.«

Niemand wunderte sich darüber, weil alle wussten, wie sehr ich mich für die Erdpflanzen von Mister McNeil interessierte. Drücker hätte sich uns vielleicht gern angeschlossen, aber die Notwendigkeit, an einer Diskussion von größter Bedeutung teilzunehmen, wog in diesem Fall schwerer. Ich war damit völlig zufrieden, weil mir klar war, dass die Diskussion ohnehin zu nichts führen würde.

Mister McNeil und ich standen neben dem leise zischelnden Motorwagen und musterten die Verheerungen, die die Traufe unter den Erdblumen angerichtet hatte. Alles war plattgedrückt worden und verrottete, und die Farben waren in den Matsch gesickert. Unter uns dröhnte der im Nebel unsichtbare Fluss. Die Traufe hatte schwere Schäden angerichtet, und der Frost stand unmittelbar bevor.

»Ich konnte die Saat retten«, sagte Mister McNeil. »Hier ist das Jahr kürzer als auf der Erde, aber die meisten Pflanzen haben sich daran gewöhnt. Ich konnte sogar ein paar neue Varietäten züchten.« Er liebte seinen Garten. Ich fragte mich, ob er das Einzige war, was sein Leben lebenswert machte, weil offensichtlich war, dass er auch die Erde liebte.

Genauso offensichtlich war, dass er mir die neuen Varietäten im Augenblick gar nicht zeigen konnte. Was hatte er also vor? Ich sagte nichts.

»Ähm … pass auf, Hardy«, sagte er plötzlich.

»Was?«

»Sei vorsichtig. Wir leben in schwierigen Zeiten. Vielleicht sogar in gefährlichen Zeiten.«

»Sie meinen die Lebensmittelknappheit?«

»Nicht unbedingt.« Er zögerte, wahrscheinlich, weil er sich eigentlich nicht in Angelegenheiten der Stilk einmischen sollte. »Dein Vater ist ein guter Mann.«

»Ich weiß.«

»Die Hierarchie der Stilk ist eine komische Sache. Ich habe sie nie ganz verstanden – aber ich kann schließlich auch nicht sternenträumen.«

Wollte er damit sagen, dass Vater Hauptmann werden sollte? Ich wusste es nicht, aber es war eine angenehme, wenn auch unrealistische Vorstellung. »Die beiden kommen gut miteinander klar. Der Hauptmann jeder Gemeinschaft ist immer der Mann, dessen Sternenträume am weitesten zurückreichen.«

»Aber es mag sein, dass er nicht der Beste für dieses Amt ist.«

»Aber sicher ist er das. Er kann auf den größten Erfahrungsschatz zugreifen. Es heißt, unsere männliche Linie kann sich bis zum Anfang aller Dinge zurückträumen. Das sind Vater, Onkel Borst, Drücker und ich. Die Leute sagen, wir sind die Einzigen, die es können, auf der ganzen Welt. Nicht dass wir es je getan hätten. Dazu müssten wir uns viele Tage lang auf den Rücken legen und Hatsch rauchen und uns konzentrieren. Vielleicht werde ich es irgendwann versuchen. Es wäre nett zu erfahren, wie unsere Kultur begonnen hat. Und woher all diese Mythen kommen. Der Große Lox und Druv und Braunauge und all die anderen Dinge.«

Aber er grübelte immer noch über die Frage eines geeigneten Hauptmanns nach. »Borst und dein Vater sind Brüder. Sie müssen das gleiche Vorfahrengedächtnis haben.«

»Onkel Borst ist ein Jahr jünger. Das bedeutet, dass er ein Jahr mehr von Großvater Ernests Erinnerungen geerbt hat. Also ist er der Hauptmann. Und Drücker wird der nächste Hauptmann sein, wenn Onkel Borst stirbt.«

»Aber Drücker ist ein Hornochse. Das erkenne selbst ich.«

Ich vermutete, dass ein Hornochse das Gegenteil einer netten Person war. »Vater und ich werden an seiner Seite sein, um ihn zu beraten.«

Er musterte mich aufmerksam und versuchte meine Reaktionen einzuschätzen – aber er war ein Mensch und hatte keine Erfahrung damit, den Gedankengängen der Stilk zu folgen. »Ihr vier seid sehr wertvolle Personen«, sagte er fast wie im Selbstgespräch. »Keine schriftlichen Aufzeichnungen … und wir sind erst vor wenigen Generationen eingetroffen. Wir wissen so wenig. Wir denken im Rahmen menschlicher Probleme. Gesteinsstrukturen. Fluchtgeschwindigkeiten. Die Beziehung zwischen Vater und Sohn muss für euch sehr wichtig sein.«

»Natürlich. Wenn ein Mann keinen Sohn hat, sind auch die Erinnerungen seiner Vorfahren für immer verloren. Eine Tochter erbt nur die Erinnerungen ihrer Mutter. Auf diese Weise verschwindet sehr viel. Wenn jemand kein Kind gleichen Geschlechts hat.«

»Oder wenn jemand jung stirbt.«

Plötzlich erschauderte ich und spürte erneut, wie mir das Wasser an den Beinen heraufkroch, während der Skimmer versank. Worauf wollte Mister McNeil hinaus? Schon wieder sah er mich so merkwürdig an.

»Sei vorsichtig, Hardy.«

Jetzt wurde es mir zu unheimlich. »Ich soll in Gefahr schweben? Wollen Sie damit sagen, dass jemand daran interessiert sein könnte, meine Erinnerungen auszulöschen? Nein, Mister McNeil. Wir haben Hochachtung vor jedem Vorfahrengedächtnis. Und Stilk bringen sich nicht gegenseitig um. Niemand könnte mit so einer Erinnerung leben.«

»Ich habe gehört, dass dein Großvater vor einigen Jahren ermordet wurde.«

»So sieht es aus. Wenigstens hatte er vorher seine Erinnerungen weitergegeben.«

»Aber er wurde ermordet. Damit will ich sagen, dass es durchaus geschehen kann. Jeder kann an den Punkt höchster Verzweiflung gelangen, selbst ein Stilk. Und es kommen verzweifelte Zeiten auf uns zu.«

Das war Unsinn, versuchte ich mir zu sagen. Und als der Skimmer gesunken war, hatte ich einfach nur Pech gehabt.

Aber es war ein seltsames und beunruhigendes Gespräch.

Der Nebel ging in feinen Schneefall über, und die Welt wurde weiß. Die Jagd und die Landwirtschaft waren für dieses Jahr abgeschlossen. Die domestizierten Lox überwinterten in den Scheunen, und die einzigen Geschöpfe, die dumm genug waren, sich täglich nach draußen zu wagen, waren die Lorin. Mit gesenktem Kopf, das zottelige Fell weiß vom Schnee, stapften sie durch die Landschaft, und nur Phu wusste, zu welchem Zweck sie unterwegs waren. Wir anderen versammelten uns zum Sternenträumen und Geschichtenerzählen um unsere Öfen, während wir auf das Ende der Frostzeit warteten.

Und ich träumte von Talis.

Stattdessen versuchte ich es mit dem Sternenträumen. Der Winter ist eine wunderbare Zeit zum Sternenträumen, denn es gibt sonst kaum etwas zu tun, und auf diese Weise können wir viel über die Geschichte lernen und unsere Erfahrungen erweitern. Aber jedes Mal, wenn ich meine Pfeife mit Hatsch entzündete und mich auf die Kissen legte, erschien das hübsche Gesicht vor meinem geistigen Auge, und die warmen braunen Augen blickten mich ernst an. Mister McNeil erzählte mir, dass menschliche Erinnerungen sehr vage Angelegenheiten sind, nicht mehr als undeutliche Bilder ohne Realismus und zeitliche Abfolge. Also könnte es schwierig für sie sein zu verstehen, wie lebhaft die Erinnerungen der Stilk sind, mitsamt allen Farben und Klängen, allen Gerüchen und Gefühlen. Wenn ich an Talis dachte, durchlebte ich noch einmal die kurze Zeit, die wir gemeinsam verbracht hatten, jede einzelne Minute, jedes einzelne gesprochene Wort.

Ich fragte mich, ob Vater sich denken konnte, was mir durch den Kopf ging. Ich hätte es ihm nicht erklären können, wenn er mich danach gefragt hätte. Es war anders als unser normaler Sexualtrieb. Irgendwie ging es darüber hinaus. Ich musste einen langen Winter überstehen, bevor ich sie wiedersehen konnte.

Außerdem war sie sowieso eine Flunder.

Vater und ich wohnten im Zentrum des Männerdorfes in einem kleinen Haus, das über unsere männliche Linie weitervererbt worden war. Onkel Borst und Drücker wohnten nebenan im großen Hauptmannshaus. Wir sahen die beiden viel zu oft.

Im Tempel war immer noch recht viel los. Der Hüter versammelte regelmäßig die Leute, um den Abergläubischen zu versichern, dass der Sommer eines Tages wiederkommen würde. Der Große Lox schützte uns weiterhin vor dem Eisteufel Rax. Das war eine eigenartige Metapher für die Sonne und ihren toten Begleiter, aber es war genau das, was die Leute hören wollten. Das und die Geschichte, dass die mythischen Gestalten Druv und Braunauge sich immer noch bereithielten, vorzupreschen und uns zu erlösen, sollten sich die Dinge weiter zum Schlechten wenden. Ich habe den Tempel nie besucht, aber dafür unternahm ich eines Tages einen kurzen Spaziergang zur großen Scheune am Rand des Frauendorfes, gut bewaffnet mit warmen Ziegelsteinen. Bei uns war das Mehl knapp geworden.

Dort stieß ich auf die Lagerverwalterin, Yam Lenz, meine Mutter.

Ihr Gesicht strahlte, als sie mich sah. »Hardy!«

Wie peinlich. In der Scheune gab es einen öffentlichen Radiator, um den sich eine Handvoll Männer und Frauen scharten, die sich unterhielten und Bier tranken. Nun drehten sich alle zu mir um. Die meisten Mütter besitzen genug Verstand, ihre Söhne nicht zu beachten, vor allem in der Öffentlichkeit, aber nicht Lenz, oh nein! Sie ist eine große Frau mit einem fröhlichen runden Gesicht und einer lauten Stimme, und in ihrer Begrüßung lag die Art von Liebe, wie sie ein Mann nur von seinem Vater akzeptieren kann. Sie hallte laut durch die Scheune, und ich schwöre, dass selbst die Lox aus ihrem Dämmerschlaf aufgeschreckt wurden und neugierig die Augen öffneten.

»Um Phus willen, Lenz«, murmelte ich.

Aber sie kam bereits auf mich zu, unausweichlich wie die Grume und genauso klebrig, und umschlang mich mit fetten Armen, um mich an unvorstellbar gigantische Brüste zu drücken. Nachdem sie damit fertig war, hielt sie mich auf Armeslänge von sich, wobei sie meine Ellbogen wie mit Schraubstöcken umklammert hielt. »Du bist groß geworden. Ein ziemlich ansehnlicher junger Mann! Du siehst genauso wie dein Vater aus.«

Rax, welche Schande! Ich hatte kein Problem damit, wie mein lieber alter Vater auszusehen, aber ihre Worte erinnerten mich – und alle anderen – an die eigenartige Beziehung, die die beiden miteinander hatten. Ich sah grinsende Gesichter und wissende Blicke. Es waren etwa zehn Leute da, einschließlich des jungen verfrorenen Kaunter, die alle dafür sorgen würden, dass ich diesen Moment niemals vergaß. Zehn akkurate Stilk-Erinnerungen. Diese schreckliche Szene würde zehnfach in die Geschichte eingehen, und unzählige künftige Generationen würden sich unzählige Male darüber amüsieren. Mein Ruf war auf ewig verdorben.

»Ja«, murmelte ich.

Sie entließ mich aus der Umklammerung. »Wie geht es Bruno? Ich habe ihn seit Tagen nicht gesehen. Ich dachte mir, dass ich vielleicht später mal bei euch vorbeischaue.«

»Keine gute Idee. Onkel Borst dürfte anwesend sein. Sie bereiten die Reise zur Devon-Station vor.«

»Oh, zur Devon-Station? Sie wollen doch hoffentlich nicht hinfahren, bevor der Frost vorbei ist, oder?«

»Sie haben davon gesprochen, morgen aufzubrechen. Ich fahre auch mit.«

»Oh, aber doch nicht du und Bruno!« Sie war erschüttert. »Das ist gefährlich, Hardy. Ich könnte es nicht ertragen, euch beide zu verlieren!«

»Hör mal, Lenz, würde es dir etwas ausmachen, leiser zu sprechen? Diese Reise soll eigentlich geheim bleiben.«

»Wie soll sie geheim bleiben, wenn jeder sieht, wie der Motorwagen losfährt?«

»Jedenfalls wollen sie heute Abend alles vorbereiten.« Plötzlich weckte der Anblick ihres pummeligen – aber freundlichen – Gesichts mit den tränenfeuchten Augen irgendeine verschüttete und schmachvolle Erinnerung in mir, und impulsiv nahm ich ihre Hand. »Mach dir keine Sorgen. Wir kommen schon klar. Aber jetzt brauchen wir etwas Mehl. Vater hat sich wieder mal verkalkuliert.«

Sie nahm meinen Tontopf und füllte ihn mit mehreren abgezählten Tassen Mehl aus einer Holztonne, und damit war die Sache erledigt. Es musste nichts niedergeschrieben werden. Sie würde sich daran erinnern. Genauso wie die Anwesenden, die stets darauf achtgaben, dass niemand begünstigt wurde.

»Bruno ist nicht der Einzige, der sich verkalkuliert hat«, sagte sie leise.

»Wie meinst du das?«

»Die Mehlrationen sollen verringert werden. Wanda wird es morgen bekanntgeben.«

»Dann müssen wir eben mehr Gemüse essen.«

»Auch das wird ab morgen rationiert. Diese Frostzeit wird schwer werden, Hardy. Auch mit den Fleischvorräten sieht es nicht allzu gut aus. Wenn Noss keinen Überschuss an Fisch hätte, wären wir längst in großen Schwierigkeiten.« Sie hielt meine Hand fest. »Wenn sich die Lage verschlechtert, neigen die Leute dazu, sich gegen ihre Führer zu wenden. Es gab einmal einen Winter, ach, vor elf Generationen, der gar nicht so schlimm wie dieser war, als das Volk gegen die Hauptleute aufbegehrte und die Scheune stürmte. Dabei kam die Hauptfrau zu Tode.«

»Sie wurde ermordet, meinst du.« Mein Gespräch mit Mister McNeil war mir noch sehr frisch in Erinnerung.

»Nein. Die Leute öffneten die Klappe des Einfülltrichters für das Getreide, und alles ergoss sich über sie. Als man sie endlich ausgegraben hatte, war sie bereits erstickt. Ihr Gesicht war schwarz wie der Hintern eines Grunzers.«

Unwillkürlich musste ich leise lachen, und kurz darauf stimmte auch Lenz in mein Gelächter ein, wobei ihre Körperfülle heftig vibrierte. »Gut, dass es nicht der Hauptmann war«, stieß ich hervor, »sonst wäre ich jetzt nicht hier.«

Meine Worte ernüchterten sie. »Aber ganz gleich, ob es wichtige Dinge zu diskutieren gibt oder nicht, ich muss später noch einmal mit deinem Vater reden. Erst recht, wenn ihr morgen ins Moor fahrt.«

Es würde seltsam aussehen, wenn eine fette Frau im mittleren Alter das Männerdorf besuchte. Normale Leute taten so etwas einfach nicht. »Ich verstehe nicht, was du von ihm willst«, sagte ich störrisch.

»Das ist doch ganz offensichtlich. Ich liebe ihn.« Sie sagte es so, dass alle es mithören konnten.

In dieser Nacht hatte ich einen merkwürdigen Traum von der Vergangenheit, aufgestiegen aus dem schlafenden Gedächtnis vieler Vorfahren. Dieser Traum war voller Blut und Tod sowie Kälte und Furcht. Da war ein Mädchen, das Talis und doch nicht Talis war. Sie war hübsch und braunaugig, und ihr Gesicht schwamm durch die miteinander verbundenen Teiche der Erinnerung und verbreitete die Aura der Vernunft. Ihr lächelndes Gesicht war immer noch bei mir, als ich aufwachte und feststellte, dass es noch dunkel war und Vater in seinem Bett auf der anderen Seite des Zimmers wie ein dösender Luht grunzte.

In den wachen Stunden des Tages hatte ich schon sehr viel an Talis gedacht. Musste sie mich jetzt auch noch in meinen Träumen heimsuchen? Um Phus willen, sie war nur eine Flunder!

Und sie war weiblich, aber der Traum hatte eine anhaltende Beziehung angedeutet.

Daran dachte ich am folgenden Tag, als Lenz uns von der Tür ihres Hauses aus zuwinkte. Vater winkte zurück, ohne eine Spur von Scham. Wie konnten ein Mann und eine Frau sich siebzehn Jahre lang lieben? In diesem Moment verstand ich es überhaupt nicht. Liebe ist eine kurzfristige Angelegenheit, die wir empfinden, damit wir uns körperlich näherkommen und Kinder zeugen können. Es wäre unsinnig, wenn dieses Gefühl über längere Zeit anhalten würde. Na gut, ich weiß, dass viele Menschen das anders sehen. Aber ich rede hier nicht von ihnen, sondern von normalen Stilk.

Der Motorwagen rumpelte weiter, mit Onkel Borst am Lenker. Der Sicherheitspapagei schaukelte in seinem Käfig und krächzte die aufgehende Sonne an.

Wir anderen saßen auf den Seitenbänken, in der Nähe der Brennkammer. Vater, Drücker, Wanda und ihre Tochter Faun.

Über Faun muss ich Ihnen etwas mehr erzählen. Sie ist ein nettes Mädchen, keine Frage, und sie sieht auch gar nicht so schlecht aus. Ungefähr in meinem Alter. Aber – und das ist ein großes Aber – Wanda möchte, dass Faun und ich eines Tages zusammenkommen. Um Kinder zu kriegen, meine ich damit. Ein Junge hätte meine Erinnerungen, die angeblich bis zum Anfang aller Dinge reichen, und ein Mädchen hätte die von Faun, die dreiundzwanzig Generationen zurückreichen. Das ist eine verfroren große Menge Wissen. Wenn Drücker keinen Sohn zeugte – und ich kann mir nicht vorstellen, dass er jemals zu den dazu nötigen Handlungen imstande ist –, würde ein Sohn von Faun und mir irgendwann Hauptmann werden. Und eine Tochter wäre irgendwann Hauptfrau. Wanda meint, dass es zum Wohl von Yam das Beste wäre.

Was mich betrifft, kann Yam zum Rax gehen. Zwischen Faun und mir funkt es einfach nicht genug – zumindest nicht von meiner Seite aus –, und jeder Versuch eines *Zusammenkommens*, wie Wanda es ausdrückt, kann nur scheitern und in einer peinlichen Situation enden.

Politisch gesehen ist es seltsam, dass Wanda nicht möchte, dass Faun mit Drücker zusammenkommt. Ich kann nur vermuten, dass sie befürchtet, die Kinder der beiden würden sich als Hornochsen erweisen, wie Mister McNeil es ausdrückt. (Er hat mir erklärt, dass ein Hornochse so etwas wie ein Lox mit großen, harten Ohren ist.) Onkel Borst wäre natürlich für eine Verbindung zwischen Faun und Drücker. Da Wandas Erinnerungen nur zweiundzwanzig Generationen zurückreichen, hätte sie Onkel Borst eigentlich entgegenkommen müssen. Praktisch sieht die Sache jedoch ganz anders aus. Wanda hat eine sehr mächtige Persönlichkeit.

An dieser Stelle meiner Meditationen ließ Onkel Borst das linke Vorderrad in ein Schlagloch rumsen, wodurch Faun gegen mich geworfen wurde. Sie griff nach meiner Hand, um sich festzuhalten, und nach einem wohlwollenden Blick von Wanda hielt sie sie weiterhin fest. Ich wehrte mich nicht. Ihre Hand war warm und angenehm, während die Welt außerhalb der Kabine des Motorwagens kalt und öde war und eine weiße Schicht das Gebüsch überzog.

Eine schreckliche Farbe, dieses Weiß. Die Farbe des Todes. Da draußen hätten wir es nicht länger als ein paar Augenblicke ausgehalten, bevor der Wahnsinn von uns Besitz ergriffen hätte und wir schreiend auf dem knirschenden Gras herumgerannt wären, um wenig später auf die Nase zu fallen und zu erfrieren. Vor uns erhob sich das leere Moor in baumlosen Hügeln vor dem blassen Himmel, an dem sich Phu als winziges, wirkungsloses Scheibchen zeigte.

Als Onkel Borst den Motorwagen mühsam wieder auf Kurs gebracht hatte, sagte Vater: »Wir sollten noch einmal deine Verhandlungstaktik gegenüber den Menschen durchgehen, Borst.«

»Ja«, erwiderte sein Bruder. »Mir ist nicht entgangen, dass du den Verhandlungsumhang trägst, den diese Frau für dich gemacht hat. Muss ich dich daran erinnern, wer hier das Sagen hat?«

»Das ist der wärmste Mantel, den ich habe«, gab Vater mit ungewohnter Schärfe zurück. »Du hast deinen Speer.« Onkel Borsts Jagdspeer mit der roten Quaste ist einzigartig und dient ihm gleichzeitig als Amtszeichen und als Waffe. »Jetzt reiß dich zusammen und lass uns reden. Es dauert nicht mehr lange, bis wir die Devon-Station erreicht haben.«

»Ich finde, wir sollten eine harte Linie verfolgen«, sagte Wanda. »Schließlich sitzen diese Menschen auf dem Land der Stilk.«

»Das wir an sie verpachtet haben«, gab Vater zu bedenken.

»Wir können den Pachtvertrag einseitig aufkündigen«, sagte Onkel Borst. »So wurde es in den Vereinbarungen niedergeschrieben.«

»Völlig richtig, Borst«, sagte Wanda. »Wir haben die Oberhand.«

Die zwei Dummköpfe machten noch eine Weile so weiter und bestärkten sich gegenseitig in ihren Machtfantasien, bis es mich nicht mehr überrascht hätte, wenn einer von beiden, wahrscheinlich Borst, mit dem Vorschlag gekommen wäre, die Menschen mit roher Gewalt von unserem Planeten zu vertreiben, wenn sie uns keine massive Unterstützung zukommen ließen.

Schließlich setzte mein vernünftiger alter Vater dem Ganzen ein Ende. »Um Phus willen«, rief er, »sie könnten uns wie Tratten zertreten, wenn ihnen danach ist. Wir kommen als Bittsteller zu ihnen, versteht ihr nicht? Wir möchten ein paar Essensreste von ihnen haben.«

»Ich entscheide, welche Taktik wir anwenden«, sagte der Weise am Lenker eisig.

»Und ich«, fügte unsere hochgeschätzte Hauptfrau schnell hinzu.

»Passt nur auf, dass ihr euch nicht unbeliebt macht, mehr verlange ich gar nicht«, sagte Vater.

Das Verhandlungsteam verfiel in eingeschnapptes Schweigen, bis wir die Verwaltungskuppel am Eingang zur Devon-Station betraten.

Sie wird als Verwaltungskuppel bezeichnet, aber in Wirklichkeit ist es eine riesige runde Scheune. Die große Tür schloss sich zischend hinter dem Motorwagen, und plötzlich war es überall warm. Alle unsere Ängste verflüchtigten sich. Es ist erstaunlich, wie sich plötzliche Wärme auf einen Stilk auswirkt. Selbst Drücker, der seit unserem Aufbruch von Yam leise vor sich hingewimmert hatte, lebte wieder auf.

»Hier ist es *groß*«, sprach er das Offensichtliche aus. Es war sein erster Besuch in der Devon-Station. »Wird es uns gehören, wenn wir den Pachtvertrag kündigen?«

Onkel Borst kniff die Lippen zusammen, und niemand antwortete auf diese typische Drücker-Frage. Nicht zum ersten Mal versuchte ich mir vorzustellen, wie die Gespräche an Winterabenden im Hauptmannshaus ablaufen mochten. Wahrscheinlich spielten die beiden Ringeln, ein ungewöhnlich geistloses Stilk-Spiel, das einen von der Verpflichtung zum Reden entbindet.

»Sie sind die Gruppe aus Yam?«

Ein großer Mensch begrüßte uns, und wenn ich »groß« sage, dann meine ich damit, dass er selbst für einen Menschen recht groß war. Mit einem Gesicht wie ein Lox und guter Kleidung, die an seinem Körper zu kleben schien.

»Wir sind das Verhandlungskomitee aus Yam«, sagte Borst. »Das ist Yam Wanda, unsere Hauptfrau, und das ist Yam Bruno, mein älterer Bruder.« Es war typisch für Borst, dass er sich als jüngerer Bruder vorstellte und damit klarmachte, dass er der Hauptmann war und nicht mein bedauernswerter alter Vater. Ebenso typisch für ihn war, dass er darauf verzichtete, die noch jüngeren Mitglieder der Gruppe vorzustellen.

»Gut, aber ich bin hier nur ein Lakai«, sagte der Mensch zu unserer Enttäuschung. »Hier entlang, bitte.« Damit marschierte er los, so dass wir rennen mussten, um mit ihm Schritt zu halten. Das heißt, alle bis auf Onkel Borst, der sich zurückfallen ließ, während er sich in seinem üblichen bedächtigen Tempo vorwärtsbewegte und bei jedem Schritt den Jagdspeer des Hauptmanns auf den Boden schlug.

Drücker, Faun und ich waren von diesem Treffen auf höchster Ebene ausgeschlossen. Vermutlich zur Wiedergutmachung unseres verletzten Stolzes wurde der loxähnliche Mensch abkommandiert, uns herumzuführen.

»Nennen Sie mich John«, sagte er, »und bleiben Sie in meiner Nähe. Unternehmen Sie keine Alleingänge, verstanden?«

»Ich wüsste gar nicht, wohin ich einen Alleingang unternehmen sollte«, erwiderte Drücker mit seiner üblichen seltsamen Logik. »Ich war ja noch nie hier.«

Auch Faun hatte Anstoß an Johns Tonfall genommen, der eher für sechsjährige Kinder geeignet gewesen wäre. »Führen Sie uns einfach herum, wie man es Ihnen aufgetragen hat«, sagte sie. Faun hat mehr als nur einen Hauch von Wandas Persönlichkeit geerbt.

John sah mich an, aber ich hatte dem nichts hinzuzufügen. »Gut«, sagte er. »Dann werden wir uns jetzt das Bergwerk ansehen.« Er führte uns in einen winzigen Raum und drückte mehrere Knöpfe. Dann sackte der Boden unter unseren Füßen weg. Drücker stieß einen erschrockenen Schrei aus, und Faun griff nach meiner Hand. Das schien sich zur Gewohnheit zu entwickeln, der ich durchaus angenehme Seiten hätte abgewinnen können, wenn ich in diesem Moment nicht ganz andere Sachen im Kopf gehabt hätte. Bald holten wir den Boden wieder ein, der nun gegen unsere Füße drückte. Drücker brach zusammen. Ich erhielt von der Wand einen Stoß gegen den Rücken. Inzwischen hatten Faun und ich uns damit abgefunden, dass wir uns in einem menschlichen Beförderungsmittel befanden, aber Drücker hatte völlig die Orientierung verloren und erbrach sich geräuschvoll.

»Um Himmels willen«, sagte John und drückte auf einen anderen Knopf.

Eine Klappe öffnete sich, und eine kleine Maschine rollte heraus, die direkt auf Drückers Gesicht zuhielt, der immer noch am Boden lag. Er schrie in panischer Angst und rappelte sich hastig auf. Mit gierigen Sauggeräuschen schluckte die Maschine die Bescherung, die Drücker hinterlassen hatte, drehte sich einmal im Kreis, auf der Suche nach mehr, und huschte dann gesättigt zurück hinter ihre Klappe. Die Geschmäcker sind eben verschieden.

»Bäh«, sagte Faun. »Reiß dich gefälligst zusammen, Drücker!«

Dann wurden wir alle zu einem plötzlichen Lauf quer durch den Raum gezwungen, bis wir die gegenüberliegende Wand erreicht hatten. Das Beförderungsmittel hatte angehalten. Die Tür ging auf. John führte uns in eine riesige Höhle voller Glas. Drücker und Faun starrten mit offenem Mund zum gewölbten Dach hoch oben hinauf. Ich wünschte, sie hätten aufgehört, so hemmungslos zu staunen. Das verschaffte John alle möglichen Vorteile.

»Toll!«, sagte Drücker. »Schaut euch diese lange Sonne an.« Er meinte die streifenförmige Deckenbeleuchtung, die sich in die Ferne davonschlängelte.

»Das hier ist Stollen eins«, sagte John und zeigte in die Höhle. »Die Maschine, die wir Sternennase nennen, ist ganz hinten im Tunnel und gräbt sich immer weiter. Sehen Sie das Förderband an der anderen Wand? Sternennase ist eine mit Nuklearenergie betriebene Komplett-Bergbaumaschine. Sie folgt automatisch den ertragreichsten Adern, baut das Erz ab, schmilzt es und drückt den Abfall wieder gegen die Tunnelwand, während sie die Barren über das Förderband hierherschickt. Wir selbst müssen gar nichts tun. Wirklich gar nichts.«

Das war an der entspannten Haltung der unterschiedlichen Menschen zu erkennen. Es war die eigenartige, typisch menschliche Mischung von Männern und Frauen, die herumspazierten, miteinander plauderten, gelegentlich einen Blick auf Instrumente warfen, aber alles ohne wirkliches Interesse. Es hätte eine sehr beruhigende Szene sein können, wenn da nicht das mächtige Dach gewesen wäre, das aussah, als könnte es jeden Moment einstürzen.

»Was passiert mit all den Tunneln, wenn die Menschen eines Tages nicht mehr hier sind?«, fragte Faun.

John reagierte verblüfft auf die Frage. »Was damit passiert? Ich vermute, dass sie einfach bleiben, wo sie sind. Dann können Sie sie benutzen.«

»Wir wollen sie aber nicht. Sie haben keinen Nutzen für uns.«

»Machen Sie sich deswegen keine Sorgen. Sie werden schon lange tot sein, wenn wir diesen Planeten verlassen, Mädchen.«

»Aber nicht meine Nachkommen.« Faun drehte sich zu mir um. »Ich finde, wenn die Menschen gehen, sollten sie alles so hinterlassen, wie es vorher war, Hardy. Vielleicht wollen unsere Nachkommen keine großen Löcher im Boden.«

»Von oben sind sie gar nicht zu sehen«, sagte John. »Wir können die Kuppeln planieren und den Boden neu bepflanzen. Nach ein paar Generationen hat Ihr Volk vergessen, dass es diese Tunnel jemals gegeben hat.«

»Vergessen? Wie könnten wir es vergessen? Meine Nachfahren werden sich an jedes einzelne Wort dieses Gesprächs erinnern.«

John starrte sie an. »Stimmt, natürlich. Tut mir leid, Mädchen, das hatte ich vergessen. Aber wenn es für Sie von so großer Bedeutung ist, werde ich mit Mrs. Frogatt darüber sprechen. Sind Sie jetzt zufrieden?«

»Wer ist Mrs. Frogatt?«

»Sie leitet den ganzen Laden hier«, sagte er. »Und jetzt hüpfen Sie bitte auf das Förderband, damit wir einen Blick auf Sternennase werfen können.«

Es dauerte einen Moment, bis wir Drücker überzeugt hatten, der immer noch unter dem Schock stand, den die erste Transportmethode ihm versetzt hatte. Beschämt über den schlechten Eindruck, den wir bei den Menschen machen mussten, schnappte ich ihn mir schließlich und warf ihn aufs Förderband. Faun setzte sich auf ihn, und schon waren wir unterwegs, und die glasigen Wände glitten an uns vorbei.

»An dieser Wand fährt das Band leer nach unten«, erklärte John, »und an der anderen kommt es voll mit Metallbarren wieder hoch. Beeindruckend, was?«

Das war es, aber die Demonstration menschlicher Effizienz sollte schon bald ein Ende finden. Ein Mann rannte hinter uns auf dem Förderband entlang. Er war klein, etwa so groß wie ich, aber sehr fett und außer Atem. Eine Jagd hätte er keinen halben Tag lang überstanden. »Probleme, John«, keuchte er. »Vielleicht brauche ich deine Hilfe.«

»Das Übliche?«

»Sieht so aus.«

Wenig später ruckelte das Förderband auf beunruhigende Weise, und ich bemerkte, dass das zurücklaufende Band auf der anderen Seite des Tunnels leer war. Dann blieben beide Bänder schlagartig stehen. Wir stiegen hinunter und folgten den beiden hastig loslaufenden Menschen. »Vergessen Sie nicht, was ich gesagt habe!«, rief John über die Schulter zurück. »Keine Alleingänge!«

Als wir sie wieder eingeholt hatten, standen sie in einer Gruppe neben einem großen unordentlichen Haufen aus glänzenden rechteckigen Barren, von denen jeder die Größe eines ausgewachsenen Menschen hatte. Der dicke Mann war wütend.

»Also gut«, rief er. »Was, zum Teufel, ist diesmal passiert?«

Die anderen sechs Menschen wirkten völlig unbesorgt. »Ach, du weißt doch, wie das ist, Cal«, sagte eine Frau gelassen. »Ich vermute, ein paar Barren sind runtergerutscht, und niemand hat es auf dem Monitor gesehen. Als Nächstes bringen sie das Band zum Stocken und landen alle auf einem Haufen.« Sie hielt inne, um sich nachdenklich am Ohr zu kratzen. »Wenn das lange genug passiert … nun ja, du siehst ja, was dann passiert. Ein verdammt großer Haufen.«

Wäre ich an Cals Stelle gewesen, hätte ich vermutlich gewalttätig reagiert. Er jedoch schien sich wieder etwas zu beruhigen. »Und eine verdammt lange Zeit, in der niemand auf den Monitor geachtet hat.«

»Das kannst du laut sagen.«

»Also gut. Wo sind sie?«

»Wo ist wer?«

»Das wisst ihr ganz genau.« Cal sah die anderen fragend an. Sie blickten ausdruckslos zurück. Dann zuckte er die Achseln und wandte sich an John. »Diese Trottel werden uns nicht weiterhelfen. Sie sind völlig planlos. Du kommst mit mir.« Zu den anderen sagte er: »Wenn ihr einen halben Kilometer zurücklauft, findet ihr einen Gabelstapler. Fangt an, die Barren wieder auf das Förderband zu laden, ja?«

Er und John wichen dem Haufen aus und setzten ihren Weg durch den Tunnel fort. Drücker, Faun und ich trotteten hinterher. Die Besichtigungstour wurde viel interessanter, als wir erwartet hatten. Bald erreichten wir eine Öffnung, die in die Wand aus glasiertem Fels gehauen war. Dahinter verlief ein Tunnel, der gerade hoch genug war, dass ich darin aufrecht hätte gehen können.

»Da wären wir«, sagte Cal. »Das ist unser Problem.« Wir hasteten am dunklen Loch vorbei und gelangten wenig später zu einer flachen Metallwand, die den Tunnel vollständig blockierte. Im unteren Bereich gab es Knöpfe, Hebel und helle quadratische Bildschirme.

Vor dieser Wand lümmelten drei Lorin.

Sie beobachteten ohne Gemütsregung, wie wir näher kamen – aber wer kann schon die Mimik ihrer pelzigen Gesichter lesen? Manche Leute behaupten, sie könnten es, aber ich bezweifle es. Einer trug ein kleines Fischernetz, in dem sich reife Gelbbälle befanden. Sie alle hatten vom Obst gegessen, denn der Saft war ihnen aus dem Mund und über das fliehende Kinn gelaufen.

»Eines Tages«, sagte Cal, »werde ich dieser Sache auf den Grund gehen.«

»Haben unsere Leute von diesen Früchten gegessen?«, fragte John. »Vielleicht sind sie deswegen so.«

»Die Früchte sind harmlos«, sagte Cal. »Das Problem sind die gottverdammten Lorin selbst. Einfach, weil sie da sind. Das scheint unsere Leute völlig durcheinanderzubringen. Und nicht nur die da hinten. Sondern uns alle. Wenn die Lorin in der Nähe sind, scheint die Zeit wie im Fluge zu vergehen. Wir merken erst, dass etwas schiefgegangen ist, wenn wir einen Ausdruck mit den Produktionszahlen in der Hand halten. In letzter Zeit waren die Zahlen sehr schlecht. Besorgniserregend schlecht. Wir schaffen nicht einmal unser Minimalsoll, John.«

John griff behutsam nach dem Arm eines Lorin. »Kommt mit, Jungs«, sagte er. »Raus hier.«

Der Lorin ließ sich langsam zu Boden sinken und seufzte auf typische Lorin-Art.

»Ich werde es machen«, meldete ich mich freiwillig. »Ich kenne mich mit ihnen aus.«

»Gerne.«

Ich sammelte meine Gedanken, näherte mich den Geschöpfen und sagte ruhig: »Sie wollen euch hier nicht haben. Bitte geht.«

Ich spürte Widerstand. Runde graue Augen sahen mich ernst an.

»Nein«, sagte ich. »Ihr müsst wirklich gehen.«

Der eine am Boden erhob sich, die anderen beiden setzten sich schlurfend in Bewegung, und dann watschelten alle drei mit gesenktem Kopf in einer Reihe zum Loch in der Wand hinüber.

»Sind Sie telepathisch begabt oder so was?«, fragte John.

»Nein. Ich verstehe sie nur. Das ist eine Gabe.« Ich hatte meine Affinität zu den Lorin im Alter von neun Jahren entdeckt. »Nicht jeder von uns hat sie, aber ich glaube, alle Stilk in meiner männlichen Linie.«

»Ich habe sie auch«, sagte Drücker stolz.

»Wie, zum Teufel, können sie sich einfach so durch Felsen graben?«, fragte Cal.

»Ich weiß es nicht. Wir wissen überhaupt sehr wenig über die Lorin. Sie gehen ihren eigenen Angelegenheiten nach, und wir kümmern uns um unsere. Unsere Wege kreuzen sich nur selten.«

»Sind Sie überhaupt nicht wissbegierig?«

Das war schwer zu erklären. Die Lorin sind einfach ein Teil der natürlichen Umwelt, so dass es sinnlos wäre, ihre Existenz in Frage zu stellen. Sie sind genauso da wie Phu und Rax. »Irgendwo tief in unseren Erinnerungen könnte es eine Antwort auf diese Frage geben, aber es würde zu lange dauern, sie auszugraben. Warum sollten wir uns die Mühe machen?«

Er sah mich mit einem seltsamen Gesichtsausdruck an. »Ihr Kerle seid leichte Beute«, sagte er.

Es war ein schlecht gelauntes Verhandlungsteam, das sich etwas später neben dem Motorwagen versammelte.

»Verfrorene Egoisten«, knurrte Onkel Borst.

»Mister McNeil hat uns vorgewarnt«, gab Vater zu bedenken.

»Wird es dadurch besser? Die Sache ist doch die, dass diese verfrorenen Menschen hier im Luxus schwelgen, während der Rest der Welt verhungert!«

»Nun, eigentlich waren wir nicht allzu sehr um den Rest der Welt besorgt«, sagte Vater vorsichtig. »Diese Verhandlungen haben wir ausschließlich zum Wohl der Bewohner von Yam geführt.«

»Direktive der Nichteinmischung«, quäkte Onkel Borst mit Falsettstimme, offenbar in Nachahmung eines Menschen, der an den Verhandlungen teilgenommen hatte. »Ich nenne es Mord! Genozid, nicht mehr und nicht weniger. Und wenn wir alle tot sind, bekommen sie unsere Welt ganz umsonst!«

»Es war auch nicht gerade hilfreich, dass du ihnen diesen Vorwurf an den Kopf geschleudert hast, Borst. Ist dir nicht aufgefallen, dass sie sehr empfindlich auf das Thema Genozid reagieren?«

»Das sollten sie auch! Also gut«, sagte er und schwang sich auf den Motorwagen, »meinetwegen können sie verfrieren. Wir brauchen ihre Almosen nicht. Die Binnenlandbewohner werden es allein schaffen.«

»Und die Küstenbewohner«, fügte ich unklugerweise hinzu.

»Küstenbewohner!« Wenigstens bei dieser Gelegenheit ließ er sich dazu herab, meine Anwesenheit zur Kenntnis zu nehmen. »Meinetwegen können alle Küstenbewohner zum Rax gehen!« Er beugte sich aus dem Motorwagen und sah meinen Vater mit finsterer Miene an. »Und noch etwas, Bruno. Es hat mir sehr missfallen, als ich hörte, dass du diesen Motorwagen benutzt hast, um Noss einen Besuch abzustatten.«

»Du hast mir doch die Genehmigung erteilt. Weißt du das nicht mehr?«

»Die Flundern um Almosen anzubetteln, als wären wir zu dumm, uns selbst zu ernähren! Ich sage dir, so etwas lasse ich nicht zu!«

»Halt die Klappe, Borst«, sagte Vater schroff in einem seiner seltenen Wutanfälle. »Du machst dich gerade lächerlich.«

Onkel Borst starrte ihn längere Zeit durch zusammengekniffene Augenlider an. Dann riss er sich zusammen und wechselte das Thema. »Wenn ihr nicht zurückbleiben wollt, solltet ihr lieber aufsteigen«, schnappte er.

Wanda meldete sich zum ersten Mal zu Wort. »Du hast doch nicht wirklich vor, jetzt noch aufzubrechen, oder?«

»Warum nicht?«

»Es wird bald dunkel sein.«

»Ich werde diese verfrorenen Kerle nicht bitten, uns zu beherbergen, nachdem sie uns so behandelt haben. Auf gar keinen Fall!«

Gehorsam bestiegen wir den Motorwagen. Für Sie ist das vielleicht schwer zu verstehen, aber die Sache war so: Onkel Borst war der Hauptmann, und seine Erinnerung überstieg die von allen anderen. Wenn er auf seine Autorität pochte, konnte keiner von uns etwas machen, nicht einmal Wanda. Schweigend nahm er seinen Platz hinter dem Lenker ein, und genauso schweigend drehte Vater am Dampfregler. Dann schnauften wir aus der Kuppel in die kühle Winterluft hinaus, und unser Atem war wieder wie Dampf.

Wir hatten kaum das Moor hinter uns gelassen, als wir anhalten und die Lampen entzünden mussten. Dunkelheit legte sich über uns, als wir erneut losfuhren, auf der Bodenplatte zusammengekauert, während der Motorwagen sich ratternd und klappernd durch die ausgefahrene Spur pflügte. Der Lenker ruckte in Onkel Borsts Händen hin und her. Wir ließen die Tür zur Brennkammer ein Stück offenstehen, damit wir es wärmer hatten, was jedoch bedeutete, dass wir mehr Brennstoff verbrauchten, aber ich hatte bereits berechnet, dass wir mehr als genug für diese Reise dabeihatten. Im hinteren Bereich der Kabine war Kordholz gestapelt, und es war auch ein Kanister mit Destill da. Der Sicherheitpapagei schnalzte zufrieden in seinem Flechtkorb vor sich hin, aber diese Vögel schienen sich in jeder Situation wohlzufühlen. Die Gefahr ging eher von Onkel Borst und seinen mangelhaften Fahrkünsten aus. Als wir durch die uralten Steinsäulen am Rand des Moores fuhren, war ein grässliches Schrammen von Metall auf Granit zu hören, und der Motorwagen wurde heftig hin und her geworfen. Wir donnerten durch einen Wald aus Anemomenbäumen, deren bleiche Äste sich vor dem matten Licht unserer Lampen zurückzogen.

»Nicht so schnell, Borst«, rief Vater.

Onkel Borst bewegte ständig die Lippen. Er betete. »Möge der Große Lox uns sicher auf unserem Weg führen, uns winzige Geschöpfe in den Weiten dieser kalten Welt …« Ich hörte sein leises Gemurmel vor den Hintergrundgeräuschen des klappernden und zischenden Motorwagens.

Wanda bemerkte bissig: »Wir verlassen uns darauf, dass *du* uns sicher auf unserem Weg führst, Borst. Spar dir die Gebete bitte für den Tempel auf.«

»Möchtest du, dass ich für eine Weile übernehme?«, fragte Vater vorsichtig. »Du sitzt schon recht lange am Lenker.«

Onkel Borst antwortete nicht. Er war zweifellos mitten in einer komplizierten Ermahnung und hatte Angst, sie abzubrechen, um den Großen Lox nicht zu beleidigen. Sein Gesicht war bleich, wahrscheinlich vor Furcht, aber er wahrte seine unerschütterliche Haltung, die Beine fest auf die Bodenplatte gedrückt, den Blick geradeaus gerichtet, mit jedem Zoll ein Hauptmann. Es war nur eine Pose, aber damit hätte er jeden getäuscht, der ihn nicht gut genug kannte.

Plötzlich tobte er, als er offenbar mit dem Gebet fertig war. »Wir hätten diese verfrorene Reise gar nicht unternehmen müssen, wenn du dich vernünftig um die Feldfrüchte gekümmert hättest, Wanda!«

Diese Bemerkung war überflüssig. Wir blickten ihn erstaunt an. Ich hörte, wie Vater wiederholte: »Fahr langsamer, Borst, alter Kumpel.«

»Und auch du solltest dein verfrorenes Maul halten, Bruno!«, schrie er.

Vater erhob sich, hielt sich an einem Griff fest, während der Motorwagen heftig schaukelte, nahm sich einen dicken Pelz, warf ihn Onkel Borst um die Schultern und zog ihn fest um seinen Körper. Der Lenker befand sich im hinteren Bereich der Kabine, so dass Onkel Borst weiter von der Brennkammer entfernt war als wir anderen. Kälte bringt Furcht, und Furcht bringt Irrationalität.

Wir zockelten weiter dahin, im matten Schein der Lampen und im schwachen kalten Licht von Rax.

»Ich kann die Straße nicht sehen, wenn die Klappe zur Brennkammer offensteht!«, brüllte Onkel Borst, als wollte er sich für irgendetwas rechtfertigen. »Macht sie zu, um Phus willen!«

Mit dem Fuß schob ich die Klappe zu und legte den Riegel vor. Die Bodenplatte wurde sofort eiskalt. Wir kauerten uns enger zusammen. Fauns Körper drückte sich weich gegen meinen. Es heißt, dass sich kurz vor dem Erfrierungstod ein starker Sexualtrieb bemerkbar macht. Wahrscheinlich hat es etwas damit zu tun, die Art zu erhalten, bevor es zu spät dazu ist. Ich spürte ein Verlangen nach Fauns Körper. Ich hoffte sehr, dass ich noch nicht starb.

Dann folgte ein gewaltiger Ruck, der mich auf die Bodenplatte warf. Gleichzeitig war ein scharfes metallisches Knacken und ein Warnruf von Onkel Borst zu hören. Faun lag auf mir, ihr Pelzumhang umhüllte mich, und ihre entzückenden kleinen Brüste drückten angenehm gegen mein Gesicht. Aber ich war viel zu ängstlich, um diesen Moment genießen zu können, und schob sie von mir weg, um mich aufzurappeln.

»Rax!«, rief Vater. »Dieses Geräusch hat mir gar nicht gefallen.«

Ich hörte, wie Wanda schockiert vor sich hin winselte. Drücker jammerte. Onkel Borst war beunruhigend still.

Der Motorwagen neigte sich in einem unangenehmen Winkel. Die Kälte umschloss uns von allen Seiten. Rax beobachtete uns mit einem gierigen Auge.

Zwischen den Erwachsenen brach ein heftiger Streit aus. Für sie schien es am wichtigsten zu sein, die Schuldanteile korrekt zuzuweisen. Unsere Notlage musste hinter der Suche nach der Wahrheit zurücktreten.

Für mich nahm die Möglichkeit, dass der Motorwagen Schaden genommen haben könnte, einen höheren Stellenwert ein. Dieses Knacken hatte gefährlich geklungen, wie ein Achsenbruch oder etwas ähnlich Wichtiges. Ich sagte zu Faun: »Ich werde mir die Sache mal ansehen.«

»Nein! Du wirst da draußen erfrieren!« Sie hielt mich am Arm fest und zerrte mich zur Brennkammer.

»Es muss schnell passieren, bevor die Bäume neugierig werden.« Ich löste mich von ihr, nahm mir einen warmen Ziegelstein von der schiefen Bodenplatte, hüllte mich gut in meinen Umhang und stieg aus. Erfrorene Vegetation knirschte unter meinen Füßen, und die Zweige der Anemonenbäume wanden sich gierig in der Nähe. Sie glitzerten geisterhaft im Raxlicht und wurden durch die Wärme angelockt. Ein Funkenregen stieg vom Gestänge auf und weckte das Bindekraut unter dem Motorwagen. Ich ging zur Vorderseite der Maschine, jeder Schritt eine große Anstrengung, während sich die Kälte in meinen Körper biss und die Furcht größer wurde.

Nur Phu wusste, wie sehr ich mich danach sehnte, in die Wärme der Kabine zurückzukehren. Ich zwang mich dazu, eine Lampe aus der Halterung zu nehmen, mich zu bücken und den

Ziegelstein an die Brust zu drücken, um unter die Antriebswelle zu blicken. Überraschung! Die Achse war noch in einem Stück, und die schwere Lenkkette war nicht gerissen, Phu sei Dank. Warum also stand der Motorwagen so schief? Ich beleuchtete die Lager und schlug einen Anemonententakel weg, der sich um meinen Hals schlingen wollte, ohne auf die Kälte zu achten, die durch meine Füße hinaufkroch. Dann entdeckte ich die Ursache unseres Problems.

Die schwere Feder über dem rechten Lager war gebrochen. Metallsplitter lagen auf dem Boden verstreut. Die Karosserie lag direkt auf der Achse.

Heute Nacht würde der Motorwagen nirgendwohin mehr fahren.

Ich eilte zurück in die Kabine. Faun schloss mich in die Arme, und ich spürte ihre feuchten Tränen an meinem Gesicht. In gewisser Weise fühlte ich mich geschmeichelt, aber im Augenblick gab es wichtigere Dinge für mich. Ich wandte mich an die Erwachsenen, die immer noch mit der Wahrheitssuche beschäftigt waren.

»Die rechte vordere Feder ist gebrochen«, sagte ich.

Sie unterbrachen ihre hitzige Debatte.

»Ein solches Urteil steht nur mir zu«, sagte Onkel Borst schroff. »Meine Vermutung lautet, dass das Rad in ein Grunzerloch geraten ist. Wir werden es heraushebeln und zurücksetzen.«

Vater schien sich immer größere Sorgen zu machen. »Du warst da und hast nachgesehen, Hardy? Während wir hier diskutiert haben? Bei Phu, er hat mehr Mumm als wir alle zusammen, Borst. Gut gemacht, Hardy!«

»Du verlässt dich in einer solchen Angelegenheit auf das Wort eines Kindes, Bruno? Ich werde es nicht tun. Nicht in tausend Wintern!«

»Dann geh raus und sieh selber nach!«

Inzwischen hatten sich alle Anemonenbäume in der Nähe zu uns herabgebeugt. Ihre Wedel griffen in die Kabine und streichelten den Kessel. Bindekraut würde an den Rädern heraufkriechen. Wir stellten eine kleine gemäßigte Zone inmitten einer erfrorenen Welt dar. Onkel Borst musterte ausdruckslos das Geflecht der Wedel. Sein Gesicht zeigte immer noch die Maske des entschlossenen Anführers. Ich wusste, was er dachte. Es würde einige Zeit dauern, sich nach draußen zur Vorderseite des Motorwagens durchzukämpfen. Möglicherweise zu lange … Vielleicht wäre es besser, die Behauptung dieses jungen Emporkömmlings zu glauben.

»Bist du dir ganz sicher?«, fragte er mich und starrte auf eine Stelle, wo mein Gesicht wäre, wenn ich zwei Handbreit größer wäre.

»Er ist sich sicher«, sagte Vater.

»Nun, in diesem Fall …«

»Wir stecken hier fest«, sagte Wanda mit zitternder Stimme.

Drücker tauchte wieder aus der Versenkung auf. »Wir werden sterben!«

»Wir werden bis zur Morgendämmerung warten und dann Hilfe holen«, sagte Borst, ohne auf die deutlich realistischere Einschätzung der Lage einzugehen, die sein Sohn abgegeben hatte.

»Wir haben nicht genug Brennstoff«, gab Vater zu bedenken.

»Haben wir doch.«

»Haben wir nicht.«

»Haben wir doch.«

»Wir hatten genug für die Reise. Aber wir haben nicht genug, wenn wir das Feuer die ganze Nacht lang brennen lassen wollen, Borst.«

»Werden wir sterben, Vater?«, wimmerte Drücker. »Werden wir sterben?«

»Ich werde den Papagei losschicken«, sagte Vater.

»Was hätten wir davon?«

»Wahrscheinlich nichts. Aber man weiß ja nie.« Er öffnete den Käfig und ergriff den silbrigen Vogel mit seiner großen Faust, um dann in die kleinen Knopfaugen zu starren. »Hilfe«, sagte er. »Hilfe, Bruno. Wiederholen!«

»Hilfe Bruno«, krächzte der Vogel.

»Dann nichts wie los.« Er warf den Papagei in die Luft. Er flatterte einmal um die Kabine herum, im Widerschein aus der Brennkammer rötlich schimmernd, und verschwand dann in der Finsternis, nachdem er mühelos einem ungeschickten Anemonenwedel ausgewichen war. »Man weiß nie. Mister McNeil könnte in Yam sein. Er weiß, welche Route wir genommen haben. Er kann mit der Devon-Station Kontakt aufnehmen und veranlassen, dass man von dort ein Fahrzeug losschickt, das nach uns sucht.«

»Falls er in Yam ist«, sagte Onkel skeptisch.

Die Muskeln an Vaters Unterkiefer spannten sich an, was immer ein schlechtes Zeichen war. Er sah seinen Bruder an, sagte aber nichts.

Wanda nahm es als Stichwort. »Und was jetzt, Borst?«

»Was werden wir tun, Vater?«, jammerte Drücker.

Faun nahm meine Hand. Borst warf einen großen Scheit in die Brennkammer.

Die Nacht wurde tiefer.

Wir hatten unsere Hoffnungen in den Papagei und die menschliche Technik gesetzt. Es waren keine großen Hoffnungen, aber immerhin etwas. Wir hatten die Brennkammer geöffnet, und Vater fütterte das Feuer widerwillig mit Holz. Er dosierte es so, dass es warm glühte, aber gerade ausreichte, uns vor dem Wahnsinn zu bewahren.

Es hatte bereits ein subtiles Gerangel um einen Platz möglichst nahe am Feuer begonnen. Drücker, der Kleinste von uns, war eindeutig auf der Verliererseite. Als Nächste wäre Faun dran, dann Wanda. Die soziale Stellung war ohne Bedeutung, wenn es um Leben oder Tod ging. Rax würde uns jeden Rest von Verstand austreiben, bis wir zu Tieren wurden, die nur ums Überleben kämpften. Rechtmäßig sollte ich hinter Wanda stehen, aber Vater würde mich wahrscheinlich beschützen.

Was bedeutete, dass Vater und Onkel Borst den Kampf austragen würden, vermutlich schon zu einem frühen Zeitpunkt, vielleicht bevor Faun durchdrehte, aber auf jeden Fall nachdem Drücker aus dem Rennen war. Ich sah keine Anzeichen, dass Onkel Borst in irgendeiner Weise um Drückers Leben kämpfen würde.

Ich erschauderte. Ich wünschte, ich wäre woanders. Ich ging meine Erinnerungen durch und suchte nach etwas Angenehmem, das intensiv genug war, um die Gegenwart auszublenden. Einen der guten Sternenträume.

Braune Augen blickten in meine. »Talis«, sagte sie, »Noss Talis. Ich weiß, dass es ein ungewöhnlicher Name ist, aber der Grund ist das hier.« Sie griff in den Halsausschnitt ihres Kleides und zog an einer dünnen Schnur einen Kristall hervor ...

Vaters Stimme rüttelte mich wach. »Geh zur Seite, Borst! Ich komme nicht mehr ans Feuer, um nachzulegen.« Die braunen Augen verblassten, und der gegenwärtige Alptraum war wieder da.

Die untere Kante der Öffnung der Brennkammer lag etwa in der Höhe von Onkel Borsts Knien, die obere in der seiner Hüften, und sie war nur ein wenig breiter als seine Taille. Als Vater gegangen war, um ein neues Stück Holz zu holen, war er näher herangerückt, bis wir anderen nur noch einen winzigen Spalt aus Wärme zwischen dem Rand der Öffnung und seinem massiven Körper sahen. Aber wir beklagten uns nicht. In einer solchen Situation musste man sehr vorsichtig sein. Allzu leicht konnte man etwas Falsches sagen.

Vater sagte es. »Geh zur Seite!«, wiederholte er in schärferer Stimmlage.

»Wirfst du mir vor, ich würde das Feuer für mich allein beanspruchen?«

»Nein. Ich möchte nur etwas Holz nachlegen.«

»Nimm Destill!« Onkel Borst zeigte auf den Einfülltrichter für die Brenner, dann streckte er die Hände durch die Öffnung in die Brennkammer. Ich hörte, wie Wanda zu murmeln anfing.

Drücker wimmerte irgendwo hinter mir. Faun hatte sich gegen die Wand des Kessels gedrückt, der bedauerlicherweise gut isoliert war.

»Ich will kein Destill benutzen«, sagte Vater in vernünftigem Tonfall, »weil wir nur einen Kanister davon haben, den wir vielleicht für … andere Zwecke brauchen werden.«

»Was für andere Zwecke, um Phus willen?«

»Vor neun Generationen war unser damaliger Vorfahr in die gleiche Notlage geraten. Ein Rad war gebrochen.«

»Daran erinnere ich mich!«, rief Onkel Borst wütend, als wäre seine Erinnerungsfähigkeit in Frage gestellt worden. Das galt in unserer Gesellschaft als sehr unhöflich, aber wir alle verhielten uns immer ungewöhnlicher.

»Dann erinnerst du dich bestimmt auch, was er getan hat. Nachdem er entschieden hatte, dass die Lage hoffnungslos ist, hat er Destill getrunken, bis er besinnungslos neben dem Kessel einschlief. Dort fand man ihn am folgenden Tag.«

»Vermutlich tot.«

»Natürlich nicht, um Phus willen! Du und ich wären jetzt nicht hier, wenn er gestorben wäre, Borst! Ich habe es in einem Sternentraum gesehen. Es passierte, bevor er seinen Sohn zeugte!« Jetzt war Vater wütend. Mit Dummköpfen verlor er schnell die Geduld. »Er war schwer krank, aber er überlebte. Und das Wichtigste war: Er entging dem Wahnsinn. Rax hatte nicht Besitz von ihm ergriffen, weil er viel zu betrunken war, um die Kälte und die Furcht zu spüren. Verstehst du? Deshalb heben wir uns das Destill auf. Also tritt zur Seite, damit ich mich um das Feuer kümmern kann!«

Das ist der Grund, warum Führungsrollen an das Erinnerungsvermögen geknüpft sind. Es ist genauso wertvoll wie persönliche Erfahrungen. Onkel Borst trat murmelnd zurück. Drücker heulte auf, als sein Vater ihm auf die Zehen trat.

Nach einiger Zeit wurde das Gerangel vor der Brennkammer immer direkter. Plötzlich verlangte Borst von Vater, dass er ein stärkeres Feuer machen sollte. »Wenn wir schon sterben müssen, wollen wir es dabei wenigstens bequem haben!«, lautete seine unlogische Forderung.

Vater blieb nichts anderes übrig, als zu gehorchen. Er hatte bereits Pelze vor die Öffnungen der Kabine gehängt, und bald wurde es drückend heiß. Der Kesseldruck stieg. Unsere Furcht ließ nach und wurde durch dumpfe Hoffnungslosigkeit ersetzt. Von Zeit zu Zeit schraubte Onkel Borst den Destillkanister auf und nahm einen kräftigen Schluck. Schon bald stand er wankend auf der Bodenplatte und brüllte zusammenhanglose Gebete.

»Bleib ruhig, Borst«, sagte Vater und griff nach seinem Arm, als er in Richtung der tosenden Flammen stolperte.

Onkel Borst fuhr herum, und sein Gesicht glühte rot im Widerschein. »Ja, du würdest mich gern verraten, nicht wahr, du verfrorener Kerl? Du wolltest schon immer der Hauptmann sein. Es muss eine schwere Enttäuschung für dich gewesen sein, als ich geboren wurde!«

»Um Phus willen, Borst«, murmelte Vater. »Damals war ich gerade zwei Jahre alt.«

Onkel Borst starrte ihn wortlos an, dann wirbelte er herum, strauchelte und stürzte. Dabei schlug sein Kopf mit einem dumpfen Knall auf die Bodenplatte. Danach rührte er sich nicht mehr. Vater ging neben ihm in die Knie und hob behutsam seinen Kopf an.

»Er hat sich selbst ausgeknockt, der arme verfrorene Idiot.« Er packte Onkel Borst unter den Achseln, schleifte ihn zum Kessel und setzte ihn dagegen. Dann wandte er sich an Wanda. »Jetzt hast du das Kommando«, sagte er knapp.

Unsere Hauptfrau lächelte verbittert. »Jetzt ist nicht der richtige Zeitpunkt für Nettigkeiten. Du hast mehr Erinnerungen als ich, Bruno. Du übernimmst die Führung.«

Es stimmte, Vater hatte tatsächlich mehr Erfahrung. »Na gut«, sagte er. »Wir lassen das Feuer möglichst schwach brennen, wie vorher. Und wenn die Kälte richtig zubeißt, werden wir das Destill trinken. Und möge der Große Lox uns für den Rest dieser Nacht beschützen.«

»Und für den nächsten Tag«, fügte Wanda hinzu. »Bis jemand kommt.«

Es folgte eine längere Schweigepause. Selbst wenn wir die Nacht überstanden, würden wir einen Wintertag nicht überleben.

Drücker sprach als Erster. »Äh … äh … Bruno …«

»Ja, Drücker?«

»Schau mal!« Seine Wangen waren feucht. Er hatte seit einiger Zeit geweint, während er vor einem Dilemma stand, weil er seinem Vater gegenüber nicht illoyal sein wollte.

Er zeigte auf den Destillkanister, der auf die Seite gefallen war, als Borst ihn hatte fallen lassen. Der Behälter lag in einer Pfütze.

Vater schüttelte ihn. »Er ist fast leer«, sagte er seufzend.

Aber der böse Planet Rax war noch nicht mit uns fertig. »Da oben«, sagte Faun plötzlich. »Ist das nicht …?« Sie konnte nicht weitersprechen.

Auf dem Kessel hockte der Papagei.

»Er ist gar nicht nach Yam geflogen«, murmelte Wanda. »Der verfrorene Vogel hat nur ein paar Kreise gedreht und ist dann zurückgekommen!«

»Selbst für einen Papagei ist es zu kalt«, sagte Vater.

Der Vogel legte den Kopf schief und blickte auf uns herab, ein bleicher Geist vor der schwarzen Finsternis.

»Hilfe Bruno!«, krächzte er.

Ich versuchte mich in die Realität eines Sternentraums zu flüchten, aber dazu braucht man Ruhe und nach Möglichkeit eine Pfeife mit Hatsch. Schließlich döste ich ein und hatte einen Alptraum, in dem Eisungeheuer vorkamen.

Dann hörte ich über dem stetigen Scharren der Anemonen das Knarren von Rädern und das Grunzen von Lox. Ich war schlagartig hellwach.

»Jemand kommt!«, rief ich.

»Schlaf weiter, Hardy«, sagte Vater träge. Er dachte, ich hätte es geträumt. Manchmal verliert er zu schnell den Mut.

»Nein, wirklich. Ich höre einen Karren. Sperr die Ohren auf!«

Jetzt horchten alle auf – abgesehen von Onkel Borst.

»Du hast Recht«, sagte Drücker erfreut. »Wir sind gerettet!«

Vater zog an der Leine, und der schrille Ton der Pfeife des Motorwagens zerschnitt die Nachtluft. Die Anemonen drängten sich inzwischen so dicht um uns, dass man uns leicht übersehen konnte. Wieder ertönte die Pfeife, um kurz darauf röchelnd zu verstummen, weil kein Dampf mehr im Kessel war.

Wir alle schrien: »Hierher! Hierher!« Mit den Schürhaken schlugen wir gegen die Wände der Kabine. Wir machten so viel Lärm, dass wir unseren Retter erst hörten, als ein Lox unmittelbar außerhalb der Kabine schnaufte.

»Das ist der Yam-Motorwagen, nicht wahr?«, kam ein Ruf aus der Dunkelheit.

»Wir haben eine gebrochene Feder«, antwortete Vater.

»Dazu habt ihr euch einen sehr schlechten Zeitpunkt und einen genauso schlechten Ort ausgesucht.«

»Kannst du uns hier rausholen?«

Der Unbekannte brüllte seine Lox an, die sich lautstark in Bewegung setzten und dabei die Anemonen zertrampelten. Ein Karren mit Verdeck ging längsseits, von einer Lampe im Innenraum geisterhaft erleuchtet. Hängende Felle wurden zur Seite gezogen, und ein rundes, fröhliches Gesicht lugte in unsere Kabine. »Ich kann sogar noch viel mehr tun«, sagte der Mann. »Ich kann eure Feder reparieren, wenn es bis morgen Zeit hat.«

»Das ist Smith«, sagte Wanda mit größerem Entzücken, als ich erwartet hätte. »Warum muss es ausgerechnet Smith sein?«, sagte sie leise zu Vater.

»Weil niemand sonst so dumm ist, in einer Winternacht unterwegs zu sein!«, rief Smith gönnerhaft. Offenbar hatte er ein gutes Gehör. »Abgesehen von euch, versteht sich. Ihr müsst fast erfroren sein. Kommt rüber! Ich werde den Ofen einheizen.«

Vater trug Onkel Borst wie ein Kind auf den Armen, und ich half Faun, die sich zum Schutz in einen Sternentraum zurückgezogen hatte – obwohl ich nicht wusste, wie sie das geschafft hatte. Wanda folgte als Letzte und murmelte mürrisch vor sich hin.

Wir fanden uns in einem großen Karren wieder, der mit zusammengenähten Fellen bedeckt war. Sie lagen auf Bögen, die hoch genug gespannt waren, um einen geräumigen Innenraum zu schaffen. Die Luft war warm und rauchgeschwängert. Sie wurde von einem glühenden Ofen geheizt, der in der Mitte aufgestellt war. Dahinter lag ein großer Haufen Kohle – ein seltener Anblick in dieser Gegend. Und auf der Vorderseite befand sich ein großer Haufen aus seltsam geformten Metallteilen. Und auf einem Haufen Felle hockte der Anlass für Wandas Missfallen.

Eine Frau.

Jeder hatte schon einmal von Smith und seiner Frau Smitha gehört. Sie sind lebende Legenden. Sie reisen zusammen, essen zusammen, schlafen zusammen. Sie leben zusammen. Das ist unnatürlich – zumindest dachte ich das zu diesem Zeitpunkt. Smith und Smitha sind nicht normal. Also glauben die Leute, dass sie wenigstens ein Stück weit dem Bösen zugeneigt sein müssen. Und plötzlich waren sie hier und hatten uns das Leben gerettet. Eine unangenehme Situation für Wanda.

Aber nicht für Vater. Er war kein Hauptmann, also musste er keine Urteile fällen und Exempel statuieren. Und man durfte nicht vergessen, dass er selbst eine ungesunde Beziehung zu Lenz unterhielt. Er hatte den schnarchenden Borst auf dem Boden abgelegt und war nun dabei, Smith eifrig zu umarmen. Als er damit fertig war, drückte er Smitha genauso innig, obwohl selbst seine langen Arme nicht ganz um ihren gewaltigen Körper herumreichten.

»Freut mich, euch zu sehen!«, tönte er.

Smitha hatte sich für die Umarmung aufgerappelt, und nun konnte ich an ihr vorbeischauen, bis zur Vorderseite des Karrens. Und ich hörte, wie Wanda zischend den Atem einsog.

Dort saß ein Lorin.

Er hockte auf einem Brett, das an der Wand des Karrens angebracht war, genauso wie ein Stilk, mit verschränkten Armen und übereinandergeschlagenen Beinen. Lorin sind großartige Nachahmer. Er beobachtete uns mit runden Augen.

Erstaunlicherweise ging Vater zu ihm hinüber, legte ihm eine Hand auf die Schulter und sagte: »Wie geht es dir, alter Freund?« Natürlich antwortete der Lorin nicht. Später wurde mir klar, dass Vater sich genauso verhielt, als hätte er das Haustier eines Bekannten begrüßt, aber in diesem unwirklichen Moment war es beinahe, als hätte er den Lorin wie eine gleichwertige Person behandelt. »Wo habt ihr euch denn das vergangene Jahr herumgetrieben?«, fragte er Smith, nachdem er sich auf einen Haufen Pelze gesetzt hatte.

»Ach, auf der üblichen Route. Überall in Erto, bis zu den Gelben Bergen. Tagsüber arbeiten, nachts reisen. Es wird immer leichter. Ich habe diese Lox jetzt seit drei oder vier Jahren, und inzwischen kennen sie den Weg. Und ich habe natürlich Wilt.« Er deutete auf den Lorin. Es war das erste Mal, dass ich einem Lorin begegnete, der einen Namen hatte. »Er hält die Lox auf Kurs, wenn sie auf Abwege geraten, während wir schlafen. Ich wüsste nicht, was ich ohne Wilt machen sollte.«

»Und Smitha«, sagte Smitha mit einem liebevollen Blick zu Smith. Ihr Name war in Wirklichkeit gar nicht Smitha, sondern Alika Pummel, aber sie hatte ihn geändert, als sie und Smith sich zusammengetan hatten. Es heißt, dass es beträchtliche Einwände gegeben hatte, weil man nicht einfach so seinen Namen ändert. Schließlich *ist* man, wie man heißt, nicht wahr? Also versuchten einige hartnäckige Leute, sie weiterhin Pummel zu nennen. Aber das haben sie höchstens einmal getan. Ein Hieb mit Smithas mächtigem Handrücken, und sie stellten fest, dass sie keine Probleme mehr damit hatten, ihren neuen Namen zu akzeptieren.

»Und Smitha«, bestätigte Smith. Er war kleiner als seine Frau, aber er hatte ungewöhnlich dicke und kräftige Arme.

Dann erzählten er und Vater sich gegenseitig Geschichten – etwas, das wir als Reminiszieren bezeichnen –, zum Teil persönliche Erlebnisse, zum Teil Episoden aus Sternenträumen, Streifzüge durch historische Generationen mit Augenblicken des Entzückens, wenn sie feststellten, dass sie das gleiche Ereignis aus unterschiedlichen Blickwinkeln ihrer Vorfahren beschreiben konnten. Wir anderen dösten, abgesehen von Wanda, die den beiden allein aus dem Grund – wie es schien – zuhörte, um gelegentlich bissige Kommentare einstreuen zu können.

Gegen Morgen wechselte das Gespräch zum Thema Menschen. Als die Felle über uns heller wurden, wachte ich richtig auf.

»Verfrorene Egoisten«, sagte Smith gerade ohne Bitterkeit, als Vater vom Scheitern unserer Expedition berichtete. »Aber vielleicht wären wir an ihrer Stelle genauso. Wer weiß? Nur weil sie uns ähnlich sehen, können wir nicht erwarten, dass sie uns wie Leute aus ihrem eigenen Volk behandeln.«

»Schon komisch, diese Ähnlichkeit«, sagte Vater. »Ich meine, sie hätten genauso gut wie Lorin aussehen können. Oder sogar wie Grunzer. Aber nein, sie sehen aus wie wir, nur größer. Ich habe mich oft gefragt, ob wir irgendwie von ihnen abstammen. Oder sie von uns.«

»Wohl kaum«, sagte Wanda. »Ich habe ihre Ankunft in einem Sternentraum gesehen. Unsere Welt war für sie völlig neu.«

»Also haben wir einfach nur eine sinnvolle, praktische Körpergestalt«, sagte Smith zufrieden. »Auch du, Smitha.«

Als Antwort bekam er ein ersticktes Schnarchen zu hören.

»Wie auch immer«, sagte Onkel Borst, der wieder aufgewacht war und über die Erniedrigungen des vergangenen Tages nachdachte, »ich finde, sie sollten uns am Segen ihrer Technik teilhaben lassen. Für sie wäre es kein Verlust. Uns würde es eine große Hilfe sein, vor allem in der Landwirtschaft.« Die letzte Bemerkung war für Wanda gedacht.

Smitha war aufgestanden und beschäftigte sich mit dem Ofen. Ein köstlicher Duft nach gebratenem Grunzer breitete sich aus. »Wir selbst sind unsere schlimmsten Feinde«, sagte sie mit einem Blick über die Schulter.

»Sie will einen Motorwagen«, erklärte Smith.

»Einen Motorwagen!«, rief Onkel Borst und rieb sich den Kopf. »Das wäre ein Sakrileg!«

»Inwiefern?«

»Ein Dorf, ein Motorwagen, so lautet die Regel. Das weißt du genauso gut wie ich.«

»Warum gibt es diese Regel?«

»Motorwagen sind für Hauptleute bestimmt. Wo würde es hinführen, wenn man gewöhnlichen Personen Motorwagen erlauben würde? Sie würden überall herumfahren. Wir würden jegliche Kontrolle verlieren. Niemand würde mehr zum Arbeiten kommen.« Sein Gesicht verzerrte sich in einem schmerzhaften Krampf, und er sackte wieder am Holzrahmen zusammen, als sein Enthusiasmus plötzlich verflogen war. »Ich will nicht darüber reden«, murmelte er müde. »Das wäre das Ende der Zivilisation, wie wir sie kennen.«

»Eben noch hast du dich darüber beklagt, dass die Menschen uns ihre Technik nicht geben wollen, und nun sagst du, dass man den Leuten keine Motorwagen erlauben sollte.«

»Ich habe doch gesagt, dass ich nicht mehr darüber reden will.«

»Es wäre sehr leicht, einen zu bauen. In Pallahaxi gibt es jede Menge uralte Maschinen. Kräne, Pflüge, Boote, Motorwagen, alles, was man sich vorstellen kann und noch viel mehr. Dinge aus Metall. Unsere Vorfahren haben Dinge aus Metall gemacht, neue Dinge, statt nur das zu reparieren, was sie schon hatten. Es müssen erstaunliche Leute gewesen sein. Sie hatten Technologie. Wir sollten von ihnen lernen, von unseren eigenen Vorfahren. Wir sollten uns nehmen, was wir gebrauchen können, und es einer nützlichen Verwendung zuführen.«

Es war zu erwarten, dass gleichzeitig ein Aufschrei von Onkel Borst und von Wanda kam.

»Pallahaxi plündern? Den Heiligen Quell?«

»Sakrileg!«

Mein lieber alter Vater schwieg, da er diese Sache mit gemischten Gefühlen sah. Oder auch mit gar keinen Gefühlen.

»Vernunft«, sagte Smith. »Vor allem in diesen schwierigen Zeiten. Sie haben Höhlen und alles mögliche andere in Pallahaxi gebaut und eingerichtet. Tausend Leute könnten dort wohlversorgt den Frost überstehen. Es ist dumm, diese Stadt wie einen unberührbaren Schrein zu behandeln.«

Smitha brachte uns Teller mit gebratenem Fleisch und Fladenbrot. Onkel Borst war viel zu aufgeregt, um sein Essen genießen zu können. »Wenn ich erfahre, dass du Pallahaxi geschändet hast, Smith, dann werde ich …«

»Was wirst du tun? Du hast keine Befehlsgewalt über uns, Borst. Wir sind Reisende. Wir sind an kein Dorf gebunden.« Er warf sich ein Stück Fleisch in den Mund und starrte unserem Hauptmann ins Gesicht, während er vor ihm hockte. »Willst du, dass ich euren Motorwagen repariere oder nicht?«, fragte er dann.

Onkel Borsts Wutanfall wurde gedämpft. »Das ist dein Geschäft, Smith.«

»Selbst wenn ich eure Feder gegen ein Ersatzteil austauschen muss, das ich aus einer Scheune in Pallahaxi habe?«

»Wir müssen nicht wissen, woher das Ersatzteil stammt«, sagte Vater schnell, bevor Borst uns alle mit einer unbedachten Entgegnung zum Tode verurteilte. »Das geht uns nichts an.«

»Draußen ist es jetzt hell genug«, sagte Smith. »Zeit, an die Arbeit zu gehen.«

3 TAUWETTER

ALSO REPARIERTE SMITH unseren Motorwagen während des letzten Frostes, bevor die anderen Dinge geschahen, und rettete uns das Leben.

Im Haufen aus unterschiedlichsten Metallteilen in seinem Karren konnte er keine Feder finden, also baute er die gebrochenen Teile aus, erhitzte und vernietete sie und hämmerte sie auf seinem Amboss neben der Esse wieder zusammen. Vater und ich halfen mit. Die häufigen Ausflüge nach draußen, um das Blatt anzupassen, waren unheimlich. Smith gab uns etwas Kohle für den Motorwagen, und schließlich konnten wir in Richtung Yam davonschnaufen.

Lenz kam uns entgegengelaufen und weinte vor Freude. Zuerst drückte sie Vater an sich und dann mich. Es war extrem peinlich, aber zum Glück hatten sich alle anderen in ihren Häusern verschanzt, wo sie vor ihren Feuern kauerten.

Ansonsten ereignete sich wenig Interessantes in dieser Frostzeit. Wir hatten nicht viel zu essen, aber der Fisch aus Noss bewahrte uns vor dem Verhungern. Eine kleine Gruppe von Leuten fand etwas in einem Sternentraum, das darauf hindeutete, dass Lebensmittelrationierungen dem Willen des Großen Lox widersprachen, und stürmte die Lagerscheune. Aber es wurde rechtzeitig Alarm gegeben, so dass sie vertrieben werden konnten. Sie leckten ihre Wunden und krochen in ihre Hütten zurück, während sie murmelten, dass der Sonnengott Phu einen guten Grund haben musste, uns so im Stich zu lassen. Es war der kälteste Frost, so weit sie sich zurückerinnern konnten, sagten sie. Und wenn Phu – in Gestalt des Großen Lox – in der Lage war, die Welt den Fängen des Eisteufels Rax zu entreißen, dann war er auch dazu in der Lage, die Sache umzukehren, wenn wir ihn verärgerten. Ich hörte, dass man dieses Thema bei der nächsten Versammlung im Tempel zur Sprache brachte. Auf verrückte Weise ergab das durchaus Sinn – zumindest für jene, die einfältig genug waren, um überhaupt an Religion zu glauben.

Dann schimmerte die Welt eines Tages feucht, Phu strahlte schon etwas überzeugender, und wir fassten neuen Mut. Endlich war das Tauwetter gekommen. Innerhalb weniger Tage wurden die ersten Jagdtiere gesichtet.

Wanda führte die Frauen in diesem Jahr früher als sonst auf die Felder, um zu gewährleisten, dass die Pflanzen ihre gesamte Wachstumsperiode ausnutzen konnten. Natürlich gab es Einwände von religiöser Seite, vor allem von Onkel Borst. Ich hatte das Privileg, den Beginn einer solchen Unterhaltung mitzuhören.

Onkel Borst brüllte: »Wir haben noch nie zuvor so früh ausgesät. Das widerspricht allen Erinnerungen von ganz Yam!«

»Zum Rax mit den Fehlern der Vergangenheit!«, gab Wanda zurück. »Wir müssen etwas essen!«

Dann bemerkten sie mich, und sie setzten ihre Grundsatzdiskussion anderswo fort.

Dazu muss ich erklären, dass unsere kulturellen Praktiken und Sitten nahezu unverändert die Zeiten überdauern. Infolge unseres lebhaften Vorfahrengedächtnisses ist großer Widerstand gegen jede Veränderung zu erwarten. Wandas Entscheidung zur früheren Aussaat mag einem Menschen sehr sinnvoll vorkommen, aber für uns hatte diese Änderung etwas beinahe Furchterregendes. Natürlich würde die Hauptfrau sich durchsetzen können, weil sie für die Landwirtschaft verantwortlich war. Doch Onkel Borst hatte noch nie einen Kampf gescheut, den er nicht gewinnen konnte. Deshalb stellte er Vaters vernünftige Ansichten so oft in Frage. Drücker war genauso.

Die Tage wurden wärmer, und die Jäger brachten frisches Fleisch nach Hause, und die erfolglose Motorwagenfahrt zur Devon-Station wirkte nun wie eine überflüssige Verzweiflungstat.

Manchmal frage ich mich, wie meine Söhne und Enkel darüber denken werden, wenn sie diese angsterfüllte Nacht in ihren Sternenträumen nacherleben. Ich schäme mich für diese Episode, aber ich habe sie nicht mit einem Geas belegt, weil sie eine wichtige Lektion enthält. Wir tragen Verantwortung gegenüber unseren Nachkommen und sollten unser Leben nicht ohne guten Grund aufs Spiel setzen. Eines Tages werden sie über uns urteilen.

Sobald es das Wetter erlaubte, ging ich zu meinem Sternentraumteich. Es war wunderbar, das Haus verlassen zu können und der ständigen Gegenwart meines Vaters und den häufigen Besuchen von Onkel Borst und Drücker zu entfliehen. Vater und ich kamen gut miteinander zurecht, aber es war ein langer Winter gewesen, und es war völlig normal, dass wir uns lieber aus dem Weg gingen, nachdem das Tauwetter eingesetzt hatte.

Phu war warm, und die Palpater waren angenehm. Sie massierten sanft meine Haut, als ich mich ausstreckte, die Hände hinter dem Kopf verschränkt. Duftender Rauch stieg von meiner Hatsch-Pfeife auf. Ich machte mich bereit, allein und entspannt sternenzuträumen.

Ein Gesicht tauchte vor meinem geistigen Auge auf. Braune Augen sahen mich an.

Talis war wieder da.

Nein! Das konnte nicht sein! Ich hatte die gesamte Frostzeit damit verbracht, nicht an dieses schwimmhäutige Flunder-Mädchen zu denken! Nachdem es wieder Frühling geworden war, würde sie mich doch sicher in Ruhe lassen!

Wild entschlossen versuchte ich mich an meine allererste Hatsch-Pfeife zu erinnern.

»Erzwing es nicht«, hatte Vater gesagt. Auch Onkel Borst war da, außerdem Wanda und andere bedeutende Personen aus dem Dorf. Mit seiner ersten Pfeife wird ein Junge zum Mann. Sie ist das Symbol seiner Fähigkeit, seine Gene weiterzugeben. Nicht immer kommt es bei dieser Gelegenheit zu einem Sternentraum, wenn man zu nervös ist. Aber ich hatte Vater betrachtet, der

mich mit einem stolzen Lächeln angesehen hatte, und dann hatte ich an der Pfeife gezogen und mich entspannt. Und plötzlich hatte jemand in meinem Geist gesprochen, so deutlich und klar wie der Sommerhimmel.

»Komm zu mir, Bruno.«

Lenz' Gesicht hatte zu mir aufgeschaut, viel jünger, mit dem Ausdruck einer seltsamen Entschlossenheit, die Lippen leicht angeschwollen. Ich/Bruno hatte mich/sich vorgebeugt und sie gehalten …

Ich hatte gespürt, wie meine Wangen heiß wurden. Ich war dabei, vor all diesen Leuten im Sternentraum den Augenblick meiner eigenen Zeugung zu erleben. Noch schlimmer war, dass ich die sexuelle Anziehungskraft meiner eigenen Mutter spürte, was ziemlich verwirrend war. Hastig hatte ich mich weiter zurückgearbeitet und festgestellt, dass ich mühelos zu einem früheren Zeitpunkt in Vaters Erinnerungen einsteigen konnte. So hatte ich durch seine Augen eine Jagd erlebt, jede einzelne Minute. Ich hatte die Beute erlegt, das Blut gerochen, den Augenblick des Triumphes gespürt und die Gratulationen gehört. So real war die Sache.

»Gut gemacht, Bruno! Das ist genug Fleisch für mehrere Tage.«

Mein erster Sternentraum! Ich war daraus aufgewacht und hatte grinsend in die erwartungsvollen Gesichter über mir geblickt. »Ein toller Jagderfolg, Vater!«, hatte ich gesagt, und er hatte stolz gelächelt.

Seit jenem Tag war ich immer weiter zurückgegangen und einigermaßen mit den Erinnerungen von vier Generationen vertraut. An diesem ersten richtigen Frühlingstag fühlte ich mich zu träge, um in ganz neue Regionen aufzubrechen, sondern spazierte ein wenig in Vaters frühen Jahren herum. Eigentlich gilt es als unfein, die Erinnerungen lebender Vorfahren zu erkunden, aber Vater würde es nie erfahren.

Seine Beziehung zu Onkel Borst verblüffte mich ein wenig. Da ich selbst keine Brüder hatte, hatte ich mich oft gefragt, wie Vater wirklich über den Mann dachte, der ihm durch die Tatsache seiner späteren Geburt die Chance genommen hatte, Hauptmann zu werden.

Ich fand freundliche Geringschätzung in Verbindung mit unerschütterlicher Loyalität. Vater hielt seinen Bruder für einen ziemlichen Hornochsen – inzwischen hatte ich diesen Begriff fest in meinen Wortschatz aufgenommen –, aber er beschützte ihn nach Kräften, wie man es von einem älteren Bruder erwarten konnte. Er unterstützte Onkel Borst bei der Führung der Männer von Yam. Er kannte seine Schwächen und korrigierte unauffällig seine Fehler. Auf dieser Grundlage konnte ich von einer Erinnerung zur nächsten springen – wir sprechen davon, dass wir einer Fährte folgen. Mister McNeil macht etwas Ähnliches, wenn er die Suchfunktion seines Computers benutzt. Ich erlebte eine Serie von Episoden, wie Vater seinem Bruder vor Schwierigkeiten bewahrte, und schließlich stand laut und deutlich die Quintessenz dieser Erinnerungen vor mir.

Vater wäre ein viel besserer Hauptmann gewesen als Onkel Borst.

Darüber grübelte ich eine Weile nach. Ihr Vorfahrengedächtnis war nahezu identisch. Onkel Borst konnte sich lediglich an zwei Jahre mehr erinnern. Und sein Auftreten war viel beeindruckender als die tapsige Art meines alten Vaters. Er passte in seine Rolle, und er spielte seine Rolle. Aber er spielte sie nur, mehr nicht. Er war schwach und abergläubisch, und ich spürte, dass er – wahrscheinlich aus Loyalität – seine Erinnerungen an weitere Fehler unterdrückt hatte. Onkel Borst war ein Hornochse, ohne jeden Zweifel. Ihm fehlten nur die langen harten Ohren.

Ich setzte mich auf und betrachtete das stille Wasser meines Teiches. Ich kniete mich hin und befeuchtete mir das Gesicht. Beim Sternenträumen kann man schon etwas ins Schwitzen geraten. Das Wasser war kühl, die Luft warm. Ich zog meine Sachen aus und sprang hinein. Ich planschte glücklich herum und schrie die Bäume an. Phu lächelte auf mich herab. Rax war weit entfernt, am Taghimmel unsichtbar.

Dann hörte ich höhnisches Gejohle. Drücker und Kaunter standen am Ufer, lachten und zeigten auf mich.

Ohne Kleidung fühlt man sich ungeschützt. Ist es bei den Menschen genauso? Ich kam mir vor, als wäre ich dabei erwischt worden, wie ich etwas Beschämendes tat, zum Beispiel beten. Ich kroch aus dem Teich und zog mir meine Kleidung über die feuchte Haut.

»Du bist ja klitschnass!«, kreischte Drücker lachend, dieser Idiot.

Er war der Sohn von Onkel Borst und würde eines Tages Hauptmann sein, wenn ihm kein Missgeschick widerfuhr.

»Ich sage dir, Borst, die Saat keimt nicht«, wiederholte Wanda.

»Ich wusste es! Ich wusste es!« Es hatte fast den Anschein, als wäre er glücklich über dieses Desaster. »Eine frühe Aussaat ist eine Beleidigung des Eltertiers. Das klingt nach Misstrauen. Jetzt hast du uns in große Schwierigkeiten gebracht.«

»Was glaubst du, was die Ursache ist?«, wollte Vater von Wanda wissen, ohne auf den Unsinn von Onkel Borst einzugehen.

»Vielleicht ist die Saat im Tauwetter verrottet. Außerdem hatten wir eine Tratten-Plage in der Scheune. Vielleicht haben sie auf das Saatgut gepisst. Vielleicht ist die Saat auch von Natur aus schwach, weil sie aus der schlechten Ernte des vergangenen Jahres stammt. Ich weiß es nicht.«

»Aber eins wissen wir mit Bestimmtheit«, sagte Onkel Borst. »Dass es deine Schuld ist, Wanda.«

»Ich nehme die Schuld auf mich. Aber das ändert nichts an der Situation.«

Wanda, Onkel Borst, Vater und ich standen mitten auf dem Feld, das normalerweise unser fruchtbarstes Stück Land war, gleich nach der Baumschule der Irren May. Es lag nördlich von Yam an einem Hang, der von der Sonne beschienen wurde und die richtige Feuchtigkeit hatte. Außerdem war er von einer dichten Hecke aus Stachelbüschen umgeben, die die wilden Lox, die

Luhten und andere Leckermäuler fernhielt. Hier pflanzten die Frauen unser Getreide an. Einige von ihnen waren auf dem Feld und zupften Unkraut zwischen den schwächelnden Schösslingen.

»Das Wurzelgemüse sieht auch nicht viel besser aus«, fügte Wanda hinzu.

»Das hätte dir klar sein müssen. Rax, wir haben es vor zehn oder elf Generationen schon einmal mit einer früheren Aussaat probiert. Damals war es genauso ein Fehlschlag wie heute.«

Als Wanda diese Worte hörte, nahm ihr Gesicht eine seltsame Färbung an. Ihre Augen funkelten Onkel Borst an. Ich war heilfroh, nicht das Opfer dieses Blickes zu sein. Ihre Augen waren wie zwei Raxe.

»Es war keineswegs ein Fehlschlag, weder vor zehn noch vor elf Generationen, Borst! Es waren warme Jahre, und die Ernte war ausgezeichnet. Ich muss dir ins Gedächtnis rufen, dass meine Vorfahrin damals Hauptfrau war. Was willst du mit einer solchen dummen Lüge erreichen?«

Die Zeit schien stillzustehen. Onkel Borst wirkte kein bisschen beschämt. Er hatte den ultimativen Verstoß gegen die Regeln des guten Benehmens begangen, indem er eine Erinnerung erfunden hatte, um sie als Argument zu benutzen. Doch er starrte mit leerer Miene über den Kopf der wütenden Frau hinweg, als wäre sie ein kleines kläffendes Tier, das keiner Beachtung würdig war.

»Viel wichtiger ist die Frage«, fuhr er schließlich fort, »wie wir jetzt die Fischlieferungen aus Noss bezahlen wollen.«

Ich hatte das Gefühl, dass wir alle die Luft angehalten hatten und nun gleichzeitig ausatmeten.

»Du wirst ihnen die Lage erklären müssen«, sagte Wanda, die sich wieder einigermaßen erholt hatte. Wenigstens war sie so anständig, nicht weiter auf der Sache herumzureiten.

»Aber nicht ich«, verkündete Onkel Borst und deutete mit diesen drei Worten irgendwie an, dass ihr Vorschlag völlig unangemessen, vielleicht sogar kindisch war. »Die Katastrophe fällt in deinen Zuständigkeitsbereich, Wanda.«

»Ich habe die Fischlieferungen nicht ausgehandelt.«

Alle Blicke richteten sich auf meinen armen alten Vater.

»Also gut«, sagte er freundlich. »Dann gehe ich nach Noss und krieche vor den Fischern am Boden herum, wenn ich dadurch den Frieden in Yam bewahren kann.«

Mein Herz machte einen Freudensprung. Talis lächelte mich vor meinem geistigen Auge an. »Kann ich auch mitkommen, Vater?«

»Natürlich. Es wird eine ausgezeichnete Lektion sein, wie man Abbitte leistet. Das darfst du dir auf keinen Fall entgehen lassen.«

Damit hätte die Sache erledigt sein sollen, aber Wanda schäumte immer noch vor Wut. »Übrigens«, warf sie gehässig ein, »kam neulich ein interessanter Vorschlag. Seltsamerweise war es die Irre May, die auf die Idee kam.«

Borst versteifte sich. Wie auch immer der Vorschlag lauten mochte, er war dagegen. »Ja?«

»Sie meint, wir könnten versuchen, außer den Lox noch andere Tiere zu domestizieren. Wir könnten sie in großen eingezäunten Feldern halten und die Zahmsten von ihnen weiterzüchten. Luhten, Grunzer und Ähnliche.«

»Aber das ist Jagdwild!«

»Alle Tiere außer den Lox sind Jagdwild.«

»Unmöglich. Wir haben *noch nie* Jagdwild domestiziert. Kommt nicht in Frage. Ich will nichts mehr davon hören.«

»Genaugenommen wärst du dafür gar nicht zuständig, Borst. Haustiere sind Frauenarbeit. Bringt einfach ein paar lebende Jungtiere von der nächsten Jagd mit. Wir kümmern uns dann um alles Weitere.«

»Auf gar keinen Fall!« Ich verstand sofort sein Problem. Wenn wir Herden von Nutztieren hielten, würde die Jagd überflüssig werden. Borst würde den spektakulärsten Teil seiner Verantwortung verlieren.

Wanda ging nicht auf seinen Einwand ein. »Wir werden gründlich darüber nachdenken«, sagte sie.

Das war das Ende dieser Episode, was den Entscheidungsfindungsprozess betraf, aber es kam dann noch zu einem eigenartigen Nachspiel. Vater und Onkel Borst gingen zum Dorf zurück, und ich eilte voraus, um nach meinem Boot zu sehen. Ich wollte es auf die Reise nach Noss mitnehmen und es dort vielleicht in der Obhut von jemandem zurücklassen. Damit würde ich eine dauerhafte Verbindung etablieren. Grundsätzlich war es zwar ein Skimmer für die Grumezeit, aber die Bootsbauer von Noss konnten es mit einem falschen Kiel ausstatten, wodurch das Boot in normalem Wasser seetauglich wurde. Ich hatte vor, Vater von dieser Anschaffung zu überzeugen.

Das Boot lag auf unserem Hof und war mit Fellen zugedeckt, um es vor den schlimmsten Auswirkungen des Frosts zu schützen. Ich kroch darunter, um es zu inspizieren. In der Kälte konnte das Holz so stark austrocknen, dass es splitterte. Die Noss lagerten ihre Boote während des Winters in ihren Häusern, und das hatte ich auch Vater vorgeschlagen, aber ich war überstimmt worden.

Erleichtert stellte ich fest, dass das Boot keinen Schaden genommen hatte. An den Verbindungsstellen gab es ein paar feine Risse, aber die würden wieder verschwinden, sobald das Boot im Wasser war. Ich konnte die Stelle, wo Vater und ich den Schaden aus dem vergangenen Jahr repariert hatten, kaum noch erkennen. Während ich unter dem Boot kauerte, hörte ich Schritte und Vaters Stimme, die ungewöhnlich wütend klang.

»Mach das noch ein einziges Mal, und du kannst keine Unterstützung mehr von mir erwarten, Borst!«

Es war zu spät, meine Anwesenheit zu offenbaren, weil ich schon zu viel gehört hatte. Ein ausgewachsener Streit war im Anmarsch.

»Ein unbedachter Moment, mehr nicht«, entgegnete Onkel Borst gelassen.

»Nein, ich meine es ernst. Ich habe dir die ganze Zeit Rückendeckung gegeben, aber jetzt bist du zu weit gegangen.«

»Ich weiß, ich weiß.« Jetzt klang sein Tonfall versöhnlicher. »Gut, dass du die Reise nach Noss machst, Bruno. Das weiß ich sehr zu schätzen.«

Es gab eine kurze Pause, bevor Vater wieder sprach. Ich spürte, dass er die Genugtuung, die ihm seine Wut verschaffte, gegen praktische Lebensnotwendigkeiten abwog. Er entschied, dass die praktische Seite wichtiger war. »Es wird nicht einfach werden. Lonessa ist ein zäher Brocken …«

Ihre Stimmen verhallten. Ich blieb hocken und dachte nach. Worum war es gegangen? Vater regte sich nie ohne guten Grund auf. Was hatte Onkel Borst getan? Ging es um seine blöde Lüge mit der historischen Missernte? Oder steckte mehr dahinter? Vielleicht hatten sie über andere Dinge gesprochen, während ich vorausgelaufen war. Meine Neugier war geweckt. Ich wollte auf einen günstigen Moment warten und es aus meinem redseligen alten Vater herauskitzeln.

Doch eine Sache war ganz deutlich zutage getreten: wie sehr Onkel Borst wirklich auf Vaters Hilfe angewiesen war. Ohne meinen Vater würde das Dorf im Chaos versinken.

In nicht allzu ferner Zukunft würde mir die Aufgabe zufallen, den Trottel Drücker auf die gleiche Weise zu unterstützen. Wäre ich in der Lage, genauso nachsichtig und vernünftig zu handeln wie mein Vater?

Onkel Borst hatte einen Jagdausflug geplant, also stand uns der Motorwagen für die Reise nach Noss zur Verfügung.

Vor Jahren hatte Onkel Borst einmal versucht, den Motorwagen für die Jagd zu benutzen, und ich erinnerte mich noch gut an seine triumphale Rückkehr, der Wagen mit erlegten Tieren beladen, während der Rest der Jagdgruppe in großem Abstand zu Fuß hinterhertrottete. Die Dorfbewohner hatten sich jubelnd versammelt. Erst später hatte sich herausgestellt, dass der Motorwagen liegengeblieben war, als Borst den Trampelpfad verlassen hatte, um Wild zu verfolgen, und in seiner Begeisterung versucht hatte, damit über eine Vertiefung im Boden zu springen. Die

Jagdgruppe hatte die Zelte aufgeschlagen und drei Tage lang geschuftet, um den Motorwagen mit Pfählen und Steinen wieder auf ebenen Boden zu hieven. Die Kadaver, die Onkel Borst so stolz präsentiert hatte, stammten von einer Herde Grunzer, die über den Anblick ihres unbeholfenen Verfolgers so verdutzt gewesen waren, dass sie selbst versehentlich in die Bodensenke stürzten. »Was mir Recht gibt«, erklärte Onkel Borst, als die wahre Geschichte der Jagd allgemein bekannt geworden war.

Bezeichnenderweise war der Motorwagen seitdem nie wieder für die Jagd eingesetzt worden, obwohl die Möglichkeit weiterhin offengehalten wurde. »Nein … ich denke, wir werden den Motorwagen diesmal nicht mitnehmen«, sagte Onkel Borst jedes Mal nachdenklich, als hätte er die Vor- und Nachteile gründlich gegeneinander abgewogen.

Es war ein schöner Morgen, und die langen Schatten setzten sich scharf von der Helligkeit ab, als die Leute sich versammelten, um uns zu verabschieden. Wie die meisten Dörfer liegt auch Yam an einer Kreuzung ausgefahrener Wege. Nach Süden geht es zum Moor und zur uralten Stadt Alika, nach Norden zur Küste und nach Noss, nach Westen ebenfalls zur Küste und zur heiligen Stadt Pallahaxi. Im Osten liegt der Fluss und eine Furt. Das Dorf besteht aus verstreuten Häusern entlang dieser Straßen, die sich zu einem großen Platz öffnen, wo sie sich kreuzen. Die Kreuzung markiert gleichzeitig die Grenze zwischen den Häusern der Männer im Norden und denen der Frauen im Süden.

Hier auf dem Platz saßen Vater und ich auf dem Motorwagen und nahmen die guten Wünsche der Dorfbewohner entgegen. Vater gab eine beeindruckende Gestalt in seinem Verhandlungsmantel ab, ich nicht so sehr in meinem zerlumpten alten Hemd. Lenz hielt sich in der Nähe und grapschte mit pummeligen Händen nach Vater. Onkel Borst marschierte an der Spitze seiner Jagdgruppe vorbei. Zum Gruß erhob er seinen Speer mit den Quasten des Hauptmanns.

»Viel Glück, Bruno!«, rief er und stolzierte seinen Männern voraus, die ihm in einer Reihe folgten. Warum sie im Dorf immer eine solche Reihe bildeten, wusste ich nicht – vielleicht damit deutlich sichtbar wurde, dass Onkel Borst der Anführer war. Aber ich wusste, dass sie sich, sobald sie außer Sichtweite waren, in einen ungeordneten Haufen auflösen würden, um dahinzutrotten, miteinander zu plaudern, sich im Spiel zu raufen oder sich ein Stück zurückfallen zu lassen und zu urinieren. Ich war schon mit ihnen draußen gewesen. Sie verbrachten mehr Zeit damit, den Fährten verirrter Mitglieder ihrer Gruppe zu folgen als denen von Wildtieren.

»Eine gute Jagd, Borst!«, rief Vater zurück, und wir betätigten die Dampfpfeife. Dann zogen sie in Richtung Norden davon, gefolgt von schreienden Dorfkindern. Ich kann mir nicht vorstellen, warum sie das tun, aber das tun sie immer. Mister McNeil nennt so etwas Massenhysterie. Ich hätte Vater am liebsten gedrängt, die Drossel weit zu öffnen und sie zu überholen.

Da wir gerade von Mister McNeil sprechen – er war die erste Zwischenstation auf unserer Reise.

»Tut mir leid, wie Ihre Besprechung in der Devon-Station gelaufen ist«, sagte er, als wir vor seiner Residenz standen. »Aber ich habe Sie gewarnt. Unsere Regeln der Nichteinmischung sind sehr streng.«

»Ich hätte gedacht, dass allein schon Ihr Bergwerk diese Direktive verletzt«, sagte Vater.

»Damit könnten Sie Recht haben. Aber das alles könnte ohnehin eine rein akademische Frage sein.«

»Wie?«

Mister McNeil ging einen der vielen Wege entlang, die durch den Garten führten. Manche Blumen standen bereits in voller Blüte. Vater und ich folgten seiner hochgewachsenen Gestalt wie die Männer in Onkel Borsts Jagdgruppe. Der Mensch schien nach den richtigen Worten zu suchen.

»Sie wissen wahrscheinlich, dass das Bergwerk in letzter Zeit nicht gerade wirtschaftlich gearbeitet hat«, sagte er schließlich. Er bückte sich und zupfte ein Unkraut heraus, das im Begriff stand, eine gelbe, trompetenförmige Blüte zu überwuchern.

»Wie ich hörte, gibt man den Lorin die Schuld.«

»Ja.« Aus der Hocke blickte er zu Vater auf. »Wir scheinen die Sache mit den Lorin nicht in den Griff zu bekommen. Was wissen Sie über sie?«

Das war eine seltsame Frage, aber eine sehr menschentypische. »Wie meinen Sie das? Die Lorin sind die Lorin. Was soll ich sonst noch dazu sagen?«

»Interessieren Sie sich überhaupt nicht für sie?«

»Nein. Sie *sind* einfach. Wie Rax und Phu und so weiter.«

»Aber Sie haben sich sehr für *uns* interessiert, als wir auf Ihrer Welt eintrafen.«

»Natürlich. Sie waren etwas Neues. Sie waren noch nicht in unserem Vorfahrengedächtnis.«

Mister McNeil streckte eine Hand aus. »Da. Sehen Sie das?« Zwei Lorin hockten zwischen den Blumen und jäteten Unkraut. »Sie haben mich von den Bäumen aus beobachtet. Das tun sie immer. Sie haben gesehen, wie ich gejätet habe, und nun machen sie es auch. Wollen sie mir damit helfen? Oder von mir lernen? Oder ahmen sie mich einfach nur nach, ohne zu wissen, was sie tun? Sie sind ziemlich irritierend, finde ich.«

Auf mich wirkten die Lorin überhaupt nicht irritierend. »Auch uns ahmen sie häufig nach«, sagte ich. »Das hat nichts zu bedeuten.«

Aber Vater dachte immer noch über eine frühere Bemerkung nach. Das tut er oft, und dann geht er plötzlich darauf ein, nachdem alle anderen längst bei einem ganz neuen Thema sind. Ein Anzeichen für sein fortgeschrittenes Alter.

»Sie sagten, das Bergwerk könnte eine akademische Frage sein.«

Mister McNeil zögerte. »Wenn sich die Lage nicht bessert, müssen wir es vielleicht schließen.«

»Und gehen?«

»Möglicherweise. Noch wurde keine Entscheidung getroffen. Wissen Sie, wir müssen irgendwie mit diesem Lorin-Problem zurechtkommen. Verstehen Sie mich nicht falsch – das hat nichts mit Feindseligkeit zu tun. Aber sie stören uns. Irgendwie scheinen sie mit ihrer Anwesenheit unsere Produktivität zu beeinflussen. Als würden sie uns telepathisch befehlen, langsamer zu arbeiten. Was natürlich Unsinn ist. Aber ... manche Leute sagen, dass diese Welt nicht groß genug für uns und die Lorin ist ...«

Ich hatte die merkwürdige Empfindung des Verlustes. Die Lorin würden immer hier sein, das wusste ich. Was bedeutete, dass die Menschen vielleicht gingen. Ich mochte die Menschen, vor allem Mister McNeil. Sie waren klug, sie waren schon so lange auf Reisen, wie ich bisher in meinen Sternenträumen zurückgegangen war, und sie hatten etwas Tröstliches, als wären sie unsere Beschützer. Wenn der Frost kam und Rax seinen bösen Blick auf uns richtete, war es schön, die Menschen in der Nähe zu wissen, weil sie ein Gegengewicht zu seiner verderblichen Wirkung bildeten.

Zumindest sah ich das zu diesem Zeitpunkt so.

»Auf jeden Fall«, sagte Mister McNeil dann, »können wir Ihrem Volk schlecht die Segnungen unserer Technik zur Verfügung stellen, wenn wir vielleicht gar nicht mehr da sind, um Sie in der Benutzung zu unterweisen. Sie könnten eine kurzfristige Besserung Ihres Lebensstandards erwarten, und Ihre Bevölkerung würde entsprechend zunehmen. Dann fallen die Maschinen aus, und Sie wüssten nicht, wie sie zu reparieren sind oder wie Sie neue bauen könnten. Sie wären nicht mehr in der Lage, Ihre angewachsene Bevölkerung zu erhalten. Langfristig würde es in einer Katastrophe enden.«

»Dazu würde es nicht kommen, wenn Sie uns von Anfang an unterstützt hätten«, sagte Vater.

»Sie wollen die Verantwortung nicht übernehmen.« Die langsam gesprochenen Worte kamen vom Nirgendwo-Mann, der sich uns gebeugt genähert hatte. »Sie sind sich nicht sicher, ob wir intelligent genug sind, um mit der Technik zurechtzukommen.«

»Damit hat es überhaupt nichts zu tun«, erwiderte Mister McNeil verärgert. »Der Grund ist ein ganz einfacher. Als wir zu

Ihnen kamen, fanden wir eine ländliche und verhältnismäßig zufriedene Bevölkerung vor. Abgesehen von der Direktive hätten wir gar kein Recht, etwas zu ändern. Es ist Ihre Welt und Ihre Kultur. Dafür sollten Sie große Wertschätzung haben.«

»Die Leute sind nicht zufrieden, wenn sie verhungern«, sagte Vater. »Das gilt auch für ländliche Trottel.«

»Es ist ein Zyklus. Ihr Sonnensystem ist nicht besonders stabil, wenn ein Riesenplanet wie Rax die Schwerkraftverhältnisse beeinflusst. Aber glauben Sie mir, die guten Jahre werden wiederkehren. Vielleicht schon nächstes Jahr.«

Angesichts dieses überragenden astronomischen Wissens gab es kaum noch etwas, was wir hätten sagen können. Wir stiegen wieder in den Motorwagen und setzten die Fahrt nach Noss fort.

Der Nirgendwo-Mann fuhr mit uns und sagte, er hätte genug von Mister McNeils Heuchelei. Ich hatte nicht die leiseste Ahnung, was er in Noss vorhatte. Er wäre dort bestimmt nicht willkommen – genauso wenig wie irgendwo anders. Seine Gegenwart bereitete mir Unbehagen, und ich dachte schuldbewusst an die besorgniserregend hübsche, wenn auch schwimmhäutige Talis.

Die Verhandlungen waren eine Katastrophe, aber schließlich war uns das bereits vorher klar gewesen. Lonessa benahm sich anständig, was an ihren lüsternen Neigungen gegenüber meinem ansehnlichen alten Vater lag. Das Problem hatten wir mit dem jüngsten Vertreter von Noss.

Wir saßen im Kreis auf Korbstühlen, die wie Fischfallen konstruiert waren. Die Leute von Noss hielten sich an alte Gewohnheiten, wenn es um Designfragen ging. Bald wurde klar, dass der widerwärtige Knuff, mit dem ich im Vorjahr aneinandergeraten war, sehr viel Einfluss in Noss ausübte. Begünstigt durch Wandauges Behinderungen als Krüppel und Halbblinder war er auf dem besten Wege, die Stellung seines Vaters als Hauptmann zu übernehmen.

»Ich möchte es noch einmal zusammenfassen«, sagte er, nachdem Vater sich als Bittsteller ergangen hatte. »Ihr habt letztes Jahr eine große Menge Trockenfisch von uns bekommen und versprochen, es in diesem Jahr mit Getreide zu bezahlen. Und jetzt sagt ihr, dass ihr eine weitere Missernte habt?«

»Noch ist es keine Missernte. Es wäre etwas übertrieben, es so auszudrücken. Das Getreide sieht nur etwas dürftig aus«, erklärte Vater beschwichtigend. »Es wird kaum für Yam reichen.«

»Und darüber hinaus«, sagte der junge Emporkömmling, ohne darauf einzugehen, »bettelt ihr dieses Jahr wieder um Nahrung. Was ist los in Yam? Habt ihr eure Angelegenheiten nicht mehr im Griff? Müsst ihr jetzt schon wieder nach Noss gekrochen kommen?«

»Es ist bedauerlich«, sagte Wandauge milde, »aber so etwas geschieht nun einmal.«

»Sei still, Vater. Es sollte unser Ziel sein, dafür zu sorgen, dass es nicht noch einmal geschieht. Yam muss eine harte Lektion erteilt werden.«

»Also wirklich, Knuff, ich verstehe nicht, warum …«

»Ich komme selber damit zurecht, Lonessa. Ich kenne diese Leute«, fuhr der arrogante verfrorene Kerl fort, »und ich weiß, wie sie denken. Sie verbringen ihr halbes Leben damit, faul in der Sonne zu liegen und zuzusehen, wie ihr Getreide wächst. Im Laufe vieler Generationen hat sich das in ihrer Mentalität niedergeschlagen. Sie …«

Vater unterbrach ihn. »Für die Nahrungsvorräte ist doch sicher Lonessa verantwortlich, Knuff. Kennst du die gegenwärtigen Bestände aus erster Hand? Mir scheint …«

»… scheinen zu glauben, dass andere Leute ihnen helfen müssen. Das …«

»Das ist verfroren ungerecht. Es geht darum …«

»Fall mir nicht ins Wort, Bruno. Ich will dir gerade klarmachen, dass …«

Aber wir erfuhren nie, was genau Knuff uns klarmachen wollte. Seine Worte erstarben in einem Röcheln, als Vater in einem seltenen Moment der Unbeherrschtheit aufsprang und ihm an die Gurgel ging. Er schüttelte ihn ein paarmal, während Knuff hilflos wie ein gefangener Grunzer strampelte. Dann stieß er ihn von sich. Ich bin mir sicher, dass er Knuff auf seinen Sitzplatz zurückbefördern wollte, aber mein gewalttätiger alter Vater hatte seine eigene Kraft noch nie richtig einschätzen können. Knuff flog quer durch den Raum und krachte gegen die uralte Steinwand. Dort glitt er bewusstlos zu Boden.

Das war der einzige angenehme Moment während der gesamten Verhandlungsgespräche.

Lonessa tat ihr Missfallen kund. »Bei Phu!«, rief sie. »Das war wirklich unnötig, Bruno!«

Wandauge war zu seinem Sohn hinübergehumpelt und neben ihm in die Knie gegangen, um seinen Kopf zu berühren. »Du hättest ihn töten können.«

»Rax«, murmelte Vater zerknirscht. »Das tut mir leid. Ich weiß nicht, was ich mir dabei gedacht habe. Eigentlich habe ich überhaupt nichts mehr gedacht. Plötzlich war es leer in meinem Kopf.« Auf die Erklärungsversuche hätte er lieber verzichten sollen. »Ich kann nur sagen, dass es mir zutiefst leidtut, was ich dem verf… äh … dem jungen Mann vielleicht angetan habe. Kann ich dir helfen, ihn irgendwohin zu tragen, Wandauge? Nein, ich werde Wasser holen.« Er blickte sich hilflos um.

»Du rührst ihn nicht an«, gab Wandauge zurück. »Und was mich betrifft, kann Yam mit seinem Problem zum Rax gehen.«

»Nein, warte, Wandauge«, sagte Lonessa hastig. »Wir wollen nichts überstürzen. Gerade du musst zugeben, dass Knuff einem ganz schön auf die Nerven gehen kann.«

»Das würde ich niemals tun!«

»Ich hätte einen Vorschlag. So wie es in diesem Moment steht, kommen wir nicht weiter. Wir brauchen etwas Zeit zum Abkühlen. Zeit zum Nachdenken. Hier geht es um Noss und Yam, nicht nur um die fünf anwesenden Personen. Wir dürfen uns nicht von privaten Feindseligkeiten beirren lassen. Wir sollten eine Pause bis zum Sonnenuntergang machen und uns dann noch einmal treffen.«

»Er kommt wieder zu sich«, sagte Wandauge.

Knuff hob den Kopf, stöhnte und bedachte Vater mit einem äußerst unfreundlichen Blick. »Das war es dann«, murmelte er gehässig. Trotz seiner offensichtlichen Schmerzen umspielte ein gefährliches Lächeln seine Lippen. Er stellte sich bildlich vor, wie er mir das Gesicht einschlug – seinen langgehegten Traum.

»Wir werden nach Sonnenuntergang weiterverhandeln«, sagte Lonessa entschieden.

Vater und ich schlichen entwürdigt davon. Genau genommen war nur Vater entwürdigt, aber ein Teil davon schien auf mich abgefärbt zu haben. »Ich werde einen Spaziergang um die Klippen machen«, sagte er. »Tut mir leid, Hardy. Ich habe mich vorhin ziemlich peinlich benommen. Ich muss jetzt eine Weile allein sein. Ich nehme den Rundweg zum Flussarm, und dann treffen wir uns gegen Sonnenuntergang hier wieder, ja?«

Dann schlenderte er in Richtung der historischen Stelle davon, wo Großvaters Freund Hotsch den Nirgendwo-Mann gezeugt hatte. Ich hoffte, dass darin keine schicksalhafte Bedeutung lag, weil meine Gedanken auf einmal um Talis kreisten. Außerdem wurde ich plötzlich recht nervös. Ich wünschte mir so sehr, sie zu sehen, dass ich mich nicht dazu überwinden konnte, die notwendigen Schritte zu unternehmen. Ich konnte unmöglich jemanden aus Noss fragen: Hast du Talis zufällig irgendwo gesehen? Weil dann jeder sofort dachte, dass dieser junge Bursche bis über beide Ohren verknallt war. Lag Rassenmischung in der Luft?

Ich grübelte eine Weile darüber nach, während ich am Ufer des Flusses saß, bis sich das Problem von selbst löste. Das scheint häufig mit Problemen zu passieren, wenn man ihnen genug Zeit gibt.

»Hallo, Hardy. Ich … ich dachte mir, dass du dich hier vielleicht irgendwo herumtreibst.«

Es war Talis in einem weißen Kleid, mit runden Augen und engelhaften Zügen. Sie lächelte mich unsicher an, wobei ihre Grübchen kamen und gingen. Ich spürte einen mächtigen Kloß in meiner Kehle.

»Hm«, machte ich erschrocken.

»Ich habe deinen Skimmer auf dem Motorwagen gesehen. Also habe ich mich auf die Suche nach dir gemacht.« Sie setzte sich neben mich und strich ihr Kleid über den Knien glatt. Es war ein seltener Anblick, ein solches Kleid, das offenbar aus Menschenstoff gefertigt war. Die meisten Frauen von Noss trugen Felle. »Freust du dich gar nicht, mich zu sehen?«, fragte sie.

»Hm.«

»Rax!«, rief sie plötzlich, als auf der Straße über uns ein Schnaufen hörbar wurde. »Ich wette, das ist der verfrorene Knuff in unserem Motorwagen!«

Dann warf sie einen Arm um meine Schultern und zog mich zu Boden. Wir lugten durch das niedrige Gestrüpp, auf die Ellbogen gestützt. Der Noss-Motorwagen ratterte mit hoher Geschwindigkeit vorbei, in Richtung Norden, mit dem unaussprechlichen Knuff am Dampfregler. Er schien sich von seiner Verletzung erholt zu haben und ließ seine Wut an der Maschine aus.

Ich genoss den Moment, flach auf dem Bauch liegend, Talis' Arm auf mir, ihre Hüften an meine gedrückt. Wir waren uns so nahe, dass sich tatsächlich unsere Wangen berührten und ihr Haar mit meinem verflocht. Palpaterpflanzen massierten uns sanft, auf der Suche nach Nahrung. Ich hätte in diesem Moment glücklich sterben können. Talis machte keine Anstalten, sich zu bewegen. Wir beobachteten die Straße, während das Wasser des Flusses hinter uns seufzte und klirrte. Der Nirgendwo-Mann schlenderte vorbei, ohne uns zu sehen, der Staubwolke folgend, die Knuff aufgewirbelt hatte.

Schließlich rollte sich Talis von mir weg und setzte sich auf. Sie schlang die Arme um die Knie und blickte mit ernster Miene auf das Wasser.

»Du hast noch gar nicht gesagt, ob du dich freust, mich zu sehen.«

»Hm.« Ich musste mich zwingen, die Worte auszusprechen. »Ja. Ich freue mich.«

»Warum?« Sie drehte sich herum, so dass sie mich ansehen konnte.

»Weil ich … dich mag.«

»Das kann sich ein Mädchen nicht vorstellen. Aber ich glaube dir. Ich hoffe, dass du mich wirklich magst, weil ich ein großes Risiko eingehe, wenn ich mich mit dir treffe. Mutter ist sehr besorgt, weil ich dich während der letzten Frostzeit ein paarmal erwähnt habe. Nur erwähnt, mehr nicht. Ich habe darin kein Problem gesehen, aber sie wurde misstrauisch. Anscheinend ist es mir nicht erlaubt, dich zu mögen, denn du bist ein Wühler mit dicken Schwielen an den Knien, weil ihr ständig herumkriechen müsst, wenn ihr euer Zeug pflanzt. Ich habe zu ihr gesagt, dass mir das egal ist. Wenn ich jemanden mag, dann mag ich ihn.«

Ich dachte darüber nach, während mein Herz allmählich wieder im normalen Takt schlug. Und ich schien wieder atmen zu können. »Deine Mutter mag meinen Vater, obwohl er Schwielen hat«, gab ich zu bedenken. Was redete ich da? »Nein, die hat er natürlich nicht. Keiner von uns. Was soll der Unsinn mit den Schwielen?«

»Daran erkennt man Wühler, sagen die Leute.«

Ich zog meine Hosenbeine hoch. »Zeig mir die Schwielen.«

»Oh.« Sie starrte auf meine Knie. »Du hast gar keine.«

»Auch mein Vater macht sich Sorgen«, bemerkte ich. »Ich musste gar nichts sagen, aber er macht sich Sorgen.«

»Worüber musstest du gar nichts sagen?«

»Über dich.«

Sie lächelte mit zufriedenen Grübchen. »Ich wusste, dass du mich magst. So etwas merkt eine Frau.« Dann sah sie mich verdutzt an. »Aber warum macht er sich Sorgen?«

Ich wollte es nicht sagen, weil Schwielen eine Folge von harter Arbeit sind, wohingegen Schwimmhäute an den Füßen genetisch bedingt sind. Eine schmachvolle Deformierung, die an die Nachkommen weitergegeben wird.

»Warum macht er sich Sorgen?«, wiederholte sie. »Bin ich nicht gut genug, um deine Freundin zu sein?«

Jetzt musste ich es doch sagen. »Wegen der Füße.«

»Füße?« Sie verstand es immer noch nicht.

»Wegen der Schwimmhäute.«

»Schwimmhäute?«

»Zwischen den Zehen.«

Sie starrte mich erstaunt an, während ihr Gesicht eine reizende Rosafärbung annahm. Dann stieß sie einen leisen Seufzer aus und zog sich einen schwarzen Schuh aus. Im Liegen hob sie das Bein. Das Kleid rutschte über ihr Knie. Sie hatte ein sehr hübsches Knie. Sie wackelte mit den Zehen.

Dazwischen waren keine Schwimmhäute.

Ihr Fuß sah genauso wie meiner aus, nur viel hübscher.

»Ich wurde falsch informiert«, sagte ich im Bemühen, meine Würde zurückzugewinnen.

»*Schwimmhäute zwischen den Zehen,* um Phus willen! Grume-Reiter haben Schwimmhäute. Aber keine Stilk. Geht es nur um mich, oder sollen alle Leute von Noss Schwimmhäute haben?«

»Äh ... ihr alle. Und während der Grume sollt ihr dickeres Blut haben.«

»Warum behauptet man so etwas?«

Wir dachten eine Weile darüber nach. Schließlich mutmaßte ich: »Vielleicht, um uns voneinander fernzuhalten. Damit Leute von Yam und Noss sich nicht zu nahekommen. Schließlich unterscheiden wir uns auch in der Lebensweise. Und wir wollen ja nicht, dass überall Nirgendwo-Männer herumlaufen, nicht wahr?«

»Möchtest du Kinder?«, fragte sie unvermittelt.

»Also ... ich glaube schon. Aber jetzt noch nicht. Ich bin noch zu jung.«

Das ist ein weiterer Unterschied zu den Menschen. Wir zeugen Kinder lieber so spät wie möglich, damit sie so viel wie möglich von unseren Erinnerungen mitbekommen.

»Rax!«, rief sie. »Ich glaube nicht an diesen Unsinn. Außerdem«, fuhr sie fort, bevor ich etwas einwenden konnte, »sollten wir segeln gehen. Nachdem wir einen Kiel für dein Boot besorgt haben.« Sie sprang auf, griff nach meiner Hand und zog auch mich auf die Beine.

Ich fühlte mich unbeschreiblich glücklich, als wir die Böschung hinaufstiegen und über die Straße zum Männerdorf von Noss gingen. Das bewies wieder einmal, wie man durch das Schicksal dazu verleitet werden kann, sich in trügerischer Sicherheit zu wiegen.

Aber mein Glück hielt noch eine Weile an. Phu lächelte herab, und eine leichte Brise schob uns die Flussmündung hinunter, über die seichte Barre, zwischen den Landspitzen hindurch und aufs offene Meer hinaus. Wie alle Bewohner von Noss war Talis eine fähige Seefahrerin, so dass meine mangelnde Erfahrung kein Problem darstellte. Wir gingen auf nordwestlichen Kurs und saßen nebeneinander an der Steuerbordwand. Talis hielt das Ruder und ich das Segel. Wir plauderten über belanglose Dinge und lernten uns dabei besser kennen – so weit das zwischen Leuten aus Noss und Yam möglich ist. Sie schien damit zufrieden zu sein, unbeirrt den Kurs zu halten, doch ich wurde nach einer Weile nervös. Einige Wellen waren über den Bug geschwappt, so dass kaltes Wasser unsere Füße umspülte.

»Sollten wir nicht lieber umkehren?«, schlug ich vor.

Sie sah mich grinsend an und zog am Ruder. Bald glitten wir in die entgegengesetzte Richtung, und meine Stimmung besserte sich. Schon seltsam, wie gut einem Wühler der Anblick von Land tut. Ich liebte es, auf dem Wasser unterwegs zu sein, aber ich entfernte mich nicht gern allzu weit vom Ufer.

Als ich Talis einen verstohlenen Blick zuwarf, bemerkte ich etwas.

»Was ist mit deinem Kristall passiert?«

Sie griff sich an den Hals und reagierte mit Bestürzung. »Oh, Rax! Ich hatte ihn doch die ganze Zeit getragen.« Sie konzentrierte sich. »Ich hatte ihn noch, als ich … nach dir gesucht habe.

Und dann … als wir zum Männerdorf gingen, war er nicht mehr da.« Sie visualisierte die Erinnerungen, wie nur unser Volk es kann, durchlebte noch einmal den Tag, spürte, wie der Kristall zwischen ihren Brüsten pendelte, bis sie ihn irgendwann nicht mehr spürte. »Es ist passiert, als wir in Deckung gegangen sind«, sagte sie betrübt. »Als wir uns zu Boden geworfen haben, als Knuff vorbeigefahren ist. Anscheinend haben die Pflanzen ihn von der Schnur gelöst oder gefressen.«

Wir hatten auf Palpatern gelegen, einem flach wachsenden Kraut, das nach Insekten gräbt. Für eine Pflanze ist es ungewöhnlich neugierig, und es spielt mit allem herum, was sein Interesse weckt. Talis' Kristall, der am Halsband baumelte, während sie auf die Ellbogen gestützt dagelegen hatte, musste unwiderstehlich gewesen sein.

»Wir werden ihn wiederfinden. Die Schnur ist vielleicht weg, aber den Kristall können die Palpater nicht verdauen.«

So leicht ließ sie sich nicht beruhigen. »Es könnte ihn über eine weitere Strecke befördert haben, um ihn loszuwerden. Er könnte schließlich auf der Straße gelandet sein.« Die Pflanzen gaben Dinge weiter, von einer zur nächsten, damit auch die hungrigsten etwas abbekamen. Auf diese Weise konnte ein ungenießbares Objekt eine weite Strecke zurücklegen. »Jemand könnte ihn gefunden und mitgenommen haben!«

»Aber jeder weiß, wem dieser Kristall gehört. In ganz Noss ist das Stück einzigartig. Man würde ihn dir wiedergeben.«

»Vielleicht bringt man ihn zu meiner Mutter! Sie würde mich umbringen, wenn sie erfährt, dass ich ihn verloren habe!«

»Dann sollten wir schleunigst zurückkehren.« Schon im nächsten Moment bereute ich meinen Vorschlag, weil Talis nun das Segel straffte. Das Boot krängte, und wir mussten uns auf die andere Seite legen, um das Gleichgewicht zu halten. Das Plätschern des am Bug vorbeirauschenden Wassers wurde zu einem beunruhigenden Zischen.

Wir rasten durch eine Gruppe von Fischerbooten vor der Flussmündung. Die Männer beachteten uns nicht. Ich trug die Kleidung eines Binnenländers, und Talis war eine Frau, also gab es keinen Grund, unsere Gegenwart zur Kenntnis zu nehmen. Nur ein größerer Mann, der gerade eine Leine einholte, hob die Hand und lächelte.

»Das ist Vater«, sagte Talis knapp. Sie war viel zu sehr mit dem Ruder beschäftigt, um zurückwinken zu können. »Halt dich gut fest. Ich steuere jetzt die Barre an.«

Kluge Seeleute wichen der Sandbank mit den unberechenbaren Wellen aus, die ein Boot auf harten Untergrund werfen und ihm den Rücken brechen konnten. Aber Talis hatte es viel zu eilig, um auf solche Dinge Rücksicht zu nehmen. Außerdem, dachte ich niedergeschlagen, war es ja gar nicht ihr Boot.

Aber sie wusste genau, was sie tat, als sie eine Welle mit genügend Tiefgang erwischte und über die Barre ins tiefere Wasser des Flussarms dahinter surfte. Ich stieß einen schweren Seufzer der Erleichterung aus. Ich hatte die ganze Zeit den Atem angehalten, während ich eine Handbreit unter der Oberfläche die Muscheln am Grund gesehen hatte. »Jetzt dauert es nicht mehr lange«, sagte Talis.

Aber sie irrte sich. In diesem Moment sollte sich unser Leben nachhaltig ändern.

Es gab einen dumpfen Aufprall, und das Boot schwenkte nach Steuerbord. Mein erster Gedanke war, dass wir auf Grund gelaufen waren. Das Boot krängte, richtete sich aber sofort wieder auf, als ich die Segelleine losließ.

»Was war das?«, rief ich.

»Ich weiß es nicht.« Talis drehte sich um und blickte über unser Fahrwasser. »Schau mal, da ist es. Da schwimmt etwas.«

Jetzt konnte auch ich es sehen, an einer Stelle, wo der Schaum unseres Fahrwassers eine plötzliche Kurve machte. Und knapp unter der Oberfläche schwamm etwas Dunkles.

»Das ist ein toter Lorin.« Ich hatte einen ausgestreckten Arm gesehen.

Talis wendete das Boot, und wir trieben langsam mit dem Wind auf die Stelle zu. Ich hatte ein unangenehmes Gefühl. Je näher wir kamen, desto weniger sah es wie ein Lorin aus.

Talis fasste meine Gefühle in Worte. »Ich … ich glaube, das ist ein Stilk.«

Wir gingen längsseits. Ich angelte mit dem Bootshaken danach. Die Gestalt schwamm mit dem Gesicht nach unten, und nur der gekrümmte Rücken durchbrach die Oberfläche. Sie trug ein dunkles Hemd und eine Hose. Sie war groß genug, und mit an Sicherheit grenzender Wahrscheinlichkeit schien sie männlich zu sein.

Und in der Mitte des Rückens befand sich eine Wunde, von der aus sich immer noch eine rosafarbene Wolke ausbreitete.

Jemand oder etwas hatte diesen Mann getötet. Mein erster Gedanke war, dass ein Grunzer ihn gerissen hatte. Auf unserer Welt wurden Leute nicht von anderen Leuten getötet. Beziehungsweise fast nie. Aber er hätte nur im Liegen von einem Grunzer auf diese Weise verletzt werden können. Was reichlich unwahrscheinlich war. Niemand legte sich auf den Boden, um sich von einem Grunzer zerfleischen zu lassen.

Mir war übel, und das lag nicht nur daran, dass wir eine Leiche gefunden hatte. Es lag an etwas anderem, das mit der Größe und Figur der Leiche zu tun hatte.

»Wer ist das?«, flüsterte ich.

Ich dachte: *Das ist nicht Vater.* Er hat Vaters Größe und Gestalt, aber es ist nicht Vater. Mein Vater hat seinen Verhandlungsmantel getragen, und diese Person ist nur mit Hemd und Hose bekleidet. *Das ist nicht mein Vater.*

»Dreh ihn um«, sagte Talis leise.

Ich kniete mich hin und griff nach der Kordel um die Hüfte und zog. Er rollte sich auf die Seite und gleich wieder zurück, wodurch ich beinahe aus dem Boot gerissen worden wäre. Er war schwer. Ich versuchte es noch einmal mit dem gleichen Ergebnis. Dann machte ich es im Rhythmus, ich zog und ließ los, wenn er zurückrollte, dann zog ich erneut, und jedes Mal bekam er etwas mehr Schwung.

Schließlich überwand ich den Widerstand, und er rollte von allein weiter. Der Kopf kam hoch, und die Augen starrten in den Himmel.

Und es war Vater. Mein Vater. Der Mann, der mich gezeugt hatte, der mich unterrichtet hatte, der fast mein ganzes bisheriges Leben lang mein Freund und Gefährte gewesen war.

Ich hörte Talis sagen: »Das tut mir sehr leid, Hardy.«

Und ich versuchte meine Gefühle zu unterdrücken, nicht weil ich nicht wollte, dass Talis sah, wie ich vor Trauer und Verzweiflung jammerte, sondern weil wir unser Mitgefühl für unsere Nachkommen aufheben müssen, und meine würden diesen Moment über endlose Generationen immer wieder erleben.

Noch nie hatte ich mich so allein gefühlt, obwohl Talis bei mir war. Wir vertäuten Vaters Leiche am Boot und schleppten sie langsam zum nächsten Ufer, dem Sandstrand unter dem Männerdorf. Wir landeten zwischen Noss-Fischerbooten, banden Vater los und zogen ihn aus dem Wasser. Einige Fischer fanden sich ein und starrten auf die Leiche. Einer versuchte uns zu helfen.

»Geh weg von ihm!«, hörte ich mich brüllen.

Er wich zurück, ohne ein Wort zu sagen. Ich dachte, dass er durchaus der Mörder sein könnte. Aber ich bezweifelte es. Ich glaubte zu wissen, wer dafür verantwortlich war.

Talis sagte leise: »Wir brauchen Hilfe, wenn wir ihn auf den Motorwagen laden wollen, Hardy.«

»Ich brauche keine Hilfe von irgendjemandem aus Noss, vielen Dank!«

»Ich … ich bin jemand aus Noss.«

Ich sah sie an. Sie weinte.

»Jemand hat meinen Vater erstochen, in den Rücken«, sagte ich.

»Es muss nicht zwangsläufig jemand aus Noss gewesen sein.«

»Sonst kann es niemand gewesen sein. Außerdem weiß ich, wer es war. Dieser verfrorene Knuff!«

Von den Fischern, die sich inzwischen zu einer kleinen Menge zusammengefunden hatten, kam verärgertes Gemurmel. »Sei vorsichtig mit dem, was du behauptest, Wühlerjunge«, sagte jemand.

Ich blickte ohne Angst in ihre feindseligen Gesichter. »Knuff hat sich heute mit meinem Vater gestritten. Ich habe gesehen, wie Knuff mit eurem Motorwagen in Richtung eures Frauendorfes gefahren ist. Vater hat einen Spaziergang an den Klippen gemacht, und er muss irgendwann dort angekommen sein. Knuff hat auf ihn gewartet und ihn erstochen.«

»Du sprichst über den Sohn des Hauptmanns«, sagte ein Fischer grimmig.

»Bitte sag so etwas nicht, Hardy«, bat Talis.

Drei Lorin waren eingetroffen, und nun knieten sie neben Vater, legten die Hände auf ihn und seufzten. Ich ließ sie bleiben. Bei Lorin wusste man nie.

»Ich glaube, eine Entschuldigung wäre angebracht«, sagte jemand.

Es war ein schlechter Zeitpunkt, die Beherrschung zu verlieren, aber als ich vor meinem Vater stand, den jemand aus Noss ermordet hatte – da war ich mir ganz sicher –, und ich von jemandem aufgefordert wurde, mich zu entschuldigen ... *mich!* Das war zu viel. Ich fuhr zu dem Mann herum, der gesprochen hatte.

»Geh zum Rax!«, schrie ich ihm ins Gesicht.

Er schien meine unbändige Wut zu spüren, weil er sofort zurückwich. Andere taten es nicht. Man packte meine Arme. Ich wehrte mich und konnte ein paar schmerzhafte Fußtritte austeilen, bevor ich überwältigt wurde. Man schleifte mich den Strand hinauf, umgeben von verbitterten Gesichtern. Ich war immer noch voller Wut und verspürte keinerlei Furcht.

»In die Netzhütte«, sagte jemand.

Eine Tür wurde geöffnet, und man warf mich hinein. Ich landete auf einem Haufen stinkender Netze. Unverletzt. Einer der Männer blieb im Türrahmen stehen, um eine Abschiedsrede zu halten, die ich mir auf keinen Fall anhören wollte. Ich warf mich auf ihn, stieß ihn von der Tür weg und versetzte ihm einen kräftigen Schlag gegen die Nase. Nun war er es, der auf den Haufen Netze fiel. Andere Gesichter drängten sich jetzt an der Tür und lugten verunsichert hinein. Ich stürmte auf sie zu, kam jedoch gegen die Überzahl nicht an. Ich traf ein paar, aber es waren zu viele Hände, und schließlich warfen sie mich zurück auf die Netze.

»Wir müssen ihm eine Lektion erteilen«, sagte der Mann, den ich zuerst geschlagen hatte. Er betastete vorsichtig seine Nase, während er sich zu den anderen an der Tür gesellte.

Es war eine hässliche Situation, und meine Wut verflog, als mir klarwurde, wo ich mich hineinmanövriert hatte. Da draußen waren etwa zwanzig Fischer, und einige hatten sich mit den Keulen bewaffnet, die sie benutzten, um Fische zu töten, die von der Grume an die Oberfläche gedrückt wurden. Im Gegensatz zu Menschen neigen wir nicht von Natur aus zur Gewalt, aber an jenem Tag lag ein seltsamer Wahnsinn in der Luft, und schließlich bekam ich es doch mit der Angst zu tun. Sie drängten sich in die Hütte und beobachteten mich, wie ich dalag. Ich glaube nicht, dass sie in mir eine vollwertige Person sahen. Für sie war ich eher ein gefährliches Tier, was es für sie einfacher machte, mich anzugreifen.

Ich sprang auf, befreite mich aus den Netzen und stieg über eine Leiter zum Obergeschoss hinauf. Es führte auf drei Seiten um das Innere des Gebäudes herum, eine Art Galerie, die doppelt so breit wie ein liegender Stilk war. Ich stieß die Leiter weg und erkannte zu spät, dass ich sie hätte heraufziehen sollen. Dann blickte ich auf die Leute hinab, während sich ihre Rufe zu einem tierischen Gebrüll vermischten. Ich erinnerte mich an die Geschichte, dass die Männer von Noss während der Grume blutrünstig wurden, wenn sie mit ihren Booten zwischen hilflosen Fischen herumpaddelten und sie wie im Rausch erschlugen und dabei die ganze Zeit schrien. Dann waren sie keine intelligenten Lebewesen mehr, sondern nur noch wilde Raubtiere.

Sie lehnten die Leiter gegen den Dachboden. Ein kräftiger Mann stieg herauf. Ich ließ ihn fast bis nach oben kommen, dann drückte ich die Leiter weg. Er stürzte zwischen die anderen, und das Gebrüll verstärkte sich. Weitere Männer trafen ein und brachten mehr Leitern mit. Nun kletterten sie an mehreren Stellen gleichzeitig herauf.

Ich wollte gerade die nächste Leiter wegstoßen, als ich erkannte, dass es Talis war, die zu mir heraufkam.

Sie hastete die letzten paar Sprossen herauf und wandte sich dann der Menge zu.

»Gut, Leute, es reicht jetzt!«, schrie sie.

Das Gebrüll erstarb. »Komm da runter, Talis!«, war eine einzelne Stimme zu hören. »Wir wollen dir nicht wehtun.«

»Beruhigt euch einfach, ja?«, rief sie zurück. »Ihr seid Fischer aus Noss! Wo ist euer Stolz geblieben? Ihr benehmt euch wie ein Rudel Grume-Reiter!«

Damit löste sie verärgertes Murren aus, zum Teil, weil sie Recht hatte, und zum anderen Teil, weil Talis die Tochter der Hauptfrau war und den Fischern nichts zu sagen hatte. Aber ihre hohe Stellung im Dorf war unbestritten, und die Männer auf den Leitern hielten inne.

»Über diese Angelegenheit kann nur Wandauge entscheiden!«, rief sie.

»Holt Wandauge!«, brüllte jemand, und der Ruf wurde von anderen aufgenommen und weitergegeben. Die Stimmung beruhigte sich, und ich war vorläufig gerettet.

»Danke«, sagte ich zu Talis, als sich die ersten Männer auf den Netzen ausstreckten, um auf die Ankunft ihres Hauptmanns zu warten.

Sie bedachte mich mit einem unfreundlichen Blick. »Mach das Beste draus«, sagte sie. Dann stieg sie die Leiter hinunter und war verschwunden. Sie war gegenüber ihren Leuten loyal, und ich hatte sie verärgert, als ich einen von ihnen als Mörder bezeichnet hatte.

Eine Weile hatte ich deswegen Schuldgefühle und überlegte, ob ich mit meinem Verdacht falsch liegen könnte, doch schon bald verwandelten sich die Schuldgefühle in Trauer, als ich versuchte, mit Vaters Tod zurechtzukommen. Was sollte ich jetzt ohne ihn machen? Was würde Yam ohne ihn machen?

Mit der Zeit wurde ich wieder wütend. Mein Vater war ermordet worden, und diese Leute hielten mich gefangen, wo sie sich eigentlich mit Knuff beschäftigen sollten, ihm wenigstens gewisse Fragen stellen sollten. Ich stieg die Leiter hinunter. Meine Wachen machten sich für eine neue Auseinandersetzung mit dem wilden jungen Mann bereit.

»Lasst mich durch«, sagte ich.

»Du musst auf Wandauge warten.«

»Warum?«

»Hab Geduld.«

Schließlich war es Lonessa, die sich in der Netzhütte einfand. »Komm mit mir«, sagte sie knapp.

»Wir müssen auf Wandauge warten«, wandte einer der Männer ein.

»Er ist oben im Rathaus«, erklärte sie ihm. »Ihr könnt nicht von ihm erwarten, dass er den weiten Weg hierhergelaufen kommt.«

Die Wachen murmelten unzufrieden, aber dann ließen sie uns doch gehen. Während wir schweigend zum Rathaus unterwegs waren, kamen wir am Yam-Motorwagen vorbei, und ich sah, dass man Vaters Leiche auf die Ladefläche gelegt hatte. Wasser tropfte auf die Straße. Ich hätte weinen können. Die letzte Fracht auf dieser Ladefläche war Trockenfisch gewesen. Meine Wut war aufgebraucht, und meine Trauer drohte sich zu einem Zusammenbruch zu steigern. Ich betrat das Rathaus, in dem Vater noch am selben Tag gesessen, geredet und gelebt und Knuff gegen die Wand geworfen hatte.

Wandauge und Talis saßen im Raum. Knuff war nicht anwesend. Lonessa und ich nahmen Platz. Der Raum fühlte sich ohne Vater schrecklich leer und tot an.

Wandauge sprach zuerst. »Wie ich hörte, hast du meinen Sohn Knuff beschuldigt, deinen Vater ermordet zu haben.«

Ich nickte, da ich es nicht wagte, etwas zu sagen. Talis wich meinem Blick aus.

»Du bist jung und ungestüm«, fuhr Wandauge fort.

»Das weiß ich. Aber das ändert nichts an den Tatsachen«, stieß ich mühsam hervor.

»Mein Sohn Knuff«, sagte Wandauge voller Sorge.

Lonessa verlor die Geduld mit dem alten Narren. »Uns allen tut außerordentlich leid, was mit Bruno geschehen ist«, meldete sie sich zu Wort. »Er war ein großer Mann, der größte in ganz Yam. Du wirst feststellen, dass es ohne ihn schwer werden wird. Für Borst wird es besonders schwer werden. Aber es ist nicht gut, wenn du Knuff oder einen anderen Bewohner von Noss beschuldigst. Du bist ein intelligenter junger Bursche. Überleg mal, welche Auswirkungen es auf Yam haben wird, wenn du mit einer solchen Geschichte in dein Dorf zurückkehrst.«

Darum ging es ihnen also. Aber sie hatten Recht. Der nächste Winter würde hart werden, und Yam war auf die Großzügigkeit von Noss angewiesen – was in gewissem Grad auch andersherum galt. Aber mit der Großzügigkeit wäre es vorbei, wenn einem Mann aus Noss vorgeworfen wurde, den Bruder des Hauptmanns von Yam ermordet zu haben.

»Wir reden hier über meinen Vater«, sagte ich matt, als ich verstanden hatte.

»Und meinen Sohn«, sagte Wandauge.

»Hast du mit ihm gesprochen?«, fragte ich.

»Ja. Er streitet jede Schuld ab.«

»Ich will selbst mit ihm reden.«

»Das würde nichts nützen. Er würde es weiterhin abstreiten.«

»Glaubst du ihm?«, fragte ich.

»Er ist mein Sohn«, sagte Wandauge.

»Und was ist mit dir, Lonessa?«

»Ich weiß nicht, wie Männer denken«, sagte sie aufrichtig. »Ich weiß nicht, was in Knuffs Kopf vor sich gegangen sein könnte, nachdem dein Vater ihn hier drinnen körperlich angegriffen hat. Wenn er eine Frau wäre, würde ich sagen, dass Knuff deinen Vater nicht getötet haben kann. Aber Knuff ist ein Mann und ein Fischer, und Fischer sind seltsame Leute. Aber letztlich spielt das alles gar keine Rolle. Es geht nur darum, dass du deinen Groll nicht nach Yam tragen darfst. Das sage ich, weil es nicht gut für Yam wäre.«

»Bruno war ein großer Mann«, murmelte Wandauge. »Ein sehr guter Verhandlungsführer. Mit Borst wird es nicht mehr genauso sein.«

Mir war allmählich klargeworden, dass ein großer Teil meiner Wut im Grunde Angst war. Nachdem Vater nicht mehr lebte, war ich der Gnade von Onkel Borst und seiner Schwachköpfigkeit ausgeliefert – und nicht nur ich, sondern ganz Yam. Ich fühlte mich einsam und bedroht. Früher war Vater immer für mich da gewesen, ganz gleich, was geschehen war. Er hatte uns alle beschützt und die Fehler von Onkel Borst korrigiert. Es war nur ein schwacher Trost, dass Onkel Borst wahrscheinlich genauso empfand wie ich, wenn er von seinem Tod erfuhr. Und was war mit Lenz? Von allen Bewohnern Yams war sie die Letzte, der ich diese Mitteilung überbringen wollte.

Während der ganzen Zeit hatte Talis geschwiegen und mich mit ernster Miene beobachtet. Nun bereute ich meinen ersten Wutausbruch. Ich hätte niemals den Sohn des Hauptmanns von Noss vor Bewohnern von Noss beschuldigen dürfen. Jetzt war sogar Talis gegen mich. Ich hätte meinen Verdacht für mich behalten sollen.

Um irgendwann Vergeltung zu üben …

Ich lächelte Talis vorsichtig zu, in der Hoffnung, dass sie zurücklächelte. Sie tat es nicht. Lonessa sah es und sagte: »Du machst es Talis sehr schwer. Es wird nicht mehr lange dauern, bis sie und Knuff zusammenkommen. Sie sind wunderbar füreinander geeignet.«

Sie hätte nichts sagen können, was mich in noch tiefere Verzweiflung gestürzt hätte.

Zu meiner Überraschung bot Wandauge mir Unterkunft für die Nacht an. Als wir die Diskussion beendeten, war es spät und kalt geworden, und es wurde noch kälter. Der Unfall mit dem Motorwagen auf der Rückfahrt von der Devon-Station stand mir immer noch lebhaft vor Augen – und daran würde sich nie etwas ändern. Für meinen Geschmack waren Nachtfahrten einfach zu gefährlich.

Also nahm ich Wandauges Angebot an.

Es dauerte eine Weile, bis zu seinem Haus zu laufen, weil er sich recht langsam bewegte. Als wir eintrafen, stellte ich fest, dass er viel mehr Platz hatte als Onkel Borst. Die Schlafzimmer befanden sich im oberen Stockwerk. Sie waren wie eine Galerie angelegt, die entfernt an die Netzhütte erinnerte. Wandauge stieg mühsam die Leiter hinauf und wies mir einen Haufen aus Fellen zu, auf dem eine dicke Loxhaardecke lag.

»Du schläfst hier«, sagte er und zögerte dann. »Es ist schon sehr lange her, seit ein Mann aus Yam in diesem Haus war. Dein Vater hat hier von Zeit zu Zeit übernachtet.«

Seine Worte kamen mir freundlich vor, also dankte ich ihm. Ich schöpfte aus meinem Vorfahrengedächtnis, und wir plauderten eine Weile über die Vergangenheit. Alte Leute tun das gern. Dann fragte ich mich, wie alt Wandauge tatsächlich sein mochte. Zweifellos deutlich älter als mein Vater, obwohl der unausstehliche Knuff und ich ungefähr gleich alt waren. Wandauge hatte sich mit der Zeugung seines Sohns so viel Zeit wie möglich gelassen.

Der Unausstehliche traf ein, während wir über eine ungewöhnlich intensive Grume vor etwas über einem Jahrhundert sprachen. Damals war das Meerwasser so dicht gewesen, dass es kaum mit Skimmern befahrbar war, und die gestrandeten Fische waren in der Sonne verwest, bevor sie eingesammelt werden konnten, und riesige Ungeheuer hatten sich mit schweren Flossen knapp unterhalb der Oberfläche abgemüht, in ihre gewohnte Tiefe zurückzukehren.

»Was zum Rax macht dieser verfrorene Kerl hier?«

Das war Knuffs Vorstellung von Gastfreundschaft.

»Er verbringt die Nacht bei uns«, sagte Wandauge sanft.

»Nein, das wird er nicht tun!«

»Beruhige dich, Knuff. Sein Vater ist tot. Ich kann ihn nicht mitten in der Nacht allein nach Hause schicken.«

»Ich werde ihm die Fresse einschlagen«, demonstrierte Knuff sein eingeschränktes Vorstellungsvermögen. »Er hat mich beschuldigt, den alten Narren erstochen zu haben. So etwas habe ich nicht getan. Ich habe fast den ganzen Tag lang die Ventile des Motorwagens eingestellt. Und weißt du, was er getan hat? Er hat sich ständig in Talis' Nähe herumgetrieben. Also tritt zur Seite, Vater, damit ich ihm die Fresse einschlagen kann.«

»Um Phus willen, Knuff! Du wirst eines Tages Hauptmann sein. Leg bitte etwas mehr Reife an den Tag, ja?«

»Nachdem ich mit diesem verfrorenen Kerl abgerechnet habe. Und eins kann ich dir schon jetzt sagen, Vater. Es wird sich vieles ändern, wenn ich Hauptmann bin. Als Erstes wird es keine milden Gaben für Yam mehr geben. Diese verfrorenen Leute lassen uns ausbluten.«

»Du hast deine Standpunkte bereits dargelegt. Aber ich muss dich daran erinnern, dass immer noch ich Hauptmann bin.«

Knuff gab sich murmelnd geschlagen. Meine Erinnerungsreise mit Wandauge war vorbei. Ich machte es mir auf dem Bett bequem und deckte mich mit der Loxhaardecke zu.

Ich lag noch lange wach und erlebte noch einmal nach, wie ich Vaters Leiche gefunden hatte. Der Schrecken schien immer größer zu werden, je weiter die Nacht fortschritt, und schließlich weinte ich sogar. Irgendwann in dieser langen Nacht wurde mir dann klar, dass ich dieses Ereignis mit einem Geas belegen musste.

Das Geas habe ich schon ein paarmal erwähnt, das Tabu, das für bestimmte Teile des Vorfahrengedächtnisses gelten kann. Ich hatte nicht das Recht, meine Nachfahren der tiefen Trauer auszusetzen, die der Tod meines Vaters in mir auslöste. Also verbrachte ich den Rest der Nacht in großer Konzentration, um diesen Teil meiner Erinnerungen zu sperren. Wenn meine Nachfahren sternenträumten, würden sie unweigerlich auf das Geas stoßen. Natürlich konnten sie sich darüber hinwegsetzen, wenn sie es wünschten, denn die Erinnerungen dahinter waren immer noch unauslöschlich vorhanden. Aber sie würden davon ausgehen, dass ich einen guten Grund gehabt hatte, sie mit dem Geas zu belegen, und aus Respekt vor mir, ihrem Vorfahren, würden sie sich daran halten. Also war nun für immer ein Vorhang über diesen Tag und die Trauer dieses Tages gezogen.

Außer in meinen eigenen Erinnerungen, verstand sich.

Ich wachte früh auf und ging, während Wandauge und Knuff noch schliefen. Phu war hinter den Hügeln aufgegangen und tauchte die weißen Häuser in rosafarbenes Licht, aber ich war nicht in der Stimmung, um die Schönheit von Noss genießen zu können. Die Luft war frisch und kühl. Ich legte Kordholz und Zunder in die Brennkammer des Motorwagens, entzündete beides mit einem brennenden Stock, den ich mir von einem öffentlichen Radiator in der Nähe holte, und wartete dann zitternd in der Kabine, dass sich genügend Kesseldruck aufbaute.

Hinter mir lag Vaters Leiche unter einer von weißem Raureif überzogenen Decke.

»Vergiss nicht, was ich gesagt habe.«

Die Stimme jagte mir einen Schrecken ein. Es war Lonessa, die sich mit dicken Fellen vor der morgendlichen Kühle schützte.

»Ich werde mich erinnern.« Am gestrigen Abend hatte ich ihr widersprochen. Doch heute war ein anderer Tag, und nun war ich der Ansicht, dass sie Recht hatte. Vater war tot, es war nun einmal geschehen, und niemand hatte etwas davon, Feindschaft zwischen Yam und Noss zu schüren.

Stattdessen war es meine persönliche Angelegenheit, wenn ich Rache nehmen wollte.

»Falls es dich irgendwie tröstet – ich werde Bruno schmerzlicher vermissen als die meisten anderen.«

Ich spürte, wie Wut in mir aufflackerte. »Aber nicht mehr als ich. Oder Lenz.«

»Lenz …? Ach ja, deine Mutter. Sie … hat ihn gemocht?«

»Warum nicht? Er war ein guter Mann.«

»Manchmal ist nichts Seltsames daran, wenn eine Frau einen Mann mag«, sagte sie zu meiner Überraschung. »Zumindest kommt es den betreffenden Personen nicht seltsam vor. Apropos.« Ihre

Stimme wurde härter, und nun war sie wieder die Drachendame von Noss. »Wenn dir etwas an den guten Beziehungen zwischen unseren Dörfern liegt, halte dich von meiner Tochter fern.«

Dazu sagte ich nichts, und sie erwartete offenbar auch keine Antwort. Es war ein Befehl, und Lonessa war es gewohnt, dass man ihre Befehle befolgte.

»Du musst jetzt sehr vorsichtig sein, Hardy. In gewisser Weise musst du jetzt erwachsen werden. Die Leute werden von dir erwarten, dass du die Rolle deines Vaters als Berater von Borst übernimmst. Sie wollen zu dir aufblicken. Also wirst du gut nachdenken müssen, bevor du etwas sagst.« Mister McNeil lachte leise. »Zuerst wird es dir ungewohnt vorkommen. Bisher warst du immer ein verfrorener Bengel, der unverblümt gesprochen hat.«

Der Nirgendwo-Mann gab einen seiner seltenen Wortbeiträge von sich. »Pass auf Drücker auf.«

Auf dem Heimweg hatte ich aus zwei Gründen einen Zwischenstopp bei Mister McNeil eingelegt. Erstens ging es mir mies, und ich wollte mit jemandem reden. Zweitens brauchte ich Rat. Wie wollte ich den Bewohnern von Yam gegenübertreten, wenn ich Vaters Leiche auf der Ladefläche zurückbrachte?

Der Besuch hatte sich als gute Idee herausgestellt. Mister McNeil hatte mir Stuva serviert, der mit einer Destillsorte von der Erde gewürzt war, die in der Devon-Station hergestellt wurde und von ihm als Wodka bezeichnet wurde. Er hatte sich meine Erzählung mit ernster Miene angehört. Er hatte an den richtigen Stellen sein Mitgefühl zum Ausdruck gebracht. Und nun gewährte er mir seinen unparteiischen Rat.

»Ja …«, sagte ich nachdenklich.

»Hast du vor, es Knuff heimzuzahlen?«, fragte er. »Tu es nicht. Oder wenn es unbedingt sein muss, lass dich um Gottes willen nicht erwischen.«

Das erinnerte mich an etwas. Ich drehte mich zum Nirgendwo-Mann um, der wie üblich im Hintergrund saß. »Wir haben dich gestern in unserem Motorwagen nach Noss mitgenommen.

Kurz nachdem Knuff vorbeifuhr, habe ich gesehen, wie du zu Fuß in dieselbe Richtung gegangen bist.«

»Tatsächlich?« Er klang überrascht.

Es ist schwierig, wenn einem mehrere Gedanken gleichzeitig durch den Kopf gehen und man nicht weiß, in welcher Reihenfolge man sie abarbeiten soll, und man bereits ahnt, dass man einige davon vergessen haben wird, bevor man sie nutzen kann. Ich beschloss, mich auf das Hauptthema zu konzentrieren.

»Vielleicht hast du ihn später auf der Straße in der Nähe des Frauendorfes eingeholt. Er sagte, er hätte die Ventile des Motorwagens eingestellt.«

»Ich habe ihn gesehen. Ja. Er hat mit einem Schraubenschlüssel am Motor gearbeitet.«

»Oder er hat nur so getan, als würde er daran arbeiten.«

»Er wirkte beschäftigt und verschwitzt.«

Man hatte Vater in den Rücken gestochen. »Hatte er irgendeine Art Messer bei sich?«

Mister McNeil mischte sich ein. »Du musst die Möglichkeit eines Unfalls in Betracht ziehen, Hardy. Dein Vater könnte an der Böschung ausgerutscht und auf etwas Scharfes gefallen sein.«

»Nicht mein Vater.« In meinen Augen war Vater beinahe unsterblich gewesen. Er konnte nicht auf so dumme Weise gestorben sein. Ich wandte mich wieder dem Nirgendwo-Mann zu. »Hatte Knuff ein Messer bei sich?«

»Er ist Fischer. Er hat immer ein Messer bei sich. Aber gesehen habe ich es nicht. Ich habe auch nicht darauf geachtet.«

»Hast du meinen Vater gesehen? Er müsste aus der entgegengesetzten Richtung gekommen sein, über den Weg, der vom Kap herunterführt.«

»Nein.«

Der Nirgendwo-Mann war in Noss geboren. Seine Mutter war eine Frau aus Noss, und er war in Noss aufgewachsen, aber sein Vater stammte aus Yam. Wem galt seine Loyalität? Vielleicht war es an der Zeit, zu einem der Nebenthemen zu wechseln. »Was hast du überhaupt in Noss gemacht?«

Er zögerte. »Besuche. Du weißt doch, dass ich hier geboren bin.«

»Das spielt wirklich keine Rolle, Hardy«, sagte Mister McNeil.

Ich regte mich auf. »Alles, was gestern geschehen ist, spielt eine Rolle! Vaters Tod befindet sich im Gedächtnis des Mörders und wird dort für immer bleiben! Sie verstehen nicht, wie wir denken. Für uns ist *jede* Erinnerung wichtig. Die Erinnerungen setzen sich auf ewig fort, und durch ihre Verbindung bilden sie das Netz unserer Kultur. Leute aus unserem Volk töten nur sehr selten andere Leute, und zwar aus genau diesem Grund. Wir wissen nicht, wem wir das Verbrechen und die Schande weitervererben. Außerdem können sich Erinnerungen sehr weit verbreiten, wenn jemand mehr als einen Sohn hat. In tausend Jahren könnte jeder männliche Bewohner von Noss diesen Mord in seinen Erinnerungen tragen.«

»Wohl kaum, wenn ich mir eure Geburtenraten ansehe. Außerdem ist Knuffs Motiv sehr schwach, nach dem, was ich über eure Kultur weiß. Er hat deinen Vater provoziert, worauf dieser ihn im Affekt angegriffen hat. Knuff hätte wissen müssen, dass so etwas untypisch für ihn ist, und sich vielleicht sogar dafür geschämt, dass er letztlich selber schuld daran war. Es gab wichtigere Dinge als den Wutausbruch deines Vaters, und auch das wusste Knuff.«

»Und er weiß, wenn Vater nicht mehr da ist und Onkel Borst allein nach Noss kommt, um zu betteln, wird man ihm sagen, dass er zum Rax gehen soll! Was genau das ist, was er schon die ganze Zeit wollte.«

Es folgte eine nachdenkliche Pause. Wir tranken von unserem verstärkten Stuva. Schließlich sagte Mister McNeil: »Wir Menschen sehen euch als sanftmütiges Volk, aber vielleicht haben wir vergessen, wie leicht eine Gesellschaft in schweren Zeiten zusammenbrechen kann. Mit uns ist das mehr als nur einmal geschehen, aber solche Dinge sind vergangen und vergessen. Wir haben keine Gedächtnisgene, und unsere Gehirne bestehen aus zwei Teilen und nicht aus drei. Wenn wir uns erinnern wollen, müssen wir in elektronischen Archiven stöbern, und wer will das schon tun, um sich anschließend für unsere Missetaten schämen zu müssen? Nein, wenn es irgendwann in der Zukunft ein Nahrungsproblem gibt – und damit meine ich ein ernsthaftes Problem –, muss die Möglichkeit bestehen, dass wir Menschen euch helfen und auf unsere Direktiven pfeifen. Der Tod deines Vaters könnte mir sogar dabei helfen, die Behörden zu überzeugen, ihre Ansichten zu ändern. Nichteinmischung ist eine Sache, aber untätig zuzusehen, wie eine friedliche Kultur in Barbarei versinkt, ist etwas ganz anderes.«

»Danke.« Mehr fiel mir nicht ein, was ich dazu hätte sagen können.

Wir standen auf und traten hinaus in den Sonnenschein. Der Nirgendwo-Mann blieb grübelnd in seiner Ecke zurück. Der Garten stand in voller Blüte. Überall waren grelle Farben. Der Anblick tat meinen Augen weh, weil sie nirgendwo visuelle Erholung fanden. Mister McNeil jedoch liebte es so. Er führte mich herum, sprach über Narzissen und Tulpen von der Erde, und ich erhielt den Eindruck einer Welt, die wie ein farbenfrohes Leuchtfeuer im Weltraum strahlte. Ich fragte ihn, wie es auf der Erde war, ganz allgemein.

»Ach, sie ist eurem Planeten sehr ähnlich, nur etwas größer und älter.« Er bückte sich, um ein paar Würgekräuter auszurupfen, die in ein Blumenbeet eingedrungen waren. »Wenn ich älter sage, meine ich entwickelter. Einen Garten dieser Größe könnte ich mir auf der Erde gar nicht leisten.«

»Warum nicht?«

»Weil kein Platz dafür ist. Viele Menschen, viele Fabriken. Fast alles befindet sich unter Kuppeln, und die Ozeane sind mit Sauerstoffmatten bedeckt.«

»Das klingt furchteinflößend.«

»Es ist schön.« Er seufzte und blieb am Rand des Gartens stehen, um die Anemonenbäume am Flussufer mit unverhüllter Abscheu zu betrachten. »Du kannst es dir nicht vorstellen … Hör zu, der Nirgendwo-Mann hatte Recht, als er dich vor Drücker gewarnt hat. Du bist jetzt in der Hackordnung von Yam aufgerückt, und das wird ihm nicht gefallen. Er könnte versuchen, dich in Misskredit zu bringen.«

»Dazu hat er nicht genug Hirn.«

»Trotzdem …« Er ging weiter, und wenig später erreichten wir den Motorwagen. Es wurde Zeit zum Aufbruch. Aber ich wollte nicht gehen. Vaters Leiche lag unter der Decke, taute tropfend und klagte mich stumm an. Wenn ich ihn den ganzen Tag lang begleitet hätte, wäre er nicht ermordet worden. Aber ich hatte mich wie ein kleines Kind bei der Besprechung gelangweilt und mich auf die Suche nach einem hübschen Gesicht gemacht, und unterdessen war er gestorben.

Ich war meine Erinnerungen dieses Tages mehrere Male durchgegangen, und jetzt weiß ich, dass dies ein großer Wendepunkt war. Als ich in der Lage war, einen Teil der Schuld an Vaters Tod anzunehmen, änderte sich etwas in mir, und ich konnte die Leute nun in anderem Licht betrachten. Und ich glaube, ich sah ihre Schwächen nun etwas nachsichtiger.

Das Feuer war heruntergebrannt, und auf der Ladefläche lag nur noch wenig Holz. Die Leute von Noss hatten es heruntergeworfen, um Platz für Vater zu machen. Ich überlegte, ob ich Mister McNeil bitten sollte, mir mit etwas Kordholz auszuhelfen. Mir war eine Gruppe von Tassenbäumen hinter seinem Haus aufgefallen. Nur sie waren zu dieser Jahreszeit als Brennholz geeignet. Während der Traufe fangen sie mit ihren großen Blättern Wasser auf und speichern es unterirdisch, ganz im Gegensatz zu unseren anderen Bäumen, die mit den Wurzeln Feuchtigkeit aufsaugen. Deshalb legen sie während des übrigen Jahres ihre Ruhephase ein, so dass das Holz in dieser Zeit trocken und gut brennbar ist.

Aber ich wollte nicht noch tiefer in der Schuld des freundlichen Mister McNeil stehen, also hob ich einen Destillkanister und kippte den Inhalt in den Tank.

Und im nächsten Moment wurde mir klar, dass etwas nicht stimmte.

Es roch nicht.

Destill hat einen beißenden Geruch, der einem sofort unangenehm in die Nase steigt. Was ich in den Tank goss, hatte gar keinen Geruch. Ich tauchte einen Finger hinein und legte ihn auf die Zunge. Es hatte auch keinen Geschmack.

»Das ist komisch.«

»Was ist los?«

»Das scheint Wasser zu sein. Offenbar wurden die Kanister verwechselt. Ich werde den Tank leeren und neu füllen müssen.«

Vorher prüfte ich den Inhalt des zweiten Kanisters. Auch er enthielt Wasser. Genauso wie der dritte und letzte.

»Gut, dass du nicht schon gestern Abend losgefahren bist«, stellte Mister McNeil fest. »Irgendwo zwischen hier und Yam wäre dir der Treibstoff ausgegangen. Und das wäre dein Ende gewesen. Die Nächte sind immer noch bitterkalt. Ich vermute, eine Gruppe durstiger Fischer aus Noss hat an deinem Motorwagen eine Party gefeiert.«

»Sie hätten die Kanister niemals mit Wasser wiederaufgefüllt.«

»Aber sie haben es offenbar doch getan.«

»Jemand hat es getan. Ich frage mich, warum.« Er hatte anfangs skeptisch reagiert, als ich darauf beharrte, dass Vater ermordet worden war, doch nun schien es einen eindeutigen Beweis zu geben. Es war ein zweifacher Angriff. Wenn der Messerstich aus irgendeinem Grund nicht die gewünschte Wirkung gehabt hätte, wäre die Rückfahrt durch den vertauschten Brennstoff zu einer Reise in den Tod geworden. Und gleichzeitig hätte man mich aus dem Weg geräumt. War auch ich ein Teil des Mordplans?

Plötzlich fühlte ich mich sehr unsicher.

Ich erreichte Yam, als sich die Nachmittagsschatten über die Straße streckten. Die Leute blickten in meine Richtung, als sie das Schnaufen des Motorwagens und das Knirschen der Metallreifen auf dem Schotter hörten, aber sie winkten nicht. Sie wandten sich ab, als wäre es ihnen peinlich. Sie reagierten beunruhigt, und Frauen riefen ihre Kinder zu sich.

Es war eine unheilschwangere Heimkehr.

Ich hielt vor Onkel Borsts Haus an und zog die Bremse fest. Ich spürte ein unbehagliches Flattern im Bauch. Die Leute waren aus ihren Häusern gekommen und standen schweigend auf der Straße, um mich zu beobachten. Als ich von der Bodenplatte stieg, fiel mein Blick auf Lenz. Ihr Gesicht war tränenfeucht, und sie schaute nicht auf mich, sondern auf die Decke, die über Vaters Leiche lag.

Sie wusste es. Alle wussten es. Die Nachricht von Vaters Tod war mir vorausgeeilt.

Onkel Borst kam aus seinem Haus, gefolgt von Drücker.

»Du bist zurück«, sagte er schroff. »Du hast recht lange gebraucht.«

»Ich habe einen Zwischenstopp bei Mister McNeil eingelegt.«

Damit löste ich einen Autoritätsanfall aus. »Du hast was? Für dich war der Tod deines Vaters nicht wichtig genug, um dich unverzüglich zurückzumelden? Du verantwortungsloser verfrorener Bengel!«

Sehr viele Leute hatten sich in der Nähe versammelt. Dies sollte die öffentliche Demütigung Hardys werden. Ich hörte unfreundliches Gemurmel. Onkel Borst hatte seine Unterstützer.

»Ihr scheint schon alles zu wissen«, sagte ich in durchaus vernünftigem Tonfall.

»Zufällig«, knurrte er.

»Wie?«

»Bei Phu, muss ich es dir erklären? Geh in dein Haus und betrachte dich als unter Hausarrest gestellt, bis wir die Angelegenheit im Rat besprochen haben. Geh schon!«

Die Macht der Gewohnheit war so groß, dass ich fast gegangen wäre. Dann erinnerte ich mich an etwas: Mein Vater war tot. Mein Status – mein ganzes Leben – hatte sich geändert. Es wurde Zeit, mich zur Wehr zu setzen.

»Nein.«

»Was? Willst du dich meinem Befehl verweigern?«

»Verbrecher bekommen Hausarrest. Ich habe nichts Falsches getan.«

»Nichts Falsches?« Er hatte die Fähigkeit, sehr schnell die Fassung wiederzugewinnen, wenn es angebracht war. Nun redete er völlig ruhig. Mir kam in den Sinn, dass es eine große Ehre für mich war, weil er mich in meinem ganzen Leben noch nie direkt angesprochen hatte. »Ich werde dir sagen, was du Falsches getan hast, Hardy, da dir offenbar die Intelligenz fehlt, von selbst daraufzukommen. Erstens ...« Er berührte den Zeigefinger der linken Hand mit dem Zeigefinger der rechten und ließ den linken Zeigefinger aufrecht stehen, damit ganz Yam es sehen konnte. »... hast du dich von einer wichtigen Besprechung entfernt, auf der du eigentlich etwas fürs Leben lernen solltest. Zweitens ...« Der zweite Finger ging hoch. »... weil du deinen Vater im Stich gelassen hast, um mit einem Flundermädchen herumzuschäkern, warst du aufgrund deiner Nichtanwesenheit nicht in der Lage, ihm zu helfen, als er seinen Unfall hatte.«

»Unfall?«

»Schweig! Wärst du bei ihm gewesen, wäre er nicht gestorben. Drittens ...«

»Nimm deine verfrorenen Finger runter!«, brüllte ich durch einen rötlichen Wutschleier.

»Drittens hast du dich erdreistet, unsere Freunde aus Noss anzuklagen, deinen Vater getötet zu haben, eine Anklage ohne Grundlage, eine Anklage, die ernsthaft unsere Beziehungen zu den Fischern gefährdet, eine Anklage, die schwere Konsequenzen haben wird, in Anbetracht unserer zu erwartenden schlechten Ernte ...«

Die Finger wurden mir zur Unterstreichung ins Gesicht gestochen, und ich verlor den Überblick über die dazugehörigen Worte. Plötzlich waren es vier Finger.

»... unterwegs getrödelt ...«

Die Finger waren nicht mehr da. Anscheinend hatte ich mich auf Onkel Borst geworfen. Es war kaum zu glauben, aber wir rangen miteinander. Für mich war es jedoch schwierig, einen Treffer zu landen, weil sich meine Arme nicht richtig bewegen wollten. Es war wie ein frustrierender Traum. Schließlich wurde sein verschwommenes Gesicht wieder deutlicher. Und mir wurde klar, dass mehrere Leute meine Arme festhielten.

»… alles wird dir überhaupt nichts nützen, Hardy«, sagte er gerade.

»Es war kein Unfall!«, brüllte ich. »Warum willst du mir nicht zuhören? Er hat einen Messerstich in den Rücken bekommen!«

Ich schüttelte die Hände von mir ab und kämpfte mich zum Motorwagen zurück.

»Schaut selbst!«, rief ich und schlug die Loxhaardecke zurück.

Dann traf es mich wie ein Tritt in die Magengrube.

Mit glatter Haut und angelegten Flossen, die nadelscharfen Zähne starr gebleckt, lag der Kadaver eines Grume-Reiters auf der Ladefläche.

Meine Mutter besuchte mich am zweiten Tag meiner Haft.

Onkel Borst war schon mehrere Male bei mir gewesen, aber ich hatte mich geweigert, mit ihm zu sprechen, zum Teil, weil ich mich zu miserabel fühlte, um überhaupt mit dieser unsympathischen Person zu reden, die nur auf mir herumhacken wollte, und zum Teil, weil er sowieso nicht glauben würde, was ich ihm sagte. Vielleicht wollte er mir auch gar nicht glauben, da er zu sehr in politische Erwägungen verstrickt war.

Mit Lenz war es anders. Allerdings unterstützte auch sie die Unfalltheorie.

»Wer würde seinen Nachkommen eine so schreckliche Erinnerung zumuten, Hardy? Es ist viel wahrscheinlicher, dass dein Vater ausgerutscht, gestürzt und ertrunken ist. Und für uns alle ist eine solche Vorstellung viel besser.«

»Aber das ist nicht geschehen! Jemand muss dafür bezahlen!«

»Damit würdest du deinen Vater nicht zurückbringen«, sagte sie ruhig.

»Nein, es würde ihn nicht zurückbringen. Aber ich würde mich dann wesentlich sicherer fühlen.«

»Was meinst du damit?«

»Gehen wir einfach mal davon aus, dass das Destill nach Vaters Ermordung ausgetauscht wurde und nicht davor. Verstehst du jetzt, was ich meine?«

»Hardy, diese Sache mit dem Destill könnte einfach nur ein Irrtum sein. Dein Vater hat die Kanister hier in Yam auch für Wasser benutzt, weil sie leichter zu tragen sind als Lederbeutel. Er könnte die falschen Kanister auf den Motorwagen geladen haben, bevor ihr losgefahren seid.«

»Vater hätte niemals einen solchen Fehler gemacht. Außerdem habe ich gesehen, wie er die Kanister kurz vor unserer Abreise aus dem Destilltank im Hof gefüllt hat.«

»Also, ich weiß nicht …« Sie sah mich zweifelnd an, das rundliche Gesicht vor Besorgnis verzogen. »Und nachdem die Leiche deines Vaters verschwunden ist …«

»Grume-Reiter kommen außerhalb der Grumezeit nicht so weit den Fluss herauf. Also müssen die Leichen in Noss ausgetauscht worden sein. Jemand hat das Tier aus einem Kaltkeller geholt. Man wollte mich als Lügner dastehen lassen. Vielleicht wollte man auch nicht, dass die Leute die Messerwunde sehen. Wie hast du überhaupt von Vaters Tod erfahren?«

Sie seufzte. »An jenem Nachmittag stieß ein Mann aus Noss zufällig auf unsere Jagdgruppe. Unsere Männer kehrten natürlich sofort ins Dorf zurück.«

»Sie hätten sich lieber auf den Weg nach Noss machen sollen. Ich hätte dort etwas Unterstützung gebrauchen können. Und Leute, die mir vertrauen«, fügte ich verbittert hinzu.

»Wir haben nur dein Wort, was die Messerwunde betrifft. Der Jagdgruppe sagte man, dass Bruno ertrunken ist. Und wir haben gute Gründe, keinen Streit mit Noss anzufangen«, erklärte sie in vernünftigem Tonfall.

Ich wollte ihr mehr über Talis erzählen. Von allen Bewohnern Yams war Lenz vermutlich diejenige, die es am besten verstand, und Talis war meine wertvollste Zeugin für die Messerverletzung.

Aber würde Talis mich unterstützen? Ich bezweifelte es. Ihre Loyalität galt Noss …

»Verstehst du, Hardy, die Leute hier sind sehr bestürzt, dass wir Bruno verloren haben. Er war bei allen beliebt, und jeder weiß, dass er Borst den Rücken gestärkt hat. Deshalb ist Borst ganz besonders unglücklich. Nicht nur, weil Bruno sein Bruder war. Er macht sich Sorgen um eine Zukunft ohne Brunos Unterstützung. Und der Jagdausflug war auch nicht gerade erfolgreich. Es scheint nicht allzu viel Wild in der Gegend zu sein. Wir haben gedacht, dass das vergangene Jahr schwer war, aber wie es aussieht, wird dieses noch schwerer. Also suchen die Leute nach einem Sündenbock. Und der bist du. Du darfst es ihnen nicht allzu übelnehmen.«

So einfach war es nicht, aber Lenz war zu nett, um die Sache tiefer zu ergründen. In Wirklichkeit ging es darum, die Leute glauben zu machen, dass ich gelogen hatte. Und Sie als Menschen können vielleicht verstehen, welche Probleme wir mit Lügen und falschen Informationen haben. Jedes Gedächtnis in Yam außer meinem trug nun die Gewissheit in sich, dass Vater bei einem Unfall ertrunken war. Und jedes Kind, das von nun an in Yam geboren wurde – ausgenommen meine männlichen Nachkommen –, würden die gleiche falsche Erinnerung in sich tragen. Selbst wenn die Wahrheit irgendwann allgemein bekannt wurde, konnten nie mehr alle Erinnerungen berichtigt werden. Eine Lüge geht in die Geschichte ein, und die Geschichte ist heilig. Eine Lüge ist ein Verbrechen.

Es war nicht nur die Ächtung, die mich schmerzte. Es waren die Schuldgefühle, weil Onkel Borst in einem Punkt Recht hatte: Hätte ich Vater nicht allein gelassen, wäre er nicht gestorben. Also war ich in gewisser Weise froh, eine Weile allein zu sein. Dadurch erhielt ich die Gelegenheit, mit mir ins Reine zu kommen. Leute, die inhaftiert waren, sollten ihre Zeit eigentlich mit Sternenträumen verbringen, um weiser zu werden, aber ich hatte zu viele andere Dinge im Kopf.

Lenz brachte mir jeden Tag zu essen, dann war das letzte Tauwasser getrocknet, und ich fühlte mich bereit, das Haus zu verlassen.

4 FRÜHSOMMER

Ich hatte meine Schuld beglichen. Die Leute benahmen sich, als wäre nichts geschehen. Das war nett von ihnen, wenn man bedenkt, wie hartnäckig Erinnerungen sind. Ich spazierte durch das Männerdorf und hörte Neuigkeiten von der letzten Jagd – die nicht gut verlaufen war –, und ich besuchte das Frauendorf, wo ich von ähnlich düsteren Aussichten für die Ernte hörte.

Onkel Borst lud mich ein, seine Jagdgruppe auf dem nächsten Ausflug in zwei Tagen zu begleiten. Offenbar war es eine Geste seines guten Willens, also nahm ich an. Kaunter und Drücker würden mitkommen, außerdem noch etwa zwanzig Prominente aus Yam. In der Nähe von Totney sollte Wild gesichtet worden sein, etwa einen Loxtagesritt entfernt. Diese Gelegenheit durften wir uns nicht entgehen lassen.

Der Tag meiner Freilassung war sonnig und angenehm, aber das warme Wetter kam in diesem Jahr ungewöhnlich spät, worauf die Leute immer wieder hinwiesen. Bald hatte ich genug von der bedrückten und niedergeschlagenen Stimmung um mich herum und machte mich auf den Weg zu meinem Sternentraumteich, um mich in glücklichere Tage der Vergangenheit zu flüchten. Außerdem wurde es Zeit, dass ich meine höhere Position in der Hierarchie von Yam durch die Erfahrungen von ein paar mehr Generationen rechtfertigte. Vater hatte mir einmal erzählt, dass er sich ganze zwanzig Generationen zurückgeträumt hatte. Nicht bis zu dem mythischen Pärchen Druv und Braunauge, aber immerhin weit genug, um eine Ahnung davon zu bekommen, worum es im Leben ging.

Ich ließ mich auf die Böschung plumpsen, die zum Wasser abfiel. Alles war still, bis auf das ferne Bellen sich paarender Lox.

Allein an meinem persönlichen Ort entzündete ich meine Pfeife, sammelte mich und öffnete mich den Erinnerungen.

Mein Vater war bei mir – verstehen Sie das? In meinem Geist. Seine körperliche Abwesenheit schmerzte mich, aber es war nicht so schlimm wie bei einem Menschen. Er wird immer da sein, und ich kann ihn jederzeit besuchen, so oft ich möchte. Also eilte ich im Sternentraum durch die frühen Jahre meines Vaters, mit denen ich bereits vertraut war. Bald bummelte ich durch Großvaters glücklichere Tage und ließ mich wie üblich auf interessante Abwege ein. Es ist eine Menge Disziplin nötig, um zielgerichtet sternenzuträumen.

»Schau mal, da kommen zwei Mädchen genau auf uns zu!«

Rax! Ich war schon wieder über die Zeugung des Nirgendwo-Mannes gestolpert! Vielleicht war es doch kein guter Tag zum Sternenträumen. Ich arbeitete mich etwas näher an die Gegenwart heran und lebte das Leben meines lieben alten Vaters nach. Ich suchte hier und dort, wobei ich der unausgegorenen Idee folgte, vielleicht einen alternativen Grund für seinen Tod zu finden, zumal meine Knuff-Theorie an politischen Selbstmord grenzte. Hatte er sich während seiner Lebenszeit noch jemand anderen zum Feind gemacht?

Dann stieß ich auf eine Szene in einem Haus, das ich kurz darauf als das von Großvater wiedererkannte, bevor Onkel Borst es übernommen hatte. Mein Großvater saß auf einem alten Stuhl, der in einer späteren Notlage zu Feuerholz verarbeitet worden war. Mein Vater kauerte am Boden, und ich spürte von ihm eine seltsame unreife Aufregung ausgehen. Mindestens dreißig Männer und mehrere Frauen standen an den Wänden und sahen zu.

»Atme jetzt ganz ruhig. Entspann dich und lass den Rauch seine Wirkung entfalten. Öffne deinen Geist.«

Großvater sprach zu einem jungen Borst. Es war seine Initiation, seine erste Pfeife Hatsch. Der junge Trottel, der eine bemerkenswerte Ähnlichkeit mit dem jetzigen Drücker hatte, hustete und würgte. Es tat gut, Onkel Borst in einer unschmeichelhaften Situation zu erleben. Großvater sprang auf und klopfte ihm auf den Rücken. Vater kicherte. Ich spürte, dass er gegenüber Borst die gleichen Gefühle hegte wie ich gegenüber Drücker.

Irgendwann riss sich der Novize zusammen, schnäuzte sich lautstark mit einer Handvoll Moos und steckte sich die Pfeife für einen neuen Versuch in den Mund.

»Ganz ruhig«, sagte Großvater. *»Erzwing es nicht.«*

Bei seinem nächsten Lungenzug entspannte sich Onkel Borst sichtlich. Das ist normal bei Hatsch. Er legte sich auf sein Bett aus Fellen und paffte wie ein Fachmann. Sein Gesichtsausdruck wechselte in schneller Folge. Ich ahnte, was er tat, weil wir alle es in unseren ersten Sternenträumen tun. Er hüpfte von einer Erinnerung zur nächsten, von Person zu Person, ohne sich zu konzentrieren, während er sich die aufregendsten Stücke herauspickte, wie man sich die reifsten Früchte aus einer Obstschale aussucht.

Dann erstarrte seine Miene plötzlich.

»Was ist los, Sohn?«, fragte Großvater.

Onkel Borst antwortete nicht. Er runzelte die Stirn, als würde er angestrengt nachdenken. Die Zeit verging in atemloser Stille. Tränen quollen zwischen seinen geschlossenen Augenlidern hervor.

»Was ist los?«, wiederholte Großvater in strengem Tonfall.

Dann trübten sich die Erinnerungen meines Vaters. Die Szene verschwamm, als würde sich Nebel darüberlegen. Eine dringende Botschaft wurde mir bewusst: *Halt dich fern. Geh weg. Verschwinde.*

Ein Geas.

Vater hatte diese Erinnerung mit einem Tabu belegt, und ich konnte nicht weitermachen, ohne sein Vertrauen in mich und meine Nachfahren zu missbrauchen. Spielte es noch eine Rolle? Eigentlich interessierte mich die Initiation von Onkel Borst nicht besonders, aber ich hätte gern gewusst, auf welchen Leckerbissen in unserer Familiengeschichte er gestoßen war.

War es ein skandalöses Ereignis in Großvaters Vergangenheit? Etwas Schlimmeres als die Zeugung des Nirgendwo-Mannes?

Ich hätte mir die Szene gern aus dem Blickwinkel meines Großvaters angesehen, aber sie war mir nicht zugänglich, da mein Vater zu diesem Zeitpunkt bereits auf der Welt war.

Es war frustrierend, aber ein Geas wird nie ohne guten Grund verhängt. Ich stieg aus dem Sternentraum aus und ging zum Seeufer hinunter. Zu dieser Jahreszeit war der Teich normalerweise voller Flatterfische, die während der Frostzeit am Grund von Süßwasserseen Winterschlaf hielten, um bei warmem Wetter schließlich aufzusteigen und davonzufliegen, nachdem sich ihre Flossen in Flügel verwandelt hatten, die in allen Regenbogenfarben schillerten. Ich blickte bis zum dunklen Grund hinunter. Kein einziger Flatterfisch war zu sehen.

Das hätte mir eine Warnung sein sollen.

Aber Phus Strahlen wärmten mir den Rücken, und ich war gerade aus einer längeren Inhaftierung entlassen worden, und ich fühlte mich ausgesprochen wohl. Ich dachte, dass die Flatterfische vielleicht wegen des späten Tauwetters noch im Schlamm eingegraben waren, als mein Blick auf etwas Helles fiel.

Ich ging in die Knie und starrte ins Wasser. Eine Wolke zog vor der Sonne vorbei, die blendenden Spiegelungen ließen nach, und nun war der Seegrund gut zu erkennen. Ein funkelndes Juwel blinzelte mich an. Es war rosafarben und kristallin und befand sich in einer silbrig glänzenden Fassung. Solche Schmuckstücke, die den Tod des Bösen symbolisierten, wurden häufig gefertigt, aber diesen Kristall erkannte ich wegen seiner ungewöhnlichen Größe und Schönheit wieder.

Es war Talis' Kristall, den sie an jenem schicksalhaften Tag in Noss verloren hatte.

Wie war er hierhergelangt?

Zuerst vermutete ich, dass ein Flatterfisch ihn hergebracht hatte. Denn es war bekannt, dass sie von hellen Dingen angelockt wurden. Aber mein Hauptgedanke war, ihn zu bergen und Talis zurückzugeben. Ich hatte nach einem Vorwand gesucht, erneut nach Noss zu fahren, und dies hätte einer sein können. Dann würde sie mir vielleicht wieder etwas freundlicher begegnen.

Der Stein lag eine Armlänge unter der Oberfläche. Ich legte mich auf den Bauch und griff ins Wasser.

Das Knistern und Knacken warnte mich, aber zu spät. Sofort versuchte ich den Arm aus dem Wasser zu reißen. Doch ich konnte ihn nicht mehr bewegen, weil er plötzlich kalt und fest umschlossen war. Die Oberfläche nahm eine glitzernde kristalline Struktur an. Ich war gefangen.

Im Teich befand sich ein Eisteufel.

Ich schrie, bis meine Stimme heiser wurde, aber ich war ein gutes Stück von der Straße nach Totney entfernt und bezweifelte, dass irgendjemand mich hören konnte. Ich lag auf dem Bauch, meine Hand war in der Bewegung erstarrt, als ich nach dem Kristall greifen wollte, und ich wusste, dass irgendwo da unten ein Ding mit vielen Tentakeln lauerte, das mich gefangen halten würde, bis ich tot war.

Und das konnte nicht lange dauern, denn irgendwann würde Phu unter den Horizont sinken und alle Wärme mit sich nehmen, und Rax würde sich am Nachthimmel erheben. Dann erlebte ich Furcht und Kälte und wurde wahnsinnig. Ich würde schreien und um mich schlagen, bis ich ausgelaugt war und erfror. Wenn der Eisteufel spürte, dass ich still geworden war, und der Morgen kam und die Temperatur anstieg, würde er mich loslassen und in die Tiefe ziehen, um mich zu verzehren.

Es sei denn, jemand auf der Straße nach Totney hörte mich noch vor Einbruch der Dunkelheit schreien. Dann konnten die Leute Decken, warme Ziegelsteine und ein Zelt bringen und so lange auf den Kristall einschlagen, bis der Eisteufel mich losließ, wenn ich Glück hatte. So etwas taten Eisteufel manchmal, wenn sie sich bedroht fühlten. Aber es war unwahrscheinlich, dass heute noch irgendjemand auf der Straße unterwegs war – frühestens morgen früh, wenn die Jagdgruppe von Onkel Borst vorbeikam …

Vorher würden sie einen Blick in mein Haus werfen und feststellen, dass ich nicht da war.

»Verantwortungsloser verfrorener Bengel«, würde Onkel Borst mit einem gewissen Maß an Zufriedenheit sagen. »Wahrscheinlich ist er wieder mal hinter diesem Mädchen aus Noss her. Er soll zum Rax gehen. Kommt, Männer, uns erwartet eine erfolgreiche Jagd!«

Wenn sie hier vorbeikamen, hatte der Eisteufel mich längst unter die Oberfläche gezogen.

Diese Vorstellung löste bei mir einen weiteren Schreianfall aus, aber niemand hörte mich. Es war ohnehin sehr unwahrscheinlich. Es war sogar so beabsichtigt. Denn dies war nicht das Werk von Flatterfischen.

Nein, alles deutete auf einen gründlich durchdachten Plan hin. Jemand, der wusste, dass dies meine Lieblingsstelle zum Sternenträumen war, hatte den Kristall hierhergebracht. Es war kein Zufall. Jemand hatte mich in eine Falle gelockt. Wahrscheinlich Knuff.

Und sein Plan hatte tadellos funktioniert.

Ich schrie noch eine Weile, aber ohne damit etwas zu erreichen. Ich verlor auf beschämende Weise die Beherrschung, und ich zappelte und schlug um mich und brüllte, bis ich erschöpft verstummte und mir wünschte, ich hätte mein Leben sinnvoller genutzt und wäre netter zu den Leuten um mich herum gewesen.

Das war der Moment, als ich eine Berührung an der Schulter spürte.

Sie kam so unerwartet, dass ich vor Angst aufschrie. Ich drehte mich auf den Rücken, wobei ich den gefangenen Arm schmerzhaft verbog, und machte mich bereit, ein scharfzähniges Raubtier abzuwehren, das gekommen war, um den Eisteufel um seine Beute zu betrügen.

Aber es waren nur die Lorin. Drei von ihnen, mit weit aufgerissenen Augen. Sie hockten sich um mich herum, legten ihre Hände auf mich und gaben sanfte gurrende Laute von sich. Ihre Anwesenheit hatte etwas seltsam Tröstendes, und ich entspannte mich. Ich schloss sogar die Augen. Etwas geschah in mir. Ich spürte, wie sich mein Herzschlag verlangsamte. Unter anderen

Umständen hätte es mir Angst gemacht, aber auch mein Geist schien langsamer zu werden. Meine Gedanken flossen träge wie die Grume dahin. Es war, als wäre ich auf Wolken gebettet. Ich fühlte mich viel zu wohl, um Angst zu haben, viel zu zufrieden. Die Lorin drängten sich näher heran und umarmten mich …

Ich erwachte.

Ich lag auf dem Gras, ein gutes Stück vom Teich entfernt. Eine leichte Brise kräuselte die Oberfläche. Mein Arm war gerötet und schmerzte, aber er war unverletzt. In meiner Hand lag Talis' Kristall. Die Sonne stand tief. Die Lorin waren fort.

Ich lebte. Es war gut zu leben.

Staunend kehrte ich nach Yam zurück.

Ein biologisches Bedürfnis nach Trost führte mich zu Lenz' Haus. Sie war gerade dabei, ihre Lampen anzuzünden, während der Abend den Himmel verdunkelte. Meine Euphorie, die durch die Anwesenheit der Lorin ausgelöst worden war, hatte sich inzwischen verflüchtigt, und ich zitterte vor Kälte und als Nachwirkung des Schocks.

»Setz dich und erzähl mir, was geschehen ist«, forderte die einfühlsame Frau mich auf, bevor ich auch nur einen Ton sagen konnte.

»Du kommst ziemlich spät zurück.« Diese Worte kamen von Wanda, die ähnlich wie der Nirgendwo-Mann in einer dunklen Ecke kauerte. »Die heutige Nacht wird für diese Jahreszeit ungewöhnlich kalt werden.«

Ich berichtete von meinen Erlebnissen am Sternentraumteich und zeigte ihnen den Kristall, während ich an der Tasse mit heißem Stuva nippte. Von Zeit zu Zeit schnalzte Lenz besorgt mit der Zunge. Wanda hörte schweigend zu.

Als ich ihnen von den Lorin erzählte, sagte Lenz: »Es ist bekannt, dass sie so etwas gelegentlich tun. Wenn sie dazu in Stimmung sind.«

Ich erwähnte meinen Verdacht. »Letztes Jahr war noch kein Eisteufel im See. Wie ist er also dorthin gekommen? Eisteufel können doch nicht fliegen.«

»Während der Traufe gab es viele Überschwemmungen«, sagte Wanda. »Er könnte von einem der Teiche am Fluss gekommen sein.«

»Mein Teich liegt ziemlich hoch. Keine Überflutung reicht weit genug hinauf, um ihn mit dem Yam zu verbinden. Und die letzte Traufe war auch nicht schlimmer als sonst.«

»Willst du damit sagen, jemand hätte den Eisteufel absichtlich dorthin gebracht?«

»Für mich sieht es ganz danach aus.«

»Viel wahrscheinlicher ist, dass ein Kind aus dem Dorf einen Eiskobold hineingeschüttet hat.« Wanda schien gewillt zu sein, eine natürliche Erklärung für den Zwischenfall zu finden. Kinder hielten sich aus Spaß winzige unreife Eisteufel in Gläsern und bezeichneten sie als Eiskobolde. Ich selbst hatte einmal einen gehabt und ihn mit Insekten gefüttert.

»Kein Eiskobold hätte während des Winters schnell genug wachsen können, um einen Teich von dieser Größe zu beherrschen. Es kann nur so gewesen sein, dass ein ausgewachsener Eisteufel von seinem heimischen Teich in meinen versetzt wurde.«

»Unmöglich! Niemand kann einen Eisteufel aus seinem Teich herausholen. Er würde sofort das Wasser erstarren lassen, sobald man es versucht.«

Es wäre leicht für mich gewesen, die Geduld mit der alten Närrin zu verlieren, aber damit hätte ich nichts erreicht. Außerdem war sie die Hauptfrau von Yam. Ich bemühte mich, vernünftig zu bleiben. »Also gut, nehmen wir einfach mal an, jemand hätte eine Möglichkeit gefunden, es doch zu tun. Ziemlich viele Leute wissen, dass das mein Sternentraumteich ist. Und ziemlich viele Leute wissen, dass Noss Talis ihren Kristall verloren hat. Zum Beispiel Knuff.«

Wanda öffnete den runzligen Mund, um Einspruch zu erheben. Für mich sah sie aus wie ein getrockneter Fisch.

Schnell sprach ich weiter. »Also würde es für ihn sehr naheliegen, den Teich in eine Falle zu verwandeln und den Kristall hineinzuwerfen, weil er weiß, dass ich ihn früher oder später im Wasser sehen werde.«

Ich blickte hilfesuchend zu Lenz, aber sie schwieg. Ihr rundliches, rosafarbenes Gesicht zeigte einen nachdenklichen Ausdruck.

Wanda strich vor meiner überzeugenden Argumentation die Segel. »Das ist sowieso eine Männersache«, sagte sie abschätzig. »Damit haben wir Frauen nichts zu tun.«

»Ich rede hier von einem Mann aus Noss, der versucht, eine Familie aus Yam auszulöschen, und du sagst, es hätte nichts mit euch zu tun? Wer wird der Nächste sein? Onkel Borst? Oder Drücker?«

»Nimm einen guten Rat von mir an und hör auf, solchen Unsinn über Knuff zu behaupten. Wenn der nächste Frost kommt, brauchen wir jede Hilfe, die wir von Noss bekommen können.«

»Ich sage ja gar nicht, dass die übrigen Leute in Noss wissen, was hier vor sich geht. Ich sage ja gar nicht, dass sie Knuffs Taten gutheißen. Ich sage nur, dass er einen ganz persönlichen Groll gegen meinen Vater und mich hegt. Und nachdem Vater tot ist, hätte es auch mich beinahe erwischt.«

»Wir alle wissen, dass dein Vater Knuff angegriffen hat und dass man dich mit seiner versprochenen Partnerin gesehen hat, du dummer Junge. Aber was sollte Knuff gegen Borst und Drücker haben?«

Ich zögerte. Um ehrlich zu sein, hatte ich sie nur um der Wirkung willen in die Waagschale geworfen. »Es ist ein Rachefeldzug gegen die Führungsriege von Yam, weil wir unter Nahrungsknappheit leiden. Knuff ist dagegen, dass Noss uns unter die Arme greift.«

»Und aus diesem Grund«, erwiderte Wanda in sarkastischem Tonfall, »hat er auf wundersame Weise einen Eisteufel von Noss zu deinem Teich getragen. Bei Phu, er ist wahrlich ein verfroren schlauer junger Bursche!«

»Das mag ja alles sein«, sagte Lenz ruhig, »aber du kannst nicht abstreiten, dass etwas Seltsames vor sich geht.«

»Und dann war da noch die Sache mit dem Destill«, sagte ich. »Als jemand die Kanister ausgetauscht hat.«

»Also haben sich ein paar Fischer aus Noss mit deinem Destill betrunken. Ein dummer, gedankenloser Streich. Aber kein Mordanschlag. Nein, du wärst besser beraten, wenn du all diese Geschichten vergisst, Hardy. Du hast für deine Missetaten gebüßt, und jetzt solltest du dein Leben fortsetzen. Ich werde Borst nichts davon erzählen.« Sie stand auf, eine kleine verhutzelte Frau mit unzweifelhafter praktischer Veranlagung, und ließ uns allein.

Ich drehte mich zu meiner Mutter um. »Du bist sehr still geworden, Lenz.«

»Ich habe Angst um dich, Hardy.«

»Weil ich mit allem herausplatzen und wieder mit Hausarrest bestraft werden könnte?«

»Nein. Ich mache mir Sorgen, weil du vielleicht Recht hast.«

Eine Weile saßen wir schweigend da. Schließlich sagte ich: »Wie kann jemand mit sich selbst leben, wenn er einen Mord begangen hat?«

»So etwas kann nur jemand fragen, der sehr jung ist. Deshalb sind junge Leute so … *gut.* Aber nachdem man Kinder bekommen und die Sache hinter sich gebracht hat, ändert sich manches. Man gewöhnt sich an die Vorstellung, dass alles, was man von nun an tut, nicht mehr ins Vorfahrengedächtnis eingeht. Es ist, als würde einem jetzt niemand mehr über die Schulter blicken. Man kann tun und lassen, was man will.«

»Ich hatte nie das Gefühl, mir würde jemand über die Schulter blicken.«

»Das kommt noch, je mehr Verantwortung du übernimmst. Das kann ziemlich überwältigend sein. Doch dann hast du eines Tages deine Pflicht erfüllt und Kinder in die Welt gesetzt. Plötzlich fühlst du dich frei. Das kann einem ganz schön zu Kopf steigen.«

»Willst du damit sagen, eine ältere Person könnte Vater getötet haben? Und versucht haben, auch mich zu töten?«

»Das solltest du nicht ausschließen, Hardy. Gib nicht vorschnell Knuff die Schuld.«

Ich dachte am nächsten Tag über ihre Worte nach, als ich hörte, wie sich die Jagdgruppe auf dem Dorfplatz versammelte. Meine Wut hatte sich bisher gegen Knuff gerichtet, doch über Nacht war sie kontrollierter und rationaler geworden. Als Erstes musste ich feststellen, wer der Missetäter war. Dann konnte ich Vergeltung üben und die Erinnerung daran mit einem Geas belegen – und hoffen, dass sie tatsächlich unter Verschluss blieb. Außerdem sagte ich mir, dass die Rache nicht nur meiner persönlichen Befriedigung diente. Sie war ein Schutz gegen zukünftige Mordversuche. Ich schützte nicht nur mich selbst, sondern auch Onkel Borst und Drücker und möglicherweise auch andere Leute in Yam.

Mein Bedürfnis, Onkel Borst zu schützen, ließ deutlich nach, als die Haustür aufflog und der arrogante Narr höchstpersönlich auf der Schwelle stand. Seine stämmige Gestalt zeichnete sich vor dem Tageslicht ab.

»Immer noch im Bett, Hardy?«

»Ich war dabei, meinen Tag zu planen.«

»Soweit mir bekannt ist, besteht dein Tag darin, uns auf der Jagd zu begleiten.«

»Ich habe andere Pläne.«

»Wie kann irgendetwas wichtiger sein, als das Dorf vor dem Verhungern zu retten?« Onkel Borst war sehr geschickt darin, die Bedeutung einer Sache zu übertreiben.

»Tatsächlich habe ich Wichtigeres vor.«

Frustriert trat er einen Schritt ins Haus. »Steh auf, du verfrorener Faulpelz! Ich habe keine Zeit, mit dir herumzudiskutieren!«

»Dann geh!«

Ich war noch nie auf die Idee gekommen, mich zu fragen, worin der Übergang von der Kindheit zum Erwachsensein besteht. Die Leute sagen, dass es die Fähigkeit ist, Kinder zu zeugen, oder wenn jemand seine erste Pfeife Hatsch raucht. Aber in meinem Fall stimmte das nicht. Es war der Moment, als ich den Tod meines Vaters verarbeitet und erkannt hatte, dass ich von nun an allein zurechtkommen musste und mit einer wichtigen Entscheidung meinen künftigen Lebensweg festgelegt hatte. Das hätte ich zu Vaters Lebzeiten nicht tun können, weil ich mich unbewusst ständig beschützt gefühlt hatte.

Meine wichtige Entscheidung war, Onkel Borst zu sagen, dass er gehen sollte, in Verbindung mit der Gewissheit, dass ich nicht nachgeben würde. Woher wusste ich das? Ich hatte ein sehr lebhaftes Bild im Kopf, als irgendein ferner Vorfahr sich auf ähnliche Weise gegen einen großen Mann in einer seltsamen Uniform durchgesetzt hatte. Eines Tages würde ich dieser Erinnerung auf den Grund gehen.

Onkel Borst ließ sich nicht im Geringsten durch meinen Sprung ins Erwachsenendasein beeindrucken. Aber man musste ihm zugutehalten, dass er soeben aus dem Sonnenlicht in ein dunkles Zimmer getreten war und das Licht der Reife gar nicht sehen konnte, das in meinen Augen strahlte.

»Steh sofort auf!«, brüllte er.

Es war mit einem gewissen Nachteil verbunden, wenn man lag und von jemandem überragt wurde. Ich wälzte mich aus dem Bett und stand auf. Ich war größer als er. Ich trat näher an ihn heran. Es wäre besser gewesen, wenn ich Kleidung getragen hätte, aber solche Dinge lassen sich nicht immer bis ins letzte Detail planen.

»Ich bin mir der Bedeutung dieser Jagd bewusst«, erwiderte ich mit fester Stimme. »Wenn ich dir also sage, dass ich andere Pläne habe, sollte dir klar sein, dass sie von größerer Wichtigkeit sein müssen. Aber wir haben jetzt keine Zeit, um ausführlich darüber zu diskutieren. Ich werde mit dir reden, wenn du zurückgekehrt bist. Also geh, Borst.«

Ab diesem Moment ließ ich den »Onkel« weg.

Seine Frustration schien die Luft um ihn herum vibrieren zu lassen. Im Gegenlicht, das durch die offene Tür hereinfiel, konnte ich sein Gesicht nicht erkennen, aber ich war mir recht sicher, dass es nur den Ausdruck unerschütterlicher Autorität tragen konnte. Dann fuhr er mit einem Mal herum und stapfte davon, während ich feststellte, dass ich die ganze Zeit den Atem angehalten hatte. Ich hörte, wie er seine Männer rief, und kurz darauf marschierte die Jagdgruppe in der traditionellen Formation vorbei. Borst lief mit seinem üblichen hüpfenden Gang voraus, doch sein Amtsspeer machte seltsamerweise einen ramponierten Eindruck, als hätten Tratten an den Quasten genagt. Unmittelbar hinter ihm ging sein Hauptjäger Quorn, mit erhobenem Kinn und fast genauso unbeugsamer Miene wie Borst. Die Übrigen folgten in einer langen Reihe. Ein paar Lastlox bildeten die Nachhut.

Sobald sie außer Sichtweite des Dorfes waren, würden die führenden Jäger auf die Rücken der Tiere steigen und es langsam angehen, bis sich das erste Wild zeigte.

Ich zog mich an und folgte in sicherem Abstand, und wenig später war ich zu meinem Sternentraumteich zurückgekehrt.

Ich lief einmal herum und suchte gründlich nach Hinweisen auf die Identität der Person, die mir die Falle gestellt hatte. Ich wusste gar nicht genau, was ich zu finden erwartete, denn die Palpater hätten längst alles Ungewöhnliche im Teppich ihrer dicken Wedel verschwinden lassen, in der Hoffnung, dass es sich verdauen oder zersetzen ließ. Und tatsächlich stieß ich auf nichts, das von Interesse gewesen wäre. Ich kletterte auf einen Baum, um eine größere Fläche überblicken zu können. Während ich bequem auf einem hohen Ast saß, konnte ich die Straße nach Totney erkennen und in der Ferne die Jagdgruppe, die in Richtung Westen trottete. Im Süden erhob sich das Moor als baumloser grüner und brauner Bogen. Im Norden konnte ich gerade noch das Meer erahnen.

Da fiel mein Blick auf etwas anderes.

Vom Boden aus waren sie nicht zu sehen, weil die Palpater sie zugedeckt hatten. Aber aus dieser Höhe ließen sich zwei parallele Spuren ausmachen, die in nördlicher Richtung verliefen. Sie mussten schon etwas älter sein, aus der Zeit nach dem Tauwetter, als der Boden noch weich gewesen war.

Es waren sehr typische Spuren.

Ein Motorwagen war aus Richtung Meer gekommen, hatte meinem Sternentraumteich einen Besuch abgestattet und war wieder zurückgefahren.

All meine Verdachtsmomente gegen Knuff lebten wieder auf. Warum war der Noss-Motorwagen an meinem Teich gewesen? Ich glaubte, die Antwort auf diese Frage zu kennen. Er war für den Transport eines Eisteufels benutzt worden. Auf welche Weise, konnte ich mir nicht vorstellen, aber irgendwie hatte man es vollbracht. Knuff konnte ihn nicht in einem Eimer mit sich herumgetragen haben, denn dazu waren diese Wesen zu groß. Konnte er ihn aus seinem heimischen Tümpel in den großen Wassertank des Motorwagens gepumpt haben? Nein, der Eisteufel hätte den Teich verfestigt, sobald Knuff den Schlauch ins Wasser gesteckt hätte. Ich stieg vom Baum herunter und ging in Richtung Norden. Dann folgte ich den Spuren, um nach weiteren Hinweisen zu suchen. Bald wurden die Palpater von Spreizkraut abgelöst, aber nachdem ich wusste, worauf ich zu achten hatte, konnte ich die Spuren mühelos erkennen.

Am frühen Nachmittag erreichte ich die Schlachterbucht. Sie ist nach einem uralten Ereignis benannt, als eine Schule Zumen – große Meeressäugetiere – durch eine ungewöhnlich dichte Grume an die Oberfläche gedrückt worden war. Aus Angst vor den gefräßigen Grume-Reitern hatten sie sich auf den Strand geflüchtet, was ihnen jedoch gar nicht gutgetan hatte. Die Männer von Noss waren gekommen und hatten sämtliche Tiere getötet, sie ausgeweidet, in tragbare Stücke geschnitten und sie auf Gestellen in der Sonne trocknen lassen. Den ganzen Winter lang hatten sie reichlich zu essen gehabt.

Eine seichte Mulde führt zur Bucht hinunter. Während der Traufe fließt dort ein reißender Strom, aber zu dieser Jahreszeit ist das Bett trocken. Nur fünf voneinander getrennte Teiche waren vom Fluss übrig geblieben. Etwa hier verlor sich die Spur des Motorwagens auf steinigem Boden, wo nur ein paar Knallblümchen in den Ritzen wuchsen. Ich näherte mich dem ersten

Teich. Er war kleiner als die anderen, nur etwa drei Schritt weit. Ich hob einen Stein auf und warf ihn hinein.

Nichts geschah. Eine leichte Brise wellte die Oberfläche.

Dann warf ich einen Stein in den zweiten Teich.

Unmittelbar darauf gefror die Wasserfläche. In diesem Teich lauerte ein Eisteufel. Ich wiederholte das Experiment mit den nächsten drei Teichen, jedes Mal mit dem gleichen Ergebnis. Das hieß, in vier Teichen waren Eisteufel, in einem nicht. Ich kehrte zum ersten Teich zurück. Die Palpater wuchsen fast bis zum steinigen Ufer. Mir fielen seltsame Kratzspuren auf den felsigen Flächen auf, ich entschied jedoch, dass sie von großen Steinen stammten, die vom Wasser der Traufe bewegt worden waren.

Es wurde immer später, und ich musste umkehren. Ich war mir ziemlich sicher, dass der Eisteufel aus diesem ersten Teich geholt worden war, aber ich konnte mir nicht vorstellen, wie man es gemacht hatte.

Es war später Nachmittag, als ich wieder an meinem Sternentraumteich eintraf. Schnell untersuchte ich noch einmal die Umgebung und hob auch die Palpaterteppiche an, um darunterzuschauen.

Dann fand ich es: ein schweres geflochtenes Tau, das ins Wasser hing und unter den Palpatern weiter vom Teich wegführte. Ich zerrte es unter den Pflanzen hervor. Es war mindestens zwanzig Schritt lang.

Dann wurde mir klar, wie man den Eisteufel hierhergebracht hatte.

Es war unglaublich simpel. Knuff – oder wer auch immer – war einfach mit dem Motorwagen rückwärts an den Tümpel in der Nähe der Schlachterbucht herangefahren, hatte ein Ende des Seils an der Schleppstange festgeknotet und das andere ins Wasser geworfen. Unmittelbar darauf hatte der Eisteufel den Teich erstarren lassen. Dann war Knuff einfach mit dem Motorwagen losgefahren und hatte den ganzen Teich mitsamt dem Eisteufel hinter sich hergezogen. Er war zu meinem Teich gefahren, hatte den gefrorenen Block hineingestoßen und war nach Hause zurückgekehrt, in der Gewissheit, eine geschickte Falle vorbereitet zu haben. Das Tau hatte er nicht mitnehmen können, weil er dann hätte warten müssen, bis der Eisteufel den Teich wieder verflüssigte, aber er hatte es eilig gehabt, nach Noss zurückzufahren.

Sehr geschickt.

Ich wollte mich bereits auf den Rückweg nach Yam machen, als die tiefstehende Sonne und die schrägen Schatten etwas offenbarten, das mir einen eiskalten Schauder über den Rücken jagte.

Da waren noch mehr Spuren eines Motorwagens. Zwei weitere parallele Spuren.

Und sie führten nach Yam und kehrten von dort zurück …

Was hatte das zu bedeuten?

Das konnte nur bedeuten, dass der Motorwagen aus Yam an meinem Teich gewesen war. Wieso waren zwei Motorwagen hier gewesen? Oder das hieß – und ich konnte diese Möglichkeit nicht verwerfen, so sehr ich mich auch bemühte –, es hieß *vielleicht*, dass es nur ein Motorwagen war. Er hätte von Yam kommen können, um dann nach Norden zur Schlachterbucht abzubiegen, den Eisteufel zu holen, ihn in meinen Teich zu werfen und schließlich wieder nach Hause zu fahren. Nach Yam. Das wäre eine plausible Erklärung für all die Spuren.

Diese Möglichkeit klang auf erschreckende Weise plausibel.

Bei Einbruch der Dunkelheit kehrte ich zu meinem Haus zurück, entzündete das Feuer und hockte mich davor. Dann versuchte ich, in den tanzenden Flammen eine Erklärung für all die Geheimnisse zu finden.

Als ich nach Vaters Tod in Yam eingetroffen war, hatte ich feststellen müssen, dass mir die traurige Nachricht vorausgeeilt war. Angeblich hatte die Jagdgruppe sie von einem Fischer aus Noss erfahren. Allerdings entfernen sich Fischer äußerst selten weit vom Meer, was nur bedeuten konnte, dass die Jäger die Hügel in der Nähe von Noss durchstreift hatten.

Wenn Wild in Sicht kam, teilten sich die Mitglieder einer Jagdgruppe auf und versuchten die Tiere einzukreisen. Auf diese Weise konnte sich das Jagdgeschehen über eine weite Fläche erstrecken, wenn Männer hierhin und dorthin rannten, sich aus den Augen verloren und nur noch durch Rufe und Pfiffe Kontakt hielten. Das konnte zu einer recht undisziplinierten Hetzjagd führen, worauf die Jäger viel Zeit damit verloren, nach verirrten Kameraden zu suchen.

Es war durchaus möglich, dass ein Mitglied der Gruppe einen halben Tag lang verschwunden blieb, bis die anderen sich fragten, wo er stecken mochte. Aus dieser Jagdgruppe hätte sich jedes Mitglied nach Noss schleichen können, um meinen Vater zu töten, das Destill durch Wasser zu ersetzen, damit auch ich ausgeschaltet wurde, und zur Gruppe zurückzukehren, ohne dass sich jemand über seine Abwesenheit gewundert hätte. Später hätte er sogar Zeit gehabt, Vaters Leiche gegen einen toten Grume-Reiter auszutauschen und damit meiner Glaubwürdigkeit einen schweren Schlag zu versetzen.

Der naheliegende Kandidat für eine solche Aktion war Borst.

Aber konnte ein Mann seinen eigenen Bruder ermorden? Dazu würde er einen sehr triftigen Grund brauchen. Doch mein Vater war für Borst sehr nützlich gewesen und hatte sich sogar taktvoll im Hintergrund gehalten. Es war unwahrscheinlich, dass Borst einen Anfall von Eifersuchtswahn erlitten hatte, weil Vater der bessere Mann war. Nicht nur unwahrscheinlich, sondern unmöglich. Konnte er den Verdacht gehegt haben, mein Vater würde ihm die Herrschaft streitig machen wollen? Nein. Eine der großen Stärken von Yam war die unerschütterliche Loyalität meines lieben alten Vaters zu seinem Bruder.

Also würde ich die Männer befragen, wenn sie von der aktuellen Jagd zurückgekehrt waren.

Jetzt zum Motorwagen.

Der Transport des Eisteufels musste vonstatten gegangen sein, als ich in meinem Haus eingesperrt war, vermutlich kurz nach meiner Rückkehr aus Noss. Aber niemand hätte den Motorwagen benutzen können, ohne dass es bemerkt worden wäre. Das Feuer musste entfacht werden, um genug Kesseldruck aufzubauen. Das alles brauchte Zeit, ganz zu schweigen vom Lärm, den die Maschine verursachte, wenn sie vom Hof und durch das Dorf ratterte. Also musste jemand einen Vorwand gehabt haben, das Fahrzeug zu benutzen, und die Dorfbewohner würden sich an diese Fahrt erinnern. Immerhin wurde der Motorwagen nicht oft in Bewegung gesetzt. Es dürfte nicht schwierig sein, in Erfahrung zu bringen, wer ihn benutzt hatte …

In hoffnungsvoller Stimmung legte ich mich schlafen. Am folgenden Tag würde ich viele Fragen stellen.

Am nächsten Morgen untersuchte ich den Motorwagen, der kalt und unbenutzt in seinem Schuppen stand.

Die Schleppstange erhob sich am hinteren Ende der Ladefläche. Das Metall verriet durch seinen Glanz, dass es kürzlich benutzt worden war, gab aber keine weiteren Hinweise. Ansonsten war das Gefährt sauber, abgesehen von den Rädern, an denen zerdrückte Palpater klebten. Aber das war fast immer der Fall. Auf der Bodenplatte gab es nichts, was auf jemanden hingedeutet hätte, der den Motorwagen in letzter Zeit gefahren hatte.

Ich machte mich auf den Weg zur Dorfscheune. Dort hielten sich Lenz und zwei weitere Frauen auf, die eine Liste der dürftigen Vorräte erstellten.

»Ich dachte, du wolltest an der Jagd teilnehmen«, sagte sie, das rosige Gesicht in Sorgenfalten gelegt.

»Ich hatte anderes zu tun.«

»Ich hoffe sehr, dass du dich nicht mit deinem Onkel Borst gestritten hast. Er war sehr darauf erpicht, dass du die Gruppe begleitest.«

Plötzlich hatte ich eine Vision, wie sich die Jäger auf die übliche Weise über die Hügel verstreut hatten und mit einem Mal Borst vor mir stand, den Speer erhoben und das kantige Gesicht von mörderischem Hass verzerrt, während kein anderer Jäger in der Nähe war. War das der Grund, warum Borst so viel daran lag, dass ich an der Jagd teilnahm?

»Borst war etwas verärgert, aber er wird darüber hinwegkommen. Kannst du dich erinnern, ob irgendjemand seit Vaters Tod den Motorwagen benutzt hat?«

»Den Motorwagen?« Sie sah mich verdutzt an. »Natürlich wurde er benutzt. Er wird fast jeden Tag benutzt. Wir sind dabei, neues Land zu kultivieren.«

Ich war offensichtlich nicht mehr auf dem Laufenden. »Neues Land?«

»Um die zu erwartende schlechte Ernte zu verbessern. Wir haben Spätgemüse gepflanzt.«

»Was hat der Motorwagen damit zu tun?«

»Das war Mays Idee. Sie ist wirklich ein kluges Mädchen. Wir haben die Pflüge an den Motorwagen gehängt, statt sie von Lox ziehen zu lassen. So geht es viel schneller. Erstaunlich, dass wir das nicht schon vorher gemacht haben.«

»Wer hat den Motorwagen gefahren?«

»Ach, fast jeder von uns hat es einmal probiert. Es war gar nicht so schwer. Eigentlich war dein Onkel Borst sogar der schwierigste Teil der Aktion. Er schien überzeugt zu sein, dass der Motorwagen sein Privatbesitz ist, aber Wanda zitierte Vorfahrenerinnerungen, die bewiesen, dass er schon immer als Gemeinschaftseigentum betrachtet wurde. Darauf konnte dein Onkel nichts erwidern«, sagte sie mit offenkundiger Befriedigung, »also machten wir Dampf und fuhren damit los, und er konnte zum Rax gehen. Wir hatten den Eindruck, dass er den Vorschlag eher akzeptiert hätte, wenn er von jemand anderem als der Irren May gekommen wäre.«

»Ich wäre gern dabei gewesen.« Dann kam mir ein Gedanke. Ich war sehr lange in meinem Haus eingesperrt gewesen, aber ich war nicht völlig taub für das gewesen, was außerhalb des Hauses geschehen war. »Ich habe nicht gehört, dass der Wagen jeden Tag in Betrieb war.«

»Wir haben ihn auch nicht jeden Abend ins Dorf zurückgebracht. Auch das war ein schwerer Kampf mit deinem Onkel. Wir haben ihn mit brennendem Feuer auf dem Feld stehen lassen, damit wir am folgenden Morgen sofort mit der Arbeit weitermachen konnten. Borst hat ständig herumgejammert, dass die Brennkammer gereinigt, die Röhren entkalkt und der Ruß aus der Esse geschaufelt werden muss, bis Wanda zu ihm gesagt hat, er soll den Mund halten und jagen gehen, wenn er nichts Konstruktives beizutragen hätte. Aber er war die ganze Zeit dabei und hat ein schlimmes Desaster prophezeit. Ich wünschte, dein Vater wäre da gewesen. Er hätte ihn wieder auf Kurs gebracht.« In ihren blauen Augen schwamm ein Meer der Trauer. »Bruno wusste, wie man mit deinem Onkel Borst umgehen muss.«

»Ich weiß.« Ich dachte nach. Ein zu allem entschlossener Mann – oder auch, wie mir nun klarwurde, eine zu allem entschlossene Frau – hätte mit dem Motorwagen vom Feld zur Schlachterbucht und zurück fahren können, bei Nacht im Raxlicht, sicher in der warmen Kabine, und niemand hätte etwas davon bemerkt. »Wurde der Motorwagen auch einmal nachts benutzt?«

»Warum sollte jemand das tun?«

»Ich bin nur neugierig.«

Sie antwortete nicht. Wahrscheinlich hielt sie meine Frage für völlig belanglos. Sie starrte mit trüben Augen in einen Sack Getreide.

»Dein Vater fehlt mir so sehr«, seufzte sie schließlich.

Ich wurde mit etwas konfrontiert, das ich gar nicht verstehen wollte. Peinlich berührt von ihrer eigenartigen Reaktion und in der Hoffnung, dass die anderen Frauen sie nicht gehört hatten, schlich ich mich davon. Ich hatte nichts erreicht.

Doch einige Tage danach sah die Sache schon wesentlich besser aus.

Am späten Nachmittag hörte ich das Schnaufen eines Motorwagens, während ich mir gerade eine dürftige Portion Luhtfleisch briet. Als ich ans Fenster eilte, war mein erster Gedanke, die Jagd müsse so erfolgreich gewesen sein, dass Borst zurückgekehrt war, um den Motorwagen zu holen, damit die Beute abtransportiert werden konnte. Aber zu meiner großen Freude irrte ich mich gewaltig. Es war der Motorwagen aus Noss, der durch das Dorf zockelte. Lonessa saß am Lenker.

Und mein Herz machte einen Hüpfer, denn neben ihr stand Talis.

Sie sah hübscher aus als je zuvor. Sie trug ein kurzes Kleid aus Albinofell und einen breitkrempigen Hut aus rotem Stroh, der sie vor den Unbilden Phus schützen sollte. Sie sah mich am Fenster stehen, als der Motorwagen weiter in Richtung Frauendorf rollte.

Und sie winkte mir zu, lächelnd.

Mein Herz machte einen weiteren Hüpfer und schlug dann mit schmerzhafter Intensität weiter. Auch das Atmen fiel mir plötzlich schwer. Ich litt unter starken körperlichen Beschwerden. Es wäre zu schade, wenn ich starb, bevor ich die Gelegenheit hatte, noch einmal mit ihr zu sprechen, nachdem es nun den Anschein hatte, als hätte sie mir alles verziehen. Mit einem Mal war es ein wunderschöner Nachmittag, und das Geschrei einer Männergruppe in der Nähe klang wie Musik in meinen Ohren.

Was ist los mit mir? Sie ist doch nur ein Mädchen – und obendrein eine Flunder.

Sowohl Borst als auch Drücker waren auf der Jagd, was offenbar darauf hinauslief, dass ich nun für das Männerdorf verantwortlich war, auch wenn andere das anders sehen mochten. Deshalb war es für mich recht selbstverständlich, einen von Vaters prächtigeren Umhängen anzulegen und auf die Straße hinauszutreten, um herauszufinden, was das alles zu bedeuten hatte. Es war wirklich schade, dass Vaters bester Umhang – sein Verhandlungsmantel – während der tragischen Ereignisse in Noss verlorengegangen war. Von Zeit zu Zeit stellte ich mir vor, wie Knuff ihn heimlich in der Abgeschiedenheit seines Hauses trug und sich damit brüstete.

Ich fand Talis in der Scheune, an der Seite von Lonessa, die sich mit Wanda auseinandersetzte.

»Das ist nicht euer Problem«, sagte Wanda gerade, deren vertrocknetes Gesicht zu einer Maske der Widerspenstigkeit erstarrt war.

»Es wird unser Problem sein, wenn ihr uns dieses Jahr wieder um Nahrung anbettelt«, sagte Lonessa.

»Wir danken euch für die Hilfe, die ihr uns in der letzten Frostzeit gewährt habt«, erwiderte Wanda steif, »und wir haben Maßnahmen getroffen, um dafür zu sorgen, dass es dieses Jahr zu keiner Verknappung kommt.«

»Wir müssen genau wissen, wie es um euch steht. Ich muss eure Felder inspizieren.«

»Was?«

»Wenn ihr keine Einwände habt.«

»Keine Einwände? Natürlich habe ich Einwände! Unsere Felder gehen nur uns etwas an!«

»Ich könnte mir ansehen, wie sich die Pflanzen auf euren Feldern machen, indem ich einfach vorbeifahre. Aber ich dachte mir, dass du sie mir lieber selber zeigen möchtest. Ich hatte gehofft, dass du deswegen keine Schwierigkeiten machst, Wanda.« Sie lächelte ein wenig. »Es ist nicht die Drachendame, die jetzt zu dir spricht. Ich bin als freundliche Nachbarin gekommen.«

»In Yam hast du keine Rechte, Lonessa!«

Jetzt hob die Hauptfrau von Noss ihre Stimme. »Ich bin zu einem freundschaftlichen Besuch gekommen. Zu Hause musste ich mich heftig kritisieren lassen, wegen der Hilfe, die wir euch während des vergangenen Frosts gewährt haben, und ich muss mich vergewissern, dass unser Darlehen zurückgezahlt werden kann. Deshalb muss ich mir selbst ein Bild von der Situation machen.«

Ich hielt es für angebracht, mich in die Diskussion einzumischen. »Das klingt vernünftig, Wanda.«

»Vernünftig!«, kreischte sie. »Verstehst du denn nicht, Hardy? Sie will uns in ein Abhängigkeitsverhältnis bringen!«

»Nein, wir selbst haben uns in ein Abhängigkeitsverhältnis gebracht, als wir während der letzten Frostzeit den Fisch genommen haben. Es hat keinen Sinn, sich deswegen zu streiten. Es ist einfach eine Tatsache, dass wir in der Schuld von Noss stehen. Und jetzt zeig ihr die Felder. Dadurch entsteht uns kein Schaden.«

Die Sehnen an ihrem uralten Hals spannten sich, als sie mich anfunkelte. Sie öffnete den Mund, und ich machte mich auf die üblichen Worte gefasst: *Was im Namen von Rax weißt du überhaupt von irgendwas, du junger Narr?* Doch zu meiner Überraschung entspannte sie sich wieder und nickte.

»Wahrscheinlich hast du Recht. In schwierigen Zeiten kann eine Frau schon mal überempfindlich reagieren. Auch ich musste viel Kritik einstecken. Komm mit, Lonessa! Wir haben viel zu inspizieren, bevor es dunkel wird.«

Mit übertrieben beiläufigem Geplauder, wie es Streitende oft tun, nachdem sie Frieden geschlossen haben, entfernten sie sich. Sie waren so sehr miteinander beschäftigt, dass Lonessa offenbar Talis vergaß, die mit ihr gekommen war. Wir standen da und sahen uns an. Talis lächelte.

»Gut gemacht, Hardy.«

»Ich hätte das Gleiche sagen können, als Vater noch am Leben war, und sie hätten mich ermahnt, die Klappe zu halten.«

»Und jetzt liegt das alles hinter dir.«

»Möchtest du dir mein Haus ansehen? Ich habe dort etwas für dich.«

»Für mich?« Sie sah mich aufmerksam an, und ich hatte das Gefühl, dass sie plötzlich nervös wurde. »Warum für mich?«

»Du wirst schon sehen.«

Sie war sehr still, als wir durch das Dorf gingen, verfolgt von neugierigen Blicken der Männer. Ich erwiderte sie trotzig. Denn war es nicht völlig natürlich, wenn der Neffe des Hauptmanns von Yam die Tochter der Hauptfrau von Noss begleitete? Ich öffnete meine Tür und führte Talis hinein, blickte mich noch ein letztes Mal um und schloss dann fest die Tür hinter uns beiden.

Ich holte Talis' Kristall aus dem Versteck hinter einem lockeren Stein in der Wand und reichte ihn ihr.

»Oh, Hardy! Ich bin dir so dankbar!« Spontan schlang sie die Arme um mich und drückte sich an mich. Sie musste spüren, wie mein Herz gegen ihre Brüste pochte. »Wo hast du ihn gefunden?«

»In einem Teich neben der Straße nach Totney.«

Sie ließ mich los und trat zurück. Mit dem Ende des Körperkontakts baute sich eine Wand der Beherrschung zwischen uns auf. »In einem Teich? Wie ist er dort hingekommen?«

»Setz dich, dann erzähle ich es dir.«

Nach Vaters Tod hatte ich unsere zwei Haufen aus Bettfellen zusammengeworfen, also setzten wir uns nebeneinander darauf. Es war eine gemütliche Sitzgelegenheit. Ich berichtete von den Ereignissen, die sich seit unserem letzten Treffen zugetragen hatten, und sie hörte mit großen Augen zu, bis es zu dunkel geworden war, um noch etwas sehen zu können.

»Was meinst du dazu?«, fragte ich, nachdem ich fertig war.

Sie zögerte. »Ich meine, dass du sehr vorsichtig sein solltest. Ich möchte nicht, dass dir etwas zustößt.«

»Aha?« Das klang vielversprechend. »Warum nicht?«

»Nun ja … ich möchte doch nicht, dass irgendjemand irgendetwas zustößt.« Ich konnte ihren Gesichtsausdruck nicht sehen, aber sie bewegte sich unruhig auf den Fellen hin und her. »Ich gehöre nicht zu den Leuten, denen es gefällt, wenn anderen Leuten Missgeschicke widerfahren«, fügte sie hinzu – etwas zu hastig, wie ich hoffte.

»Willst du damit sagen, dass du mich magst?« Es war viel leichter, im Dunkeln mutig zu sein, wenn mein Inneres nicht vom Blick ihrer warmen braunen Augen entblößt wurde.

»Hmm … ja.«

»Obwohl ich ein Wühler bin?«

»Ach!« Ich spürte ihre ungeduldige Geste, obwohl ich sie nicht sehen konnte. Dann kam mir der instabile Fellhaufen zu Hilfe, und sie wurde gegen mich geworfen. Ich legte einen Arm um sie.

Es war nicht der günstigste Moment für die Tür, sich zu öffnen, aber mir war klar, dass diese Situation nicht ewig andauern konnte. Eine helle Laterne ließ mich blinzeln, und nachdem sich meine Augen an das Licht gewöhnt hatten, erkannte ich dahinter das freundliche Gesicht meiner Mutter. Es hätte wesentlich schlimmer kommen können.

»Hardy, um Phus willen! Lonessa sucht nach Talis. Sie wird in Wandas Haus übernachten. Talis, du solltest lieber zu ihr gehen, und zwar ganz schnell!«

Wir waren beide aufgestanden.

»Ich weiß nicht, wo es ist«, sagte Talis hilflos.

»Ich bringe dich hin«, sagte Lenz. »Komm mit.«

Dann waren sie verschwunden, und Talis' Anwesenheit wirkte noch lange im Haus und in meinem Geist nach. Ich legte mich auf meine Felle und durchlebte noch einmal die Ereignisse des Nachmittags, bis ins letzte Detail. Dazu brauchte ich die halbe Nacht.

Ein Mensch wäre dazu nicht in der Lage gewesen. Das ist ihr großes Manko.

Talis unterdrückte ein Kichern. »Es tut mir leid. Aber es sieht wirklich komisch aus.«

Es war am folgenden Morgen. Die Rückfahrt nach Noss hatte sich durch die zeremonielle Ankunft der Jagdgruppe verzögert.

»So machen wir es immer«, versuchte ich mich zu rechtfertigen.

»Aber warum wedelt dein Onkel so mit dem Speer herum? Und warum hüpfen all die anderen hinter dem Lox her, einer hinter dem anderen? Warum kommen sie nicht wie normale Leute ins Dorf? Wenn die Fischer nach Noss zurückkehren, machen sie keinen großen Wirbel darum. Sie legen einfach an und entladen ihren Fang.«

Es war Borsts Gewohnheit, auch bei der Rückkehr ins Dorf auf der einreihigen Formation zu bestehen, nur dass die Lox nicht mehr am Ende dahintrotteten, sondern direkt hinter ihm gingen und sich mit dem Gewicht der Beute abschleppten. Die restlichen Mitglieder der Gruppe folgten den Lox. All das sollte den

Eindruck erwecken, dass Borst persönlich für den Jagderfolg verantwortlich war.

»Wir reden hier nicht über einen Haufen stinkender Fische. Vergiss nicht, dass wir Jäger sind. Wir sind anders.«

Bedauerlicherweise standen meine großen Worte im Widerspruch zu dem, was wir nun zu sehen bekamen. Wie üblich stolzierte Borst an der Spitze der Formation, gefolgt von sechs Lox, aber fünf der Tiere waren lediglich mit zusammengelegten Zelten und Fellen bepackt. Nur ein Lox, der Erste in der Reihe, trug die Ausbeute von vier Tagen Arbeit. Diese bestand in einem mageren, langhalsigen Dreibein, das sich anscheinend aus dem Großen Zentralmassiv hierherverirrt hatte. In den Bergen, wo Phu mit stechendem Blick herabstarrte, gab es viele solcher ungünstiger Mutationen. Normalerweise betrachtete man sie nicht als essbar, aber wir lebten in schweren Zeiten.

Als Talis das Geschöpf sah, brach sie in schallendes, melodisches Gelächter aus. »Ich kann gut mit Fisch leben!«

»Ist das Vieh auf der Flucht tot umgefallen, Borst?«, rief jemand, begleitet von sarkastischen Rufen.

Aber die allgemeine Stimmung war von Bestürzung getrübt, und viele Leute kehrten sofort in ihre Häuser zurück, um über diesen jüngsten Beweis nachzugrübeln, dass der Große Lox uns seine Gunst entzogen hatte – oder gar Vergeltung für irgendwelche Verfehlungen der Vergangenheit übte. An diesem Abend würde der Tempel gut gefüllt sein.

Lonessa ging zu Borst hinüber. »Das ist also eure gesamte Jagdbeute?«

»Das Wild ist rar.« Während sich die entmutigten Jäger auf ihre Häuser verteilten und die Lox von den Frauen zur Scheune geführt wurden, schien seine Statur zu schrumpfen. Jetzt war er zu dem geworden, was er wirklich war: ein kleiner Mann, der sich seines Scheiterns bewusst war. Es hatte keinen Sinn, unter Lonessas kritischem Blick etwas vortäuschen zu wollen. »Außerdem hat die Jagdsaison gerade erst begonnen«, murmelte er.

Sie bedachte ihn mit einem langen, drohenden Blick, dann schwang sie sich auf den Motorwagen. »Komm, Talis«, sagte sie gepresst. Sie drehte den Dampfregler, der Motor schnaufte hektisch, und der Wagen rollte über die Straße davon. Talis winkte noch einmal, als sie um eine Ecke bogen und sich in nördlicher Richtung entfernten.

Borst wandte sich mir zu. »Wir waren zu wenig Männer, was wir dir zu verdanken haben.«

Das konnte ich nicht gelten lassen. »Habt ihr irgendwelches anderes Wild gesehen als diese Missgeburt, die ihr erlegt habt? Oder habt ihr an den falschen Stellen gesucht?«

Er sah mich mit einem Blick an, der dem von Lonessa sehr ähnlich war, dann fuhr er herum und stapfte mit schnellen Schritten und gesenktem Kopf zu seinem Haus.

Die Tradition verlangt, dass sich die Jäger nach der Rückkehr im Bierhaus versammeln. Ich ließ ihnen etwas Zeit, es sich dort bequem zu machen, bevor ich mich dazugesellte. Die Stimmung war gedrückt. Es war keine fröhliche Menge, die lautstark feierte. Stattdessen saßen die Männer einzeln oder in kleinen Gruppen auf den Bänken und starrten stumm in ihr Bier. Ich holte mir einen Krug und setzte mich zu Drücker und Kaunter.

»Nicht viel Fleisch für eine viertägige Jagd«, sagte ich vorsichtig.

»Meinst du, du hättest es besser gemacht?«, fuhr Kaunter mich an, der die Sache persönlich nahm. »Wir haben es wenigstens versucht.«

»Ja«, bestätigte Drücker. »Wir haben es wenigstens versucht.«

»Wo warst du überhaupt?«, fragte Kaunter. »Ich dachte, wir alle wollten gemeinsam auf diese Jagd gehen.«

»Es ging mir nicht gut.«

»Mein Vater tobte wie ein Grunzer, als wir losgezogen sind«, sagte Drücker. »Er meinte, du wärst es nicht wert, sich mit dir abzugeben. Er sagte, du wärst nicht mehr als eine verfrorene Belastung für Yam.« Er gluckste boshaft. »Ich möchte nicht in deiner Haut stecken. Er will mir dir reden, sobald er das Gespräch mit Wanda beendet hat.«

»Er wird sogar noch wütender sein, nachdem er mit Wanda gesprochen hat«, fügte Kaunter hinzu.

Ich hatte schon jetzt genug von ihrer Gesellschaft. »Das ist schade, denn ich habe schon mit ihm gesprochen. Ihr meint also, ihr hättet mehr Jagderfolg gehabt, wenn ich dabei gewesen wäre, wie? Weil meine Persönlichkeit eine unwiderstehliche Anziehungskraft auf das Wild ausübt?«

»Vielleicht«, sagte Drücker. »Wer weiß? Es hätte kaum schlimmer kommen können.«

»Vielleicht sollte dein Vater versuchen, dort zu jagen, wo das Wild ist.«

»Also gut. Wenn du so schlau bist: Wo ist es?«

Ich hatte die Unterhaltung in die Richtung gelenkt, in der ich sie haben wollte. »Ihr habt doch gute Beute gemacht, als ihr vor einer Weile in der Nähe von Noss gejagt habt, nicht wahr?«

»Noss? Ach, du meinst das eine Mal, als dein Vater ...« Er verstummte. Selbst Drücker konnte gelegentlich rücksichtsvoll sein. »Es lief ganz gut«, sagte er dann.

»Ihr habt in drei Tagen fünf Luhten erlegt. Vielleicht lag es an der Methode, die ihr benutzt habt. Ihr habt die Tiere umzingelt, nicht wahr? Ihr habt euch über eine große Fläche verteilt und sie dann immer enger zusammengetrieben.«

»So haben wir es gemacht«, stimmte Drücker gut gelaunt zu, als er sich an bessere Zeiten erinnerte.

»Aber nicht vorhandenes Wild kann man nicht umzingeln«, gab Kaunter zu bedenken.

»Das ist klar. Und dann wäre da noch das Problem«, sagte ich listig, »dass beim Umzingeln oft Leute verlorengehen. Manchmal bleiben sie den ganzen Tag lang verschwunden.«

»Wer hat dir gesagt, ich wäre bei Noss verlorengegangen?«, protestierte Drücker lautstark. »Ich bin nicht verlorengegangen!«

»Das habe ich nie behauptet. Ist jemand verlorengegangen?«

»Niemand ist verlorengegangen! Wir Jäger gehen niemals verloren!«

Kaunter musterte mich nachdenklich. »Warum interessiert es dich so sehr, ob Leute verlorengehen?«

»Ich habe mir nur Gedanken über die Jagdmethode gemacht.«

»Du hast vielleicht Nerven!«, rief Drücker, der sich regelrecht in diese Sache hineinsteigerte. »Mein Vater ist der Einzige, der das Recht hat, sich Gedanken über Jagdmethoden zu machen. Und nachdem dein Vater jetzt nicht mehr da ist, kann er es endlich ohne Störungen und idiotische Vorschläge tun!« Sein kurzer Moment des Respekts vor den Toten und meinen Gefühlen war längst vorbei.

»Geh zum Rax«, murmelte ich und ließ die beiden allein. Drücker war viel zu sehr damit beschäftigt, das Jagdgeschick seines Vaters zu betonen, um mir irgendwie helfen zu können.

Ich ging zu zwei Jägern, die in der Nähe standen und ihre Speere gegen die Wand gelehnt hatten, und verwickelte sie in ein ähnliches Gespräch.

»Luhten?«, sagte Quorn, Borsts bester Mann. »Zu dieser Jahreszeit findet man oft Luhten an der Küste. Sie warten auf die Grume, verstehst du?« Luhten haben lange Beine, und ein Besuch der Grume gehört zu ihrer regelmäßigen Wanderung. Wenn sich das Meer verdickt, waten sie hinaus und sammeln mit ihren breiten Unterkiefern die gestrandeten Fische von der Oberfläche auf.

»Also habt ihr wahrscheinlich gehört, dass es Luhten in Richtung Noss gibt, auf eurem vorletzten Jagdzug.«

»Dein Vater hat es uns gesagt«, erklärte Quorn. »Er hatte die Neuigkeit aus Noss.«

»Das war eine ziemlich schwierige Jagd«, sagte der andere Mann, der Flick hieß. »Luhten sind verfroren schnell. Man braucht seinen ganzen Verstand, um einen Luht zu erlegen. Man muss einen weiten Kreis ziehen.«

»Einen weiten Kreis?«

»Ja, einen weiten Kreis.« Flick sprach langsam und bedächtig. Er bewegte sich mit unendlicher Vorsicht von einem Thema zum nächsten, wie jemand, der durch einen Sumpf watet. »Man muss einen weiten Kreis ziehen. Das ist das Geheimnis der Luhtenjagd.«

»Es kann schwierig werden, wenn man sich fast den ganzen Tag lang gegenseitig aus den Augen verliert.«

»Oh ja. Das kann schwierig werden.« Er verarbeitete dieses neue Thema, während ich mich bemühte, nicht zu schreien.

»Dabei kann leicht jemand verlorengehen«, versuchte ich es erneut.

»Wir gehen niemals verloren«, sagte Quorn mit Nachdruck. Das war natürlich eine Lüge, weil ich selbst mehr als einmal auf einer Jagd verlorengegangen war. Aber vielleicht zählten Lehrlinge nicht. Ich hatte den Stolz dieses Jägers verletzt.

»Es kann vorkommen, dass wir einen Mann einen ganzen Tag lang nicht sehen, aber am Ende des Tages finden wir uns jedes Mal wieder zusammen«, sagte Flick.

»Das ist so eine Art Instinkt«, sagte Quorn.

»Ein Jägerinstinkt«, erklärte Flick.

»Und was war nun mit der Jagd bei Noss?«, fragte ich mit einer gewissen Verzweiflung. »Gab es jemanden, den ihr längere Zeit nicht gesehen habt?«

Ich wusste genau, dass ich meine Zeit verschwendete. »Ich habe den ganzen Tag kaum jemanden gesehen«, sagte Flick. »Aber bei Einbruch der Nacht haben sich alle wieder zusammengefunden. Dafür sorgt der Jägerinstinkt, verstehst du?«

Einige Tage zuvor hatte ich gedacht, ich würde große Fortschritte bei der Suche nach der Person machen, die Vater getötet und einen Mordversuch an mir verübt hatte. Jetzt stand ich fast wieder an der Stelle, wo ich angefangen hatte. Ich wusste nur, dass der Schuldige mit höherer Wahrscheinlichkeit aus Yam als aus Noss stammte.

Verdutzt kehrte ich zu meinem Haus zurück, um über meine nächsten Schritte nachzudenken. Vielleicht hatte jemand in Noss gesehen, wie ein Mann aus Yam sich an Vaters Todestag in der Nähe herumgetrieben hatte. Aber meine Gedanken wehrten sich gegen die Vorstellung, die Sache in Noss erneut zur Sprache zu bringen. Man würde sich erinnern, dass ich schon einmal jemanden aus Noss beschuldigt hatte. Ich konnte mich glücklich schätzen, wenn ich mit heiler Haut nach Hause kam.

Als der Abend den Himmel verdunkelte, entzündete ich die Lampen und das Feuer und legte ein Stück Trockenfisch in den Kochtopf. Allmählich hatte ich Trockenfisch gründlich satt. Ich dachte gerade angestrengt darüber nach, wie ich den Geschmack verbessern könnte, ganz zu schweigen vom Gestank, als die Tür aufflog und Borst hereinstürmte. Er baute sich in der Mitte des Raumes auf und starrte mich unter gesenkten Augenbrauen an, um mir frostige Angst einzujagen. Nach einem Blick in seine Richtung, der lediglich der Identifizierung meines Besuchers diente, wandte ich mich wieder meinem Kochtopf zu. Ein abscheulicher weißer Schaum bildete sich auf der Oberfläche. Er war, wie Mister McNeil mir einmal gesagt hatte, äußerst nahrhaft. Ich spürte, wie sich Borsts Blick in meinen Rücken bohrte.

»Was hast du selbst dazu zu sagen«, hörte ich schließlich seine Stimme.

Es war eine merkwürdige Frage, aber eine, die typisch für Borst war. Ich hatte mir recht schnell eine Antwort zurechtgelegt. Dazu brauchte ich einen möglichst gelassenen Tonfall.

»Eigentlich nicht besonders viel. Was hast du *selbst* zu sagen, Borst?«

»Was? Was?« Ich hörte schnelle Schritte, die sich durch den Raum näherten. Eine Hand fiel auf meine Schulter und versuchte mich herumzudrehen. »Was hast du gesagt?«

Ich drehte mich um und stand auf. Ich war einen Kopf größer als er. Dadurch wirkte die Hand auf meiner Schulter plötzlich wie eine freundliche Geste. Als es ihm bewusst wurde, riss er sie zurück. Ich sagte nichts.

Er kam auf den Punkt. »Damit das klar ist, Hardy: Ich lasse nicht zu, dass du meine Männer belästigst.«

»Gut.«

»Ich glaube, du hast mich nicht verstanden. Ich werde nicht zulassen, dass du meine Männer belästigst.«

»Gut. Gibt es sonst noch ein Problem?«

Er starrte mich verdutzt an. »Ist das noch nicht genug?«

»Wenn du es sagst, Borst.«

Endlich hatte er etwas gefunden, worin er sich verbeißen konnte. »Ich bin dein *Onkel* Borst, du unverschämter verfrorener Bengel! *Onkel* Borst!«

»Ja, du bist mein Onkel.«

»Und vergiss das nie.«

»Wohl kaum, Borst.«

Er hatte mich verstanden. Sein Gesichtsausdruck änderte sich ein wenig, aber er bedachte mich immer noch mit einem Blick, als hätte er es mit einem störrischen Lox zu tun. »Meine Männer berichteten mir, du hättest ihre Fähigkeiten in Frage gestellt – und im weiteren Sinne auch meine. Das lasse ich nicht zu, Hardy. Das lasse ich nicht zu!«

»Du scheinst dich darüber geärgert zu haben. Ich frage mich, warum sie es dir erzählt haben.«

»Willst du es abstreiten?«

Langsam hatte ich genug von diesem dummen Mann. Ohne den mäßigenden Einfluss meines Vaters war er nicht mehr als der aufgeblasene Prototyp seines Sohnes: ein Volltrottel. Wie konnte ich ihn wieder loswerden? Ich versuchte das Thema zu wechseln.

»Das mit der Jagd ist wirklich bedauerlich. Wollen wir hoffen, dass bald mehr Tiere kommen. Sonst werden wir erneut eine hungrige Frostzeit erleben. Kannst du dich erinnern, ob es jemals einen schlimmeren Frost als den letzten gegeben hat, Borst?«

Er starrte mich mit offenem Mund an. Schließlich sagte er mit sichtlicher Mühe: »Du sprichst von Dingen, die außerhalb deiner Kenntnisse und vor allem außerhalb deines winzigen Zuständigkeitsbereiches liegen, Hardy. Muss ich dich wirklich daran erinnern, dass ich hier der Hauptmann bin und solche Planungen meiner Verantwortung unterliegen? Die Vergangenheit ist tot und vorbei. Ob der letzte Frost ungewöhnlich war oder nicht, ist ohne jeden Belang.«

Bildete ich es mir nur ein, oder war da tatsächlich ein leicht wahnsinniges Funkeln in seinen Augen? Er schwafelte weiter, als würde er eine Rede üben und die Wirkung der Worte ausprobieren. »Es geht einzig und allein um die Zukunft, und wir müssen uns ihr mit Kraft und Vernunft stellen. Im Kampf ums Überleben müssen wir ein weites Netz auswerfen. Zu lange haben wir in der Vergangenheit verweilt, und die Folge war, dass wir ständig die gleichen Fehler gemacht haben, jede Generation aufs Neue.«

Seine Worte waren ein Sakrileg! War er verrückt geworden? Oder war er klüger, als es den Anschein hatte? Wollte er mich dazu verleiten, ihm zuzustimmen, damit er es mir anschließend zum Vorwurf machen konnte? Das flackernde Licht der Lampen fiel von unten auf die zuckenden Flächen seines Gesichts, was ihm ein dämonisches Aussehen verlieh. Seine Augen starrten leer auf die gegenüberliegende Wand. Ich hoffte, dass jemand vorbeikam, stehen blieb und horchte – und mir dann zu Hilfe kam, falls Borst gewalttätig wurde.

»Es hat keinen Sinn, in der Vergangenheit nach Antworten auf unsere gegenwärtigen Probleme zu stöbern. Es gibt keinen Präzedenzfall für die Schwierigkeiten, in denen wir uns befinden. Es gibt …«

»Borst!« Ich packte ihn an den Schultern und schüttelte ihn.

»Was?« Er schien aufzuwachen und blinzelte.

»Wovon redest du?«

Er konzentrierte seinen Blick auf mich. »Ich … wir leben in schwierigen Zeiten, Hardy. Du verstehst es nicht.« Seine Haltung mir gegenüber hatte sich völlig verändert. Offenbar hatte er seiner Wut Luft gemacht. Die Aufgeblasenheit war verschwunden. Jetzt war er nur noch ein kleiner Kerl, der im Lampenlicht zu mir aufschaute. »Die Zeit wird es zeigen«, murmelte er. Zu meiner Überraschung drehte er sich um und ging. Die Tür schloss er leise hinter sich.

Ich war immer noch verdutzt über diesen Vorfall, als ich über die Leiter zum Obergeschoss hinaufstieg, wo ich manchmal schlief. Hatten die Probleme von Yam ihn aus der Bahn geworfen? Konnte es sein, dass er ohne die Hilfe meines Vaters nicht mehr fähig war, das Dorf zu führen? Plötzlich kam mir ein erschreckender Gedanke: Wenn Borst dem Wahnsinn verfiel, wurde Drücker der neue Hauptmann, und was sollte dann aus Yam werden? Vielleicht ernannte man jemanden, der das Amt vorübergehend übernahm, bis Drücker die nötige Reife erlangt hatte. Dafür gab es zahlreiche Präzedenzfälle.

Aber da war noch eine andere Sache. Ein stellvertretender Hauptmann würde das Amt nur so lange ausüben, bis man den rechtmäßigen Anwärter für verantwortungsvoll genug hielt, um die Führung zu übernehmen. Und falls Drücker die nötigen Anzeichen der Reife vermissen ließ, war es denkbar, dass ich zum Nachfolger von Borst ernannt wurde.

Während ich über diese entmutigende Möglichkeit nachdachte, hörte ich, wie sich meine Haustür knarrend öffnete, wie jemand gedämpft flüsterte und wie sich jemand mit verstohlenen Schritten der Leiter näherte.

Auf unserer Welt gibt es keine Leute, die in die Behausungen anderer Leute einbrechen. Aus offenkundigen Gründen gibt es überhaupt sehr wenige Verbrechen. Wenn die Gewalttaten der letzten Zeit nicht gewesen wären, hätte mich die gegenwärtige Situation sehr irritiert. Aber unter diesen Umständen rechnete ich mit dem Schlimmsten.

Ich wand mich leise aus dem Fellhaufen und zog mich an. Die Eindringlinge befanden sich am Fuß der Leiter und flüsterten immer noch miteinander. Was sollte ich tun? Ich hatte keine Waffe, und wenn sie beabsichtigten, mir Schaden zuzufügen, hatten sie zweifellos Messer dabei. Ich konnte dem ersten, der sich im Obergeschoss zeigte, einen Fußtritt gegen den Kopf verpassen, aber das wäre nur ein Aufschub. Beim zweiten Versuch würden sie vorsichtiger vorgehen. Ich konnte schreien, aber niemand reagierte auf Schreie mitten in der Nacht. So etwas passiert ständig bei schrecklichen Erinnerungsträumen, die mit dem vergleichbar zu sein scheinen, was Menschen als Alpträume bezeichnen.

Für mich kam nur der Rückzug in Frage. Denn offenbar war mein Feind in der Lage, das halbe Männerdorf gegen mich zu mobilisieren, und die Erinnerung an die Verfolgung durch die Fischer von Noss stand mir noch recht lebhaft vor Augen. Es ist etwas sehr Erschreckendes, von einem Mob gehetzt zu werden. Ein Mob setzt sich rücksichtslos über die Gesetze der Tradition und Sitte hinweg. Und diesmal war keine Talis in der Nähe, um mich zu retten.

Vor vielen Jahren war das Obergeschoss als Lagerraum benutzt worden. Auf der Giebelseite gab es eine Luke mit einem Winkelträger und einem Flaschenzug, mit dem man Güter nach oben befördert hatte. Als Kind hatte ich damit gespielt, bis eines Tages das Seil gerissen war und ich einen schmerzhaften Sturz erlitten hatte. Es war nie ersetzt worden, was bedauerlich war, weil mir dadurch die Flucht erleichtert worden wäre. Aber nun blieb mir nichts anderes übrig, als die Luke zu öffnen, mich auf den Sims zu hocken und in die Dunkelheit zu springen.

Ich landete auf dem Boden, rappelte mich auf und stürzte gleich darauf wieder hin. Mein rechter Fußknöchel tat furchtbar weh. Anscheinend hatte ich mir etwas gebrochen.

»Er ist nicht da«, hörte ich die Stimme von oben.

»Er muss hier sein. Er versteckt sich irgendwo.«

Rax schimmerte bösartig über mir, die Kälte biss sich in meinen Körper, und es war nur eine Frage der Zeit, wann meine Verfolger erkannten, wohin ich verschwunden war. So schnell ich konnte, humpelte ich in Richtung Frauendorf. In der Nacht würde ich nicht weit kommen. Ich musste schleunigst einen Unterschlupf finden. Das Dorf schlief, nirgendwo drang Licht durch die Ritzen der Fensterläden. Wenig später schlug ich gegen eine Tür.

»Hardy! Was im Namen des Großen Lox hast du mitten in der Nacht draußen zu suchen?«

»Ich werde es dir gleich sagen.«

Ich drängte mich hastig an Lenz vorbei, drehte mich um und schloss die Tür. Sie starrte mich an, eine rosafarbene, rundliche Gestalt in einem weißen Gewand aus Menschenstoff. Sie hielt eine kleine Laterne in der Hand.

»Es ist passiert, nicht wahr?«

»Ich glaube. Jedenfalls ist etwas passiert.«

»Wie viele waren es?«

»Auf jeden Fall mehr als einer.«

»Weißt du, wer sie waren?«

»Ich habe nicht abgewartet, dass ich ihre Gesichter hätte erkennen können.« Sie löschte die Laterne, und wir saßen im Dunkeln, während ich ihr von den jüngsten Ereignissen berichtete. »Bei Nacht werden sie nicht lange nach mir suchen«, sagte ich schließlich. »Bis morgen früh werde ich hier in Sicherheit sein, wenn das kein Problem für dich ist.«

»Natürlich ist es kein Problem für mich.«

Es war ein seltsames Gefühl, von der Hilfe einer Frau abhängig zu sein. Die Beziehung eines Mannes zu einer Frau ist normalerweise so kurz, dass wir gar keine Zeit haben, uns richtig kennenzulernen. In mir war eine Erinnerung an warme und tröstende Arme, doch wie alle Jungen war ich bald zu meinem Vater ins Männerdorf gezogen – nach menschlichen Begriffen in einem sehr frühen Alter. Und nun war ich zurückgekehrt und vertraute mich wieder den schützenden Armen meiner Mutter an. Und fühlte mich dabei sehr sicher. Meine Mutter ist eine ungewöhnliche Frau, und manche finden sie sogar etwas unheimlich. Ich vermute, es liegt an ihrer offenherzigen Persönlichkeit und Gutmütigkeit, dass Männer wie Frauen sie letztlich doch nicht scheuen. Jedes Mal, wenn ich sie sah, dachte ich an sie und Vater, wie sie sich immer wieder trafen und plauderten, sich sogar berührten, Jahr um Jahr. Und nun war Vater von mir gegangen, aber Lenz vertraute ich immer noch.

»Danke«, murmelte ich, peinlich berührt von etwas in ihrer Stimme. »Ich werde mich bei Tagesanbruch auf den Weg machen.«

»Wohin willst du gehen?«

»Ich bin mir noch nicht sicher. Vielleicht nach Noss. Ich will mich nicht allzu weit entfernen. Hier geht etwas Seltsames vor sich, und ich möchte in Kontakt bleiben.«

»Ich dachte, du hättest dich in Noss nicht gerade beliebt gemacht.«

»Das kann ich wieder hinbiegen. Das war alles nur ein Missverständnis.«

»Das Mädchen wird dir bestimmt eine große Hilfe sein.«

»Mädchen?«

»Ach, Hardy, du kannst mich nicht täuschen. Dein Vater und ich waren … anders. Du könntest es geerbt haben, was auch immer es ist.« Sie seufzte. »Und das ist dein großes Unglück. Es kann wunderbar sein, aber es hat keine Dauer. Weil die Leute nicht paarweise sterben. Einer von beiden bleibt allein zurück. Also genieß deine Talis, solange du kannst. Dein Vater sagte, dass sie möglicherweise genauso empfindet wie ich. Es war etwas in der Art, wie sie dich angesehen hat, sagte er.«

»Ich habe noch nie davon gehört, dass ein Mann und eine Frau so miteinander umgehen, wie es bei dir und Vater war.«

»Wirklich nicht? Ich will dir etwas verraten. In Yam gibt es noch mehr Frauen, die wie ich sind. Und Männer, die wie Bruno sind. Das Problem ist nur, dass sie nicht den Mut haben zuzugeben, dass sie anders sind. Bruno hatte den Mut dazu, vielleicht weil er den entsprechenden Status hatte. Wusstest du, dass er mich gelehrt hat, wie man fühlt?«

Es war in höchstem Grade peinlich, mir so etwas anhören zu müssen, aber es war immer noch besser, als sich in der Kälte der Nacht abstechen zu lassen.

Sie verstand mein Schweigen und sprach im Tonfall der Endgültigkeit weiter. »Jetzt weißt du es. Ich werde nun zu Bett gehen. In der Ecke da drüben findest du ein paar Felle. Ich werde die Laterne nicht entzünden. Vielleicht achten die Leute darauf.«

»Ich werde beim ersten Sonnenstrahl gehen.«

»Unter dem Feuer liegen ein paar heiße Ziegelsteine. Nimm einen mit. Und ein paar Felle. Im Stall hinter der Scheune sind mehrere Lox. Nimm dir einen. Du hast einen langen Weg vor dir.«

»Vielen Dank.«

»Viel Glück, Hardy.«

Ich hörte das Rascheln ihres Gewandes, und dann geschah etwas Absonderliches.

Ich spürte warmen Atem auf meiner Stirn und dann weiche Lippen.

Dann war sie fort und ließ mich staunend zurück.

Ich erwachte, als graues Licht durch die Ritzen der Fensterläden sickerte, stand auf und brach sofort wieder zusammen. Mein Knöchel tat schrecklich weh. Ich erhob mich noch einmal, diesmal wesentlich vorsichtiger, humpelte zum nächsten Fenster, öffnete es und betastete meinen Fuß. Der Knöchel war dick angeschwollen, gerötet und an manchen Stellen fast schwarz. Er sah aus wie der Schinken eines enthäuteten Grunzers. Er sah nicht aus wie ein Fußknöchel, mit dem jemand einen weiteren Weg zurücklegen konnte. Ich wickelte mich in ein paar zusätzliche Felle und setzte mich, um einen Plan zu machen.

Hier konnte ich nicht mehr lange bleiben. Wenn Lenz meinen Fußknöchel sah, würde sie mich bemuttern und darauf bestehen, dass ich blieb. Deshalb hatte ich vergangene Nacht nichts davon erwähnt. Sie könnte es sich sogar in den Kopf setzen, nach einem Heiler zu schicken. Nein, ich musste verschwinden, mit oder ohne geschwollenen Fußknöchel. In Yam war es für mich nicht mehr sicher.

Ich legte mich noch einmal kurz hin, um den Schmerz abklingen zu lassen …

Ich wurde durch laute Rufe und gegen die Tür hämmernde Fäuste aus dem Schlaf gerissen. Der Raum lag in hellem Tageslicht. Ich hatte nicht gehalten, was ich Lenz versprochen hatte. Meine Feinde waren eingetroffen.

»Schon gut, schon gut!«

Lenz stieg über die Leiter vom Obergeschoss herunter. Sie sah mich und legte einen Finger an die Lippen, dann zeigte sie auf die Hintertür.

Wieder wurde gegen die Tür gehämmert. In wenigen Augenblicken würden sie um das Haus herumgehen, den offenen Fensterladen an der Seite bemerken und ins Zimmer blicken. Ich griff mir ein paar Felle und humpelte durch die Hintertür hinaus, die ich leise hinter mir schloss.

»Lasst mich doch erst einmal ein paar Sachen anziehen, um Phus willen!«, hörte ich Lenz rufen. »Was wollt ihr überhaupt zu dieser frühen Tageszeit?«

Die Antwort war nicht zu verstehen, aber sie klang dringend.

Dann hörte ich ein Krachen und einen wütenden Schrei von Lenz. Die Leute waren durch die Tür gebrochen. Eine Männerstimme stellte laute und herrische Fragen. Ich schaute mich nach einem Fluchtweg um. Das Frauendorf besteht aus jeweils einer Häuserreihe auf beiden Seiten der Straße, und die Nachbarn sind durch eine schmale Gasse voneinander getrennt. Vor mir lag eine weite Grasfläche im Sonnenlicht. Wenige Bäume, kaum Deckung, lange Morgenschatten. Ich konnte nicht rennen. Ich war mir nicht einmal sicher, ob ich gehen konnte. Ich hatte keine Chance. Mir blieb nur die Möglichkeit, zur Vorderseite des Hauses zu gehen, während meine Feinde drinnen waren, mich auf die Straße zu stellen und zu schreien, um so viel Aufmerksamkeit wie möglich auf mich zu lenken. Das hielt sie vielleicht davon ab, mir etwas anzutun.

Ich humpelte in die Gasse neben dem Haus. Sie war etwa vier Schritt breit. Ich stolperte und fiel gegen die Wand, während ich einen Knoten der Verzweiflung in meiner Brust spürte.

Der Weg durch die Gasse war durch eine Art Verschlag vollständig versperrt. Im Nachhinein betrachtet hätte ich eigentlich sofort erkennen müssen, was es war, aber zu diesem Zeitpunkt war ich blind vor Panik und sah nur eine Barriere, die zwischen mir und der Freiheit stand. Und in meiner Panik betastete ich das Hindernis, spürte, wie etwas nachgab, kippte über eine hüfthohe Wand und war plötzlich von völliger Dunkelheit umgeben. Meine Hände stießen auf einen Haufen Felle. Ich kroch darunter, drückte mich in eine Ecke und versuchte meinen Atem zu beruhigen.

»Ich sage euch, dass ich ihn nicht gesehen habe!«, hörte ich Lenz rufen. »Das hier ist das Frauendorf. Habt ihr das nicht gemerkt, ihr verfrorenen Kerle?«

»Er ist hier irgendwo in der Nähe«, sagte eine Männerstimme, die viel näher war.

Und ich erstarrte, weil ich diese Stimme sehr gut kannte. Und ein weiterer Teil des Geheimnisses hatte sich enthüllt.

In diesem Moment setzte sich der Boden unter mir in Bewegung.

Es kam so unerwartet und fühlte sich so unwirklich an, dass ich fast geschrien hätte, bevor ich mich wieder zusammenreißen konnte. Ich sagte mir, dass Yam offenbar von einem Erdbeben heimgesucht wurde. Es hatte wenig mit meiner gegenwärtigen Notlage zu tun. Ich musste ruhig und leise liegen bleiben und hoffen, dass Lenz meinen Feinden eine befriedigende Erklärung geben konnte und sie verschwanden.

Das Gerüttel ging weiter, schwerfällig und von kratzenden Geräuschen begleitet. Allmählich dämmerte mir, dass es kein Erdbeben war. Die Erklärung war viel einfacher.

Ich befand mich in einem Karren, der in Bewegung war.

Und mit dieser Erkenntnis kam ein weiterer Gedanke: Vielleicht war es ja möglich, dass der Karren mich vor meinen Feinden in Sicherheit brachte.

Ich lag auf der Seite und ließ mich wie ein totes Tier von der Bewegung durchschütteln. Auf gar keinen Fall wollte ich Aufmerksamkeit auf mich lenken und erleben, wie jemand mit einem zufriedenen Grunzen die Felle von mir wegzog. Dann würde die Bewegung aufhören, mitten auf der Straße, und der Besitzer des Karrens würde lautstark eine Erklärung verlangen.

Meine Feinde würden es hören und aus Lenz' Haus gestürmt kommen. Sie würden mir nichts antun, nicht hier und jetzt im hellen Tageslicht. Aber ich wusste, dass sie einen guten Vorwand finden würden, um mich mitzunehmen, worauf ich ihnen hilflos ausgeliefert wäre.

Ja, sie würden nicht zögern, es zu tun, trotz meines angeblichen Status.

Denn die letzte Stimme, die ich gehört hatte, war die von Borst gewesen.

»Also gut, dann wollen wir dich jetzt hier rausholen!«

Und die Felle über mir wurden weggezogen.

Ich blinzelte in der plötzlichen Helligkeit, bereitete mich auf eine schnelle Flucht vor und stellte fest, dass ich in ein vertrautes Gesicht blickte.

»Bei Phu!«, rief Smith. »Es ist der junge Hardy!«

Mit einem Blick erfasste ich das Innere des Karrens. Die umfangreiche Smitha hockte mit fetten Knien neben dem erlöschenden Kohlenofen, im vorderen Ende häuften sich Metallgegenstände und Kohle, während Körbe mit Werkzeug oder Gemüse wahllos verstreut waren. Die Ladeklappe und die herabhängenden Felle schützten mich vor Blicken von der Straße. Smitha überwand ihre Überraschung und grinste breit. Das fühlte sich beruhigend an.

»Bitte verratet mich nicht«, sagte ich schnell. »Ich werde euch alles erklären, sobald wir das Dorf hinter uns gelassen haben. Und halt um Phus willen bitte nicht den Karren an.«

Ohne ein Wort warf Smith die Felle wieder über mich.

Ich wartete. Ich hörte Rufe. Der Karren zockelte weiter. Ich vermutete, dass der Lorin Wilt die Lox führte.

Die Rufe kamen näher.

Smith brüllte zurück: »Glaubt ihr, ich wüsste nicht, was ich in meinem eigenen Karren transportiere?«

Borst antwortete ihm mit atemloser Stimme. »Ja, aber er könnte über die Ladeklappe gesprungen sein, als du nicht darauf geachtet hast. Halt einfach nur für einen kurzen Moment an, ja?«

»Wenn du glaubst, ich lasse zu, dass dieser Pöbel in meinem Karren herumwühlt, dann täuschst du dich!«

»Es könnte sein, dass du einem Mörder Unterschlupf gewährst!«

»Das Risiko gehe ich ein.«

»Wenn du da drinnen bist, Hardy«, brüllte mein Onkel, »sage ich dir, dass du nicht weit kommen wirst. Wir werden dir folgen. Du kannst dich nicht auf ewig der Gerechtigkeit entziehen!«

Ich hatte gar nicht das Bedürfnis, mich der Gerechtigkeit zu entziehen – ich wollte mich nur Borst entziehen. Allein fühlte ich mich ihm gewachsen, aber offensichtlich wurde er durch ausgewählte Mitglieder seiner Jagdgruppe unterstützt. Und er hatte sie davon überzeugt, dass ich jemanden ermordet hatte. Wahrscheinlich meinen Vater, weil in letzter Zeit sonst niemand ermordet worden war.

Schließlich war ich zum Tatzeitpunkt in Noss gewesen. Und ich hatte auf unerklärliche Weise den einzigen Beweis verloren – Vaters Leiche. Und ich hatte wütende Anschuldigungen gegen Knuff ausgestoßen. Es mochte durchaus wie das Rechtfertigungsgeschrei einer schuldigen Person geklungen haben.

Ich fragte mich, was ich zu erwarten hatte, wenn Borst mich zu fassen bekam. Im besten Fall die Verbannung. Wahrscheinlicher jedoch eine erneute Inhaftierung, worauf mein Haus möglicherweise in Brand geriet … Ich vergrub mich unter den Fellen. Ich war nicht daran interessiert, es am eigenen Leibe zu erfahren.

Mein Onkel hatte die Hetzjagd auf mich eröffnet. Wofür war er sonst noch verantwortlich? Für den Überfall auf mein Haus in der vergangenen Nacht? Wahrscheinlich. Für den Eisteufel in meinem Sternentraumteich? Immerhin war er mit dem Motorwagen vertraut. Für den Austausch von Destill gegen Wasser und den Mord an Vater? Zu jener Zeit war er in der Nähe von Noss auf der Jagd gewesen. Und er hatte sich beschwert, dass ich seine Jäger nach den Geschehnissen dieses Tages ausgefragt hatte.

Aber war er dazu fähig, seinen eigenen Bruder zu töten?

Es schien durchaus möglich zu sein.

Aber warum sollte er so etwas tun? Und warum war er jetzt hinter mir her?

Er hatte von meinem Vater profitiert, solange er noch am Leben gewesen war. Vater war für ihn sehr nützlich gewesen, sogar unentbehrlich. Aber was war, wenn er sich dessen gar nicht bewusst war? Man sagt häufig, dass unsere Vorfahren uns zwar ihre Erinnerungen geben, aber sie können uns nicht die Fähigkeit geben, sie auf kluge Weise zu benutzen. Was, wenn er so stolz und so dumm war, dass er Vaters Hilfe zunehmend als Störung betrachtet hatte, vielleicht sogar als Herausforderung für seine Führungsrolle?

War er wirklich so hirnrissig?

Und selbst wenn … warum ich? Welche Gefahr stellte ich für ihn dar?

Zum zweiten Mal wurden die Felle von mir weggezogen.

»Also gut, Hardy! Wir haben das Dorf hinter uns gelassen. Jetzt kannst du uns erzählen, worum es hier eigentlich geht.«

Ich lugte durch die Felle, die das Innere des Karrens verhüllten. In einiger Entfernung standen ein paar Männer mitten auf der Straße, die von den Häusern des Frauendorfes gesäumt wurde. Borst und seine Jäger. Insgesamt fünf. Sie waren meine Feinde. Wer waren meine Freunde?

»Wenn ich das nur selber wüsste«, sagte ich.

»Komm und setz dich an den Ofen, Junge«, forderte Smitha mich auf. »Er strahlt immer noch etwas Wärme ab.«

Es ärgerte mich, als »Junge« angesprochen zu werden, aber in ihrer Stimme lag nichts anderes als Freundlichkeit. Ich kroch nach vorn und zog mich neben ihrem gewaltigen Körper auf die schmale Bank hinauf.

»Mit diesem Fußknöchel wirst du nicht weit kommen«, sagte sie und musterte ihn.

»Ich kann nicht in Yam bleiben.«

»Das haben wir bemerkt«, sagte Smith. »Was hat das Gerede über einen Mord zu bedeuten?«

»Ich will nicht so lange bleiben, bis ich es herausgefunden habe. Ich kann nur vermuten, dass sie mir vorwerfen, meinen Vater getötet zu haben.«

»Yam Bruno? Das kann ich mir nicht vorstellen. Ihr beiden habt euch doch immer sehr gut verstanden, nicht wahr?«

Ich schluckte und ärgerte mich über meinen Schwächeanfall, der mir Tränen in die Augen trieb. »Ja«, murmelte ich.

»Das dachte ich mir.« Er seufzte und setzte sich auf die andere Seite des Kohleofens. »Wir haben jede Menge Zeit, bis wir Totney erreichen. Du solltest uns lieber erzählen, worum es geht.«

Als ich damit fertig war, stand die Sonne hoch am Himmel. Der Karren rumpelte weiter und schwankte heftig, wenn die Räder in Schlaglöcher gerieten. Smith saß schweigend da, Smitha hatte sich nach einiger Zeit auf die Beine erhoben und damit begonnen, eine Mahlzeit zuzubereiten. Auf dem Ofen buk sie Fladenbrote in einer uralten Eisenpfanne, die sie mit einer Leichtigkeit balancierte, die im krassen Gegensatz zu ihrer massigen Gestalt stand.

»Dieses Mädchen«, sagte sie, als mir schließlich die Erklärungen ausgegangen waren. »Deine Zeugin. Damit meinst du nicht zufällig das Mädchen, dem wir in der letzten Frostzeit begegnet sind?«

»Nein, das war Yam Faun. Wenn ich am Tag, als wir Vaters Leiche gefunden haben, mit ihr gesegelt wäre, hätte ich jetzt keine Probleme. Aber Noss Talis möchte ich nicht in meinen Ärger mit hineinziehen. Das würde Lonessa nicht mitmachen. Sie lässt sich das alles nur gefallen, weil sie meinen Vater mochte.«

»Lonessa könntest du mit einer Entschuldigung auf deine Seite ziehen. Sie mag recht ungestüm sein, aber vernünftigen Argumenten ist sie immer zugänglich«, sagte Smitha zuversichtlich.

»Trotzdem. Ich glaube nicht, dass Borst und seine Männer etwas von Alibis hören wollen.«

»Dann geh einer direkten Auseinandersetzung besser aus dem Weg. Sag den Leuten von Noss einfach, dass du dich getäuscht hast, als du einen von ihnen beschuldigt hast, deinen Vater getötet zu haben. Dann könnte Talis dir zu Hilfe kommen und allen in Yam erklären, dass sie zur Tatzeit bei dir war.«

»Aber … sie ist ein Mädchen. Eine Flunder.«

Smith gluckste. »Wenn sich eine Idee erst einmal in den dummen Köpfen der Leute festsetzt, wird sie von Generation zu Generation stärker. Immer wieder der alte Mythos von der Rassenmischung. Hör mir zu, Junge. Ich bin eine Flunder aus Fal, und ich bin ein Mann. Smitha ist ein Wühler aus Alika, und vielleicht ist dir aufgefallen, dass sie eine Frau ist. Und zu allem Überfluss ist Wilt da draußen ein Lorin. Trotzdem ziehen wir alle gemeinsam durch die Lande – Flunder, Wühler und Lorin, Mann, Frau und was auch immer. Und wir kommen gut miteinander zurecht, und wir halten zusammen. Dir mag das verrückt vorkommen. Für uns ist es das Normalste der Welt.«

»Wir haben sogar einen Sohn in Totney«, sagte Smitha.

»Und er ist nicht verrückter als der Rest von uns«, sagte Smith.

Ich erinnerte mich an Lenz' Worte. *In Yam gibt es noch mehr Frauen, die wie ich sind. Und Männer, die wie Bruno sind. Das Problem ist nur, dass sie nicht den Mut haben zuzugeben, dass sie anders sind.*

Smith und Smitha schienen den Mut zu haben.

»Geh nach Noss. Schließ dort Frieden mit den Leuten. Talis wird auf deiner Seite stehen«, sagte Smith. »Vertrau mir.« Er stand auf, ging zum hinteren Bereich des schwankenden Karrens und zog die Felle beiseite. »Rax!«, rief er. »Schau dir das an!«

In der Ferne war eine kleine Gruppe Männer zu erkennen, die uns folgte. Sie trugen Speere und führten Lox mit sich. Sie schienen es nicht besonders eilig zu haben, aber dazu bestand auch gar kein Grund. Sie hatten jede Menge Zeit.

»Wir sind zu langsam, um ihnen zu entkommen«, sagte Smith.

Lox bewegen sich nicht so schnell wie Grunzer. Sie neigen dazu, in ihrem eigenen Tempo dahinzutrotten. Allerdings sind sie sehr kräftig, so dass die beiden Lox, die den Karren zogen, keine Schwierigkeiten damit haben würden, sich nicht von den Packtieren meiner Feinde einholen zu lassen. Das Problem kam dann, wenn unsere Lox beschlossen, dass es Zeit für eine Mahlzeit war. Sie würden stehen bleiben, die Köpfe senken und von der Vegetation am Straßenrand fressen. Kein noch so lautes Geschrei, keine noch so heftigen Schläge würden sie dazu veranlassen, sich in Bewegung zu setzen, bevor sie satt und zum Weiterstapfen bereit waren.

Smitha, die anscheinend durch nichts aus der Ruhe zu bringen war, reichte uns Teller mit Fladenbrot und gebratenem Fleisch. »Wir haben jede Menge Zeit«, sagte sie entspannt. »Die Lox sind gefüttert.«

»Wir werden uns etwas überlegen«, sagte Smith.

Ein etwas konkreterer Plan wäre mir lieber gewesen, aber das Essen kam im richtigen Moment. Die Fladenbrote hatten einen unvertrauten, aber angenehmen Geschmack, der wahrscheinlich von irgendeinem Kraut herrührte, das Smitha im Verlauf ihrer Wanderzüge geerntet hatte. Das Fleisch schien von einem Grume-Reiter zu stammen, zäh wie Grunzer, aber mit einem leicht fischigen Aroma. Ich schlang es hinunter. Seit gestern Nachmittag hatte ich nichts mehr gegessen. Smitha gab mir noch einen Nachschlag. Unterdessen saugte Wilt etwas Flüssiges aus einem schlaffen und nicht allzu sauberen Lederbeutel.

Ich musste ständig an unsere Verfolger denken. »Aber was ist, wenn sie uns einholen und den Karren durchsuchen? Dann werden sie mich hier finden. Und sie wollen bestimmt keine Zeugen.«

»Nicht, wenn deine Theorie den Tatsachen entspricht.« Smith grinste matt. »Aber ich gewähre dir Unterschlupf, weil ich dir mehr vertraue als Borst. Ich habe nicht vergessen, wie du dich in der letzten Frostzeit auf der Moorstraße behauptet hast, als Borst durchgedreht ist. Aber jetzt können wir ihnen nicht entkommen, wie gesagt. Also werden wir Folgendes tun …«

Es war mitten am Nachmittag, als wir rumpelnd in den Pfeilwald einfuhren und sich die Wedel eines Hains aus Anemonenbäumen über uns schlossen und hoffnungsvoll nach uns griffen. Smith ging nach vorn und nahm Wilt die Zügel ab. Der Lorin kam zu uns in den Karren, und Smitha hüllte ihn in Felle, wobei sie darauf achtete, dass auch sein Kopf bedeckt war. Dann machte sie dasselbe mit mir. Der Karren ruckelte weiter durch den dunkler werdenden Wald. Ich teilte die Felle am Heck und lugte hinaus. Unsere Verfolger waren hundert Schritt entfernt und blieben auf Abstand. Sie wollten Smith keinen Ärger machen, indem sie den Karren gewaltsam durchsuchten, sofern es keine Alternative gab. Denn ohne seine gelegentlichen Besuche würden sich die Maschinen von Yam irgendwann nicht mehr reparieren lassen. Zweifellos wollten sie abwarten, bis die Dunkelheit anbrach, um sich dann unter dem Vorwand der Geselligkeit zu nähern und darum zu bitten, an der Wärme des Kohleofens teilhaben zu dürfen.

Doch nun fand das Abwarten ein schnelleres Ende, als sie gedacht hatten.

»Los, Wilt!«, zischte Smitha.

Der Lorin schob sich an mir vorbei, sprang auf die Straße und huschte dann mit bemerkenswert stilkähnlichem Gang zwischen die Bäume links von uns.

Borst und seine Männer jubelten vernehmlich. Sie ließen ihre Lox zurück und stürmten in den Wald, auf einem Kurs, mit dem sie Wilt den Weg abschneiden wollten. Bald waren sie außer Sicht.

Im letzten Moment hatte ich Bedenken. »Werden sie euch dafür nicht zur Rechenschaft ziehen?«

»Nein.« Smitha reichte mir einen Beutel mit Lebensmitteln. »Wilt wird sich nach einer Weile von ihnen fangen lassen. Wenn sie ihn zurückbringen, sagen wir, dass er losgegangen ist, um einen Beutel Milch aus einem Bau zu holen, und Angst bekommen hat, als sie ihn verfolgt haben.«

Ich fragte mich, wie man einen Beutel Milch aus einem Bau holt und wie der Lorin es geschafft hatte, zu verstehen, welche Rolle er bei diesem Plan spielen sollte, aber jetzt war keine Zeit für Diskussionen. Die Rufe der Männer waren zwischen den Bäumen verhallt. »Danke«, sagte ich und sprang über die Ladeklappe auf die Straße.

Smithas breites Gesicht blickte zu mir herab. »Geh nach Noss. Such das Mädchen. Entschuldige dich. Zieh sie auf deine Seite.«

»Das werde ich tun«, versprach ich. »Noch einmal danke für alles.«

Ich schlug mich in den Wald rechts von der Straße und humpelte in nördlicher Richtung davon. Ich schonte meinen Knöchel und schlug die zudringlichen Tentakel der Anemonenbäume beiseite. Man muss sie grob behandeln, aber auch nicht zu grob. Fragen Sie irgendeinen Förster, der schon einmal Stecklinge geschnitten hat.

Eine Flucht kann einem ein berauschendes Gefühl des Triumphs vermitteln, vor allem, wenn sich die Verfolger in eine ganz andere Richtung bewegen. Meine Hochstimmung hielt längere Zeit an, während ich stetig nach Norden humpelte und darauf achtete, dass ich die Sonne über der Schulter hatte.

Nach einiger Zeit ließ ich die Anemonenbäume hinter mir und setzte meinen Weg zwischen den weniger aufdringlichen Tassenbäumen, niedrigen Stachelbüschen und ein paar Gelbbällen fort. Als ich gerade meinen Durst an einem unreifen und sauren Gelbball stillte, geschah es, dass der mentale Verfall einsetzte.

Die Sonne stand bereits tiefer, als ich gedacht hatte. Bald würde Rax aufgehen.

Ich brauchte eine Unterkunft für die Nacht, aber ich war noch eine Tagesreise von Noss entfernt, und soweit ich wusste, gab es dazwischen keine Ansiedlung. Nun gut, Smitha hatte dafür gesorgt, dass ich jede Menge Felle bei mir hatte, aber das genügte womöglich nicht. Selbst die Mitglieder einer Jagdgruppe, die Zelte hatten und sich um ein Feuer scharten, mussten sich gegenseitig gut im Auge behalten. Nachts konnte es leicht geschehen, dass jemand durchdrehte und in Rennwahn verfiel. Verantwortlich dafür war eine schleichende Panik, die durch die Kälte verursacht wurde und einem den Verstand rauben konnte, so dass man geistlos in die tödliche Dunkelheit davonstürmte.

Ganz allein, ohne Zelt und ohne Feuer standen meine Chancen gut, wahnsinnig zu werden und loszurennen. Ich bekam es immer mehr mit der Angst zu tun.

Ich riss mich zusammen und musterte meine Umgebung. Hier war der Wald weniger dicht, und ein paar Hundert Schritt in Richtung Norden konnte ich eine Hügelkuppe erkennen, auf der niedrige Bäume wuchsen. Ich marschierte los und erreichte wenig später atemlos die Kuppe. Mein Knöchel schmerzte verfroren. Die Sonne stand tief, die Schatten waren lang. Ich schloss die Augen und sandte ein Stoßgebet an Phu – was ein deutliches Indiz für meinen geistigen Zustand war.

Dann öffnete ich die Augen wieder und überblickte die Landschaft.

Im Norden wellte sich eine freie Fläche aus niedrigen Moorhügeln. Dahinter wieder Wald, das Glitzern eines gewundenen Flusses und in der Ferne das Meer. Kein Hinweis auf Stilk. Keine Häuser, kein aufsteigender Rauch. Nichts.

Ich bemühte mich nachzudenken. Ich durchsuchte meinen Geist nach Erinnerungen an einen Vorfahren, der in einer ähnlichen Situation gesteckt hatte, aber ich fand nichts. Ich wünschte mir, ich hätte mich gründlicher meinen Sternenträumen gewidmet und mehr Erfahrungen über mögliche Gefahrensituationen gesammelt. Jetzt war es zu spät dafür. Ein Sternenträumer braucht inneren Frieden, und in mir herrschte alles andere als Frieden. Außerdem bezweifelte ich, dass irgendein Vorfahr von mir so dumm gewesen war, sich in eine derartige Notlage zu bringen. Und wenn doch, war er wahrscheinlich zu Tode gekommen, bevor er zu einem Vorfahren werden konnte.

Es gab nur einen möglichen Ausweg. Smith war zwar zweifellos schon über alle Berge, aber ich konnte immer noch zur Straße zurückkehren, nach Borst und seiner Schar suchen und mich ihrer Gnade ausliefern. Sie hatten alles dabei, was man zum

Überleben benötigte. Wenigstens würde ich die Nacht überleben – sofern Borst nicht entschied, mich auf der Stelle und ohne die Umstände eines öffentlichen Prozesses aus der Welt zu schaffen.

Dieses Risiko würde ich eingehen müssen. Borst war meine einzige Hoffnung. Ich machte kehrt und humpelte in südlicher Richtung zurück.

Als ich die Anemonenbäume erreichte, glaubte ich, etwas gehört zu haben. Ich blieb stehen und horchte. Es gab keinen Zweifel – gleichmäßige Schritte knirschten auf Knallblümchen. Zuerst dachte ich, es wäre ein Luht, aber dann erinnerte ich mich, dass sich diese großen Tiere von Anemonen fernhielten, weil sie sich davor fürchteten, dass sie ihnen einen Tentakel um den Hals schlangen. Und für einen Grunzer waren die Geräusche zu gleichmäßig. Es konnte nur jemand aus Borsts Gruppe sein. Nie war ich so froh gewesen, diesem verfrorenen Kerl zu begegnen.

»Onkel Borst!« Vor Erleichterung gönnte ich ihm sogar die respektvolle Anrede. »Ich bin hier!«

Ich hörte hektisches Rascheln von Büschen, dann sprang ein Lorin auf mich zu, die Augen weit aufgerissen und einen Finger auf den Lippen.

»Wilt!«

Er kam zu mir, nahm meine Hand in seine pelzige Tatze und zerrte. Er wollte, dass ich wieder nach Norden ging.

»Hardy!«, kam ein Ruf aus der Ferne. »Wo bist du?«

Wieder zerrte Wilt an meiner Hand, noch dringender. Dies war der Moment der Entscheidung, und ich dachte kurz daran, was meine Nachkommen – falls es jemals welche gab – davon halten würden. Ich hatte die Wahl zwischen Borst und der möglichen Sicherheit und dem Lorin und dem Unbekannten.

Aber von Wilt ging irgendwie etwas Beruhigendes aus.

Ich ließ mich von ihm führen. Er lief immer schneller, ohne meine Hand loszulassen, und ich stürzte unbeholfen hinter ihm her. Die Rufe klangen näher, als wir dem Hügel auswichen, auf den ich kurz zuvor gestiegen war. Ich stolperte über eine Wurzel, spürte einen stechenden Schmerz in meinem Knöchel und fiel hin. Wilt kniete sich neben mich und zerrte an mir. Er bewegte lautlos die Lippen, streckte einen Arm aus, entfernte sich und teilte die niedrigen Äste eines Stachelbuschs.

Und dahinter sah ich Hoffnung.

Ich kroch darauf zu. Normalerweise würde sich nur ein Dummkopf so nahe an einen Stachelbusch heranwagen, der seine langen Dornen dazu benutzt, unvorsichtige Beute zu packen. Diese Pflanzen können sogar einen Grunzer töten, wenn sie ihn richtig zu fassen bekommen. Aber dieser Busch verhielt sich friedlich. Offenbar wurde er durch die Anwesenheit des Lorin beruhigt, wie sie es mit so vielem machen. Ich schob mich zwischen den Dornen hindurch, ohne mich zu verletzen, und kroch in einen sandigen Tunnel, der im Schutz der Äste lag. Und dort brach ich völlig erschöpft zusammen. Wilt kniete sich neben mich und legte eine kühle Tatze auf meine Stirn.

»Er ist hier irgendwo.« Die Stimme war so nahe, dass ich aufschreckte und mit dem Kopf gegen die Tunneldecke stieß.

»Der junge Narr.« Das war Borsts Stimme. »Wie will er die Nacht überleben? Auf jeden Fall glaubt ihr mir jetzt hoffentlich. Ihr alle habt seine Stimme gehört. Und da hinten waren die Knallblümchen zertrampelt.«

»Ich bin nur wegen Smith überrascht, mehr nicht. Er scheint den Lorin losgeschickt zu haben, um uns in die Irre zu führen.«

»Das glaube ich kaum«, meldete sich eine andere Stimme zu Wort. »Wie im Namen von Rax soll man einem Lorin verständlich machen, was man von ihm will?«

»Dieser Lorin lebt schon seit vielen Jahren bei Smith. Mach dir klar, dass sie keineswegs dumm sind.«

»Auf jeden Fall hat Hardy hier draußen nicht die geringste Chance«, erklärte Borst. »Und ich sage, dass er damit unzweifelhaft seine Schuld bewiesen hat. Nur jemand, der schuldig ist, würde auf diese Weise die Flucht ergreifen. Ich werde davon ausgehen, dass Smith gar nichts von ihm gewusst hat. Er hat sich irgendwo hinten im Karren versteckt. Rax, da drinnen ist jede Menge Gerümpel. Und als der Lorin rausgehüpft ist, weil er mal musste, hat der Junge die Gelegenheit genutzt.«

»Und der Lorin war rein zufällig so gekleidet, dass er wie dein Neffe aussah?«

»Es wäre besser, einfach über diesen Punkt hinwegzugehen. Was geschehen ist, ist geschehen. Der verfrorene Bengel wird die Nacht nicht überleben, und ich habe nicht vor, mir Smith zum Feind zu machen. Kommt jetzt, Leute. Phu steht schon tief. Wir sollten lieber zu den Lox zurückkehren.«

»Ich finde trotzdem, dass wir noch eine Weile weitersuchen sollten«, sagte jemand mit unsicherem Unterton. »Wir könnten ihn zumindest vor seiner eigenen Dummheit retten.«

»Nein«, sagte Borst nachdrücklich. »Wir haben genug gesucht.«

»Man könnte fast auf die Idee kommen, dass du ihn gar nicht finden willst, Borst.«

Borsts Stimme nahm einen herrischen Tonfall an. Den dazugehörigen Gesichtsausdruck konnte ich mir lebhaft vorstellen. »Es bekümmert mich zutiefst, dass all dies innerhalb meiner eigenen Familie geschehen ist. Ich sehe den Tod meines Neffen als notwendige Sühne, um das schlechte Blut dieser männlichen Linie auszumerzen. Das ist tragisch, aber trotzdem ist es besser so. Die Alternative wäre ein tagelanger Streit in Yam mit Ausreden und Gegenvorwürfen, und am schlimmsten wäre die Gefahr, dass wir unsere guten Freunde in Noss verärgern, während wir uns das am wenigsten leisten können. Ja, zum Wohl von Yam würde ich selbst einen Blutsverwandten von mir opfern.«

»Das spricht für dich, Borst.«

Die Stimmen wurden leiser, bis ich wieder mit Wilt allein war.

Und die Nacht war nicht mehr fern.

Der Tunnel war niedrig und eng – fast zu eng für mich, um hinter Wilt her kriechen zu können. Bald befanden wir uns in völliger Dunkelheit. Ich spürte, dass zu beiden Seiten weitere Tunnel abzweigten, und blieb auf Kurs, indem ich mich an Wilts haarigem Fuß festhielt. Wir schienen eine Ewigkeit zu kriechen. Es war nicht kalt, aber meine Knie wurden wund. Ich fragte mich, wie weit wir gehen würden und was mich erwartete, wenn wir unser unbekanntes Ziel erreichten.

Jeder weiß, dass die Lorin in unterirdischen Löchern leben, und gerüchteweise gibt es einen sehr großen Bau in der Nähe von Yam. Aber das ist auch schon fast alles, was wir wissen. Niemand hegt den Wunsch, die Sache genauer zu erkunden. Wir entwickeln wenig Neugier, wenn es um vertraute Elemente unserer Umgebung geht. Wir jagen sie nicht und essen sie nicht, wahrscheinlich weil sie zu sehr wie eine kleinere und haarigere Version von uns selbst aussehen. Also werden die Lorin von uns weitestgehend in Ruhe gelassen.

Aber eins wissen wir: Die Lorin sind freundliche Wesen. Sie helfen uns, wenn wir in Schwierigkeiten geraten. Sie besitzen überhaupt keine unangenehmen Eigenschaften, und ich hatte schon oft das Gefühl, dass wir besser dran wären, wenn wir zu den Lorin statt zum Sonnengott Phu und dem Großen Lox und all dem anderen Unsinn beten würden. Wenigstens wären die Lorin in der Lage, uns zu hören. Aber ich hatte noch niemandem von meinen ketzerischen Ansichten erzählt. Die Antwort des Phu-Verehrers Borst konnte ich mir lebhaft vorstellen.

Vor Jahren hatte ich mit meinem Vater eine Diskussion über die Lorin geführt. Er erzählte mir, dass er in all seinen Sternenträumen niemals auf kritische Aspekte gestoßen war, wenn es um die Lorin ging, nur auf zahlreiche Beispiele ihrer Freundlichkeit und Hilfsbereitschaft. Aber es gibt Legenden. Eine dieser Legenden behauptet, dass die Lorin einst sprechen konnten, aber diese Fähigkeit allmählich verloren, als sie lernten, sich telepathisch zu verständigen.

Legenden sind angeblich die Erfahrungen von Leuten, die in ferner Vergangenheit lebten und deren Blutlinie ausgestorben ist. Deshalb kann sich niemand in einem Sternentraum an sie erinnern. Legenden werden mündlich weitergegeben und scheinen sich durch die Erzählung zu verändern, bis sie schließlich kaum mehr Wahrheitsgehalt als eine Lüge besitzen. Die Religion basiert auf einer solchen Lüge, dass der Sonnengott Phu in Gestalt des Großen Lox einst die Welt dem Griff des bösartigen Eisteufels Rax entrissen hat. Eine weitere Lüge ist das Eltertier, das auf seiner Wolke sitzt und alles und jedes gebärt.

Und dann gibt es noch die Legende von Druv und Braunauge, das unsterbliche Pärchen, das vor langer Zeit die Welt rettete, als es schien, dass Rax wieder die Oberhand bekommen würde. Wie sie das gemacht haben sollen, ist mir schleierhaft. Es heißt, dass die Lorin eine wichtige Rolle in dieser Heldensaga spielten, was ein weiterer Grund dafür sein könnte, warum wir so freundlich zu diesen Geschöpfen sind.

Und aus allen diesen Gründen und in Ermangelung einer Alternative legte ich nun mein Leben in die Hände der Lorin.

Wir krochen weiter, und plötzlich veränderte sich meine Umgebung. Der Boden wurde weicher, trockener und sandiger. Die Luft war warm und roch nach Tier, was aber nicht unangenehm war. Die Wände des Tunnels hatten sich geöffnet. Ich ließ Wilts Fuß los und streckte meine Arme aus, aber ich stieß auf keinen Widerstand. Ich befand mich in einer Höhle von unbekannter Größe. Wilt legte seine Hand in meine und zog sie nach oben. Gehorsam stand ich auf. Ich hörte die Geräusche schlurfender Füße und etwas, das klang, als würde jemand an einem Wasserbeutel saugen.

Ich war in einem Bau der Lorin.

Wir hatten schon immer gewusst, dass es so etwas gibt, aber anscheinend war ich der erste Stilk, der jemals einen betreten hatte. Zu diesem Zeitpunkt kam ich gar nicht auf die Idee, mich zu fragen, womit ich mir dieses Privileg verdient hatte. Ich fühlte mich warm und getröstet, wie es uns immer in der Nähe von Lorin geht, und es war eine willkommene Abwechslung von den Gefahren der Welt außerhalb. Ich wusste, dass ich einen sicheren Unterschlupf für die Nacht gefunden hatte.

»Danke, Wilt«, murmelte ich und ließ seine Hand los.

Ich schlurfte weiter und stieß im nächsten Moment gegen etwas, das von der Decke hing und unmittelbar darauf zurückschwang und mir leicht gegen die Stirn schlug. Ich griff danach. Es war warm und nachgiebig, und es schien zu einem lebenden Geschöpf zu gehören.

Ich streckte die Arme aus und folgte dem Ding so weit nach oben, wie ich konnte. Bevor ich mich auf den Zehenspitzen emporreckte, betasteten meine Fingerspitzen ähnlich weiches Fleisch an der Höhlendecke. Ich ging ein Stück weiter. Die lebendige Decke setzte sich fort. Dann baumelte wieder eins von den hängenden Dingern vor meinem Gesicht.

»Wilt?«

Seine Hand berührte meinen Arm.

»Was ist das für ein Ding?«

Er führte mich weiter, und bald schob ich mich zwischen noch mehr von den Dingern hindurch, die hier viel tiefer hingen. Dann stieß mein Kopf weich gegen die Decke. Wilt zog meinen Arm nach unten, und ich setzte mich gehorsam. Dann führte er eines der Dinger zu meinem Mund.

Jetzt erkannte ich, was es war: eine riesige Zitze.

Normalerweise bin ich nicht zimperlich, aber ich muss zugeben, dass ich würgte, als Feuchtigkeit meine Lippen benetzte, und trotz der Anwesenheit zahlreicher Lorin verspürte ich einen Moment lang Furcht. Ich konnte nur mutmaßen, dass wir unter einem Tier von unvorstellbarer Größe hockten, das sich in diese von den Lorin angelegte Höhle zwängte. Eine Höhlenmutter. Was war, wenn dieses Tier Hunger bekam? Wo hatte es seinen Mund? Anscheinend tranken die Lorin aus seinen Zitzen. Wurden sie im Gegenzug von diesem Geschöpf gefressen, als Teil von einem endlosen Zyklus? Die Implikationen gingen weit über alles hinaus, was ich – oder sonst jemand, soweit ich wusste – jemals in Sternenträumen gesehen hatte.

Wilt drückte das Ende der Zitze an meine Lippen. Nun gut, vielleicht hatte ich nichts zu verlieren, wenn ich es ausprobierte. Ich saugte.

Die warme Flüssigkeit schmeckte harmlos. Als mir bewusst wurde, wie durstig ich war, nahm ich immer deutlicher das Aroma von Cochasaft wahr – mein Lieblingsgetränk. Ich saugte gierig. Bald fühlte ich mich schläfrig, und ich lehnte mich mit dem Rücken gegen eine warme und nachgiebige Wand. Hier waren Decke und Wand eins.

Als ich mir vage der Tatsache bewusst wurde, dass ich mich anscheinend *innerhalb* dieses riesigen Geschöpfes befand, schlief ich ein.

Ich erwachte, als Wilt an meiner Hand zerrte. Ich kroch von der weichen Wand weg, bis ich genug Platz zum Stehen hatte. Mein Knöchel fühlte sich wieder gesund an. Aber es ist bekannt, dass die Lorin ungewöhnliche Heilkräfte besitzen. Wilt führte mich an einem leuchtenden Haufen aus einer Art Pilz vorbei, und plötzlich wurde der Boden wieder sandig. Wir hatten die Höhlenmutter verlassen und betraten ein Tunnellabyrinth. Schließlich kam von oben Tageslicht, und ich blinzelte ins warme Licht von Phu. Es war sogar unerwartet warm. Zuerst dachte ich, dass es bestimmt schon Mittag war, aber die Länge der Schatten überzeugte mich, dass es in Wirklichkeit früher Morgen war. Ich war in bester Laune, und es war ein guter Tag, um sich auf den Weg nach Noss zu machen.

Ich ging nach Norden und stieß bald wieder auf die uralte Straße von Totney nach Noss. Wahrscheinlich war sie in alten Zeiten eine wichtige Verbindung gewesen, als Pallahaxi ein blühendes Zentrum gewesen war. Doch nun war sie kaum mehr als ein Pfad, der sich zwischen den Hügeln an der Küste hindurchwand. Von Zeit zu Zeit konnte ich das Meer erkennen, aber nirgendwo sah ich Wild. Es hätte mich gereizt, Borst die Schuld an den Misserfolgen bei den letzten Jagdzügen zu geben, aber es war tatsächlich so, dass in diesem Jahr die Tiere ausblieben. Vielleicht trafen sie später ein.

Bäume gab es jedoch in rauen Mengen. Ich war zuletzt vor vier Jahren auf dieser Straße unterwegs gewesen und mir schien, dass sich der Waldbestand seitdem verdoppelt hatte. Die meisten Tassenbaum- und Anemonenhaine waren heilige Anpflanzungen, was man leicht an den ordentlich angelegten Reihen erkennt. Aber dazwischen verteilten sich Gruppen aus Bäumen unterschiedlicher Arten, die das Wasser aus dem Boden zogen und deren Samen vom Wind verbreitet wurden. In weniger als fünfzig Generationen würde dieser Landstrich vollständig bewaldet sein.

Dieser Gedanke vermittelte mir ein freudiges Gefühl, und ich fragte mich, warum das so war.

Auf meiner Reise sah ich sehr wenige andere Leute, nur gelegentlich eine Kate und den dazugehörigen heiligen Hain. Ich sprach mit einer Frau, die zusammen mit ihrer Tochter zwischen dürftigem Wurzelgemüse den Boden hackte. Wie die meisten Katenbewohner waren sie nicht allzu sauber, aber das Gleiche galt für mich.

»Auch diese Wachstumsperiode wird wohl wieder eine sehr kurze sein«, sagte ich vorsichtig.

Sie warf mir einen unfreundlichen Blick zu, aus Augen, die tief in einem Gesicht lagen, das wie ein vertrockneter Gelbball gerunzelt war. »Wir werden zurechtkommen. Wir kommen immer zurecht.«

Sie war eine störrische alte Närrin. Wenn diese verwelkten Gemüsepflanzen ihre einzige Nahrung für die nächste Frostzeit waren, würden sie auf gar keinen Fall zurechtkommen. Die Tochter blickte zu mir auf, und ich glaubte, Furcht in ihren Augen zu erkennen. Sie war deutlich älter als ich; ich schätzte sie etwa so alt wie meine Mutter.

»Warum zieht ihr nicht nach Noss?«, fragte ich.

»Warum sollten wir das tun?«, gab die Frau unwirsch zurück. »Wir haben schon immer hier gelebt.«

Ich wollte ihr die Vorteile erklären, in einer größeren sesshaften Gemeinschaft zu leben, aber mir fielen keine Worte ein, die simpel genug für ihr beschränktes Verständnis gewesen wären. »Es gibt immer noch reichlich Fisch in Noss«, sagte ich schließlich.

»Mein Mann ist fischen gegangen«, sagte sie kategorisch.

Ihr Mann. Ich hatte angenommen, dass ihre Tochter die Hinterlassenschaft eines Durchreisenden war, aber es hatte den Anschein, dass ich es hier mit einer ähnlich ungewöhnlichen Beziehung zu tun hatte wie zwischen Smith und Smitha. Auch das war offenbar typisch für Katenbewohner. In der Isolation rücken Männer und Frauen auf eine Weise zusammen, die in einem Dorf erstaunte Kommentare zur Folge gehabt hätte. Nähe kann eigenartige Formen der Zuneigung hervorbringen.

Zumindest war das die allgemeine Ansicht. Aber Lenz hatte sich mir gegenüber einmal auf gegenteilige Weise geäußert: *Es ist die Intoleranz der Dorfbewohner, durch die die Leute gezwungen werden, in einsamen Katen zu leben, Hardy. Die enge Beziehung bildet sich im Dorf aus, aber dann werden die Paare vertrieben.*

Plötzlich meldete sich die Tochter zu Wort. »Vater ist schon seit dreiundzwanzig Tagen fischen, Mutter.«

Ich bekam ein sehr unangenehmes Gefühl. Hier wurde ich mit einer kleinen Tragödie konfrontiert. Die Tochter hielt meinen Blick fest, als wollte sie, dass ich ihrer Mutter die Tatsachen klarmachte. Sie hatte es selbst versucht, aber nicht geschafft.

»Dreiundzwanzig Tage sind eine lange Zeit.« Etwas Besseres fiel mir nicht ein. Die Schlachterbucht war weniger als einen halben Tagesmarsch entfernt. »Ich würde sagen, dass das etwas zu lang ist.«

»Mein Mann wird zurückkommen!«, kreischte die alte Frau.

Ich hatte ihre empfindliche Stelle getroffen. »Ich bin überzeugt, dass er bald wieder da ist«, sagte ich, wobei ich mich bemühte, meine Worte überzeugend klingen zu lassen. Dann ging ich weiter.

Ich war vielleicht hundert Schritt weit gekommen, als ich rennende Füße hörte. Die Tochter holte mich ein. »Ich bin zwischendurch zur Schlachterbucht gelaufen«, sagte sie. »Dir ist hoffentlich klar, dass ich das getan habe.«

Ich blieb stehen und sah sie an. Sie hatte ein breites, angenehmes Gesicht, das frühzeitig von der harten Arbeit eines Katenbewohners runzlig geworden war. Aus dem gleichen Grund ging sie leicht gebeugt. Ihr braunes Haar hing ihr bis zu den Hüften hinab und war im Nacken nachlässig zusammengeknotet, damit es ihr bei der Arbeit nicht ins Gesicht fiel. In der Wärme des heutigen Tages trug sie nicht viel Kleidung, nur eine leichte Lederbluse und einen Rock aus gewebtem Loxhaar. Sie war schmalbrüstig, und ich konnte erkennen, wie sich ihre Brustwarzen knapp über den Hüften abzeichneten. Sie war keine Frau, die Kinder gebären würde. Ihre Erinnerungslinie war zum Aussterben verdammt. Sie lebte nur noch ihr Leben zu Ende, mehr nicht.

Ein Mensch kann so etwas vielleicht nicht verstehen. In unserer Gesellschaft mit kurzen sexuellen Beziehungen muss eine Frau schön und ein Mann stark sein. Als ich irgendwann einmal Mister McNeil darauf hinwies, sagte er: *Bei allem gebührenden Respekt, Hardy, aber niemand würde deine Mutter als schön bezeichnen.* Doch wie ich bereits erwähnte, sind meine Eltern ungewöhnlich, und mir scheint, dass mein Vater etwas Hübsches in Lenz' pummeligem Gesicht entdeckt hat.

»Hast du irgendetwas gefunden?«, fragte ich die Frau.

»Nur sein Boot, an der Stelle, wo es immer liegt.«

»War das alles?«

Sie wollte es mir nicht sagen. Es war nicht leicht, es zu sagen. Aber ich hatte die Reihe der Teiche im trockenen Flussbett vor Augen. Ein älterer Mann konnte auf den feuchten Knallblümchen leicht das Gleichgewicht verlieren und über den abschüssigen Boden hinunterrutschen. Er grub die Finger in den Boden, war aber nicht in der Lage, seinen Sturz zu bremsen, bis sein Fuß in einen der Teiche tauchte … Am nächsten Morgen war er tot, dann verflüssigte der Eisteufel das Wasser und zog ihn hinunter. Ein paar Tage später wurden dann die Knochen ans Ufer getrieben.

Aber es konnten die Knochen von sonstwem sein, und diese Frau wollte nicht davon ausgehen, dass es die ihres Vaters waren.

»Er war nicht da«, sagte sie. »Ich komme mit dir nach Noss.«

»Was ist mit deiner Mutter?«

»Sie wird nicht mitkommen.«

»Aber sie wird verhungern.«

»Nein. Wenn ich nicht mehr da bin, hat sie genug für die nächste Frostzeit. Alles Weitere liegt dann bei ihr.« Sie blickte mich unter buschigen Augenbrauen an. »Ich heiße Helen.«

»Das ist ein sehr menschlicher Name.«

»Vater hat ihn ausgesucht.«

Dann sagte sie nur noch sehr wenig, bis wir am späten Nachmittag Noss erreichten.

»Was tust du hier?«, fragte Noss Lonessa kurz angebunden. »Wir dachten, du wärst tot.«

Das war ein schlechter Anfang, vielleicht sogar ein unheilverkündender. Ich schien in eine erbitterte Diskussion zwischen Lonessa und Wandauge hineingeplatzt zu sein. Als ich mich dem Rathaus von Noss genähert hatte, waren laute Rufe zu hören gewesen, und nachdem ich es betreten hatte, war ich auf die beiden gestoßen, wie sie sich mit unverhohlener Feindseligkeit anstarrten. Jetzt waren drei wütende Augen und ein getrübtes auf mich gerichtet.

»Ein andermal«, sagte ich hastig.

»Nein, komm herein«, sagte Wandauge und verzog die Lippen zu einem Lächeln. »Wir freuen uns immer über einen Besucher aus Yam. Anscheinend wurden wir falsch über deinen … äh … Gesundheitszustand informiert. Tatsachen verändern sich durch Weitererzählen. Letztendlich sind nur Erinnerungen zuverlässig. Setz dich. Was führt dich zu uns, Hardy?«

Welche falschen Informationen hatten sie erhalten und von wem? Ich beschloss, mir diese Fragen für später aufzuheben. Ich hatte eine lange Geschichte zu erzählen, und ich hatte den Verdacht, dass sich Lonessas Geduld längst erschöpft hatte, bevor ich zum Ende gekommen war. Zunächst einmal brauchte ich einen dramatischen Anfang, um ihre Aufmerksamkeit zu fesseln.

»Mein Leben ist in Gefahr«, sagte ich. »Ich möchte euch hier um Asyl bitten.«

Wandauge war beeindruckt. »Aha!«, rief er.

Lonessa schniefte skeptisch. »Warum bittest du nicht in Yam um Asyl, wo du hingehörst?«

»Weil der Ursprung der Gefahr in Yam liegt.« Das klang etwas gestelzt und aufgeblasen, als hätte ich mir die Worte von Borst ausgeliehen. Ich änderte meine Stoßrichtung. »Es fing an, als mein Vater in Noss getötet wurde. Ich muss zugeben, dass ich mich damals ziemlich idiotisch benommen habe. Ich kann mich nur damit entschuldigen, dass ich nicht mehr ich selber war. Ich habe ein paar dumme Anschuldigungen ausgesprochen, die mir aufrichtig leid tun. Ich hoffe, dass ihr meine Entschuldigung annehmt.«

»Hm«, sagte Lonessa.

»Rede einfach mit möglichst vielen von unseren Leuten und mach ihnen klar, dass du dich getäuscht hast«, kam mir Wandauge zu Hilfe. »Wenn etwas Zeit vergangen ist, erscheinen manche Dinge gar nicht mehr so wichtig.«

»Jedenfalls«, nahm ich den Faden wieder auf und entschied, größere Teile meiner Geschichte auszulassen, »spitzte sich alles zu, als du vor einigen Tagen Yam besucht hast, Lonessa.«

»In den letzten Tagen war ich nicht in Yam.«

»Ich habe dich selbst gesehen.«

»Das kann nicht sein. Ich war gar nicht da. Ich war schon seit dreißig oder mehr Tagen nicht mehr in Yam«, insistierte sie verärgert.

»Das ist wahr«, sagte Wandauge.

Ich starrte die beiden an. Welches Spiel wurde hier getrieben? »Aber du warst doch gekommen, um mit Yam Wanda über unsere Ernte zu sprechen!«

»Das war vor über dreißig Tagen, wie ich bereits sagte. Zweifelst du an meinem Gedächtnis?« Sie beugte sich auf ihrem Sitz vor, die Augen wie glühende Steine, das dünne Lederhemd straff über die bedrohlichen Brüste gespannt.

»Nein. Nein, natürlich nicht … Einen Moment mal«, sagte ich. »Darüber muss ich kurz nachdenken.«

Die Lorin. Jeder weiß, dass man von den Lorin geistig beeinflusst werden kann. Beispiele: die langsame Produktion im Bergwerk der Menschen, meine Rettung vor dem Eisteufel im Sternentraumteich. Die Lorin besitzen die Fähigkeit, das Bewusstsein zu verlangsamen und in manchen Fällen sogar einen vollständigen Verlust des Bewusstseins zu bewirken.

Ich hatte den Lorin-Bau mit verletztem Fußknöchel bei mildem Wetter betreten. Herausgekommen war ich mit gesundem Knöchel bei warmem Wetter.

Wie lange hatte ich geschlafen?

Wenn man mit den Lorin zu tun hat, ist alles möglich.

»Es tut mir leid«, sagte ich. »Ihr habt Recht. Anscheinend habe ich mein Zeitgefühl verloren. In letzter Zeit ist sehr viel passiert.«

»Wir haben zum Beispiel gehört, dass du im Pfeilwald verlorengegangen und dort gestorben bist«, sagte Lonessa.

»Ich habe überlebt. Wer hat euch erzählt, dass ich tot bin?«

Sie hob die Schultern. »Niemand Spezielles. Es ist hier seit Tagen allgemein bekannt.«

Ein gutes Beispiel, wie wichtig korrekte Fakten sind. Jedes Kind, das während der vergangenen dreißig Tage gezeugt wurde, würde die Geschichte meines Todes im Pfeilwald an künftige Generationen weitergeben. Im Nachhinein würde man die Tatsachen richtigstellen, aber für einige Zeit wären die Erinnerungen an mich verworren. Das konnte einen schon ziemlich verunsichern.

Ich verschob die Überlegungen zu meinem Dahinscheiden und den Fähigkeiten der Lorin auf später und ordnete meine Gedanken. Wir saßen auf den vertrauten Fischreusen-Korbstühlen rund um den niedrigen Tisch. Als ich mich das letzte Mal in diesem Raum aufgehalten hatte, war Vater noch am Leben gewesen. Hier hatte er Knuff gegen die Wand geschleudert. Seine Präsenz wärmte mich noch immer, und ich drohte in einen unfreiwilligen Sternentraum abzudriften …

Ich riss mich zusammen und setzte meine Zusammenfassung der jüngsten Ereignisse fort.

Als ich fertig war, sagte Lonessa: »Zuerst Knuff und jetzt Borst. Erwartest du wirklich von uns, dass wir glauben, der Hauptmann von Yam will dich töten? Seinen eigenen Neffen? Das kann ich mir nicht vorstellen.«

»Wenn wir dir glauben würden, wäre das eine schwere Belastung für unsere Beziehungen zu Yam«, gab Wandauge zu bedenken.

»Daran kann ich auch nichts ändern.« Ich war den ganzen Tag lang zu Fuß unterwegs gewesen, ich hatte seit Ewigkeiten nichts mehr gegessen, und ich war todmüde. »Sagt mir nur eins. War Borst in Noss, als mein Vater getötet wurde?«

»Die Jäger aus Yam waren auf den Klippen im Osten, nicht weit von hier«, sagte Wandauge. »Aber ich habe keinen von ihnen im Dorf gesehen.«

»Ich auch nicht«, sagte Lonessa. »Wenn Yam Borst hier gewesen wäre, hätten wir dann nicht davon gehört? Er ist jemand, der nicht zu leisen Auftritten neigt.«

»Es sei denn, er hat einen triftigen Grund, keinen Lärm zu machen«, sagte ich. Während des Gesprächs beobachtete ich ihre Gesichter und hielt nach verdächtigen Regungen Ausschau. Ich konnte ihr Problem gut verstehen. Sie wollten in nichts verwickelt werden, das politische Konsequenzen hatte oder zu unangenehmen Erinnerungen führte. Und auf gar keinen Fall wollten sie etwas mit Mordvorwürfen gegen den Hauptmann von Yam zu tun haben. Andererseits war es denkbar, dass sie wirklich nichts wussten. Ihre Mienen zeigten nicht die leiseste verdächtige Regung.

»Der einzige Fremde im Dorf war der Nirgendwo-Mann«, sagte Lonessa im Tonfall angewiderter Selbstgerechtigkeit, »soweit mir bekannt ist.«

»Auch ich habe ihn an jenem Tag gesehen«, sagte ich. »Aber er hatte keinen Grund, meinen Vater zu töten.«

»Der Nirgendwo-Mann kann nicht immer für seine Taten verantwortlich gemacht werden«, sagte Lonessa.

»Als kleiner Junge war er recht wild«, fügte Wandauge hinzu. »Es wäre kein Problem gewesen, wenn er seine Tage in Noss verbracht hätte, aber er war nicht zu bändigen. Dinge sind geschehen, die lieber mit einem Geas belegt werden sollten. Er musste gehen.«

»Jemand, der einen Groll gegen Führungspersonen hegt, könnte eine unerwartete Gelegenheit ausnutzen …«, mutmaßte Lonessa. »Wenn dein Vater so jemandem den Rücken zukehrt …«

»Wenn überhaupt, dann kann er nur einen Groll gegen Noss hegen. Er hatte keine Probleme mit Yam. Er hatte keinen Grund, meinen Vater zu töten.«

»Die Umstände seiner Zeugung …«, murmelte Lonessa.

»Ich weiß alles darüber. Ich habe es im Sternentraum gesehen.«

»Natürlich. Dein Großvater war darin verwickelt.«

Diese Frau versuchte mich zu ärgern. »Nicht darin *verwickelt*! Er war nur zufällig in der Nähe.«

»Auf jeden Fall«, sagte Wandauge beschwichtigend, »ist der Nirgendwo-Mann eher verdächtig als Yam Borst.«

»Ich habe euch erzählt, wessen Stimme ich vor dem Lorin-Bau gehört habe.«

»Es gibt keinen Grund, das mit dem Tod deines Vaters in Verbindung zu bringen. Vermutlich hat Borst sich Sorgen gemacht, was geschieht, wenn du die Nacht allein im Freien verbringst.«

Es war hoffnungslos. Sie hatten sich eine feste Meinung gebildet. »Also gut«, sagte ich. »Dann einigen wir uns darauf, dass wir uns uneinig sind. Kann ich eine Weile in Noss bleiben?«

»Ich werde nicht zulassen, dass du Talis belästigst«, blaffte Lonessa.

»Ich werde Talis nicht belästigen.«

»Du weißt genau, was ich meine.«

»Lonessa!«, kam Wandauge mir zu Hilfe. »Ob Hardy in Noss bleibt oder nicht, ist Sache der Männer. Wenn er sich bei unseren Männern entschuldigt hat, habe ich keine Einwände mehr. Ich bin sogar froh, dass er bei uns ist. Er wird uns von großem Nutzen sein, wenn wir Yam besser verstehen wollen.«

»Er könnte zwischen deinen Sohn und Talis geraten!«

Wandauge seufzte. »Das ist Knuffs Problem. Manchmal frage ich mich, was aus dem Jungen werden soll.«

»Dieser Junge, wie du ihn nennst, wird eines Tages unser Hauptmann sein.«

»Ja, wenn ich tot bin. Dann wird er dein Problem sein, Lonessa.«

Die Feindseligkeit, die ich bei meiner Ankunft bemerkt hatte, war wieder aufgeflackert, und ich fand, dass es ein guter Zeitpunkt war, die beiden wieder allein zu lassen.

5 DIE GRUME

FRÜHER GAB ES am Ende des Dorfes eine Segelfähre über den Fluss. Sie wurde vom Vater der Mutter des Nirgendwo-Manns betrieben, aber nach seinem Tod hat niemand seine Arbeit fortgesetzt. Das Verkehrsaufkommen war einfach zu gering. Ein Männerdorf, das vom Fischen lebt, verfügt über genug Boote und hat sehr wenig Bedarf an spezialisierten Diensten. Der heilige Hain von Noss beginnt am alten steinernen Fährkai und zieht sich bis zum Kap über den Hügel. Der Weg durch den Wald führt im Zickzack zur Klippe hinauf und folgt dann der Küste nach Westen bis zur Schlachterbucht. Die künftige Mutter des Nirgendwo-Mannes war diesen Weg gegangen, bevor es zur historischen Begegnung mit meinem Großvater und seinem Freund Hotsch gekommen war.

Ich fand Talis am nicht mehr benutzten Kai, wo sie allein auf dem Wrack der Fähre im Schatten eines Meertrinkers saß und über das Wasser zur anderen Seite des Flusses blickte. Neben ihr lag mein Skimmer. Zuerst hätte ich sie fast nicht wiedererkannt, weil sie mir den Rücken zukehrte und einen weiten Pelzkittel trug, der schon bessere Tage gesehen hatte. Ich identifizierte sie daran, wie mein Herz auf die übliche heftige Weise auf ihren Anblick reagierte.

»Hallo, Talis!«

Sie fuhr herum und riss die Augen ungewöhnlich weit auf. Als ich mich ihr näherte, konnte ich erkennen, dass sie stark zitterte. Sie starrte mich an, ohne ein Wort zu sagen.

»Ich bin's«, sagte ich fröhlich. »Ich bin nicht tot.«

Diese Eröffnung war vielleicht nicht sehr einfühlsam, aber man muss bedenken, dass wir uns bis zu diesem Zeitpunkt noch nicht gestanden hatten, dass wir etwas füreinander empfanden. Ich hatte zwar ein umfangreiches Wissen über die Vergangenheit, aber keine Ahnung, wie die Zukunft aussah und was sie für Talis und mich bereithielt.

Talis zitterte immer noch. Sie legte sich die Hände auf die Augen und beugte sich etwas vor, während sie dasaß, die Arme um die Knie geschlungen. Dann teilten sich die Finger, und ich sah zwei braune Augen, die mich kurz ungläubig betrachteten, bevor sie sich wieder schlossen. Sie begann leise zu schluchzen.

Es machte mir beinahe ein schlechtes Gewissen, dass ich noch am Leben war. Ich setzte mich und legte einen Arm um sie. Dann gab ich murmelnd die sinnlosen beruhigenden Laute von mir, mit denen auch meine Mutter mich getröstet hatte, bevor ich ins Männerdorf umgezogen war. Es war das Beste, was mir auf die Schnelle einfiel. So saß ich eine ganze Weile da und wartete darauf, dass etwas passierte.

Als es passierte, war es geradezu zwangsläufig und recht heftig. Sie drehte sich mir zu, warf die Arme um meinen Hals, zog mich an sich heran und legte eine sehr feuchte Wange gegen meine.

»Ich dachte, du wärst tot«, flüsterte sie. »Sie haben mir gesagt, du wärst tot. Ich wollte selber sterben.«

Ich kam mir völlig unzulänglich vor. »Ich wusste nicht … mir war nicht klar …«

Sie ließ mich los, legte die Hände auf meine Schultern und starrte mit feuchten braunen Augen in meine. Plötzlich war sie völlig ruhig. »Natürlich war es dir klar«, sagte sie. »Niemand kann fühlen, was ich fühle, ohne auf die gleiche Weise geliebt zu werden. Sonst hätte doch alles gar keinen Sinn. Also, warum küsst du mich nicht endlich?«

Ich tat es. Ich hatte es noch nie zuvor getan, und wahrscheinlich war ich darin nicht besonders gut, doch als es nach einer Weile zu Ende war, gab Talis einen glücklichen Seufzer von sich. »Oh, Mann!«, rief sie. »Du liebst mich wirklich!«

Es war ziemlich verstörend, der Liebe für schuldig befunden zu werden. Damit halst man sich als Mann eine ganze Menge

Verantwortung auf. Wenn man sie annimmt, muss man sehr schnell reagieren und seine Erinnerungen weitergeben, bevor die Gefühle wieder verschwinden. Zum Glück – jedenfalls sagt man so – ist die Sache recht einfach und sogar äußerst lustvoll, und wenn es vorbei ist, kann man die Frau wieder vergessen und mit seinem gewohnten Leben weitermachen.

Es sei denn, man war wie Vater und Lenz gestrickt …

Ich musste es sagen.

»Talis, ich bin mir nicht sicher, ob ich dich auf diese Weise liebe.«

Sie erbleichte. »Heißt das, du möchtest nicht mit mir schlafen?«

»Natürlich möchte ich das, aber es wäre nicht fair.« Ich hatte Schwierigkeiten, die richtigen Worte zu finden. »Weißt du, ich möchte nicht … zum Quälgeist werden. Danach würde es zu viel für mich werden, verstehst du? Wenn du wieder ins Frauendorf zurückkehrst und ich dich gelegentlich auf der Straße sehe … das könnte ich nicht ertragen.«

Ihr Gesichtsausdruck verriet nichts von ihren Empfindungen. »Du willst es nicht auf diese Weise? Auf welche Weise willst du es dann?«

»Ich glaube, ich bin eher wie mein Vater. Er und meine Mutter haben sich immer wieder heimlich getroffen, auch noch nach meiner Geburt. Sie konnten sich einfach nicht loslassen. Auch ich könnte dich nicht loslassen. Es wäre nicht fair, dich mit so etwas zu belasten.«

»Warum … wie kommst du darauf, dass du genauso wie die beiden bist?«

Das Geständnis kostete mich eine gewaltige Anstrengung. »Seit ich dich zum ersten Mal gesehen habe, konnte ich dich nicht mehr vergessen. Ich musste ständig an dich denken.« Ich wartete darauf, dass sie mich als Narren beschimpfte, aufstand und davonging – und vielleicht nach Knuff suchte, dem verfrorenen Kerl.

»Damit wären wir zu zweit«, sagte sie nur.

Ich konnte nicht glauben, was ich gehört hatte. »Was?«

»Ich glaube, dass deine Eltern es völlig richtig gemacht haben. Abgesehen von der Heimlichkeit. Alle anderen sollen zum Rax gehen! Es ist mir egal, was sie denken!«

Ich kam nicht mehr mit. Innerhalb weniger Augenblicke hatte sich mein Leben geändert. Was sollte ich als Nächstes tun? Ich durchsuchte meine Erinnerungen und wünschte mir, ich hätte meinen Hausarrest für intensivere Sternenträume genutzt, aber ich fand keine Präzedenzfälle. Zweifellos lagen sie in den Erinnerungen meines treuen alten Vaters verborgen, aber es brauchte Zeit, um solche Dinge auszugraben. Vielleicht hatte er sie sogar mit einem Geas belegt, weil er nie gedacht hätte, dass ich ihm so ähnlich sein könnte.

Ich spürte Talis' Hände an meinem Gesicht. Sie drängte mich, sie anzusehen. »Du kramst doch nicht etwa in deinen Erinnerungen, oder?«, fragte sie mich grinsend.

»Äh … eigentlich nicht.«

Sie kicherte. »Du scheinst wirklich ein sehr konservativer Typ zu sein. In der Vergangenheit wirst du keine Hilfe finden. Noch nie zuvor hat jemand das empfunden, was wir empfinden!«

»Dann sind wir wohl etwas ganz Besonderes«, sagte ich unsicher, weil ich nicht über das beschämende Benehmen meiner Eltern sprechen wollte.

»Natürlich sind wir das. Das ist für immer, Hardy.« Sie drückte mich an sich.

Aber ich hatte im Bierhaus zu viele Gespräche mit Männern geführt, die Kinder gezeugt hatten. Nachdem der Zeugungsakt vollbracht ist, verliert die Frau ihren Reiz. So haben es alle beschrieben. Deshalb hatte ich Angst, dass der Glanz, der Talis in meinem Geist zu einem hellstrahlenden Etwas gemacht hatte, plötzlich erlöschen würde, wenn wir tatsächlich miteinander schliefen. Wenn das geschah, würde sie schreckliche Schmerzen erleiden. Ich wollte den Rest meines Lebens mit ihr verbringen, und ich wollte alles tun, damit es nicht aufhörte. Aber der Zeugungsakt würde es vielleicht beenden.

Sie hielt meine Hände. Sie wartete darauf, dass ich das Gespräch über unsere Liebe fortsetzte, aber ich musste das Thema wechseln.

»Du trägst den Kristall«, sagte ich.

»Ich bin dir unendlich dankbar, dass du ihn wiedergefunden hast.« Sie ließ meine Hände los und betastete ihn. »Ich wünschte, ich hätte dazu nettere Kleidung angelegt. Aber ich habe nicht damit gerechnet, dich jemals wiederzusehen. Was ist überhaupt passiert? Warum haben wir gehört, dass du tot bist?«

»Ich werde es dir morgen erzählen.« Der Abend verdunkelte den Himmel, und ich erzitterte. Im Fluss sprang ein einsamer Zume mit lautem Platschen. Plötzlich wurde ich von Hunger und Müdigkeit überwältigt, und für einen kurzen Moment hatte ich das eigenartige Bedürfnis nach der Behaglichkeit der Höhlenmutter. Diesen Tag würden meine Nachkommen viele Male neu erleben. »Es ist eine lange Geschichte.«

»Dann erzähl sie mir morgen. Hardy …«

»Ja?«

»Ich würde gerne heute Nacht mit dir schlafen.«

»Ich auch. Aber vorher müssen wir es Lonessa schonend beibringen.«

»Na gut. Ich kann warten, obwohl es mir schwerfällt.«

Wir gingen Hand in Hand zum Dorf zurück.

Wandauge wies mir ein eigenes Haus zu. Das erleichterte mich, denn ich hatte befürchtet, bei ihm und Knuff wohnen zu müssen, was der traditionellen Art der Gastfreundschaft entsprochen hätte, die einem Besucher gewährt wurde. Ein eigenes Haus zu haben, gab mir das Gefühl dazuzugehören. Der vorherige Bewohner war von einem Grume-Reiter gefressen worden, aber eine Sache, die wir im Laufe vieler Generationen gelernt haben, ist die, dass sich die Geschichte nur selten wiederholt. Ich verjagte die Tratten, die sich hier eingenistet hatten, schlief in jener Nacht sehr gut und träumte vom legendären Pärchen Druv und Braunauge.

Am nächsten Morgen wärmte ich etwas geräucherten Fisch auf, den Wandauge mir überlassen hatte, aß ihn hastig und trat dann ins morgendliche Sonnenlicht hinaus, begierig darauf, mein Mädchen wiederzusehen. Die Häuser des Männerdorfs stehen aufgereiht an einer Straßenseite, und dahinter erheben sich die Hügel. Die breite Uferböschung, durch ständige Benutzung ohne Vegetation, neigt sich sanft zum braunen Wasser des Flusses hinab. Zu dieser Jahreszeit lagen alle Fischerboote umgedreht auf dem Ufer. Männer schrubbten sie mit Teichschwämmen, die sie mit Sand imprägniert hatten.

»Du musst Yam Hardy sein. Ich bin Noss Reck. Ich habe dich gesehen, wie du mit meiner Tochter gesegelt bist.«

Ein großer Mann mit drahtigem rotem Haarschopf stand vor mir. Ich rechnete bereits mit dem Schlimmsten, aber in seinem Blick war keine Spur von Feindseligkeit. Wesentlich beunruhigender wirkten die anderen Fischer, die herbeigeschlendert kamen.

»Ich hoffe, eine Weile in Noss bleiben zu können«, sagte ich.

»Das wird Talis gefallen.« Eine ermutigende Antwort. Er wandte sich den anderen zu – insgesamt sechs. Drei der Fischer trugen die Keulen, mit denen Fische erschlagen wurden. Aber wahrscheinlich hatte es nichts zu bedeuten. »Ihr erinnert euch bestimmt an Yam Hardy«, sagte er zu ihnen.

Sie brummten. Sie erinnerten sich.

Es wurde Zeit, mich einzuschmeicheln. »Als ich das letzte Mal hier war, wurde mein Vater getötet«, sagte ich. »Ich war zornig und habe ein paar dumme Dinge gesagt. Ich möchte mich bei euch allen entschuldigen.«

»Das genügt nicht!« Knuff kam plötzlich hinter einem Fischerboot hervorgeschossen. »Du hast mir vorgeworfen, deinen Vater ermordet zu haben! Bei mir musst du dich entschuldigen!«

Er hatte natürlich Recht. Aber das ließ mein Stolz einfach nicht zu. »Du hast gehört, was ich zu den Männern hier gesagt habe. Darin bist auch du eingeschlossen. Also vergessen wir die Sache, ja?«

»Nein, wir werden sie nicht vergessen! Ich verlange eine persönliche Entschuldigung!«

»Verfrier doch, Knuff.«

Er stapfte auf mich zu, mit geballten Fäusten, das Gesicht noch stärker gerötet als sonst. Endlich hatte er es geschafft. Jetzt würde er mir die Fresse einschlagen. Aber er war nicht größer als ich, und die Vorstellung, dass er Besitzansprüche auf Talis erhob, verlieh meinen Fäusten zusätzliches Gewicht.

Ich erwischte ihn mit einem präventiven Schlag auf die Nase, während er noch herangeschlurft kam. Dadurch wurde sein Vorstoß abrupt gestoppt. Seine Augen tränten, und er hielt sich die Nase, wobei er offenbar über die Tatsache nachdachte, dass meine Arme länger als seine waren. Er wandte sich hilfesuchend an die anderen. »Er hat mich geschlagen! Ihr alle habt es gesehen! Der dreckige Wühler hat mich geschlagen!«

»Gut, es reicht jetzt!« Noss Reck trat zwischen uns. »Benehmt euch wie Erwachsene, ja?«

Knuff hatte bereits den Rückzug angetreten. »Mein Vater wird davon erfahren!«

Wir blickten ihm nach, als er ging, eine gedrungene Gestalt in kurzen Lederhosen, den nackten Rücken mit Schlamm beschmiert, vom Boot, an dem er gearbeitet hatte, den Kopf voller Verbitterung und Wut. Zu schade. Ich konnte jetzt keine Feinde in Noss gebrauchen. Ich hatte schon genug in Yam.

»Komm mit, Hardy.« Reck führte mich fort, während die Männer zu ihren Booten zurückkehrten. »Du kannst mir mit meinem Kiel helfen. Es wäre nicht schlecht, wenn man sieht, wie du hier mitarbeitest, wenn du bei uns bleiben möchtest.«

»Ich glaube kaum, dass Wandauge es mir erlaubt, nachdem ich seinem Sohn die Nase blutig geschlagen habe.«

»Wandauge steht in deiner Schuld. Du hast etwas getan, wozu er selbst nicht die nötige Stärke hatte. Ich will ganz offen zu dir sein, Hardy. Knuff ist außer Kontrolle geraten. Wandauge ist unser Hauptmann, weil seine Erinnerungen am weitesten zurückreichen und wir ihm deswegen Respekt entgegenbringen.

Aber Wandauge ist ein Krüppel, und Knuff ist ein Rüpel, und sie wohnen im gleichen Haus. Es war fast unvermeidlich, was dann geschehen ist. Es fing damit an, dass Knuff manchmal Anweisungen von Wandauge weitergab, wenn es dem Hauptmann nicht gut genug ging, um das Haus zu verlassen. Dann mussten wir feststellen, dass es gar nicht immer Wandauges Anweisungen waren. Knuff erfindet immer wieder seine eigenen. Wir haben uns widersetzt. Kein eingebildeter Jüngling sagt uns Fischern, was wir tun sollen. Aber Wandauge unterstützt ihn, wahrscheinlich unter Druck, wie wir glauben. Das bedeutet, dass Knuff praktisch unser Hauptmann ist.«

»Wandauge schien rundum mit Knuff zufrieden zu sein, als Vater und ich das letzte Mal hier waren.«

Er lächelte verbittert. »Es heißt, dein Vater hätte ihn gegen die Wand gestoßen. Du kannst dir sicher vorstellen, dass das väterliche Instinkte bei Wandauge ausgelöst hat. Auf jeden Fall ist die Lage seitdem immer schlimmer geworden.«

»Yam bittet euch in diesem Jahr vielleicht wieder um Lebensmittel.«

»Unter unserem derzeitigen Regime werdet ihr nichts bekommen. Und erst recht nicht, seit dein Vater nicht mehr mitspielt. Lonessa konnte er um den Finger wickeln. Borst übt auf sie die gegensätzliche Wirkung aus.«

Er schien sehr verständnisvoll zu sein, so dass ich ihm von den Ereignissen berichtete, die dazu geführt hatten, dass ich nach Noss geflüchtet war, während wir den falschen Kiel von seinem Boot abmontierten, um es auf die Grume vorzubereiten. Als ich meine letzte Frage stellte, schüttelte er zur Antwort den Kopf.

»Nein, Junge. Ich habe deinen Onkel Borst an jenem Tag nicht gesehen. Ich war den ganzen Tag draußen beim Fischen. Ich habe dich mit Talis auf dem Segelboot gesehen, aber keine anderen Binnenländer. Ich weiß nur, dass Borsts Männer auf den Klippen gejagt haben.«

Wir arbeiteten weiter. Von Zeit zu Zeit schaute ich auf die Straße in Richtung Frauendorf, in der Hoffnung, Talis zu sehen.

Reck wusste, wonach ich Ausschau hielt. »Ich bezweifle, dass sie heute zu dir kommt.«

»Ach ja?«, sagte ich beiläufig, als wüsste ich gar nicht, wovon er sprach, während ich mit Hammer und Zange einen widerspenstigen Holzzapfen bearbeitete.

»Wie ich Lonessa kenne, wird sie alles versuchen, was ihr einfällt, um Talis im Haus zu halten. Und ich kenne sie recht gut.« Er gluckste humorlos.

Ich gab das Spiel auf. »Was kann ich dagegen tun?«

Er dachte eine Weile darüber nach, während er den letzten Zapfen herausschlug. Der schwere falsche Kiel löste sich vom Boot. Jeder von uns griff sich ein Ende, dann hoben wir ihn vorsichtig an und legten ihn neben den Bootsrumpf. Das tiefgängige Fischerboot hatte sich nun in einen Skimmer verwandelt, der für das schwere Wasser der Grume geeignet war. Wir gingen zum Ufer hinunter, um uns die Hände zu waschen. Ein großer weißer Vogel kreiste tief über dem Flussarm und suchte nach Beute.

Ein Grummer. Das erste Anzeichen, dass die Grume nicht mehr weit war.

Reck hatte eine Zeit lang gegrübelt. Schließlich sagte er: »Ich hatte insgesamt drei Töchter, alle von verschiedenen Frauen. Ich wollte meine Erinnerungen weitergeben. Schließlich will das jeder von uns. Manchmal frage ich mich, ob wir damit versuchen, dem Tod ein Schnippchen zu schlagen. Jedenfalls habe ich es nicht geschafft. Lonessa war meine letzte Hoffnung. Es war gar nicht schwer, sie war eine schöne Frau. Das ist sie immer noch. Und«, fügte er mit einem leichten Grinsen hinzu, »es ist leicht, sie wieder loszulassen, wenn der Sex vorbei ist. Aber ich hätte es ahnen müssen. Man sagt, dass das Baby immer das Geschlecht des stärksten Elternteils wählt. Hatte ich wirklich gehofft, mit Lonessa einen Sohn zu zeugen? Ha! So kam Talis auf die Welt. Ich habe sie lange gehasst, weil sie kein Junge war, weil mit ihr meine Erinnerungen gestorben sind. Aber früher oder später sterben alle Erinnerungen. Talis wuchs auf, und sie war anders als die übrigen Kinder im Frauendorf. Sie kam oft zu mir und wollte mit mir zum Fischen hinausfahren. Für sie war es ein aufregendes Abenteuer. Sie sagte, wenn es etwas gibt, das noch langweiliger ist, als Gemüse beim Wachsen zu beobachten, dann ist es, Fischen beim Trocknen zuzusehen.« Er lachte leise, als er sich daran erinnerte. »Sie sagte, wenn sie zur nächsten Hauptfrau wird, will sie tun, was ihr gefällt, und Lonessa kann zum Rax gehen!«

»Also kommen Lonessa und sie nicht besonders gut miteinander zurecht?«

»Sie kommen in vielen Dingen sehr gut miteinander zurecht, aber Lonessa ist gerne die Chefin, und Talis lässt sich nicht unterkriegen. Und das ist die Antwort auf deine Frage, Hardy. Talis wird einen Weg finden, um dich zu sehen, wenn sie dich sehen will.«

Talis brauchte dazu bis zum Nachmittag. Ich hatte den Rest des Vormittags damit verbracht, Reck und den anderen Fischern zu helfen, sich auf die Grume vorzubereiten. Wir standen gerade herum, plauderten miteinander und kauten geräuchertes Fleisch, und ich dachte, dass ich recht gut mit diesen Leuten zurechtkam, als Lonessa mit blitzenden Augen und wehendem Haar in unsere Gruppe hereinstürmte.

»Habt ihr Männer Talis gesehen?« Dann bemerkte sie mich. »Du, Hardy! Wenn du weißt, wo Talis steckt, rate ich dir, es mir sofort zu sagen, auf der Stelle!« Ihr Blick strich die Reihe der umgekippten Boote entlang, als würde sie erwarten, dass der Fuß ihrer Tochter unter einem hervorschaute.

Wir alle beteuerten, keine Ahnung zu haben.

»Halt dich auf jeden Fall von ihr fern, Hardy. Mehr verlange ich nicht von dir. Talis hat in diesem Dorf Verantwortung und Status. Ich werde nicht zulassen, dass sie sich mit einem verfrorenen Wühler herumtreibt.« Damit marschierte sie wütend davon, bevor ich die Gelegenheit zu einer Erwiderung erhielt. Vaters Tod hatte jegliches Wohlwollen ausgelöscht, das sie einst für mich gehegt hatte.

Knuff war nicht mein einziger Feind in Noss.

»Eine gute Frau«, sagte einer der Männer, der beobachtete, wie ihre kräftigen Beine sie in Richtung Frauendorf trugen.

Lonessa hatte sich gerade rechtzeitig entfernt, weil praktisch im nächsten Augenblick ein Boot hinter einer dicht bewaldeten Landzunge auftauchte und schließlich knirschend auf dem Kieselstrand landete.

»Hardy! Komm an Bord!«, rief Talis mir zu.

Ich stieg in das Dingi. »Deine Mutter war gerade hier.«

»Sie soll zum Rax gehen. Jemand hat ihr gesagt, dass ich gestern mit dir zusammen war, und sie hat es gar nicht gut aufgenommen. Aber darüber will ich jetzt nicht reden. Ich bin die nächste Hauptfrau von Noss und denke mir, dass ich dann tun und lassen kann, was ich will. Natürlich im angemessenen Rahmen. Jedenfalls ist heute ein wunderbarer Tag, und ich möchte mit dir einen Segeltörn an den Klippen entlang machen.«

Ein Stück hinter dem alten Fährkai legten wir mit dem Boot an und stiegen durch den heiligen Wald zum Kap hinauf. Schließlich traten wir außer Atem auf eine hohe Felsklippe.

»Da!«, sagte Talis fröhlich. »Wie findest du das?«

Tief unter uns konnte ich die Sandbank vor der Flussmündung erkennen, einen blassen Streifen unter dem gewellten Blau. Dahinter erstreckte sich das Meer bis zum Horizont, gewaltig und geheimnisvoll. Asta lag hinter dem Rand der Welt, ein anderer Kontinent. Ein paar winzige Fischerboote verteilten sich auf der Weite, die Segel mit der leichten Brise gefüllt. Alle beeilten sich, möglichst schnell nach Noss zurückzukehren.

Und das mit gutem Grund. Eine helle Schlangenlinie zog sich vom Ufer bis zum Horizont, als hätte ein Riese Milch aufs Meer gegossen. Darüber kreisten weiße Vögel und tauchten immer wieder hinab. Grummer, die sich von Fischen und anderen Meeresgeschöpfen ernährten, die durch das dichtere Wasser an die Oberfläche gedrängt wurden. Dort musste es auch wilde Grume-Reiter geben, die alles verschlangen, was sie auf der Grume fanden, einschließlich Fischern, die es nicht rechtzeitig bis zum Hafen geschafft hatten. Danach würden sie weiterziehen und der

Vorhut der Grume folgen, worauf es auf dem Meer wieder sicher war.

»Ist das nicht verfroren eindrucksvoll?«, rief Talis. »Ich bin jedes Jahr aufs Neue hingerissen. Die Grummer ziehen rund um die Welt, wenn sie der Grume folgen. Immer wieder rund um die Welt, Jahr um Jahr, bis sie an Herzversagen sterben. Jedes Jahr legen sie ein Ei auf die Oberfläche des dicken Wassers und betten es in ein Nest aus Erbrochenem. Wenn sie dann vom Himmel herabschauen, können sie ihre große Kotzpfütze sehen und wissen, wo ihr Ei liegt.«

»Woran erkennen sie, dass es nicht das Ei eines anderen Grummers ist?«

»Am Geruch, glauben wir. Das Erbrochene jedes Vogels riecht etwas anders. Wenn das Küken dann bereit ist, schlägt es ein Loch in die Eierschale, gerade groß genug, um den Kopf herauszustrecken, und frisst das Zeug. Sie scheinen ziemlich gute Mägen zu haben. *Ich* würde es auf gar keinen Fall tun wollen. Dann benutzt das Küken das Ei wie ein kleines Boot, bis es kräftig genug ist, sich ganz daraus zu befreien und auf der Grume zu schwimmen.«

Das alles klang für einen Wühler wie mich sehr ungewöhnlich und unwahrscheinlich. »Ich hätte gedacht, dass die Kotze von den Wellen verteilt wird. Und dass das Ei versinkt, sobald das Küken es aufgepickt hat.«

Sie lächelte auf die überlegene Art eines Wissenden. »Auf der Grume gibt es keine Wellen, nur eine sehr träge Dünung. Und Eierschalen versinken darin nicht, du Dummkopf.«

Sie bildete sich zu viel auf ihr Wissen ein. Auf ihrem eigenen Gebiet besaß die Tochter der Hauptfrau von Noss umfangreiche Kenntnisse über lokale Gegebenheiten, mit denen ich niemals mithalten konnte. Sie stand in ihrem hellblauen Kleid aus Menschenstoff da und grinste mich selbstgefällig an. Ich musste sie ein paar Drehungen zurückschrauben.

Es gab nur eine Möglichkeit, der Situation Herr zu werden. Ich packte sie und küsste sie stürmisch.

»Oh«, sagte sie, als sie wieder sprechen konnte. »Das war nett. Passiert das jedes Mal, wenn ich dir demonstriere, wie klug ich bin? Also erzähle ich dir jetzt von den schrecklichen Grume-Reitern.«

Ich küsste sie erneut und hielt sie so fest, dass ihre Brüste gegen meinen Oberkörper gedrückt wurden. Ich bemerkte, dass ich mit einer Hand über ihren Hintern strich. Im nächsten Moment spürte ich meine eigene heftige Reaktion.

Ich ließ sie los und trat schnell zurück, aber nicht schnell genug.

»Aha!«, rief sie, während sie auf meine ausgebeulte Hose blickte.

»Eigentlich solltest du gar nichts über so etwas wissen«, murmelte ich verlegen.

»Ein Mädchen kann nicht mit einer Frau wie meiner Mutter zusammenleben, ohne gelegentlich einen Blick auf ihre männlichen Freunde zu erhaschen.« Flink griff sie mir zwischen die Beine. »Habe ich das wirklich mit dir gemacht?«

»Es scheint so. Tut mir leid. Ich hatte nicht die Absicht …«

»Nein, ich fühle mich geschmeichelt.« Die warmen braunen Augen blickten verträumt in meine, und ihre Hand hielt mein Glied und bewegte sich sanft.

»Es wäre besser, wenn du das nicht tun würdest.«

Ich konnte mich gerade noch rechtzeitig losreißen und versuchte mich auf die Aussicht zu konzentrieren: der silbrige Rand der Grume und die kreisenden, kreischenden Grummer.

»Spielverderber.« Sie suchte sich eine Fläche, die mit Palpatern bewachsen war, und legte sich darauf. Dann wand sie sich, als die kurzen, paddelförmigen Blätter der Pflanzen ihren Rücken durchkneteten. »Oh, das fühlt sich gut an. Komm her, Hardy, trau dich. Leg dich zu mir.« Vielleicht war es Absicht gewesen, vielleicht waren auch die Pflanzen dafür verantwortlich – jedenfalls war der Saum ihres Kleides bis zu den Oberschenkeln hochgerutscht. Ich erhaschte einen Blick auf ein weißes Höschen zwischen glatten, vollkommenen Beinen. Sie hob die Arme und verschränkte die Hände hinter dem Kopf, so dass sich ihre Brüste gegen den dünnen Stoff drückten. Kleine harte Brustwarzen zogen meinen Blick mit hypnotischer Kraft an. Ich verspürte das überwältigende Bedürfnis, sie zu berühren. »Komm her, Hardy«, sagte sie noch einmal.

Meine Knie gaben nach, und ich fiel neben ihr auf die Palpater. Ich umarmte sie und strich dann mit einer Hand über ihre Brüste. Mein Herz pochte wild, und Talis' Atem ging schnell, als sie die Knopfreihe auf der Vorderseite ihres Kleides öffnete. Ich wandte meine Aufmerksamkeit ihren Schenkeln zu und zögerte. »So etwas habe ich noch nie gemacht.«

»Damit wären wir zu zweit. Glaubst du, dass wir es richtig machen?«

»Für mich fühlt es sich völlig richtig an.«

»Das freut mich. Das hatte ich gehofft. Deshalb bin ich heute mir dir hierhergekommen, um es zu tun.« Sie hob ihren Hintern an und zog ihr Höschen aus. »Jetzt steig endlich aus deiner Hose.«

»Aber …«

»Kein Widerspruch. Hier in Noss bin ich dir rangmäßig überlegen.« Geschickte Finger lösten meinen Gürtel. Sie zerrte an meiner kurzen Hose, dann schnellte die Quelle meiner Verlegenheit ins Freie. Ganz gleich, was mein Kopf darüber dachte – dieser Teil von mir war unzweifelhaft bereit, den Kampf aufzunehmen.

Ich küsste Talis, vielleicht, um das Unvermeidliche hinauszuzögern, aber sie griff nach meinem Glied, schob sich mir entgegen und führte es hinein.

An diesem Punkt stellte mein Verstand den Betrieb ein.

Ich erinnere mich nur noch, wie sie anschließend mit leuchtendem Gesicht in den Himmel hinaufblickte und sagte: »Das war das Wunderbarste, was je in meinem Leben geschehen ist.«

Ich betrachtete sie eine Weile, während ich neben ihr und meine Hand auf ihrer Brust lag.

Ich hoffe, dass diese Erinnerung niemals stirbt, die Erinnerung an ihr Gesicht und den Himmel, als würde sie den unsichtbaren Sternen danken.

Dann wandte sie sich mir zu, küsste mich und sagte: »Wir sollten allmählich an die Rückkehr denken. Meine Mutter dürfte nach mir suchen, das arme, alte Mädchen. Ich wette, ihr ist nie etwas so Herrliches widerfahren. Sie dürfte eifersüchtig sein, und sie wird es damit kaschieren, dass sie wütend darüber ist, dass ich mit dir zusammen war.«

»Eifersüchtig worauf? Du wirst es ihr doch nicht sagen, oder?« Die Vorstellung, wie Talis in forschem Tonfall Lonessa darüber informierte, dass wir uns auf der Klippe geliebt hatten, verursachte mir einen frostigen Schauder.

»Sie wird es sowieso wissen. Man erkennt es einfach.« Sie stand auf, knöpfte ihr Kleid zu, zog sich wieder ihr Höschen an und reichte mir eine Hand, um mich auf die Beine zu stellen. »Du kannst hier nicht den ganzen Tag herumliegen und unter mein Kleid starren«, erklärte sie. »Das ist kein nettes Benehmen.«

Ich seufzte, kehrte in die Wirklichkeit zurück und blickte mich um. Nichts hatte sich verändert, obwohl ich das Gefühl hatte, dass alles anders war. Die Grume war immer noch da und näherte sich fast unmerklich, genauso wie die kreisenden Grummer und die Felsen, die wir emporgestiegen waren, um diese Stelle zu erreichen, und die Lücke im Wald, durch die der Pfad vom Dorf heraufführte …

Ich erlebte einen beunruhigenden Erinnerungsblitz.

Wir waren auf einem anderen Weg gekommen, aber ich erkannte die Anordnung der Steine wieder. Diese hohe, verwitterte Granitsäule, die wie ein alter Mann aussah. Die drei kleineren Steine in einer Reihe. Bäume und Sträucher mochten sich verändern, aber nicht Steine.

Ganz in der Nähe war der Nirgendwo-Mann gezeugt worden.

Mein Geist arbeitete nicht immer vernünftig, wenn ich mit Talis zusammen war. Und nun war das Schicksal in die Bresche gesprungen und hatte die Angelegenheit für mich geregelt. Wir hätten uns sonstwo lieben können – warum im Namen des Großen Lox hatten wir es also an dieser vorbelasteten Stelle getan?

Talis konnte nichts von der Bedeutung ahnen. »Du bist plötzlich so still«, sagte sie, als wir Hand in Hand über den Waldpfad zum Dorf hinuntergingen. »Denkst du daran, wie schön ich bin und wie sehr du mich liebst? Ich hoffe es, weil ich sonst glauben könnte, dass du wegen irgendwas eingeschnappt bist.«

Ich konnte ihr nicht sagen, dass mich eine furchterregende Vorahnung überkommen hatte. Bis zu diesem Moment hatte ich immer gedacht, ich könnte selbst über mein Schicksal bestimmen, aber nun war meine Gewissheit geschwunden, mein Selbstbewusstsein zerbröckelt. Die Ereignisse waren gewaltig groß, und ich war winzig klein. Ich konnte gar nichts tun. Ich wurde von der Hand eines Riesen von einer Situation zur nächsten geschoben, wie eine kleine menschliche Holzfigur in einem Spiel, das Mister McNeil mir einmal beigebracht hatte. Und irgendwann wird der kleine Mann vom Brett geworfen, aber das Spiel geht weiter, als wäre er niemals da gewesen.

»Ich werde dich für immer lieben«, erklärte ich automatisch. Aber war es die Wahrheit? Ich hatte keinen Einfluss auf die Zukunft. Nicht einmal über meinen eigenen Körper. Ich hatte mich mit Talis vereint. Würde ich mich noch einmal mit ihr vereinen wollen, oder würde ich die Gesellschaft der Männer im Bierhaus und der groben Fischer suchen und sie vergessen, nachdem sie nun ihren Zweck erfüllt hatte?

Unter den Bäumen war es dunkel, und die Wedel der Anemonen krümmten sich uns hungrig entgegen, als wir vorbeigingen. Irgendwo kreischte ein Grummer, der von einem Tentakel gepackt wurde, während er im Tiefflug zur Küste unterwegs war. Ein tödliches Flattern hallte durch den Wald.

»Auch ich werde dich für immer lieben«, erwiderte Talis und drückte selbstvergessen meine Hand.

Eine dunkle Gestalt kam uns entgegen, als wir uns dem uralten Kai näherten. In der Ferne konnte ich eine im Sonnenlicht silbrig glänzende Maschine sehen, die am Kai stand. Die Züge des Mannes waren im grellen Gegenlicht zunächst nicht zu erkennen. Er war groß und langbeinig und trug einen wehenden Umhang, der ihm bis zu den Knien reichte.

Talis erkannte ihn zuerst.

»Was macht der Nirgendwo-Mann hier?«, fragte sie.

Mister McNeil arbeitete sich systematisch durch eine Blumenreihe und besprühte sie mit Destill aus einer Kanne mit Tülle. »Es tut mir leid, dass ich den Nirgendwo-Mann zu dir schicken musste, Hardy. Ich wollte nicht, dass die Leute glauben, es würde um eine große Sache gehen.«

»Und um welche große Sache geht es?«, fragte ich.

Er ging nicht darauf ein. »Talis ist also auch mitgekommen«, sagte er nachdenklich. »Damit hatte ich nicht gerechnet.«

»Sie hat darauf bestanden.«

»Wo Hardy hingeht, gehe auch ich hin«, sagte Talis. »So wird es von nun an immer sein.«

»Du darfst dich glücklich schätzen, Hardy. Glücklicher, als ich es bin.« Mister McNeil zog ein Metallröhrchen aus der Tasche. »Gut. Tretet bitte zurück.«

Er richtete das Röhrchen auf die Blumen, und im nächsten Moment gingen sie in Flammen auf. Ein größerer Teil des Gartens hatte sich bereits in schwarze Asche verwandelt. Von den Blumenbeeten stieg immer noch Rauch auf. Sein Gesicht zeigte einen gepeinigten Ausdruck, der es mir verbot, die naheliegende Frage zu stellen.

Doch Talis kannte den Menschen kaum. »Warum verbrennen Sie Ihre Blumen, Mister McNeil?«

»Befehl von der Devon-Station«, sagte er kurz angebunden.

Wir folgten ihm, als er über einen Weg zu einem wenige Schritt entfernten runden Beet ging und auch dieses mit Destill besprühte.

»Aber haben Sie nicht eine von diesen Waffen, die Dinge verbrennen?«, fragte Talis. »Menschen haben doch meistens eine solche Waffe.«

»Einen Laser. Ja.« Sein Tonfall klang verbittert. So hatte ich ihn noch nie erlebt. »Aber ein Laser verbrennt nur das, worauf er trifft. Ich muss alles vernichten, jeden Samen, bis auf den letzten Rest. Das Risiko muss ausgeschlossen werden, dass diese Blumen wieder keimen und mit den einheimischen Pflanzen konkurrieren. Einheimische Pflanzen!« Er stieß ein raues, bellendes Lachen aus und deutete mit wedelnder Hand auf die Landschaft. »Schaut euch nur diese gottverdammten Pflanzen an! Sie kriechen und strangulieren und fressen alles, was sie erreichen können. Glaubt ihr wirklich, auch nur eine einzige von meinen Blumen hätte da draußen eine Überlebenschance?«

»Wohl kaum«, sagte der Nirgendwo-Mann.

»Aber …«, sagte Talis unglücklich. »Sie waren doch so hübsch. Sie haben uns gezeigt, wie es auf der Erde ist. Und sie sind sowieso nie über Ihren Garten hinausgekommen. Ich verstehe das nicht.«

Er seufzte. »Ich habe gegen die Regeln verstoßen. Niemand wusste davon, weil nie jemand kam, um sich anzusehen, was hier los ist. Gestern war Mrs. Froggatt hier, und es gefiel ihr nicht, was sie sah, weder außerhalb noch innerhalb meines Hauses. Sie sagte, ich würde mich an die Vergangenheit klammern, und es wäre Zeit, dass mir klarwird, auf was für einer Welt ich lebe. Als wüsste ich es nicht längst! Dann erzählte sie mir, weswegen sie gekommen war, und ich glaube, ich habe die Beherrschung verloren, und es kam zu einem erbitterten Streit, und am Ende habe ich sie angebrüllt, dass sie, verdammt nochmal, zur Devon-Station zurückgehen und nie mehr hierherkommen soll. Als sie in ihren Buggy stieg, blickte sie sich mit höhnischer Miene um und sagte, ich würde die Gefahr heraufbeschwören, eure Welt mit all diesen irdischen Pflanzen zu kontaminieren, und dass ich sie entfernen muss. Nach den Vorschriften hat sie Recht, aber man hätte die Vorschriften einfach ignorieren können. Wenn ihr mich fragt, hat sie es aus purer Boshaftigkeit gesagt. Und heute wurde ihre Anweisung durch einen Befehl des Direktors bestätigt … Also gut, zurücktreten bitte.« Und wieder hob er das Röhrchen.

Das Blumenbeet verwandelte sich in ein grelles Inferno.

»Und warum ist sie zu Ihnen gekommen?« Ich hatte ein unangenehmes Gefühl in der Magengegend. Ich wollte nicht, dass diese Blumen verbrannt wurden, weil es mir wie ein schreckliches Omen vorkam. Ich wollte, dass die Dinge so blieben, wie sie schon immer gewesen waren. Ich sah Talis an, aber sie schien nichts von der bedrohlichen Stimmung zu spüren. Sie war einfach nur unglücklich, weil sie die Blumen mochte und sie nun getötet wurden. »Sie sagten etwas von einer großen Sache.«

»Kommt rein!«, sagte Mister McNeil.

Der Nirgendwo-Mann hockte sich wie gewöhnlich in den Hintergrund. Talis und ich nahmen nebeneinander auf einer breiten Fensterbank Platz. Mister McNeil setzte sich uns gegenüber und hielt ein Glas mit einer hellbraunen Flüssigkeit in der Hand. Der Raum war immer noch mit Artefakten von der Erde angefüllt – manche beeindruckend, andere rätselhaft. Diese Dinge hatte er nicht verbrannt.

»Es geht nicht, es euch auf einfache Weise zu erklären.« Er blickte an uns vorbei auf den Rauch, der vom Garten aufstieg. Er überlegte sich, wie er anfangen sollte. Ich erzitterte plötzlich und fragte mich, welches schreckliche Ereignis eingetreten war oder eintreten würde. »Die Menschen halten sich schon seit langer Zeit auf eurer Welt auf«, sagte er schließlich. »Wir haben versucht, als gute Nachbarn an eurer Seite zu leben.«

In meinen Sternenträumen war ich nie weit genug zurückgegangen, um mich an die Ankunft der Menschen zu erinnern. Aber ich hatte den Eindruck, dass die Beziehungen zu den Stilk immer gut gewesen waren. Ich nickte.

Er nippte nachdenklich von seinem Getränk. »In diesem Teil unserer Galaxis gibt es zwei verschiedene Arten von Weltraumreisenden«, sagte er. »Es gibt Menschen und es gibt das Volk, das ich schon einmal erwähnte, die Kikihuahuas. Auf ihre Weise sind beide Völker ganz nette Leute, obwohl wir sehr unterschiedliche Ansätze verfolgen. Wir versuchen uns an feste Regeln zu halten und von Zeit zu Zeit brechen wir sie. Das ist unvermeidlich.« In seinen Augen stand die Bitte um Verständnis. »Für die Kikihuahuas ist es leichter. Sie sind Gentechniker, aber wir beherrschen nur die Maschinentechnik. Die Kikihuahuas halten nichts vom Töten. Wir Menschen hingegen müssen manchmal töten, um uns selbst zu retten. Zeit spielt für die Kikihuahuas keine Rolle. Sie reisen in riesigen lebenden Weltraumvögeln, in denen sie jahrtausendelangen Winterschlaf halten. Sie bearbeiten kein Metall, sie haben keine Maschinen. Sie besitzen ein Geschöpf, das andere Geschöpfe für jeden gewünschten Verwendungszweck hervorbringt.«

»So etwas wie das Eltertier?«, fragte ich.

Der religiöse Bezug schien ihn zu überraschen. »Wahrscheinlich.«

»Wie sehen die Kikihuahuas aus?«, fragte Talis.

»Ihr jeweiliges Aussehen entspricht dem Zweck, für den sie gezüchtet wurden. Der Weltraumvogel ist ein Kikihuahua, und die kleinen Leute, die darin reisen, sind auch Kikihuahuas. Sie sehen den Gibbons von der Erde recht ähnlich. Sie sind sehr nett, freundlich, sauber und ordentlich. Aber wir sind nicht so intelligent wie sie. Wir donnern in Metallschiffen durch die Galaxis, und überall, wo wir auftauchen, hinterlassen wir ein mächtiges Chaos. Das müssen wir tun, um zu überleben. Wir nehmen, die Kikihuahuas geben.« Er seufzte. »Ich versuche den Gegensatz zwischen unseren zwei Spezies aufzuzeigen. Ich will damit nicht sagen, dass es nicht unsere Schuld ist.«

»Was ist nicht Ihre Schuld?«, fragte ich.

»Wir brauchen Metalle und andere Elemente, um zu überleben, versteht ihr. Wir sind zu eurer Welt gekommen, weil es hier einige der Elemente gibt, die wir brauchen, und wir haben mit euch eine Vereinbarung getroffen, sie abbauen zu dürfen. Wir haben alles geschäftsmäßig und gerecht abgewickelt. Aber nun sind die Dinge aus dem Ruder gelaufen. Einfach gesagt: Es kostet uns mehr, das Bergwerk zu betreiben, als das Produkt wert ist. Und das kommt gar nicht gut bei einer Gruppe sehr wichtiger Menschen an, die wir die Sektorzentrale nennen.«

»Dann sollten Sie das Bergwerk schließen.« Der Nirgendwo-Mann hatte sich zu Wort gemeldet, und sein Tonfall war harsch und zornig. Er wusste etwas, das Talis und ich nicht wussten.

»Ich habe euch bereits gesagt, dass das unmöglich ist. Wir haben schon zu viel hineingesteckt.«

»Sie müssen den Schaden begrenzen.«

»Das ist eure Meinung. Das ist auch meine Meinung. Aber die Sektorzentrale ist anderer Meinung. Tut mir leid.« Er wandte sich an Talis und mich. »Versteht ihr, die Sektorzentrale hat in gewisser Weise Recht. Das Bergwerk könnte gewinnbringend arbeiten, wenn ein Faktor nicht wäre.«

In diesem Moment hatte ich eine Ahnung, worauf er hinauswollte. »Und was ist das für ein Faktor?«, fragte ich, während ich plötzlich das Gefühl hatte, nicht mehr schlucken zu können.

»Die Lorin.«

»Was ist mit ihnen?«

»Sie verlangsamen alles. Sie behindern unsere Arbeit. Sie dringen immer wieder in die Tunnel ein und stören den Betrieb. Unsere Leute sind unproduktiv, wenn Lorin in der Nähe sind.«

Ich erinnerte mich an die Lorin, denen ich im Bergwerk begegnet war. Ich wusste, was er meinte. »Aber so sind sie eben. Sie können nicht anders. Es gibt nichts, was irgendjemand gegen die Lorin tun könnte.«

»Die Sektorzentrale findet, dass das sehr wohl möglich ist.«

»Aha?«

»Wir ...« Er zögerte. »Wir haben den Befehl erhalten, die Lorin auszulöschen.«

Ich stellte fest, dass ich plötzlich aufgesprungen war. »Das dürfen Sie nicht tun!«

»Ich fürchte, dass wir das sehr wohl dürfen. Wir haben diesen Befehl schon früher von der Sektorzentrale erhalten. Deswegen wollte Mrs. Froggatt mich sprechen. Sie wusste, dass ich wütend war, und sie dachte, sie könnte mich umstimmen, wenn sie persönlich mit mir spricht. Aber wir haben uns gestritten, und sie sagte, ich hätte mich mit den Einheimischen verbrüdert und … nun ja, den Rest kennt ihr schon.«

»Warum ist sie zu Ihnen gekommen? Warum hat sie es nicht selber getan?«

»Es gibt einen großen Lorin-Bau unter dem Pfeilwald. Von dort kommen die meisten Lorin aus dieser Gegend. Und der Wald untersteht meiner Zuständigkeit. Es gibt gewisse Protokolle, an die wir Menschen uns halten, selbst in Zeiten wie diesen.«

Ich sah ihn nur noch durch einen roten Schleier der Wut. »Ich war selbst vor einigen Tagen in diesem Bau. Die Lorin haben mir das Leben gerettet und mich gepflegt. Die Lorin sind …« Ich suchte nach den richtigen Worten – den Worten, die den entscheidenden Ausschlag gaben. »Sie sind ein *Teil* von uns. Ohne sie hätten wir keine Zivilisation. Sie kümmern sich um uns, und sie helfen uns, und sie verlangen keine Gegenleistung. Solche Geschöpfe dürfen Sie nicht töten!«

Auch Talis war entsetzt. »Ich dachte, es wäre den Menschen verboten, sich in die Angelegenheiten anderer Zivilisationen einzumischen. Was wollen Sie damit sagen? Dass die Lorin nicht zivilisiert sind? Nur weil sie nicht sprechen können, glauben Sie, dass sie nicht intelligent sind?«

»Oh doch, meine Liebe, wir halten sie für durchaus intelligent.«

»Wie bringen Sie es also fertig, so etwas zu tun?«

»Wir Menschen haben die besondere Fähigkeit, Regeln zu brechen, wenn es uns passt. Manchmal glaube ich, dass es das ist, was uns groß gemacht hat – unsere Flexibilität. In diesem Fall macht sie uns schlecht. Unsere derzeitigen Vorgesetzten schätzen Profite höher ein als ein paar Hundert nicht sprachfähige Aliens. Es tut mir leid. Ihr lernt uns von unserer schlimmsten Seite kennen.«

Allmählich konnte ich mich wieder zusammenreißen. »Sie finden diesen Befehl nicht richtig, oder?«

»Natürlich nicht. Deswegen erzähle ich dir davon, Hardy. Du bist der einzige Stilk, der vielleicht in der Lage ist, den Lorin zu helfen.«

»Sie verraten Ihr eigenes Volk?«, rief Talis.

»Nur dieses eine Mal, ja. Auch ich bin flexibel.«

»Wie im Namen des Großen Lox soll ich den Lorin helfen können?«, fragte ich verbittert.

»Ich weiß es nicht. Du könntest sie warnen. Oder was auch immer. Sorg dafür, dass sie den Bau verlassen. Ich habe keine Ahnung, welche Waffen man gegen sie einsetzen wird, vielleicht Giftgas. Oder wir schicken wärmesuchende mobile Minen in die Gänge.«

»Es sind nicht nur die Lorin. Ich glaube, der Bau selbst lebt. Wie ein riesiges Muttertier. Eine Höhlenmutter.«

Nach einer Weile sagte Mister McNeil zögernd: »Ja. Ihr müsst wissen, dass die Lorin eine Spezies der Kikihuahuas sind.«

»Die Weltraumreisenden?«, fragte Talis ungläubig. »Aber danach sehen sie überhaupt nicht aus.«

»Du meinst, sie müssten Kleidung tragen oder vielleicht sogar Raumanzüge? In diesem Klima brauchen sie so etwas nicht. Sie wurden für eure Welt gezüchtet. Sie halten Winterschlaf, wenn es zu kalt für sie wird, und ihre Körperzellen überstehen es ohne Schaden, wenn sie gefrieren. Alles, was sie auf dieser Welt wirklich brauchen, ist Nahrung, und die bekommen sie von den Anemonen- und Tassenbäumen.«

»Wie?«, fragte ich, während ich mir vorstellte, ein paar Hundert verhungernde Lorin durch das Land zu führen.

»Du weißt, dass die Anemonen ihre Beute fangen, sie verdauen und die Nährstoffe in die Wurzeln leiten. Und die Tassenbäume fangen Regenwasser auf und verarbeiten ihn zum selben Zweck zu einer Art Honig. Also fließt der Saft nicht wie bei den meisten Bäumen nach oben, sondern nach unten. Die Kikihuahuas haben eine Spezies gezüchtet, die den Weltraumvögeln ähnlich ist, aber nicht so groß wird. Was Hardy als Höhlenmutter bezeichnet hat, ist so ein Geschöpf. Es lebt unterirdisch und zapft die Wurzeln der Bäume an und produziert eine Milch, von der sich die Lorin ernähren. Das ist alles, was sie zum Überleben brauchen. Wir Menschen wissen das, und der Angriff wird sich in erster Linie gegen die Höhlenmutter richten.«

»Wie kommt es, dass Sie das alles wissen und wir nicht?«, fragte Talis. »Schließlich hätten wir viele Generationen lang Zeit gehabt, es herauszufinden.«

»Vielleicht ist unsere Neugier stärker«, sagte er – ausweichend, wie ich fand.

»Wenn die Lorin eine Abart der Kikihuahuas sind, werden sie dann nicht einfach um Hilfe funken?«, fragte ich. »Und wenn die Kikihuahuas hören, was Sie hier tun, würden sie dann nicht Vergeltungsmaßnahmen ergreifen?«

Er lächelte verbittert. »Sie werden nichts davon erfahren, jedenfalls nicht in den nächsten paar Jahrhunderten. Sie haben keinen Funk. Sicher, sie können telepathisch kommunizieren, aber nur über kurze Distanzen.« Er seufzte. »So, jetzt habe ich gesagt, wie unsere Pläne aussehen. Wir werden in ein paar Tagen gegen die Lorin vorgehen. Und jetzt müssen wir entscheiden, was du tun kannst. Zunächst einmal wird der Nirgendwo-Mann dich zum Pfeilwald fahren.« Er blickte aus dem Fenster. »Du könntest vor Anbruch der Dunkelheit im Bau in Sicherheit sein. Danach liegt alles Weitere bei dir.«

»Ich werde mir etwas überlegen«, sagte ich. Irgendwie musste ich den Lorin die Situation begreiflich machen. Aber ich wusste noch nicht, wie. Vielleicht hatten sie ja selber eine Idee.

»Euch liegen die Lorin sehr am Herzen, nicht wahr?«, sagte er. »Ihr habt das starke Bedürfnis, sie zu beschützen.«

»Natürlich. Sie sind sehr freundlich. Und sie beschützen uns.«

Er sah mich mit ernstem Ausdruck an. »Das passt. Weißt du, wir glauben nämlich, dass die Kikihuahuas auch euer Volk erschaffen haben.«

Im ersten Moment war ich völlig schockiert.

Aber im Nachhinein weiß ich gar nicht mehr, warum ich so reagierte. Alle Hinweise waren da gewesen, mein ganzes Leben lang, in all meinen Erinnerungen. Dagegen sprach nur das Gefühl, dass wir Stilk – ich weiß nicht genau – einzigartig sein sollten. Wir hätten so, wie wir waren, aus dem Nichts treten sollen, in voller Bekleidung. Stattdessen waren wir das Ergebnis eines uralten genetischen Programms. »Das Eltertier?«, flüsterte ich.

»Ja.« Er beobachtete meinen Gesichtsausdruck, als er fortfuhr. »Zumindest war es eine saubere und gezielte Erschaffung. Nicht wie bei uns, die wir aus dem Schlamm gekrochen sind, ohne einen bestimmten Zweck, außer zu überleben und uns zu vermehren. Kein Wunder, dass wir überall ein solches Chaos hinterlassen. Sei stolz auf deinen Ursprung, Hardy.«

»Stolz?« Das Wort fühlte sich in diesem Zusammenhang seltsam an. Irgendwie hatte ich das Gefühl, dass wir die ganze Zeit mit einer Lüge gelebt hatten.

Talis erholte sich zuerst und griff nach meiner Hand. »Das alles spielt überhaupt keine Rolle, mein Schatz. Nicht die geringste Rolle.«

»Sie hat Recht«, sagte Mister McNeil entschieden. »Und vergiss nie, je mehr du über dich selber weißt, desto besser stehen deine Chancen. Du hattest noch nie viel für Religion übrig, nicht wahr?«

»Ich wollte nicht sehen, dass sie in irgendeiner Weise richtig sein könnte. Ich wollte, dass sie völliger Unsinn ist. Und jetzt erklären Sie mir, dass das Eltertier uns hervorgebracht hat. Zum Rax mit dem Eltertier!«, schrie ich verbittert.

Kurze Zeit später stiegen Talis und ich in den glitzernden Innenraum des Buggys. Der Nirgendwo-Mann saß am Steuer. Eigentlich hätte es Spaß machen sollen, aber mir gingen viel bedeutendere Dinge durch den Kopf.

Mister McNeil stand in den Ruinen seines Gartens und sah zu, wie wir davonfuhren. Als wir durch Yam kamen und auf die Straße nach Totney abbogen, setzten Talis und ich uns unwillkürlich aufrecht hin, in Erwartung der Bewunderung der Dorfbewohner. Ich sah kurz Kaunter und Drücker, die vor dem Bierhaus standen. Ihre Unterkiefer klappten herunter, als sie uns im glänzenden Fahrzeug sahen. Meine Stimmung besserte sich schlagartig. Ich grinste und winkte ihnen zu. Dann kam mir in den Sinn, dass Drücker seinen Vater über meine Wiederauferstehung informieren würde. Auch gut. Er hätte die Neuigkeit früher oder später aus Noss erfahren.

Nachdem wir das Dorf hinter uns gelassen hatten, stellte ich Talis eine Frage, die mir seit unserem Aufbruch von Mister McNeil auf den Nägeln brannte. »Hast du jemals von den Kikihuahuas gehört? Ich meine, auch nur den Namen?«

»Nein. Aber ich habe mir auch nie die Mühe gemacht, allzu weit in meinen Sternenträumen zurückzugehen. Vielleicht würde ich dort auf etwas stoßen.«

»Auch ich habe noch nie von ihnen gehört. Man sollte meinen, dass die Leute darüber reden. In Form von Legenden, wenn es keine Erinnerungen mehr gibt. Aber die einzige Legende, die wir haben, ist die vom Eltertier.«

»Als ich Mister McNeil danach fragte, warum das alles völlig neu für uns ist, hat er eine ausweichende Antwort gegeben. Ist es dir aufgefallen?«

»Ja. Er weiß viel mehr, als er uns erzählt hat. Ich frage mich, warum er es verschweigt.«

Plötzlich sprach der Nirgendwo-Mann. »Weil zu viel Wissen nicht immer gut ist.«

»Das scheint Mister McNeil aber nicht zu glauben«, sagte Talis.

»Vielleicht hat er uns nur nicht die ganze Wahrheit erzählt«, sagte der Nirgendwo-Mann.

Die Saat des Misstrauens war gesät. Und das war schade, weil ich gerade damit begonnen hatte zu akzeptieren, was ich gehört hatte.

Wir nahmen dieselbe Straße, auf der ich auch mit Smith und Smitha unterwegs gewesen war, aber wir erreichten den Pfeilwald in wesentlich kürzerer Zeit. Der Nirgendwo-Mann setzte uns an der Stelle ab, wo ich vor Borsts Suchtrupp geflüchtet war. Er wendete das Buggy und kehrte nach Hause zurück.

Wir blickten ihm nach, dann sah Talis mich unsicher an. »Und du wirst den Weg wirklich wiederfinden? Der Pfeilwald ist ziemlich groß.«

»Es muss viele Eingänge zum Bau geben. Ich habe nur einen Teil davon gesehen, aber selbst der kam mir riesengroß vor.« Ich versuchte mir ein Bild von der Höhlenmutter zu machen. War sie so gewaltig, dass ihre Ausdehnung der des gesamten Pfeilwaldes entsprach? Bestimmt nicht. Eine einzelne Höhle von derartiger Größe wäre nur mit Stützpfeilern stabil, was bedeutete, dass der Körper der Höhlenmutter durchlöchert sein musste, damit die Pfeiler Platz hatten. Das konnte ich mir nicht vorstellen.

»Es wird bald dunkel«, rief Talis mir ins Gedächtnis.

»Dann komm!« Ich führte sie in den Wald.

Am späten Nachmittag, als wir uns bereits Sorgen machten, stießen wir zufällig auf einen Eingang. Ein verwesender Anemonenbaum wurde von einer Flutwelle aus Kletterkraut überwältigt. Ich zog den Pflanzenvorhang beiseite, ohne mir allzu große Hoffnungen zu machen, und sah ein dunkles Loch am Fuß des hohlen Baumstamms, wo die dicke Pfahlwurzel verrottet war. Das Kletterkraut war das Einzige, was den Baum noch aufrecht hielt.

»Willst du da hinuntergehen?«, fragte Talis zweifelnd. Der Abendwind flüsterte durch den Wald und machte ihr mit seinem kalten Atem Angst. Ich umarmte sie und spürte dabei, dass sie zitterte.

Ich ließ mich ins Loch hinunter und tastete mit den Füßen herum, aber da war nichts. Ich nahm allerdings den schwachen Geruch nach Lorin wahr, und ich wusste, dass der Tunnelboden nicht allzu tief unten war. Ich ließ los, fiel und traf schneller auf Widerstand, als ich erwartet hatte. Der Boden war weich.

»Alles in Ordnung!«, rief ich hinauf. »Spring einfach ins Loch, dann fange ich dich auf. Hier unten ist es viel wärmer.«

Talis' Ankunft hatte durchaus ihre reizvollen Aspekte, weil sie immer noch ihr dünnes Kleid trug und es nach oben rutschte, als sie durch meine Arme glitt. Ich nutzte den Moment aus und genoss jeden Teil ihres Körpers, während ich sie auf dem Tunnelboden absetzte. Selbst unter den schwierigsten Umständen hielten sich Liebe und Lust im Hintergrund meines Geistes bereit, wenn Talis in der Nähe war. Ich küsste sie ausgiebig, während sich eine meiner Sorgen verflüchtigte. Ich wollte immer noch mit ihr zusammen sein. Vielleicht würde ich es immer wieder wollen.

»Ich wusste gar nicht, dass es so viel Spaß machen kann, in ein Loch zu springen«, sagte Talis glücklich. »Das sollten wir häufiger tun.«

»So oft du magst.« Ich erinnerte mich an den Grund unseres Hierseins, ließ sie los und streckte die Arme aus. An dieser Stelle, genau unter dem Baum, war der Tunnel hoch, doch zu beiden Seiten senkte er sich wieder bis auf Kriechhöhe hinab. Die Wände waren weich, warm und unnachgiebig, ganz anders als der sandige Tunnel, den ich bei meinem vorigen Besuch betreten hatte. Wir befanden uns bereits in einem Teil der Höhlenmutter, einer hohlen Extremität. Vielleicht konnte sich das Geschöpf deshalb über einen so weiten Bereich ausdehnen. »Jetzt geh in die Knie und schnuppere. Riechst du Lorin?«

Nach einer Weile sagte sie: »In diese Richtung.«

Das war auch mein Gedanke gewesen. Ein vertrauter warmer, leicht süßlicher Duft wehte uns entgegen. »Ich gehe zuerst. Bleib dicht hinter mir.«

Wir verließen den schwachen Lichtkreis und stießen kriechend in die Dunkelheit vor. Schon bald hörte ich schlurfende Geräusche, und die Wände des Tunnels erweiterten sich. Ich stand auf. Im nächsten Moment spürte ich die Berührung einer warmen, pelzigen Hand. Ich griff nach Talis' Hand, während sie sich aufrappelte, und zog sie an mich. Ich wollte nicht, dass wir getrennt wurden.

»Hardy«, sagte sie verunsichert, »ich glaube, ein Lorin hält meine Hand. Was glaubst du, warum er das tut?«

»Er will nur freundlich sein. Auch ich habe einen Lorin an der Hand.«

»Und was passiert jetzt?«

»Wir müssen ihnen irgendwie begreiflich machen, in welcher Gefahr sie schweben.«

»Wir können sie nicht auffordern, uns zu ihrem Anführer zu bringen. Ich glaube nicht, dass sie einen haben.«

»Ich werde die Gefahr mit Worten erklären. Sie werden die Sprache nicht verstehen, aber wenn sie Telepathie beherrschen, wie Mister McNeil sagt, dürfte das keine Rolle spielen. Sie können die Bilder in meinem Kopf sehen, während ich spreche.«

»Falls sie unsere Gedankenbilder verstehen können. Vielleicht sind sie nur in der Lage, Bilder der Kikihuahuas zu begreifen.«

»Das ist aber unsere einzige Chance.«

Also wiederholte ich für die Lorin alles, was Mister McNeil uns erzählt hatte, während ich im Dunkeln stand und eine Zitze der Höhlenmutter über mein Haar strich. Ich sprach den Lorin an, der meine Hand hielt, aber ich ging davon aus, dass meine Worte alle Lorin in der Höhle erreichten. Als ich fertig war, verspürte ich großen Durst.

»Du hast es sehr gut ausgedrückt«, sagte Talis bewundernd. »Ich hatte fast das Gefühl, selber deine Gedanken lesen zu können. Ich wünschte, meine Mutter hätte dich gehört. Sie würde sagen, dass du Führungsqualitäten hast. Wenn sie nicht alles verstanden haben, ist das ihre Schuld.«

Der Lorin zerrte mich vorwärts. Nach ein paar Schritten blieb er stehen, und eine längere Zitze strich mir über das Gesicht. Ich griff danach und trank.

»Sie haben verstanden«, sagte ich anschließend. »Sie wussten, dass ich Durst habe.«

»Warum bleiben sie dann so ruhig? Ich hätte Panik erwartet, wenigstens etwas Herumgerenne oder Gequiekse.«

»Vielleicht wissen sie nicht, was sie tun sollen.«

»Oder sie wissen bereits vom Plan der Menschen. In der Devon-Station halten sich Lorin auf. Sie könnten die Gedanken der Menschen gelesen und die Informationen weitergegeben haben. Vielleicht verschwenden wir nur unsere Zeit.«

Das war durchaus möglich. Was auch immer geschehen war, wir hatten uns alle Mühe gegeben. Plötzlich wurde mir bewusst, wie müde ich war. Im nächsten Moment zerrte der Lorin wieder an meiner Hand. Ich folgte ihm, ohne Talis loszulassen. Bald erreichten wir den Höhlenrand, wo die Decke niedriger war. Wir legten uns nebeneinander hin. Hier war ein wenig Licht, das von einem kleinen Büschel Pilze in der Nähe abgegeben wurde.

»Liebe mich«, flüsterte Talis.

»Was, hier?«

»Kein Widerspruch!«

Also liebten wir uns langsam und ausgiebig, trotz unserer Müdigkeit, und es war genauso wunderbar wie beim ersten Mal.

Bevor ich einschlief, sendete ich einen Gedanken in die Dunkelheit: *Weckt mich, wenn etwas passiert.*

Es konnte leicht passieren, dass man ein paar Tage verschlief, wenn man sich in der Höhlenmutter befand.

Ich erwachte mit der Gewissheit, dass nur wenig Zeit vergangen war. Talis rührte sich neben mir. Ich konnte Stimmen hören. Tiefe menschliche Stimmen.

»Ich glaube, wir haben es gefunden.«

Ein grelles Licht zuckte herum. Es war das erste Mal, dass ich das Innere der Höhlenmutter in allen Einzelheiten sah. Die formlose Masse an der Decke war schwarz gestreift mit den Schatten von tausend hängenden Zitzen. Wie ich erwartet hatte, wuchsen Säulen aus Horn aus dem fleischigen Boden nach oben, um die Decke zu stützen. Da und dort lagen Heuhaufen, nur nicht am Rand, wo sich die Decke herabsenkte und mit dem Boden verband, wo Talis und ich lagen. In der Ferne war Dunkelheit, und es war undeutlich zu erkennen, dass sich die Zitzen endlos fortsetzten. An mehreren Stellen wuchsen die Leuchtpilze.

Zahllose Lorin standen regungslos in der Höhle.

Mit leeren Händen, ohne etwas, womit sie sich hätten verteidigen können. Sie starrten in die Helligkeit, ohne zu blinzeln, mit Augen, die das Licht dunkelrot reflektierten. Sie rührten sich nicht. Es schien, als hätten sie sich ihrem Schicksal ergeben. Von den Lorin war bekannt, dass sie fatalistisch den Tod akzeptierten, ohne sich zu wehren.

Aber *diesmal* nicht, ganz bestimmt nicht …

Mehr Lichter, mehr Menschen, tanzende Schatten in der ganzen Höhle, Rufe. Talis hielt meine Hand fest umklammert.

Was als Nächstes geschah, kam für mich völlig überraschend.

»Wohin, zum Teufel, sind sie alle verschwunden?«, sagte einer der Menschen in erstauntem Tonfall. »Verdammt, ich kann sie riechen. Sie müssen vor kurzem noch hier gewesen sein.«

Die Lorin standen bewegungslos da, genau vor seinen Augen.

»Sie scheinen bemerkt zu haben, dass wir kommen«, sagte jemand anderer.

Der erste Mensch trat vor. Er war groß und trug einen geschäftsmäßigen goldenen Anzug, der mit Gegenständen behangen war, deren Zweck ich nicht kannte. Er steuerte genau auf eine Zitze zu.

Kurz bevor er damit zusammengestoßen wäre, schwang sie elegant zur Seite.

Auf mich hatten die Zitzen der Höhlenmutter nie so reagiert. Normalerweise hingen sie einfach nur da. Ich war gegen einige gestoßen, was einem in der Dunkelheit einen leichten Schrecken einjagen konnte. Aber diese Zitze bewegte sich zur Seite, um dem Menschen auszuweichen. Das verstand ich nicht.

Was als Nächstes geschah, war noch überraschender. Der Mensch ging langsam weiter und kam dabei unvermeidlich dem einen oder anderen Lorin sehr nahe. Daraufhin traten sie leise zur Seite und ließen ihn ungehindert passieren. Er blickte sich nicht zu ihnen um. Er bemerkte nicht einmal, dass sich ihre Schatten bewegten. Es war unheimlich. Es machte den Eindruck, als würde er unter selektiver Blindheit leiden.

»Die Lorin haben ihr Bewusstsein beeinflusst«, flüsterte Talis.

»Ich wusste gar nicht, dass sie dazu imstande sind.« Dann erinnerte ich mich daran, wie sie mich vor dem Eisteufel gerettet hatten.

Der Mensch ging nun schneller weiter, gefolgt von fünf ähnlich gekleideten Begleitern. »Wir vergeuden hier nur unsere Zeit«, sagte der Letzte in der Reihe. »Sie können noch nicht weit sein.

Lasst uns mit dem Hopper starten. Vielleicht sehen wir sie auf Infrarot.«

»Vorher sollten wir hier ein paar Verwüstungen anrichten«, sagte einer seiner Begleiter und zog eine Waffe aus dem Gürtel.

Talis' Griff um meine Hand wurde fester.

»Steck das Ding weg!«, blaffte der Anführer. »Willst du, dass uns die Höhlendecke auf den Kopf fällt?«

»Hier ist es irgendwie seltsam«, sagte ein anderer. »Ähnlich wie im Bergwerk. Manchmal glaube ich, diese Mistkerle können sich unsichtbar machen. Manchmal frage ich mich, ob sie tatsächlich real vorhanden sind oder vielleicht nur so etwas wie eine Massenhalluzination.«

»Sie sind sehr real«, sagte der Anführer grimmig. »Und sie sind hier irgendwo in der Nähe.«

Die Lampen zuckten hierhin und dorthin. Rotäugige Lorin beobachteten sie reglos. Ein großer Lichtfleck näherte sich Talis und mir. Wir hielten den Atem an. Das Licht blendete mich, greller als das von Phu. Unwillkürlich musste ich blinzeln.

Der Lichtkreis bewegte sich weiter und suchte die Wölbung der Höhlenmutter ab. Ich wusste nicht, was die Menschen sahen, aber uns sahen sie nicht, und sie schienen nicht zu bemerken, dass sie sich innerhalb eines Lebewesens befanden. Vielleicht sah es für sie wie eine große, leere Sandsteinhöhle aus.

»Wir werden jeden gottverdammten Zentimeter dieser Wände und die Tunnel auf der anderen Seite absuchen. Wir gehen hier nicht weg, bis ich mich vergewissert habe, dass hier nichts ist. Verdammt, ich weiß, dass sie irgendwo hier drinnen sind!«

»Wenn du es sagst. Ich persönlich glaube nicht, dass hier irgendwas ist.«

»Das liegt nur daran, dass du es glauben willst. Du warst sowieso von Anfang an gegen diese Aktion.«

»Darauf kannst du einen lassen. Es ist falsch, eine intelligente Lebensform in ihrem eigenen Lebensraum zu massakrieren. Die Lorin waren uns gegenüber niemals feindselig – im Gegenteil!«

»Das hängt davon ab, was man als feindselig definiert. Ich sehe es so, dass sich die Lorin alle Mühe geben, das Bergbauprojekt zu sabotieren. Für mich ist das feindseliges Verhalten.«

»Ich finde, die Leute in der Sektorzentrale haben den Verstand verloren. Vielleicht sollten sie gelegentlich selber eine reale Welt betreten.«

Sie setzten ihre Diskussion fort, während sie weiter durch die Höhle gingen und ihre Lampen in alle Winkel richteten.

Ich flüsterte: »Es sieht so aus, als hätten die Lorin alles unter Kontrolle. Wir sollten von hier verschwinden und Mister McNeil berichten, was geschehen ist.«

Es war warm und gemütlich auf dem weichen Körper der Höhlenmutter, und ich hatte das Gefühl, wenn ich mich nicht bald in Bewegung setzte, würde ich für mehrere Tage wegdösen.

»Willst du wirklich gehen? Vielleicht wartet dein Onkel Borst draußen mit seinen Freunden nur darauf, dass du deinen Kopf aus dem Loch streckst. Drücker hat gesehen, dass wir durch das Dorf in diese Richtung gefahren sind. Inzwischen dürfte Borst davon erfahren haben.«

Das war durchaus möglich.

»Wir sollten lieber nach Noss zurückgehen. Das ist der einzige Ort, an dem ich mich sicher fühle. Von dort werden wir Mister McNeil benachrichtigen. Bis dahin dürfte er sowieso schon erfahren haben, dass der Angriff fehlgeschlagen ist. Die Devon-Station setzt sich bestimmt mit ihm in Verbindung, weil man ihn dafür verantwortlich machen wird.« Ich zwang mich zum Aufstehen und zerrte an Talis' Hand. Es schien ihr genauso schwer wie mir zu fallen, sich zu erheben.

»Komm schon!«

»Hardy … da ist ein Lorin, der mich festhält.«

Dann spürte auch ich Hände auf meinem Körper. Hände, die mich sanft wieder nach unten drückten. »Was ist los?«

»Ich glaube, sie wollen, dass wir noch eine Weile bleiben.«

»Wie lange, um Phus willen?«

»Nein, leg dich einfach nur für einen Moment wieder hin. Sie wollen uns etwas sagen.«

Sie schlang ihre Arme um mich, und ich ging neben ihr zu Boden. Die Lorin kamen näher, und ich konnte den Atem von einem auf meinem Gesicht spüren. Wenn es irgendetwas anderes als ein Lorin gewesen wäre, hätte ich Angst gehabt und versucht, es abzuwehren. Aber es ist einfach nicht möglich, vor einem Lorin Angst zu haben.

»Schau mal!«, murmelte Talis.

Ein Licht erschien in der Nähe. Ein geisterhafter blauweißer Schimmer mit deutlichem Umriss. Ein einzelner großer Leuchtpilz. So etwas hatte ich bisher noch nie gesehen, weil man dazu bei Nacht draußen sein musste. Dicht neben dem Pilz sah ich das Gesicht eines Lorin. Er zeigte auf seinen Kopf und dann auf meinen.

»Was will er damit sagen?«, wandte ich mich an Talis.

»Ich weiß es nicht. Sieh ihn an.« Der Lorin machte mit dem Zeigefinger eine kreisförmige Geste. Dann legte er die Handflächen zusammen und legte sie auf unmissverständliche Weise an seine Wange.

»Sternentraum!«, rief Talis. »Er will, dass wir sternenträumen!«

»Warum?«

»Sie scheinen unsere Gedanken lesen zu können. Vielleicht wollen sie Teile unserer Vergangenheit sehen, während wir sternenträumen.«

»Wollen wir, dass sie das tun?« Es war schwierig, den Lorin zu misstrauen, und noch vor wenigen Tagen wäre mir ein solcher Gedanke völlig absurd vorgekommen. Aber die Information, dass wir von einem weltraumfahrenden Volk erschaffen worden waren, das Welten kolonisierte, hatte einige meiner Gewissheiten erschüttert.

Der Lorin zeigte auf mich, dann hielt er zwei Finger der anderen Hand über den einzelnen Finger.

»Damit meint er deinen Vater und deine Mutter«, erriet Talis intuitiv. Ich selbst wäre niemals darauf gekommen.

Doch dann schüttelte der Lorin den Kopf.

»Mein Vater und mein Onkel Borst?«, versuchte ich es.

Der Lorin nickte, was jedoch eher wie eine Nachahmung als eine natürliche Geste wirkte. Dann nahm er den einen Finger weg.

»Mein Vater?«

Kopfschütteln. Er blickte auf den einzelnen Finger.

»Onkel Borst?«

Der Lorin nickte und bleckte die Zähne zur Karikatur eines Grinsens. Dann vollführte er noch einmal die kreisförmige Geste.

»Er will, dass du von deinem Onkel Borst sternenträumst«, sagte Talis entschieden.

»Warum?«

»Er weiß, dass du dich fragst, warum dein Onkel dich töten will. Er versucht dir zu helfen.« Sie zögerte. »Wenn die Lorin unsere Gedanken lesen können, wissen sie wahrscheinlich mehr über uns als wir selbst. Also leg dich hin zum Sternenträumen. Ich werde dasselbe tun, aber für mich wird es nur eine Übung sein. Ich sollte sowieso endlich mal wieder ein paar Generationen weiter zurückgehen. Meine Mutter sagt mir ständig, ich würde zu viel Zeit mit Segeln und Fischen verbringen und zu wenig mit Denken. Sie sagt, ich hätte eigentlich als Junge auf die Welt kommen müssen.«

»Ich bin froh, dass trotzdem ein Mädchen aus dir geworden ist.« Der Lorin tippte eindringlich mit einem Finger gegen meine Stirn. »Also gut, ich werde von meinem Onkel Borst sternenträumen, wenn ihr es unbedingt wollt.«

Ich legte mich hin und sammelte mich, während die letzten Rufe der Menschen in der Dunkelheit der Höhle verhallten.

Die Höhlenmutter bot eine förderliche Atmosphäre zum Sternenträumen, sogar noch mehr als mein Teich. Nach dem Zwischenfall mit dem Eisteufel hatte ich sogar Bedenken gehegt, ob ich je wieder in der Lage sein würde, dort sternenzuträumen. Hier in der Wärme und Zeitlosigkeit der Höhle, in Gesellschaft

Talis' und der Lorin, glitt ich nahezu mühelos in einen Sternentraum. Ich brauchte dazu nicht einmal Hatsch.

Ich hätte es gerne gründlich gemacht, indem ich Vaters Erinnerungen an Drückers Geburt als Ausgangspunkt nahm. Aber das war unmöglich, weil Drücker nach mir gezeugt worden war. Also fing ich mit dem jungen Borst an und füllte die Lücken aus, die nach meinen früheren flüchtigen Sternenträumen übrig geblieben waren. Irgendwo dort, zumindest laut Aussage von Talis und den Lorin, lag der Grund für Borsts Mordabsichten.

Es kam mir ungerecht vor, dass dieser Grund offenbar etwas mit einem Ereignis vor meiner Geburt zu tun hatte. Aber ich konnte mir kein Ereignis seit meiner Geburt vorstellen, das Borst ein so starkes Motiv geben würde. Wir mochten uns nicht besonders, das stand fest, aber man benötigte schon etwas mehr, um zum Mörder zu werden – vor allem in unserer Gesellschaft.

Ich ging in den Sternentraum.

Vater und Borst kamen als Kinder einigermaßen gut miteinander zurecht, auch wenn mir klar war, dass mein Vater seinen Bruder für einen aufgeblasenen Volltrottel hielt. Als Kind war Borst sehr beliebt, weil er immer alles richtig machte und sich stets bewusst war, dass er eines Tages Hauptmann sein würde. Vater dagegen verhielt sich oft rebellisch. Das tun erste Kinder häufig, wenn die Hoffnung auf einen hohen sozialen Status durch die Geburt eines zweiten Kindes von gleichem Geschlecht zerstört wird. Eine solche Herabstufung kann zu starkem Groll führen. Doch in Vaters Erinnerungen fand ich keine Spur von Groll.

Seltsamerweise stieß ich stattdessen auf Mitleid.

Ich ging immer weiter in ihrer verhältnismäßig ereignislosen Kindheit zurück. Wir Stilk kennen die Umwälzungen nicht, die menschliche Kinder erleben und von denen Mister McNeil uns erzählt hat – Schulwechsel, Scheidung der Eltern, Reisen und so weiter. Wir lernen, indem wir ständig beobachten und den Erwachsenen zuhören, unsere Eltern trennen sich bereits vor unserer Geburt, und wir unternehmen nur selten Reisen, bei denen wir den Umkreis unseres Geburtsdorfes verlassen. Die einzige große Umwälzung in unserem Leben ist der Wechsel vom Frauendorf ins Männerdorf. Und den erleben auch nur die Jungen.

Dann fiel mir etwas Seltsames an der Beziehung zwischen Vater und Borst auf.

Sie hatten nie gemeinsame Sternenträume.

Das war sehr ungewöhnlich. Brüder gönnten sich oft den Spaß, gleichzeitig sternenzuträumen, um später die Ergebnisse zu vergleichen und sich gegenseitig zu helfen, ihre Erinnerungen zu vervollständigen. Außerdem ist so etwas eine gute Übung.

Aber in Vaters Erinnerungen gab es keine einzige Szene, in der er sich an einem netten Plätzchen mit Borst hinlegte und sternenträumte. Es gab überhaupt keine Erinnerung daran, dass Borst jemals einen Sternentraum hatte.

Hatte Borst einfach nur kein Interesse daran gehabt? Wohl kaum, denn eine der wichtigsten Pflichten eines künftigen Hauptmanns besteht darin, gründlich sternenzuträumen, so weit zurück, wie es ihm möglich war. Und man konnte von Borst sagen, was man wollte, aber seine Pflichten nahm er sehr ernst. Fürchtete er sich vielleicht vor den Erinnerungen seiner Vorfahren? Oder zog er es vor, allein sternenzuträumen, weil er bestimmte alte Erinnerungen gefunden hatte, über die er nicht mit meinem Vater diskutieren wollte?

Oder steckte eine geheime, lästerliche Überzeugung dahinter?

Ich erinnerte mich an die ketzerischen Worte, die Borst vor nicht allzu langer Zeit an mich gerichtet hatte.

»Die Vergangenheit ist tot und vorbei … Es geht einzig und allein um die Zukunft, und wir müssen uns ihr mit Kraft und Vernunft stellen. Im Kampf ums Überleben müssen wir ein weites Netz auswerfen. Zu lange haben wir in der Vergangenheit verweilt, und die Folge war, dass wir ständig die gleichen Fehler gemacht haben, jede Generation aufs Neue.«

Und dazu sein irrer Blick, als er gesprochen hatte.

In der Überzeugung, auf etwas Wichtiges gestoßen zu sein, arbeitete ich mich schnell weiter zurück, bis die Erinnerungen meines Vaters zu kleinkindlich wurden, um noch Sinn zu ergeben. Dann kam Borsts Geburt, die offenbar mit größerer Aufmerksamkeit verfolgt wurde als sonst. Aber schließlich war ihm das Amt des Hauptmannes in die Wiege gelegt, so dass die Sache durchaus mit einer gewissen Aufregung verbunden sein musste.

Borst, Hauptmann. Borst, Vorfahrengedächtnis.

Und eine jüngere Erinnerung: Borsts merkwürdige Lüge, was die Ernte früherer Jahre betraf. Weitere Ereignisse, für sich genommen unbedeutend, die sich jedoch zu einem beinahe unglaublichen Ganzen addierten.

In diesem Moment warf ich einen flüchtigen Blick auf die Wahrheit.

»Was ist los?«, hörte ich plötzlich Talis sagen.

»Hm?«

»Du zitterst. War es ein böser Sternentraum? Auch ich erlebe so etwas manchmal, und es ist nett, wenn jemand da ist, der einen rausholt.«

»Ich glaube, ich weiß jetzt, warum Borst mich umbringen will.«

Sie quiekste vor Begeisterung. »Hardy!«

»Aber mein Vater hat es mit einem Geas belegt. Ich muss ihn brechen, wenn ich letzte Gewissheit haben will.«

»Dann brich ihn!«

»Aber mein Vater … ich meine, er hatte bestimmt seine Gründe. Ich möchte nicht …«

»Hardy, mein Schatz.« Sie kuschelte sich an mich. »Dein Vater kann nicht geahnt haben, dass dein Leben davon abhängen könnte, ob du weißt, was unter dem Geas verborgen ist. Sonst hätte er diese Erinnerungen gar nicht erst weggesperrt. Verstehst du nicht? Er würde wollen, dass du das Geas brichst.«

»Ich bin mir nicht sicher. Ein Geas ist ein Geas.«

»Also gut, dann tu es für mich!«, sagte sie ungeduldig. »Wir lieben uns, und wir wollen für immer zusammen sein. Das geht nicht, wenn du tot bist. Also brich mir zuliebe das verfrorene Geas!«

Dem konnte ich nichts mehr entgegensetzen.

Ich sternenträumte, wobei ich noch einmal bei Vaters späteren Erinnerungen ansetzte … Borsts Initiation. Seine erste Pfeife Hatsch.

»Ganz ruhig«, sagte Großvater. »Erzwing es nicht.«

Die Zeugen standen an den Wänden. Borst hockte auf dem Boden und paffte, die unreifen Gesichtszüge angespannt, in seinen Erinnerungen kramend. Nach einiger Zeit runzelte er die Stirn.

»Was ist los, Sohn?«, fragte Großvater.

Borst schwieg längere Zeit. Mein Vater beobachtete ihn verwirrt. Borst wirkte unglücklich. Der arme Kerl schien sogar zu weinen. Waren das nicht Tränen auf seinem Gesicht?

»Was ist los?«, fragte Großvater streng.

An dieser Stelle senkte sich der Vorhang des Geas.

»Es tut mir furchtbar leid, Vater«, murmelte ich leise. »Aber ich muss es tun.«

Ich spürte, wie Talis meine Hand drückte, dann warf ich mich in das Geas. Es war wie ein Nebel. Überall flüsterten Dämonen: *Geh weg! Geh weg!* Ich beachtete sie nicht weiter, sondern konzentrierte mich auf Großvaters letzte Worte und kämpfte mich dann voran wie jemand, der durch einen Sumpf watet. Ich drängte mich gewaltsam in die Erinnerungen meines Vaters, gegen seinen Willen.

Plötzlich war es, als hätte ich eine Barriere überwunden.

»Was ist los?«, fragte Großvater.

»Ich … ich dachte mir …« Borst öffnete die Augen, in denen Tränen schimmerten. »Könntest du mir helfen, Vater?«

»Dir helfen? Du brauchst keine Hilfe. Du brauchst nur Konzentration. Jetzt mach endlich weiter und hör mit dem verfrorenen Gejammer auf. Du machst dich vor all diesen Leuten lächerlich!«

Eine ganze Weile sagte niemand etwas, und ich spürte, wie mein Vater seinem Bruder intensives Mitgefühl entgegenbrachte. Großvaters Gesicht war starr wie Stein. Dann sprach plötzlich mein Vater.

»Vielleicht sollte er es ein andermal probieren. Es ist nicht einfach, wenn so viele Leute dabei sind.«

»Nicht einfach? Nicht einfach? Bei Phu, wir alle haben so etwas durchgemacht, jeder Mann und jede Frau, die hier versammelt sind!«

Die Zeugen scharrten verlegen mit den Füßen. Natürlich bekamen sie den Konflikt mit, obwohl Großvater und Borst leise miteinander gesprochen hatten.

Dann: »Also gut, alle raus hier! Geht! Verschwindet! Raus!« Großvaters Gesicht war gerötet.

Sie marschierten hinaus, bis mein Vater mit Borst und Großvater allein war.

»Wir mussten noch nie zuvor die Zeugen hinausschicken«, knurrte Großvater. »Bei Phu, du solltest dich lieber zusammenreißen, junger Mann!«

»Es tut mir leid«, murmelte Borst. »Anscheinend kann ich nicht ...«

»Was kannst du nicht? Natürlich kannst du!«

Ein längeres Schweigen folgte. Borst hatte die Augen fest zusammengekniffen. Er zitterte vor Anstrengung. Mein Vater wurde sich eines unangenehmen Gestanks bewusst. Plötzlich stieß Borst einen lauten Schrei der Verzweiflung aus. Die Pfeife fiel neben ihm zu Boden und zerbrach. Er vergrub das Gesicht in den Händen und rollte sich zu einem Häufchen Elend zusammen. Unter ihm breitete sich eine Urinpfütze aus, die in einem Rinnsal über die geneigten Steinfliesen zum Stuhl lief, auf dem Großvater saß. Mit einem angewiderten Grunzen riss er die Füße hoch.

»Es ist nicht seine Schuld«, sagte mein Vater.

»Du hast vor dem ganzen verfrorenen Dorf Schande über mich gebracht, du blöder verfrorener Bengel!«

Borst lag zuckend und heulend in seiner eigenen Pisse am Boden.

»So etwas hat es immer wieder gegeben«, sagte mein Vater zögernd. »Leute, die nicht sternenträumen können. Ansonsten beeinträchtigt es sie in keiner Weise. Sie können sogar sehr intelligent sein, weil sie die Dinge anders als wir anderen sehen. Manchmal denke sogar ich, dass uns zu viele Erinnerungen am Denken hindern. Vielleicht ist es gar nicht so schlimm.« Er beugte sich über seinen Bruder. »Wie weit kommst du zurück, alter Freund?«

Borst reagierte auf die freundliche Frage. »Nur … ich sehe nur meine eigenen Erinnerungen. Davor ist gar nichts. Ein verfrorenes Nichts. Absolute Leere.«

»Du hast Schande über unsere männliche Linie gebracht«, sagte Großvater bedeutungsschwer. Seine Wut hatte sich in Verzweiflung verwandelt. Er saß in sich zusammengesackt auf seinem Stuhl und schien geschrumpft zu sein.

Ich spürte einen Zornschwall von meinem Vater. »Du kannst es ihm nicht zum Vorwurf machen. Du warst es, der ihn gezeugt hat. Es ist deine Schuld. Du hast defekte Gene weitergegeben.«

»Defekte Gene? Was soll dieser Unsinn? Du hast dich zu oft in der Gesellschaft von Menschen herumgetrieben, Bruno!«

»Wie auch immer. Lass es nicht an Borst aus.«

Während des folgenden Schweigens spürte ich, wie der Zorn meines Vaters nachließ und durch Mitgefühl für seinen eigenen Vater ersetzt wurde.

»Und was machen wir jetzt?«, fragte Großvater, der sich offenbar geschlagen gegeben hatte.

»Am besten gar nichts. Sag den Leuten einfach, dass Borst zu nervös war, aber jetzt ist alles in Ordnung. Das Dorf wird dir glauben. Du bist der Hauptmann.«

»Aber wenn Borst … defekt ist, solltest du der nächste Hauptmann sein, Bruno.«

»Ich habe bereits gesagt, dass es nicht Borsts Schuld ist. Er wurde als unser nächster Hauptmann geboren. Das werde ich ihm nicht wegnehmen.«

»Das ehrt dich. Aber es wird nicht leicht für dich sein. Du wirst ihn unterstützen müssen …«

Ich zog mich aus dem Sternentraum zurück. Ich hatte genug erfahren.

Dann erzählte ich Talis alles.

»Aber wie hat er es die ganze Zeit geschafft, es zu verbergen?«

»Auf seine Art ist er sehr schlau. Und er hat so etwas wie … den Anschein der arroganten Allwissenheit kultiviert. Deshalb hat es kaum jemand gewagt, ihn in Frage zu stellen. Und er hatte ständig meinen Vater an seiner Seite, der ihm Rückendeckung gab, der ihn von seinem eigenen Vorfahrengedächtnis profitieren ließ. Bis er meinen Vater getötet hat.« Plötzlich ergaben sehr viele Ungereimtheiten Sinn.

Borsts Unbeholfenheit am Lenker des Motorwagens, denn solche Fähigkeiten werden wie Erinnerungen vererbt. Wie er der Religion mehr Bedeutung als erinnerten Tatsachen beimaß. Seine häufigen Ausrufe »Daran erinnere ich mich!«, als wäre er besorgt, dass man an seinem Vorfahrengedächtnis zweifeln könnte. Ein Zwischenfall im Motorwagen: wie Borst herumfuhr, das Gesicht vom Widerschein der Brennkammer gerötet, und Vater anbrüllte: *»Ja, du würdest mich gern verraten, nicht wahr, du verfrorener Kerl?«* Und viele, viele andere Momente.

»Aber warum hat er deinen Vater getötet?«

»Während des letzten Tauwetters gab es einen heftigen Streit zwischen Wanda und meinem Onkel wegen der zu erwartenden Missernte. Borst erfand eine Erinnerung, um seinen Standpunkt zu untermauern, und Vater hat ihn dabei erwischt. Etwas später war ich gerade dabei, mein Boot zu inspizieren, als ich mithörte, wie mein Vater zu Borst sagte, dass er ihm vielleicht die Unterstützung entziehen würde. Ich glaube, Borst befürchtete, mein Vater würde ihn verraten, um selber Hauptmann zu werden. Das hätte mein Vater natürlich nie getan. Ich glaube, Borst hat nie richtig verstanden, wie loyal mein Vater zu ihm stand. Am nächsten Tag wurde Vater ermordet.«

»Aber … nach all den Jahren kann er doch nicht plötzlich auf die Idee kommen, dass dein Vater ihn einfach so verpetzen wird.«

»Ich glaube, dass sein Kopf nicht ganz richtig tickt. Nicht nur sein Gedächtnis scheint defekt zu sein. Lange Zeit konnte er ein einfaches Leben führen, aber im vergangenen Jahr lief es gar nicht gut für das Dorf. Er hatte einfach nicht die Erinnerungen, um mit der Situation zurechtzukommen. Er wurde kritisiert. Er hatte immer mehr das Gefühl, dass alle gegen ihn waren. Und dann kam das Ultimatum von seinem Bruder, der damit drohte, ihm seine letzte Stütze wegzuschlagen. Das war zu viel für ihn.«

»Aber deswegen einen Mord begehen?«

»Er musste auch an Drücker denken. Wenn Borsts Gedächtnis fehlerhaft ist, dürfte es bei Drücker genauso sein. Wenn mein Vater allen gesagt hätte, was mit Borst los ist, würde Drücker niemals Hauptmann werden.«

»Das sehe ich ein. Aber warum will er *dich* töten?«

»Die Erinnerung an seine Initiation ist wie eine ...« Ich suchte nach einem passenden Wort und musste mich schließlich mit einem menschlichen Begriff begnügen. »... wie eine Zeitbombe. Die jeden Augenblick hochgehen kann. Er wusste nicht, dass Vater ein Geas verhängt hat. Und selbst wenn er es wusste, könnte es für mich früher oder später einen Grund geben, das Geas zu durchbrechen. Was ich getan habe. Und im Gegensatz zu meinem Vater fühle ich mich Borst gegenüber nicht zur Loyalität verpflichtet.«

»Und was passiert nun?«

»Es gibt nur noch eine einzige Möglichkeit. Ich muss den verfrorenen Kerl vor Zeugen zur Rede stellen. Bis dahin werde ich in Lebensgefahr schweben.«

Eine Konfrontation mit Borst sollte jedoch nicht überstürzt geplant werden. Sie musste gründlich vorbereitet werden und im richtigen Moment stattfinden. Und es gab noch andere wichtige Dinge zu erledigen.

Als Talis und ich nach Noss zurückkehrten, war die Grume auf ihrem Höhepunkt, und im Dorf herrschte hektische Aktivität. Es war kein guter Zeitpunkt, um mit den Leuten über meine Probleme zu reden. Die Grume war da, und die Grume würde nicht warten.

»Ich muss dir etwas sagen, Mutter, und ich möchte, dass wir vernünftig darüber reden«, erklärte Talis.

»Mit mir kann man immer vernünftig reden«, sagte Lonessa vorsichtig.

»Ich werde mit Hardy zusammenleben.«

»*Was?*«, rief die furchteinflößende Hauptfrau. »Auf gar keinen Fall in meinem Dorf! Und Wandauge wird dich auch nicht ins Männerdorf ziehen lassen!«

»Dann wohnen wir eben in der Hütte unten am alten Fährkai. Und es hat überhaupt keinen Sinn, wenn du dich deswegen so aufregst, Mutter. Ich wette, du hättest sofort ja gesagt, wenn du die Gelegenheit gehabt hättest, mit Hardys Vater zusammenzuleben. Also beruhige dich.«

»Diese Hütte ist keine angemessene Wohnung für eine Tochter von mir.« Lonessa hatte erkannt, dass Talis fest entschlossen war, und beschränkte sich nun auf ein Rückzugsgefecht. »Das Dach ist eingestürzt. Sie ist voller Tratten. Seit die Fähre außer Betrieb ist, wurde sie nicht mehr bewohnt.«

»Dann reparieren wir sie eben. Du könntest genauso gut großzügig nachgeben, Mutter. Das wäre wesentlich würdevoller, vor allem vor Hardy.«

»Und du glaubst, der Wühler kommt bei uns zurecht, hier in Noss?«

»Hardy würde überall zurechtkommen, solange er dort mit mir zusammenleben könnte«, sagte mein Mädchen mit einer Zuversicht, die ihre Mutter verstummen ließ.

Wir ließen sie mit offenem Mund wie einen Fisch auf der Grume zurück und liefen Hand in Hand am Männerdorf vorbei, in dem es äußerst betriebsam zuging. Boote segelten bis an den Strand, Körbe voller Fisch wurden auf Loxkarren umgeladen, dann legten sie gleich wieder ab und kehrten zu den Fischgründen hinter der Sandbank zurück. Frauen trieben die Lox an und brachten die beladenen Karren ins Frauendorf, wo die Fische ausgenommen und auf Trockengestelle gehängt wurden. Lorin schlenderten herum, halfen mit und ermutigten die Lox. Ihr entspanntes Verhalten stand in krassem Kontrast zur sonstigen Hektik.

»Da ist Knuff«, sagte Talis mit einem leisen Kichern.

Er war gerade mit seinem Skimmer hereingekommen. Er sah Talis und mich, als er auf den matschigen Strand trat. Seine

Miene verdüsterte sich. Er stellte jede Bewegung ein. Er versuchte zu entscheiden, ob er seinen Fang entladen oder mir die Fresse einschlagen sollte. Er hing in der Schwebe, mit einem Fuß auf dem Strand und einem noch im Boot. Ein riesiger Grummer stieß herab, landete auf der Bordwand und verschlang Fische aus einem der Körbe. Knuff schlug mit einem wütenden Knurren nach dem Vogel, und nachdem der Bann gebrochen war, entlud er seinen Fang auf den Strand, während sein Kollege ihn zu den Loxkarren trug.

»Es muss schlimm sein, ein Mädchen wie dich zu verlieren«, sagte ich.

»Er wollte mich gar nicht richtig, jedenfalls nicht so wie du. Sein Stolz ist verletzt, das ist alles. Für die Leute passte es einfach nur gut zusammen – der Sohn des Hauptmanns und die Tochter der Hauptfrau. Als würden lose Enden verknüpft werden. Aber mit Liebe hatte es nichts zu tun.«

Als wir am Männerdorf vorbeigingen, konnten wir die ferne Landspitze sehen, wo der Himmel ein Schneesturm aus durcheinanderwirbelnden Vögeln war. Wir konnten sie auch hören – ein beständiges Kreischen, das von den Klippen zurückgeworfen wurde und über den Fluss heranhallte. Eine Gruppe langbeiniger Luhten kletterte schwerfällig die gegenüberliegende Böschung herunter und näherte sich einem schmalen Strandstreifen, wo es viel für ihre breiten Kiefer zu tun gab. Die Wasseroberfläche war mit Tang, sterbenden und toten Dingen und einigen Bootswracks übersät – mit allem, was die Grume nach oben gedrückt hatte.

»Ich werde dir beibringen, wie man schwimmt«, sagte Talis.

»Doch nicht etwa in dieser Suppe!«

»So wird es nicht mehr allzu lange aussehen. All das Zeug treibt ans Ufer. In wenigen Tagen wird das Wasser sauber sein. Und die Grume ist die beste Zeit zum Schwimmenlernen, weil man nicht untergeht. Hör mal, könntest du vielleicht etwas schneller gehen? Ich muss ganz dringend von dir geliebt werden.«

Wir brauchten mehrere Tage, um die Hütte bewohnbar zu machen. In dieser Zeit erhielten wir oft Besuch von Talis' Vater, der uns kleinere Möbelstücke und Geschirr vorbeibrachte. Er bot mir an, mich in seinem Fischerboot mitzunehmen.

»Nicht bevor er schwimmen kann«, sagte Talis. »Außerdem hat er seinen eigenen Skimmer, weißt du noch? Er muss auch lernen, wie man segelt. Darin ist er nämlich nicht besonders gut.«

»In der Grume kann er nicht untergehen.«

»Aber er könnte von einem Grume-Reiter gefressen werden, wenn er in panischer Angst um sich schlägt. Ich möchte Gewissheit haben, dass er auf dem Wasser zurechtkommt.«

Sie ließ sich nicht von ihrer Meinung abbringen, und ihr Vater ging leise lachend davon. Lonessa hingegen ignorierte uns völlig, abgesehen von einer Gelegenheit, als sie auf dem Weg zur Klippe an unserer Hütte vorbeikam, während wir das Dach reparierten. Ihre Augen bewegten sich eindeutig in unsere Richtung, aber ihr Kopf drehte sich nicht, und sie reagierte auch nicht auf unsere Anwesenheit.

»Sie wird sich wieder einkriegen«, versicherte Talis mir. »Störrische alte Närrin. Nach ihrem Wutanfall fühlt sie sich jetzt verpflichtet, hartnäckig zu bleiben.«

Der Schwimmunterricht fand drei Tage nach unserer Ankunft statt. Die Sonne war warm, wenn auch nicht so heiß wie in anderen Jahren, als Talis mich zur uralten steinernen Gleitbahn führte. Ich trug meine kurzen Hosen und Talis ein sehr attraktives zweiteiliges Kostüm aus menschlichem Stoff. Zuerst dachte ich, dass die Sache bestimmt Spaß machen würde, weil sie so gut aussah, aber dann nahm die Geschichte eine unangenehme Wendung. Die Gleitbahn machte ihrem Namen alle Ehre, weil ich auf glitschigem Tang ausglitt und ins dicke kalte Wasser rutschte. Prustend kroch ich zurück ans Ufer und fühlte mich sehr eingeschüchtert.

»Das ist gut«, sagte Talis. »Das ist ein Anfang. Jetzt weißt du, wie es ist. Das gibt dir Selbstvertrauen.«

»Nein, überhaupt nicht.« Die Sonne schien plötzlich klein, kühl und raxähnlich geworden zu sein, und eine bitterkalte Brise wehte übers Meer heran. Etwa zwanzig Schritte vom Ufer entfernt wurde das Wasser unruhig. Große Blasen quollen langsam an die Oberfläche und zerplatzten mit hörbarem Ploppen. Ich stellte mir ein riesiges Raubtier vor, das dort unten lauerte, ausatmete und entschied, aufzutauchen und nachzusehen, ob es oben etwas zu zerfleischen gab, zum Beispiel einen sich abstrampelnden Wühler.

»Wir werden zusammen hineinwaten.«

»Nicht bevor das Ding da verschwunden ist.«

Die platzenden Blasen steigerten sich zu einem Höhepunkt, und plötzlich erhob sich ein längliches, dunkles Ding aus der Tiefe. Es schaukelte an der Oberfläche und schüttelte zähe Wassertropfen ab. Mit einem bestürzten Schrei wich ich zurück, glitt erneut mit einem Fuß aus und landete auf dem Hintern.

Talis lachte. »Das ist doch nur die alte Fähre, du Dummkopf. Sie ist während einer Traufe an der Anlegestelle gesunken, schon vor Generationen. Zu dieser Zeit des Jahres taucht sie jedes Mal wieder auf.«

»Ja, aber das konnte ich nicht wissen, nicht wahr? Ich dachte … Egal, es spielt keine Rolle, was ich dachte.« Das Ding lag schwankend im Wasser, vielleicht zwölf Schritt lang, schwarz, verrottet und bedrohlich, immer noch vom Anker an der mit Tang behangenen Leine gehalten.

»Bist du jetzt bereit?« Sie nahm meine Hand und zog mich auf die Beine. Ich suchte misstrauisch die Wasseroberfläche ab. Wenigstens war der meiste Dreck inzwischen ans Ufer gespült worden. Weiter draußen segelten Fischer aufs Meer hinaus und unterhielten sich mit Kollegen auf zurückkehrenden Booten, die tief im Wasser lagen. Knuff könnte in einem dieser Boote sein und über meine Angst lachen.

»Ich bin bereit.« Ich holte tief Luft und watete hinaus, Talis an meiner Seite. Das Wasser war grässlich kalt, als hätte ich die Oberfläche von Rax betreten. Panik stieg in mir auf, doch die warme Hand von Talis hinderte sie daran, mich vollständig zu überwältigen.

»Das ist weit genug. Jetzt setzen wir uns, und du wirst feststellen, dass du von allein schwimmst. Mach dir keine Sorgen wegen der Kälte. Du wirst dich daran gewöhnen. Vergiss nicht, das Meer gefriert nie, und Grume-Wasser ist warm.«

Für mich fühlte es sich überhaupt nicht warm an. Als ich mich setzte, löste das einen noch stärkeren Angstanfall aus. Dann spielte Talis an meiner Hose herum und lenkte mich ab. Ich übte Vergeltung, indem ich ihr Kostüm untersuchte, und bald lachten wir und planschten herum wie kleine Kinder. Als ich meine Furcht verloren hatte, versuchte ich zu schwimmen. Es war recht einfach. Ich lag auf dem Wasser und trieb mich rudernd voran. Wir umkreisten die alte Fähre, kehrten zum Dock zurück und spielten noch eine Weile miteinander. Irgendwie löste sich dann das Oberteil von Talis' Kostüm. Ich schnappte es mir und schwamm davon. Talis jagte mich und schrie atemlose Drohungen. Schließlich erklärte sie mich zu einem fähigen Schwimmer, und wir kehrten zu unserer Hütte zurück.

Das war ungefähr das letzte Mal, dass wir einfach nur Spaß hatten.

In der folgenden Nacht hatte ich einen eigenartigen Traum. Ich erwähnte bereits, dass unsere Träume uralte Erinnerungen sind, die unkontrolliert an die Oberfläche kommen. Sie könnten aus einer Zeit stammen, die weiter als unsere eigenen Sternenträume zurückliegt. Im Gegensatz zu menschlichen Träumen sind sie also völlig realistisch. In diesem Traum übernahm ich die Rolle meines Vaters. Wir waren zu dritt: Vater/ich, Borst und Großvater, die eine Pilgerreise nach Pallahaxi unternahmen, dem heiligen Quell.

Wir standen am Ende der Hauptstraße. Die Häuser, die nur noch dachlose Gefäße waren, zogen sich auf beiden Seiten des kleinen Hafenbeckens den Abhang hinauf. Es gab keine Boote, keine Leute, gar nichts. Niemand lebte in Pallahaxi. Es war ein Totenschrein, die

Heimat der legendären Braunauge, die nur von Pilgern besucht wurde. Eigentlich sollte ich beeindruckt sein, war es aber nicht. Hier gab es nur Zerfall und Durcheinander. Ich wusste nicht, was ich mir ansehen sollte, wo ich etwas finden sollte, das mich beeindruckte.

Der junge Borst sagte: »Können wir jetzt zum Motorwagen zurückgehen?«

Großvater sah ihn traurig an. »Bewirkt dieser Ort denn gar nichts bei dir, mein Sohn?«

»Doch. Er langweilt mich.«

Die Legende sagt, dass unsere Erinnerungen in Pallahaxi beginnen. Großvater hatte gehofft, dass ein Besuch in Pallahaxi das Vorfahrengedächtnis von Borst anstoßen würde, aber das geschah nicht. Wir liefen an der Hafenmauer entlang und erreichten bald ein Gebäude, das auf den ersten Blick genauso wie die anderen war, nur dass Teile davon durch pilgernde Tempelhüter vieler Generationen erneuert worden waren. Es war immer noch nicht als Wohnung geeignet, aber wenigstens war es besser in Schuss als alles andere in der Stadt. Über der Tür hing das golden bemalte Relief eines fliegenden Grummers.

»Das Geburtshaus von Braunauge«, intonierte Großvater bedeutungsvoll. »Hier lebte sie mit dem großen Druv, der von Alika kam.«

Borst starrte zum Relief hinauf, mit schlaff herabhängendem Unterkiefer und idiotischem Gesichtsausdruck. »Gut, wir haben es gesehen. Dann können wir doch wieder nach Hause fahren.«

»Wir werden noch zur Fischfabrik hinaufgehen«, sagte Großvater. »Wir haben diesen weiten Weg nicht auf uns genommen, um jetzt einfach aufzugeben.«

Die Fischfabrik ist ein weiterer Schrein, und zwar ein äußerst seltsamer. Nicht weit von Pallahaxi entfernt erstreckt sie sich über eine große ebene Landfläche in der Nähe der Sümpfe. Wir mussten aufpassen, wohin wir traten, weil es in den Teichen viele Eisteufel gibt. Die Fischfabrik ist ein riesiges Gebäude aus Steinblöcken, das für die Ewigkeit gebaut ist. Es ist grau und abweisend und von Metallpfosten umgeben, die so stark verrostet sind, dass manche schon ganz verschwunden sind.

»Ein furchtbarer Ort«, sagte Borst. »Was soll daran so heilig sein?«

Die Legende berichtet, dass die Fischfabrik erbaut wurde, um unsere Vorfahren vor Überfällen durch wilde Tiere zu schützen, und dass sie hier während des Großen Frosts ausharrten, um siegreich und erinnerungsreich wieder ins Licht zu treten. Natürlich angeführt von Druv und Braunauge. Es ist eine inspirierende Legende, aber ich bin noch niemandem begegnet, der die Neigung oder die Fähigkeit gehabt hätte, in seinen Sternenträumen weit genug zurückzugehen, um zu beweisen, dass sie der Wahrheit entsprach.

Wir traten durch den Haupteingang in das Gebäude der Fischfabrik. Pilger hatten stellenweise kleine Schreine errichtet, Bänke mit Artefakten, Statuen des Großen Lox, der häufig den Sonnengott Phu zog. Wir kamen an einem Schrein vorbei, mit dem sich jemand offenbar einen üblen Scherz erlaubt hatte. Er zeigte den Sonnengott in den Fängen des Eisteufels Rax. Rax hatte etwa zwanzig Arme aus geflochtenen Pflanzenfasern, und sein Gesicht aus Lehm zeigte den Ausdruck hämischer Gier.

In einer kleineren Kammer fanden wir einen großen Haufen aus hauchdünnen Ascheflocken.

»Bücher«, erklärte Großvater. »Voller Schrift. Damit sollten die Leute lernen. Und sie sollten ihnen helfen, sich zu erinnern. Sie verbrannten die Bücher, weil der Sonnengott Phu ihnen während ihres Aufenthalts an diesem heiligen Ort das vollkommene Erinnerungsvermögen gegeben hatte. Danach brauchten sie keine Bücher mehr.« Er blickte zu Borst, der sich mit vorsichtigem Interesse umsah. »Kommt, wir werden tiefer in das Gebäude vordringen.«

»Ich nicht«, sagte ich/Vater. »Mir ist es hier zu unheimlich.«

Als ich erwachte, strömte Tageslicht in die Hütte, und Talis kitzelte mir mit einer Grummerfeder das Gesicht. Ich erzählte ihr den Traum. Darin steckten wertvolle Erinnerungen. Vielleicht kam irgendwann eine Zeit, in der sie sich als nützlich erwiesen.

Am späteren Vormittag kamen meine Mutter und Faun überraschend auf einem Lox angeritten, nachdem sie die Nacht in Mister McNeils Residenz verbracht hatten. Es war gut, sie wiederzusehen. Talis hieß sie willkommen – wenn auch etwas argwöhnisch, wie mir schien –, und wir setzten uns bei einer Tasse Stuva zusammen.

»Was führt dich hierher, Lenz?«, fragte mein Mädchen misstrauisch. »Ihr habt doch nicht etwa mit Lonessa gesprochen, oder?«

Lenz zögerte, während ihre blauen Augen uns besorgt musterten. »Lonessa? Nein.«

»Phu sei Dank. Sie hat ein paar seltsame Ideen im Kopf, meine Mutter.«

»Aber ich bin hier, weil wir Hilfe gebrauchen könnten. Wanda hat mich gebeten, Hardy wegen der Lage in Yam um Rat zu fragen.«

Es hatte mir die Sprache verschlagen. Seit wann legte jemand in Yam Wert auf meinen Rat?

»Warum Hardy?«, fragte Talis.

»Hardy hat von uns allen die längste männliche Erinnerungslinie. Also liegt es nahe, ihn um Rat zu fragen. Und … ich wollte dich wiedersehen, Hardy. Ich konnte gar nicht glauben, dass du noch am Leben bist.«

»Ich bin es wirklich, Lenz«, sagte ich und griff nach ihrer Hand. »Aber warum sagst du, ich hätte die längste Erinnerungslinie? Was ist mit Borst und Drücker?«

Sie sah mich unverwandt an. »Du musst mir nichts vormachen, Hardy. Du weißt über Borst Bescheid, nicht wahr?« Es war keine Frage.

»Vater hat diese Geschichte mit einem Geas belegt. Ich habe es gebrochen. Es war notwendig. Also wusstest auch du davon?«

»Natürlich. Dein Vater und ich standen uns sehr nahe. Aber sonst weiß es niemand.«

»Was auch besser so ist. Faun, du darfst das vor niemandem erwähnen, verstanden? Niemals!« Wer von Borsts Manko wusste, schwebte in großer Gefahr.

»Wenn du es sagst, Hardy.«

Wir diskutierten eine Weile über allgemeine Dinge, bis ich fragte: »Und welches Problem gibt es jetzt in Yam?«

»Die Religion. Dein Onkel ist ein guter Redner, das muss man ihm lassen. Er hat den Tempelhüter abgesetzt und die Sache selbst in die Hand genommen. Er steigt in die Kanzel und lässt sich darüber aus, wie der Sonnengott Phu seine Wärme zurückhält, weil er zornig auf uns ist und versöhnlich gestimmt werden muss. Nun wird es tatsächlich jedes Jahr kälter, und Borsts Erklärung klingt mindestens so gut wie alle anderen. Obwohl es eigentlich gar keine anderen gibt. Er reißt die Leute mit, und es wird sogar über eine Massenpilgerreise nach Pallahaxi gesprochen! Ich vermute, dort wollen sie zu Druv und Braunauge beten, dass sie den Großen Lox satteln und die Sonne zurück in den Himmel ziehen oder was auch immer. Kannst du dir das vorstellen? Und das zu einer Zeit, wo sie sich um die Felder kümmern und auf die Jagd gehen sollten!«

»Borst hatte schon immer eine starke religiöse Ader. Vielleicht hat der Stress seiner Führungsposition ihn in die Arme des Glaubens getrieben, nachdem ihm mein Vater als ausgleichender Faktor fehlt.«

»Ich glaube, er hat deinen Vater getötet«, sagte sie rundweg. »Für ihn ist Töten einfacher, weil er anders als wir nicht das Bedürfnis hat, alte Erinnerungen zu schützen. Aus irgendeinem Grund dachte er, dass Bruno ihn verraten wollte. Hätte er doch nur mich gefragt! Dein Vater hätte seinen eigenen Bruder niemals verraten. Er war absolut loyal. Ich habe ihn immer wieder damit aufgezogen.«

»Borst ist geistig nicht in der Lage, das zu erkennen.« Ich erzählte ihnen vom Streit zwischen Borst und Vater, den ich zufällig mitgehört hatte. »Deshalb hat er Vater ermordet. Wegen ein paar Worten, die vielleicht nur schlecht gewählt waren.«

Für meine Mutter war das keine Überraschung. »So etwas hatte ich mir gedacht. Und ich dachte, er hätte auch dich getötet.« In ihren Augen schimmerten Tränen. »Ich kann dir gar nicht sagen, wie erleichtert ich war, als ich erfuhr, dass du hier in Noss bist.«

»Ich konnte die Vorstellung, dass du tot sein sollst, nicht ertragen«, sagte Faun, was ihr einen weiteren misstrauischen Blick von Talis einbrachte.

»Ich glaube, es war Borst, der letztes Jahr ein Loch in mein Boot gebohrt hat. Wie hat er die Neuigkeit aufgenommen, dass ich ... äh ... wieder einmal mit dem Leben davongekommen bin?«

»Er ist durchgedreht. Er hat getobt und ist durchs Dorf gerannt. Er sagt jetzt, du hättest deinen Vater getötet, und er hat die Jäger auf seiner Seite. Die Jäger sind schon komische Leute. Sie bewundern Anführer, die zur Gewalt neigen. Wenn du dich nicht in Noss aufgehalten hättest, wären sie gekommen und hätten dich geholt. Aber selbst Borst war klar, dass er es sich nicht leisten kann, die Bewohner von Noss zu verärgern.«

Talis unterbrach ihr längeres Schweigen. Sie hatte Lenz mit undurchschaubarer Miene beobachtet. »Lenz, welcher andere Grund hat dich hierhergeführt?«

Lenz sah sie an. »Du bist alles andere als dumm, nicht wahr? Wenn du es wirklich wissen willst, Wanda hat mir gesagt, ich soll Hardy überreden, nach Yam zurückzukommen. Sie hat sich gedacht, dass Faun dabei hilfreich sein könnte.«

»So hat es sich meine Mutter vorgestellt«, sagte Faun traurig und blickte sich im Innern der Hütte um, bis sie schließlich Talis ganz offen musterte. »Aber Hardy scheint sich hier sehr wohlzufühlen. Wir verschwenden nur unsere Zeit.«

Ich nippte nachdenklich an meinem Stuva. »Zurückkommen? Das erscheint mir ziemlich riskant, wenn ich die Männer gegen mich habe.«

»Die Frauen halten zu dir, und es sind nur die Jäger, die Borst unterstützen, nicht sämtliche Männer. Aber jeder hat Angst vor ihm. Die Leute brauchen einen Anführer, aber sie trauen ihm nicht. Er ist unberechenbar. Bruno haben sie respektiert, und du bist sein Sohn. Wenn Wanda und ich die Nachricht verbreiten, dass du zurückkommst, würden sich die Leute um dich scharen und dieses religiöse Geschwafel vergessen.«

»Und Borst zum Rax schicken? Das kann ich mir nicht vorstellen. Und ich kann sein Erinnerungsdefizit nicht gegen ihn verwenden. Niemand würde mir glauben. Borst würde alles lautstark abstreiten und sich rausreden. Nein. Wenn Borst wirklich gehen sollte, wird Drücker der nächste Hauptmann sein und nicht ich.«

»Drücker? Niemals. Er hat den gleichen Makel wie sein Vater. Und obendrein ist er ein Trottel. Er wäre das Ende von Yam.« Ihr rosiges Gesicht nahm einen ungewohnt harten Ausdruck an. »Vorher würde ich ihn persönlich umbringen.«

Ihre Worte hallten düster von den Steinwänden zurück. Ich dachte über alles nach. Dies war die Hütte, die Talis und ich zu unserem Heim gemacht hatten. In der Ecke lag der Haufen Felle, auf dem wir uns geliebt hatten, schon viele Male, einfach nur aus Vergnügen an unseren Körpern. Draußen vor der Tür lag der Kai, an dem Talis mir das Schwimmen beigebracht hatte – das war erst gestern gewesen. Ein paar Hundert Schritt entfernt war das Männerdorf mit den Fischerbooten und der freundlichen Betriebsamkeit und mit Talis' Vater, der mir das Fischen beibringen wollte.

Hier war jetzt mein Zuhause, nicht wahr?

Lenz las meine Gedanken.

»Wanda hat dabei nicht an Liebe gedacht«, sagte sie. »Es geht ihr nur darum, dass du mutig in Yam einmarschierst und Borst die Führungsrolle streitig machst. Aber dir geht es gar nicht darum, nicht wahr? Ohne dein Mädchen wirst du nirgendwohin gehen, und du wirst sie keinen Gefahren aussetzen. Das verstehe ich, weil ich Bruno hatte. Wanda hatte nie jemanden, also dürfte sie es nicht verstehen. Ich werde es ihr einfach erklären, so gut ich kann.«

»Tut mir leid.«

»Du hast dich verändert, Hardy. Auch das ist etwas, wovon Wanda nichts weiß. Früher warst du so … zynisch, irgendwie. Alles schien dir egal zu sein. Dein Vater hat sich deswegen große Sorgen gemacht. Er sagte, dass du nicht viel für andere Leute übrighast.«

»Wenn Idioten wie Borst mich herumkommandieren wollen, ist das kein Wunder.«

»Jetzt hast du dich ihm entzogen. Wahrscheinlich kann ich dir keinen Vorwurf machen, weil du nicht mehr zurückkehren möchtest.«

»Ich habe hier Verantwortung übernommen, Lenz. Das bedeutet mir mehr als die Zukunft von Yam.«

»Das verstehe ich.« Sie lächelte Talis auf beinahe traurige Weise an. »Du musst tun, was du für richtig hältst, Hardy.«

Wenig später gingen sie und ließen mich mit traurigen und schuldbewussten Gefühlen zurück.

Doch Talis und ich waren jung und widerstandsfähig. Am nächsten Morgen schien Yam schon sehr weit weg zu sein, obwohl ich bemerkte, wie Talis mich mit besorgter Miene betrachtete, als wir das Frühstück vorbereiteten.

»Du gehst doch nicht, oder?«

»Natürlich nicht.«

Sie lächelte, knuffte mir leicht gegen die Schulter, und wir setzten unser Leben in Noss fort.

Ein paar Tage später nahm Talis' Vater Reck mich zum Fischen mit. Sein Skimmer war etwa acht Schritt lang, aber sehr schmal, und er schaukelte besorgniserregend, als ich einstieg. Ich war froh über die neue Sicherheit, die ich durch Talis' Schwimmunterricht erlangt hatte. Nicht dass ich hätte ertrinken können, aber noch vor ein paar Tagen hätte ich womöglich Schande über mich gebracht, indem ich in Todesangst geschrien hätte, wenn ich ins Wasser gefallen wäre. Knuff beobachtete mich vom Strand aus, wo er zwischen den Reihen falscher Kiele stand und auf eine Katastrophe hoffte.

»Zunächst werden wir flussaufwärts fahren«, sagte Reck, als ich einen sicheren Sitzplatz gefunden hatte. »So kannst du dich an das Boot gewöhnen, bevor wir aufs Meer hinaussegeln.«

Das war eine freundliche Entscheidung. Das Boot fühlte sich sehr instabil an, und die langsamen Wellen auf dem offenen

Meer hätten alles viel schlimmer gemacht. Ich war mein kleines Segelboot gewohnt, das sofort auf jede meiner Bewegungen reagierte. Aber Recks großer Skimmer rollte, weil er viel schwerer war und mehr Segel hatte. Wenn er langsam krängte, konnte die Bewegung nicht dadurch ausgeglichen werden, dass die Besatzung das Gewicht verlagerte. Als wir in die Mitte der Flussmündung glitten und der Wind das Segel füllte, rollte das Boot schwerfällig, als wollte es nie mehr damit aufhören. Ich musste einen erschrockenen Schrei unterdrücken.

Es wurde besser, als Reck die Ausleger ausfuhr, schwere Stangen auf beiden Seiten, jede etwa sechs Schritt lang, an denen die Netze wie Flügel hingen. Sie verliehen dem Boot mehr Gleichgewicht.

»Ist es jetzt besser?«, fragte Reck leise lachend. Sein Gesicht war von vielen Jahren in Wind und Sonne gezeichnet, runzelig wie ein eingetrockneter Gelbball, wenn er lächelte.

Ich stellte bald fest, dass wir keinen schlechten Fang machten, indem wir im Bereich der Flussmündung statt auf dem offenen Meer fischten. Wenn die Grume rund um die Welt vorrückt, fliehen die kleineren Fische davor, doch häufig werden sie von ihr überholt und nach oben gedrückt. Die größeren Fische können sich dagegen wehren, auch sie verbringen viel Zeit an der Oberfläche, um sich auszuruhen, Luft zu atmen und die Kraft zu sammeln, wieder abzutauchen, wenn sich ein Raubtier nähert.

Die Sache verhält sich anders, wenn sich die Grume in die Flussmündung schiebt und die Fische vor sich her treibt. Hier in den kleinen Buchten und Nebenflüssen stößt das dichte Wasser auf Bereiche mit normalem Wasser, wie die Stelle, wo Talis mich rettete, als wir uns zum ersten Mal begegnet waren. Viele Fische flüchten sich in diese Taschen.

»Da ist Wandauge«, sagte Reck plötzlich und riss mich aus meinen Tagträumereien, als wir auf jene historische Bucht zusteuerten.

Der verkrüppelte Hauptmann stand mit zwei weiteren Männern auf einer niedrigen, mit Büschen bewachsenen Landzunge.

Einer der Männer hatte sich gebückt, um sich etwas am Boden anzusehen. Aus dieser Entfernung war es schlecht zu erkennen, aber es sah aus wie ein toter Lorin.

Ihre Stimmen hallten gut verständlich über das Wasser.

»… lässt die Sache in einem ganz neuen Licht erscheinen. Wenn sie davon erfahren …«

»Davon *dürfen* sie nichts erfahren.« Gesprochen im zitternden, fast schrillen Tonfall von Wandauge. »Das wäre das Letzte, was wir jetzt gebrauchen können. Es ist wichtig, dass wir uns zusammenreißen.«

»Außerdem könnte es sehr nützlich sein …«

Dann bemerkten sie uns, und wir hörten, wie Wandauge die anderen zischend zum Schweigen brachte. Sie sammelten sich um den Gegenstand ihrer Aufmerksamkeit, als wollten sie ihn vor unseren Blicken abschirmen. Wir hörten ein abschließendes Murmeln von Wandauge.

»Ich werde mich darum kümmern. Ihr vergesst es einfach.«

Reck grinste, als wir an der kleinen Bucht vorbei und außer Sichtweite waren. »Erstaunlich, wie gut Worte über das Wasser getragen werden. Ich wüsste zu gern, worum es ging.«

Dann gerieten wir in weniger dichtes Wasser, und der Skimmer versank, bis die Wellen besorgniserregend hoch gegen die Bordwand schlugen. Ich saß sehr still da. In dieser Art von Wasser konnte ich nicht schwimmen. Reck zog das Ruder herum und reffte das Segel ein wenig, um den Kurs in Richtung Grume zu ändern. Das Boot hob sich wieder und wurde gleichzeitig langsamer. Das Steuerbordnetz wurde plötzlich schwer und bewirkte, dass das Boot wieder auf das dünnere Wasser zusteuerte.

»Hol ein!«, befahl Reck.

Ich tat, was er mir beigebracht hatte. Zuerst zog ich am unteren Seil, um das untere Ende des langen Netzes zu straffen und zu heben, dann am oberen, um den Steuerbordausleger mitsamt Netz herumschwingen zu lassen und ins Boot zurückzuholen. Das Netz war prall gefüllt mit glitzernden Fischen. Ich ließ das untere Seil los, und der Fang ergoss sich zappelnd und nach Luft schnappend auf den Boden des Bootes.

Das wiederholten wir noch dreimal, bis die Bewegungen des Boots träger und, wie ich fand, gefährlicher wurden. »Du kannst sie jetzt zudecken«, sagte Reck zufrieden. Als er das Boot in den Wind drehte, watete ich durch die Fische, zog eine feuchte Plane darüber und stopfte sie fest. Nachdem ich die Lufttaschen ausgedrückt hatte, waren die Fische in einer luftdichten Blase eingeschlossen. Im Gegensatz zu irdischen Fischen können unsere Fische Luft atmen und müssen erstickt werden.

Reck fuhr das Leebord aus – einen beweglichen Kiel am Schandeck –, und wir kreuzten langsam im Zickzack gegen die leichte Brise. »Was meinst du? Ob du morgen mit dem offenen Meer zurechtkommst?«, fragte er.

»Ich würde es gern versuchen.«

»Kann Talis dich noch einen Tag lang entbehren?«

Ich dachte darüber nach. »Wenn ich hierbleiben will, muss ich irgendwie meinen Lebensunterhalt verdienen. Das wird sie verstehen.«

»Es ist mehr als nur eine Entscheidung, die du treffen musst.«

»Ich werde nicht nach Yam zurückgehen, falls du das meinst.«

Er schaute angestrengt blinzelnd zu den Hügeln auf der anderen Seite des Flusses, so dass ich seinem Blick folgte. »Noch vor ein paar Jahren gab es da drüben haufenweise Grunzer, die die Palpater gefressen haben. Heute sieht man sie nur noch selten. Etwas ist passiert. Die Jagd ist nicht mehr das, was sie einmal war. Aber die Grume kommt immer noch jedes Jahr und bringt jede Menge Fisch mit.«

»Hier lässt es sich gut leben, wie es scheint«, sagte ich.

»Die Leute reden von Gruppen hungriger Binnenlandbewohner, die durch die Gegend ziehen und Dörfer überfallen. Manchmal frage ich mich, was geschehen würde, wenn wir angegriffen werden. Wir sind Fischer. Wir sind es nicht gewohnt, mit Speeren und Bögen umzugehen. Die Männer aus Yam jedoch sind Jäger …« Er beobachtete, wie ich auf seine Worte reagierte.

»Willst du damit andeuten, Yam könnte uns überfallen, wenn die Leute dort hungrig genug sind?«

»Nein, Hardy. Ich sage, dass es schön und gut ist, wenn wir uns beklagen, wie viele Lebensmittel wir an Yam liefern, aber es könnte die Zeit kommen, dass wir etwas brauchen, das Yam uns geben könnte. Zum Beispiel Schutz.«

»Ein Bündnis?«

»Genau. Und wenn es dazu kommt, würden du und Talis ... wie soll ich sagen? ... eine zentrale Rolle spielen.«

Ich dachte die ganze Zeit darüber nach, während wir zum Männerdorf zurückkehrten.

Recks Worte erwiesen sich als prophetisch.

Die Grume ging vorbei. Mit ihr zogen auch die Grummer ab, die Grume-Reiter und all die anderen Räuber, Aasfresser und Opportunisten. Die Wellen wurden wieder höher, das Meer kabbeliger. Die getrockneten Fische wurden in die Lagerscheunen geschafft, und die Fischer brachten die falschen Kiele wieder an ihren Booten an. Dann wandten sie ihre Aufmerksamkeit den Dächern der Häuser zu. Als der erste Sturm der Nachgrume kam, war Noss darauf vorbereitet.

Schließlich war auch der letzte Sturm abgezogen, aber nun war die Traufe gekommen. Es regnete senkrecht und unablässig. Die Leute zogen sich in ihre vier Wände zurück. Nur noch die Lorin sah man gelegentlich durchs Dorf stapfen, mit gesenkten Köpfen, das Fell am Körper klebend, mit langsamen Schritten, die viel zu lang für die kleinen Körper schienen. Die Lox wurden in die Ställe geführt oder in vielen Fällen in den Häusern untergebracht, von ihren Besitzern nur durch einen Graben im Boden getrennt.

So bereitete sich Noss auf die Frostzeit vor. Der Frost kam, der Frost ging, ein weiteres Jahr würde kommen und gehen, das Leben würde weitergehen, und die Erinnerungen wurden auf immer bewahrt.

Es war gerade diese zuversichtliche Haltung, die das nächste Ereignis so schockierend erscheinen ließ.

Eines Morgens wurde eine Fischscheune ausgeraubt.

Talis und ich waren zu diesem Zeitpunkt gerade bei Lonessa zu Besuch, auch wenn es eher ein Pflichtbesuch war. Sie hatte uns höflich, aber kühl empfangen, sich von Talis auf die Wange küssen lassen, mich aber völlig ignoriert. Der obligatorische Becher Stuva für mich war so schwach, als hätte man ihn direkt aus einem Brunnen geschöpft. Talis gab sich alle Mühe, mich in das stockende Gespräch einzubeziehen, womit sie jedoch nur wenig Erfolg hatte, bis Lonessa plötzlich ihre Taktik änderte und so tat, als wäre ich immer noch ein Bewohner von Yam.

»Und wie ist es Borst in letzter Zeit ergangen?«, fragte sie mit falscher Freundlichkeit. »Wie ich hörte, ist er sehr oft im Tempel. Und diese Cousine von dir – wie war noch gleich ihr Name? –, Faun. So ein reizendes Mädchen. Ich kann mir vorstellen, dass ihr euch blendend versteht.«

»Mutter«, sagte Talis. »Hast du deinen letzten Rest Verstand verloren? Du weißt doch, dass er diese Leute seit Ewigkeiten nicht mehr gesehen hat.«

Ihr Tonfall riss Lonessa in die Wirklichkeit zurück.

»Richtig«, brummte sie. »Es ist schlimm genug, dass das ganze Dorf weiß, was vor sich geht, aber sie sollen zum Rax gehen. Was mir den Magen umdreht, ist die unnatürliche, perverse Art und Weise, wie …«

Genau im richtigen Moment wurde gegen die Tür gehämmert.

»Lonessa! Lonessa!«

»Was gibt es?«

»Die Scheune! Da sind Männer, die die Scheune plündern!«

»Sag es Wandauge und nicht mir! Er ist für die Männer verantwortlich!«

»Es sind nicht seine Männer!«

Ich hatte den Eindruck, dass es die Kommunikation verbessern würde, wenn die Tür offen wäre, also öffnete ich sie. Eine regennasse Frau wankte herein. Ich schloss die Tür hinter ihr, und sie lehnte sich gegen die Wand, wobei sie keuchte und sich die großmütterlichen Brüste hielt. Ich hatte sie schon ein paarmal beim Ausnehmen der Fische gesehen. Es war Noss Bell, dick, ältlich und geschwätzig. Jetzt hatte sie etwas, worüber sich tatsächlich zu reden lohnte, aber sie war zu sehr außer Atem, um es zu schaffen.

»Also, wessen Männer sind es, um Phus willen?«, fragte Lonessa.

»Ich … ich … ich habe sie noch nie zuvor gesehen!«

»Warum hast du ihnen nicht gesagt, dass sie verschwinden sollen?«

»Das habe ich. Genauso wie Mave und Quell und andere, aber … aber sie haben einfach nicht auf uns gehört! Sie haben uns verscheucht, als wären wir störende Lox. Es war schrecklich! Schau dir nur den blauen Fleck an meinem Arm an!«

»Ich werde Wandauge alarmieren«, sagte ich.

»Du kommst mit mir, Talis«, befahl Lonessa. »Ich will dieser Sache auf den Grund gehen.«

Wir ließen Bell weinend und tropfend an der Wand stehen und trennten uns. In sehr kurzer Zeit hatte ich einen Trupp Männer zusammengetrommelt, und wir machten uns auf den Weg zum Frauendorf, aber leider nicht sehr schnell, weil wir unser Tempo an Wandauges humpelnde Schritte anpassen mussten. Unterdessen bestürmte Knuff mich mit Fragen.

»Wer sind diese Männer? Kommen sie aus Yam? Das würde mich nicht überraschen.«

»Ich habe keine Ahnung, woher sie kommen.«

»Du müsstest sie doch wiedererkannt haben, wenn sie aus Yam sind.«

»Ich habe sie noch gar nicht gesehen.«

»Also weißt du gar nicht, dass sie nicht aus Yam sind?«

»Halt bitte endlich die Klappe, Knuff. Ich habe dir gesagt, dass ich nicht weiß, woher sie kommen. Außerdem werden sie längst auf und davon sein, wenn du deinen Vater nicht dazu bringen kannst, schneller zu laufen.«

»Willst du meinen Vater kritisieren? Vergiss nicht, wer du bist, ja? Wenn wir diese Sache geklärt haben, werde ich …«

»Ich sagte, du sollst die Klappe halten!«

Also war es kein geeinter Trupp, der schließlich an der Fischscheune eintraf. Sechs Frauen standen draußen vor der Doppeltür des hohen Holzgebäudes.

»Sie sind immer noch drinnen«, sagte Noss Quell, eine große ältere Frau, deren Lippen vor Wut und unterdrückten Tränen zitterten. »Nur Phu weiß, was sie mit Lonessa und Talis anstellen.«

Als wir hineingingen, stellten wir fest, dass Lonessa unbeschadet war. Sie hielt mehreren Männern in lumpigen Fellen eine Strafpredigt, während Talis in der Nähe abwartete, um ihr im Notfall beizustehen. Es erleichterte mich, dass mir alle Männer fremd waren. Sie waren mit einem Handkarren gekommen, und im düsteren Licht in der Scheune konnte ich erkennen, dass er mit Trockenfisch beladen war.

»Legt sofort die Fische zurück!«, schrie Lonessa gerade. Dann bemerkte sie uns. »Warum habt ihr so lange gebraucht? Wandauge, sag diesen Dieben, dass sie alles zurückgeben sollen.«

Knuff antwortete an Stelle seines Vaters. »Ihr habt es gehört. Legt alles wieder auf die Gestelle.«

»Wir brauchen es.« Der Sprecher war groß und bärtig und machte den Eindruck, als wäre er einst ein mächtiger Mann gewesen. Nun hingen seine Felle wie schlaffe Segel von seinen knochigen Schultern. »Seht ihr nicht, dass wir kurz vor dem Hungertod stehen? Wir haben Frauen und Kinder, die da draußen in den Hügeln auf uns warten.«

»Das tut mir leid«, sagte Knuff. »Dann hättet ihr vorausschauender handeln müssen. Ihr hättet in der Schlachterbucht die Grume zum Fischen ausnutzen können.«

»Wir sind keine Fischer. Wir sind von Totney. In diesem Jahr ist kein Wild gekommen. Und auf unseren Feldern gab es eine Missernte.« Seine Worte waren schwer zu verstehen, weil er den Mund voller Trockenfisch hatte. Alle Fremden kauten und schluckten hektisch, als hätten sie Angst, wir würden ihnen die Nahrung wieder aus dem Mund zerren. »Es war ein kühler Sommer. Wir sind nicht die Einzigen.« Sie waren ein armseliger Haufen, wie sie sich schützend um ihren beladenen Karren scharten.

Wandauge ergriff zum ersten Mal das Wort. »Ihr hättet uns fragen können.«

»Dann wärt ihr vielleicht nicht dazu bereit gewesen.«

»Wir *sind* nicht dazu bereit!«, brüllte Lonessa. »Ich will nichts mehr davon hören. Jetzt legt den Fisch zurück und verschwindet von hier!«

»Wie er gesagt hat, sind sie nicht die Einzigen«, gab ich zu bedenken. »Es dürfte viele andere geben, die auf die gleiche Idee kommen.«

»Was hat das mit diesem Problem zu tun?« Lonessa fuhr wütend zu mir herum.

»Ich meine, wollen wir so weitermachen? Wollen wir jeden verjagen, der hungrig nach Noss kommt?«

»Wir können es uns nicht leisten, jeden Wühler durchzufüttern, der zu dumm ist, sich auf schlechte Zeiten vorzubereiten!«

»Wir können es uns leisten, diesen paar Leuten zu essen zu geben.« Ich wandte mich dem großen Mann in der Gruppe zu. »Ihr seid Jäger, nicht wahr? Ihr wisst, wie man mit einem Speer umgeht?«

Er missverstand mich. »Wir haben unsere Speere in den Hügeln zurückgelassen. Wir sind nicht gekommen, um zu kämpfen.«

»Aber ihr könntet es, wenn es sein muss.« Ich sprach Wandauge an. »Ich finde, wir sollten sie aufnehmen, sie bei uns leben lassen. Wir können es uns problemlos leisten, sie durchzufüttern. Und es könnte sich als nützlich erweisen, in Noss ein paar Männer zu haben, die mit Speeren umgehen können.«

»Schutz«, sagte Wandauge nachdenklich. »Sie könnten uns zeigen, wie man Speere macht, und unseren Männern beibringen, sie zu benutzen.«

»Das klingt vernünftig«, sagte ich.

Von Lonessa und Knuff kam wütendes Geschrei. Beide versuchten so ziemlich dasselbe zu sagen, aber auf diese Weise neutralisierten sie sich gegenseitig. Im Wesentlichen bestand ihr Problem darin, dass sie nicht an einer Ausbildung interessiert waren, sondern die Eindringlinge hinauswerfen wollten.

Wandauge nutzte einen Moment, in dem das lautstarke Paar nach Luft schnappte, um den großen Mann zu fragen: »Wärt ihr damit einverstanden, euch mit uns zusammenzutun?«

»Das ist sehr freundlich von euch.« Er streckte eine Hand aus. »Ich bin Totney Jard.«

»Noss Wandauge. Herzlich willkommen. Nun geht und holt eure Frauen und Kinder.«

Die Männer kauten immer noch, als sie die Scheune verließen. Es folgte ein längeres Schweigen. Knuff und Lonessa waren gleichermaßen verdutzt über Wandauges unerwartete Führungsentscheidung, meinen Vorschlag anzunehmen. Eine Neubewertung war im Gange, und die brauchte Zeit.

»So ist es am besten, Mutter«, sagte Talis.

Lonessa nickte widerstrebend. »Aber nur diese acht Männer und ihre Familien. Mehr Flüchtlinge aus Totney werden wir nicht aufnehmen.«

»Jetzt müssten wir in der Lage sein«, sagte Knuff, »diese verfrorenen Kerle aus Yam abzuwehren.«

Und so kam es, dass die Männer von Noss sich bewaffneten. Sie schnitten Speere im Wald und ließen sich zeigen, wie man sie benutzte. Die Traufe hielt an, und es kam uns vor, als wäre der Regen kälter als sonst. Immer wieder gab es Gerüchte über Banditen in der Umgebung, und ein Trupp, der viel tollkühner als die meisten anderen war, griff tatsächlich die Residenz von Mister McNeil an. Helen, die Frau, die ich von ihrer Kate nach Noss mitgenommen hatte, überbrachte diese Nachricht. Ich hatte sie längere Zeit nicht mehr gesehen, und es hieß, dass sie beim Nirgendwo-Mann eingezogen sei.

»Sie kamen bei Nacht«, berichtete sie uns. »Könnt ihr euch das vorstellen? Sie müssen wirklich verzweifelt gewesen sein. Mister McNeil hat ein Summgerät, das plötzlich Alarm geschlagen hat. Es weckte uns auf, und die Lichter gingen von selbst an. Dann sahen wir sie im Garten, insgesamt zehn wilde, zerlumpte Gestalten.«

Wir hatten uns in der Netzhütte versammelt, etwa fünfzehn Leute, darunter Wandauge, Knuff und Lonessa. Die Männer hatten die Netze geflickt, bis Lonessa mit Helen gekommen war. Nun hatten alle die Fitts und Lederhandschuhe beiseitegelegt und lauschten den schockierenden Neuigkeiten.

»Sie haben sich vor der Tür versammelt«, fuhr Helen fort, »und dagegengehämmert. Jemand hat einen Stein durchs Fenster geworfen. Überall flogen Glassplitter herum. Ich hatte große Angst, das könnt ihr mir glauben. Sie haben gebrüllt. Sie wollten nicht nur Lebensmittel. Sie wollten Mister McNeil.« Die Frau zitterte, während sie sich an alles erinnerte.

»Wie meinst du das?«, fragte Wandauge. »Was wollten sie von Mister McNeil?«

»Er ist ein Mensch, versteht ihr? Sie haben den Menschen die Schuld an allem gegeben. Sie sagten, die Menschen würden uns verhungern lassen, obwohl sie uns retten könnten.«

»Womit sie Recht haben«, sagte Knuff.

»Und sie warfen den Menschen vor, dass sie sich zurückziehen wollen, dass sie ihre Schiffe beladen und uns alle im Stich lassen.«

Lonessa schnaufte. »Das ist Unsinn. Die Menschen sind schon seit Generationen hier. Sie haben eine Menge Arbeit in die Devon-Station und das Bergwerk und viele andere Dinge gesteckt. Sie werden uns jetzt nicht alleinlassen.«

»Ich berichte ja nur, was diese Männer gesagt haben. Sie kamen aus Okam am Rand des Moores. Sie konnten sehen, was passiert. Und sie haben gesehen, wie die Menschen Ausrüstung in ihr Shuttle geladen haben. Und dann ist es gestartet.«

»Das bedeutet nicht, dass sie sich ganz zurückziehen wollen«, sagte Wandauge. »Das Shuttle bringt und holt ständig Ausrüstung. Aber was hat Mister McNeil dann getan?«

»Er hat sein Lasergewehr geholt und den Männern gesagt, dass sie zurücktreten sollen. Dann hat er damit ihren Karren in

Brand gesteckt, um ihnen zu zeigen, wozu er imstande ist. Der Karren war völlig nass vom Regen, aber trotzdem hat er lichterloh gebrannt.«

»Warum lassen sie uns verhungern, wenn sie solche Technik haben?«, sagte Knuff.

»Das ist ihre Direktive«, erklärte ich. »Sie gilt für alle Fälle.«

»Mister McNeil hat zu mir gesagt«, fügte Talis hinzu, »dass die Menschen keineswegs glücklicher sind als wir. Am Ende kommt es nur darauf an, wie glücklich man ist.« Sie rückte näher an mich heran und hakte sich bei mir ein.

»Es kommt auch darauf an, ob man verhungert«, sagte Lonessa verbittert. »Und hör um Phus willen auf, dich so an ihn zu klammern, Talis«, murmelte sie und versetzte ihrer Tochter keinen allzu sanften Stoß.

Es war einer jener Augenblicke, die ich oft in meiner Erinnerung aufsuche: die Netzhütte, düster im ewigen Zwielicht der Traufe, der Regen, der wie ein Vorhang vor der offenen Doppeltür fiel, die Männer, die im Kreis am Boden saßen, die zu reparierenden Netze auf den Knien, die Wärme von Talis neben mir, die hagere Helen, die den Raum beherrschte, Lonessa, groß und erotisch in feinem Leder, das wie eine zweite Haut an ihrem Körper anlag, Wandauge, der sich gegen einen Pfosten lehnte und schon sehr bald sterben würde …

Und ein fernes Donnern, von dem ich zuerst dachte, es wäre ein Gewitter. Dieses Geräusch ist der Brennpunkt dieses Augenblicks, obwohl ich es zu jenem Zeitpunkt noch nicht wusste. Ich habe mich immer wieder an meine Gefühle erinnert und keine Furcht darin gefunden, nur Neugier auf Helens Geschichte und im Hintergrund die übliche Lust auf Talis.

»Also hat er dann seinen Laser gegen diese Banditen eingesetzt?«, mutmaßte Knuff hoffnungsvoll.

»Das musste er gar nicht. Er sagte ihnen, er hätte keineswegs die Absicht, unsere Welt zu verlassen, und dass er uns auf jede erdenkliche Weise helfen würde – wie es auch jeder andere Mensch tun würde – innerhalb des Rahmens der Menschendirektive. Darüber machten sie sich ein wenig lustig, aber ich dachte, sie hätten sich wieder einigermaßen beruhigt. Das dachte auch Mister McNeil, denn er lud sie auf einen Happen zu essen ein. Nur Jon blieb misstrauisch. Doch am Ende behielt er Recht und nicht Mister McNeil.«

»Wer ist Jon?«, fragte Knuff.

»Ihr nennt ihn den Nirgendwo-Mann, aber ich finde, er hat einen richtigen Namen verdient. Jedenfalls, sobald die Männer aus Okam im Haus waren, wurden sie sehr garstig. Sie sahen sich Mister McNeils Sachen von der Erde an, nahmen sie in die Hand und machten spöttische Bemerkungen darüber. Einer von ihnen ließ etwas fallen – ich weiß gar nicht, was es war –, worauf es zerbrach.«

Talis' Griff um meinen Arm wurde fester. »Was ist das für ein Lärm?«, flüsterte sie. »Der Boden zittert.«

»Also sagte Mister McNeil zu ihnen, dass sie sich benehmen sollen, weil er ihnen sonst nichts zu essen geben würde. Er legte seine Waffe weg, um ihnen zu zeigen, dass er ihnen vertraute. Ein Mann sagte, wenn sie Mister McNeil gefangen nähmen und damit drohten, ihn zu töten, könnten sie die Menschen zwingen, ihnen zu helfen. Dann … kamen sie ihm immer näher. Das war der Moment, als Jon ging und noch einmal die Waffe holte. Anschließend sagte Mister McNeil, er hätte überstürzt gehandelt, aber ich fand es richtig.«

Sie schluckte, die Augen weit aufgerissen, als sie noch einmal die schlimme Erinnerung durchlebte. »Jon richtete die Waffe auf einen der Männer, und plötzlich stieg Rauch von seiner Kleidung auf, und … er stürzte zu Boden, und Sachen auf der gegenüberliegenden Seite des Raums knisterten und zerfielen zu Staub, und die Wand brannte. Mister McNeil riss die Waffe aus Jons Händen, und die Banditen flüchteten aus dem Haus, alle bis auf den einen, der am Boden lag. Und als wir ihn uns ansahen, war er … war er …« Sie verstummte, riss sich wieder zusammen und fuhr dann etwas ruhiger fort: »Ich habe es mit einem Geas belegt. Ich weiß nicht, ob ich jemals eine Tochter haben werde, aber wenn, dann will ich nicht, dass sie sieht, was ich gesehen habe, niemals. Ich werde niemals …« Wieder verstummte sie, mit gesenktem Kopf horchend.

Draußen schrien Leute. Wandauge stieß sich von seinem Stützpfeiler ab. »Was ist da los?«

Wir eilten hinaus in den Regen, und Talis ließ mich keinen Augenblick lang los. Eine Gruppe von Männern hatte sich am Ufer versammelt, und sie starrten über unsere Köpfe hinweg und zeigten auf etwas.

Reck war unter ihnen. »Was ist passiert?«, fragte ich ihn.

»Die Bäume! Sieh sie dir an! Und spürst du es nicht in den Füßen?«

Ich konnte es deutlich spüren. Der Boden bebte. Die Bäume zogen sich den steilen Hügelabhang hinter der Netzhütte hinauf, dunstig im Nebel, schwankend und begierig greifend, wie es die Anemonen zu tun pflegen. Aber da war noch etwas anderes, etwas, bei dem sich mein Herz mit beinahe abergläubischer Furcht verkrampfte.

Eine kleine Baumgruppe bebte besonders heftig und schien auf und ab zu hüpfen, als würde eine Riesenhand versuchen, sie zu entwurzeln. Stücke aus teilweise verdauter Nahrung wurden aus ihren Mäulern geschleudert. Meine Füße wurden plötzlich eiskalt. Das Wasser der Flussmündung wurde aufgewühlt, und Wellen schlugen gegen die Böschung. Hastig zogen sich die Leute vom Ufer zurück.

Wandauge lag vor dem Eingang zur Netzhütte. Der Boden bebte, das Gebäude schwankte, und der verkrüppelte Hauptmann kam nicht mehr auf die Beine. »Was ist hier los?«, rief er schwach. Von dort, wo er lag, konnte er den Hügel nicht sehen.

Einer der Fischer betete. »Möge der Große Lox uns von der Erinnerung an diesen Augenblick erlösen, und mögen unsere Söhne …«

Seine Stimme ging im Getöse vom Hügel und den Schreckensschreien der Zuschauer unter.

Mit einem Mal wurde die Baumgruppe herumgewirbelt. Wenn ich mich an diesen Moment erinnere, sehe ich es immer noch so. Sie drehten sich, alle zusammen, als würden sie auf einem großen Rad stehen. Dann flogen sie in alle Richtungen davon. Der Lärm wurde ohrenbetäubend, und wir schauten immer noch fassungslos zu, viel zu schockiert, um die Flucht zu ergreifen.

Dann riss der Boden auf, und ein monströses Geschöpf kroch aus der Tiefe des Hügels hervor.

Es war größer als zehn Häuser. Es war fast so hoch wie der Hügel selbst. Seine Nase war stumpf, umringt von schrecklichen blitzenden Klingen, von denen ganze Bäume davonwirbelten. Es kroch aus dem Abhang, und nachdem es sich befreit hatte, kam es auf uns zu. Jemand stieß schreiend gegen mich. Die Leute rannten in alle Richtungen, um dem Monstrum zu entkommen. Bäume landeten krachend zwischen uns. Ich sah, wie ein Mann von einer Anemone zu Boden geworfen und darunter begraben wurde. Er schrie, während er hilflos zusehen musste, wie sich das Ungeheuer ihm näherte. Jemand watete ins kalte Wasser und schwamm unter panischem Geplansche los, als seine Furcht vor dem Geschöpf die Angst vor dem eisigen Wasser überwältigte. Ein paar Leute blieben stehen, wo sie waren, beteten um Rettung und hoben die Hände in der zweifingrigen Geste des Großen Lox.

Ich bemerkte, dass Talis an meinem Arm zerrte. »Komm endlich, Hardy!«

Wir hasteten Hand in Hand am Ufer entlang, in Richtung des alten Kais und unserer Hütte, und als ich fand, dass wir weit genug gelaufen waren, blieben wir stehen und drehten uns um.

Das Monstrum schnitt eine Schneise der Verwüstung in den Hügel. Wenn ich mich an jenen Tag erinnere, finde ich den Moment wieder, in dem sich meine Furcht in Neugier verwandelte. Das war der Moment, in dem ich erkannte, dass dieses Geschöpf nicht bösartig war. Es folgte nur seinem eigenen Weg, ohne es auf eine bestimmte Beute abgesehen zu haben. Es war nicht hinter mir her, es war hinter niemandem her. Es *war* einfach nur ein riesiges Wesen, das alles zerstörte, was auf seinem Weg lag. Nicht weil es böse war, sondern weil es das war, was es von Natur aus war. Es war überhaupt nicht an den herumrennenden Leuten interessiert.

Es erreichte die Rückwand der Netzhütte. Für das Geschöpf stellte das Gebäude kein Hindernis dar. Es rückte unbeirrt weiter vor, während Holzsplitter durch die Luft flogen. Der Lärm war fast unerträglich. Talis hielt sich die Ohren zu. Jetzt konnten wir das Monstrum von der Seite sehen. Es ragte höher auf als die Bäume, und es war von einfacher zylindrischer Form und braun vom Dreck, während an einigen Stellen silbriges Metall durchschimmerte.

»Talis!«, überschrie ich den Lärm. »Das ist Sternennase! Die Bergbaumaschine aus der Devon-Station!«

Sie starrte mich mit weit aufgerissenen Augen an. »Was macht sie hier?«

»Die Tunnel sind sehr weitläufig. Irgendwo unter uns muss einer sein. Irgendwie ist Sternennase außer Kontrolle geraten!«

Die Netzhütte hatte sich in einen Wirbelsturm aus zersplittertem Holz verwandelt, und Sternennase steuerte auf den Fluss zu. Ein paar gemeinsam betende Leute erkannten endlich, dass der Große Lox sie nicht vor diesem Ungetüm retten würde, worauf sich die Gruppe auflöste und die Flucht ergriff. Sternennase überquerte den schmalen Strandstreifen und erreichte das Wasser. Knuff bewies überraschenden Mut, als er neben der Maschine herrannte, die ihn haushoch überragte, und sie trotzig anbrüllte.

Dann berührten die Klingen das Wasser, und Knuff verschwand im aufsteigenden Sprühnebel. Sternennase wälzte sich weiter. Jetzt konnte ich das hintere Ende der Maschine erkennen, das ich bereits bei unserem Besuch in der Devon-Station gesehen hatte: die Instrumente, die Schalter, die Kontrollhebel. Sie wirkte nackt und im Tageslicht von Noss völlig deplatziert, ohne Menschen, die auf der Plattform standen und sie lenkten. Unbemannt stürzte sich Sternennase ins Wasser des Flusses, in eine Gischtwolke eingehüllt.

Und neben der breiten Schneise, die die Maschine hinterlassen hatte, kniete Knuff neben der übel zugerichteten Gestalt seines Vaters.

Ich hatte Wandauge völlig vergessen. Wir alle, bis auf Knuff. Im ersten Entsetzen über den Anblick des hervorbrechenden Ungetüms hatten wir nicht daran gedacht, dem Hauptmann zu helfen, der vor dem Eingang zur Netzhütte lag und sich nicht von allein erheben konnte. Unwillkürlich rannte ich los, bis Talis mich zurückhielt.

»Du solltest sie lieber allein lassen«, sagte sie.

Das Getöse ließ allmählich nach, als Sternennase immer tiefer ins Wasser eintauchte. Die Leute kehrten vorsichtig zurück, versammelten sich am Ufer und beobachteten, wie das Monstrum versank. Kurz darauf war es nicht mehr zu sehen, und nur noch das aufgewühlte Wasser wies darauf hin, dass es hier gewesen war. Bald war es ganz verschwunden, und alles wurde ruhig, und einen Moment lang standen wir sprachlos da und konnten gar nicht fassen, dass sich das alles wirklich ereignet hatte. Doch eine tiefe Wunde zog sich vom Hügel bis zum Ufer, und die Netzhütte existierte nicht mehr, und das Flusswasser brodelte immer noch.

»Was geschieht jetzt?«, fragte Talis schließlich.

»Ich vermute, es wird sterben, ertrinken oder was auch immer solche Dinger tun. Ich bin mir sicher, dass es nicht dazu gedacht ist, unter Wasser zu funktionieren.«

»Nein, ich meinte, was werden die Menschen jetzt ohne diese Maschine machen?«

Das war eine gute Frage, die eine Menge weiterer Fragen nach sich zog. Helen hatte gesagt, die Banditen hätten den Menschen vorgeworfen, sich von unserer Welt zurückzuziehen. Das Bergwerk war der Grund für die Anwesenheit der Menschen. Jetzt würde man den Bergbau einstellen, bis Sternennase geborgen war. Würden sich die Menschen überhaupt die Mühe machen, die Maschine zu bergen? Sie waren bereits mit dem Versuch gescheitert, die Lorin auszulöschen. Waren sie zu dem Schluss gekommen, dass sie einfach zu viel Ärger auf unserer Welt hatten?

Zumindest mir würde es leidtun, wenn sie abzogen. Sie waren schon sehr lange hier. Im Großen und Ganzen waren unsere beiden Völker gut miteinander zurechtgekommen.

Nun wandten sich die Leute vom Fluss ab und wurden sich der Tragödie bewusst, die sich auf dem Pfad des Monstrums abgespielt hatte. Knuff hatte einen Arm unter Wandauges Schulter gelegt und wiegte ihn. Ich glaubte zu erkennen, wie sich Knuffs Lippen bewegten. Talis und ich waren ein Stück näher gekommen. Weitere trafen aus dem Männer- und dem Frauendorf ein. Ein weiter Kreis bildete sich um Knuff und Wandauge, in dem Abstand, wo sich das Gleichgewicht zwischen Neugier und Respekt einstellte.

Wandauge hatte leise vor sich hin gemurmelt, für uns unverständlich, und Knuff hatte immer wieder genickt.

Dann kippte Wandauges Kopf zurück, und seine Hand, die auf Knuffs Schulter gelegen hatte, fiel schlaff zu Boden.

Knuff legte ihn nieder. Dann blickte er auf und musterte langsam die Gesichter der Menge. In seinen Augen stand eine tiefe Trauer.

Doch dann fiel sein Blick auf mich.

Sein Gesichtsausdruck veränderte sich.

Er betrachtete mich mit kalter Berechnung, als hätte Wandauge ihm mit seinen Sterbensworten eine unbekannte Macht übertragen.

6 DIE TRAUFE

»Wir müssen herausfinden, was wirklich geschieht, und wir müssen als vereinte Front auftreten, um zu demonstrieren, dass wir es ernst meinen. Ich schlage vor, unverzüglich eine Abordnung zur Devon-Station zu entsenden. Dort werden wir verlangen, dass man uns die Wahrheit sagt.«

Borst stand auf dem Motorwagen von Yam und redete zu den versammelten Bewohnern von Noss, die immer noch von den Ereignissen des Vormittags schockiert waren. Drücker war neben ihm, und auch Knuff und Lonessa waren auf die Bodenplatte gestiegen, weil sie nicht bereit waren, den Führungsanspruch über die Menge an meinen Onkel abzutreten.

»Die Hauptleute von Noss werden entscheiden, was die Bewohner von Noss tun«, rief Lonessa zornig.

Borst war kurz nach den Verwüstungen durch Sternennase eingetroffen, mitsamt seiner Jagdgruppe auf dem Anhänger hinter dem Motorwagen, insgesamt elf Männer. Talis und ich hatten mit ihrem Vater über die Vorkommnisse diskutiert, als wir das vertraute Schnaufen der Maschine gehört hatten, dann war Borst mit seinen Leuten in unser Sichtfeld gerollt. Er hatte den Lenker herumgerissen und gebremst, wobei er fast in die Menge hineingerast wäre, bis er peinlich nahe und gefährlich schräg am Ufer zum Stehen gekommen war. Unbeirrt hatte er angefangen, mit Lonessa über das brisante Gerücht des geplanten Abzuges der Menschen zu diskutieren.

»Natürlich ist es eure Entscheidung«, sagte er zu Lonessa. »Ich lege hier nur die Tatsachen auf den Tisch.«

»Dazu hast du einen schlechten Zeitpunkt gewählt. Du hast gehört, was heute früh hier geschehen ist. Komm morgen wieder.«

Das Sicherheitsventil des Motorwagens stieß plötzlich einen ohrenbetäubenden, zischenden Pfiff aus und jagte eine Dampfsäule in den verregneten Himmel. Wir alle zuckten erschrocken zusammen.

»Morgen könnte es zu spät sein!«, brüllte Borst über dem Lärm.

Mir ging durch den Kopf, dass Borst ausnahmsweise einmal Recht hatte. Ich drängte mich durch die Menge und stieg auf die Bodenplatte des Motorwagens, womit ich mir verärgerte Blicke von jenen einhandelte, die sich bereits dort aufgebaut hatten.

»Das Ding, das Wandauge getötet und die Netzhütte zerstört hat«, sagte ich zu Borst, »war Sternennase, die Bergbaumaschine der Menschen. Jetzt liegt sie am Grund des Flusses. Ich habe keine Ahnung, wie sie sie bergen könnten. Ohne sie können sie keinen Bergbau betreiben. Und ohne Bergbau gibt es für sie keinen Grund zum Bleiben.«

Borst sah mich misstrauisch an, als würde er eine Falle vermuten. »Bist du dir sicher?«

»Würde ich dich anlügen, Borst?«

Ich wünschte, ich hätte es nicht gesagt. Er kniff die Augen zusammen. Er verstand es als versteckte Anspielung auf seine Schwäche und fühlte sich in seinem Verdacht bestätigt, dass ich alles darüber wusste.

»Ich komme mit, Borst«, sagte Knuff unerwartet. »Diese Mistkerle haben meinen Vater getötet, und ich werde sie mit dieser Tatsache konfrontieren. Wenn sie glauben, dass sie einfach damit durchkommen, haben sie sich getäuscht!«

Mitten in seinem Satz schaltete sich das Sicherheitsventil wieder ab, und die plötzliche Stille verlieh seinen letzten Worten eine nachhaltige Betonung. Die Menge antwortete mit lautem Beifall. Knuff, ihr neuer Hauptmann, errötete entzückt und blies seinen Brustkorb auf. »Bei Phu!«, brüllte er. »Wir werden diesen verfrorenen Menschen zeigen, dass sie nicht nach Belieben mit uns umspringen können!«

Mir kam in den Sinn, dass man nun eine Menge dummer Sachen reden würde. Ich wollte nicht, dass ich in späteren Erinnerungen damit in Verbindung gebracht wurde, also ließ ich die Anführer allein und kehrte zu Talis zurück, die in der Menge stand.

»Lass uns den Motorwagen anheizen«, sagte sie. »Diesen Spaß dürfen wir nicht verpassen.«

»Heute werden wir nicht mehr weit kommen«, gab ich zu bedenken.

»Dein Onkel Borst wird demnächst aufbrechen. Ich vermute, dass er die Nacht bei Mister McNeil verbringen und ihn zur Rechenschaft ziehen wird, solange er dort ist. Auch Lonessa und Knuff werden sich das nicht entgehen lassen wollen. Ich würde es Borst durchaus zutrauen, einen Handel mit den Menschen abzuschließen, ohne Noss zu berücksichtigen.«

Es war später Nachmittag, als endlich zwei schwer beladene Motorwagen keuchend von Noss aufbrachen. Borst übernahm die Führung, nachdem er uns versichert hatte, dass er die Jäger in Yam durch Wanda und andere Leute austauschen wollte, bevor es zur Devon-Station weiterging. Der Anblick der Speere hatte für Nervosität gesorgt, und während der Diskussionen waren dann auch die neuen Speere von Noss in den Händen der geläuterten Banditen und ihrer Lehrlinge aufgetaucht. Es hatte ein leichtes Gerempel gegeben, und ich glaube, Borst hatte verstanden, was man ihm damit sagen wollte. Falls er gehofft hatte, uns mit seiner Eskorte einzuschüchtern, würde er eine Enttäuschung erleben.

Es wurde dunkel, Rax ging irgendwo über den bleigrauen Wolken auf, und ich wurde ausnahmsweise unruhig, als die Lichter von Mister McNeils Residenz sichtbar wurden. Talis und ich fuhren gemeinsam mit Reck und sechs weiteren Leuten aus Noss in einem Loxkarren, der vom Motorwagen gezogen wurde. Es war eine recht unbequeme Fahrt, aber wir wollten schließlich nichts verpassen.

Dann sahen wir, wie der Motorwagen an der Spitze unserer Kolonne in die Auffahrt zu Mister McNeils Anwesen einbog.

»Welch eine Erleichterung«, sagte Reck. »Ich hatte schon gedacht, Borst würde die ganze Nacht lang weiterfahren. Für die Leute auf der Bodenplatte ist es gut, aber hier hinten ist es verfroren kalt!«

In Felle und Decken gehüllt stiegen wir steif vom Karren und eilten ins Haus. Drinnen war es wunderbar warm, und unsere Laune besserte sich sofort. Die Leute plauderten wieder fröhlich miteinander. Borsts Krieger waren bereits dort, liefen herum und untersuchten die Artefakte von der Erde. Der Nirgendwo-Mann, Jon, begrüßte uns.

»Mister McNeil ist nicht da«, sagte er.

»Das überrascht uns kaum«, entgegnete Lonessa bissig, »wenn man bedenkt, dass er sich wahrscheinlich in diesem Moment mit einem Shuttle in den Himmel schießen lässt.«

»Das bezweifle ich«, sagte Jon.

Ich hatte auf das Gegenteil gehofft, aber die Abwesenheit von Mister McNeil hatte mein Vertrauen schwer erschüttert. Ausgerechnet jetzt sollte er hier sein, um zu erklären, was vor sich ging, und uns zu beruhigen. Er musste ebenfalls von den Gerüchten gehört haben. Zwischen ihm und der Devon-Station musste jede Menge Kommunikation stattgefunden haben.

»Ungeachtet dessen«, gab Lonessa zurück, »werden wir über Nacht hierbleiben.«

»Ich kann euch nicht daran hindern. Aber macht hier bitte nichts kaputt.«

»Es ist unwahrscheinlich, dass dein menschlicher Freund in Zukunft irgendetwas von diesen Sachen braucht.«

Wir hörten ein Krachen, als einer der Krieger versehentlich ein großes kreisrundes Artefakt von einem Sockel stieß. Zum ersten Mal ließ sich Helen blicken und stellte es wieder auf. Talis hörte mein überraschtes Brummen und blickte mich fragend an.

»Sie sieht verändert aus«, erklärte ich. Helen hatte kaum noch Ähnlichkeit mit dem ausgemergelten und mürrischen Geschöpf, das ich nach Noss gebracht hatte. Jetzt hatte sie zugenommen, und wenn man ein Auge zudrückte, konnte man sie fast als hübsch bezeichnen. »Irgendwie jünger.«

»Das macht die Liebe mit einem.« Spontan umarmte sie mich.

Ich betrachtete die junge, liebreizende und liebevolle Talis, und ich dankte Phu für unsere vollkommenen Erinnerungen. Für mich wird sie für immer so aussehen wie in diesem Moment. Es muss schrecklich für Menschen sein, wenn sie beobachten, wie geliebte Partner alt und hässlich werden, und sie nur auf leblose Hologramme zurückgreifen können, um sich daran zu erinnern, was sie einst geliebt haben.

Borst wandte sich an uns. Ich verzichte an dieser Stelle darauf, seine Worte wiederzugeben, weil er völligen Unsinn redete, eine typische Alle-verbünden-sich-gegen-den-gemeinsamen-Feind-Rede. Sein Publikum nahm sie gut auf, und seine Krieger jubelten geistlos. Ich erwähne die Ansprache nur, weil Knuff ihn dabei auf eine ganz bestimmte Weise ansah. Das Gesicht des neuen Hauptmanns zeigte ein eigenartiges Lächeln. Aber es war keine simple Skepsis. Es war mehr. Es war ein wissender Blick.

Er konnte unmöglich über Borsts Makel Bescheid wissen. Ich konnte mir nur denken, dass er entschieden hatte, Talis und mich aus Noss zu vertreiben, nachdem er jetzt die Macht hatte. Und er wusste, wenn ich nach Yam zurückkehrte, würde ich mit Borst aneinandergeraten, den er ebenfalls nicht leiden konnte. Er stellte sich vor, wie Yam zerrissen und machtlos wurde. Dieser Gedanke entzückte seinen kindischen Sinn für Ironie.

Das beweist, wie weit wir danebenliegen können, wenn wir versuchen, die Gedanken anderer Leute zu lesen.

Am nächsten Morgen setzte Borst wie versprochen seine Krieger in Yam ab und belud den Anhänger mit Männern und Frauen, die eine hohe Stellung in der Hackordnung innehatten, weil sie über umfangreiche Erinnerungen verfügten, und nicht wegen ihrer Fähigkeit, Speere in Dinge stechen zu können. Alle seufzten erleichtert auf. Die unordentliche Kavalkade setzte sich in Richtung Moor in Marsch, wieder mit Borsts Motorwagen an der Spitze. Die Traufe ließ nicht erkennen, dass sie beabsichtigte, in absehbarer Zeit nachzulassen, aber das tat sie ohnehin fast nie, bevor der Frost kam. Die Spurrillen und Schlaglöcher waren voller Wasser, und wir kamen nur mühsam voran. Die behelfsmäßige Plane über unserem Karren bot einen gewissen Schutz, aber keinen besonders guten.

»Wie stehen die Wetten, dass wir deinen Onkel demnächst wieder aus Schwierigkeiten heraushauen müssen?« Talis kicherte leise, gut gelaunt wie stets, während wir nebeneinandersaßen und uns gegenseitig umarmten.

Auf dem Weg zur Devon-Station mussten wir Borst sogar dreimal unter die Arme greifen. Knuff, der den Motorwagen aus Noss lenkte, nutzte es weidlich aus. Er konnte seinen Triumph kaum verhehlen, wenn er den Yam-Motorwagen aus einem Straßengraben zog, und schlug sogar vor, dass die alte Wanda sich hinter den Lenker setzen sollte. Jedes Mal, wenn Borst steckenblieb, mussten wir von unserem Loxkarren absteigen und ihn abhängen, damit die beiden Motorwagen zusammengekoppelt werden konnten.

Am späteren Morgen wurde das Auspuffgeräusch der Fahrzeuge tiefer, als der steilere Aufstieg zum Moor begann. Dann hörte ich noch etwas anderes neben dem Geschnaufe, ein helles Heulen, das von einem Rumpeln begleitet wurde. Borst schien es ebenfalls gehört zu haben, denn der Motorwagen aus Yam wurde langsamer und blieb schließlich stehen. Auch wir hielten an, zogen die Plane zurück und starrten in den Regen hinaus. Der Lärm schien aus dem Himmel zu kommen, aber er hielt zu lange an, um Gewitterdonner sein zu können.

Im Dauerregen konnten wir nichts erkennen, und nach einer Weile verebbte das Geräusch. Die Motorwagen fuhren weiter.

»Ein Shuttle«, sagte Reck mit wissendem Nicken.

Als wir am Tor zur Devon-Station eintrafen, fanden wir eifrige Betriebsamkeit vor, innerhalb eines neuen Zauns, der sich so weit erstreckte, wie wir sehen konnten. Ein paar Nomaden hatten sich bereits mit ihren Lox und Karren versammelt und betrachteten die Szene durch ein schweres Tor, das ebenfalls neu war. Smith und Smitha waren da und diskutierten mit einem Menschen, der sich auf der Innenseite des Tors befand. Wir stiegen von unserem Karren und gingen zu ihnen.

»Nein, Sie können ausschließlich mit mir sprechen«, sagte der Mensch gerade. Er wirkte nervös, ein großer, schlanker Mann in goldener Uniform. »Ich bin befugt, jede Ihrer Fragen zu beantworten.«

Smith zuckte die Achseln und blickte sich zu Borst um.

»Ich bin der Hauptmann von Yam und verlange, mit Ihrem Vorgesetzten zu sprechen!«, sagte mein Onkel.

»Und ich bin der Hauptmann von Noss und verlange dasselbe!«, setzte Knuff hinzu, ließ damit die Wirkung des Auftritts jedoch eher verpuffen.

Lonessa machte den Eindruck, als wollte auch sie das Gewicht ihrer Autorität in die Waagschale werfen. Doch dann siegte die Vernunft, und sie hielt den Mund.

Als Nächster meldete sich Reck nachdrücklich zu Wort. »Sagen Sie uns einfach, was hier los ist, Sie verfrorener Kerl! Warum der Zaun! Warum das Tor?«

Der Mensch schluckte nervös und blickte auf eine Tafel in seiner Hand, als müsste er damit sein Gedächtnis auffrischen. »Wie Ihnen bekannt ist, operiert die Devon-Station hier schon seit vielen Jahren. Während dieser Zeit haben Ihr und unser Volk zum gemeinsamen Wohl von uns allen zusammengearbeitet. Zum *gemeinsamen Wohl*, wie ich noch einmal betonen möchte.« Er schaute über unsere Köpfe hinweg, als würde er den Regen anreden, weil er sich dann keine Sorgen um wirkliche, lebende Personen machen musste. »Sie haben von der eingeführten Technologie und der Wirtschaftskraft profitiert, die Sie durch die Bezahlung des von uns benutzten Landes erhalten haben.«

»Kommen Sie auf den Punkt!«, rief Reck wütend. »Sagen Sie uns, warum Sie uns nicht hineinlassen wollen! Das ist unser Land. Wir haben es nur an Sie verpachtet. In den ursprünglichen

Vereinbarungen heißt es, dass wir jederzeit freien Zugang dazu haben!«

»Sie haben nichts davon, dieses Land zu betreten, und es könnte Sie sogar in Gefahr bringen. Hier sind überall schwere Maschinen in Bewegung. Aber ich sprach vom gemeinsamen Wohl. Es kann nur auf Gegenseitigkeit beruhen. Philanthropie können wir uns nicht leisten.«

»Lassen Sie uns rein!«, rief Knuff, »sonst brechen wir mit unseren Motorwagen durch den Zaun!«

Das war eine typische Knuff-Strategie, und ich hätte gern gesehen, wie der Mensch darauf reagierte, aber in diesem Moment hatte ich den intensivsten Erinnerungsblitz, den ich jemals erlebt hatte.

... und nun stand ich innerhalb eines Zauns, und der große Mann neben mir verkörperte große Autorität für mich. »Was geht hier vor?«, schrie ich. »Das sind Leute aus Pallahaxi! Um Phus willen, gegen wen kämpfen wir eigentlich?«

»Gegen jeden, der uns töten will«, sagte er.

Überall um mich herum standen Leute mit unbekannten Gerätschaften in den Händen, und ich wusste, dass diese Gerätschaften zum Töten dienten. Mordlust hing in der Luft, sowohl innerhalb als auch außerhalb des Zauns. Ich sagte zum großen Mann neben mir: »Wenn deine Männer auf die Leute schießen, werde ich dich töten, sobald ich die erste Gelegenheit dazu erhalte.«

Als die Erinnerung verblasste, erkannte ich, dass ich den Schauplatz schon einmal gesehen hatte, vor nicht allzu langer Zeit in einem Sternentraum. Es war die Fischfabrik von Pallahaxi. Welche parallelen Ereignisse hatten sich dort vor vielen Generationen abgespielt? Wer war verraten worden? Und mit was für einem Vater hatte mein Vorfahr leben müssen, dass er gedroht hatte, ihn zu töten? Wenn ich die Zeit dazu fand, würde ich die Szene noch einmal sternenträumen. Vielleicht ließ sich daraus etwas Nützliches lernen.

Innerhalb des Zauns hatte der große Mensch in ein kleines Gerät gesprochen. Fast im nächsten Moment rollte eine Maschine auf Rädern auf uns zu. Ich erkannte den Apparat, der aus der stumpfen Nase des Fahrzeugs ragte. Es war eine große Laserkanone.

Doch inzwischen war Knuff wieder auf den Noss-Motorwagen gestiegen und richtete ihn auf den Zaun aus. »Na gut, ihr verfrorenen Kerle!«, brüllte er.

Ich überwand die Entfernung bis zum Wagen in kürzester Zeit und schwang mich auf die Bodenplatte. »Sie haben eine Laserkanone!«, schrie ich ihm ins Gesicht. »Damit werden sie dich in Stücke schneiden!«

»Sollen sie es doch versuchen! Damit können sie mir keine Angst machen!« Er griff nach dem Dampfregler.

Ich zog seine Hand zurück. »Hast du gesehen, was eine Laserkanone anrichten kann?«

»Das hat mich nie interessiert. Lass meinen Arm los, Yam Hardy! Sonst werde ich dir die Fresse einschlagen. Was bist du überhaupt für ein Feigling? Lässt du dich einfach so von ein paar Menschen einschüchtern? Was glaubst du wohl, warum sie sich hinter diesem Zaun verstecken? Sie sind es, die Angst vor uns haben.«

»Du bist kaum aus Noss herausgekommen, Knuff. Du weißt nicht, wozu sie imstande sind.«

Er überraschte mich, indem er sich entspannte, als würde er über meine Worte nachdenken, um mich dann plötzlich zurückzuschubsen. Ich landete auf einem Haufen Feuerholz. Die Scheite rollten unter meinen Füßen weg, als ich aufzustehen versuchte. Mit einem Ruck setzte sich der Motorwagen in Bewegung, und ich fiel noch einmal hin. Knuff beugte sich aus der Kabine und schrie seinen Trotz hinaus. Unsere Leute sprangen aus dem Weg, als der Motorwagen auf sie zurollte und immer schneller wurde.

Ich hatte einen weiteren erschreckenden Erinnerungsblitz.

… ich hörte ein plötzliches Knacken, *auf das ein beständiges lautes Rauschen folgte, wie das Getöse eines riesigen Wasserfalls. Im nächsten Moment wurde die Straße von einer großen Dampfwolke*

überflutet, die wogend und kochend den Hügel herunter auf uns zurollte. Die Menge löste sich auf und ergriff die Flucht, und das hübsche Mädchen und ich rannten mit, wobei wir uns immer noch an den Händen hielten. Nach einer Weile blieben wir stehen und schauten zurück. Alles schien vorbei zu sein. Verlegen und nervös lachend stiegen wir wieder den Hügel hinauf.

Der Dampf hatte sich fast vollständig verflüchtigt, nur noch ein paar Wölkchen stiegen vom Kessel auf. Ein Toter saß in der Fahrerkabine. Er dampfte, und die Haut seines Gesichts war rot und pellte sich. Er musste sehr schnell gestorben sein …

Ich rappelte mich wieder auf und packte Knuff an den Hüften, um ihn vom Dampfregler wegzureißen. Ein Rad rutschte in ein Loch, und der Motorwagen machte einen Satz, wodurch Knuff weiter aus dem Gleichgewicht gebracht wurde. Ich zerrte an ihm, und wir stürzten zusammen von der Bodenplatte, bis wir uns im Matsch wälzten, während die Hinterräder nur eine Handbreit von meinem Kopf entfernt vorbeiknirschten.

Knuff riss sich los. »Also gut«, keuchte er. »Jetzt …«

Ein ohrenbetäubendes Zischen ließ ihn verstummen. Eine schnurgerade Linie aus hellem Nebel führte von der Laserkanone zum Motorwagen. Dampf schoss aus einem kleinen Loch im Kessel. Der Motorwagen drehte ab und wurde langsamer.

Dann geschah etwas, das Knuffs Nachkommen nie vergessen werden. Der Laserstrahl hatte offenbar eine der Röhren zerschnitten, wodurch unter Druck stehender Dampf zurück in die Brennkammer geleitet wurde. Von dort, wo wir am Boden lagen, wurden Knuff und ich Zeugen des Ergebnisses.

Die Klappe der Brennkammer wurde schlagartig aufgesprengt, und ein Schwall aus Flammen und Dampf schoss heraus und hüllte die Bodenplatte ein. Durch die Macht der Explosion wurde alles von der Ladefläche geblasen, und Knuff und ich duckten uns, als Holzscheite, Kanister, Schürhaken und andere Dinge um uns herum in den Matsch schlugen. Als wir die Augen wieder öffneten, stand die Kabine aus Holz in Flammen, und der Motorwagen kam keuchend genau vor dem Zaun zum Stehen. Ich lag noch eine Weile völlig benommen da. Dann rannten die anderen Leute herbei. Talis ging neben mir in die Knie und legte die Hände auf mein Gesicht, als wollte sie sich vergewissern, dass ich noch in einem Stück war.

»Mir ist nichts passiert«, sagte ich immer wieder zu ihr, weil ich ihre Tränen nicht ertragen hätte. »Mir geht es gut, wirklich.« Ich stand auf, wenn auch auf wackligen Beinen, und zog auch sie hoch.

Sie klammerte sich zitternd an mich. »Du blutest!«, sagte sie und tupfte mir das Gesicht ab.

»Es kann nichts Schlimmes sein.« Ich beobachtete Knuff. Er starrte mich mit schwer zu deutendem Gesichtsausdruck an. Lonessa bemutterte ihn, nachdem ihre Unnahbarkeit verflogen war. Knuff wandte sich ab und hob dabei die rechte Hand, mit der er eine seltsame Geste in meine Richtung machte.

Es hätte das Zeichen für einen Waffenstillstand sein können.

»Wie ich bereits erwähnte, Philanthropie können wir uns nicht leisten.«

Der große Mensch setzte seine Rede fort, als wäre nichts geschehen. »Wir haben immer für alles bezahlt, seit wir auf Ihrer Welt sind, und wir haben unsere Verträge in Ehren gehalten. Wir haben uns nie dazu verpflichtet, auf ewig hier zu bleiben, und unser Aufenthalt hat sich als sehr kostspielig erwiesen. Uns ist bewusst, dass einige von unseren Leuten einen unklugen und ungenehmigten Angriff auf die Lorin ausgeführt haben, und dafür möchten wir uns entschuldigen. Und wir glauben, dass man zugelassen hat, dass unsere Bergbaumaschine außer Kontrolle geriet, wodurch sie einen tragischen Todesfall verursacht hat, ganz zu schweigen von den beträchtlichen Sachschäden. Auch das bedauern wir sehr. Wir alle machen Fehler.«

Ich schob mich nach vorn und drückte mich gegen den Zaun. »Ich vertraue Ihnen nicht«, sagte ich. »Ich will mit Mister McNeil reden.«

Er bedachte mich mit einem verwirrten Blick. Offenbar versuchte er meinen Status einzuschätzen. »Mister McNeil ist nicht erreichbar. Ich bin befugt, im Namen aller Menschen zu sprechen.«

»Das genügt uns nicht. Bringen Sie ihn hierher.«

Er murmelte etwas in sein Gerät, und einen Moment lang dachte ich, dass er Mister McNeil anrief, doch dann erkannte ich, dass er uns nur etwas vorspielte. Sein ganzer Auftritt war ein einziger Betrug. Die Menschen zogen sich von unserer Welt zurück, und es gab nichts, was wir dagegen tun konnten.

Er blickte auf. »Mister McNeil wird in wenigen Minuten mit dem Shuttle abfliegen. Er ist bereits an Bord gegangen.«

Das war eine niederschmetternde Enttäuschung. Konnte man gar keinem Menschen vertrauen? »Warum sagen Sie nicht einfach die Wahrheit und geben zu, dass Sie von hier verschwinden und wir überhaupt nichts dagegen tun können? Warum vergessen Sie nicht einfach Ihre Rede und sagen uns, was wirklich los ist?«

Er blickte mir in die Augen. »Wenn Sie es unbedingt so wollen. Wir ziehen uns vollständig zurück«, sagte er unumwunden. »Und es gibt nichts, was Sie dagegen tun könnten.«

Von meinen Leuten hörte ich Laute der Bestürzung und Verzweiflung.

»Sind Sie jetzt zufrieden?«, fragte er.

»Was ist mit einer Entschädigung?«

»Wir werden Ihnen eine neue Netzhütte in Noss und einen neuen Motorwagen bauen. Ihren Hauptmann können wir nicht ersetzen. Mehr gibt es nicht. Für alles andere – die Landbenutzung, die Bodenschätze – haben Sie bereits laufende Zahlungen erhalten.«

Ich drehte mich zu meinen Leuten um. »Lasst uns nach Hause gehen«, sagte ich. »Wir verschwenden hier nur unsere Zeit.«

Es war zu viel verlangt, von Lonessa und Borst zu erwarten, dass sie meinen Vorschlag widerspruchslos hinnahmen. Sie protestierten lautstark, aber es war auffällig, dass Wanda und Knuff ruhig blieben. Knuff hatte sich sogar entfernt und koppelte den Loxkarren aus Noss an den Yam-Motorwagen, in dem Wanda bereits Platz genommen hatte.

Der Mensch hörte sich das Gezeter an. Als es verstummte, sagte er: »Im Namen meines Volkes möchte ich Ihnen sagen, wie sehr wir uns durch Ihren Wunsch geschmeichelt fühlen, auf Ihrer Welt zu bleiben, und wie sehr wir es bedauern, uns von Ihnen verabschieden zu müssen.«

Meine Wut war immer noch nicht verflogen. »Es interessiert mich nicht, wie Sie darüber denken. Ich will, dass Sie gehen, und zwar sofort. Viele von uns erinnern sich noch daran, wie es auf unserer Welt war, bevor Sie gekommen sind, und ich kann Ihnen sagen, dass es recht gut war. Es stimmt, dass Sie unsere Straßen verbessert und uns Medikamente gegeben und andere gute Dinge für uns getan haben. Aber wir sind schon vorher zurechtgekommen und werden auch wieder zurechtkommen, nachdem Sie fort sind. Also gehen Sie jetzt. Gehen Sie meinetwegen zum Rax!«

Er musterte mich schweigend, und in seinen Augen stand eine seltsame Traurigkeit. Unsere Leute waren ebenfalls verstummt, und ich vermutete, dass nicht wenige von ihnen sich an die menschenlosen Zeiten erinnerten und sie als recht angenehm empfanden.

»Aber wir haben nicht genug Lebensmittel für den Winter«, sagte Lonessa in beinahe entschuldigendem Tonfall.

Er zögerte. »Ich dachte, Noss hätte kein Versorgungsproblem.«

Borst hatte bereits ungewöhnlich lange geschwiegen. Nun sagte er: »In Yam werden wir verhungern. Ich verlange von Ihnen …«

Seine Worte wurden von einem tiefen Grollen verschluckt, das in ein Heulen überging und in den Ohren schmerzte. Für einen kurzen Moment hatte die Traufe etwas nachgelassen, und wir konnten einen Blick auf eine gewaltige Wand aus schimmerndem Metall erhaschen, die sich in die Wolken erhob. Das Spektakel hatte eine niederschlagende Endgültigkeit. Was konnten wir als bloße Stilk gegen solche Technik ausrichten? Ich schaute zu Borst und erwischte ihn dabei, wie seine Miene unverhohlene Hoffnungslosigkeit zeigte.

»Sie können nichts dagegen tun«, sagte der Mensch. »Auch ich kann nichts dagegen tun.« Diese Worte las er von keinem Manuskript ab. »Wenn ich Ihnen helfen könnte, würde ich es tun. Aber die Umstände verhindern es.«

Es dauerte einen Moment, bis die Wahrheit seiner Worte zu uns durchdrang. Wir verschwendeten unsere Zeit. Ich hörte die Leute weinen, als der Regen wieder stärker fiel.

»Es tut mir leid wegen Ihres Motorwagens«, sagte der Mensch. »Ich werde ein paar Mechaniker herholen, die ihn reparieren. Anschließend wird er besser als neu sein.« Es war, als würde er zu Kindern sprechen.

Was in gewisser Weise tatsächlich so war.

Wir ließen die Nomaden vor dem Tor zurück und kehrten nach Yam zurück, Borst am Lenker des Yam-Motorwagens, der zwei überladene Anhänger hinter sich her zog. Ich ließ Talis bei ihrer Mutter zurück und gesellte mich zur kleinen Gruppe auf der Bodenplatte – meinem unglücklichen Onkel, Drücker, Knuff und Wanda. Ich hatte das Potenzial von Erinnerungen, die weiter zurückreichten als die aller anderen Anwesenden, und ich musste mich im Mittelpunkt des Geschehens aufhalten, falls irgendeine Dummheit ausgebrütet wurde …

Knuff nickte, und Borst sah mich mit leichter Überraschung an, als ich mich auf den Motorwagen schwang. Doch in der Miene meines Onkels war keine Spur von Mordlust zu erkennen. »Hm, Hardy«, sagte er anstelle einer Begrüßung und ließ es dabei bewenden.

»Borst«, erwiderte ich genauso kurz angebunden, während ich den Wasserstand im Kessel prüfte. Es schien, dass ein weiterer Waffenstillstand kurz vor dem Abschluss stand. Zuerst Knuff und nun Borst. Vielleicht waren unsere Probleme zu groß, um sich mit Privatfehden aufzuhalten. Oder Borst hatte entschieden, dass ich ihm lebend von größerem Nutzen war als tot. Angesichts der jüngsten Ereignisse würde er demnächst jede Unterstützung gebrauchen können, die er bekam.

»Ich hatte immer gedacht, sie würden uns helfen«, sagte er unvermittelt, während er einen heftigen Schlenker ausglich, den er durch seine Unaufmerksamkeit verursacht hatte. »Bei Phu, ich hätte niemals damit gerechnet, dass sie uns völlig im Stich lassen würden!«

»Sie haben ihre Einstellung schon vor längerer Zeit recht deutlich ausgesprochen«, rief Wanda ihm ins Gedächtnis.

Das löste einen Brüllanfall aus. Ich bemerkte, dass Knuff neugierig von Borst zu mir blickte, während mein Onkel weitertobte, als würde er erwarten, dass ich ihm in einem bestimmten Punkt widersprach. Aber ich wusste, dass man mit Borst in seiner gegenwärtigen Verfassung nicht diskutieren konnte. Und seltsamerweise schien mein Onkel im Laufe der Zeit von selbst zu einem vernünftigeren Geisteszustand zurückzukehren.

»Ohne sie wird es uns besser gehen«, sagte er schließlich. »Du hattest Recht, Wanda. Wir hätten die Situation akzeptieren sollen, als sie uns das erste Mal klargemacht haben, dass sie nicht die Absicht hegen, uns zu helfen. Ich habe den Fehler begangen, sie wie normale Leute zu behandeln. Aber das sind sie nicht. Sie sind gottlos. Es liegt einfach nicht in ihrer Natur, anderen Leuten zu helfen, wenn sie keinen finanziellen Vorteil darin sehen. Und das ist der Punkt, an dem sie einen Fehler machen.«

»Fehler?«, fragte Knuff unschuldig. »Was für ein Fehler soll das sein, Borst?«

»Sie unterschätzen unsere Fähigkeit, schwierige Situationen zu überleben. Sie übersehen unsere stärkste Waffe.«

»Waffe?«, wiederholte Knuff verwirrt. Aber ich wusste, was kam, weil ich Borst kannte. Und ich hatte eine Ahnung des Konflikts, der darauf folgen würde.

Borst wandte sich vom Lenker ab und lächelte abwechselnd Wanda, Knuff, Drücker und mich an. Es war kein normales Lächeln. Es war ein leuchtendes und leeres Lächeln, das nur noch einen kleinen Schritt von der Idiotie entfernt war. Der Motorwagen rumpelte weiter, und der Regen fiel dicht und senkrecht und verwandelte sich in Dampf, wo er auf die Brennkammer traf. Die Räder gerieten auf einen raueren Straßenabschnitt und ratterten. Borst hing am ruckelnden Lenker. Er lächelte immer noch.

Er hob seine Stimme, was jedoch völlig überflüssig war, weil ich bereits wusste, was kam.

»Die einzige Waffe, die die Menschen nicht haben«, rief er. »Gebete!«

Nur jemand mit dem Charisma von Borst hätte es durchziehen können. Ich stand neben Talis und Lonessa im Tempel und beobachtete seinen Auftritt. Davon hatte es sehr viele gegeben, obwohl ich Yam bald nach dem ersten verlassen hatte. Ich hatte mir sagen lassen, dass sie sich kaum voneinander unterschieden – aber nach den Worten von Lenz, die uns nicht begleitet hatte, war das eindeutig von Vorteil. Es beruhigte die Leute, wenn sie immer wieder das Gleiche hörten. Sie strömten in Scharen herbei, um ihm zu lauschen.

»Wir müssen die alten religiösen Traditionen wiederbeleben, und dann kehren die guten Zeiten zurück. Aber das wird nicht einfach sein. Ich verspreche euch keine endlosen Sommer und üppigen Ernten, noch nicht. Wir haben gesündigt, und nun werden wir bestraft. Wir haben uns vom Materialismus der Menschen anstecken lassen. Wir haben unsere Gebete an den Sonnengott Phu vernachlässigt, und dafür bestraft er uns, indem er uns seine Wärme vorenthält, genauso wie das Eltertier uns seine Fülle vorenthält. Jetzt müssen wir büßen.«

Von den Dummköpfen um mich herum kam ein Raunen der Zustimmung. Borst hatte Recht. Borst wusste, wovon er sprach. Der Beweis war das kalte Land, das jeder sehen konnte.

Kaunter stand in meiner Nähe. Sein unreifes Gesicht hatte einen entzückten Ausdruck. »Er ist gut, weißt du. Er hat Recht«, murmelte er die ganze Zeit und nickte pausenlos wie ein Boot, das in eine leichte Dünung hinausfährt.

»Die Menschen waren falsche Freunde. Sie haben uns in die Irre geführt. Die alten Traditionen waren gute Traditionen …«

»Komisch, dass ausgerechnet er das sagt«, bemerkte Talis. »Es ist noch gar nicht so lange her, dass er den Leuten erklärt hat, die Vergangenheit wäre ein unbrauchbarer Abfallhaufen.«

»Zu lange haben wir in der Vergangenheit verweilt, und die Folge war, dass wir ständig die gleichen Fehler gemacht haben, jede Generation aufs Neue«, zitierte ich flüsternd. »Das hat er gesagt, weil er nicht sternenträumen kann. Jetzt hat er erkannt, dass niemand sein Wissen über Phu und den Großen Lox und all das Zeug anzweifeln kann, weil es sowieso ein Mythos ist. Er kann sich nach Belieben irgendwas ausdenken.«

»Aber warum?«

»Um seinen Führungsanspruch zu sichern.«

»Psst!«, machte jemand. »Etwas mehr Respekt, bitte!«

»Ich habe genug gehört«, sagte ich. »Wir gehen, Talis.«

»… also lasst uns die Köpfe verneigen und dem großen Gott Phu für seine Gnade danken …«

Wenig später traf der Noss-Motorwagen ein, so gut wie neu, in einem Konvoi mit einem funkelnden Fahrzeug der Menschen. Die Menschen hielten eine kurze Ansprache, in der sie ihr Bedauern ausdrückten, und wir lauschten in eisigem Schweigen. Sie waren der Feind – davon hatte Borst die Leute überzeugt. Und ihr Buggy war ein Symbol für ihren krassen Materialismus. Als sie wieder abzogen, war die glänzende Karosserie des Buggys von tiefen Kratzern verunstaltet. Noch am gleichen Tag machten sich Knuff, Lonessa und die anderen Leute aus Noss auf den Heimweg.

Zwei Tage später kamen Smith und Smitha, um uns zu berichten, dass das letzte Shuttle abgeflogen und die Devon-Station offiziell aufgegeben worden war. Ein neuer Anhänger von unübersehbar menschlicher Herkunft war an seinen ebenfalls neuen Motorwagen gespannt und bis oben mit Artefakten beladen.

»Ihr solltet euch das Zeug ansehen, das sie zurückgelassen haben«, erzählte er uns begeistert. »Der Schrott reicht für Generationen. Ich werde gleich anschließend nach Alika fahren, um es unserem Sohn zu berichten. Dort gibt es jede Menge Sachen, die er gut gebrauchen kann. Und auch du solltest beim nächsten Tauwetter unbedingt hingehen, Borst. Mit diesem Zeug könnt ihr euch das Leben in Yam wesentlich einfacher machen.«

»Wir wollen nichts mit menschlichen Artefakten zu tun haben.«

»Wirklich nicht?« Smith musterte ihn erstaunt. »Na gut, dann ist es ganz allein euer Problem.«

»Und wir wollen auch nichts Menschengemachtes mehr in der Nähe von Yam sehen, Smith. Schaff das Zeug weg. Ich bin mir sicher, dass es genügend gottlose Dörfer gibt, wo du Handel treiben kannst, ohne uns belästigen zu müssen.«

Smiths Miene verdüsterte sich. »Aber du warst zutiefst dankbar für meine Hilfe, als ihr im Moor liegengeblieben seid.«

»Die Zeiten ändern sich, und wir sind flexibel genug, um uns mit ihnen zu ändern. Jetzt sehen wir solche Dinge anders, hier in Yam. Wir brauchen dich nicht, und wir brauchen auch keine Menschen.«

Smith sah mich an. Ich hob die Schultern. In Borsts Haus hatte sich etwa ein Dutzend Leute versammelt. Der Regen tröpfelte stetig durch das Dach, und ich wusste, warum das so war. Die Kunst des Flechtens der Dachdeckerblätter beruht auf den Erinnerungen vieler Generationen. Borst und Drücker fehlten die Erinnerungen und damit auch die Kunst.

Smith sagte: »Also wollt ihr es dem Großen Lox überlassen, euer Dach zu flicken und euch genug zu essen zu geben.«

»Viel zu lange haben wir uns durch die menschliche Technik verführen lassen.«

Smith stöhnte. »So kann ich nicht mit dir reden, Borst. Geht doch alle zum Rax!«

Er drehte sich um und ging, und wenig später hörten wir das Schnaufen seines aufbrechenden Motorwagens. Als das Geräusch verklang, blieb eine nachdenkliche Stille zurück.

»Ein weiterer Sieg!«, rief Borst, so plötzlich, dass einige von uns erschrocken zusammenzuckten. »Der Eisteufel hat uns in Versuchung geführt, und wir haben ihm Widerstand geleistet, wie es auch Druv und Braunauge getan hätten. Dies ist eine gute Gelegenheit, dem Großen Lox zu danken, dass er uns an seiner machtvollen Kraft teilhaben lässt!«

»Lass uns von hier verschwinden«, flüsterte Talis. Als wir wieder in unserem Haus waren, sagte sie: »Ich wünschte, er würde Druv und Braunauge aus dem Spiel lassen. Ich habe die beiden immer sehr gemocht.« Sie seufzte und blickte sich um. »Hier ist es nett, Hardy, und es hat mir wirklich gefallen, die letzten paar Tage hier mit dir zu verbringen.«

Ich hatte ein unangenehmes Gefühl in der Magengegend. Talis wollte auf etwas Übles hinaus. »Und deine Mutter scheint sich mit der Situation abgefunden zu haben.«

»Aber ich gehöre nicht hierher«, setzte sie zu meiner Bestürzung hinzu.

»Du gehörst zu mir«, sagte ich matt.

»Und du gehörst auch nicht hierher. Du vergeudest deine Zeit, mein Lieber. Yam steht völlig unter dem Einfluss von Borst, und du kannst nichts dagegen tun, solange du ihn nicht als Betrüger entlarven willst, und ich weiß, dass du das nie tun wirst.«

»Ich könnte ihn jederzeit entlarven!« Aber natürlich hatte sie Recht. Ich hatte mir schon oft vorgestellt, wie ich während einer Predigt von Borst im Tempel aufsprang und rief: *»Du bist ein Schwindler, Borst! Du kannst dich nicht einmal an die Kindheit deines Vaters erinnern. Eigentlich bin ich der rechtmäßige Anführer dieser Leute. Du willst mir widersprechen? Na gut, dann wollen wir ein wenig unser Gedächtnis testen, genau hier vor allen Bewohnern von Yam!«*

Nein. So etwas Primitives konnte ich nicht tun.

War es fehlgeleitete Loyalität? Oder Verantwortungslosigkeit, die fehlende Bereitschaft, die Führung zu einem Zeitpunkt zu übernehmen, wo Yam eine schwere Hungersnot drohte?

»Du bist viel zu nett«, sagte Talis. »Du magst ihn nicht, aber *so sehr* hasst du ihn auch nicht. Im Grunde kannst du gar nicht glauben, dass er deinen Vater getötet hat, nicht wahr? Oder dass er versucht hat, dich zu töten.«

»Aber davon bin ich überzeugt.« Wirklich? Borst hatte sich mir gegenüber anders verhalten, seit wir von der erfolglosen Fahrt zur Devon-Station zurückgekehrt waren. Er hatte mich wie einen Erwachsenen behandelt. Er hatte mich sogar in kleineren Angelegenheiten um Rat gefragt.

»Wir kehren nach Noss zurück«, sagte Talis entschieden. »Wir werden hier nicht herumsitzen, bis Borst dich gemästet hat und schlachtet. Du bist leichtgläubig, Hardy. Deshalb ist es gut, dass du eine starke Frau an deiner Seite hast. Womit ich übrigens mich meine. Also lass uns unsere Sachen packen und mit ein paar Lox ganz schnell von hier verschwinden, bevor dein Onkel dich mit einem Speer aufspießt. Natürlich infolge eines dummen Versehens.«

»Noss?«

»Wir haben dort eine nette kleine Hütte, weißt du noch? Und jede Menge zu essen.«

»Aber … ich werde hier gebraucht, Talis. Ich kann diese Leute nicht einfach so im Stich lassen.«

»Natürlich kannst du es. Pass nur auf, dass sie nicht sehen, wie du es tust. Ich habe das Gefühl, dass dein Onkel dich lieber in seiner Nähe hat, damit er dich im Auge behalten kann.«

Also zogen wir uns am folgenden Morgen gewachste Häute über schwere Felle, holten uns zwei Lastlox aus den Ställen und machten uns auf den Weg nach Norden, bevor Yam erwachte. Der Aufbruch stimmte mich sehr traurig. Ich hatte es nicht einmal fertiggebracht, mich von Lenz zu verabschieden. Zweifellos fand sie, dass ich mich meiner Verantwortung entzog. Und Borst würde allen erzählen, dass ich genau das getan hatte. Vielleicht hatte er damit sogar Recht.

Es war später Nachmittag, als sich undeutlich die Umrisse von Mister McNeils Residenz im Regen abzeichneten. In der Traufe kommen Lox nur langsam voran und stoßen laufend unwillige Seufzer aus.

»Ich denke, wir sollten hier anhalten«, sagte Talis, die offenbar die Führung übernommen hatte. Meine Gedanken kreisten immer noch um Borst und Yam. »Bei diesem langsamen Tempo werden wir Noss nicht vor Anbruch der Dunkelheit erreichen.«

Ich zögerte. Ich wollte nicht das Haus betreten, in dem Mister McNeil und ich so viele angenehme Stunden verbracht hatten. Aber Talis hatte Recht; wir hatten keine andere Wahl. Ich fühlte mich von ihm im Stich gelassen, obwohl ich keine Ahnung hatte, was er sonst hätte tun können, und dadurch war das Haus befleckt. Also blieb ich sehr lange unschlüssig vor der Eingangstür stehen.

»Nun komm endlich, um Phus willen, Hardy. Die Menschen sind fort. Hier ist niemand, den du um Erlaubnis fragen könntest.«

»Das ist es nicht.«

»Was ist es dann?«

Als ich nach dem Türknauf greifen wollte, schwang die Tür von selbst auf. Es war bereits jemand hier. In diesem kurzen Moment erwartete ich, den Nirgendwo-Mann oder seine Frau Helen zu sehen.

Aber dann stand jemand vor mir, mit dem ich überhaupt nicht gerechnet hatte. Er war viel größer. Und sehr vertraut.

»Mister McNeil!«, keuchte ich.

Wir saßen in seinem Wohnzimmer. Zu dritt. Helen und Jon hatten sich irgendwo in den Hintergrund zurückgezogen.

Ich stand immer noch unter Schock. »Wir haben an der Devon-Station nach Ihnen gefragt. Der Mensch hat uns gesagt, dass Sie mit einem Shuttle abgeflogen sind.«

»Er wusste nichts. Er war nur ein Sprachrohr und sollte versuchen, euch auf möglichst schmerzlose Weise loszuwerden.«

»Also sind doch nicht alle Menschen fortgegangen? Sie haben Ihre Botschafter zurückgelassen? Wir dachten, die Menschen hätten unsere Welt ganz verlassen.«

»Das haben sie auch.« Sein Gesicht war grau. »Ich bin als Einziger zurückgeblieben. Auf eigenen Wunsch.«

»Wann holt man Sie ab?«

»Das wird nicht geschehen.«

»Niemals?«

Er schüttelte den Kopf.

Das ergab für mich keinen Sinn. »Aber Sie lieben die Erde. In Ihrem Haus waren immer sehr viele Dinge von der Erde. Sie haben ständig über die Erde gesprochen. Warum haben Sie sich die Chance entgehen lassen, dorthin zurückzukehren?«

Erneut schüttelte er den Kopf, sackte in seinem Stuhl in sich zusammen und starrte auf den Fußboden.

»Sie lieben die Erde, aber dieses Haus lieben Sie noch mehr?«, riet Talis.

Jetzt erwiderte er ihren Blick. »Nirgends ist es schöner als auf der Erde.«

»Und?«

Er stand auf, ging zu einem Tisch auf der anderen Seite des Raumes, goss aus einer Flasche mit gelber Flüssigkeit ein, reichte jedem von uns ein Glas und behielt eins für sich. Er trank daraus.

Plötzlich erschauderte ich. Ich hatte einen so schrecklichen Erinnerungsblitz, dass ich sofort versuchte, ihn mit einer Art privatem Geas zu vergessen. Aber das Gefühl und der Ort, mit denen die Szene verbunden war, waren immer noch bei mir. Und das Gefühl war völlige Hoffnungslosigkeit, und der Ort war Pallahaxi.

»Wir sind schlaue Leute, wir Menschen«, sagte Mister McNeil. »Einen Teil unserer Schlauheit könnt ihr sehen, zum Beispiel unsere Buggys und Shuttles und Sternennase. Manche Dinge seht ihr nicht, wie die Wellen, die wir durch die Luft schicken. Und wie wir die Zukunft vorhersagen können.«

»Niemand kann die Zukunft vorhersagen«, widersprach Talis. »Nicht einmal Menschen. Wenn sie es könnten, hätten sie gewusst, dass die Lorin in Ihrem Bergwerk Probleme machen würden. Dann hätten Sie sich gar nicht erst hier angesiedelt.«

»Das ist wohl wahr. Wir konnten die Auswirkungen der Lorin nicht vorhersagen. Aber manche Dinge schon. Manche Dinge bilden Muster, und wenn wir diese Muster erkennen, wissen wir, was als Nächstes geschehen wird. Die Bewegung der Sterne und ihrer Planeten zum Beispiel. Sie folgen Mustern.« Er beobachtete uns. »Die Bahn eures Planeten durch den Weltraum ist sogar ein sehr gutes Beispiel.«

»Ich dachte, wir kreisen einfach nur immer wieder um die Sonne, um Phu«, sagte Talis. »Das sagen uns auch die Erinnerungen.«

»Vielleicht seid ihr in euren Sternenträumen nicht weit genug zurückgegangen.«

Jetzt wurde Talis blass. Vielleicht hatte sie den gleichen Erinnerungsblitz gehabt wie ich. »Was würden wir dann finden?«, flüsterte sie.

»Ihr wisst bereits, dass Phu und Rax ein Binärsystem bilden«, sagte er vorsichtig. »Phu ähnelt unserer eigenen Sonne Sol. Rax ist ein riesiger toter Planet. Beide kreisen umeinander. Und eure Welt kreist um Phu. Aber so war es nicht immer. Vor langer Zeit kreiste eure Welt um Rax.«

Mir wurde sehr kalt, als wäre Rax bei uns in diesem Zimmer. Vielleicht war es der Hauch des Todes, der mich veranlasste, mich an die Religion zu klammern, wie sich ein Erfrierender an einem warmen Ziegelstein festhält. »Das wissen wir. Dann hat der Große Lox die Welt den Fängen von Rax entrissen und in die Wärme von Phu geholt.«

»Auch so kann man es ausdrücken.« Seine Miene war sehr ernst. »Aber es gibt ein Muster, das wir mit unseren Instrumenten analysiert haben, so dass wir Berechnungen anstellen konnten. Euch ist zweifellos aufgefallen, dass das Wetter während der vergangenen Jahre immer kälter wurde. Das liegt daran …«

Er zögerte und nahm einen tiefen Schluck aus seinem Glas. Erst danach sprach er Worte, die wie Eis in unseren Seelen zu knacken schienen.

»… dass Rax eure Welt jetzt wieder zurückholt.«

Viel später fragte ich: »Wie lange wird die nächste Frostzeit anhalten?« Und den größten Schrecken versetzte mir nicht die Vorstellung, den Erfrierungstod zu sterben, sondern dass mein Leben mit Talis enden würde.

»Die kommende Frostperiode wird vierzig Jahre dauern. Die Anziehungskraft von Rax ist sehr klein, verglichen mit der von Phu. In vierzig Jahren wird diese Welt wieder um Phu kreisen.«

»Niemand kann eine vierzig Jahre lange Frostzeit überleben!«

»Nicht ohne menschliche Technologie, und die steht euch jetzt nicht mehr zur Verfügung. Jetzt bin nur noch ich da. Deshalb bin ich geblieben. Um zu versuchen, euch zu helfen. Ich musste euch sagen, wie schlimm es wird, damit ihr die Chance habt, euch vorzubereiten. Niemand sonst würde es tun.«

»Warum nicht?«, fragte ich verärgert. »Warum haben Sie es uns nicht früher gesagt?«

»Meine Vorgesetzten wollten die Verantwortung nicht übernehmen. Sie ahnten, dass euer Volk zu Tausenden die Devon-Station belagern würde, bevor wir sie vollständig hätten evakuieren können. Es hätte viele Hundert Todesopfer gegeben. Was hätte so etwas gebracht?«

»Es hätte uns mehr Zeit für die Vorbereitung gebracht.«

»Wir haben die Wahrheit erst vor kurzem entdeckt, als wir untersucht haben, warum in den letzten Jahren die durchschnittlichen Temperaturen gesunken sind.«

»Deshalb haben sich Ihre Leute so überstürzt zurückgezogen, nicht wahr?«, sagte Talis verbittert. »Es hat überhaupt nichts mit den Lorin oder wirtschaftlichen Überlegungen zu tun. Sondern nur mit der Frostzeit. Mit dem nächsten Großen Frost. Also hat die alte Religion doch Recht.«

»Besteht die Möglichkeit, dass Sie sich irren könnten?«, fragte ich.

»Nein.«

»Sie sagten, Sie würden uns helfen wollen. Haben Sie irgendwelche Vorschläge?«

»Noch nicht. Wir müssen uns mit den Anführern der Dörfer unterhalten und Ideen sammeln.«

Nach den ersten panischen Momenten schienen wir gut mit der Situation zurechtzukommen. Ich war froh, dass Borst und Drücker nicht dabei waren. Sie würden immer noch herumschreien und mit den Köpfen gegen die Wände anrennen. Talis konnte der Sache sogar etwas Positives abgewinnen.

»All das muss schon einmal geschehen sein«, sagte sie, »und einige unserer Vorfahren müssen es überlebt haben. Sonst wären wir jetzt gar nicht hier. Sie müssen den Frost irgendwie überstanden haben, worauf sie sich die Geschichten vom Großen Lox und von Druv und Braunauge und all dem Zeug ausgedacht haben. Die Legenden müssen eine wahre Grundlage haben.« Sie schaute Mister McNeil hoffnungsvoll an.

»Ihr wart schon hier, als wir kamen«, sagte er, »aber vielleicht wart ihr noch nicht allzu lange hier. Wie ich bereits erwähnte, glauben wir, dass die Kikihuahuas euch erschaffen haben.«

»Sie hätten uns wohl kaum auf einer Welt ausgesetzt, die uns töten würde.«

»Vielleicht haben sie es nicht gewusst. Sie besitzen nicht die Art von Technologie, um solche Erkenntnisse zu gewinnen.«

Talis nahm meine Hand. »Wir haben nur eine Möglichkeit«, sagte sie. »Wir müssen im Sternentraum so weit wie möglich zurückgehen. Vielleicht erfahren wir dann, was wirklich geschehen ist.«

»Ich werde mich mit den Hauptleuten der Dörfer treffen«, sagte Mister McNeil. »Ich habe immer noch meinen Buggy, also komme ich ziemlich schnell herum. Ich werde den Leuten sagen, was geschieht. Helen und Jon können mich begleiten, wenn sie möchten. Ihr beiden bleibt so lange hier. Soweit ich weiß, braucht ihr Ruhe und Entspannung zum Sternenträumen.«

Er ging ins Obergeschoss, aber es war uns noch nicht vergönnt, Ruhe und Entspannung zu finden. Die Tür sprang auf, und eine Horde Männer mit Speeren stürmte herein.

Angeführt wurde die Gruppe von Borst.

»Da seid ihr also«, sagte er grimmig. »Habe ich's mir doch gedacht. Und jetzt kommt ihr mit.«

»Warum?«, fragte ich, ohne mich von meinem Sitzplatz zu erheben.

Die Frage war simpel, aber Borst war es gewohnt, dass man seinen Befehlen unverzüglich gehorchte. Ich hatte ihn aus dem Konzept gebracht. Und das bedeutete, dass Borst sich aufs Herumbrüllen verlegte. »Warum? Was soll das heißen? Du lässt deine Leute in Zeiten der Not im Stich, und du fragst, warum?«

»Ja.«

»Bei Phu, ich glaube, ich muss dir eine Lektion in Loyalität erteilen!« Er fuhr herum. »Männer!«, brüllte er, »ergreift ihn!«

Sie waren zu acht, aber sie zögerten. Schließlich war ich Brunos Sohn und ihnen allen an Erinnerungen überlegen. Alte Gewohnheiten konnten manchmal hartnäckig sein.

»Wohin willst du mich bringen?«, fragte ich, um die Verwirrung zu steigern.

»Nirgendwohin! Jedenfalls jetzt noch nicht. Ergreift ihn einfach!«, rief Borst wütend.

»Packt ihn, Männer!«, blaffte Quorn, um den Befehl ihres Anführers zu präzisieren.

»Aber es gibt keinen Grund, ihn zu packen«, sagte Flick in vernünftigem Tonfall. »Er sitzt. Eigentlich kann man niemanden packen oder ergreifen, der sitzt. Dazu müssten wir uns neben ihn setzen. Schließlich rennt er ja nicht vor uns weg oder so.«

»Ja, setzt euch doch einfach«, schlug ich vor. »Dann können wir über alles reden.«

Die Jäger freuten sich über die Gelegenheit, sich entspannen zu können. Sie machten es sich auf dem Fußboden bequem und legten ihre Speere ab. Nur Borst blieb stehen. Talis rückte ein Stück zur Seite und klopfte einladend auf den Sitz. Doch das brachte Borst nur noch mehr in Rage.

»Bei Phu!«, brüllte er mit knallrotem Gesicht, »ich werde mich doch nicht neben eine Flunder setzen!« Dann verlegte er sich wieder auf eine handfestere Strategie und stieß seinen Speer in Richtung meiner Brust. »Steh auf! Steh auf!«

Der Speer rauchte für einen kurzen Moment und zerfiel dann in zwei Hälften. Mister McNeil stand am Fuß der Treppe, mit einer Laserpistole in der Hand. »Es reicht jetzt, Borst«, sagte er völlig ruhig.

Der Unterkiefer meines Onkels klappte herunter. Die Überreste des Speers fielen klappernd zu Boden. »Ich … wir … wir dachten, Sie hätten unsere Welt verlassen.«

»Wie Sie sehen, habe ich es nicht getan. Jetzt setzen Sie sich und benehmen sich anständig. Wir haben den Dörfern viel zu erklären, und es ist eine gute Gelegenheit, mit Ihnen anzufangen.«

Borst starrte Mister McNeil immer noch fassungslos an, als er sich auf den Sitz neben Talis sinken ließ. Sie sah ihn lächelnd an. »Diese Sache ist wirklich sehr wichtig, Yam Borst.«

»Das werden wir noch sehen«, murmelte er, den Blick auf die Laserpistole gerichtet.

Wir saßen im nachlassenden Tageslicht, während der Mensch alles erklärte. Noch bevor er das Ende der Geschichte erreicht hatte, wurde die elektrische Beleuchtung eingeschaltet. Sein Publikum war nicht so gut mit menschlicher Kultur und Technik vertraut wie ich – einige der Leute hatten sogar noch nie mit einem Menschen gesprochen. Die Beleuchtung war etwas völlig Neues und irritierte sie noch viel mehr als die fremdartigen Artefakte im Raum. Fragen mussten beantwortet werden, einfache Begriffe mussten erläutert werden, doch Mister McNeil machte unermüdlich weiter, obwohl mein Onkel immer wieder zornig schnaufte. Und am Ende hatte er das Publikum überzeugt.

Schließlich hatte er die Fakten auf seiner Seite. Das vergangene Jahr war das kälteste seit Beginn unserer Erinnerungen gewesen. Dieses Jahr war noch kälter, und die Traufe ging viel früher als sonst in Schneeregen über. Talis und ich kannten bereits den schwachen Punkt seiner Geschichte: Wir waren davon überzeugt, dass unser Volk schon einmal einen Großen Frost überlebt hatte. Aber wir wussten nicht, wie.

»Ich weiß, wie!«, sagte Borst.

»Sagen Sie es uns«, forderte der Mensch ihn auf.

»Natürlich durch Gebete!«

Von seinen Männern kam ein zustimmendes Raunen. »Der Große Lox hat uns gerettet«, pflichtete Flick ihm bei. »So sagt man.«

»Gehen wir mal davon aus, dass das stimmt«, sagte Mister McNeil. »Dann würde das immer noch nicht erklären, wie Sie vierzig Jahre Eiseskälte ohne Wärmequelle überstanden haben.«

»Die Antwort liegt in den Kavernen von Pallahaxi«, sagte Borst. »Im heiligen Quell, in der Geburtsstätte von Braunauge. Unser Volk hat während des Großen Frosts in den Kavernen von Pallahaxi ausgeharrt und sich durch Gebete gewärmt, bis sie von Druv und Braunauge wieder ans Licht geführt wurden.«

Mister McNeil hatte nie an Borsts Gebetsrunden teilgenommen, und im Grunde kannte er den Mann kaum. Er sah in meinem Onkel nicht mehr als einen eigenartigen kleinen Stilk. Er hatte keinen Sinn dafür, wie bezwingend Borsts Persönlichkeit auf andere Stilk wirkte. Ich sah eine Gefahr voraus, von der der Mensch nichts ahnte.

Mir blieb keine andere Wahl, als Borst die Frage zu stellen.

»Woher weißt du das?«

Ich hörte, wie Talis zischend nach Luft schnappte.

Borst erstarrte. »Woher ich das weiß? Woher weiß irgendjemand irgendwas? Natürlich durch unsere Kultur und Religion. Willst du den Großen Lox in Frage stellen, Junge?«

»Nicht zwangsläufig. Ich meine nur, woher weißt *du*, dass unser Volk in Pallahaxi überlebt hat? Bist du in deinen Sternenträumen so weit zurückgegangen?« Ich spürte einen Knoten in der Magengegend. Es fühlte sich an, als würde ich am Rand einer steilen Klippe stehen, unter der eisiges Wasser auf mich wartete.

»Willst du mein Gedächtnis anzweifeln?« Borst war aufgesprungen, mit ernstem Gesichtsausdruck und aufgeblasenem Brustkorb. »*Willst du mein Gedächtnis anzweifeln?*«

Von seinen Kriegern kam zorniges Murren. »Entschuldige dich!«, rief Quorn.

Talis sprang in die Bresche. »Hardy wollte keineswegs Borsts Erinnerungsvermögen in Frage stellen. Er will nur wissen, ob sein Wissen auf religiösen Überlieferungen oder einem Sternentraum basiert.«

»Wir haben kein Flundermädchen nötig, um uns zu erklären, was eine Beleidigung und was keine ist«, sagte Quorn, und erneut war das Murren zu hören. Speere klapperten.

»Talis hat Recht. Genau das habe ich gefragt, Borst«, sagte ich. »Daran ist doch nichts falsch.«

»Talis hat Recht?«, äffte mein Onkel mich verärgert nach. »Talis hat Recht? Eine Flunder? In welcher Beziehung stehst du eigentlich zu diesem Flundermädchen, Hardy? Muss ich der Liste deiner Verbrechen nun auch noch das Vergehen der Rassenmischung hinzufügen?«

Das war zu viel. Ich stellte fest, dass ich ebenfalls aufgesprungen war und ihm ins Gesicht brüllte. »Ja, das musst du! Talis und ich treiben es die ganze Zeit wie Tratten miteinander, wenn du es unbedingt wissen willst! Setz es auf deine blöde Liste und dann geh zum Rax!«

Borsts Gesicht hatte den Ausdruck von Abscheu angenommen. »Ich glaube einfach nicht, dass ein Mitglied meiner eigenen Familie zu solchem Verhalten fähig ist. Rax! Du könntest genauso gut mit einem Lorin schlafen!«

»Warum eigentlich nicht?«, schrie ich zurück, nachdem ich jede Selbstbeherrschung verloren hatte. »Wir sind doch von derselben Art!«

Als ich mich später noch einmal an die Szene erinnerte, wurde mir sofort klar, wie dumm ich mich benommen hatte. Ich ließ zu, dass Borst den Streit in einen Bereich führte, in dem er nur gewinnen konnte. Sein ursprüngliches Problem war vergessen, als seine Männer entsetzt über die Behauptung eines jungen Emporkömmlings aufschrien, Stilk und Lorin seien aus demselben Holz geschnitzt. Das war schamlos, das war undenkbar, das war abscheuerregend.

»Ich glaube, wir alle haben genug gehört«, sagte Borst grimmig und sammelte seine Männer um sich. »Du bist für uns verloren, Hardy. Für dich gibt es in Yam keinen Platz mehr.«

Wir teilten uns in zwei Gruppen auf. Borst und seine Leute bewegten sich in Richtung Tür, während Talis, ich, Mister McNeil, Helen und Jon am Fuß der Treppe standen.

Borst drehte sich noch einmal um und nickte, als hätte er von Anfang an mit dieser Absonderung von Unangepassten und Perversen gerechnet. Sein Gesicht nahm den Ausdruck tiefster Verachtung an.

»Die Leute in Yam werden zum Großen Lox beten, und durch unsere große Zahl werden wir erreichen, dass wir vor dem bösen Einfluss von Rax gerettet werden. Für dich werden wir nicht beten. Ihr alle seid verloren. Verloren!«

Es war eine gute Abschiedsrede, aber sie glitt schnell in falsches Pathos ab. Borst hatte sich durch das elektrische Licht täuschen lassen und sein Zeitgefühl verloren. Als er die Tür aufriss, stand er einer kalten, dunklen Welt aus Schneeregen gegenüber.

»Rax!«, murmelte er und schlug die Tür wieder zu. Er wandte sich zu Mister McNeil um. Er schluckte. »Sie werden uns hier übernachten lassen«, stieß er hervor.

Die Tage wurden kälter, und der Schneeregen würde bald in Schnee übergehen. Talis und ich nutzten die Zeit zum Sternenträumen. Helen und Jon blieben da, um sich um den Haushalt zu kümmern, was jedoch keine schwere Arbeit war. Die Residenz wurde durch einen kleinen Reaktor mit Energie versorgt, der, wie Mister McNeil mir einmal gesagt hatte, länger durchhalten würde, als er lebte, ohne gewartet werden zu müssen. Also hatten Helen und Jon viel Freizeit, die auch sie mit Sternenträumen verbrachten, in der Hoffnung, dass sie uns vielleicht bei unserer Erkundung der Vergangenheit helfen konnten.

Talis und ich übernahmen Mister McNeils Schlafzimmer. Ich werde darauf verzichten, den Raum genauer zu beschreiben, weil er einem Menschen recht normal vorkommen würde. Für uns war die Ausstattung höchst erstaunlich.

Wir sternenträumten und kehrten gelegentlich in die Wirklichkeit zurück, um etwas zu essen oder uns zu lieben.

Ich reiste sehr schnell so weit zurück, wie ich bereits früher gekommen war. Ich übersprang meine Lieblingserinnerungen, denn man konnte sich leicht verzetteln, wenn man angenehme Zeiten wiedererlebte. Weitere Generationen zogen an mir vorbei. Am zeitaufwendigsten war es, die Verbindung zu finden, die den besten Weg in die davorliegende Generation bot. In den meisten Fällen ging es für mich mit dem Initiationsritus am besten, wo ich die Erinnerungen an die Erinnerungen benutzen konnte, um vom Sohn auf den Vater überzugehen. Diese Methode, von einem Vorfahren zum nächsten zu hüpfen, kann im Extremfall recht langweilig sein und erfordert ein hohes Maß an Konzentration. Aber ich war noch nie gut in geistloser Sturheit gewesen; das ist etwas für Lox. Also hatte ich meistens gegen Mittag die Lust verloren. Talis hielt etwas länger durch, aber auch nicht viel länger.

Ich hatte immer gedacht, dass Yam ein recht langweiliges Dorf war, und nun wurde diese Vermutung durch zahlreiche Tatsachen gestützt. Nie geschah etwas, das nicht schon in einer früheren Generation geschehen war. Bei der Reise zurück durch die Zeit gab es keine interessanten Ereignislinien, denen man hätte folgen wollen. Die Leute starben, sie lebten und liebten sich, und sie wurden geboren. Und ihre Vorfahren setzten den Zyklus fort, Generation um Generation. Selbst die Ankunft der Menschen schien nur wenig Aufregung auszulösen.

Alles kam mir so sinnlos vor, dass sich in meinem Kopf die Idee festsetzte, dass irgendwo ein Sinn verborgen sein musste, dass es in all diesen Generationen einen Hinweis geben musste, worum es im Leben von uns allen eigentlich ging.

Ich wusste, worum es im Leben eines Menschen ging. Mister McNeil hatte es mir erklärt. Der Sinn bestand darin, hinauszugehen und sich zu vermehren. Da das Universum unendlich war, würde sich dieser Sinn auf ewig erfüllen lassen. Für die Menschen muss es sehr beruhigend sein. Sie mochten Rückschläge erleben, aber sie würden niemals überflüssig werden.

»Ich meine«, sagte ich eines Nachmittags, nachdem wir miteinander geschlafen hatten, »warum haben die Kikihuahuas uns geschaffen? Nur um diese Welt zu kolonisieren? Nur, damit wir hier sind?«

»Ich habe mir dieselbe Frage gestellt. Es kommt mir so bedeutungslos vor, wenn all diese Generationen nichts anderes tun, als am Leben zu bleiben.«

»Selbst die Dörfer haben immer die gleiche Größe. Ich hätte gedacht …« Es war schwierig in Worte zu fassen. »… dass alles irgendwie kleiner wäre, je weiter man zurückgeht. Weniger Leute, weniger Häuser. Als Zeichen, dass wir im Laufe der Zeit gewachsen sind, so wie die Menschen. Aber so ist es überhaupt nicht. Kein Wunder, dass kaum jemand in seinen Sternenträumen sehr weit zurückgeht. Die aufregendste Generation, auf die ich gestoßen bin, ist unsere eigene.«

»Das liegt nur daran, weil du mit mir im Bett bist, mein Lieber …«

Nicht zum ersten Mal fragte ich mich, wie weit ich wohl zurückgehen konnte. Würden meine Sternenträume plötzlich vor der Barriere eines defekten Gens enden, wie es bei den meisten Leuten der Fall war? Oder könnte ich die Zeitreise bis zu einem mysteriösen Anfang fortsetzen, wie es die Tradition meiner männlichen Linie behauptete? Vielleicht bis zum Eltertier?

In der Zwischenzeit reiste Mister McNeil von Dorf zu Dorf und verbreitete seine Neuigkeiten. Über Funk blieb er mit uns in Kontakt.

»Ich erzähle den Leuten, dass sie das Bergwerk an der Devon-Station als Schutzbunker nutzen können«, meldete er zu einem frühen Zeitpunkt seiner Reise. »Dort gibt es jede Menge Platz, und die Heizung wird mindestens vierzig Jahre lang funktionieren. Das Problem werden die Lebensmittel sein. Ich sage ihnen, dass sie alles mitbringen sollen, was sie haben, einschließlich Vieh.«

»Ich bezweifle, dass irgendein Dorf Vorräte hat, die für mehr als ein Jahr reichen«, erwiderte ich.

Seiner Stimme war die Hoffnungslosigkeit deutlich anzumerken. »Das ist mir klar. Außerdem glaube ich, dass sie mir gar nicht zuhören, vielleicht genau aus diesem Grund. Aber was soll ich sonst tun?«

Insgeheim war ich davon überzeugt, dass der Grund ein ganz anderer war. Es ging nicht nur um Lebensmittel. Sondern darum, dass die Traufe bereits zu weit fortgeschritten war, um noch gefahrlos reisen zu können. Die Leute hatten sich längst für die kommende Frostzeit verbarrikadiert.

Und nun erklärte man ihnen, dass dieser Frost vierzig Jahre anhalten würde und dass es genug Platz in der Devon-Station gab, aber nicht genug zu essen. Was sollten sie machen?

Ich vermutete, dass sie Mister McNeil lieber nicht glaubten oder seine Warnungen in den Wind schlugen, um dort zu bleiben, wo sie waren. Das musste Mister McNeil klar sein. Warum begab er sich also in Lebensgefahr, indem er bei diesem üblen Wetter durch die Gegend fuhr? Dafür konnten nur sehr starke Schuldgefühle verantwortlich sein …

Die Tage vergingen, am Ende der Auffahrt rauschten die Fluten des Flusses vorbei, und Talis und ich sternenträumten weiter. Wir wussten schon gar nicht mehr, wie viele Generationen wir gesehen hatten. Ich setzte meinen anstrengenden Weg fort und pflügte in jedem Leben aufs Neue die Äcker des Dorfes. In Talis' Erinnerungen gab es wenigstens die alljährliche Abwechslung der Grume, worum ich sie beneidete. Ich begleitete meine Vorfahren auf gelegentlichen Jagdausflügen, um der Langeweile entgegenzuwirken, aber ein Luht unterscheidet sich nicht sehr von einem anderen. Schließlich wünschte ich mir, ein Grunzer würde jemanden zerfleischen, damit die Angelegenheit etwas dramatischer wurde. An diesem Punkt hörte ich auf, von Jagden sternenzuträumen, weil ich mich für mich selbst schämte.

Dann kam ein Sternentraum, in dem es deutlich kälter war.

Es gab keinen Zweifel. Vor vielen Generationen waren die Frostzeiten länger und die Sommer kürzer gewesen.

War dies der Ausklang des Großes Frosts?

»Oh, ich bin schon viel weiter als du«, sagte Talis fröhlich. »Du hast getrödelt. Es gibt auch weniger Leute in der Epoche, in der ich gerade bin. Und es ist noch kälter. Fast so kalt wie letztes Jahr.« Im Bett rollte sie sich zu mir herum und küsste mich. »Wir kommen der Sache näher, mein Lieber.«

Und zwei Tage später fand ich mich in Pallahaxi wieder.

Die Erinnerungen wurden verschwommener. Aber es war kein Geas, sondern es fühlte sich an, als wäre das Gedächtnis jener fernen Vorfahren noch primitiv und ungeübt. Ich sah flüchtige Bilder von Gruppen, die sich in Häuserruinen zusammendrängten, sie wieder aufbauten, das Kommen und Gehen der Grume, wie die Leute fischen gingen. Es waren schwere Zeiten, und das Wetter war kalt.

An diesem Abend besprachen Talis und ich unsere Ergebnisse mit Jon.

»Pallahaxi?«, sagte er.

»Wir haben uns sehr weit zurückgeträumt, und dort sind wir gerade. Vielleicht ist doch etwas dran an dem, was im Tempel geglaubt wird.«

»Das würde mir gar nicht gefallen.«

»Ist euch übrigens aufgefallen«, sagte Helen, »dass in den letzten Tagen sehr viele Leute auf Reisen gegangen sind? Mit Loxkarren, in südlicher Richtung.«

»Wir waren im Bett viel zu sehr beschäftigt, um etwas davon zu bemerken«, sagte Talis lächelnd. »Aber sie können nur aus Noss kommen. Offenbar sind sie auf dem Weg zum Bergwerk. Sie sind schließlich doch noch vernünftig geworden. Phu sei Dank.«

»Kurzfristig eine gute Entwicklung«, sagte Jon. »Aber wie kommen sie an Lebensmittel?«

Darüber diskutierten wir, als ein heulendes Geräusch lauter wurde, eine Weile genau vor dem Fenster verharrte und dann erstarb.

»Mister McNeil ist zurück!«, rief Helen freudig.

Der große Mensch kam hereingestapft, und Regenwasser strömte von seinem glatten Mantel. Er begrüßte uns kurz, ging dann direkt zu seinem kleinen Schrank und goss sich etwas zu trinken ein. Dann ließ er sich in einen Stuhl fallen und betrachtete uns mit düsterer Miene.

»Die reinste Zeitverschwendung. Ich habe viele Tage damit vergeudet, mit Idioten zu reden.« Dann besann er sich und fügte hastig hinzu: »Nichts für ungut, Menschen hätten sich unter ähnlichen Umständen wahrscheinlich genauso verhalten. Jedenfalls haben die meisten Hauptleute der Dörfer mir kein Wort geglaubt. Und wenn doch, waren sie nicht gewillt, irgendetwas zu tun. Sie sagten, es wäre zu spät zum Reisen, weil der Frost kommt. Ich erklärte ihnen, dass es keine gewöhnliche Frostzeit ist. Dann sagten sie: ›Ja, wir haben Sie schon verstanden.‹ Als hätte das alles kaum eine Bedeutung. Wenn ich es nicht besser wüsste, würde ich sagen, dass man ihnen eine Gehirnwäsche verpasst hat, die verhindert, dass sie die Beweise der vergangenen Jahre sehen.«

»Oder eine Programmierung«, sagte Jon nachdenklich.

In der Rückschau muss ich sagen, dass wir Jon mehr in unsere Diskussionen hätten einbeziehen sollen. Da er so lange mit einem Menschen zusammengelebt hatte, war er in der Lage, mentale Verbindungen zwischen der menschlichen und unserer Gesellschaft zu knüpfen, häufig sogar unbewusst.

»Es sind nicht nur die letzten paar Tage, die vergeudet sind«, sagte Mister McNeil, der sich fast wie Borst in Wut hineinsteigerte. »Sondern meine gesamte Zukunft. Was mache ich eigentlich hier, wenn ich euch gar nicht helfen kann? Warum bin ich nicht mit den anderen fortgegangen? Ich könnte jetzt schon auf dem Weg zur Erde sein. Gütiger Himmel, was war ich für ein Narr!«

Ich saß einfach nur benommen da und fühlte mich schuldig, weil mein Volk so dumm war.

Talis jedoch ging hinüber, nahm Mister McNeils große Hand mit ihrer kleinen und drückte sie. »Wir halten Sie nicht für einen

Narren. Wir finden, dass Sie gut und tapfer sind. Unsere Nachkommen werden sich für immer an Sie erinnern.«

Er blickte überrascht auf ihre Hand und dann in ihr Gesicht. Etwas veränderte sich in seiner Miene. Die tiefen Falten glätteten sich, und sein kränkliches Aussehen verflüchtigte sich, als wäre er plötzlich geheilt worden. Auch ich fühlte mich besser. Es war die zuversichtliche Art, wie Talis von unseren Nachkommen gesprochen hatte, die diesen Stimmungsumschwung bei mir auslöste.

»Danke«, sagte er. »Es hat keinen Sinn, um verschüttete Milch zu weinen.« Er hatte die Angewohnheit, häufig solche Vergleiche von der Erde heranzuziehen. Früher hatte ich ihn immer aufgefordert, sie mir zu erklären, es aber irgendwann aufgegeben. »Jedenfalls kommt unter dem Strich heraus, dass niemand daran interessiert ist, im Bergwerk Schutz zu suchen. Ja, ich gebe zu, dass es dort das Problem mit der Lebensmittelversorgung gibt. Wir haben natürlich die hydroponischen Gärten, aber sie sind nur für ein wenig frisches Gemüse gedacht. Damit lässt sich keine größere Bevölkerung regelmäßig versorgen.« Er fuhr sich mit den Fingern durchs Haar – auch eine seiner typischen Angewohnheiten. »Ich weiß nicht, was ich mir erhofft hatte. Vielleicht dachte ich, wenn sich alle ordentlich an einer Stelle versammeln, würde sich die Sektorzentrale ein Herz fassen und sie herausholen oder wenigstens Vorräte schicken. Das würde man natürlich niemals tun. Das hat man längst unzweideutig erklärt. Die Zentrale hat uns abgeschrieben. Diese Leute können mich mal.« Er verstummte, und die Falten in seinem Gesicht wurden wieder tiefer.

»Wir haben die Leute von Noss gesehen, wie sie in Richtung Bergwerk gezogen sind«, sagte Talis.

Er schnaufte. »Weit gefehlt. Habt ihr nichts davon gehört? Nein, wahrscheinlich nicht. Dein Onkel Borst macht jetzt richtig Ärger. Er hat sich angehört, was ich zu sagen hatte, und mir geglaubt – wenigstens das muss ich ihm zugutehalten. Er sagte, er würde die Informationen an Noss weitergeben, um mir die Reise zu diesen Hinterwäldlern zu ersparen. Also fuhr ich ins

Binnenland, um mich dort um alles zu kümmern.« Er lachte verbittert. »Zumindest dachte ich das. Jedenfalls habe ich heute auf dem Rückweg in Yam Halt gemacht. Und ratet mal, was ich feststellen musste. Dieser Idiot Borst hat die Sache völlig verdreht. Er hat in Yam und Noss erzählt, was ich gesagt habe, aber behauptet, es wäre der Beweis, dass die Religion und die Legenden Recht haben. Sein gottverdammter Großer Lox hat die Welt schon einmal aus den Fängen von Rax befreit, und er würde es jetzt wieder tun. Dazu brauchen die Leute nur ein wenig Verstand und viele Gebete.«

»Ich sehe nicht, welche Rolle der Verstand bei dieser Sache spielen soll«, sagte ich.

»Wie es scheint, gibt es irgendwelche Höhlen bei Pallahaxi, von denen Borst meint, dass euer Volk dort schon einmal den Großen Frost überdauert hat. Seine Idee besteht darin, dass alle dorthin gehen und wie der Teufel beten. Und siehe da, dann wird der Große Lox euch auf die Schulter klopfen und sich selbst anschirren – vielleicht schon lange vor Ablauf der vierzig Jahre.«

»Haben Sie ihm gesagt, dass sich nichts an den vierzig Jahren ändern lässt und die Leute etwas zu essen brauchen?«

»Anscheinend hat der Große Lox sie damals ernährt und wird es auch jetzt wieder tun. Jedenfalls hat er alle auf seiner Seite, der größte Teil der Bewohner von Noss hat sich in Yam einquartiert, und jetzt wollen alle nach Pallahaxi aufbrechen.«

Talis war entsetzt. »Die Leute von Noss gehen nach Pallahaxi?«

»Borst redet mit Engelszungen.«

»Aber meine Mutter! Macht auch sie dabei mit? Und Knuff und Vater?«

»Ich kann mir vorstellen, dass bei einigen gewisse Zweifel übrig geblieben sind. Aber Borst ist gut darin, das gemeine Volk zu überzeugen. Er gab zu bedenken, dass die Grume von warmem Wetter abhängig ist, was es jetzt nicht mehr geben wird, so dass es Noss auch nicht besser als allen anderen gehen wird. Ich glaube, die Hauptleute wollten nicht als Letzte zurückbleiben, also sind sie mit ihm gegangen. Wenigstens haben sie so die Chance, ihn im Auge zu behalten.«

»Wann wollen sie aufbrechen?«

»Morgen. Sie haben eine große Herde Lox in den Ställen, und die Planwagen mit Öfen und haufenweise Fellen stehen bereit. Borst bezeichnet die Aktion als die Große Pilgerfahrt. Er beschreibt sie als das größte Ereignis, das jemals stattgefunden hat, und er ist der Anführer. Er ist total berauscht von seiner Macht über die Leute. Ich glaube, dass er die Gefahren völlig vergessen hat.«

Talis sah mich an. »Wir waren im Sternentraum in Pallahaxi. Und jetzt gehen die Leute dorthin. Weißt du, was ich denke, mein Lieber?«

Ich hatte ein unangenehmes Gefühl in der Magengegend. Das hieß Abschied von der Wärme und Bequemlichkeit und Sicherheit und gutem Essen.

»Ja. Auch wir müssen uns dorthin begeben.«

7 PALLAHAXI

Auch Mister McNeil wollte mitkommen. Für uns hatte das immerhin den Vorteil, während der Reise nach Pallahaxi die Bequemlichkeit seines Buggys nutzen zu können.

Jon und Helen blieben in der Residenz.

»Ich glaube nicht an Gebete, und ich glaube nicht, dass Pallahaxi irgendeine Bedeutung hat«, sagte der Nirgendwo-Mann. »Wenn Helen und ich die Wahl haben, entweder in kalten, feuchten Kavernen zu verhungern, zwischen Leuten, die uns nicht akzeptieren, oder hier im Luxus und in unserer eigenen Gesellschaft zu verhungern ... ich denke, das erklärt sich von selbst.«

»Die Lebensmittel hier müssten für etliche Jahre reichen«, sagte Mister McNeil.

»Das ist mehr, als es in Pallahaxi geben dürfte. Warum bleiben Sie nicht ebenfalls hier?«

»Ich weiß nicht. Vielleicht klammere ich mich an einen Strohhalm. Hier gibt es keine Hoffnung, aber Talis und Hardy scheinen das Gefühl zu haben, dass Pallahaxi vielleicht einen Ausweg bietet ... Verdammt, mir sind die menschlichen Ideen ausgegangen. Ich will mein Glück mit den beiden versuchen.«

»Dann wünsche ich Ihnen viel Glück.«

Also ließen wir Jon und Helen zurück und fuhren in Mister McNeils Buggy nach Yam. Es war eine trostlose Reise. Es regnete und schneite zugleich, und die Bäume hatten sich zu dicken Stümpfen zusammengekauert, nachdem sie ihre Äste und Tentakel eingezogen hatten, um sich vor Wärmeverlust zu schützen. Neben der Straße donnerte der Fluss durch sein Bett, gespeist vom Schneeregen der Regionen bis hinauf zum Moor. Sein braunes Wasser riss sich wehrende Bäume und gelegentlich Tierleichen mit sich.

Als wir Yam erreichten, hielten wir vor Lenz' Haus. Die Zimmer waren sauber und aufgeräumt wie immer, doch als ich mir die Regale und Lagerkammern ansah, stellte ich fest, dass alles mitgenommen worden war, was sich tragen ließ.

»Sie ist gegangen«, sagte ich zu den anderen.

»Im ganzen Dorf rührt sich nichts. Alle sind gegangen«, sagte Talis.

Yam war verlassen, tot. Das gab mir ein seltsames Gefühl. Viele Generationen hatten hier gelebt und lebten in meinen Erinnerungen weiter, und nun waren alle fort. Talis spürte meine Bestürzung und nahm meine Hand.

»Weiter nach Pallahaxi, würde ich vorschlagen«, sagte Mister McNeil.

Bald fuhren wir durch den Pfeilwald. Die Anemonenbäume hatten die Tentakel eingezogen und regten sich nicht. Sie reagierten kaum auf uns. Ich zeigte auf die Stelle, wo Wilt die Rolle des Lockvogels gespielt hatte.

Talis machte sich große Sorgen. »Nimm dich in Pallahaxi vor Borst in acht«, warnte sie mich. »Wenn er die Leute zu religiösem Wahn aufgestachelt hat, könnte er sie sehr leicht auf dich hetzen.«

»Ich habe meine Pistole dabei«, sagte Mister McNeil grimmig.

Wir kamen an Totney vorbei, erreichten Pallahaxi gegen Mittag und ließen den Buggy am Stadtrand stehen, im Schutz einer Hausruine. Dann liefen wir gut in dicke Felle eingehüllt über die Hauptstraße zum Hafen.

»Hier hat sich viel verändert, verglichen mit dem, was wir im Sternentraum gesehen haben«, sagte Talis. »Jetzt ist alles alt, tot und scheußlich. Eigentlich gar nicht der Ort, mit dem man Druv und Braunauge in Verbindung bringen würde.« Hinter den Häusern rechts von uns war ein Hügel, auf dem die Überreste eines großen Gebäudes zu erkennen waren. »Ob das wohl der Tempel war, in dem Druvs und Braunauges Eltern darum gebetet haben, dass der Große Lox ihnen hilft?«

»Was mich wirklich interessiert«, sagte Mister McNeil trocken, »ist die Frage, wie Druv und Braunauge während der Wartezeit für Essen und Wärme gesorgt haben.«

»Sie mussten gar nicht lange warten«, sagte Talis. »Sie wurden von den bösen Leuten in die Kälte hinausgeschickt. Also haben sie die anderen Leute, die guten, um sich geschart und sie in die Kavernen geführt, und schon am nächsten Tag kam der Große Lox über den Himmel galoppiert und zog Phu hinter sich her, und alles wurde wieder warm. In der Legende ist nicht davon die Rede, dass sie gebetet haben, was ich ziemlich überraschend finde.«

»Vielleicht kam der Große Lox aus reiner Herzensgüte zu ihnen.«

»Du bist in den Kavernen gewesen, nicht wahr, Hardy?«

»Mein Vater und Großvater und Borst waren dort. Angeblich gab es dort vor dem Großen Frost eine Fischfabrik, wo man toten Fisch in Metalltöpfe abgefüllt hat. Das habe ich im Sternentraum gesehen.«

»Wenigstens weißt du, dass es diesen Ort gibt«, sagte Mister McNeil.

»Smith kennt ihn viel besser als ich. Ich wüsste gern, wo er gerade steckt. Wissen Sie, was er einmal gesagt hat? ›Sie haben Höhlen und alles mögliche andere in Pallahaxi gebaut und eingerichtet. Tausend Leute könnten dort wohlversorgt den Frost überstehen.‹«

Wir schlenderten die Hafenstraße entlang, auf deren linker Seite sich die Häuser in Terrassen den Hügel hinaufzogen. Plötzlich blieb Talis stehen. Wir hatten uns an den Händen gehalten. Sie zwang auch mich zum Anhalten.

»Was ist los?«

»Ich weiß nicht … ein Erinnerungsblitz. Ein sehr intensiver.« Sie starrte auf ein Gebäude, das besser erhalten war als die meisten anderen. Das Relief eines monströsen Grummers hing über der eingesackten Tür.

»Das ist der Goldene Grummer«, sagte ich zu ihr. »Das Geburtshaus von Braunauge.«

»Das … das wusste ich schon.«

»Wahrscheinlich hast du es gestern in deinem Sternentraum gesehen.«

»Wahrscheinlich.« Aber sie hatte zweifelnd die Stirn gerunzelt.

»Wo sind die Leute?«, fragte Mister McNeil.

Wir fanden sie am späteren Nachmittag an der Fischfabrik.

Die Fischfabrik war gewaltig, mit unnatürlich scharfen und rechteckigen Kanten. Sie bestand aus Steinblöcken, die aus den Hügeln von Pallahaxi gehauen und übereinandergestapelt worden waren, durch ein uraltes Volk mit unvorstellbarer Kunstfertigkeit und Beharrlichkeit.

»Und hier sollen wir das Ende der Frostzeit abwarten?«, fragte Talis ungläubig.

»So sagen es die Legenden«, erwiderte ich.

»Irgendwie habe ich das Gefühl, dass die Legenden möglicherweise lügen.«

»Mir geht es ganz ähnlich«, sagte Mister McNeil.

Eine große Tür befand sich in der glatten Wand, der wir gegenüberstanden. Als wir uns näherten, trat ein Mann heraus, der in so dicke Felle eingehüllt war, dass er fast kugelrund war. Er blinzelte ins Schneetreiben.

»Bleibt stehen!«, rief er. »Was habt ihr hier zu suchen?« Dann erkannte er mich und ich ihn. Er war einer von Borsts Jägern. »Ach, du bist es, Yam Hardy«, sagte er. »Und auch du, Noss Talis. Wollt ihr endlich den Widerstand aufgeben? Wird auch Zeit.« Dann bemerkte er Mister McNeil, der sich ein Maschinenteil auf dem Gelände ansah. »Ihr habt den Menschen mitgebracht. Den Unruhestifter.«

»Halt die Klappe und bring uns zu Borst!«, sagte ich brüsk.

Erschrocken und zweifellos durch den Anblick von Mister McNeil eingeschüchtert nickte der Mann schnell und führte uns hinein. Hier hatte sich seit Vaters Besuch einiges verändert. Die Pilgerschreine waren auseinandergenommen worden. Nun hatte man Felle auf die Bänke gelegt und die wenigen religiösen Artefakte vor der gegenüberliegenden Wand gestapelt. Unser Führer bemerkte meinen Blick.

»Ich weiß, was du denkst«, sagte er in rechtfertigendem Tonfall. »Aber alle Schreine werden wieder dorthingebracht, wo sie waren, nachdem wir die Kleidung und das Bettzeug sortiert und verteilt haben.«

»Es dürften mehr als ein paar Schreine nötig sein, um diesen Ort zu einem heiligen zu machen«, sagte ich.

»Was soll überhaupt die Sortiererei?«, fragte Talis. »Warum behalten die Leute nicht einfach das, was sie mitgebracht haben?«

»Hier gibt es keine Ungleichheit.« Er führte uns durch eine schwere Tür in eine kleinere Kammer, in der einige Leute auf Bänken um ein flackerndes Feuer saßen.

»Talis!« Es war Lonessa, die uns mit offenem Mund anstarrte. Sie sprang auf und rannte auf uns zu, um ihre Tochter in die Arme zu schließen.

»Mutter … Mutter …«, murmelte Talis verlegen. »Immer mit der Ruhe.«

»Wir dachten, ihr wärt tot!«

Unterdessen war Lenz aus einem anderen Raum gekommen. Sie sagte nichts. Sie lächelte nur und legte eine Hand auf meine Schulter. »Schön, dich wiederzusehen, Hardy.« In ihren Augen schimmerten Tränen.

»Hat Borst euch nicht gesagt, dass wir bei Mister McNeil sind?«, fragte ich.

Lonessa fuhr zu Borst herum, der mich mit ausdrucksloser Miene betrachtete. »Du wusstest, dass sie leben!«

»Für den Großen Lox sind sie bereits tot. Also sind sie auch für uns tot. Ich sah keinen Grund, sie in eurer Vorstellung wiederauferstehen zu lassen.«

Sie starrte ihn fassungslos an. »Erkennst du nicht mehr den Unterschied zwischen Realität und Religion? Hast du dich selber von deinen Predigten mitreißen lassen? Sie leben, du Idiot, genauso wie wir alle!«

»Wage es nicht, meinen Vater als Idioten zu bezeichnen!«

Drückers schwacher Protest wurde durch einen Wortschwall von Borst übertönt. »Die Realität spricht für sich, Lonessa. Wir befinden uns an diesem Ort, und dieser Ort bestätigt alle Einzelheiten unserer großen Religion und beweist die Wahrheit der Metapher des Großen Lox.«

»Aha! Also gibst du zu, dass es nur eine Metapher ist?«

Ich hatte den Eindruck, dass wir mitten in eine schon länger andauernde Diskussion hineingeraten waren. Es war gut zu wissen, dass sich die Anführer dieser Farce offenbar uneinig waren.

»Natürlich ist es eine Metapher. Du glaubst doch nicht etwa, dass ich erwarte, ein gigantisches Tier am Himmel zu sehen, das vor die Sonne gespannt ist! Es war schon immer eine Metapher – aber eine aufschlussreiche, Lonessa. Unsere Leute brauchen Metaphern, die ihnen helfen, die Wahrheit zu verstehen.«

»Und was genau ist die Wahrheit?«

Zum ersten Mal meldete sich Mister McNeil zu Wort. »Die Wahrheit ist, dass ihr nicht gut genug auf eine vierzigjährige Frostzeit vorbereitet seid.«

»Die Wahrheit ist«, rief mein Onkel in plötzlich entflammtem Zorn, »dass Sie überhaupt nicht wissen, wovon Sie reden! Sie sollten sich einmal die Wunder an diesem Ort ansehen. Sie sollten über die Maschinen nachdenken, die es hier drinnen und draußen gibt, die von unserem Volk gebaut wurden, zu Zwecken, die wir nicht einmal ansatzweise verstehen. Von *unserem* Volk – nicht Ihrem. Unser Volk hatte schon lange vor der Ankunft der Menschen eine großartige Technologie. Und die Wahrheit ist hier überall zu sehen. Schauen Sie sich um! Schauen Sie sich die Wände an, die Türen! Gehen Sie durch die Räume und staunen Sie! Hier sind zahllose Wunder!«

Sein Blick war wirr, und er hatte den Mantel von Mister McNeil mit kleinen Speichelflecken bespritzt. Er bückte sich und hob eine Handvoll blättriger Asche auf. »Bücher!«, schrie er. »Mein

Vater hat mich hierhergeführt, als ich noch ein Kind war, und er hat mir die Legenden erzählt. Unser Volk hatte sich so weit entwickelt, dass es solche Bücher nicht mehr nötig hatte. Der Sonnengott Phu hat uns die Gabe des vollkommenen Gedächtnisses verliehen, während unsere Vorfahren sich an diesem heiligen Ort aufhielten, also haben sie zum Dank diese Bücher als Opfer dargebracht. Und jetzt sind wir wieder hier. Wer weiß, welche Wunder uns diesmal widerfahren? Gelobt sei Phu! Gelobt sei Phu!«

Wir waren vor ihm zurückgewichen und hatten einen besorgten Kreis um ihn gebildet, in dessen Mitte er tobte. Sein Gesicht glühte dämonisch im Feuerschein.

»Und wir werden lernen, oh ja, wir werden lernen. Sobald dieser Frost vorbei ist, werden wir von den Maschinen lernen, die unsere Vorfahren bauten. Wir werden …«

»Hören Sie mir zu, Borst«, sagte Mister McNeil erschöpft. »Glauben Sie mir, wenn ich sage, dass diese Frostzeit vierzig Jahre andauern wird, oder glauben Sie mir nicht? Ja oder nein?«

»Die Dauer der Frostzeit ist bedeutungslos. Wir haben schon einmal triumphiert und werden wieder triumphieren! Wir stehen an der Schwelle zu …«

Als sie seine Tirade hörten, kamen immer mehr Leute lautlos aus anderen Räumen herbei. Sie wollten kein einziges seiner Worte verpassen. Ihre Mienen waren hingerissen. Sie standen in seinem Bann. Das Gesicht meines ehemaligen Freundes Kaunter glühte vor Heldenverehrung.

»Lass uns von hier verschwinden«, sagte Talis leise zu mir.

Lonessa murmelte: »Geht nicht zu weit weg. Ich bleibe in Borsts Nähe, genauso wie Knuff und Wanda. Er hat es geschafft, dass die Leute ihm aus der Hand fressen, und wir machen uns Sorgen, dass er sie vielleicht dazu bringt, etwas richtig Dummes anzustellen.«

»Wir müssen noch ein bisschen sternenträumen«, sagte ich zu ihr. »Wir kommen den Antworten immer näher.«

»Wir brauchen sie schnell«, sagte sie. »Falls Mister McNeil Recht hat.«

»Er hat Recht«, versicherte ich ihr.

»Pass auf Talis auf«, sagte sie.

Ich hatte den Eindruck, dass sie mich nun endlich akzeptiert hatte.

Als wir durch den dichten Schneeregen liefen, sagte Mister McNeil: »Ich verstehe nicht, warum du den Leuten nicht einfach sagst, dass Borst kein Vorfahrengedächtnis hat und er nicht die richtigen Voraussetzungen für eine Führungsposition mitbringt. Das kann doch nicht so schwer sein!«

»Doch, ist es. Man kann die Erinnerungsfähigkeit eines Hauptmannes nicht in der Öffentlichkeit anzweifeln. Oder die von irgendjemand anderem. Darüber würden sich die Leute furchtbar aufregen und nicht mehr auf die Beweise hören, die man vorzubringen hat.«

»Aber du könntest Borst doch einfach fragen, ganz unschuldig, ob er sich an ein bestimmtes Ereignis der Vergangenheit erinnert.«

»Borst ist kein Dummkopf. Er würde mir vorwerfen, dass ich sein Gedächtnis in Frage stelle, und mich niederbrüllen.«

»Aber früher oder später«, sagte er, »wirst du es tun müssen.«

Wir hatten entschieden, uns im Goldenen Grummer einzuquartieren. Neben der Fischfabrik war es das einzige halbwegs bewohnbare Gebäude in Pallahaxi. Ich drückte die Tür auf, und wir traten in einen großen Raum mit einem Tresen, der sich vor einer Wand entlangzog. Er war mit Artefakten übersät, die Pilger hier zurückgelassen hatten, hauptsächlich weibliche Figurinen mit übertriebenen sexuellen Merkmalen. Ich hob eine auf. Sie war schwer, etwa drei Handbreit hoch, primitiv aus gebackenem Lehm geformt, mit einem bemerkenswert hässlichen Gesicht und angepappten gigantischen halbkugelförmigen Brüsten.

»Wenn das Braunauge sein soll«, sagte ich, »kann ich mir nicht vorstellen, dass Druv sich jemals auch nur in ihre Nähe gewagt hat.«

»In der Not frisst der Teufel Fliegen«, sagte Mister McNeil.

Talis betrachtete das Götzenbild und kicherte. »Wir haben ein ähnliches Sprichwort. Aber nach den Legenden waren damals noch andere Leute da. Er und Braunauge haben sie zu den Kavernen geführt, weißt du noch? Druv hätte die freie Wahl gehabt. Also glaube ich eher, dass dies das Werk eines sehr schlechten Künstlers mit unerfüllten Gelüsten ist.« Sie warf mir einen verschmitzten Blick zu. »Hardy würde niemals das Bedürfnis verspüren, etwas wie das hier zu schaffen.«

Wir erkundeten das Haus. Die Pilger hatten es gut in Schuss gehalten, und schließlich bezogen wir im Obergeschoss ein Zimmer mit Blick auf den alten Hafen. Mister McNeil holte seinen Buggy und stellte ihn vor dem Haus ab, und wir trugen die Bettwäsche und Lebensmitttel zum Zimmer hinauf. Als es draußen dunkel wurde, hatten wir einen Destillofen entfacht, um es warm zu haben, unsere Sachen sortiert und eine einfache Mahlzeit zu uns genommen. Mister McNeil machte es sich mit seinem Gerät, das bewegte Bilder zeigte, bequem, und Talis und ich bereiteten uns auf den nächsten Sternentraum vor …

Schnell sprang ich zurück zu den Tagen, als Pallahaxi ein allmählich größer werdendes Dorf gewesen war. Durch die Augen eines Vorfahren namens Hüter glitt ich mit einem Skimmer über die Grume und überlebte einen Kampf mit einer Schule Grume-Reiter, die den Skimmer zum Kentern brachten und Hüter gefressen hätten, wenn sie sich nicht viel mehr für seinen Fang aus Glubsen interessiert hätten. Mit ausholenden Zügen schwamm er ans Ufer, getragen vom dichten Wasser.

Also hatte einer meiner Vorfahren zu den Flundern gehört. Das führte die uralte Verachtung der Wühler gegenüber den Flundern und umgekehrt ad absurdum. Hüter/ich lag keuchend am Strand. Ich hatte seinen Schrecken miterlebt, und nun erlebte ich seine Erleichterung. Erschöpft erwachte ich aus dem Sternentraum und sah, dass Talis mich anlächelte, auf einen Ellbogen gestützt neben mir liegend.

»Ach, mein Lieber«, sagte sie.

»Was ist los?«

Ihre Augen strahlten. »Du sollst es selber herausfinden. Ich will dir den Spaß nicht verderben.«

»Etwas Gutes?«, fragte ich überrascht.

»Du wirst es schon bald erfahren. Bist du nach Pallahaxi zurückgekehrt?«

»Ja. Aber es ist recht mühsam.«

»Nimm dir Zeit. Hüpf jetzt nicht mehr herum. Bleib eine Weile bei den Leuten. Wir sind ganz nahe dran.«

»Wo ist Mister McNeil?«

»Auf Erkundungstour, mit dem Buggy.«

Also zog ich mich erneut in das Leben von Hüter und den Leuten seiner Epoche zurück, und diesmal war es leichter. Wieder kam eine Grume, längst nicht so ergiebig wie die Grumezeiten, die ich kannte, aber genug, um die Dorfbewohner am Leben zu erhalten. Eine kältere Welt bedeutete weniger Verdunstung im Großen Flachmeer und eine dünnflüssigere Grume ... Ich ging zu Hüters Initiation zurück und wechselte in die Erinnerungen seines Vaters.

Schließlich, noch ein paar Generationen früher, fand ich mich im Bewusstsein eines anderen Fischers wieder, der jedoch über einen gewissen Status zu verfügen schien.

Ich/jemand lag erschöpft in einem Skimmer am Strand und sog die Wärme der schwachen Sonne auf. Ich hatte meinen Fang in Körbe geladen, und schon bald würde ich das Boot vom Ufer stoßen und wieder hinaussegeln. Doch in dieser Pause genoss ich die angenehme Sonne. Draußen auf der Grume waren die Skimmer mit ihren Netzen unterwegs. Nur eine Handvoll Boote, aber im nächsten Frühling würden wir mehr bauen, und dann wären auch ein paar mehr von den Dorfjungen alt genug, um allein hinauszufahren. Diese Aussichten stimmten mich optimistisch. Es ging voran in Pallahaxi. Bei Phu, in einigen Jahren würden wir hier mit doppelt so vielen Booten unterwegs sein!

»Druv!«, hörte ich jemanden rufen.

Druv! Die legendäre Gestalt aus der Ära des Großen Frosts! Endlich hatte ich seine Generation erreicht. Er war irgendwo in der Nähe! Vor lauter Ehrfurcht schwang ich zwischen Vergangenheit und Gegenwart hin und her.

»Schläfst du?«

Und ein Schatten fiel über mich.

»Druv? Wach auf, du Schlafmütze! Ich habe dein Mittagessen gebracht.«

Die weibliche Stimme sprach zu *mir*! Ich lebte in den Erinnerungen des legendären Druv! Bedeutete das etwa, dass ich direkt von diesem großen Mann abstammte? Aber manche Namen werden häufiger vergeben, wenn sie gut sind. Schnell ging ich die Erinnerungen meines Wirts durch. Nun gab es keinen Zweifel mehr: Es war der große Druv höchstpersönlich.

»Ich habe mich nur ein bisschen ausgeruht.« Ich öffnete die Augen.

Ein Mädchen beugte sich über mich. Ich blinzelte, weil mir die Sonne in die Augen schien. Dunkles Haar hing herab und rahmte ihr Gesicht ein. Sie beugte sich tiefer herab, um mich zu küssen, und dann sah ich sie deutlicher.

Talis! Das Mädchen war doch Talis! Das gleiche herzförmige Gesicht, die gleichen warmen braunen Augen … und der gleiche liebevolle Blick. Etwas baumelte an ihrem Hals und funkelte in der Sonne.

Talis' Anhänger, ihr Kristall, ihr Talisman. Und dieses Mädchen trug ihn um den Hals.

Verwirrt zog ich mich aus dem Sternentraum zurück. Talis war wach und beobachtete mich. Sie sah meinen Gesichtsausdruck und lächelte. »Jetzt weißt du alles«, sagte sie. »Gut, dann geh jetzt einfach zurück in den Traum, und ich werde dasselbe tun. Jetzt sind wir zusammen.«

Vorsichtig sternenträumte ich weiter.

»Heute fährst du nicht mehr raus«, sagte das Mädchen, das wie Talis aussah. »Du hast genug gefischt.«

Sie nahm meine Hand, zog meinen Oberkörper hoch und reichte mir einen Teller mit gebratenem Fisch. In diesen Tagen schmeckte das Essen so gut. Das Leben war vollkommen. Ich beendete meine Mahlzeit, stieg aus dem Boot auf den Strand und schloss das Mäd-

chen in die Arme. In der Nähe war eine Stelle mit warmem, weichem Sand. Ich trug sie hinüber und legte sie behutsam ab.

»Was? Jetzt?«, sagte sie, Überraschung vortäuschend.

»Jetzt«, sagte ich, »und für immer.«

Und vor zahllosen Generationen liebten sich Druv und Braunauge.

Talis hielt mich fest an sich gedrückt. »Ich wusste schon immer, dass wir etwas Besonderes sind.«

Ich fühlte mich immer noch benommen. »Vor so vielen Generationen, wir beide, und kein einziger Bruch in der Erinnerungskette. Ich fasse es einfach nicht.«

»Meine Familie hat es schon immer gewusst.«

»Meine auch. Aber ich dachte, dass wir es uns nur eingeredet haben, um uns besser zu fühlen … Jetzt können wir gemeinsam sternenträumen. Wir können die Kindheit von Druv und Braunauge nacherleben. Wir könnten den Moment sehen, als sie sich zum ersten Mal begegneten.«

»Wir könnten mit ihnen und miteinander schlafen.« Talis' Blick war verträumt. »Zu viert, alle gleichzeitig. In diesen und in ihren Körpern. Vielleicht ist es Inzest oder so, aber wen interessiert es?«

Ich fand die Vorstellung interessant, aber für die praktische Umsetzung wäre eine Menge Koordination notwendig. Ich war jedoch bereit, es zu versuchen. Ich rückte näher an Talis heran – sofern das überhaupt noch möglich war – und war gerade dabei, sie zu küssen, als es zu einer unpassenden Unterbrechung kam.

»Ist das nicht Mister McNeils Buggy? Hörst du das?«

»Rax!«, rief Talis. »Im ungünstigsten Moment!«

Sie hatte ein beruhigend gutes Gespür für Prioritäten. Widerstrebend wälzten wir uns aus dem Bett und zogen uns an. Ich beobachtete Talis dabei. Ich musste sie einfach ansehen, wenn sie sich ankleidete – und vor allem, wenn sie sich entkleidete. »Braunauge hat deinen Kristall getragen«, sagte ich.

»Er wurde über all die Generationen wie eine Erinnerung weitergegeben. Findest du sie hübscher als mich?«, fragte sie mit einer Spur von Besorgnis. Es kommt gelegentlich vor, dass sich manche Leute in die Partner von fernen Vorfahren verlieben. Gefühle sind ein starkes Element in unseren Erinnerungen, wie ich bereits erwähnte.

»Sie ist dir sehr ähnlich. Zuerst hatte ich das sehr seltsame Gefühl, dass ihr beiden ein und dieselbe Person seid.«

»Und Druv ist dir sehr ähnlich. Aber er sieht nicht ganz so gut aus.«

»Braunauge ist nicht so hübsch wie du«, log ich. »Eher etwas enttäuschend.«

Sie kicherte und küsste mich, als Mister McNeil hereinkam. »Aha«, sagte er grinsend. »Habt ihr irgendetwas Interessantes herausgefunden oder nur die ganze Zeit herumgeschäkert?«

»Talis und ich sind direkte Nachkommen von Druv und Braunauge«, verriet ich ihm.

»Tatsächlich?«, sagte er nachdenklich. »Also wisst ihr jetzt, wie euer Volk den letzten Großen Frost überlebt hat.«

»Noch nicht. Aber es muss irgendwo in unseren Erinnerungen sein.« Ich sah Talis an. »Du bist schon weiter zurückgegangen als ich. Hast du etwas gefunden?«

»Nein. Und das ist komisch, weil man meinen sollte, dass so etwas Großes eine überragende Stellung im Bewusstsein einnimmt …« Plötzlich wurde sie blass. »Und da ist noch etwas anderes.«

Es wurde mir im selben Moment klar. »Sie sind viel zu jung. Ich war in Druvs Erinnerungen, als sie nach dem Großen Frost alles wiederaufgebaut haben. Zu jener Zeit waren Braunauge und er etwa zwanzig Jahre alt. Also konnten sie keine vierzig Jahre anhaltende Frostzeit überstanden haben. Das ist unmöglich. Es müssen ein anderer Druv und eine andere Braunauge gewesen sein.«

»Bei Rax, das kann nicht sein! Es sind die echten, Hardy. Ich bin in Braunauges Kindheit gesprungen und habe gesehen, wie sie im Goldenen Grummer lebte, wie es auch in den Legenden heißt. Ich habe ihre Eltern gesehen. Ich habe auch Druvs Eltern gesehen …« Sie zögerte. »Sie machten einen recht dummen Eindruck. Und … dort fingen Braunauges Erinnerungen an. Im Goldenen Grummer, als sie noch ein kleines Mädchen war.«

»Sie hat die Erinnerungen ihrer Mutter nicht geerbt?«

»Nein. Und Druv hat auch nicht die seines Vaters geerbt. Da bin ich mir ganz sicher.«

»Heißt das«, fragte Mister McNeil, »dass ihr nicht weiter zurückgehen könnt?«

»Nein. Druv und Braunauge waren die erste Generation, die ihre Erinnerungen weitergegeben hat, wie es scheint.«

»Also sitzen wir in der Klemme«, sagte Mister McNeil bedrückt. Er setzte sich auf einen Haufen Felle. »Der Große Frost ereignete sich offenbar vor ihrer Geburt.«

»Nicht, wenn man den Legenden Glauben schenkt«, sagte ich. »Und da ist noch etwas. In den Legenden heißt es, dass unser Volk die Gabe des Vorfahrengedächtnisses während des Großen Frosts erhielt. Das würde dazu passen, dass Druv und Braunauge keinen Zugang zu den Erinnerungen ihrer Eltern hatten, nicht wahr? Und es deutet darauf hin, dass sie die Frostzeit miterlebt haben.«

»Es gibt nur eine Möglichkeit, die mir dazu einfällt«, sagte Mister McNeil, »aber sie klingt sehr an den Haaren herbeigezogen. Nehmen wir einmal an, sie hätten die Frostperiode an Bord eines Raumschiffs verbracht, das fast bis auf Lichtgeschwindigkeit beschleunigte. Durch die Zeitdilatation wären sie nach ihrer Rückkehr immer noch recht jung gewesen.«

Er hatte mir diese unglaubliche wissenschaftliche Erkenntnis schon einmal erklärt, aber ich war immer noch nicht davon überzeugt. Nicht nur mein Verstand sträubte sich dagegen, aber ich ging nicht weiter darauf ein. »Wer hätte uns mit einem Raumschiff von hier fortbringen können?«

»Ich habe euch erklärt, dass es in diesem Teil der Galaxis nur zwei raumfahrende Zivilisationen gibt. Wir Menschen sind dazu in der Lage, aber soweit mir bekannt ist, sind wir erst lange nach dem Großen Frost hier eingetroffen. Es könnte sein, dass es eine frühere Expedition war, über die keine Aufzeichnungen mehr existieren. Das ist unwahrscheinlich, aber nicht unmöglich. Unsere Datenbanken sind so riesig, dass man leicht etwas übersieht. Und die Kikihuahuas kommen niemals an die Lichtgeschwindigkeit heran. Sie sind die langsamsten Weltraumreisenden, denen wir je begegnet sind. Ihre Weltraumvögel sind mehrere Tausend Kilometer groß und werden durch den Sonnenwind angetrieben.«

Das alles hatte ich schon einmal gehört, aber für Talis war es neu. »Also vergehen jedes Mal sehr viele Generationen, bevor sie irgendwo ankommen.«

»Keineswegs. Die Weltraumvögel geben ihnen eine Art Schlafmittel, worauf sie die Zeitdauer der Reise im Winterschlaf verbringen ...« Plötzlich wurde er sehr nachdenklich.

»Winterschlaf«, wiederholte Talis. »Schade, dass wir keinen solchen Weltraumvogel haben.«

Ich erinnerte mich an Smith und Smitha und wie Wilt den Köder gespielt hatte und wie Borst und seine Jäger mich durch den Pfeilwald gehetzt hatten ...

»Vielleicht doch«, sagte ich.

Ich erzählte ihnen von meinem Erlebnis mit der Höhlenmutter. »... und während ich dort drinnen war, verging die Zeit. Mir kam es wie ein Tag oder so vor, aber als ich wieder nach draußen ging, hatte ich viele Tage verpasst.«

»Das ist die Antwort«, sagte Mister McNeil. »Ich habe dir doch erklärt, dass die Kikihuahuas die Höhlenmutter aus den Genen der Weltraumvögel gezüchtet haben. So überstehen die Lorin eine normale Frostperiode – aber wenn eine außergewöhnlich lange Kaltzeit kommt, kann die Höhlenmutter vielleicht von jedem genutzt werden.«

»Sofern die Leute nicht so dumm sind, es auf eigene Faust versuchen zu wollen«, sagte ich. »Vor einiger Zeit hatte ich einen Erinnerungsblitz. Ich stand vor der Fischfabrik, und inzwischen bin ich mir sicher, dass ich in Druvs Bewusstsein war. Wir erkennen den Geist einer bestimmten Person sehr schnell wieder. Ein Bewusstsein ist sogar noch individueller als ein Gesicht. Auf jeden Fall standen einige Leute innerhalb eines Zauns um das Gebäude, und andere waren außerhalb. Es schneite. Die Leute, die draußen waren, drängten sich um Lagerfeuer und wollten hineingelassen werden. Aber die Leute innerhalb des Zauns erlaubten es ihnen nicht. Sie sagten, es gäbe nicht genug Platz.«

»Was geschah dann?«

»Ich weiß es nicht. Aber die Leute hatten sehr große Angst.«

»Du musst es dir im Sternentraum ansehen«, sagte Talis mit Entschiedenheit. »Wir beide werden es tun. Dann gelangen wir direkt in die Zeit des Großen Frosts. Wir müssen die Leute in der Fischfabrik retten. Unser Fehler war, dass wir glaubten, nach einer vierzig Jahre währenden Periode im Leben von Druv und Braunauge suchen zu müssen. Aber wenn sie in der Höhlenmutter waren, verging der Frost in ihrer Wahrnehmung wie im Fluge. Sie sind nicht einmal gealtert. Wir haben diesen kurzen Moment in ihren Erinnerungen bisher übersehen.«

Also machte Mister McNeil es sich auf den Fellen bequem und kümmerte sich gelegentlich um den Destillofen, während Talis und ich sternenträumten …

Und am folgenden Nachmittag war uns alles klar.

Wir wechselten uns ab, Mister McNeil die Geschichte der beiden Gruppen zu erzählen – die eine in der Fischfabrik, die andere außerhalb. Drinnen waren die Bürokraten und ihre Familien, die hauptsächlich aus dem Binnenland stammten und als Parls bezeichnet wurden. Draußen waren die Bewohner von Pallahaxi und einige andere, die sich aus den umliegenden Dörfern hierher verirrt hatten. Druvs Leute aus Alika waren drinnen, Braunauges draußen.

»Druv und Braunauge wurden getrennt«, sagte Talis. »Sie hielten sich durch den Zaun an den Händen.«

»Die Fischfabrik war in mehrere Ebenen aufgeteilt«, fügte ich hinzu. »Der Regent und seine Hauptleute wohnten fünf Stockwerke unter der Erde. In den oberen Stockwerken waren die Leute von geringerer Bedeutung untergebracht. Die Wachen lebten auf Bodenhöhe. Meine Leute befanden sich eine Ebene tiefer. Erst später haben wir erkannt, dass sich die Stockwerke gegeneinander abschotten ließen. Und die größten Vorräte an Lebensmitteln und Brennstoff befanden sich ganz unten.«

Mister McNeil lachte humorlos. »Auch wenn sich eine Kultur von der anderen unterscheidet – die Natur bleibt immer dieselbe.«

»Eines Tages wurden alle Türen verriegelt.«

»Doch zu diesem Zeitpunkt«, sagte Talis, »waren bereits die Lorin gekommen und hatten alle, die draußen geblieben waren, fortgeführt.«

»Und wohin?«, fragte Mister McNeil überrascht. »Irgendwie hatte ich erwartet, dass sie bis zum bitteren Ende vor dem Zaun verharrten.«

»Die Lorin können sehr überzeugend sein. Sie führten die Leute zu ihrer Höhlenmutter.«

»Im Pfeilwald?«

»Nein. Es muss näher gewesen sein, weil es schon sehr kalt geworden war. Die Leute wären nicht mehr weit gekommen. Es schneite heftig, und Braunauge ist den Lorin einfach nur blind gefolgt.«

Ich setzte die Erzählung fort. »Druv fand eine unverschlossene Tür, die nach draußen führte, und konnte auf diese Weise die Fischfabrik verlassen. Er wollte das Risiko eingehen, weil Braunauge draußen war. Dann kamen die Lorin. Am nächsten Tag desertierten die Wachen, und die Lorin holten auch sie.«

»Damit bleiben noch vier Stockwerke voller Stilk in der Fischfabrik«, sagte Mister McNeil. »Was ist mit ihnen geschehen?«

»Niemand weiß es. Sie haben sich von allem abgeschottet.«

»Ob sie wohl noch immer da unten warten?«, sagte Talis.

»Ohne Nahrung?«

»Vielleicht gibt es auch da unten eine Höhlenmutter. Vielleicht halten sie immer noch Winterschlaf. Es wäre doch ein Riesenspaß, wenn wir sie jetzt wecken würden!«

Ich sagte nichts dazu. Ich hatte meine eigenen Vorstellungen, was mit diesen Leuten geschehen war. Auch Mister McNeil schwieg. Ich wusste, was er dachte.

»Also sollten wir lieber zur Fischfabrik hinübergehen und es allen sagen«, schlug Talis vor.

Ich wünschte, es wäre so einfach. »Sie würden uns nicht glauben, meine Liebe. Sie haben es sich dort bequem gemacht und alles von meinem Onkel organisieren lassen. Und jetzt fordern wir sie auf, in die Eiseskälte hinauszugehen, um ein paar Lorin zu suchen und sich ihnen anzuvertrauen? Sie würden uns auslachen. Außerdem sind wir bei ihnen nicht gerade beliebt.«

»Da drinnen haben sich Wühler und Flundern zusammengerauft, Hardy. Vielleicht sehen sie die Dinge jetzt etwas vernünftiger.«

»Und selbst wenn – Borst wird sie wieder auf seine Linie bringen.«

Sie zögerte. »Du … du wirst ihn in Misskredit bringen müssen, mein Lieber. Das ist die einzige Möglichkeit. Wenn wir wenigstens ein paar Leute herausholen wollen … Ich glaube, einige aus Noss würden auf uns hören.«

Bei dieser Vorstellung drehte sich mir der Magen um.

»Sie hat Recht«, sagte Mister McNeil. »Es ist die einzige Möglichkeit. Entweder das oder unser Gewissen wird für den Rest unseres Lebens mit ein paar Hundert Toten leben müssen.«

»Also kommt ihr doch zurückgekrochen«, wurden wir von Borst begrüßt. »Dazu kann ich nur sagen, dass ihr euch an unsere Regeln halten müsst, wenn ihr hierbleiben wollt.«

»Damit haben wir kein Problem, Borst«, sagte ich.

»Ich hoffe nur, dass du es nicht vergisst.« Er musterte mich misstrauisch. Wir standen im Raum, in dem wir uns schon einmal begegnet waren und den er nun zu seinem Hauptquartier gemacht hatte. Es gab nur wenig Mobiliar: ein paar Haufen aus Fellen, ein umgedrehter Karren, der als Tisch diente, einige Bänke, auf denen einst die Opfergaben der Pilger gestanden hatten. Ich war überzeugt, dass ihm etwas Protzigeres lieber gewesen wäre. Und in einer Ecke lag ein großer Haufen, der mit alten Fellen zugedeckt war. Das war bestimmt sein privater Lebensmittelvorrat. Zweifellos der größte von allen hier in der Fischfabrik, aber kaum genug für vierzig Jahre.

»Habt ihr schon die unteren Stockwerke erkundet?«, fragte ich.

Seine Augen wurden unruhig, und er blickte zu seiner Führungsgruppe hinüber: Lonessa, Wanda und Knuff. »Bist du schon dazugekommen, dich in den unteren Stockwerken umzusehen, Knuff?« Er suchte sich den Jüngsten als Opfer aus, um ihm eine Frage zu stellen, die er selbst hätte beantworten können.

Knuff konnte damit gut umgehen. Seit dem Tod seines Vaters war er wesentlich reifer geworden. »Was für untere Stockwerke meinst du, Borst?«, fragte er gelassen zurück.

Borst blieb keine andere Wahl, als die Frage an mich zurückzugeben. »Was für untere Stockwerke?«

Jetzt war nicht der rechte Zeitpunkt, um ihn herauszufordern, weil nicht genug Leute anwesend waren. Es würde auf einer größeren Versammlung geschehen müssen. Seine Niederlage musste gründlich ausfallen und von vielen Zeugen verfolgt werden. Vorläufig würde ich ihn noch etwas hinhalten. »Die Stockwerke unter diesem«, antwortete ich unschuldig.

»Das hier ist das Erdgeschoss. Wie kann es darunter noch andere Stockwerke geben? Dazu müsste es hier Gruben geben.«

Ich trieb ihn noch etwas mehr in die Enge. »Das klingt, als hättest du dir diesen Ort noch nicht in deinen Sternenträumen angesehen.«

In seinen Augen blitzte etwas Mörderisches auf. »Sternenträume? Wir haben keine Zeit zum Sternenträumen! Wichtig sind nur das Hier und Jetzt und unsere Vorbereitungen auf die Zukunft!«

»Natürlich. Also weißt du nichts von den unteren Stockwerken. Das ist schade. Ich finde, wir sollten sie unbedingt erkunden, meinst du nicht auch?«

Erneut hatte ich ihn in seinen Möglichkeiten eingeschränkt. Er schwieg, während seine Leute darüber diskutierten, was man in den unteren Stockwerken vorfinden mochte. Dann kam die Rede auf eine Tür an einem abgelegenen Korridor, die bisher allen Versuchen widerstanden hatte, sie aufzubrechen.

»Ich habe diesen Ort in meinen Sternenträumen gesehen«, sagte ich zu ihnen. »Während des Großen Frosts haben sich da unten viele Leute aufgehalten, auf den vier Stockwerken unter diesem. Mein Vorfahr Druv war eine Zeit lang unter ihnen.«

Das war zu viel für Borst. »Sakrileg! Du behauptest, der ehrwürdige Druv sei dein Vorfahr gewesen? Was kommt als Nächstes, du unverschämter verfrorener Bengel?«

»Talis stammt in direkter Linie von Braunauge ab.«

»Ach ja? Dann hat sie diesen Ort wohl auch in ihren Sternenträumen gesehen!«

»Nein. Sie war außerhalb des Zauns …« Ich zögerte. Ich durfte mich nicht dazu verleiten lassen, schon jetzt meinen Trumpf auszuspielen. Dazu war die Zeit noch nicht reif.

Lonessa mischte sich ein. »Stimmt das, Talis? Sind du und ich Nachkommen von Braunauge?«

»Ja. Ich bin bis zum Anfang zurückgegangen, Mutter. Wir stammen auch von Druv ab. Sie hatten zwei Kinder, einen Jungen und ein Mädchen.«

Nur Talis konnte diese gedankliche Verbindung herstellen. Lonessa blinzelte verwirrt. Sie konnte sich gar nicht vorstellen, dass sie von einem Mann abstammte. Das Vorfahrengedächtnis ist für uns so wichtig, dass wir häufig vergessen, dass wir zwei Elternteile habe, die ihre Gene an uns weitergegeben haben. Gene, die – wie Mister McNeil sagt – viele Aspekte unseres Verhaltens und sogar unser Aussehen beeinflussen. Doch dann tat Lonessa die Verbindung zu Druv mit einem Achselzucken als unbedeutend ab.

»Braunauge, unsere Stammmutter …«, murmelte sie.

»So beeindruckend ist das gar nicht, Mutter. Sie war eine ganz normale Frau.«

Borst schnaubte heftig. Noch ein Sakrileg! »Sie ist die Mutter von uns allen!«

»Eigentlich nicht. Das Eltertier ist die Mutter von uns allen. Und der Vater. Aber das war vor sehr, sehr langer Zeit, sogar noch lange vor dem Großen Frost. Mister McNeil hat es uns erklärt. Vielleicht wird er es eines Tages auch euch erklären.«

»Was im Namen des Großen Lox weiß Mister McNeil über uns?«

»Mehr, als wir selber über uns wissen, wie es scheint«, erwiderte ich. »Warum gehen wir nicht einfach zusammen zu dieser Tür und schauen nach, was sich dahinter befindet?«

Er schnaufte verächtlich. »Du hast doch gehört, dass sie sich nicht öffnen lässt. Hast du das schon vergessen?«

»Ich bin mir sicher, dass Mister McNeil jede Tür öffnen kann.«

Der Mensch lächelte und holte seine Laserpistole hervor.

Borst hielt eine Laterne, und Mister McNeil sorgte mit einer Lampe aus menschlicher Herstellung für weitere Beleuchtung. Wir sammelten ein recht großes Gefolge um uns, als wir uns durch die Korridore bewegten. Bewohner von Yam und Noss vergaßen ihre Differenzen und ließen sich durch eine gemeinsame Gefahr zusammenschmieden. Es wäre sehr beeindruckend gewesen, wenn mich daran nicht gestört hätte, dass sie sich am falschen Ort zusammentaten. Aber die Korridore waren großartig: schnurgerade Wände, die Ecken rechtwinklig und scharf, ohne die plumpe Unebenheit unserer Häuser. Die alten Leute hatten gewusst, wie man baut.

»Was ist hier los?« Talis' Vater war zu uns gestoßen und begrüßte seine Tochter mit einer flüchtigen Umarmung.

Ich erklärte es ihm, während wir weitereilten. Von unserem Gefolge kam interessiertes Raunen. Andere Stockwerke? Eine faszinierende Vorstellung. Vor unseren Füßen huschten Tratten davon und quiekten verärgert. Sie hatten dieses Gebäude generationenlang für sich allein gehabt.

Dann erreichten wir eine solide Metalltür. Die Farbe blätterte ab, die Oberfläche war rostfleckig, aber sie hatte die vielen Jahre bemerkenswert gut überstanden. Es gab keinen Griff, an dem man sie hätte aufziehen können, und als Mister McNeil sich mit seinem ganzen Gewicht dagegenwarf, gab sie nicht nach.

»Sie ist dazu gedacht, andere Leute auszusperren«, sagte er und hob ohne weitere Umschweife seine Laserpistole. Eine glühende Spur aus geschmolzenem Metall brannte sich unaufhaltsam durch die Tür. Die Leute wichen nervös murmelnd zurück. Ein paar hatten schon einmal erlebt, wozu dieses Beispiel menschlicher Technik imstande war, aber für die meisten war es neu.

»Sakrileg«, raunte Borst besorgt. Das schien seit einiger Zeit sein Lieblingswort zu sein. »Diese Tür war generationenlang verschlossen. Offenkundig sollte sie niemals geöffnet werden. Und jetzt zerstört der Mensch sie einfach.«

»Halt die Klappe, du Narr!«, flüsterte Wanda.

Ein kreisrunder Teil fiel aus der Tür und schlug dahinter mit einem lauten Knall auf den Boden. Die Zuschauer rührten sich nicht vor Angst. Inzwischen waren viele von ihnen auf die Idee gekommen, dass irgendwelche Kohorten von Rax seit dem Großen Frost hinter dieser Tür lauern mochten und nur darauf warteten, befreit zu werden, um schwere Verwüstungen in der Welt anrichten zu können. Vielleicht sogar Ragina, die Königin der Eisteufel und die legendäre Geliebte von Rax.

Aber kein Tentakel schob sich hungrig durch das Loch in der Tür. Stattdessen hörten wir ein eigenartiges Summen. Mister McNeil hielt den Strahl seiner Lampe in das Loch und ließ ihn über die Wände eines kurzen Korridors gleiten, der in absolute Schwärze führte. Die Wände waren hell und schienen in Bewegung zu sein.

Ich hörte Knuff murmeln: »Was im Namen von Phu …?«

Seine Worte wurden von panischen Schreien übertönt, als die Wände sich in zahllose geflügelte Insekten auflösten, die aufflogen und in einer riesigen Wolke auf uns zukamen. Ich duckte mich. Die Leute schlugen um sich, wedelten mit den Armen und trafen sich häufiger gegenseitig als die Fliegen. Borst wurde die Laterne aus der Hand geschlagen. Der tönerne Fuß zerbrach, und eine Lache aus Destill ergoss sich über den Boden und fing Feuer. Sie brannte mit unheimlicher blauer Flamme. Die Insekten schwärmten darauf zu und schwebten in einer dichten Masse darüber, während wir zurückwichen. Dann stürzten sie mit versengten Flügeln ab. Ein seltsamer, widerwärtiger Gestank breitete sich aus.

»Es sind nur Summfliegen«, sagte jemand erleichtert.

»Wo hast du schon mal weiße Summfliegen gesehen?«

»Sie haben die richtige Größe und Gestalt.«

Mister McNeil sagte: »Sie haben sich in vielen Jahrhunderten evolutionär an die Dunkelheit angepasst. Dort brauchen sie keine Farbe mehr.«

»Wovon ernähren sie sich?«

Der Mensch zögerte. »Nun ja, ich vermute, dass sie sich seit längerer Zeit nur noch voneinander ernährt haben.«

Immer mehr Fliegen kamen heraus. Mister McNeil stieg durch das Loch in der Tür. Wir sahen, wie der Lichtfleck seiner Lampe über die Wände huschte, die nun grau und leblos waren. Dann verschwand das Licht, bis nur noch ein schwacher Widerschein übrig blieb. Wir hörten ihn rufen: »Ihr solltet unbedingt nachkommen!«

Ich folgte dem Lichtschein und sah ihn vor dem Eingang zu einer großen Kammer stehen, in die er seine Lampe richtete. Andere folgten und drängelten sich hinter uns.

»Ist Borst hier?«, fragte er.

»Natürlich«, erwiderte Borst.

»Ich finde, das sollten Sie sich ansehen.«

Der Lichtfleck wanderte nach unten.

Ich habe diese Szenen mit einem Geas belegt. Ich glaube, das haben alle getan, die dabei waren. Es hat keinen Sinn, die kommenden Generationen mit diesem schrecklichen Anblick zu belasten.

Mitten im Raum befand sich ein großer Aschehaufen. Im schwachen Licht dachte ich zuerst, die Asche wäre von einem Kreis aus Kleidung umgeben, die man wahllos verstreut hatte. Doch dann sah ich das bleiche Schimmern von Knochen, einen Schädel, einen skelettierten Fuß, der aus einem Hosenbein hervorragte, und ich erkannte, dass diese Kleidung einst Leute enthalten hatte. Und ich wusste, warum Mister McNeil gezögert hatte, bevor er seine Vermutung geäußert hatte, wovon sich die Summfliegen ernährt haben könnten. Er hatte mit so etwas gerechnet. Er war weit in der Galaxis herumgekommen und kannte die Bedeutung der Zeit, und er wusste, wie schwach das Leben ist und dass Mythen erfunden werden, mit denen sich die Leute trösteten.

Und jetzt hatten wir alle etwas anderes erkannt.

»Sie haben ihre Bücher verbrannt, um sich daran zu wärmen«, sagte er leise zu mir. »Ihre Bücher, ihre Möbel und alles, was brennbar war. Und als alles verbrannt war, sind sie gestorben.«

Die Neuigkeiten verbreiteten sich. Die Leute versammelten sich. Eine große Menge drängte sich in der größten Kammer und spekulierte verängstigt plappernd, während man auf tröstende Worte von den Anführern im Nachbarraum wartete.

Borst weigerte sich unterdessen, irgendeinen Rat von seiner Führungsriege anzunehmen. »Also gut, einige Leute sind gestorben. Aber das ändert nichts an den Tatsachen. Die Tatsachen lauten, dass einige Leute überlebt haben, weil wir sonst nicht hier wären.«

»Dann solltest du es ihnen lieber erklären«, sagte Lonessa, »bevor sie alle in die Kälte hinausrennen. Für die Leute verbreitet dieser Ort jetzt den Gestank des Todes.«

»Der Punkt ist«, sagte ich, »welche Leute überlebt haben.«

»Genau«, sagte Lonessa.

»Du hältst die Klappe, Hardy!«, rief Borst in einem seiner typischen Wutausbrüche. »Wir haben schon genug Probleme, ohne dass du es noch schlimmer machst!«

Das Raunen im Nebenraum löste sich in einen rhythmischen Chor auf. »Borst …! Borst …! Borst …!«

Lonessa sah mich an. Zu meiner Überraschung lächelte sie für einen kurzen Moment.

»Es wird Zeit, sich allem zu stellen«, sagte sie.

Laternen hingen flackernd an den Wänden und erhellten die besorgten Gesichter der Menge, als Borst auf eine Bank stieg, um zu den Leuten zu sprechen. Zweifingrige Gesten stachen in die Luft, als wäre mein Onkel der Große Lox höchstpersönlich. Ich stand auf dem Boden hinter der Bank, gemeinsam mit Mister McNeil, Lonessa, Wanda, Knuff und Talis.

Borst war da oben ganz allein.

»Mein Volk!«, rief er. »Mein gutes Volk aus Noss und Yam. Heute haben wir eine Lektion gelernt. Wir haben gesehen, was mit gottlosen Leuten geschieht, die ihrem Glauben den Rücken zukehren und sich auf Materialismus und unzulängliche Technik verlassen. Haben wir auch nur ein einziges Bildnis des Großen Lox in jener schrecklichen Höhle gesehen? Nein. Haben wir Symbole des Sonnengottes Phu gesehen, die ihn hätten ermutigen können, in den Himmel zurückzukehren? Nein! Stattdessen sahen wir verräterische und gottlose Leute, die ihr Vertrauen in dicke Wände und verriegelte Türen setzten. Und dafür haben sie den Preis bezahlt. Sie starben, während die Leute hier im Erdgeschoss überlebten.«

»Woher weißt du, dass sie überlebt haben, Yam Borst?«, wollte ein Zwischenrufer wissen.

»Seht ihr hier vielleicht irgendwelche Leichen?« Sein Blick schweifte über die Menge hinweg. »Habt ihr Summfliegen gesehen? Nein!«

»Wohin sind die Leute also gegangen?«

Falls Borst sich über die Unterbrechungen ärgerte, ließ er es sich nicht anmerken. Seine Stimme klang nun tiefer, und er hatte sich vorgebeugt, die Füße fest auf die Bank gestemmt, seine angespannten Waden genau vor meinen Augen, während er sein Publikum zur Leichtgläubigkeit zu verführen versuchte. Und er war gut darin. Daran bestand kein Zweifel, er war wirklich gut. Ich las Vertrauen in den Gesichtern um mich herum – außer natürlich in denen von Lonessa, Wanda, Knuff und Talis. Sie kannten Borst besser.

»Sie sind nirgendwohin gegangen«, sagte er. »Sie sind hiergeblieben, und sie haben gebetet. Tag und Nacht haben sie gebetet, bis der Große Lox sie erhört hat. Genauso wie sie müssen auch wir beten.«

Ein einsamer Skeptiker rief: »Vierzig Jahre lang beten?« Es war die Irre May, die am Ende der Bank stand. Sie nahm Blickkontakt zu mir auf und rückte langsam auf uns zu.

Borst lächelte, als wollte er ein Kind aufmuntern. »Vierzig Jahre? Natürlich nicht. Vierzig Jahre sind das, was die Menschen sagen, aber was wissen sie darüber? Sie haben ein paar Generationen lang unter uns gelebt und sind dann wieder fortgegangen. Vierzig Jahre? Nein, das hier ist der gewöhnliche Frost. Vielleicht dauert er länger als sonst, aber die Zeitspanne liegt allein in den Händen des Großen Lox und nicht in denen irgendeines menschlichen Wahrsagers. Der Große Lox wird unsere Bitten erhören, und im nächsten Frühling werden die Blumen wieder blühen, und wir werden in eine Welt hinaustreten, die ist, wie sie schon immer war.«

»Er ist dabei, sie zu überzeugen«, murmelte Wanda. »Der Kerl ist verfroren gerissen.«

»Tu es, Hardy, jetzt!«, flüsterte Mister McNeil.

Also hing jetzt alles von mir ab, wie? Ich blickte zur robusten Gestalt meines Onkels hinauf, die durch meine Perspektive verkürzt wirkte, nur kräftige Beine und ein strammer Hintern. Und ich wusste, dass mir niemand zuhören würde, ganz gleich, was ich sagte. Borst schlug die Leute in seinen Bann, und jede Opposition würde lediglich meine Stellung verringern, die ohnehin schon gering genug war …

Es war die Irre May, die die richtige Inspiration hatte. May, die durch keine Erinnerungen belastet war, deren Gedanken niemals den ausgetretenen Pfaden folgten. Während ich in meinem

Kopf verzweifelt mit Worten jonglierte, ging sie das Problem, wie sich Borst demütigen ließ, auf direkte Weise an.

Sie griff nach der Bank, auf der er stand, und rüttelte heftig daran.

»Lasst uns beten!«, rief Borst in diesem Moment. Dann kam er aus dem Gleichgewicht. Dabei war Haltung eine wichtige Voraussetzung für seine Glaubwürdigkeit. Schwankend blickte er sich zornig um.

Die Genialität von Mays Lösung wurde uns anderen schnell klar. Auch Mister McNeil und Talis griffen nach der Bank und unterstützten ihre Bemühungen. Es überraschte mich nur leicht, als ich sah, dass Lonessa und Knuff dasselbe taten. Und schon bald machte auch ich mit. Nur Wanda rührte sich nicht, sondern schien verwirrt und empört auf unsere Aktion zu reagieren.

Der Bann war gebrochen, und vereinzeltes Gelächter kam aus dem Publikum. Für die meisten schien Borst ein seltsames Tänzchen aufzuführen.

»Rauf mit dir, Hardy«, sagte Mister McNeil und hob mich ohne Umschweife auf die Bank, die sich plötzlich beruhigte, als die Schüttler ihre Störung einstellten. Das Einzige, was jetzt noch zitterte, waren meine Knie, während Borst mir einen mordlustigen Blick zuwarf und ein neugieriges Raunen durch die Zuhörerschaft ging.

»Wir vergeuden unsere Zeit«, rief ich laut. »Damals sind die Leute hier gestorben, genauso wie es mit uns passieren wird, wenn wir bleiben.«

»Aha?« Borst musterte mich mit übertriebenem Interesse. »Und was schlägst du vor, wohin wir stattdessen gehen sollen, junger Hardy?«

»Zu den Lorin-Höhlen.«

»Zu den *Lorin*-Höhlen. Du meinst die *Lorin*-Höhlen? Ja, ich glaube, wir wissen, dass du einiges für die Lorin übrighast. Und was sollen wir dort machen, Hardy?«

»Die Lorin haben eine Art Milch, die einen lange schlafen lässt.«

»Natürlich haben sie das, natürlich. Jetzt sei ein guter Junge und geh von der Bank runter, damit ich zu diesen Leuten reden kann.«

»Die Lorin sind unsere einzige Chance!«, rief ich verzweifelt.

»Das glaube ich kaum. Ich weiß, dass du schon immer von ihnen besessen warst. Hast du uns nicht sogar einmal erzählt, dass wir von derselben Spezies sind wie diese kleinen pelzigen Kerlchen? Nein, Hardy, wir werden in Pallahaxi bleiben. Am heiligen Quell. Ein passender Ort, um auf die Wiedergeburt des Sonnengottes Phu zu warten, meinst du nicht auch?« Dann trat er zu mir, legte mir freundschaftlich einen Arm um die Schulter und schockierte mich, als er mir ins Ohr flüsterte: »Jetzt geh sofort runter, du verfrorener Bengel, sonst bekommst du von meinen Männern einen Speer in den Rücken!«

Ich blickte in sein lächelndes Gesicht und zog eine perverse Kraft aus seinen Worten. Offensichtlich beunruhigte ihn meine Anwesenheit. Ich sagte laut: »Also haben wir uns über den Grund getäuscht, warum unsere Vorfahren ihre Bücher verbrannten. Wir glaubten, sie hätten es getan, weil Phu ihnen die Gabe des Vorfahrengedächtnisses verlieh. Aber das war nicht der wahre Grund.«

»Was?« Darüber hatte er noch gar nicht richtig nachgedacht.

»Die Leute da unten haben die Bücher verbrannt, um es warm zu haben. Und als alle Bücher verbrannt waren, sind sie erfroren.«

»Aber wir sind nicht da unten, nicht wahr, Hardy?«

»Auch hier im Erdgeschoss gibt es jede Menge Asche.«

»Und das ist ein Beweis für meine Überzeugung. Die Leute hier oben haben gebetet, die Gabe des Vorfahrengedächtnisses empfangen, die Bücher verbrannt und überlebt. Die Leute da unten waren gottlos und mussten sterben.«

Das war meine Chance – zumindest glaubte ich das. In Wahrheit hatte ich vermutlich nie eine Chance gehabt. »Und wo sind die Leute im Erdgeschoss hingegangen, nachdem sie all ihre Bücher verbrannt hatten?«

»Natürlich hinaus in eine warme Welt.«

Mein Mund fühlte sich ausgetrocknet an. »Hast du es in deinen Sternenträumen gesehen?«

»Aber gewiss.«

»Ich auch, aber so ist es nicht gewesen.«

Das Publikum heulte auf. Anders kann ich es nicht beschreiben. Es klang animalisch, überwältigend, feindselig, und es war gegen mich gerichtet. Ich hatte die Regeln des Anstands zutiefst verletzt.

»Willst du meine Erinnerungen in Frage stellen?«, brüllte Borst.

»Ja! Ich sage, dass du dir die ganze verfrorene Sache ausgedacht hast. Du hast all diesen religiösen Unsinn erfunden, weil du keine wirklichen Erinnerungen hast, in denen du die Wahrheit erkennen könntest. Du weißt nicht einmal, was in der vorigen Generation geschehen ist. Du bringst das Leben all dieser Leute in Gefahr, weil du dich an deine Machtposition klammerst. Du bist gar nicht dazu geeignet, ein Hauptmann zu sein. Du bist geistig behindert, und du warst es von Geburt an – ich habe deine Initiation im Sternentraum gesehen! Du hast es all die Jahre vor uns verborgen, und du hast alle getötet, die ...«

Aber der Lärm des Publikums übertönte alles, was ich noch hatte sagen wollen. Hände griffen nach mir. Ich sah Lenz in der Menge. »Er hat Recht! Hört ihm zu!«, sagte sie, aber ich konnte es nur von ihren Lippen ablesen, ohne dass es sonst jemand bemerkte. Dann hob Borst eine Hand, und die Leute verstummten in verfrorenem, loxgleichem Gehorsam. Er lächelte mich mitleidig an.

Ich versuchte es erneut, bevor er weiterreden konnte. »Seht ihr nicht, dass die Wahrheit der Feind der Religion ist? Wenn wir uns nicht daran erinnern können, ist es nicht geschehen. Vertraut euren Erinnerungen!«

»Also bist du im Sternentraum so weit zurückgegangen?«, fragte Borst listig. »So so. Und wenn man unserer Familientradition glauben darf, sind du und ich die Einzigen hier, die dazu in der Lage sind. Nur du und ich, Hardy. Und du wärst gerne Hauptmann, nicht wahr? Genauso wie dein Vater gerne Hauptmann gewesen wäre.«

»Es gibt noch jemanden, der sich an den Großen Frost erinnern kann, Borst.«

»Ach ja?« Er zog in gespieltem Erstaunen die Augenbrauen hoch, aber in seinen Augen stand leichte Besorgnis.

Talis stieg auf die Bank. »Ich.«

Erneut tobte das Publikum.

»Sag mal, bist du nicht Hardys kleine Schlampe? Die Flunder, die mit einem Wühler zusammenlebt?«

»Es reicht jetzt!« Nun stieg Lonessa auf die Bank. Da oben wurde es gefährlich eng, aber der Anblick der Hauptfrau von Noss beruhigte die Leute.

Borst musterte sie verunsichert. »Mir ist natürlich klar, dass Talis deine Tochter ist, aber …«

»Ich bin nicht hier, um über Erinnerungen zu streiten, Borst. Darum geht es überhaupt nicht.«

»Und worum geht es deiner Meinung nach?«

»Dass du deinen Bruder ermordet hast, Borst, und dass ich es beweisen kann.«

Wenn Mister McNeil mir aufregende Geschichten über die Weltraumfahrt erzählt, benutzt er häufig den Ausdruck »das Blut wich ihm aus dem Gesicht«. Aus guten Gründen gibt es viele Ähnlichkeiten zwischen Stilk und Menschen, und als ich Borst beobachtete, sah ich tatsächlich, wie sein Gesicht blutleer wurde, vermutlich um sein Gehirn bei der schwierigen Verarbeitung zu unterstützen. Bis er bleich wie die widerlichen Summfliegen aus dem unteren Stockwerk krächzte: »Unsinn!«

»Knuff!«, rief Lonessa.

Der Hauptmann von Noss warf einen Sack aus zusammengenähten Lederstücken auf die bereits überfüllte Bank und stieg hinterher. Der Sack wurde von einem länglichen Gegenstand gespannt, der sich darin befand. Knuff ließ ihn liegen und wandte sich dem Publikum zu, das sehr still geworden war.

»Yam Bruno war ein beliebter Mann«, begann er. »Bei uns in Noss haben wir ihn bewundert, und wir schätzten ihn, weil man gut mit ihm verhandeln konnte … außer …« Er biss sich auf die Lippe. Offenbar erinnerte er sich daran, wie mein lieber alter Vater ihn gegen die Wand geschubst hatte. Doch dann entschied er, dass jetzt nicht der richtige Zeitpunkt war, alte Wunden wieder aufzureißen. Wenn Borst der Schurke sein sollte, musste Vater der Gute sein. Was er auch tatsächlich gewesen war. »Es war ein schwerer Schlag für unsere beiden Dörfer, als er getötet wurde. Doch viel schlimmer war, dass er in Noss getötet wurde. Er wurde mit einer Stichwunde im Rücken an der Wasseroberfläche treibend gefunden, von seinem Sohn Hardy, der …« Wieder zögerte er und sah mich an. Erneut wollte sich ein alter Groll in den Vordergrund drängen. Er erinnerte sich daran, dass ich ihn des Mordes angeklagt hatte, aber er war wesentlich reifer geworden, seit er die Aufgaben eines Hauptmanns übernommen hatte.

Er schluckte die Erinnerung hinunter und fuhr fort: »Es geschah in der Anfangszeit der Grume. Niemand wusste, wer diese Tat begangen hatte. Aber wir wussten, *wie* sie begangen wurde. Yam Borst, sein Bruder, schlich sich von hinten an ihn heran, während er am Ufer der Flussmündung bei Noss stand, und stach ihm mit seinem Jagdspeer in den Rücken. Bruno stürzte und fiel ins tiefe Wasser, wobei er Borst beinahe mitgerissen hätte.«

»Mutmaßungen!«, rief Borst. »Lügen! Warst du etwa dabei? Woher hast du solche Visionen?«

Knuff ging nicht auf ihn ein. »Borst zog am Speer, und er löste sich, aber die Widerhaken der Spitze hatten sich in Brunos Umhang verfangen. Der Umhang wurde von Brunos Körper gerissen, und Borst, der aus dem Gleichgewicht zu geraten drohte, musste den Speer loslassen. Die Speerspitze bestand aus Eisen. Und Borst ist ein Wühler. Er kann nicht schwimmen. Er musste hilflos mitansehen, wie der Speer im Wasser versank und den Mantel mit sich nahm. Aber er machte sich keine Sorgen, weil der Beweis auf den Meeresgrund gesunken und die Sache damit erledigt war.«

Nun drehte er sich zu Borst um. Vom Jungen, als den ich ihn kennengelernt hatte, war nichts mehr zu sehen. Er war ein Erwachsener, der einem Erwachsenen gegenüberstand. Und Borst schlug den Blick nieder. »Aber du bist ein Binnenländer, Borst, und du hast die Grume vergessen.«

»Die Grume?«, wiederholte Borst tonlos. »Die Grume?«

»Die Grume hatte ihren Höhepunkt noch nicht erreicht. Tage vergingen, und das Wasser wurde dichter. Ist dir klar, was das bedeutet? Dinge werden an die Oberfläche getrieben, wenn das Wasser dichter wird, nicht wahr?« Er hob den Ledersack auf. »Dinge wie Tiefseefische und versunkene Boote und …«

Er zog seine Beweisstücke aus dem Sack und hob sie hoch. »Und Umhänge, in denen Speere stecken. Umhänge, die wiedererkennbar sind, und Speere, die wiedererkennbar sind. Brunos Verhandlungsumhang und dein Hauptmannsspeer, Borst!«

Damit war mein Onkel erledigt. Er starrte verständnislos auf die Beweisstücke und fragte sich zweifellos, was mit seinen Gebeten schiefgelaufen war und warum der Große Lox ihn im Stich gelassen hatte. Inzwischen ist mir klar, dass er keinerlei moralischen Sinn besitzt, weil er uns durch viele Generationen von Erinnerungen eingeprägt wird. Oder im Fall eines Kindes mit fehlerhaftem Erinnerungsvermögen wie bei der Irren May durch gründliches Lernen. Borst hatte keinen derartigen Unterricht erhalten, weil Großvater sich niemals eingestanden hatte, dass mit ihm etwas nicht stimmte.

War Großvater der Hauptschuldige in dieser ganzen Geschichte? Vielleicht. Aber kurz nach Borsts Initiation hatte man ihn mit einer Stichwunde im Rücken aufgefunden. Das bringt einen ziemlich ins Grübeln, nicht wahr? Vielleicht hatte er zu Borst gesagt, dass er nicht sein Nachfolger als Hauptmann werden konnte, wenn er nicht ganz schnell Zugang zu seinen Erinnerungen erhielt. Und der junge Borst, dem es an Vorfahrengedächtnis, aber nicht an Machtgier mangelte, hatte ihn getötet. Wer weiß?

Drücker weiß es, weil er die Erinnerung an den Mord geerbt haben muss. Zweifellos hat Borst die Sache mit einem Geas belegt. Aber sie liegt in Drückers Gedächtnis verborgen, und eines Tages wird er etwas zu neugierig sein und sie sich genauer ansehen. Das wird dann sein Problem sein.

Halb sprang, halb fiel Borst von der Bank, und die Menge teilte sich, um ihn durchzulassen. Die Leute wandten den Blick ab, als er in Richtung Tür wankte. Plötzlich wirkte er wie jemand ohne Bedeutung, wie ein Niemand, klein und gebeugt. Seine Persönlichkeit hatte er in unseren Erinnerungen zurückgelassen. Vor der Tür nach draußen kam es zu einem kleinen Handgemenge. Drücker stand dort und versuchte ihn zurückzuhalten. Mit einer letzten Kraftanstrengung stieß Borst seinen Sohn von sich und riss die Tür auf.

Schnee wehte herein. Der Große Frost hatte begonnen.

Borst ging nach draußen.

Jemand schloss schnell die Tür. Lonessa sah mich an. »Jetzt liegt alles an dir, Hardy. Der Frost ist da. Ich hoffe bei Phu, dass du mit den Lorin Recht hast.«

Unterdessen hatte Knuff sich umgedreht und bedachte mich mit einem unangenehmen Blick, der mich an frühere Zeiten erinnerte. »Wenn du gewusst hast, dass Borst keine Erinnerungen hat, hättest du es uns sagen müssen. Du hast zugelassen, dass wir von einem Betrüger geführt werden. Es fällt mir schwer, dir so etwas zu verzeihen.«

»Ich konnte es niemandem sagen, Knuff. Es wäre weitergeplaudert worden, und Borst hätte davon gehört und sich darauf vorbereiten können. Ich musste auf einen günstigen Augenblick vor großem Publikum warten.«

»Aber es hat trotzdem nicht funktioniert, oder?«

»Die Saat des Zweifels wurde gelegt.« Dann kam mir in den Sinn, dass ich ebenfalls einen Vorwurf vorzubringen hatte. »Und warum hast du mir nicht gesagt, dass Borst meinen Vater getötet hat?« Jetzt fielen mir Kleinigkeiten wieder ein. Die plötzliche Veränderung des Aussehens von Borsts offiziellem Jagdspeer. Wie ich Wandauges Worte mitgehört hatte, als er am Flussufer gestanden hatte: *»Davon dürfen sie nichts erfahren. Das wäre das Letzte, was wir jetzt gebrauchen können. Es ist wichtig, dass wir uns zusammenreißen.«* Wie der sterbende Wandauge zu seinem Sohn geflüstert hatte. Die seltsamen Blicke, die Knuff mir von Zeit zu Zeit zugeworfen hatte. »Du weißt es schon sehr lange, du Verfrorener! Du hättest es mir sagen müssen!«

Zu meiner Überraschung veränderte sich sein Gesichtsausdruck, und er lachte leise. »Der Zeitpunkt war ungünstig. Du hättest es vielleicht in einem unpassenden Moment weitergeplaudert.«

Kurz darauf stellte ich fest, dass ich zurücklächelte. »Damit könntest du Recht haben.«

»Aber es war Yam May, die die Sache für uns in Bewegung gebracht hat«, sagte er. »Ein Geniestreich, an der Bank zu wackeln.« Ich bemerkte den bewundernden Blick, mit dem er May bedachte, und zählte eins und eins zusammen. Seine Stellung war hoch genug, um jede Kritik abschmettern zu können, wenn er mit May zusammenkam. Vielleicht würde bald eine weitere Barriere fallen.

Wir stiegen von der Bank. Wir mussten uns im kleinen Kreis besprechen, bevor wir wieder vor unser Volk treten konnten. Unser Volk. Ich ließ mir diese Worte stumm auf der Zunge zergehen.

»Trotzdem finde ich es seltsam«, sagte Knuff nachdenklich, »dass dein Vater den Leuten von Yam nichts von Borsts Problem gesagt und nicht selber die Führung übernommen hat, wozu er zweifellos in der Lage gewesen wäre.«

»Das war einfach nur Loyalität«, sagte Lenz, die sich zu uns gesellt hatte. »Bruno war immer loyal, gegenüber jedem. Einschließlich mir.« Ihre Augen strahlten, als sie sich erinnerte.

»Und Borst hat sich für die Loyalität bedankt, indem er Bruno ermordete«, sagte Knuff.

»Borst hat nie verstanden, was für ein Mann Bruno war. Natürlich hat er ihm nicht vertraut. Und Hardy konnte er auch nicht vertrauen, weil er glaubte, dass Hardy früher oder später in Brunos Erinnerungen auf sein Geheimnis stoßen würde. Ich weiß nicht, wovor er die meiste Angst hatte: vor einer Zukunft ohne Bruno oder vor einem Verrat. Bruno hat mir immer wieder gesagt, dass er gut auf sich aufpasst. Aber er glaubte, in Noss sicher zu sein.«

»Borst war ein verfrorener Betrüger«, sagte Knuff. »Ich habe ihn noch nie gemocht.«

In diesem Moment kehrte Drücker zu uns zurück. Seine jungen Wangen waren tränenfeucht. »Versteht ihr nicht, wie es ist, anders zu sein? Dass man alles tun würde, um dazuzugehören, um zu beweisen, dass man nicht anders ist?«, sagte er. »Mein Vater wusste Bescheid. Und auch er war sehr loyal. Gegenüber seinem Sohn. Gegenüber mir.«

Sternenträumer sind es gewohnt, Dinge aus unterschiedlichen Perspektiven zu betrachten. In diesem Moment verspürte ich Mitleid für Borst. Und für Drücker.

Dann sagte die Irre May: »Man kann auch einfach akzeptieren, wie man ist, und das Beste draus machen.«

»Das erlauben die anderen einem nicht«, sagte Drücker. »Das solltest du am besten wissen.«

Es war seltsam, wie schnell Euphorie verfliegen konnte. Noch vor wenigen Augenblicken war der Sturz meines Onkels das Wichtigste auf der ganzen Welt gewesen. Jetzt war es geschafft, und ich hatte einen kurzen Moment der Begeisterung erlebt, als ich mich zusammen mit meinen Verbündeten über den Erfolg freute.

Dann war plötzlich alles verflogen, und ich stand in einer feuchten, dunklen Kammer unter sehr vielen Leuten, die erwarteten, dass ich ihnen das Leben rettete. Sie hatten kleine Gruppen gebildet, in denen sie um kleine Lagerfeuer am Boden saßen und sich unterhielten. Von Zeit zu Zeit blickten sie vertrauensvoll zu mir auf. Ich war im Sternentraum bis zum vorigen Großen Frost zurückgegangen. Also war ich ihr rechtmäßiger Anführer. Sie warteten auf ein Zeichen von mir.

Mister McNeil hustete und wedelte sich eine Rauchschwade aus dem Gesicht. »Ich wette, die Leute tiefer unten sind eher an Sauerstoffmangel als an Kälte und Hunger gestorben. Können wir nichts gegen diese Feuer machen?«

»Sie würden in Panik geraten, wenn sie sich nicht wärmen könnten«, gab Lonessa zu bedenken.

»Was sollen wir jetzt also machen?«, fragte Knuff.

»Uns in Borsts Kammer zurückziehen und darüber reden«, sagte ich. »Ich kann nicht nachdenken, wenn all diese Leute mich anstarren.«

Wir zogen in den Nebenraum um und schlossen die Tür. Ich stellte fest, dass auch die Irre May mitgekommen war, was mich nicht überraschte. Es überraschte mich eher, dass auch Drücker bei uns war.

»Also gut«, sagte ich, »lasst uns ein paar Ideen sammeln.«

»Du hast versprochen, dass wir bei den Lorin in Sicherheit sind«, sagte Drücker mit einer Spur von Gehässigkeit. »Daraus wirst du jetzt irgendwas machen müssen. Wie, liegt ganz bei dir.«

»Wir können diese Sache nur gemeinsam bewältigen«, rief Talis ihm ins Gedächtnis. »Wenn du keinen konstruktiven Beitrag leisten willst, verschwinde wenigstens von hier.«

Er murmelte etwas, das ich nicht verstand, und zog sich an den Rand der Gruppe zurück.

»Du hast erzählt, dass es unter dem Pfeilwald Lorin-Höhlen gibt«, sagte Lonessa. »Die Höhlenmutter, wie du sie genannt hast. Wir können jetzt nicht mehr alle zusammen hinmarschieren, nachdem der Frost eingesetzt hat. Könnte Mister McNeil die Leute in seinem Buggy hinfahren?«

Der Mensch schüttelte den Kopf. »Es ist zu weit. Vor ein paar Tagen hätte ich vielleicht noch eine Chance gehabt. Aber jetzt schneit es zu heftig. Nach einigen Fahrten würde ich immer häufiger stecken bleiben, und ich könnte jedes Mal nur drei oder vier Passagiere mitnehmen.«

»Also könnten sie uns hier – sieben Personen – mit zwei Fahrten hinbringen«, sagte Drücker mit hoffnungsvollem Unterton.

»Vergiss es«, sagte ich zu ihm. »Es sind noch mehr Leute da.«

»Aber irgendjemand muss doch einen Neuanfang machen können, wenn der Frost vorbei ist!«

»Das Problem betrifft die ganze Welt. Es dürfte Leute geben, die schneller losgezogen sind als wir. Leute, die sich erinnert haben und bereit waren, ihr Schicksal in die Hände der Lorin zu legen. Vermutlich schlafen sie längst in anderen Höhlenmüttern. Sie werden nach dem Frost alles wieder aufbauen. Eigentlich spielt es gar keine große Rolle, wenn wir es nicht schaffen.«

»Für mich schon!«

Er ging mir immer mehr auf die Nerven. »May, würdest du bitte mit ihm in eine Ecke gehen und versuchen, ihn zur Vernunft zu bringen? Ich möchte nicht, dass er zu den anderen geht und Panik verbreitet.«

May führte ihn widerwillig davon, worauf wir sachlicher weiterdiskutieren konnten.

»Ich glaube nicht«, sagte Talis, »dass die Lorin zu uns kommen werden. So läuft es bei ihnen nicht. Auch beim letzten Mal sind sie nicht zu den Leuten gekommen. Es waren diejenigen, die wie Braunauge draußen bleiben mussten, die gerettet wurden, und solche, die aus eigenem Antrieb nach draußen gingen, wie Druv. Wisst ihr, wie die Lorin darüber denken? Wenn die Leute so dumm sind, sich hier drinnen zu verschanzen und zu sterben, dann sind es nicht die Leute, die die Welt braucht, wenn es wieder wärmer wird. Wir müssen beweisen, dass wir zumindest etwas Verstand besitzen.«

»Vielleicht gibt es andere Höhlenmütter, die uns näher als die unter dem Pfeilwald sind«, sagte Lonessa. »Diese Gegend hier kenne ich nicht. Du hast sie im Sternentraum gesehen, Talis.«

»Ich habe von keiner anderen Höhlenmutter geträumt als der, in der Braunauge aufgewacht ist. Als die Lorin zu ihr kamen, war sie bewusstlos. Es könnte genauso gut sein, dass sie sie tatsächlich den weiten Weg bis zum Pfeilwald getragen haben.« Sie sah mich mit unglücklichem Gesichtsausdruck an. »Es tut mir leid, Hardy. Da bin ich keine große Hilfe.«

»Es muss Höhlenmütter in der Nähe von Pallahaxi geben«, sagte ich. »In meinem Sternentraum habe ich dort sehr viele Lorin gesehen. Aber auch Druv war bewusstlos, als sie ihn holten ... Moment mal! Mister McNeil sagt, dass die Höhlenmütter von Bäumen leben, deren Säfte abwärtsfließen. Von Tassenbäumen und Anemonen. Also müsste es überall dort, wo eine Höhlenmutter ist, auch einen Wald geben.«

»Es gibt viele Wälder in der Umgebung von Pallahaxi«, sagte Knuff. »Woher wissen wir, unter welchem sich eine Höhlenmutter befindet? Wir können nicht alle absuchen, nachdem es jetzt schneit.« Er gab sich immer mehr seinem Pessimismus hin.

Die Irre May ließ Drücker in der Ecke sitzen und kam zu uns zurück. Er starrte grimmig gegen die Wand, während er versuchte, mit der Situation zurechtzukommen. Wenigstens gab er sich Mühe.

»Irgendetwas muss an den Bäumen anders sein«, sagte sie.

»Ein Tassenbaum unterscheidet sich kaum von einem anderen«, sagte Knuff bedrückt. »Ich muss es wissen. Ich habe genug davon gepflanzt.«

Mays Augen wurden größer. »Genauso wie ich!«, sagte sie mit unterdrückter Begeisterung. »Warum hast du sie gepflanzt, Knuff?«

»Weil mein Vater es mir gesagt hat. In letzter Zeit war er zu schwach, um sie selber zu pflanzen, so dass ich nicht nur meinen, sondern auch seinen Anteil übernehmen musste.«

»Ja, aber *warum*?«

Lonessa begriff nicht, worauf sie hinauswollte. »Wir müssen die heiligen Wälder wiederaufforsten, das weißt du doch. Andernfalls würden sie absterben. Man vermehrt Tassenbäume und Anemonen aus Stecklingen. Sie werfen keinen Samen ab wie andere Bäume. Du bist die Försterin von Yam. Du solltest es wissen.«

»Aber warum ist es so wichtig, dass diese Wälder nicht absterben?«, sagte die Irre May. »Es gibt doch noch viele andere Wälder.«

»Sicher, aber wir reden hier von *heiligen* Wäldern, du Dummkopf.« Lonessas Geduld war nahezu erschöpft.

»Warum sind sie heilig?«

»Warum sind sie heilig?« Solche Fragen hörte Lonessa nicht gern. »Sie *sind* es einfach. Sie waren es schon immer. Du hast keine Erinnerungen, also weißt du nichts davon. Aber die Leute von Noss haben ihren Wald seit vielen Generationen gehegt. Es ist ein Symbol des Dankes. Damit geben wir etwas von dem Segen zurück, den wir empfangen haben. Damit ehren wir das Eltertier.«

»Ja, klar, sicher.« Jetzt war es May, die die Geduld verlor. »Hör mir doch einfach mal für einen Moment zu. Stell dir vor, dass die Wälder aus einem ganz bestimmten Grund heilig sind. Und jetzt geh noch einen Schritt weiter, Lonessa. Vielleicht ist der Grund der, dass sie die Höhlenmütter mit Nahrung versorgen.«

Plötzlich herrschte Totenstille.

Schließlich war es Lenz, die sich leise zu Wort meldete. »Aber das bedeutet … dass wir in gewisser Weise *gezwungen* wurden, sie anzupflanzen.«

»Programmiert«, sagte Mister McNeil. »Über einen Instinkt. Das wäre möglich.«

»Das kann ich mir nicht vorstellen«, sagte Lonessa. »Ich fühle mich nicht gezwungen, zum Erntedank Bäume zu pflanzen.«

»Natürlich nicht«, sagte Mister McNeil. »Genau das ist der Punkt. Es ist wie eine vererbte Erinnerung. Sie ist einfach *da*. In Ihnen allen. Das Bedürfnis, Bäume zu pflanzen, genauso wie das Bedürfnis, Kinder zur Welt zu bringen.«

8 AUFBRUCH

Ich bin mir sicher, dass die Menschen zurückkehren werden. Ich weiß nicht, wie viele Generationen bis dahin vergehen, aber Sie werden wiederkommen. Und wenn Sie zu uns kommen, halten Sie Ausschau nach einem Kerl mit einem goldenen Ring am Daumen. Mister McNeil hat ihn mir geschenkt, doch er war zu groß für meine Finger. Ich werde ihn an meinen jüngsten Sohn weitergeben, wenn er seine Initiation hinter sich gebracht hat, damit er in der Linie meiner männlichen Nachkommen bleibt. Wenn Sie also diesem Kerl begegnen – er könnte braune Augen haben, was ungewöhnlich für einen Stilk ist –, wird er Ihnen die ganze Geschichte erzählen.

Einige folgten uns, andere blieben zurück und starben.

Borsts Jäger blieben zurück. Sie kauerten sich um ihr kleines Feuer und stachen mit den Speeren in die Flammen. Wenig später sollten sie auch ihre Waffen als Brennstoff opfern. Ich sah, dass Flick mehrere Male in meine Richtung blickte, als wäre er noch unschlüssig. Viele Bewohner von Yam hatten entschieden, in der Fischfabrik zu bleiben, vielleicht aus Loyalität gegenüber ihren Erinnerungen an Borst, aber wohl eher aus Angst vor dem Unbekannten. Auch Kaunter blieb zurück, der Idiot. Als wir uns zum Aufbruch bereitmachten, stieß Faun zu uns.

»Ich würde gern mitkommen«, sagte sie leise. »Mutter bleibt hier.«

In diesem Moment wackelte Wanda herbei, ein eingeschüchtertes runzliges Bündel. »Du darfst nicht gehen, Faun. Ich verbiete es dir!«

»Tut mir leid, Mutter.«

Ihre Stimme nahm einen flehenden Tonfall an. »Ihr wollt wirklich da rausgehen? Ihr müsst verrückt sein. Ihr werdet in Rennwahn verfallen.«

Wir ließen sie mit ihrem Irrglauben und den übrigen Verlorenen zurück.

Ich bin niemals zur Fischfabrik von Pallahaxi zurückgekehrt. Ich hatte dort schon genug Tod gesehen. Wir hüllten uns in unsere Felle und beluden uns mit warmen Ziegelsteinen. Wir öffneten die Tür und traten nach draußen, während die schweigenden kleinen Gruppen an ihren Feuern sitzen blieben und zweifingrige Gesten machten und auf den Großen Lox warteten. Der Schnee lag bereits fußknöchelhoch. Er hatte all die wundersamen Maschinen zugedeckt, so dass wir uns vorsichtig zwischen den kleinen weißen Hügeln bewegen mussten, aus denen schwarze Spitzen hervorragten. Talis und ich führten die anderen nach Norden.

Unsere Ziegelsteine waren noch warm, als wir auf den ersten Lorin trafen. Er watschelte unter einem schlafenden Anemonenbaum hervor, als hätte er dort auf uns gewartet. Vielleicht hatte er das wirklich. Er griff mit seiner pelzigen Tatze nach Talis' dickem Handschuh und führte sie zu einem Baum, dessen Stamm einen senkrechten Spalt hatte.

Wir stiegen hindurch und nach unten.

Später lagen wir dicht nebeneinander zu fünft auf dem warmen Boden der Höhlenmutter: Mister McNeil, Talis, Reck, Lenz und ich. Die anderen waren in der ganzen Höhle verstreut, undeutliche Gestalten im schwachen Licht der Pilze. Einige hatten bereits die Zitzen in den Mund genommen und dämmerten langsam weg. Andere waren schon vorher eingeschlafen, so dass die Lorin sie mit den Zitzen versorgten.

Jetzt war die Zeit, zurückzuschauen, Erinnerungen zu sortieren und Dinge zu klären.

»Ich habe mir Folgendes überlegt«, sagte ich zu Mister McNeil. »Sie haben erzählt, dass die Kikihuahuas uns geschaffen haben. Vielleicht gefiel ihnen nicht, wie wir uns entwickelt haben. Sie sagten, sie halten nichts vom Töten oder der Verarbeitung von Metall. Aber wir haben das alles getan. Also haben sie im letzten Großen Frost vielleicht die Chance gesehen, uns zu verbessern. Sie gaben uns genetische Erinnerungen, während wir schliefen, in der Hoffnung, dass wir aus unseren Fehlern lernen.

Vielleicht ist es erneut schiefgegangen. Wir haben Tiere und uns gegenseitig getötet, und wir haben Metall bearbeitet, und einige von uns wollten sogar menschliche Technik übernehmen. Wir haben unser Vorfahrengedächtnis nicht gut genug genutzt. Wir haben Faktenwissen durch Religion ersetzt. Wir haben versagt.«

»Glaubt mir«, sagte Mister McNeil, »ihr habt nicht versagt. Ihr kennt nur nicht die ganze Geschichte, das ist alles.«

»Und Sie werden sie uns jetzt erzählen?«

Er zögerte, bevor er zu einem Entschluss kam. »Vielleicht überlebe ich das hier nicht. Es ist sogar recht wahrscheinlich, dass diese Milch nicht für meinen Metabolismus geeignet ist. Also werde ich euch erzählen, was ich weiß, bevor wir einschlafen. Für euch könnte es entmutigend klingen. Deshalb konnte ich es euch nicht früher erzählen. Ihr brauchtet jede Ermutigung, die ihr bekommen konntet, um einfach nur zu überleben …«

Er machte eine kurze Pause. »Stellt euch vor, wie es war, als die Kikihuahuas hier eintrafen. Dieser Planet ist nach unserer Klassifikation von erdähnlichem Typ. Die Kikihuahuas leben unter etwas anderen Umweltbedingungen, so dass sie Lebewesen brauchten, die daran angepasst sind und die Welt für sie vorbereiten. Aber es gibt schon eine Lebensform, die sich an genau diese erdähnlichen Umweltbedingungen angepasst hat, und das sind die Menschen. Somit gab es keinen Grund, lange herumzuexperimentieren. Also brachten die Kikihuahuas das Eltertier dazu, Wesen hervorzubringen, die Menschen sehr ähnlich sind. Ich vermute, dass sie sogar ein paar menschliche Gene zur Verfügung hatten, mit denen sie das Eltertier manipulierten. Dann setzten sie dieses Geschöpf ab und programmierten es darauf, diese Welt etwas geeigneter zu machen.«

Plötzlich klopfte mein Herz schneller. »Wofür geeigneter?«

»Für eine zweite, bevorzugte Lebensform. Zu diesem Zweck haben die Kikihuahuas akzeptiert, dass es für ihre Geschöpfe – kurzfristig – notwendig sein könnte, zu töten und Metall zu bearbeiten. Aber ihre Nachfolger werden wieder den Idealen der Kikihuahuas entsprechen. Es werden sanftmütige Wesen sein, die von der Natur leben, freundlich und gesellig, parthenogenetisch und ohne das Risiko der Überbevölkerung.«

»Lorin«, flüsterte Talis. »Sie kommen als Nächste.«

»Ich befürchte es. Ihr habt euch nie sehr dafür interessiert, wie sie leben, nicht wahr?«

»Nein. Natürlich nicht.«

»Weil ihr darauf programmiert seid.«

Wir dachten darüber nach. Die Lorin? Sie waren doch einfach nur da! Wie konnte man sich für ihre Lebensumstände interessieren?

»Woher wissen Sie das alles?«, fragte Talis. »Sie sind doch erst seit ein paar Generationen hier?«

»Wir kennen die Kikihuahuas. So gehen sie in den meisten Fällen vor. Ihr seid das, was wir als Erste Kolonisten bezeichnen. Ihr habt die Aufgabe, so gut zu überleben wie möglich. Ihr sollt jagen, fischen, Ackerbau treiben oder was auch immer, um in einer möglicherweise lebensfeindlichen Umgebung zu überleben. Also müsst ihr stark und rücksichtslos sein, jedenfalls nach ihren Maßstäben. Während ihr überlebt, pflanzt ihr Anemonen- und Tassenbäume, von denen sich die jugendlichen Höhlenmütter ernähren, die von der ersten Generation auf diese Welt gebracht wurden.«

Reck lachte verbittert. »Also sind wir in Wirklichkeit alle nur Förster. Der Beruf, den wir nur den unwürdigsten Leuten unter uns anvertrauen. Nun gut, dann soll es so sein. Trotzdem wird die Grume kommen und gehen.«

Darüber dachten wir eine Weile nach. Ich hatte mich schon oft gefragt, was der wahre Sinn unseres Lebens sein mochte. Jetzt wusste ich es. Der Nirgendwo-Mann hatte Recht. Ich fühlte mich kein Stück besser, nachdem ich es erfahren hatte. Wir waren nur vorübergehende und entbehrliche Bewohner dieser Welt. »Wollen Sie damit wirklich sagen, dass unser einziger Lebenszweck darin besteht, Bäume zu pflanzen?«

»Ja. Bis die Höhlenmütter groß genug geworden sind, um eine Lorin-Population in optimaler Größe zu versorgen.«

»Und wann wird das sein?« Unwillkürlich blickte ich mich in der Höhlenmutter um. Sie wirkte riesig. Lorin schlenderten gelassen hin und her, um den Leuten Zitzen in den Mund zu stecken oder andere Dinge zu erledigen.

»Ich habe keine Ahnung.«

»Aber es könnte schon jetzt sein. Wir könnten unseren Zweck längst erfüllt haben. Die Höhlenmütter könnten bereits voll entwickelt sein.«

»Schwer zu sagen. Nur die Lorin könnten es uns verraten.«

»Und was werden sie dann tun?«

»Ich vermute, dass sie euch einfach für immer weiterschlafen lassen. Sie können euch nicht töten. Das wäre gegen ihre Gesetze.«

Wir schwiegen. Ich verspürte eine tiefe Traurigkeit. Ich hatte die Lorin immer sehr gemocht, weil ich sie zutiefst gut fand, und sie hatten auch uns von Zeit zu Zeit geholfen, weil sie uns mochten. Nun sah es danach aus, dass sie lediglich ein gesundes Arbeiterheer gebraucht hatten. Es würde sehr lange dauern, bis ich mich an diese Vorstellung gewöhnt hatte.

Also erlebte ich noch einmal alte Erinnerungen nach, und ich war mir sicher, dass Talis dasselbe tat. Ich war froh, dass wir uns nicht an die früheste Anfangszeit erinnern konnten, weil wir dann zu viel gewusst hätten und entmutigt worden wären. Also entschied ich, mir stattdessen ein paar gute Erinnerungen anzusehen, statt ins Grübeln zu verfallen – zum Beispiel Erinnerungen an meinen Vater. Er musste gewusst haben, dass ich eines Tages Hauptmann sein würde. Seinen Bruder konnte er nicht im Stich lassen, aber die Bindung zwischen Vettern war nicht so stark, und früher oder später hätte man den Idioten Drücker durchschaut. Doch die besten Erinnerungen waren die jüngsten, und ich wollte eigentlich gar nicht daran denken, weil sie schon bald auf grausame Weise unterbrochen sein würden …

Talis drückte mich an sich. »Lass uns nicht schlafen, Hardy. Lass uns für den Rest unseres Lebens wach bleiben. Überleg nur, wie oft wir uns dann noch lieben können.«

Ich blickte über ihre Schulter und sah, dass Reck bereits an der gewölbten Innenseite der Höhlenmutter eingenickt war. Dann kam ein Lorin und drückte ihm behutsam eine Zitze in den Mund.

»Wach auf, Hardy!«

Talis hatte sich auf einem Ellbogen hochgestemmt und stieß mir sanft in die Rippen. Offenbar war ich eingedöst. Hastig setzte ich mich auf und blinzelte verwirrt.

Ich fühlte mich überhaupt nicht mehr müde. Meine letzte Erinnerung war, wie ich Talis geliebt hatte, um mich anschließend zu bemühen, wach zu bleiben, während alle um mich herum schliefen. Und nun war ich plötzlich hellwach.

Überall rührten sich die Leute. Leuchtpilze schimmerten in großen Haufen. Lorin huschten hin und her, deutlich lebhafter als sonst, und zogen Zitzen aus Mündern.

Ich wagte kaum, es auszusprechen. »Wir haben es überstanden, nicht wahr? Vierzig Jahre?«

»Ich kann es noch gar nicht fassen.« Sie weinte in stiller Freude. Tränen tropften von ihrem runden Kinn, als sie mich ansah.

Ich hörte Reck flüstern: »Eine neue Chance, bei Phu! Wir werden wieder die Grume sehen!«

Ich rollte mich herum, um Mister McNeil zu wecken, und berührte etwas, das unter meiner Berührung spröde zerbrach. Ich starrte es für einen Moment an, dachte an ein Geas, entschied mich dann aber dagegen. Ich wollte nichts vergessen, was mit Mister McNeil zusammenhing, nicht einmal dies. Er musste in den Erinnerungen meiner Nachkommen weiterleben, alles, was er getan hatte, jedes Wort, das er gesagt hatte, bis die Lorin beschlossen, dass die Ersten Kolonisten ihre Schuldigkeit getan hatten.

Aber so weit war es noch nicht.

Die Lorin halfen uns aufzustehen und drängten uns mit sanften Schubsern durch die Höhlenmutter ins Freie. Bald standen wir blinzelnd im hellen Sonnenlicht. Phu war zurückgekehrt, Rax war fort.

Alles war so schön und neu und hell, und ich hörte erstaunte Rufe und Dankgebete von den Leuten um mich herum.

»Jetzt verstehst du, warum es so leicht ist, an den Großen Lox und all den Unsinn zu glauben«, sagte Talis leise.

»Ich will nicht, dass das noch einmal geschieht. Ich will, dass sich diese neue Welt auf Wahrheit gründet.« Ich blickte mich zu den Leuten aus Noss und Yam um. »Ich will ihnen alles beibringen, was ich von Mister McNeil gelernt habe.«

»Das liegt ganz an uns, mein Lieber. Aber meinst du nicht, dass es die Leute entmutigen könnte?«

»Das hängt vermutlich von den jeweiligen Leuten ab. Wir haben nur ein einziges Leben, und viele sind gewillt, das Beste daraus zu machen. Aber sie müssen wissen, dass sie Teil eines größeren Plans sind. Wenn sie die Bäume pflanzen, sollen sie wissen, warum sie es tun, statt sich von ihren Instinkten leiten zu lassen, wie es ein hirnloser Lox tut. Was uns wirklich erniedrigt, ist all der Aberglaube. Er macht uns zu Narren. Wir sind Teil des gesamten Geschehens, und wir sollten stolz darauf sein. Bei Phu, ich weiß, dass *ich* es bin!«

»Es ist völlig in Ordnung, ein Lebensziel zu haben«, stimmte Talis mir zu.

»In gewisser Weise bemitleide ich die Menschen, weil sie ohne tieferen Sinn in die Welt hinausgehen und sich vermehren.«

Sie lächelte, und ich wusste, dass alles gut sein würde. »Was werden wir also als Nächstes tun, Hardy? Die Wirklichkeit wird uns früh genug wieder im Griff haben. Ich habe schon jetzt Hunger. Aber«, fügte sie mit einem Seitenblick hinzu, »ich bin mir einigermaßen sicher, dass ich in nächster Zeit für zwei essen muss.«

»Einigermaßen sicher?« Ich starrte sie fassungslos an. In mir stieg ein großes Glücksgefühl auf. Heute schien es Glücksgefühle im Überfluss zu geben.

»Fast sicher.« Sie küsste mich auf die Wange. »Aber das ist eine Sache, über die wir uns privat freuen sollten und nicht hier. Es wird Zeit, dass wir unsere Führungsqualitäten unter Beweis stellen. Wir können hier nicht den ganzen Tag lang herumstehen und die Landschaft bewundern. Was schlägst du vor?«

»Ich finde, wir sollten Pallahaxi wiederaufbauen und uns dort einige Generationen lang niederlassen. Es hat schon einmal geklappt, und es wird wieder klappen. Vor allem, wenn wir Smith und Smitha dazu bringen können, sich uns anzuschließen. Wilt wird dafür gesorgt haben, dass sie den Frost überstehen.« Ich schätzte ab, wie hoch die Sonne am Himmel stand. »Bald dürfte die Grume kommen, also haben wir dann jede Menge zu essen. Wir werden in der Grume fischen und im Frühling säen, wir alle zusammen. Ich will nichts mehr von diesem Unsinn mit Wühlern und Flundern hören.«

May und Knuff kamen zu uns. Sie sah mich nachdenklich an. »Du sagst, *wir* werden fischen, und *wir* werden säen. Als hättest du gemeint, Männer und Frauen sollten es gemeinsam tun, genauso wie Wühler und Flundern. Eine interessante Idee, Hardy. Ich habe mich schon gefragt, wann das irgendjemand mal vorschlagen wird. Was sagst du dazu, Knuff?«

Knuff schien die Frage großes Unbehagen zu bereiten.

»Das ist noch nicht alles«, sagte ich. »Außerdem werden wir zusammenleben. Separate Erinnerungslinien müssen nicht bedeuten, dass es separate Kulturen oder getrennte Männer- und Frauendörfer geben muss. Ich will nicht als Absonderlichkeit betrachtet werden, weil ich Talis liebe und immer mit ihr zusammen sein möchte. Wenn sie und ich hier das Sagen haben, sollten wir ruhig ein paar Machtworte sprechen dürfen!«

»Viel Glück euch beiden«, sagte Knuff. Also würde es keinen Kampf um den Führungsanspruch geben. Dann warf er plötzlich den Kopf zurück und lachte herzhaft.

Lenz stand mit Lonessa in der Nähe; sie hatten das Gespräch mitgehört. Drücker und Faun plauderten miteinander, und Drücker wirkte ohne seinen Vater beinahe normal. Auch sie lachten. Vielleicht lag es nur am guten Wetter, aber überall sah ich Leute, die sich ohne Rücksicht auf Geschlechtsunterschiede umarmten. Ein vielversprechender Anfang.

»Auf nach Pallahaxi!«, rief ich, trunken von meiner neuen Macht. »Wir müssen eine Zivilisation aufbauen!«

Meine Nachfahren würden von diesen Worten zweifellos peinlich berührt sein, aber in diesem Moment waren es genau die richtigen Worte, und die Leute beantworteten sie mit begeisterten Jubelrufen.